조셉 셰리던 르 파누 Sheridan Le Fanu

조셉 [   ]   [   ]터리, 호러 소설
작가 [   ]   [   ]만의 3남매 중 둘째로
태어 [   ]   [   ]으나 저널리즘과
문학 [   ]   나 베넷과 결혼해
더블 [   ]   베넷이 죽고 르 파누는
사회에서 물러나 작품 활동에 전념했다. 이 시기에 『엉클 사일러스』를 비롯해
네 편의 장편을 썼다. 1859년 이후 《더블린 유니버시티 매거진》의 소유주이자
편집자로 활동했다.

르 파누는 빅토리아 시기 고딕 소설과 초자연적 장르 분야에서 가장 주요한
작가다. 그의 작품은 비평가들로부터 생생한 인물 구현, 대가다운 내러티브
기법 구사, 디테일이 살아있는 무대, 공포를 자아내는 불길한 전조의 전개,
개성있는 초자연적 요소의 사용 등으로 칭송받는다. 또한 초기 고딕과
대별되는 특징으로 인물의 예리한 심리 묘사를 들 수 있다. 그것이 바로 그가
'최초의 심리 스릴러' 작가로 평가받는 이유다. 그의 소설 중 가장 유명한 『엉클
사일러스』와 「카밀라」, 『교회 묘지 옆에 있는 집』은 [닫힌 방] 미스터리로
평가받는다. 그 외에 주요 작품으로 『와일더의 손』(1864), 『유리잔 속에서
어둡게』(1872) 등이 있다.

엉클 사일러스

셰리던 르 파누 지음
장용준 옮김

:

Sheridan Le Fanu

앤틀 사일러스

고딕서가

Uncle Silas

영예로운 기포드 백작 부인*께
존경과 공감, 칭송을 담아
이 이야기를 바칩니다.

*   기포드 백작 부인은 르 파누의 종조부이자 아일랜드 극작가인
     리처드 브린슬리 셰리던의 손녀인 헬레나 셀리나 셰리던을 가리킨다.
     즉 르 파누와는 커즌(6촌)이다.

저자의 말

이 이야기의 저자가 직접 주로 설명의 말 몇 마디를 독자에게 전합니다. 이 '바트램-호프의 이야기'는 오래전 15쪽 정도 분량의 「어느 아일랜드 백작 부인의 비밀스러운 역사」라는 제목으로 잡지에 실린 단편을 약간 변형한 이야기입니다. 나중에 역시 제목을 바꿔 익명으로 작은 책으로 내기도 했던 작품입니다. 저자의 독자 중 이러한 내력을 접했거나 기억할 사람이 있을 것 같진 않습니다. 그러나 만에 하나라도 그럴 경우가 있으니, 표절의 혐의를 받지 않기 위해 이 짧은 설명을 보탭니다. 표절이란 언제나 독자를 모독하는 행위이지요.

비할 데 없는 '웨이벌리 소설들'을 만들어낸 위대한 작가가 스스로에게 짐을 지웠던 구조와 도덕성의 규범들 중 어느 것도 위반하지 않는 그 위대한 소설 유파에 '센세이션'이란 용어를 마구잡이로 가져다붙이는 것에 반대하며, 저는 감히 충고의 말 몇 마디를 하고자 합니다. 그 누구도 월터 스콧 경의 로맨스를 '센세이션 소설'이라고 묘사할 수 없을 것이라고 추정하지만, 그럼에도 그 경이로운 시리즈에는 죽음과 범죄, 그리고 특정 형태의 미스터리가 자리하지 않은 이야기가 단 하나도 없습니다.

얽히고설킨 범죄와 유혈이 낭자한 사건이 가득하면서 그토록 정교한 서스펜스와 공포를 유발하는 대가의 기술로 구축된 『아이반호』, 『묘지기 노인』, 『케닐워스』 등과 같은 위대한 로맨스들을 읽은 독자로 하여금, 그 시리즈 중에서 동시대의 풍습과 평범한 삶의 장면을 그린 두 종의 탁월한 소설을 고르게 합시다. 그런 다음 『호고가好古家』에서 태피스트리로 장식된 방에서의 비전, 결투, 끔찍한 비밀, 늙은 엘스페스의 죽음, 익사한 어부, 그리고 무엇보다 절벽 아래에서 썰물에 갇힌 일행의 압도적인 상황을 기억하고, 또 무엇보다도 『성로난 광천鑛泉』의 길게 늘인 미스터리, 의심쩍은 광기, 자살의 파국을 기억한 다음, 그중 어떤 작품의 구조에, 심지어 월터 스콧 경의 이야기 중 가장 자극적인 이야기라 하더라도 그 작품의 구조에 적용하면 신성모독이 될 그 수식어를, 작품의 기법에 있어 무한히 열등하다 하더라도 똑같은 사건의 한계와 똑같은 도덕적 목표를 준수하고 있는 이야기들에 적용 가능할 수 있는지 판단하게 해봅시다.

본 저자는 본인과 이 업계의 다른 겸손한 노동자들이 아주 큰 빚을 지고 있는 대가적 비평과 관대한 격려를 생산해내는 출판업계가 그 품위를 손상시키는 용어를 원래 의도대로 특정 유형의 소설에만 적용할 것이라 믿습니다. 그러면서 월터 스

콧 경의 천재성으로 품위를 얻고 그 기틀이 세워진 비극적 영
국 로맨스의 정통 유파에 그런 용어가 적용되는 일을 막아주
리라 믿습니다.

— 1864년 12월

차례

일러두기
본문의 각주는 모두 옮긴이 주이다.

제1장
놀의 오스틴 루틴과 그의 딸

겨울이었다. 그러니까, 대략 11월 둘째 주였다. 돌풍이 포효하며 창문을 때리고 드높은 나무들과 담쟁이덩굴로 뒤덮인 굴뚝을 바술 듯 내리치고 있었다. 매우 어두운 밤이었다. 오래된 벽난로에는 넉넉한 석탄과 사삭거리며 타고 있는 마른 나무들이 침울한 방에 따뜻한 불꽃을 선사하고 있었다. 작은 흑단 패널로 된 검은색 웨인스코팅에 너울거리는 빛이 천장까지 이어지고 있었다. 티 테이블에는 밀랍 양초들이 예쁘게 놓여 있었고, 벽에는 옛 초상화들이 어떤 것은 음산하고 어슴푸레하게, 또 어떤 것은 매우 우아하고 매력적으로 빛을 뿜고 있었다. 크고 작은 초상화들을 제외하면 그림은 많지 않았다. 전체적으로 보면 당신이 이곳을 우리의 거실로 생각할 거라고 본다. 그러나 현대에 우리가 생각하는 응접실과는 분위기가 달랐다. 방이 길쭉했고 사방이 드넓었으나 형태가 반듯하지 않았고 들쭉날쭉했다.

열일곱이 조금 넘었으나 좀 더 어려 보이는 소녀. 날씬하고 키가 큰 편이며 풍성한 금발에 진한 회색 눈, 수심이 어려 보이는 섬세한 얼굴의 여자가 상념에 잠긴 채 티 테이블에 앉아 있었다. 바로 나였다.

그 방에 있는 다른 한 명—집안에 나와 핏줄인 유일한 사람—은 나의 아버지였다. 그는 자신의 영지 놀Knowl에서 '미스터 루틴 오브 놀'로 불리는데, 이곳 말고도 여러 군데에 영지가 있었다. 우리 가문은 매우 유서가 깊었다. 옛 시절 몇 번이나 준남작 지위를 거절했으며, 심지어 자작의 지위도 거절한 적이 있다고 했다. 자긍심이 매우 강하고 도도한 가문이라 제의받은 귀족 계급의 3분의 2 이상보다 스스로 더 지위가 높고 혈통도 더 순수하다고 여겼기 때문이라고들 했다. 나는 가문에 내려오는 그 모든 전승을 잘 몰랐다. 그나마 아는 것도 어렴풋하게 파악하는 정도였다. 어렸을 때 나이 든 집안 하인들이 난롯가에서 들려주던 이야기로 파악한 게 전부였다.

나는 아버지가 나를 사랑했다고 확신한다. 나 또한 아버지를 사랑했다. 나는 어린아이의 본능으로 아버지의 애정을 확신했다. 물론 아버지는 한 번도 나에게 말로 표현하지 않았다. 그러나 내 아버지는 괴짜였다. 그는 일찍이 성공에 대한 야망을 품었으나 의회에서 실망을 맛보았다. 그는 영리한 분이셨지만 실패했고, 오히려 그보다 못한 사람들이 큰 성공을 거두었다. 그러고 나서 아버지는 해외로 떠나 예술품 감정 전문가이자 수집가가 되었다. 다시 영국으로 돌아와서는 문예계와 과학기관에 참여했으며 자선단체 설립과 운영에 참여하기도

했다. 그러나 그는 그런 유사 정부기관들에서의 활동에 지쳐 시골의 삶으로 물러났다. 스포츠맨의 삶이 아니라 학자의 삶으로 돌아섰다. 그러고는 이곳저곳 여러 영지를 돌며 은둔자의 삶을 살았다.

그는 좀 늦은 나이에 결혼했으나 아름다운 아내는 유일한 자식인 나를 남겨두고 젊은 나이에 세상을 떠났다. 그렇게 아내와 사별하고 그는 변했다고들 했다. 좀 더 괴짜가 되었고, 좀 더 말수가 없어졌으며, 성정도 나를 대할 때를 제외하고는 좀 더 엄격해졌다. 또한 동생—나의 삼촌 사일러스—에게 불명예스러운 일이 있었는데, 그로 인해 그는 매우 괴로워했다.

아버지는 이 넓은 방에서 서성거리고 있었다. 방은 한쪽 끝이 둥글게 쭉 뻗어 나가 있었는데 그곳은 매우 어두웠다. 한마디도 하지 않고 그렇게 서성거리는 것이 그의 버릇이었다. 나는 그런 모습을 보면 콩부르 성의 대연회실에 있는 샤토브리앙의 아버지가 떠오르곤 했다. 그가 그곳 거실 모퉁이 어둠속에 있으면 모습이 거의 보이지 않았다. 그러다가 몇 분 후 다시 모습을 드러내는 식이었다. 그것은 마치 어두운 배경 속에서 있는 초상화 속 인물을 계속 바라보다 보면, 어느 순간 어둠에 묻혀 사라져버리는 것과 같았다.

그런 단조로움과 침묵은 나처럼 익숙한 사람이 아니라면 매우 공포스럽게 여겼을 것이다. 아버지의 그런 버릇은 그 나름의 영향력을 발휘했다. 하루 종일 아버지가 내게 한마디도 하지 않는 날도 있었다. 나는 아버지를 매우 사랑했지만 또한 그를 두려워하기도 했다.

아버지가 방 안을 서성일 때 나는 한 달 전 벌어졌던 일을 생각하고 있었다. 놀에는 일상을 벗어난 일이 거의 일어나지 않기 때문에 아주 사소한 일이 발생해도 그 조용한 집에서 사람들은 의아해하면서 추측을 일삼곤 했다. 아버지는 깊은 은둔자의 삶을 살았다. 말을 탈 때를 빼고는 놀의 영지를 벗어난 적이 거의 없었다. 그해 손님 한 명이 우리 집에 와서 며칠 머물렀는데, 그해엔 그때 딱 한 번 있었던 일이었다.

부유하고 도덕적인 은둔자를 가끔씩 괴롭히는 소박한 종교 행사도 없었다. 아버지는 영국 국교를 저버리고 내가 그 이름도 잊은 어떤 이상한 종파로 개종했다. 그러더니 결국 스웨덴보리* 신봉자가 되었다. 그러나 그는 그런 문제로 나를 번거롭게 하지 않았다. 그리하여 나는 마차를 타고 예전 가정교사와 나이 든 가정부 러스크 부인과 함께 일요일마다 교구 교회에 다녔다. 아버지 얘기에 고개를 가로젓던 정직한 교구 목사의 견해에 따르면, "바람에 나부끼는 물기 없는 구름이자 새

---

* 스웨덴의 과학자이자 신비주의자 임마누엘 스베덴보리(1688~1772)는 자연과학을 연구하는 학자였으나 50대 이후 천국과 지옥을 보는 등 심령적 체험을 겪고 난 후, 종교 연구에 몰두하여 자신의 체험과 사상을 글로 남겼다. 스베덴보리의 주요 사상은 우리가 살고 있는 세계가 현실이 아니라, 진정한 현실의 근간인 영적 세계를 비추는 상징과 기호의 집합체라는 것이다. 생전에는 이단으로 몰리기도 하였고, 단일한 종파를 세우지도 않았다. 사후에 영국에서 그의 교리를 따르는 '새 그리스도 교회Church of the New Christ'가 설립되었다.

카만 어둠으로 둘러싸인 떠돌이 별"이었던 아버지는 자신의 교회 '목사'와 서신을 주고받으며 과도할 정도로 자신의 결실과 깨달음에 만족했다. 신실한 교인이면서도 냉소적인 성격인 러스크 부인은 아버지가 그 "같지도 않은" 계시를 듣고 천사들과 이야기를 나눈다고 생각하는 게 틀림없다고 말했다.

나는 러스크 부인이 아버지에게 그런 초자연적인 현상의 혐의를 씌우는 근거에 유추나 억측 이외에 다른 증거가 있었다고 생각하지 않는다. 러스크 부인은 그런 정통파적 교리 문제를 제외한 다른 모든 측면에서 자신의 주인을 사랑하는 충직한 가정부였다.

어느 날 아침 나는 러스크 부인이 '사냥방'이라고 부르는 방에서 손님 접대 준비를 총괄하는 모습을 보았다. 벽에 걸린 태피스트리 때문에 그런 이름을 얻은 방이었다. 매 부리기와 사냥개, 매, 숙녀들과 활량들과 시동들을 그린 바우베르만의 그림을 수놓은 태피스트리였다. 검은 실크옷을 입은 러스크 부인은 서랍을 뒤지고 식탁보 개수를 헤아리며 지시를 내리고 있었다.

"러스크 부인, 누가 오는 거예요?"

손님은 이름만 아는 사람이라고 했다. 브라이얼리라는 이름이었다. 아버지가 그분과 저녁식사를 하실 것이고, 손님은 며칠 머물 거라고 했다.

"그 무리 중 한 사람일 거예요. 내가 닥터 클레이에게 그분 이름을 댔더니, 그분께서 '닥터' 브라이얼리라는 사람이라고 하더라고요. 스베덴보리 교파에 속하는 아주 대단하신 양반이라고요. 바로 그 사람 같아요."

나는 그 교파에 대해서 잘 알지 못했다. 그저 강신술降神術이니 그 이상한 프리메이슨이니 하는 것들만 떠올라 무언가 두렵기도 하고 반감이 일기도 했다.

브라이얼리 씨는 옷을 갈아입고 나서 저녁식사를 할 정도로 여유 있게 도착했다. 그가 응접실로 들어왔다. 키가 크고 야윈 체형으로 온통 보기 흉한 검은 옷차림에 흰색 넥밴드를 하고 있었다. 머리는 검은 가발인지 아니면 가발 같은 검은 머리인지 알 수 없었다. 안경을 쓴 작고 검은 얼굴은 날카로워 보였다. 그는 큼지막한 두 손을 맞비비며 내게 까닥하고 목례를 했다. 분명 나를 어린애 취급하는 것 같았다. 그러고는 난로 앞에 자리를 잡고 앉아 다리를 꼬고 잡지를 집어 들었다.

나는 그런 취급에 모욕감을 느꼈다. 그는 인식하지 못하는 것 같았으나, 나는 그때의 상한 기분을 아주 또렷하게 기억한다.

그는 오래 머물지 않았다. 우리 중 그 누구도 그가 방문한 목적을 간파하지 못했을 뿐만 아니라 그에 대해 호의를 품지 않았다. 바쁘게 사는 남자들이 시골 저택에 오면 그러듯 그 또한 마음이 달뜬 것 같았다. 그리하여 그는 산책을 하거나 드라이브를 하거나 서재에서 독서를 했고, 대여섯 통의 편지를 썼다.

그의 침실과 옷방은 신학 서적이 보관된 곁방이 딸려 있는 아버지 방 맞은편에 있었다.

브라이얼리 씨가 도착한 다음날 나는 그 곁방 테이블에 물병과 잔이 제대로 놓여 있는지 확인하러 가는 길이었다. 나는 혹시 그가 거기 있을지 몰라 문을 두드렸다.

그들은 일에 몰두하느라 노크 소리를 듣지 못한 것 같았다. 나는 어쨌든 응답이 없자 방으로 들어갔다. 아버지는 코트와 조끼를 벗고 의자에 앉아 있었다. 브라이얼리 씨는 아버지 옆 의자 위에 무릎을 꿇고서 아버지를 바라보고 있었다. 그의 검은 반¾가발이 아버지의 백발 섞인 머리에 닿을 듯했다. 커다란 신학 서적이 테이블에 펼쳐져 있었던 것 같았다. 야위고 검은 브라이얼리 씨가 급히 일어서더니 황급히 자신의 코트 가슴속으로 무언가를 감추었다.

아버지도 자리에서 일어났다. 여태껏 내가 본 중에 가장 창백한 얼굴이었다. 그는 무서운 표정으로 문을 가리키며 말했다.

"나가."

브라이얼리 씨는 두 손으로 내 어깨를 살짝 밀며 나로서는 의미를 알아차리기 힘든 표정으로 검은 얼굴에 미소를 보였다.

나는 곧 정신을 차리고 한마디 대꾸도 하지 못한 채 물러났다. 내가 문간에서 마지막으로 본 것은 검은 옷을 입은 키크고 마른 그 남자가 내 등 뒤에서 의미심장한 어두운 웃음을 보이는 모습이었다. 그러고 나서 문이 닫혔고 바로 잠겼다. 두 스베덴보리 교도는 그들만의 미스터리에 단둘이 남았다.

나는 그 충격과 혐오감을 고스란히 기억하고 있다. 어쩌면 불경한 주문을 외고 있었을 그들에게 갑자기 내가 나타나 벌어진 그 장면에서, 나는 그런 감정을 느꼈다. 그런 의심은 잘 맞지 않는 검은 코트와 흰색 넥밴드를 한 그 브라이얼리 씨 때문에 든 감정이었다. 그러고는 일종의 공포가 엄습했다. 나는 그가 아버지에게 일종의 지배력을 발휘하고 있다고 생각했다. 그 점이 놀랍고 무서웠다.

나는 마른 대제사장의 그 수수께끼 같은 미소를 보고 온갖 위험을 상상했다. 그 이후로 도대체 정체를 알 수 없는 그 검은 옷의 남자에게 고백을 하는 것 같았던 아버지의 이미지는 현실과 미스터리의 경계에 대해 잘 알지 못했던 미숙한 내 마음에 불쾌하고 불확실한 감정을 불러일으키며 나를 괴롭혔다.

나는 그때의 일을 누구에게도 발설하지 않았다. 나는 다음 날 그 불길한 손님이 떠나자 매우 안도했다. 그렇지만 지금 내 마음은 그때 그 일에 사로잡혀 있다.

누군가는 닥터 존슨*이 반드시 말을 걸어야 입을 여는 유령을 닮았다고 말했다. 아버지가 어떤 면에서 유령을 닮았는지 모르겠지만 말을 걸어야 입을 연다는 말은 맞지 않았다. 왜냐하면 집에서 나 빼고 어느 누구도—나 또한 매우 드물게 먼저 말을 건넸다— 아버지가 먼저 말을 건네지 않으면 말을 걸

---

* 여기서 '닥터 존슨'은 『영어 사전』을 편찬한 영국의 시인이자 저술가 새뮤얼 존슨(1709~84)을, '누군가'는 그의 친구 토머스 타이어스를 일컫는다. 즉 오스틴 루틴을 새뮤얼 존슨에 빗댄 말이다(Penguin Books 2000년판 『Uncle Silas』에서 재인용함.).

엄두를 내지 못했기 때문이었다. 나는 친구들이나 친지들과 그나마 조금 어울리기 시작하기 전에는 그게 얼마나 유별난 일인지 인지하지 못했다. 나는 그 어디에서도 그런 규칙을 목격하지 못했다.

내가 의자에 앉아 생각에 잠기자 아버지가 그렇게 유령같이 다가왔다가 방향을 틀고는, 또 언제나처럼 그 근엄한 모습이 사라졌다. 그는 큰 얼굴에 몸집이 떡 벌어지고 건장했으며 매우 근엄한 인상에 개성 있는 모습이었다. 옷차림은 헐거운 검은 벨벳 코트에 조끼를 입고 있었다. 늙은 남자라기보다 세월이 느껴지는 모습—물론 당시는 일흔이 넘은 나이였다—이었다. 그는 건장했고 전혀 허약함이 느껴지지 않았다.

나는 아버지가 내 옆에 다가온 줄 모르는 상태에서 깜짝 놀라 눈을 떴던 게 생각난다. 눈을 뜨고 보니 그 크고 강인한 얼굴이 나를 똑바로 내려다보고 있었다. 1미터도 안 되는 거리였다. 나와 눈이 마주치고 나서도 그는 1~2초가량 나를 내려다보았다. 그러더니 우락부락한 손에 무거운 양초를 들고 나더러 따라오라고 손짓했다. 나는 의아해하면서도 조용히 아버지를 뒤따랐다.

나는 불빛이 빛나는 홀을 가로질러 로비로 들어가 뒷계단참 옆 그의 서재로 따라 들어갔다.

길고 좁은 방이었다. 안쪽에 폭이 좁고 높은 두 창에 어두운 색 커튼이 쳐져 있었다. 양촛불이 하나밖에 없어서 실내가 어두컴컴했다. 그는 문 근처 왼쪽에서 멈추었다. 그 당시에는 그곳에 구식 장, 그러니까 오크나무 조각 캐비닛이 있었다. 그 앞에서 아버지가 멈춰 섰다.

그는 기묘하게 넋이 나간 모습이었다. 세상 그 누구에게도 아닌 제 자신에게 말을 건네는 것 같았다.

"그 앤 이해하지 못할 거야."

아버지는 묻는 듯한 표정으로 나를 보며 속삭였다.

"그래, 이해하지 못할 거야. 그렇지?"

그러더니 그는 말을 멈췄다. 그리고 가슴 주머니에서 대여섯 개의 열쇠가 달린 열쇠뭉치를 꺼내고는 인상을 써가며 그 중 하나를 살펴보았다. 엄지와 검지 사이에 열쇠를 쥐고 눈앞에서 만지작거렸다.

나는 아버지를 너무나 잘 알고 있어서 한마디도 끼어들 수 없었다.

"너무 쉽게 겁을 먹어. 그렇고말고. 그네들이 그렇지. 다른 방법이 낫겠어."

그러더니 그는 다시 말을 멈추고 마치 그림을 보듯 내 얼굴을 빤히 들여다보았다.

"그 사람들…… 그래…… 다른 방법이 낫겠어…… 다른 방법이. 그래, 그 앤 의심하지 못하겠지……. 그 앤 생각지도 못할 거야."

그러더니 아버지는 확고부동한 표정으로 열쇠를 바라보았다. 그러다가 다시 내게 시선을 돌리고는 열쇠를 들어 올렸다. 그리고 갑자기 "봐라, 애야"라고 말하더니 잠시 후 다시 입을 열었다.

"이 열쇠 잊지 마."

그 열쇠는 모양이 다른 열쇠와는 달리 기묘했다.

"예, 선생님."

나는 아버지를 언제나 '선생님'이라고 불렀다.

"이건 여길 여는 열쇠야."

그는 열쇠로 캐비닛 문을 톡톡 쳤다.

"낮에는 이게 항상 여기 있단다."

그렇게 말하며 그는 열쇠를 다시 주머니에 넣었다.

"봤지? 그리고 밤에는 내 베개 아래 둔단다. 알아들었지?"

"예, 선생님."

"너 이 캐비닛 잊지 않을 거지? 캐비닛, 오크나무, 문 옆, 왼쪽, 잊지 않겠지?"

"잊지 않을 거예요."

"여자아이인 게 안타까워. 게다가 너무 어리고. 아, 여자애여서……. 그리고 너무 어리고…… 판단력도 아직…… 생각이 모자라니…… 아…… 잊지 않을 거라고 했지?"

"예, 선생님."

"꼭 그래야 해."

아버지는 몸을 돌려 나를 빤히 쳐다보았다. 갑자기 무슨 결심을 한 사람 같았다. 나는 한순간 그가 더 많은 이야기를 들려주려고 작심한 줄 알았다. 그러나 설령 그랬을지언정, 그는 곧 마음을 바꾼 모양이었다. 삼시 다시 침묵을 지키다가 천천히 단호하게 말했다.

"내가 말한 것을 아무에게도 말하면 안 된다. 그러면 내게 큰 고통을 주는 거야."

"오! 절대 말하지 않을 거예요!"

"그래, 착하지."

"단, 한 가지 예외가 있다. 그건 내가 없을 경우, 그리고 닥터 브라이얼리, 그러니까 너 그 마른 신사 기억하지? 안경 쓰고 검은 가발 쓴 사람 말이다. 지난달 우리 집에서 사흘 머물렀던 그 신사가 와서 열쇠를 찾으면, 그땐 알려주거라."

"예, 선생님."

그러더니 아버지는 내 이마에 키스했다.

"돌아가자."

우리는 침묵을 지키며 돌아갔다. 우리의 발걸음에 맞춰 밖에서는 대형 오르간으로 장송곡을 연주하는 것처럼 폭풍이 포효하고 있었다.

제2장
사일러스 삼촌

우리는 응접실로 돌아왔다. 나는 내 의자에 앉았고, 아버지는 천천히 앞뒤로 규칙적으로 어슬렁거리기 시작했다. 아버지가 평상시와 다른 모습을 보인 건 어쩌면 포효하는 폭풍 때문일지도 몰랐다. 그러나 원인이 무엇이든 분명 그는 그날 밤 평상시와는 다르게 말을 많이 했다.

30분쯤 후 그는 다시 다가와 난롯가에 있는 등받이가 높은 안락의자에 앉았다. 나와는 마주 보는 위치였다. 그러고는 평소 습관처럼 몇 분간 나를 빤히 바라다보다가 드디어 말문을 열었다.

"이렇게는 안 되겠다. 가정교사가 있어야겠어."

이럴 때 나는 그저 보던 책이나 하던 일을 중단한 후 자세를 고치고 귀를 기울일 뿐이었다.

"네 프랑스어 실력은 꽤 괜찮아. 이탈리아어도 그렇고. 하지만 넌 독일어를 할 줄 모르잖아? 음악 실력은 좋은 편이고. 나야 정확한 판단을 하는 게 어렵겠지만, 그림 실력은 좀 더 발전시켜야 할 것 같다. 그래, 그래. 찾아보면 실력이 좋은 숙녀들이 있을 거야. 교육을 잘 마무리해줄 수 있는 가정교사 말이다. 지금은 내 젊은 시절보다 훨씬 잘 가르칠 사람을 구할 수 있을 거야. 그러면 넌 교육을 받고 다음번 겨울에 프랑스와 이탈리아에 가볼 수 있지 않겠니? 그곳에서 네가 원하는 만큼 많은 걸 얻을 수 있을 거야."

"감사합니다, 선생님."

"그렇게 될 거야. 미스 엘러튼이 떠난 지 벌써 6개월이 다 되어가는구나. 선생 없이 너무 오래 지냈어."

그리고 다시 침묵이 흘렀다.

"닥터 브라이얼리가 네게 저 열쇠에 대해 물어볼 거야. 어떤 열쇠인지. 그러면 넌 말해주어야 한다. 다른 사람한테는 절대 안 돼."

"하지만," 나는 작은 문제에도 아버지 말에 토를 다는 것에 엄청나게 겁을 먹었다. "아버지는 그때 안 계신다고 했잖아요. 그럼 제가 열쇠를 어떻게 찾을 수 있을까요?"

아버지는 갑자기 내게 미소를 보였다. 밝은 미소였지만 어쩐지 차가운 느낌이었다. 그는 미소를 지은 적이 거의 없었고, 미소를 보여도 아주 스치듯 잠깐뿐이었다. 미스터리한 미소였지만 어쨌든 친절한 미소였다.

"그래, 맞다. 네가 이렇게 현명하다니 기쁘구나. 열쇠는 네가 찾을 수 있을 거야. 내가 조치를 취해놓았고, 넌 정확히 어디서 찾아야 할지 알 수 있을 거야. 내가 얼마나 외롭게 사는

지 너도 알지? 넌 아마 내가 친구 하나 없다고 생각하는 것 같은데, 네 생각이 거의 맞단다. 거의 말이다. 하지만 아예 없는 건 아니야. 난 매우 확실한 친구가 하나 있어. 딱 하나. 내가 한때 오해한 사람이지만 이제는 인정하는 사람이란다."

나는 그게 사일러스 삼촌일까 하고 생각했다.

"그분이 조만간 방문할 거야. 언제가 될지 확신할 수는 없구나. 네게 이름은 말하지 않겠다. 조만간 듣게 될 거야. 그리고 난 그 이야기가 사람들 입방아에 오르내리는 건 싫단다. 난 그분과 여행을 좀 할 거야. 한동안 홀로 남아도 괜찮지?"

"약속을 하신 거예요?"

호기심과 불안이 아버지에 대한 경외심보다 더 크게 다가와 또 다른 질문을 던지고 말았다. 아버지는 내 질문을 친절하게 받아주었다.

"음, 약속이라? 아니야. 하지만 난 따라야 할 의무가 있어. 그분은 거절할 수가 없단다. 나는 그분이 부르는 순간 여행을 떠나야만 해. 선택의 여지가 없어. 그래도 난 그게 좋아. 잊지 말거라, 난 그게 좋단다."

그리고 그는 다시 미소를 지었다. 똑같은 의미의 미소, 준엄하면서도 또한 슬픈 미소. 그 말의 정확한 취지가 내 마음속에 딱 와닿았다. 그리하여 이렇게 시간이 흐른 지금도 나는 아버지의 말을 확신한다.

아버지의 습관적인 갑작스럽고 이상한 대화 방식을 잘 모르는 사람이라면, 아버지 머리에 이상이 생긴 게 아닌가 하고 생각할 수도 있다. 그러나 나는 단 한순간도 의심하지 않았다. 나는 언젠가 누군가 올 것이라는 말을 확신했고, 그와 떠나는 여행이 중요한 일이라고 또한 확신했다. 그리고 아버지가 말한 손님이 왔을 때, 그 후 아버지가 신비스러운 여행을 그와 함께 떠났을 때, 나는 당시 그의 언어, 아버지가 그렇게 많은 말을 하면서도 동시에 말을 거의 하지 않은 이유를 완벽하게 이해했다.

당신은 그 시절 내 삶이 온통 지금 사례로 든 이런 종류의 대화와 고립된 생활만 있었을 거라고 생각하면 안 된다. 그리고 가끔 아버지와 단둘이 사담을 나누는 시간이 특이하고 심지어 두려웠더라도, 나는 아버지의 그런 기이한 태도에 아주 익숙했을 뿐더러 또한 나를 사랑하는 마음에 무한한 확신을 품고 있었기에 우울하거나 불안한 적은 단 한 번도 없었다. 나는 나이 든 착한 러스크 부인과 전혀 다른 종류의 대화를 많이 나누었다. 또한 나의 오래된 메이드인 메리 퀸스와 매우 즐거운 대화를 나누기도 했다. 그 외에도 이따금 이웃집에 일주일 정도씩 방문하기도 했으며, 가끔 손님이 놀에 오기도—그러나 이건 고백해야겠다, 아주 드물게— 했다.

아버지가 수수께끼 같은 말을 하다가 지금 다시 침묵이 찾아왔다. 나는 추측의 나래를 펼쳤다. 예정된 손님은 과연 누구일까? 도대체 누구이기에 집에 은둔하는 아버지가 아끼는 책과 자식을 두고 즉시 집을 나가 기사의 모험처럼 알 수 없는 여행을 떠나게 할 힘을 지니고 있는 걸까? 나는 한 번도 본 적 없는 그 신비로운 친척, 그저 내게는 오래전에 아주 모호하게 넌지시 언급되었던 분, 말할 수 없이 불행했던가, 또는 말할 수 없이 사악했던 그분, 사일러스 삼촌이 아니면 누구겠는가? 아버지가 거의 한 번도 이야기한 적이 없던 그분, 했다 하더라도 흘리듯 매우 급하게, 또한 매우 고통스럽게 고민하는 표정으로 언급한 분. 내가 기억하기로 삼촌에 대한 아버지의 의견을 추론할 수 있을 만한 이야기는 딱 한 번 있었다. 그나마 그것도 매우 짧고 수수께끼 같은 이야기라서, 나는 그저 내 멋대로 그분의 됨됨이를 상상으로 채워 넣을 수밖에 없었다.

내가 열네 살 무렵이었다. 어느 날 러스크 부인이 오크나무 방에서 태피스트리 의자의 먼지를 청소하고 있었다. 나는 어린아이의 호기심으로 그 과정을 지켜보고 있었다. 허리를 숙이고 일을 하던 그녀는 쉬기 위해 자리에 앉아 아픈 목을 풀며 고개를 뒤로 젖히고 있었다. 그녀는 그런 자세로 자기 앞에 걸려 있던 초상화에 시선을 고정시켰다.

그것은 전신 크기의 매우 잘생긴 젊은 남자 초상화였다. 어둡고 날씬하고 우아한 남성으로 이 세기 초에는 많이들 입던 것 같았지만 당시에는 구식인 의상을 입고 있었다. 흰 가죽바지에 무릎까지 오는 가죽 장화, 담황색 조끼와 초콜릿색 코트 차림이었고, 긴 머리는 뒤로 빗어 넘긴 스타일이었다.

이목구비가 눈에 띄게 품위 있고 섬세했다. 그러면서도 그저 멋쟁이나 세련된 남성 부류와는 구별되는 결의와 열정이 묻어났다. 그 초상화를 처음 보는 사람들은 종종 이런 경탄의 말을 내뱉곤 했다. "정말 놀랍도록 잘생긴 남자군요!" 그러고 나서 "얼굴이 정말 영리해 보여요!"가 이어졌다. 이탈리아 사냥개 한 마리가 남자 옆에 서 있고, 배경에는 가느다란 기둥들과 풍성한 휘장이 보였다. 그러나 장식품이 사치스럽고 미모가 세련되긴 했어도, 그 달걀형 얼굴에는 남성다운 힘이 느껴졌다. 매우 개성 넘치는 크고 그늘진 눈에는 불같은 열정이 엿보였기 때문에 혹 묻어날 수 있는 여성스러운 기운을 상쇄하고 있었다.

"저 그림 속 남자가 사일러스 삼촌인가요?"

"맞아요."

러스크 부인이 조용히 초상화를 응시하며 작은 얼굴에 결연한 표정을 보이며 내 물음에 대답했다.

"러스크 부인, 저분은 정말 잘생겼죠? 그렇지 않아요?"

"그랬죠, 맞아요. 하지만 저 그림 그린 지가 벌써 40년이 넘었어요. 저기 구석에 날짜가 쓰여 있잖아요. 저 발아래, 어두운 곳에 말이에요. 40년 세월을 이길 장사가 어디 있겠어요?"

러스크 부인은 냉소적이면서도 사람 좋은 웃음을 보였다. 잠깐의 침묵이 이어졌다. 우리 둘 다 가죽 장화를 신고 있는 잘생긴 남자를 바라보고 있었다.

"그러면 왜 아빠는 사일러스 삼촌에 대해 항상 슬퍼하는 건가요, 러스크 부인?"

"무슨 말이니?"

아버지였다. 소리가 매우 가까이에서 들렸다. 나는 얼굴이 빨개져서는 깜짝 놀라 뒤돌아보았다. 나는 비틀거리며 아버지에게서 한 발 물러났다.

"겁낼 거 없단다. 넌 잘못 말한 거 없어."

아버지는 놀란 내 모습을 보고 다정하게 말했다.

"내가 항상 슬퍼한다고 말했지? 사일러스 삼촌에 대해서 말이다. 음, 네가 어떻게 그런 생각을 갖게 되었는지 모르겠구나. 하지만 굳이 지금 말하자면 뭐, 그러는 게 이상할 일도 아니란다. 네 삼촌은 재능이 뛰어난 사람이지만 잘못과 과오가 큰 사람이기도 해. 그런데 재능이 도움이 되지 못했지. 그렇지만 잘못은 오래전에 회개했단다. 과오는 내가 생각하는 것보다 삼촌 자신은 대수롭지 않게 생각하는 것 같으나, 사실 그건 심각한 것이지. 아이가 다른 말은 더 안 했소, 부인?"

그가 갑자기 러스크 부인에게 물었다.

"네, 그렇습니다, 선생님."

아버지의 모습에 두려움을 느낀 러스크 부인이 경직된 자세로 예의를 갖춰 대답했다. 그가 다시 나를 보며 말을 이었다.

"애야, 지금 삼촌 생각 더 할 필요 없단다. 사일러스 삼촌 생각은 지우거라. 어쩌면 언젠가 너도 삼촌을 알게 될 거야. 그래, 잘 알게 될 거야. 그러면 못된 인간들이 삼촌에게 얼마나 해를 끼쳤는지 이해하게 될 거야."

아버지는 그러고 나서 자리를 뜨며 문간에서 이렇게 말했다.

"러스크 부인, 잠깐 이야기 좀 합시다."

아버지가 러스크 부인을 불렀고, 그녀는 그를 따라 서재로 향했다.

나는 그때 아버지가 하녀장에게 무언가 명령을 내렸다고 생각한다. 그리고 러스크 부인은 메리 퀸스에게 전달했을 것이다. 그때 이후로 내가 어떻게 말을 꺼내도 사일러스 삼촌 이야기를 들을 수 없었기 때문이었다. 그들은 내가 이야기하는 걸 말리지는 않았지만 본인들은 당황하며 입을 다물었다. 내가 삼촌에 관해 말해달라고 조르면 러스크 부인은 때로 심통을 부리고 화를 내기도 했다.

호기심은 그렇게 자극을 받았다. 가죽 바지를 입고 가죽 장화를 신은 날씬한 초상화 주위에 다채로운 미스터리가 몰려들었다. 그 잘생긴 남자는 나의 좌절된 호기심에 약을 올리듯 나를 내려다보며 비웃는 것 같았다.

우리 인간의 최초 부모를 유혹에 빠트린 이런 식의 야망—호기심—은 왜 그렇게 저항하기 어려운 걸까? 지식은 힘이다. 어떤 방식의 힘이건, 힘은 인간 영혼의 비밀스러운 욕망이다. 그것은 탐험심 외에도, 어떤 이야기에 관한 왠지 모를 관심, 더욱이 그게 금기시되는 거라면 더더욱 반항적인 욕구를 자극하는 관심이었다.

제3장
새로운 인물

아버지가 내게 오크나무 캐비닛에 관한 수수께끼 같은 지시를 내리고 대략 2주가 지난 어느 날 밤, 나는 응접실 창가에 앉아 달빛이 비추는 풍경에 빠져 밤의 우울한 몽상에 잠겨 있었다. 그 방에 나는 혼자 있었다. 한쪽 구석 난로에서 나오는 불빛은 내가 앉아 있는 창가로는 거의 닿지 않았다.

가지런히 깎은 잔디밭은 창가로부터 완만한 내리막 언덕으로 이어지다가 드넓은 평지로 연결되는데, 그곳에는 잉글랜드에서 가장 우아한 수목이 점점이 하나씩 서 있거나 군데군데 조그마한 숲을 이루었다. 달빛을 받아 희읍스름한 우아한 나무들이 미동도 없는 그림자를 잔디밭에 드리웠고, 그 너머 저 멀리 언덕 곳곳에는 작은 숲들이 화관처럼 봉긋하게 박혀 있었다. 그중 한곳에 사랑하는 나의 어머니가 영면한 무덤이 있었다.

공기는 적막했다. 저 멀리 지평선에 은빛 안개가 평화롭게 떠 있었고, 얼어붙은 별들은 밝게 빛나고 있었다. 이미 슬픈 마음에 그런 풍경이 불러오는 영향력은 모두가 알 것이다. 공상과 회오가 안개처럼 꿈속에 떠오르며 우리 마음속에 기억과 기대가 기묘하게 섞이게 만든다. 마치 먼 곳에서 들리는 달콤한 옛 노래 같다고나 할까. 원경을 이루는 음울하지만 찬란한 숲에 시선이 닿자, 나는 다시 아버지의 미스터리한 암시와 다가올 손님의 이미지에 생각이 가닿았다. 알 수 없는 여행에 대한 생각이 들자 다시 슬퍼졌다.

아버지의 종교에 관하자면 내게는 그 모든 게 처음부터 무언가 비현실적이고 혼령을 연상시키는 느낌이 들었다.

사랑하는 어머니가 돌아가셨을 때 나는 아홉 살도 되지 않았다. 그리고 나는 장례식 이틀 전 놀에 왔던 한 남자를 또렷이 기억한다. 커다란 검은 눈에 매우 심각한 검은 얼굴의 마르고 작은 남자.

그는 크나큰 고통을 받고 있는 사랑하는 나의 아버지와 오랜 시간 단둘이 방에서 시간을 보냈다. 러스크 부인은 이렇게 말하곤 했다.

"주인님이 런던에서 온 저 허수아비 같은 작은 남자와 같이 기도를 하는 게 정말 이상하군요. 클레이 씨가 우리 마을에 떡 버티고 있는데 말이죠. 저 작고 검은 애송이 같은 인간이 주인님께 퍽이나 도움이 되겠어요!"

장례식 다음날 나는 어찌된 일인지 그 작고 검은 남자와 함께 산책을 하게 되었다. 내 가정교사는 아파서 누워 있었고 집 안은 온통 혼란스러웠으니, 나는 그저 하녀들이 한껏 제멋대로 시간을 보냈으리라 생각할 뿐이다.

　나는 이 작은 남자에게 일종의 경외심을 느꼈던 기억을 가지고 있다. 그러나 그가 두렵지는 않았다. 다정했기 때문이었다. 물론 슬픈 모습이긴 했지만 친절해 보였다. 그는 나를 이끌고 난간이 달린 정원—우리가 네덜란드 정원이라고 불렀던 곳—으로 갔다. 한쪽 전면에 조각상들이 있었고, 화려한 색깔의 꽃들이 카펫 문양으로 수놓인 정원이었다. 우리는 크림색 석회암 계단을 내려가 정원에 이르렀고 침묵을 지키며 난간까지 다가갔다. 그곳은 난간 토대가 특히 너무 높아 건너편이 보이지 않았다. 그는 내 손을 잡고 이야기했다.

　"저기 봐, 애야. 음, 넌 안 보이겠구나. 하지만 나는 저 너머를 볼 수 있단다. 뭐가 보이는지 말해줄까? 많은 것들이 보이는구나. 지붕이 가파른 오두막집이 보이는데 햇빛을 받으니 황금빛으로 보인단다. 집 주변 키 큰 나무들이 부드러운 그늘을 드리우고 있고 꽃이 핀 관목이 보이는데, 어떤 꽃인지는 모르겠구나. 그저 담장과 창문을 타고 오르는 모습이 알록달록 아주 예쁘단다. 나무 둥치 아래 어린아이 둘이 놀고 있네. 우린 저기로 갈 거야. 이제 잠시 후면 우리도 저 나무 아래에서 저 아이들과 이야기를 나눌 거야. 하지만 지금 그건 그저 내 머릿속 그림일 뿐이고, 너에게는 그저 내가 말해주는 이야기일 뿐이지. 물론 너는 믿을 거야. 가자, 애야."

　우리는 오른쪽 계단을 내려가 키 큰 관목 울타리 사이 풀이 자란 길을 나란히 따라갔다. 해가 뉘엿뉘엿 지고 있어서 길은 어스름했다. 우리는 갑자기 왼쪽으로 길을 틀어 그가 묘사했던 풍경 속 풍성한 햇빛이 비추는 곳에서 멈춰 섰다.

"이게 너희 집이니, 꼬마들?"

그는 볼이 뽀얗고 예쁜 사내아이들에게 물었고, 아이들은 그렇다고 답했다. 그는 나무 둥치에 손을 갖다 대며 기대고는 내게 진지한 미소를 보이며 고개를 끄덕였다.

"자, 이제, 내가 말해줬던 이야기, 그림이 사실이라는 걸 직접 보고 느낄 수 있겠지? 자, 애야. 하지만 우린 더 멀리 갈 거야."

우리는 다시 침묵에 빠져 숲길을 오래 걸어갔다. 내가 지금 멀리로 보고 있는 길이었다. 그는 이따금 나를 앉아 쉬게 하고는 생각에 잠긴 듯한 진중한 태도로 이런저런 이야기를 들려주었다. 나는 어린 마음에도 그 이야기들이 기이한 영적 의미를 담고 있다고 생각했다. 그 이야기들은 정직한 러스크 부인이 내게 들려주던 성경 속 예화들과는 다른 모호한 내용이어서 때로 놀랍기도 했다.

그렇게 좀 무섭기는 했지만 이야기를 들으며 그 신비스러운 작고 검은 "애송이" 남자를 따라 숲의 오솔길을 걸었다. 그러다 우리는 예기치 못하게 깊고 어두운 숲속에서 사면에 기둥이 서 있는 회색 사원에 이르렀다. 그곳에는 이끼로 덮인 층계가 달린 동상 받침대가 있었다. 전날 아침 가여운 엄마가 누이는 걸 본 외로운 무덤이었다. 나는 무덤을 보자 슬픔의 샘이 다시 솟아나 엉엉 울었다.

"오! 엄마, 엄마. 오, 나의 엄마!"

나는 그렇게 엉엉 울며 듣지 못하고 말도 할 수 없는 엄마를 크게 불러댔다. 그곳 무덤에서 열 발자국 근처에 석조 벤치가 하나 있었다.

"내 옆에 앉아, 애야."

검은 눈의 진지한 남자는 매우 다정하고 부드럽게 말했다.

"자, 저기 뭐가 보이니?"

그가 지팡이로 맞은편 구조물 중앙을 수평으로 가리키며 물었다.

"오, 저기 가여운 엄마가 누워 있는 곳이요?"

"응, 기둥이 서 있는 돌담 말이야. 너무 높아서 너나 나도 그 너머를 볼 순 없지. 하지만……"

그때 그는 어떤 이름을 하나 말했는데, 나는 그게 분명 스베덴보리였다고 생각한다. 그의 교의와 계시에 대해 나중에 알고 보니 그런 생각이 들었다. 그때 나는 그게 그저 동화 속 마법사 이름 같다고 생각했다. 나는 그 인물이 우리를 둘러싼 숲속에 산다고 생각했고, 그가 이야기를 계속하자 더 겁이 나기 시작했다.

"하지만 스베덴보리는 저 너머를 볼 수 있고, 관통해서도 볼 수 있단다. 우리가 알아야 할 모든 것을 내게 말해주었지. 그는 네 엄마가 저기 없다고 말하는구나."

"누가 데려간 거군요!"

나는 놀라서 소리쳤다. 눈에 눈물이 그득히 고인 채 구조물을 보았다. 나는 정신없이 발을 동동 굴렀다. 다가가기가 두려웠다.

"오, 누가 엄마를 데려간 거예요? 엄마 어디 있어요? 엄마를 어디로 데려간 거예요?"

나는 나도 모르게 그 경이로운 아침 어스름 텅 빈 무덤 옆에 서서 질문을 쏟아내던 막달라 마리아처럼 묻고 있었다.

"네 엄마는 살아 계시지만 아주 먼 곳에 계셔서 우리를 볼 수도 들을 수도 없단다. 스베덴보리는 여기 서서 그분을 볼 수 있고 들을 수 있어. 그러면서 내게 자신이 보는 모든 걸 다 말해준단다. 아까 정원에서 너는 볼 수 없었지만, 내가 네게 들려주었던 어린아이들이며 오두막집, 나무와 꽃 이야기처럼 말이야. 넌 내가 들려준 이야기를 믿었지. 그러니 나는 이제 아까 본 풍경을 설명했던 것처럼 그곳에 대해서도 말해줄 수 있단다. 우리 둘 다 똑같은 곳을 향해 가고 있거든. 넌 나중에 내가 들려준 이야기가 진짜였다는 걸 네 눈으로 직접 보게 될 거야."

나는 매우 겁났다. 그가 이야기를 마쳤을 때, 우리가 숲길을 걸어 죽은 자들을 볼 수 있는 신비의 나라, 어둠의 나라로 들어갈 것만 같았기 때문이었다.

그 남자는 팔꿈치를 무릎에 대고 이마를 손으로 괸 자세를 하고 있어서 아래로 떨군 눈이 보이지 않았다. 그는 그런 자세로 신비로운 광채로 덮인 아름다운 풍광을 내게 묘사했다. 천상의 색채가 대기를 가득 채우고, 빛처럼 순간적으로 그곳으로 옮겨진 인간들도 같은 이미지, 같은 아름다움과 찬란함으로 빛나는 곳에서 어머니가 기쁨에 차 하늘의 길을 따라 거닐기도 하고 환상적인 높이의 산들을 오르내리는 풍경이었다. 이야기를 마친 그는 자리에서 일어나 미소 지으며 내 손을 잡고 어안이 벙벙하고 창백한 내 얼굴을 내려다보았다. 그러면서 다시 내게 말했다.

"가자, 얘야. 어서 가자."

"오! 싫어요, 싫어요. 지금은 안 돼요."

나는 잔뜩 겁을 집어먹고 저항했다.

"아니, 집으로 가잔 말이야. 내가 말한 곳은 걸어갈 수 없는 곳이야. 그곳은 오직 죽음의 문을 통과해야만 갈 수 있지. 우리 모두는 그곳으로 향하고 있단다. 젊건 늙었건 누구나 반드시 가게 될 거야."

"그럼 죽음의 문은 어디에 있는 건데요?"

나는 그의 손을 잡고 걸어가며 그를 힐긋거렸다. 그는 슬픈 표정으로 미소 지으며 말했다.

"언젠가 때가 되면, 하갈이 광야에서 눈을 뜨고 샘을 바라보았을 때처럼 우리 모두는 우리 앞에 열린 문을 보게 될 거야. 그러면 그 문으로 들어가 다시 태어나는 거야."

그때의 산책 이후 나는 오랫동안 겁을 먹었다. 더더욱 그러했던 이유는 러스크 부인이 내 이야기를 듣고 나서 보인 반응 때문이었다. 그녀는 근엄하게 입을 다물고 두 손과 눈을 위로 올린 채 화를 내며 훈계했다.

"메리 퀸스, 너 어떻게 어린 아가씨를 저 어둠의 자손과 함께 숲속으로 가게 놔두었는지 모르겠구나. 그자가 아가씨에게 악마를 보여주지 않은 게 다행이네. 그 적막한 곳에서 아이를 기절시키지 않은 게 다행이란 말이야!"

나는 스베덴보리 교도들에 대해서 실로 러스크 부인의 매우 부정확한 이야기를 들어 알게 된 것 이외에는 더 이상 아는 바가 없었다. 어렸을 때 그들 중 두세 명이 마치 환등기幻燈機 속 인물처럼 나타난 적이 있었다. 매우 좁은 시야에 갇힌 장면. 바깥의 모든 것은 그저 어둠이었다. 나는 한번은 그들이 보던 책 한 권을 읽어보려고 했다. 미래의 나라—천국과 지옥—에 관한 책이었다.* 그러나 하루 이틀 보다가 너무나 두려워 책을 덮어버렸다. 나로서는 그저 그들의 창시자가 놀라운 계시를 보았거나, 보았다고 상상하는 것만으로 충분했다. 성서의 말을 대체하기보다 오히려 그것을 확증하고 해석하는 계시 말이다. 그리고 아버지가 그들의 생각을 받아들인 이상, 나는 그저 그들이 성서의 최고 권위와 대치되지 않는다는 점만 생각하고 만족한다.

나는 지금 머리를 팔로 괴고 달빛을 받아 흰 빛이 어스름한 저 장엄한 숲을 바라보고 있다. 그 몽상가와 함께 산책한 이후, 나는 오랫동안 저곳에 기이한 마법으로 모습을 가려 보이지 않지만 유령들의 눈부신 나라로 통하는 죽음의 문이 있

---

* 임마누엘 스베덴보리의 『천국과 지옥』을 뜻한다.

다고 생각했다. 나는 어릴 적 그런 경험 때문에 아버지에게 찾아올 것이라는 손님에 대한 내 백일몽이 더욱더 황당무계하고 슬픈 색채를 띤 것이라고 생각한다.

제4장
마담 드 라 루지에르

갑자기 내 앞으로 보이는 잔디밭에 기이한 인물이 나타났다. 회색 옷을 입은 키가 매우 큰 여자였다. 달빛 아래 거의 새하얗게 보이는 여자가 기이할 정도로 고개를 숙인 모습이 이 세상 사람이 아닌 것 같았다.

나는 커다란 허깨비 같은 낯선 여자가 나를 보며 매우 불쾌하게 웃는 모습을 보고 공포에 사로잡혔다. 회색 여자는 내가 자기를 보았다는 것을 의식하자 날카로운 소리로 꽥꽥거렸다. 창문이 가로막고 있어 무슨 말인지 알아들을 수 없었다. 여자는 긴 팔과 손을 마구 휘저어댔다.

여자가 창문을 향해 가까이 다가오자 나는 벽난로 쪽으로 도망가 미친 듯 벨을 울렸다. 여자가 여전히 버티고 있는 데다, 여차하면 방으로 쳐들어올 기세여서 겁을 집어먹고 방 밖으로 뛰쳐나간 나는 로비에서 집사 브랜스턴과 마주쳤다.

"창가에 웬 여자가 있어요!" 나는 헐떡거렸다. "어서 쫓아내요, 어서!"

나는 여자가 아니라 남자였다고 말했으면 아마도 뚱뚱한 브랜스턴이 하인들 무리를 불렀을 거라고 생각한다. 그는 그저 고개를 숙이며 진중하게 말했다.

"예, 아가씨. 알겠습니다."

그는 권위 있는 태도로 창가로 다가갔다. 그도 처음 여자를 보고 좋은 기분은 아니었을 것이다. 창가에서 몇 발짝 떨어진 곳에서 걸음을 멈추고 엄중하게 물었기 때문이었다.

"거기서 뭐하는 거요?"

브랜스턴의 물음에 여자는 뜸을 들이며 답했는데, 내게는 잘 들리지 않았다. 하지만 브랜스턴의 대답은 들을 수 있었다.

"나는 몰랐습니다. 못 들었어요. 저쪽으로 돌아오면 현관 계단이 보일 거요. 나는 주인님께 알리고 나서 지시에 따르겠소."

여자는 무언가를 말하면서 손가락으로 가리켰다.

"예, 맞아요. 쉽게 찾을 것이오."

그러고 나서 브랜스턴 씨는 기다란 방에서 천천히 물러나다가 나를 향해 몸을 틀었다. 그러더니 질문이 섞인 듯한 말을 했다.

"아가씨, 그게요…… 가정교사라는데요?"

"가정교사라니! 무슨 가정교사요?"

브랜스턴은 품위를 지킬 줄 아는 사람이라서 웃지는 않았다. 그저 생각에 잠긴 채 답했다.

"글쎄요, 아가씨. 주인님께 여쭤볼까요?"

내가 그러라고 시키자 그는 서재로 향했다. 나는 홀에서 초조하게 기다리고 서 있었다. 내 나이 또래 여자애들은 가정교사를 들이는 것이 얼마나 여러 가지 일이 얽혀 있는지 모두 잘 알 것이다. 나는 1~2분 후 러스크 부인이 오는 소리를 들었다. 아마도 서재에서 나오는 것 같았다. 그녀는 재빨리 걸음을 옮기면서 날카로운 태도로 무언가 혼잣말을 중얼거렸다. 이리저리 다니며 할 일이 많을 때 나오는 버릇이었다. 나는 러스크 부인에게 몇 마디 물어볼까 생각했지만 왠지 짜증이 난 것 같아 소용없을 듯했다. 그녀는 내게 다가오지 않고 그저 힘찬 발걸음으로 재빨리 홀을 가로질렀다.

진짜 가정교사가 온 것인가? 불쾌하기 짝이 없던 그 허깨비 같은 여자가 정말 내 교육을 도맡아 나와 함께 공부를 한단 말인가? 그 불길한 표정하며 새된 목소리로 영원히 날 괴롭힐 것인가?

확실한 정보를 얻기 위해 메리 퀸스에게 가기로 마음먹었을 때, 아버지가 서재에서 나오는 소리가 들렸다. 그리하여 나는 조용히 응접실로 다시 들어갔다. 불안한 마음에 심장이 떨렸다.

아버지가 들어와 희미한 미소를 띠며 평소대로 다정하게 내 머리를 쓰다듬었고, 그런 다음 조용히 방 안을 거닐었다. 나는 기분 나쁘게 나를 사로잡고 있던 문제에 대해 아버지에게 질문하고 싶어 초조했지만 아버지 앞에만 서면 드는 경외감 때문에 입을 다물고 있었다.

잠시 후 아버지는 창가에서 걸음을 멈추었다. 커튼은 내가 쳐놓은 상태였고 창문 셔터는 반쯤 열린 상태였다. 그는 내가 내다보곤 하던 그 풍경을 아마도 자신만의 상념에 잠긴 채 내다보고 있는 듯했다.

거의 한 시간이 흐른 후 아버지는 습관처럼 갑작스럽게 몇 마디 말을 꺼냈다. 내 가정교사가 될 마담 드 라 루지에르가 도착했다는 소식이었다. 적극적으로 추천받은 훌륭한 가정교사라고 했다. 나는 불길한 예감에 가슴이 철렁했다. 나는 벌써 그 여자가 싫었고 믿을 수 없었고 두려웠다.

나는 그 여자의 성질이 염려되었다. 또 어쩌면 가정교사로서의 권위를 과도하게 내세울 것 같아 두렵기도 했다. 달빛 아래 능글맞게 웃으며 기이하게 인사하던 이목구비가 큰 유령 같은 여자의 모습은 이후 내 신경에 불쾌하게 각인되었다.

"음, 미스 모드. 새로 온 가정교사를 좋아하기 바랍니다. 나는 그렇게 못하겠지만. 어쨌든 지금 당장은요."

방 안에서 나를 기다리고 있던 러스크 부인이 예민한 태도로 이야기했다.

"나는 프랑스 여자들이 정말 싫어요. 그 여자들은 자연스럽지가 않다니까. 내 방에서 그 여자에게 저녁식사를 줬는데, 무슨 늑대처럼 게걸스레 먹더라니까. 뼈만 남은 짐승처럼 말이에요. 아가씨도 그 여자가 침대에 있는 모습을 봤어야 하는데. 일단 시계방 옆방에 묵게 했어요. 그래야 시간을 잘 지킬 것 아니에요? 아가씨는 아마 그런 모습을 본 적이 없을 거예요. 그 기다란 코하며 움푹 꺼진 뺨에다, 으악! 입은 또 어떻고요! 완전 『빨간 모자』의 늑대가 따로 없다니까."

그 말에 러스크 부인처럼 풍자의 재주가 없는 메리 퀸스가 폭소를 터뜨렸다.

"메리, 침구나 정리해. 그 여자 지금은 아주 사근사근해. 지금은 그렇단 말이야. 새로 온 사람들은 누구나 다 그래. 하지만 나한테는 칭찬을 듣지 못했지. 미스 모드…… 아니지, 아니지. 나는 도대체 정직한 영국 여자들이 왜 신사 댁의 가정교사 일에 달려들지 않는지 모르겠어요. 저렇게 입을 쩍 벌리고 말하는 교활하고 사악한 외국 여자가 왜 오냐고요? 오, 주여, 절 용서하소서. 저 여자들은 다 그렇다니까."

다음날 아침 나는 마담 드 라 루지에르와 인사를 나누었다. 그 여자는 키가 크고 남성스럽고, 또 다소 섬뜩한 인상이었다. 자줏빛 실크옷에 레이스캡을 썼고 검은 머리를 밴드로 감고 있었다. 너무나 검은 머리는 숱이 매우 많아 보였는데, 그런 모습이 흙빛으로 창백한 피부와 움푹한 하관, 이마와 눈꺼풀에 자잘하게 진 음흉한 주름과 잘 어울렸다. 그 여자는 미소를 지으며 고개를 끄덕였다. 그러더니 한참 동안 싸늘한 미소를 지으며 교활한 눈빛으로 조용히 나를 훑어보았다.

"그러면 아가씨 이름이 뭘까나? 마드무아젤 이름이 뭘까?"
여자가 물었다.

"모드입니다, 마담."

"모드! 아, 이름도 이뻐라! 에, 비앵(좋아)! 사랑스런 모드, 아주아주 착할 거라는 생각이 드네, 안 그래? 난 모드를 너무 너무 많이 좋아할 거 같아. 모드, 그동안 뭘 배우고 있었지? 착한 나의 아이, 음악하고 프랑스어하고, 독일어도 배우고 있었나, 엉?"

"예, 조금 배웠어요. 그리고 지구본 공부를 막 시작한 때에 예전 가정교사가 떠났어요."

나는 그 여자 옆에 있던 지구본을 보며 고개를 끄덕였다.

"오! 그래, 지구본."

그녀는 커다란 손으로 지구본을 빙글 돌렸다.

"주 부 엑스플리케레 투 슬라 아 퐁(나중에 그거 자세하게 설명해줄게)!"

마담 드 라 루지에르는 항상 모든 것을 "아 퐁(자세하게)" 설명할 태세가 갖춰져 있었다. 하지만 어쩐 일인지 그녀의 말대로 그녀의 "엑스플리카시옹(설명)"은 그다지 이해가 쉽지 않았고, 질문을 거듭하면 성질을 부렸다. 그리하여 나는 얼마간 시간이 지난 후 마담의 설명을 그저 그대로 받아들이는 데 익숙해져버렸다.

마담은 특이할 정도로 큰 체격이어서 생김새가 더욱 놀라웠는데, 전체적으로 당시의 나처럼 겁 많은 아이의 눈으로는 매우 기이하게 보였다. 그 여자는 때로 나를 오랫동안 유심히 살펴보곤 했다. 내가 이미 말한 대로 그 특유의 미소를 지으면서. 그 큰 손가락을 입에 대고 미소 짓는 모습이 마치 화병 속

엘레우시스의 여사제* 같았다.

또한 마담은 가끔 난롯불을 바라보거나 창밖을 내다보며 한 시간씩 앉아 있곤 했다. 겉으로 볼 때 분명 아무것도 응시하지 않는 기이한 시선은 무언가 승리의 빛을 띠고 있었다. 교활한 얼굴에 미소 비슷한 표정을 지으며.

그 여자는 그 시절 어리고 겁 많던 나로서는 어떤 면에서도 유쾌한 가정교사가 아니었다. 가끔 기분 좋아 떠들어대는 모습을 보였는데, 그럴 때면 엄격한 분위기일 때보다 더욱 무서웠다. 차츰 그런 모습도 묘사할 것이다.

<hr>

* 영국 도예가 조사이어 웨지우드가 고대 로마의 바르베리니 베이스Barberini Vase를 재해석해 제작한 글라스 화병인 포틀랜드 베이스Portland Vase를 일컫는다. 바탕색과 다른 색깔로 양각 문양을 넣은 카메오 글라스의 기법을 이용해 녹청색 바탕에 유백색으로 신화적 주제의 도상을 넣는다. 도상 해석에는 여러 설이 있으나, 후드를 입고 입술에 손가락을 갖다 댄 여자를 엘레우시스의 여사제로 해석한 것은 찰스 다윈의 할아버지인 에라스무스 다윈이다. 대지의 여신 데메테르의 딸 페르세포네는 저승의 신 하데스에게 납치되고, 제우스의 중재로 1년에 반은 지상으로 올라와 어머니 데메테르와 지내게 되는데, 그 통로가 바로 엘레우시스의 동굴 플루토니온이다. 엘레우시스는 그들의 재회와 이별을 각각 기념해 매해 축제를 벌이고 그와 함께 밀교의식을 치르게 된다. 그 밀교의식을 관장하는 것이 엘레우시스의 여사제이다.

제5장
기이한 현상과 소음

잉글랜드에는 오래된 저택이라면 하인들과 젊은이들이 유령과 관련된 전통을 신봉하지 않는 집이 없다. 놀 또한 이곳만의 그늘, 소음, 신비스러운 기록이 있다. 앤 여왕 시절 소문난 미인이었던 레이첼 루틴은 잘생긴 노브룩 대령이 베네룩스에서 살해당하자 그 일로 슬픔에 빠져 죽었는데, 이후 바삭바삭 소리가 나는 실크옷을 입고 밤에 이 집을 배회한다. 그녀는 보이지 않고 오직 소리만 들린다. 또각거리는 하이힐, 바닥을 쓸고 가는 바스락거리는 드레스, 침실 문간 가까이 회랑에 멈춰 내뱉는 한숨 소리, 그리고 폭풍이 치는 밤이면 들리는 흐느낌 소리.

그 외에도 횃불을 밝히는 '링크맨'*도 있다. 홀쭉한 체형에 검은 얼굴, 검은 머리, 검은 정장을 입고 손에 횃불을 든 남자.

---

* 가로등이 도입되기 전 보행자를 위해 횃불로 어두운 밤거리를 비춰주던 사람.

그가 자기 구역을 돌 때면 그저 발그레한 잔불만 보였다. 그가 자주 드나드는 곳이 바로 서재다. 하녀들이 말하는 "레이디 레이첼"과는 달리 그는 소리는 들리지 않고 모습만 보일 뿐이다. 그의 발길은 바닥과 카펫 위의 그림자처럼 소리 없이 이어진다. 무섭게 번쩍이는 횃불은 그의 몸과 얼굴을 희미하게 비춘다. 크게 동요되지 않는 한 그의 횃불은 절대 활활 타오르지 않는다. 그러나 자신의 구역을 돌다가 기분이 언짢을 때 가끔 횃불을 머리 위에서 휘두르는데, 그러면 횃불은 불길한 불꽃을 일으키며 타오른다. 그것은 무시무시한 전조가 되어 항상 무서운 위기나 재앙이 닥칠 것을 예고한다. 그런 일은 오직 백년에 한두 번만 일어날 뿐이다.

나는 마담이 그런 현상에 대해 뭐라도 들은 게 있는지 알지 못한다. 그러나 그 여자는 이런저런 기이한 이야기를 해서 나와 메리 퀸스를 매우 질겁하게 만들곤 했다. 그녀는 자신의 침실 문 앞 회랑으로 누가 걸어갔는지 물어보았다. 누군가 드레스를 끌며 계단을 내려가면서 긴 한숨을 내뱉었다는 것이다. 마담은 어두운 문간에 서서 그런 소리를 두 번이나 들었다고 했다. 한번은 누구냐고 물었다고 했다. 그러나 대답은 없었고 그저 그 사람이 뒤를 돌아보았는데, 불가사의한 속도로 자신을 향해 후다닥 다가와서 기겁을 하고 문을 잠갔다고 했다.

젊고 무지한 사람들은 그런 이야기를 처음 접하면 매우 흥분한다. 나는 그런 특별한 효과가 이내 사그라진다는 걸 깨달았다. 이야기는 그저 다른 사람에게로 전달된다. 마담의 이야기도 마찬가지였다.

　그런 이야기가 돈 지 약 일주일 후 나는 비슷한 경험을 했다. 메리 퀸스가 야간등을 가지러 아래층으로 내려간 사이 나는 양초 하나가 타고 있는 침실에서 잠이 들었다. 잠에서 깼을 때 촛불은 꺼져 있었다. 그때 조용히 다가오는 발자국 소리가 들렸다. 그때 나는 유령 이야기는 잊고 있었다. 그저 메리 퀸스라고 생각해 자리에서 벌떡 일어나 문을 열었다. 그러나 메리 퀸스가 등불을 들고 나타날 것이라는 예상과는 달리 사방이 어두컴컴했다. 가까이에서 오크나무 바닥에 맨발이 닿는 소리가 났다. 마치 누군가 비틀거린 것 같았다. 나는 "메리" 하고 불렀으나 대답이 없었다. 그저 회랑 저쪽에서 옷 스치는 소리와 숨소리만 들릴 뿐이었다. 위층으로 올라가는 소리였다. 나는 공포에 질려 방으로 들어와 문을 닫았다. 그 소리에 30분 전 자신의 침실로 돌아가 잠이 든 메리 퀸스가 깼다.

　그런 일이 있은 지 2주 후, 매우 정직한 노처녀인 메리 퀸스는 새벽 4시경 덜커덩대는 창문을 손보기 위해 일어났다가 서재 창문에서 빛이 새어 나오는 것을 보았다고 했다. 그녀는 창문 셔터 틈새로 흔들리는 빛으로 보아 매우 강렬한 빛이었다고 확신했다. 분명히 화가 난 '링크맨'이 머리 위로 횃불을 흔들었다는 것이다.

　그런 기이한 일들로 인해 나는 더욱 겁을 집어먹었다. 그 혐오스러운 프랑스 여자는 큰 노력을 기울이지 않고도 신비스럽고 초자연적인 현상에 예민한 내 성향을 이용해 점차 나를 휘두르는 힘을 키웠던 것 같다.

그 여자를 둘러싼 모호한 안개가 걷히며 사악한 성격이 재빠르게 모습을 드러냈다.

나는 새로 온 사람들은 처음에는 사근사근하다는 러스크 부인의 평가가 맞았다는 사실을 깨달았다. 마담이 그러한 면모를 거두자마자 유쾌한 기분은 눈에 띄게 사그라지고 다른 성격이 드러나기 시작했다. 바로 무도하고 위험한 면모였다.

그럼에도 그 여자는 항상 주변에 성서를 펼쳐놓는 버릇이 있었고 아침 예배와 저녁 예배를 잘 지켰다. 또 아버지에게 매우 겸손하게 스베덴보리에 관한 책의 번역본을 빌려볼 수 있냐고 물으며 그것을 귀하게 여긴다는 내색을 했다.

우리는 규칙적으로 산책을 하곤 했는데, 날씨가 좋지 않을 때는 보통 창문 앞 드넓은 테라스를 거닐곤 했다. 마담은 때로 뚱하고 사악한 표정을 보였다. 그러다가 어떤 때는 불현듯 내 등을 어루만지며 그로테스크한 자비의 표정으로 미소를 지었다. 그러면서 이렇게 말하는 식이었다. "피곤하니, 애야?" 또는 "사랑스런 모드야, 추워?"

처음에는 그렇게 돌변하는 태도가 매우 당황스러웠다. 때로는 광기가 느껴져 무섭기까지 했다. 그러나 실마리는 예기치 않게 드러났다. 나는 서재 창문을 통해 아버지의 얼굴이 보일 때마다 마담이 드러내놓고 내게 애정을 보인다는 사실을 알아차렸다.

미신적인 두려움을 자아내는 이 여자를 어떻게 받아들여

야 할지 알 수가 없었다. 어스름이 내린 후 학습실에서 그 여자와 단둘이 남겨지는 게 너무 싫었다. 마담은 때로 구석에 자리를 잡고 입을 크게 벌리고 오만상을 찌푸린 채 난롯불을 바라보며 30분 넘게 앉아 있곤 했다. 내가 자신을 쳐다보는 걸 알아차리면 그 순간 자세를 싹 바꿔 나른한 태도를 꾸며내고는 팔로 머리를 괴곤 했다. 그러고는 이내 성경책을 드는 식이었다. 그러나 그 여자는 책을 들었을 뿐 읽지는 않았다. 그저 책을 들고 어두운 생각에 빠질 뿐이었다. 성경책은 30분 넘게 펼쳐져만 있을 뿐 단 한 쪽도 넘어가지 않았기 때문이었다.

그 여자가 무릎을 꿇고 있을 때 정말로 기도를 했다거나, 성서를 앞에 두고 있을 때 그것을 실제 읽고 있다는 사실을 확신할 수 있었다면 기뻤을 것이다. 그렇다면 나는 그 여자가 무난하고 인간적인 사람이라고 여겼을 것이다. 그러나 그렇게 겉으로 드러내는 신실함은 실제 모습과 너무나 큰 대조를 이루어 나는 더욱 겁을 먹었다. 그러나 어쨌든 의심일 뿐 확신을 갖지는 못했다.

나의 교리 문답과 기도에 매우 큰 관심을 가지고 있던 우리 교구 목사와 부목사는 마담이 매우 예의를 갖춰 대하자 그녀를 매우 훌륭한 사람이라고 여겼다. 마담은 공적인 자리에서는 언제나 나를 아끼는 모습을 유난스럽게 드러냈다.

마담은 그런 식으로 아버지와 상담할 기회를 얻어냈다. 나의 독서에 대해 아버지와 상담할 핑계를 만들어내 아버지에게 자신의 고통을 털어놓곤 했다. 알고 보니 내가 순종적이지 못하고 성질을 부려 고통스럽다는 말을 늘어놓았던 것이다. 사실 나는 매우 조용하고 순종적이었다. 그러나 마담은 나를 완전히 비참한 굴종의 상태로 만들어놓고 싶었던 것 같다. 이제와 생각해보면 그 여자는 자신의 사악한 기질을 발휘하여 우리 집안 전체를 지배하고 굴종시킬 계략을 품었던 것 같다.

아버지는 어느 날 나를 서재로 불렀다.

"가여운 마담에게 그렇게 큰 고통을 주면 안 돼. 마담은 네게 관심을 품은 몇 안 되는 사람 중 하나야. 그 사람이 왜 그렇게 너의 못된 성질과 불순종에 대해 불만을 털어놓는 거지? 왜 내게 널 혼내도 되는지 허락을 구하는 거니? 겁내지 말거라. 그건 허락하지 않을 거니까. 하지만 그렇게나 친절한 사람이 그러는 건 너한테 문제가 있는 거 아니겠니? 마담에게 애정까지 품으라고 강요하지는 못하겠지만 존중하고 순종하거라. 꼭 그리해야 한다."

"하지만, 선생님."

나는 부당한 혐의에 자극받아 용기를 내 말을 이었다.

"저는 언제나 마담이 시키는 대로 했을 뿐이에요. 그리고 마담에게 실례되는 말은 한마디도 하지 않았어요."

"그건 네가 판단할 일이 아닌 것 같구나. 가서 반성하거라."

아버지는 불만스러운 표정으로 문을 가리켰다. 나는 억울함이 가슴을 짓눌러 문간까지 간 후 한마디 더 하려고 뒤를 돌았으나 그러지 못했다. 그저 눈물만 쏟아냈다.

"자, 울지 마라, 모드야. 앞으로 잘하면 된다. 자, 자. 이제 그만해."

아버지는 내 이마에 키스하고 난 후 나를 내보내고 문을 닫았다.

학습실에서 나는 용기를 내 신중한 말로 마담에게 따졌다.

"요런 사악한 아이 같으니!"

마담이 새침 떨며 말했다.

"여기 이 성경 세 장, 그래, 그 세 장 소리 내서 읽어, 모드!"

마담이 읽으라고 시킨 구절에 특별한 의미가 담겨 있지는 않았다. 다 읽고 나자 그 여자가 슬픈 어조로 말했다.

"자, 애야. 넌 겸손을 배우기 위해 이 아름다운 구절을 외워야 해."

긴 구절이었다. 나는 대단히 짜증이 난 상태였지만 시키는 대로 따랐다.

러스크 부인은 마담을 싫어했다. 그녀는 마담이 기회가 닿을 때마다 와인과 브랜디를 훔친다고 했다. 또 언제나 배가 아프다며 술을 요구한다고도 했다. 아마도 과장일지 모른다. 하지만 나도 아프다는 마담을 위해 그런 심부름을 한 적이 있었다. 그러자 러스크 부인은 마담의 침실로 알약과 황겨자만 가져다주었고, 그 후로 마담은 러스크 부인을 영원히 증오했다.

나는 이 모든 것이 나를 고문하기 위해 벌인 일이라고 느꼈다. 그러나 어린아이에게 하루는 긴 시간이고, 또 아이들은 용서도 빠르다. 나는 마담이 서재로 가서 무슈 루틴을 만나보겠다고 하는 말을 들으면 항상 위험한 느낌이 들었다. 정직한 러스크 부인이 마담을 증오하는 것에는 아마도 마담의 영향력이 커지는 것에 대한 질투도 있었던 것 같다.

제6장
숲속 산책

두 가지 작은 사건이 마담에 대한 나의 불쾌한 의심을 확인 시켜주었다. 어느 날 나는 회랑의 한쪽 구석에서 마담을 본 적이 있었다. 마담은 조용하기에 내가 밖에 나갔다고 생각한 것 같았다. 그 여자는 아빠의 서재 열쇠구멍에 귀를 대고 엿듣고 있었다. 그곳은 아버지의 침실 옆, 우리가 응접실이라고 부르는 곳이었다. 마담은 고개를 돌려 계단 쪽을 살폈다. 기습적으로 들킬까 봐 염려하는 동작이었다. 그 여자의 입은 크게 벌어져 있었고 눈은 열정적으로 희번덕거렸다. 그곳을 지나는 모든 걸 집어삼킬 듯한 표정이었다. 나는 혐오스럽기도 하고 두렵기도 해서 어둠속에 몸을 숨겼다. 마담은 입을 쩍 벌리고 있는 뱀 같았다. 나는 그 여자에게 뭐라도 집어던지고 싶었지만 너무 두려워 결국 내 방으로 돌아오고 말았다. 하지만 다시 분노가 치밀어 그 자리로 되돌아갔다. 최대한 서둘렀다. 내가 다시 회랑의 코너에 도착했을 때 마담은 내가 오는 소리를 들은 모양이었다. 그 여자는 이미 계단을 반쯤 내려가는 중이었다.

"아, 사랑스런 아이야. 널 보니 기쁘구나. 외출복을 입었네? 신나게 산책을 하자꾸나."

그 순간 아버지 서재 문이 열렸고, 러스크 부인이 열이 난 얼굴로 새빨개져서는 흥분 상태로 나왔다.

"주인님께서 브랜디 가져가도 된다고 하시네요, 마담. 그놈의 술 빨리 없애든지 해야지, 원!"

마담은 능글맞게 웃으며 고개를 까닥했다. 불가해한 증오와 무례함이 담긴 표정이었다.

"꼭 마셔야 한다면 가져가요! 지금 직접 저장실로 오던가, 아니면 집사에게 가져다 달라고 하던가요."

그러고 나서 러스크 부인은 뒤쪽 계단으로 휙 가버렸다.

그때는 작은 충돌이 아니라 총력전이었다.

마담은 보조시녀 앤 윅스테드를 잘 구슬려 호의를 산 후 그녀를 효율적으로 활용했다. 나를 설득해 선물을 하게 하거나 예전에 입던 드레스 등을 건네주게 만든 것이다. 앤은 그렇게 천사 같은 여자였다!

그러나 앤을 예의주시하던 러스크 부인은 앞치마 속에 브랜디 병을 몰래 감춰 위층으로 올라가는 그녀를 붙잡았다. 앤은 겁을 먹고 사실을 털어놓았다. 마담이 마을에 가서 술을 사오라고 시켰다는 것이었다. 러스크 부인은 병을 압수하고 나서 앤을 대동하고 "주인님" 앞으로 몰아붙였다. 아버지는 이야기를 전해 듣고 마담을 소환했다. 마담은 차분한 태도로 거침없이 말했다. 브랜디는 순전히 치료용이라는 것이었다. 그 여자는 메모 형태의 서류를 꺼냈다. 아무개 의사가 마담 드 라루지에르에게 안부를 물으며, 복통이 도질 때마다 브랜디 한 스푼과 아편 팅크제 몇 방울을 처방한다고 쓰인 쪽지였다. 브랜디 한 병이면 1년 내내 갈 것이다, 어쩌면 2년까지 갈 수도 있다고 했다. 마담은 자신의 치료약을 되찾았다.

여자에 대한 평가는 같은 여자가 하는 것보다 남자가 할 경우 더 후하다. 여자들은 남자들과의 관계에서 어쩌면 더 신뢰를 얻는지도 모른다. 또 어쩌면 같은 여자의 평가가 더 공정할지도 모르며, 여자에 대한 남자의 평가는 미리 정해진 망상일 수도 있다. 아무튼 잘은 모르겠으나 그런 식으로 정해진 건지도 모른다.

러스크 부인이 소환되어 함께한 자리에서 나는 아버지와의 면담 동안 마담의 행태를 보았다.

그것은 대단한 전투였고 위대한 승리였다. 마담은 기세등등했다. 그 여자에게 공기는 달콤했고 풍경은 매력적이었다. 나는 또 너무나 착하니, 모든 게 다 너무나 아름답다나! 우리 어디 갈까? 이쪽으로 갈까?

나는 마담에게 최대한 말을 적게 하기로 작심했다. 그런 뻔뻔한 행동에 무척 화가 났다. 그러나 그런 결심은 어린 사람에게는 오래가지 않는다. 그리하여 숲 언저리에 도달했을 즈음 우리는 평소처럼 대화를 나누고 있었다.

"저 숲속으로는 가고 싶지 않아요."

"그래, 뭐 때문에?"

"가여운 엄마가 저기 묻혀 있어요."

"저기가 지하 묘소야?"

마담이 눈에 불을 켜며 물었다. 나는 그렇다고 말했다.

"참 이상한 이유구나? 가여운 엄마가 저기 묻혀 있다고 안 가겠다니! 왜, 얘야, 무슈 루틴께서 그런 이야기 들으면 뭐라고 하실까나? 너 그렇게 못된 아이 아니잖아? 그리고 내가 같이 있잖아. 알롱(가자)! 가자! 조금이라도 들어가 보자."

나는 못마땅했지만 따르지 않을 수 없었다. 풀이 웃자란 길을 따라 우리는 음울한 건축물에 도달했다.

마담 드 라 루지에르는 호기심이 동한 것 같았다. 맞은편 둔덕에 앉아 머리를 손가락 끝으로 괴고 매우 늘쩍지근한 자세를 취했다.

"슬프기도 하지! 엄숙하기도 하지!"

마담이 중얼거렸다.

"참 고귀한 무덤이네! 사랑스러운 애야, 얼마나 슬프니? 그렇게 사랑하는 엄마를 기억하면 네가 여기 오는 게 얼마나 슬프겠니. 비명碑銘이 있네, 새로 쓴 거지?"

실제로 그렇게 보였다.

"난 피곤하니, 네가 크게 읽어 보렴. 천천히 그리고 진심으로. 알겠니, 사랑스러운 모드야?"

나는 무덤을 향해 다가가다가 왠지 알 수 없는 느낌에 갑자기 어깨너머로 뒤돌아보았다. 나는 깜짝 놀라고 말았다. 마담이 야비한 표정으로 얼굴을 찌푸리며 조롱하고 있었기 때문이었다. 내가 돌아보자 그 여자는 갑자기 기침을 내뱉는 시늉을 했다. 그러나 소용없는 짓이었다. 내가 자신의 모습을 알아차렸다는 것을 깨닫고는 크게 소리 내어 웃었다.

"이리 와라, 애야. 나는 그저 이 모든 게 얼마나 어리석은지 생각하고 있었단다. 무덤이며 비문이며, 모두 다. 난 비문 따위 새기지 않을 거야. 절대로! 우리는 비문을 처음에는 죽은 자의 계시로 여기잖아? 그리고 거기서 산 자의 어리석음만을 찾아. 그러니 내가 경멸하는 거야. 넌 여기 놀의 너의 집에서 그, 뭐냐, 유령이 출몰한다고 생각하니?"

"왜요?"

나는 얼굴이 붉어졌다가 다시 창백해졌다. 나는 마담이 무서웠고 갑작스러운 그 여자의 태도 변화에 당황했다.

"왜냐하면 앤 윅스테드가 유령이 있다고 했거든. 이곳은 얼마나 음산한지! 루틴 가문의 많은 사람들이 여기 묻혀 있잖아, 안 그래? 사방에 둘러싼 나무들은 또 어찌나 높고 굵은지! 아무도 근처로 안 오잖아."

그러고는 마담이 눈알을 무섭게 굴리기 시작했다. 마치 무언가 이 세상 것이 아닌 것을 보려는 듯한 기이한 표정이었다. 실로 마담 자신이 그런 존재로 보였다.

"어서 가요, 마담."

나는 점점 더 겁이 났다. 나를 둘러싸고 조여 오는 공포에 일단 무릎 꿇으면 그 즉시 나 스스로에 대한 통제력을 모두 잃어버릴 것만 같았다.

"오, 어서 가요! 어서요, 마담. 저 무섭다고요."

"안 돼. 여기 내 옆으로 와 앉아. 얘야, 굉장히 이상하구나? 브레멍(정말) 이상한 취향이야. 하지만 나는 죽은 자 곁에 있는 게 너무 좋아. 이런 적막한 곳 말이야. 나는 죽은 자들이 무섭지 않아. 유령도 마찬가지고. 너 유령 본 적 있니?"

"마담, 제발요. 다른 이야기해요."

"멍청한 아이 같으니라고! 안 돼. 겁날 게 뭐 있어? 나는 직접 유령을 보았단다. 예를 들어 어젯밤에도 한 명 본걸. 원숭이 모양에 팔로 무릎을 감고 구석에 앉아 있더라. 아주 사악하고 늙은 남자였는데, 얼굴이 마치…… 뭐더라? 아무튼 흰 눈이 아주 커다랗더라."

"마담, 어서 가요! 절 겁주려고 하는 말이잖아요."

나는 두려운 한편으로 화가 나서 말했다. 마담은 추악한 웃음을 보였다.

"에, 비앵! 멍청한 아이 같으니! 네가 진짜 겁이 났다면 나머지는 말 안 할게. 다른 이야기를 하마."

"네, 네, 그래요! 제발요."

"너의 아버지는 얼마나 좋은 분이니!"

"아주아주 친절하세요. 왜 그런지 모르겠지만, 저는 아버지가 무섭고, 내가 얼마나 아버지를 사랑하는지 말씀드리는 게 쉽지 않아요."

이상하게 들리겠지만, 마담에게 이렇게 속내를 터놓으면서도 상대에 대해 아무런 믿음이 없었다. 그건 그저 두려움에서 기인한 애원 같은 것이었다. 나는 인간적인 동정심이 있는 것처럼 마담을 대했지만, 그저 어떻게든 그런 감정을 이끌어 낼 수 있을까 하는 희망을 품고 그렇게 했을 뿐이었다.

"몇 달 전 런던에서 온 닥터가 없었니? 닥터 브라이얼리 어쩌고 하는 거 같던데?"

"예, 닥터 브라이얼리가 오셔서 며칠 머무셨어요. 이제 집으로 돌아갈까요, 마담? 제발요."

"알았다, 얘야. 그럼 네 아버지는 많이 아프시니?"

"아뇨."

"그럼 어떤 병인데?"

"병이라뇨! 아버지는 병 없어요. 혹시 아버지의 건강 상태에 대해 들은 게 있어요, 마담?"

나는 불안한 마음으로 물었다.

"오, 아냐. 마 푸아(물론). 난 아무것도 들은 거 없어. 하지만 닥터가 왔다고 하니까 어디가 안 좋아서 그런 게 아닌가 하고."

"하지만 그 닥터는 제가 알기로 신학 박사예요. 그분은 스베덴보리 교도예요. 아빠는 건강이 아주 좋아서 그분이 의사로 온 건 아닐 거예요."

"마 쉐르(가까운 사람을 부르는 애칭), 그거 기분 좋은 소식이구나. 하지만 너도 아버지가 너처럼 어린 자식을 갖기에는 늙은 사람이란 걸 알 거야. 오, 그래. 그분은 노인이지. 그리고 삶이 불확실하잖아? 아버지가 유언장을 만드셨니, 얘야? 네 아

버지처럼 큰 부자는 누구나, 거기다 그렇게 나이가 많은 사람
이라면 누구나 유언장을 만들어야 하는 거야."

"서두를 필요 없어요, 마담. 아직은 충분히 건강하시니까
요."

"어쨌든 진짜 유언장 안 썼어?"

"저는 정말 몰라요, 마담."

"아, 어린 악당 같으니라고! 말을 안 하겠다? 하지만 넌 네
가 지금 꾸며대는 것처럼 멍청이가 아니잖아? 절대 아니지,
아니야. 자, 다 말해봐. 다 널 위해서 그런 거야. 유언장에 뭐라
고 쓰여 있지? 언제 썼어?"

"마담, 저는 정말 아무것도 몰라요. 유언장이 있는지 없는
지도 몰라요. 우리 다른 이야기해요."

"하지만 애야, 유언장 쓴다고 무슈 루틴이 빨리 죽진 않아.
유언장 쓴다고 이곳에 하루라도 더 빨리 묻히진 않는단 말이
야. 그리고 그분이 유언장 안 만들면 넌 그 막대한 유산을 못
받을지도 몰라. 그거 참 딱한 일 아니겠니?"

"저는 정말 유언장에 대해 아무것도 몰라요. 아버지가 만
들었다고 해도 저한테는 한 번도 말한 적이 없어요. 저는 아버
지가 절 사랑한다는 걸 알고, 그걸로 충분해요."

"아! 넌 얼간이가 아니야. 넌 다 알고 있어. 어서 말해, 이
고집쟁이야. 안 그러면 네 손가락을 부러뜨리겠어. 어서 다 말
해!"

"아빠 유언장에 대해 아무것도 몰라요. 아, 마담, 저 아파

요. 다른 이야기해요."

"넌 알고 있어. 다 말해야 해. 이 고집쟁이야. 안 그러면 진짜로 손가락 부러뜨린다."

그러더니 그 여자가 내 손가락을 쥐고 사악하게 웃으며 갑자기 손가락을 뒤로 확 꺾어버렸다. 나는 비명을 질렀지만 그 여자는 계속 웃어댔다.

"말할 거지?"

"예, 예! 이거 놔줘요."

나는 비명을 내질렀다. 그러나 마담은 즉시 놓지 않았다. 대신 계속해서 고문을 이어나가며 꽥꽥 새된 웃음을 터뜨렸다. 그러다 마침내 내 손을 놓았다.

"그래, 그래, 착한 아이가 돼야지. 사랑하는 가정교사에게서 다 말해. 왜 울고 있니, 이 멍청한 어린 것아?"

"절 다치게 했잖아요. 내 손가락을 부러뜨렸다고요."

나는 흐느껴 울었다.

"살살 문지르고 호호 불어. 그리고 입을 맞춰, 이 멍청아! 이 못된 것아! 다시는 너와 놀지 않을 거야. 절대! 자, 그만 집으로 가자."

마담은 집으로 돌아오는 내내 뚱한 표정으로 입을 다물었다. 내 질문에도 대답하지 않고 도도한 척, 기분 상한 척했다.

그러나 그런 태도는 오래가지 않았고 이내 평소의 태도로 돌아왔다. 그리고 유언장 이야기를 다시 꺼냈으나 그렇게 직접적으로 언급하지 않고 좀 더 교묘해졌다.

왜 이 무서운 여자는 끊임없이 내 아버지의 유언장에 매달리는 걸까? 그게 자기하고 무슨 상관이 있는 걸까?

제7장
스카즈데일 처치

마담과 대놓고 싸움을 벌이는, 강렬한 감정을 표출할 줄 아는 유일한 사람인 러스크 부인만 빼고 우리 집안 모든 여자들이 이 불길한 이방인을 무서워했던 것 같았다.

러스크 부인은 내게 속내를 털어놓았다.

"그 여자 어디 출신이죠? 프랑스 사람이에요? 아니면 스위스 사람? 그것도 아니면 캐나다? 나도 어렸을 때 그런 사람 한 명 알았어요. 그 여자도 아주 못된 여자였죠! 저 여자 누구랑 살았을까요? 가족은 어디 있을까요? 우리 중에 누구도 저 여자에 대해 아무것도 모르잖아요. 오직 주인님만 아실 테죠. 주인님이 알아보시긴 하셨겠죠? 저 여자 항상 앤 윅스테드와 꿍꿍이를 벌여요. 난 진짜 저 여자 쓴맛을 보게 만들고 싶다니까. 항상 쑥덕거리고 쉬쉬하잖아요? 제까짓 게 쑥덕거리는 일이나 할 줄 알지, 참나 원! 마담 드 라 루지풋 그 여자가 말이죠, 저는 그렇게 부른답니다, 그 여자는 개수작 부리는 일에 도가 텄어요. 늙은 괭이 같은 년! 아가씨, 이렇게 말하는 걸 용서하세요. 저 여자는 악마예요. 틀림없다니까요. 나는 저 여자가 주인님의 진을 훔치는 걸 봤어요. 의사가 주인님께 처방한 진을 훔치고는 빈 병에 물을 채우더라니까요. 늙은 악당 같으니라고. 하지만 언젠간 발각될 거예요, 언젠가는 꼭 그럴 거예요. 하녀들이 모두 저 여자를 무서워해요. 저 여자는 뭔가 잘못됐어요. 뭐, 마녀나 유령 같다고들 한다니까요. 그럴 만도 하지. 저 여자가 아가씨에게 심통을 부린 다음날 아침에 침대에서 옷을 죄다 입고 자고 있는 걸 캐서린 존스가 봤답니다. 도대체 그게 뭔 개수작인지 몰라도요. 저 여자가 아가씨를 겁주려고 했을 게 틀림없어요. 완전 겁을 먹고 꼼짝 못하게 만들려고 할 거예요, 분명히!"

그건 사실이었다. 나는 겁을 먹었고 점점 더 무서워졌다. 나는 그 싸늘한 여자가 그 점을 간파했고, 또 의도했고, 기뻐했을 거라고 생각한다. 나는 그 여자가 내 방에 숨어 있다가 밤에 날 겁주려고 불쑥 나타날까 봐 늘 겁났다. 때로 꿈속에 나타나기도 했다. 물론 항상 끔찍한 모습이었다. 나는 깨어 있을 때도 알 수 없는 그 여자가 두렵기 시작했다.

나는 어느 날 밤 꿈을 꾸었다. 마담이 나를 데리고 서재로 가면서 쉬지 않고 뭔가를 속삭였는데, 너무 빨리 말해 무슨 말인지 이해할 수 없었다. 그 여자는 한 손으로 양초를 머리 위로 들어 올리고 있었다. 우리는 한밤중에 범죄자처럼 까치발로 걸어가다가 아버지가 내게 알려준 기묘한 낡은 오크나무 캐비닛 앞에 멈춰 섰다. 나는 무언가 불법적인 일에 휘말렸다고 느꼈다. 문에는 열쇠가 있었는데 나는 그것을 돌리며 죄책 감과 공포를 느꼈다. 마담은 그러는 내내 내 귀에 대고 아까와 같은 알아들을 수 없는 말을 속닥였다. 나는 열쇠를 돌렸다. 스르르 문이 열렸다. 안에 아버지가 서 있었다. 아버지의 창백 한 얼굴은 악의에 차 나를 노려보았다. 그는 끔찍한 목소리로 소리 질렀다. "죽음!" 그러자 마담의 촛불이 꺼졌고, 동시에 나 는 어둠속에서 비명을 지르며 잠에서 깼다. 하지만 여전히 서 재에 있다고 생각했다. 나는 한 시간이 지난 후에도 히스테리 컬한 상태에 빠져 있었다.

마담에 관한 사소한 일도 하녀들 사이에서 열띤 논쟁거리 를 제공했다. 그들은 다소 비밀스럽게 모두 마담을 증오했고 두려워했다. 그들은 마담이 주인님께 잘 보여 자신의 입지를 굳힌 후 러스크 부인을 쫓아내려 한다고 생각했다. 러스크 부 인의 자리를 차지하고 나면 자신들 모두를 쫓아낼 거라고 생 각했다. 정직한 하녀장은 하녀들 사이에 도는 그런 소문을 저 지하지 않았던 것 같다.

나는 그 당시 행상인 한 명이 나타난 일을 기억한다. 집시 같아 보이는 이상한 남자 행상이 놀에 방문했다. 나와 캐서린 존스는 그때 뜰에 나가 있었는데, 그 상인이 문 옆 낮은 난간 에 자신의 꾸러미를 풀어놓았다.

리본이며 면직물, 실크, 스타킹, 레이스, 심지어 조잡한 보 석류까지 온갖 종류의 물건들이 있었다. 행상이 막 자신의 상 품을 늘어놓기 시작하자―조용한 시골 저택에서 그런 일은 관심을 끌었다— 마담이 나타났다. 남자는 마담을 아는 표정을 짓더니 "마다무아젤"이 잘 지내고 있기를 바란다며 알은체를 하고는 "여기서 볼지 몰랐다"고도 했다.

'마다무아젤'은 그에게 감사를 표했다.

"예, 예."

그러고는 눈에 띠게 불쾌한 표정을 지었다.

"아이고, 이뻐라! 캐서린, 가서 러스크 부인에게 전해. 가위 필요하다고 했거든. 레이스도 사야 한다고 하는 말 들었어."

그리하여 캐서린은 우물쭈물한 표정으로 자리를 떴다. 그러자 마담이 나를 향해 말했다.

"애야, 가서 내 지갑 좀 가져다줄래? 깜박하고 내 방 테이블에 놓고 왔네. 그리고 올 때 네 지갑도 가져오렴."

캐서린은 러스크 부인과 함께 돌아왔다. 여기 마침내 그 늙은 프랑스 여자에 대해 무언가를 알려줄 남자가 나타난 것이다! 마담이 쇼핑을 마치고 나를 데리고 자리를 뜰 때까지 그들은 주변을 살피며 남자의 물건을 보면서 어슬렁댔다. 그러나 고대하던 기회가 왔을 때 행상은 요지부동이었다.

"그 사람 다 잊어버렸다네요. 그 여자를 전에 본 적이 없다면서. 자기는 이 세상 모든 프랑스 여자를 '마다무아젤'이라고 부른다나, 어쩐다나. 자기는 아무리 생각해보아도 그 여자를 전에 본 적 없다는 거예요. 그냥 그런 여자들을 만나면 좋다고만 하더군요. 젊은 여자들에게 물건을 사라고 부추기기 때문이라면서요."

남자가 그렇게 다 잊었다면서 입을 다무는 게 매우 약이 올라, 러스크 부인도 캐서린 존스도 그자에게 한 푼도 쓰지 않았다. 멍청한 인간, 아니 그보다 더한 인간이라는 것이었다.

물론 마담이 그 남자를 매수한 것이었다. 진실은 살인 사건처럼 언젠가 드러나게 마련이다. 말구종 톰 윌리엄스가 목격한 것이 있다. 마담이 행상과 단둘이 있을 때 물건을 살펴보는 척하며 얼굴을 거의 남자의 실크와 웨일스 마모 교직물에 묻다시피 하고는 내내 쏙닥거렸다는 것이다. 그러면서 자기가 보기에 남자의 물건 밑으로 돈을 슬쩍 집어넣었다는 것이다.

어느 날 나와 마담은 놀과 스카즈데일 처치 사이로 난 드넓은 목장 길을 따라 걷고 있었다. 숲속 무덤에 다녀온 이후 마담은 이전처럼 나를 많이 괴롭히지 않았다. 평소보다 자주 상념에 잠겼고 말수도 줄었으며 프랑스어나 다른 공부로 나를 몰아붙이지 않았다. 산책은 우리 일과 중 하나였다. 나는 손에 샌드위치가 든 작은 바구니를 들고 있었다. 산책하다 예쁜 풍경이 보이는 곳에서 점심으로 먹을 생각이었다. 우리가 나아가는 방향으로 3킬로미터쯤 떨어진 곳이었다.

우리는 조금 늦게 출발했다. 마담은 이례적으로 피곤하다면서 목적지의 반도 가지 못해 들판 울타리 출입구 계단에 앉아버렸다. 그러더니 그곳에서 음울한 콧소리를 내가며 기묘한 옛 브르타뉴 민요를 읊조리기 시작했다. 돼지 머리를 한 여인에 관한 노래였다.

이 여자는 돼지도 아가씨도 아니었네,

인간의 형상도 아니었다네,

산 자도 죽은 자도 아니었지.

왼손과 왼발은 만지면 따뜻했지,

오른쪽은 시체처럼 차가웠다네!

여자는 장례의 종처럼 딩동딩동 노래했지.

돼지들은 겁을 먹고 초연한 그 여자를 보았지,

여자들은 그녀를 두려워하며 멀리 서 있었다네.

여자는 1년하고 하루를 자지 않고 지낼 수 있어,

여자는 한 달 이상 시체처럼 잠을 잘 수 있어.

아무도 그 여자가 뭘 먹고 사는지 알 수 없어,

도토리를 먹는지, 살을 먹는지.

누군가는 그 여자가 돼지 들린 사람이라고 했지,

게네사렛 바다를 헤엄쳤다지.

잡종의 몸과 악마의 영혼.

누군가는 그 여자가 방랑하는 유대인의 아내라고 하지,

그리고 돼지고기를 얻으려고 법을 어겼다지,

그러고는 그 표시로 돼지 얼굴을 하고 다닌다네,

치욕은 지금이고 벌은 다가오고 있다네.

그렇게 노래는 쟁쟁거리며 두서없이 계속되었다. 내가 어서 가고 싶어 할수록 마담은 더 머뭇거렸다. 그렇지만 나는 조바심을 드러내지 않았다. 그 여자는 그 추잡한 민요 가락을 읊조리면서 자꾸 시계를 들여다보았다. 마치 무언가를 기다리는 듯 목적지 방향으로 교활한 시선을 던지곤 했다.

마담은 제 맘껏 노래를 다 부르고 나서야 자리를 털고 일어나 조용히 걷기 시작했다. 나는 그 여자가 조금 전처럼 앞쪽으로 보이는 트릴스워스 마을 쪽으로 한두 번 눈길을 보내는 걸 목격했다. 연기가 언덕마루에 연막처럼 떠 있었다. 나는 마담이 나를 관찰했다고 생각한다. 이런 질문을 했기 때문이다.

"저기 보이는 연기가 뭐지?"

"트릴스워스예요, 마담. 저기 기차역이 있거든요."

"오, 르 슈맹 드 페르(철도)! 이렇게 가까이! 나는 몰랐네. 어디로 이어지는 건데?"

나는 대답했고 이어 침묵이 이어졌다.

처치 스카즈데일은 매우 예쁘고 기묘한 풍경을 자아냈다. 살짝 굽이치는 목장 길은 갑자기 드넓은 계곡으로 쑥 이어졌다. 그 골짜기 우묵한 곳 굽이도는 밝은 실개천 옆 초지에 폐허가 된 작은 수도원이 있었다. 장엄한 나무 몇 그루가 주변을 수놓았다. 나무 위에는 빈 까마귀 둥지들이 걸려 있었다. 새들은 둥지에서 먼 곳으로 먹이를 구하러 날아갔다. 가축도 보이지 않았다. 적막 그 자체였다.

마담은 길게 숨을 내쉬고 미소 지었다.

"이리 와, 이리 와, 얘야. 교회 뜰로 가보자."

주변 세상을 가로막고 있는 경사지를 따라 내려가자 풍경은 더욱 슬프고 적막해졌다. 마담은 기분이 좋아지는 듯했다.

"봐, 묘석이 몇 개인지 봐봐. 백? 이백? 죽은 사람들 안 좋아하니? 내가 그 방법을 가르쳐줄게. 넌 내가 오늘 여기서 죽는 걸 볼 거야. 30분 동안 말이다. 그래서 저들과 함께하는 거야. 난 정말 그런 게 좋아."

우리 옆에 작은 시내가 있었는데, 두어 개의 징검다리 돌을 딛고 물을 건너면 바로 맞은편에 울타리 출입문이 나 있는 교회 뜰 울타리가 보였다.

"이리 와, 자!"

마담이 공기를 들이마시듯 고개를 쳐들고 소리 질렀다.

"이제 거의 다 왔어. 너도 나처럼 좋아하게 될 거야. 묘석을 다섯 개 정도 볼 수 있을 거야. 자, 싸 이라, 싸 이라(괜찮아)! 어서 건너와! 나는 마담 라 모르그(영안실), 마담 시체 안치소야! 너에게 내 친구들 무슈 카다브르(시체)와 무슈 스켈레트(해골)를 소개하마! 어서 와, 어서 와라, 작은 생명아. 놀아보자. 우아아하!"

그러더니 그 여자는 거대한 입으로 끔찍한 비명을 내지르기 시작했다. 가발과 보닛도 뒤로 젖혀버려 거대한 대머리가 드러났다. 그렇게 웃어대기 시작하자 진짜 미친 사람처럼 보였다.

"아뇨, 마담. 전 안 갈 거예요."

나는 격렬하게 손을 뿌리치며 한두 발짝 뒤로 물러났다.

"교회 뜰로 가지 않겠다니! 마 프와(정말), 진짜 모베 구(나쁜 취향)구나! 하지만 봐라, 벌써 어스름이 지네. 곧 해가 질 거고, 그럼, 애야, 너 어디 있을래? 난 여기 오래 있지 않을 거야."

"저는 여기 있을 거예요."

나는 화를 내며 대답했다. 나는 겁나는 만큼 화가 났다. 겁이 나기도 했지만 마담이 그렇게 기분 나쁘게 과장해서 미친 짓을 흉내 내는 게 화나기도 했다. 날 겁주려는 게 분명했다.

마담은 마치 발푸르기스에 합류하는 마녀*처럼 드레스 자락을 끌어당기며 길고 홀쭉한 다리로 디딤돌을 건넜다. 그러고 나서 울타리 출입구 위로 머리가 까닥까닥 흔들리는 모습이 보였다. 그 여자는 불길한 노랫가락을 읊조리며 무덤과 묘석 사이를 기묘하게 껑충거리며 폐허로 다가갔다. 능글맞은 웃음으로 까닥거리며 예를 표하는 시늉도 잊지 않았다.

---

* 발푸르기스의 밤은 독일 하이덴하임의 수도원장을 지낸 기독교 성녀 발부르가(710~777)가 교황 하드리아노 2세에 의해 시성된 축일 5월 1일 전날 밤인 4월 30일 밤을 일컫는다. 의학을 연구했던 발부르가는 마법을 물리치는 힘을 지녔다고 알려졌다. 중세와 르네상스 시대 사람들은 발푸르기스의 밤에 마녀들이 악마의 연회를 열고 사악한 힘이 절정에 달한다는 믿음을 지니고 있어서, 그날 밤 산에서 횃불을 밝히는 의식을 치렀다.

제8장
담배 피우는 남자

그곳에서 일어난 일의 실제 내막은 3년 후에 알게 되었다. 내가 알 게 된 방법은 아마도 마담이 예상하지 못했을 테고 또 신경도 쓰지 않았을 것이다. 나는 오고간 말이며 표정까지도 들어서 알게 되었다. 직접 들은 사람에게서 모든 이야기를 전해 들었기 때문이었다. 그러니 나는 여기서 그 순간 내가 보지도 못했고 의심도 하지 않았던 일을 밝히는 바이다.

나는 얼굴을 붉힌 채 겁을 먹고 시냇가 평평한 돌 위에 앉아 있었다. 마담은 내가 시야에서 벗어난 걸 어깨너머로 확인하고는 발걸음을 늦췄다. 그러고는 왼쪽으로 확 꺾어 폐허 쪽으로 향했다. 아까는 처음 가보는 곳처럼 그저 여기저기 둘러보는 시늉을 한 것이었다. 그러나 이제는 완벽하게 빈틈없고 민첩한 태도로 건물의 코너를 돌았다. 그러고는 묘석 가장자리에 앉아 있는 번드르르한 차림의 젊은 남자를 만났다. 금발의 큰 구레나룻, 중절모, 금박 단추가 달린 녹색 모닝코트, 조끼, 무늬가 우아하기보다 꽤 파격적인 바지를 입은 조금 통통한 남자였다. 그는 피우고 있던 파이프를 입에서 빼내지도 않고 자리에서 일어나지도 않은 채 마담에게 고개를 까닥하며 알은체를 했다. 잘생긴 편인 갈색 얼굴을 들고 몸에 밴 것 같은 건방지고 뚱한 표정으로 그 여자를 보았다.

"하, 디들, 여기 있었구먼! 좋아 보이네? 나 혼자 왔어. 하지만 친구, 그 애가 저기 바깥뜰에서 기다리고 있어. 시냇가에서 말이지. 내가 널 안다는 걸 걔가 알아서는 안 되거든. 그래서 혼자 왔어."

"당신 15분 늦었어. 이 아줌마야, 오늘 아침은 내가 졌네."

젊은 남자가 바닥에 침을 뱉으며 말을 이었다.

"그리고 디들이라고 부르지 말지 그래? 안 그러면 당신을 할망구라고 부를 거야."

"에, 비앵! 그럼 더드라고 하지 뭐. 저 애 상태가 아주 좋아. 네가 좋아할 거야. 허리도 가늘고 이도 하얗고 눈도 아주 이뻐. 검은 눈, 네가 최고로 치는 눈이잖아? 거기다 발하고 발목도 똑 부러질 것처럼 얼마나 쪼그만대?"

마담은 곁눈질하며 웃어댔다. 더드는 계속 담배를 빨았다.

"계속해봐."

더드는 고개를 까닥거리며 말했다.

"내가 저 애 노래 가르치고 있거든. 목소리도 정말 이쁘다고!"

다시 잠깐 침묵이 흘렀다.

"음, 그건 별론데? 난 계집들이 요정이니 꽃이니 그런 거에 대해 씨불이는 게 싫거든. 됐다고 해! 컬스 다이밴에 가면 그렇게 노래하는 허깨비 같은 년이 하나 있지. 무대 위에서 암고양이처럼 꽥꽥거리는 꼴이라니! 그냥 확 조져버리고 싶어."

이때쯤 더드는 파이프 담배를 다 피웠다.

"직접 보고 결정해. 시냇가로 내려가서 옆으로 지나치면서 살펴봐."

"그렇게 하지. 난 말이야, 보지도 않고 무턱대고 덥석 물건을 사는 건 아니라고 보거든. 그런데 걔가 싫으면 어쩔 건데?"

마담은 조롱의 감탄사를 내뱉었다.

"그러시던가! 너 말고 딴 남자는 없는 줄 아나 봐? 너처럼 까탈 부리지 않을 사람 말이야. 곧 알게 될 거야."

"뭐, 딴 놈이 걔를 노리고 있다는 거야?"

젊은 남자는 프랑스 여자의 교활한 얼굴을 불안한 표정으로 날카롭게 힐긋거리며 물었다.

"난 확실한 말만 한다고."

여자는 대답하고 나서 내게도 아주 익숙한, 상대를 약 올리는 방식으로 침묵했다.

"자, 이 늙은 아줌씨야. 당신 개수작 그만 부려. 내가 여기서 계속 그 당치 않은 소리 듣고 있길 바라나? 다 털어놓지 그래? 그 앨 노리는 다른 새끼가 진짜 있는 거야?"

"에 비앵(괜찮아)! 그런 거 같아."

"음, 그런 거 같다니? 그거 같다? 이거 같다? 그 따위로 얘기하면 없는 게 짠하고 생기나? 당신이 여자애를 잘 꿍치고 있다고 말했잖아? 공부 다 가르칠 때까지 잘 지키고 있겠다고!"

그러더니 남자는 지팡이의 상아빛 손잡이를 입에 대고 느긋한 조롱의 태도로 마담을 살피며 다소 나른해 보이는 웃음을 지었다. 마담도 웃음을 보였다. 그 모습이 음험해 보였다.

"나는 그냥 농담 지껄인 거야, 아줌마. 당신도 지껄였잖아? 나라고 못할 거 뭐 있어? 하지만 여자애 따위 좀 더 기다리지 못할 게 뭐 있어? 뭐, 씨, 서두를 게 뭐 있냐고? 나 급한 거 없어. 지금 당장 마누라 들일 일 없단 말이지. 남자라면 재미 좀 보다가 결혼해야지, 안 그래? 인생을 맛봐야 한다고! 여자 모시고 축제에, 교회에, 사교모임에 다닐 일 있어? 됐다고 해, 씨팔! 퀘이커 교도 여자가 한쪽 무릎에 얼라 하나씩 놓고 헤헤거리는 꼴? 그게 뭐야? 나는 이제야 인생을 시작하는데, 그건 뒈진 거나 다름없지, 안 그래?"

"아, 넌 참 매력적인 친구야. 언제나 똑같아. 항상 현명하단 말이지. 그러면 나는 그냥 아가씨랑 같이 집으로 돌아가야겠네? 넌 가서 매기 혹스나 만나. 잘 가시게, 더드. 안녕."

"아, 진짜! 왜 이래?"

젊은 신사가 씩 웃자 사악한 얼굴이 드러났다.

"누가 여자애 보러 안 간대? 당신도 알잖아? 내가 여기 왜 왔겠어? 안 그래? 그냥 난 생각 좀 한 거고 뭔가 떠올라서 말한 거뿐이야. 그러지 말란 법 있나? 난 우물쭈물하는 멍청이가 아니라고. 여자애가 마음에 들면 머저리 짓 안 해. 그러니까 말이야, 내가 직접 보고 판단하겠어. 그 여자애가 오는 소리인가?"

"아닌데? 멀리서 난 소리였어."

마담은 코너 너머를 흘긋거렸다. 아무도 다가오고 있지 않았다.

"음, 그럼 저쪽으로 돌아가서 직접 봐. 그 앤 아주 멍청이 같거든. 겁을 잔뜩 집어먹고 있어."

"아, 그 여자는 그런 식이란 말이지?"

더드가 묘석에 파이프의 재를 떨며 말했다. 그러고는 터키산 파이프를 주머니에 집어넣었다.

"그럼, 아줌씨, 잘 가."

그는 그러고는 여자와 악수했다.

"그리고 말이야. 내가 지나갈 때까지 아줌마는 오지 마. 난 연기하는 데는 젬병이거든. 당신이 나를 '선생님'이라고 부르거나 품위를 섞어 대하면 난 웃음보가 터지고 말 거야. 그러면 모두 들통나겠지. 그러니 잘 가! 다시 볼 때는 시간 좀 잘 지키시게."

그 남자는 습관대로 자신의 개들을 찾아보았지만, 이번에는 데리고 오지 않았다. 그는 허세 부리지 않고 기차를 탔고, 그것도 삼등칸을 이용해왔다. 잭 브라이덜리와 함께 오면서 다음 주에 있을 장애물 경마 경기에 대한 정보를 듣고 싶었기 때문이었다.

그는 지팡이로 쐐기풀을 쳐내며 나아갔다. 마담은 무덤 사이 드넓은 공간으로 걸어 나왔다. 화가의 눈처럼 폐허를 바라보는 데 몰두하던 내가 그때 자리에서 일어섰더라면 그 여자가 보였을 것이다.

잠시 후 나는 길가에서 절거덕거리는 발소리를 들었다. 그리고 녹색 모닝코트를 입은 신사를 보았다. 지팡이를 입에 대고 기분 나쁘게 나를 빤히 쳐다보며 우물쭈물 내 옆을 지나갔다. 나는 그가 가까운 작은 분지에서 코너를 돌아 사라지자마자 마음이 놓였다. 나는 즉시 자리에서 일어났다. 몇 미터 떨어지지 않은 곳에서 폐허를 살펴보고 있는 마담을 보니 안심이 되었다. 그 여자는 이제 제정신을 차린 것 같았다. 마지막 햇빛이 고지대에 닿은 모습을 보니 어서 집으로 돌아가고 싶었다. 나는 마담을 부를까 망설였다. 그 여자는 항상 상대의 뜻에 거스르려는 기질이 있었고, 작은 소망이라도 드러낼라치면 그 기대를 꺾어놓으려고 했기 때문이었다.

그때 사라졌던 녹색 모닝코트의 신사가 천천히 내 쪽으로 거들먹거리면서 다가왔다.

"저, 아가씨. 제가 여기 지나다가 장갑을 떨어뜨렸는데, 혹시 보셨나요?"

"아뇨, 못 봤어요."

나는 조금 뒤로 물러서며 답했다. 분명 겁먹고 기분 나쁜 표정을 하고 있었을 것이다.

"진짜로, 아가씨 발치에 떨어뜨린 것 같은데요?"

"아닙니다."

"기분 나쁘게 생각하지 마시고요, 진짜 숨기고 있는 거 아닌가요?"

나는 점점 불쾌해지기 시작했다.

"겁내지 마시고요. 그냥 농담이었어요. 뒤지지는 않을 겁니다."

나는 큰소리로 "마담, 마담!" 하고 불렀다.

그는 손가락을 입에 대고 휘파람을 불더니 소리쳤다.

"마담, 마담! 묘비처럼 귓구멍이 막혔나 보네요? 안 그러면 들었을 텐데. 그분한테 인사 전해주쇼. 그리고 내가 아가씨 미인이라고 말했다고도 전해주쇼."

그 남자는 그러더니 추파 섞인 웃음을 날리며 자리를 떴다.

매우 불쾌한 나들이였다. 마담은 한 번씩 내게 권하며 게걸스레 샌드위치를 먹어치웠다. 그러나 나는 너무 흥분해 입맛이 싹 달아난 상태였다. 집에 돌아왔을 때 나는 매우 피곤했다.

"그래서 내일 숙녀분이 오신다고?"

마담은 모든 걸 다 알면서도 물었다.

"그분 이름이 뭐지? 나 잊어버렸네."

"레이디 놀리스예요."

"레이디 놀리스라! 참 이상한 이름이네. 젊은 분인가, 맞아?"

"쉰이 넘은 거 같은데요."

"아이고! 나이도 많이 먹었네. 부자야?"

"몰라요. 더비셔에 저택이 있어요."

"더비셔? 잉글랜드 지방 중 하나지?"

"네, 맞아요, 마담. 마담이 여기 오신 이후에 제가 두 번이나 말했는데?"

나는 웃으며 대답했다. 그리고 내가 아는 지리학 지식 선에서 주요 도시들과 강들을 재잘거렸다.

"흥! 누가 아니래니! 그분 네 친척이야?"

"아빠 사촌이에요."

"나한테 소개시켜 줄 거지? 기대되는데!"

마담은 작위에 따라 사람을 좋아하는 영국의 방식에 익숙했다. 어쩌면 외국인들도 우리처럼 작위가 권력을 내포한다는 걸 잘 알고 있을지 몰랐다.

"물론이죠, 마담."

"잊지 않고 꼭?"

"걱정 마세요."

마담은 저녁에 그 약속에 대해 내게 두 번이나 다짐을 받아 냈다. 그 일에 매우 열정적이었다. 그러나 실망과 인플루엔자, 류머티즘의 세상 아닌가. 다음날 아침 마담은 침대에 누워 있었고, 수건과 제임스 파우더* 외에는 모든 것에 신경을 껐다.

마담은 유감이라며 머리를 들지 못했다. 그저 한 가지만 중

---

* 18세기 영국의 내과 의사 로버트 제임스 박사의 이름에서 유래한 파우더로 산화안티몬과 인산칼슘으로 만들어졌다. 주로 두통 치료에 쓰였으나 후에 약효는 거짓으로 판명 났다.

얼거리며 물었다.

"애야, 레이디 놀리스는 얼마나 머무신다니?"

"며칠 정도요."

"아아! 운도 없지! 어쩌면 내일은 나으려나? 아아! 내 귀. 애야, 아편 팅크제도 좀 가져다주렴!"

그렇게 우리의 대화는 끝났고, 마담은 자신의 낡은 캐슈미어숄에 머리를 파묻었다.

제9장
모니카 놀리스

레이디 놀리스는 예정된 시간에 딱 맞춰 도착했다. 자신의 조카 캡틴 오클리와 함께 왔다.

그들은 저녁식사 조금 전에 도착했다. 각자의 방으로 들어가 옷을 갈아입기에 딱 맞춤인 시간이었다. 메리 퀸스는 회랑에서 하인과 함께 방으로 들던 젊은 캡틴을 보고는 내 앞에서 침이 마르도록 칭찬을 늘어놓았다. 마주쳤을 때 발걸음을 멈추고 길을 비켜주던 매너하며 "웃는 모습은 또 어찌나 잘생겼는지" 등등의 이야기였다. 나는 나도 모르게 들떠서 몸단장에 신경을 썼다.

나는 당시 매우 젊은 시절이었고, 거기에 더해 나이보다 더 아이 같았다. 솔직히 고백하건대, 나는 메리 퀸스의 이야기에 흠뻑 빠져버렸다. 그녀의 이야기를 들으며 나는 이 영웅적인 군인에 대해 온갖 종류의 상상의 나래를 펴며 그 모습을 그려보았다. 그러면서도 관심 없는 척 위선을 떨기도 했다. 나는 그날 저녁 매우 떨렸고, 몸단장에 유난히 공을 들였다. 응접실로 내려갔을 때 레이디 놀리스는 아버지와 수다스럽게 대화를 나누고 있었다. 나이가 많이 들어 보이지 않는 여인, 젊은이들이 멋있게 나이 든 사람을 상상할 때의 딱 그런 모습이었다. 힘이 넘치고 밝고 맵시 있는 모습. 보랏빛 새틴과 풍성한 레이스를 멋지게 차려입고, 회색과 은색이 도는 머리에 가볍고 단순하지만 그러면서도 기품 넘치게 포인트도 잘 살린 머리장식—뭐라고 불러야 할지 모르겠지만, 모자는 아니었다—을 하고 있었다.

건장한 스타일은 절대 아니었지만, 키가 크며 전체적으로 자세가 똑바르고 표정엔 친절함이 묻어났다. 그녀는 젊은이처럼 활기찬 태도로 자리에서 일어나 웃으며 나를 맞았다.

"아, 나의 젊은 커즌!"*

그녀는 내 양 뺨에 키스했다.

"내가 누군지 알지? 너의 커즌 모니카야, 모니카 놀리스. 널 만나서 너무 기쁘구나. 네가 저 종이칼만 할 때 보고 한 번도 보지 못했네? 자, 이리 램프 가까이 와봐. 널 자세히 보고 싶구나. 오, 누굴 닮았지? 보자. 가여운 네 어머니를 닮은 거 같구나. 하지만 코는 에일머 가문의 콘데. 그래, 나쁘지 않은 코야. 그리고 아! 눈이 너무 예뻐! 놀라워! 그래, 가여운 네 어

---

* 커즌cousin은 '사촌'을 뜻하는 말이지만 영어에서는 5촌 이상의 친척을 뜻하기도 한다. 레이디 놀리스는 모드의 아버지와 사촌이니, 모드에게는 5촌, 즉 당고모에 해당한다. 여기서는 커즌이 서로의 호칭으로 쓰임으로 그대로 '커즌'으로 표기한다.

머니 분위기가 있구나? 오스틴과는 하나도 안 닮았네?"

아버지는 내가 본 지 오래된 미소 비슷한 표정을 지었다. 예리하고 냉소적이지만 친절해 보이는 미소. 아버지가 입을 열었다.

"그러니 더 좋은 거지, 모니카?"

"내가 할 말은 아니지. 하지만 오스틴, 당신은 언제나 못생긴 사람이었어. 어머, 이 아이 충격받고 화난 모습 좀 봐봐! 진실을 말했다고 커즌 모니카에게 짜증 내면 안 돼, 이 충직한 어린아이야. 네 아빠는 예전에도 그랬고 앞으로도 언제나 못생길 거야. 오스틴, 이리 와서 말 좀 해줘요. 내 말 맞죠, 안 그래요?"

"뭐! 나 자신에 불리한 증언을 하라고? 그건 영국법이 아니야, 모니카."

"음, 그럴지도. 하지만 아이가 자기 눈을 믿지 못하면 어떻게 내 말을 믿겠어요? 이 아이 손가락도 길고 예뻐, 너 정말 그래. 게다가 발도 예쁘네. 이 아이 지금 몇 살이에요?"

"애야, 너 몇 살이지?"

아버지가 내게 되물었다. 그녀는 다시 내 눈을 바라보았다.

"정말 예쁜 회색 눈이야. 크고 깊고 부드러워. 정말 개성 있어. 그래, 아주 예뻐. 긴 속눈썹에 이 밝은 색조하며! 넌 성년이 되어 사교모임에 나가면 [미인 연감]에 오를 거야. 그리고 모든 시인들이 네 코끝에 시를 써 바칠 거야. 아주 예쁜 이 코에 말이야!"

나는 여기서 아버지가 기묘하고 수다스러운 자신의 사촌 모니카와 이야기를 나누는 동안 얼마나 다른 사람처럼 행동했는지 밝혀야겠다. 지난 시절을 추억하며 무언가 반짝이는 빛이 보였다. 그것은 실로 유쾌함이라기보다 오히려 유쾌함을 감상하는 듯한 모습이었다. 융통성 없는 경직된 태도와 우울함은 사라졌다. 부산스러운 손님의 끊임없는 재치를 부추기며 즐기는 모습이었다.

이런 인간적인 교류로 인해 일시적이나마 마음이 밝게 풀린 아버지의 모습을 보니 습관이 되어버린 고독한 태도가 얼마나 병적인지 여실히 드러났다고 나는 생각한다. 나는 동반자가 아니었다. 내 또래 여자아이들보다 더욱 어린아이 같았을 뿐만 아니라, 아버지의 그 모든 느닷없고 엉뚱한 태도에 익숙해져서는, 절대 예기치 못한 질문이나 이야기를 건네지 못했다. 그리하여 아버지의 그 단조로운 상념, 또는 고통스러운 생각으로부터 마음을 돌리게 하거나 침묵을 깨트릴 엄두를 내지 못했다.

나는 사촌의 쾌활한 입담에 자신을 내맡기며 기분 좋아 보이는 아버지를 보고 무척 놀랐다. 모든 걸 터놓고 솔직하게 말하는 레이디가 나와 아버지의 신상에 관해 노골적으로 이런저런 비평을 늘어놓아 불쾌했음에도 불구하고, 실로 바로 그때 그림이 걸린 검은 패널 벽과 보기 흉하게 일그러진 진기한 그 방이 준엄하고 무서운 분위기를 벗고 마법처럼 유쾌한 곳으로 보였다.

바로 그 순간 캡틴 오클리가 등장했다. 그를 본 일은 내가 순회도서관의 삼부작 시리즈물을 읽으며 알게 된 그 찬란하고 먼 패션의 세계를 직접 목격하게 된 최초의 경험이었다.

이목구비가 거의 여자처럼 잘생기고 우아했다. 곱슬곱슬한 부드러운 검은 머리와 구레나룻, 콧수염까지, 그는 내가 이제껏 본 적 없는, 상상도 한 적 없는 놈에 나타난 멋진 기사였다. 내겐 반인반신의 나라에서 온 것 같은, 거의 다른 종에 속한 영웅이었다. 나는 당시에는 그 차가운 눈, 관능적인 입술의 잔인한 굴곡을 알아보지 못했다. 그저 방탕한 남자임을 암시하는 정도, "사망으로부터 사망에 이르는 냄새"의 분위기랄까.*

그러나 나는 어렸고 나이 들어가며 생기는 선과 악에 대한 무서운 진실을 알지 못했다. 그리고 그는 매우 잘생겼고 또 말을 하는 태도도 내게는 너무 신선했으며, 내가 가끔 방문해 한번에 일주일 씩 머무르곤 했던 평범한 시골 가문의 잘 자란 남자들의 대화보다 훨씬 더 매력적으로 말했다.

이런저런 이야기를 하다 보니 그의 휴가가 모레까지라는 말이 나왔다. 그 소식을 듣자 옹졸한 실망이 밀려왔다. 벌써 그를 잃게 되는 게 슬펐다. 우리는 우리를 기분 좋게 만드는 것을 너무나 빨리 소유하려 들기 마련이다.

나는 수줍음을 탔지만 서툴지는 않았다. 재미있고 매력적

* 고린도후서 2장 16절을 인용한 말이다.

인, 세상을 맛본 이 젊은 남자가 내게 보이는 관심에 기분이 들떴다. 그는 나를 즐겁게 해주고 기분 좋게 해주기 위해 부지런히 애썼다. 돌이켜 보면 그때 그가 내 비위를 맞추고 소박한 내 수준에 맞춰 대화를 이끌기 위해, 또 이전에 한 번도 들어본 적 없는 사람들에 대한 이야기를 하며 즐거움을 주기 위해, 내가 그때 생각했던 것보다 더 많은 노력을 기울였을 것이라는 생각이 든다.

한편 커즌 놀리스는 아빠와 대화를 나누고 있었다. 들떠 신바람 난 그녀의 입담으로 채워진 대화여서 조용한 삶을 살아와 할 말이 별로 없는 남자에게는 제격이었다. 실로 그녀가 머무는 동안은 우리 집처럼 말수 없는 집안에서조차 대화가 시드는 건 완전히 불가능했다.

커즌 놀리스와 나는 서로 서먹해하는 남자들만 남겨두고 함께 응접실로 향했다.

"이리 와, 얘. 내 옆에 앉아."

레이디 놀리스가 안락의자에 힘 있게 털썩 앉으며 말했다.

"아빠와 네가 어떻게 지내는지 얘기 좀 해주렴. 네 아빠도 한때는 꽤 유쾌한 사람이었던 적이 있었단다. 좀 재미도 있었고. 그래, 진짜 그랬어. 그런데 너도 보다시피 지금은 얼마나 지루하니? 완전히 고립된 채 변덕이나 부리며 혼자 공상이나 채우고 말이야. 저거 네가 그린 그림이니?"

"예, 형편없어요. 하지만 좀 더 잘 그린 것도 있어요. 홀에 있는 캐비닛 속 그림들은 조금 나을 거예요."

"무슨 말이니! 절대 형편없는 그림이 아닌데. 물론 연주도 하지?"

"예. 음, 조금…… 아니 꽤 잘해요."

"분명 그럴 거야. 곧 들어볼 수 있겠지. 그리고 아빠는 잘해주니? 즐겁게 해줘? 너 당황해 보이는데? 음, 내가 보기에도 즐거움이란 말은 이 집에서 자주 입에 오르는 말이 아닌 것 같구나. 하지만 그렇다고 수녀가 된다거나 그러면 안 돼. 아니지, 그보다 더 나쁜 건 청교도가 되는 거지. 그런 일은 절대 안 된다. 도대체 아빠는 어떻게 사는 거야? 뭐, 제5왕국파* 사람이라도 돼? 뭐, 그런 거 있잖아? 그거 뭐지, 이름을 잊어버렸네? 알려주렴."

"아빠는 스베덴보리 교도에요."

"맞아, 맞아. 그 무시무시한 이름을 잊고 있었네. 스베덴보리, 음 그거야. 그 사람들이 어떤 생각을 갖고 사는지 나는 모르겠단다. 하지만 그 사람들이 일종의 이교도라는 건 모든 사람들이 다 알지. 너마저 그 교파 사람으로 만들려고 하는 건 아니겠지, 설마?"

"저는 일요일마다 교회에 다녀요."

"음, 다행이야. 스베덴보리는 참 추한 이름이야. 게다가 그

---

* 제5왕국파는 왕정이 폐지되었던 잉글랜드 공화국 시기(1649~1660)에 나타난 급진적 청교도 집단이다. 다니엘서에 나온 예언에 토대를 두고 고대 왕국들의 멸망에 뒤이어 예수의 재림이 다가오고 있으니 어떤 수단을 써서라도 제5왕국을 세워야 한다고 주장했다.

사람들 지옥 갈 거 같은데 말이야. 그건 심각한 일이야. 난 정말이지 가여운 오스틴이 뭔가 깨달았으면 좋겠구나. 나는 말이야, 살아 있는 동안 근심에 싸여 살고 사후에는 고통에 빠지는 종교를 택하느니, 차라리 종교를 가지지 않고 삶을 즐기고 싶어. 하지만 어떤 사람들은 스스로 비참해지려는 취향이 있어. 가령 가여운 오스틴처럼 이승뿐만 아니라 저세상 걱정까지 미리 끌어안고 안달복달하는 사람들 말이란다. 하하하! 너 정말 어린 아가씨가 왜 그리 심각한 표정을 짓니! 내가 사악하다고 생각하니? 그런 거 같아. 아무래도 내 생각이 맞는 거 같아. 얘, 그런데 네 드레스는 누가 만들어주니? 정말 재미나 보여!"

"러스크 부인이 이 드레스를 주문한 것 같아요. 저와 메리 퀸스가 같이 구상했고요. 저는 아주 좋다고 생각했는데. 우리 모두 다 좋아하는걸요?"

내 옷에는 매우 별난 면모가 있었다. 적어도 패션의 규범에 비춰볼 때 어쩌면 매우 터무니없는 면일 수도 있었다. 그리고 런던의 패션이 항상 신선하다고 보는 커즌 모니카 놀리스의 눈에는 분명 인체 해부학에 반하는 잘못으로 비쳐진 게 분명했다. 그녀가 실컷 웃었기 때문이었다. 다 웃었을 때는 뺨에 눈물까지 흐를 정도였다. 분명 유쾌하게 웃을 때 내가 보인 놀란 태도, 체면을 따지려는 태도가 오히려 웃음이 잦아드는 걸 막고 더 즐겁게 만들었으리라.

"자자, 넌 나이 든 커즌 모니카에게 짜증 내면 안 돼."

그녀가 벌떡 일어나 나를 안아주고는 내 이마에 따뜻하게 키스했다. 그리고 사랑스럽다는 듯 내 뺨을 살짝 토닥였다.

"이건 꼭 기억해라. 너의 커즌 모니카는 거리낌 없이 말하는 사악한 늙은 바보지만 널 좋아한다는 사실 말이야. 그리고 내가 이렇게 말도 안 되는 말을 지껄여도 기분 나빠하지도 말고. 3인 회의라? 모두 같이 참여했다고? 네가 말한 대로 러스크 부인과 메리 퀸스, 그리고 바로 너, 웃긴 자매들. 그리고 오스틴이 맥베스처럼 끼어들어 말하는 거야, '너희들 뭐 하는 거야?' 그러면 너희들은 다 같이 대답해, '이름 없는 뭔가요!'* 자, 진짜 심각하게 말하는데, 오스틴은 정말 너무하구나. 네 아빠 말이야. 그 터무니없는 늙은 여자들이 기분 내키는 대로 네게 옷을 입히고 야하게 치장을 하게 놔두다니 말이야. 그 여자들 나이 든 여자들 맞지? 만약에 그 여자들이 알고도 그랬다면 정말 못된 짓이야. 네 아빠에게 따져야겠다. 진짜 따질 거야. 넌 네가 상속녀라는 걸 알지? 그러면 어릿광대처럼 보여선 안 된다는 것도 알 거야."

"아빠는 저를 마담과 메리 퀸스와 함께 런던으로 보내려고 해요. 그리고 닥터 브라이얼리가 여행을 해도 된다고 하면 저와 함께 직접 가겠다고 했어요. 그러면 제가 드레스며 뭐며 다 가질 수 있을 거라고 했어요."

---

* 『맥베스』의 4막 1장에서 맥베스가 한밤중에 무얼 하고 있느냐고 묻는 말에 마녀들이 하는 대답 "이름 없는 행위를"을 인용한 말이다.

"음, 그거 좋네. 그런데 닥터 브라이얼리가 누구야? 네 아빠 어디 아프니?"

"아프냐고요? 오, 아니에요. 아빠는 항상 똑같아요. 아빠가 아파 보인다고 생각하시는 건 아니겠죠?"

나는 놀라서 물었다.

"아니야, 애. 아빠 그 나이치고 꽤 건강해 보여. 하지만 닥터 아무개가 여기 왜 왔어? 의사야, 아니면 신학자야, 그것도 아니면 말 돌보는 수의사? 그리고 왜 그 사람한테 허락을 받아야 하지?"

"전, 전 진짜 모르겠어요."

"그 사람도 그 스베덴보리 교도야?"

"네."

"오, 알겠다. 하하하! 그래서 오스틴이 허락을 받아야 하는구나. 음, 그 닥터가 좋아하든 말든 가고 싶으면 갈 수 있어. 그리고 널 그 프랑스 여자에게 맡겨 거기 보내는 건 아니라고 본다. 그 여자 이름이 뭐니?"

"마담 드 라 루지에르에요."

제10장
레이디 놀리스가 이불을 걷어내다

레이디 놀리스는 질문을 이어나갔다.

"그럼 마담이 왜 네 드레스를 만들지 않는 거지? 내 장담컨대, 그 여잔 모자 장인일 거야. 그 여자가 네 드레스 만드는 일에는 관여 안 하니?"

"전, 전 잘 모르겠어요. 안 하는 거 같아요. 그분은 제 가정교사에요. 러스크 부인 말로는 사교계 진출을 위한 마무리 교육을 시키는 선생님이라고 했어요."

"마무리 교육은 무슨! 거만하기는! 그 여사께서 너무나 고귀해서 네 드레스를 재단하고 만드는 일에 도움을 줄 수 없다? 그럼 그 여자는 무슨 일 한대? 내 장담컨대, 그 여자 네게 나쁜 짓이나 일삼을 테지, 뭘 가르칠지 모르겠다. 그렇다고 네게 나쁜 짓을 가르친다는 말은 아니고, 어쨌든 말이야. 내가 직접 봐야겠어. 그 여자 어디 있니? 가자, 마담에게 가보자고. 그 여자와 이야기 좀 나눠봐야겠어."

"하지만 마담은 지금 아파서 누워 있어요."

나는 대화를 하는 내내 짜증이 나 폭발할 것 같았다. 경험 많은 친지에게서 그렇게 노골적인 비웃음을 살 정도로 내 옷이 형편없다니, 나는 그저 그 잘생긴 캡틴이 돌아오기 전에 내 방으로 돌아가 숨고만 싶었다.

"아프다고? 어디가?"

"감기 같아요. 열이 오르고 류머티즘이 도졌다고 했어요."

"오, 감기라? 지금 일어났겠지? 아니면 침실에 누워 있나?"

"방에 있는데, 누워 있지는 않아요."

"내가 그 여자를 직접 만나봐야겠어. 그저 단순히 호기심 때문에 그런 게 아니야. 사실 호기심은 이 일과 전혀 관계가 없단다. 가정교사는 둘 중 하나야. 매우 유용하든가, 아니면 매우 쓸모없는 사람이든가. 그 여자 어쩌면 가장 치명적인 동거인일 수도 있어. 네게 형편없는 억양을 가르친다든가 형편없는 예의범절을 가르칠 수도 있고. 누가 아니, 또 다른 게 있을지? 가정부를 보내서 내가 보러 간다고 말을 넣도록 해."

"제가 직접 가볼게요."

나는 프랑스 여자가 사이가 좋지 않은 러스크 부인과 부딪힐까 봐 겁이 났다.

"그러렴, 그럼."

나는 서둘러 나갔다. 캡틴 오클리가 돌아오기 전에 도망칠 수 있다는 사실 때문에 전혀 유감이 들지 않았다.

복도를 지나가며 나이 든 커즌이 그런 반응을 보일 정도로 내 드레스가 우스꽝스러운지 생각해보았다. 그 아름답고 수다스러운 멋쟁이 남자의 눈에도 커즌과 비슷한 경멸적 평가가 있었는지 곰곰이 따져보았다. 다행히 그런 태도는 없는 것 같았다. 오히려 정반대였다. 그래도 나는 불편하고 불안했다. 당시 내 나이대 여자애들은 이와 비슷한 상황에서 그런 염려가 얼마나 사람을 비참하게 만드는지 이해할 것이다.

마담의 방으로 가는 길은 길었다. 나는 복도를 따라가다 하녀와 부산을 떨고 있는 러스크 부인을 만났다.

"마담 어때요?"

"괜찮아요."

내 질문에 하녀장이 무덤덤하게 답했다.

"제가 알기로 아무 문제없어요. 오늘도 족히 2인분은 먹어 치우더군요. 나도 그 여자처럼 방에서 아무 일 하지 않고 빈둥댔으면 좋겠네요."

내가 방에 들어갔을 때 마담은 평소대로 난로 옆에 놓인 높이가 낮은 안락의자에 앉아 있었다. 아니, 거의 눕듯 기대어 있었다. 발을 난간대 가까이 쭉 뻗고 있었는데, 의자 옆으로는 커피 세트가 놓여 있었다. 그 여자는 황급히 책 한 권을 드레스와 의자 사이에 끼워 넣고 나서, 러스크 부인의 말만 아니었다면 내가 놀랄 정도로 나른한 모습을 보이며 나를 맞았다.

"좀 나아졌기를 바랍니다, 마담."

나는 다가가며 말했다.

"조금 나아졌어, 얘야. 사람들이 아주 친절하게 잘 대해주는구나. 이것저것 신경 써주고 있어. 여기 봐봐, 러스크 부인이 커피도 챙겨줬어. 아, 가여운 러스크 부인을 위해서라도 한 모금 마시려고 하는 중이란다."

"감기는요, 좀 나았어요?"

마담은 힘없는 태도로 고개를 가로저었다. 팔꿈치를 의자에 기대고 세 손가락으로 이마를 받친 자세였다. 그러더니 힘없이 한숨을 내뱉고 시선을 아래로 떨구면서도 눈동자를 한쪽으로 몰았다. 눈길을 끄는 실의의 표정이었다.

"삭신이 쑤셔. 주 성 데 라시튀드(피로를 느껴). 하지만 나 꽤 행복해. 아프지만 위로받고 있고 데 봉테, 마 쉐르, 크 부 자베 투 푸르 므와(내게 베푼 친절)에 감사해."

그러고는 기력 없는 감사의 눈빛을 던지고는 다시 바닥으로 시선을 떨구었다.

"레이디 놀리스께서 마담을 보고 싶어 하세요. 괜찮으시다면 몇 분간이라도 좋아요."

"부 자베 레 말라드(병이 나면) 손님을 볼 수 없잖아."

그 여자는 순간적으로 힘이 솟듯 펄쩍 뛰며 가시 돋친 대답을 했다.

"게다가 난 대화할 수가 없구나. 주 성 드 텅 정 텅 데 둘뢰르 드 테트(두통이 오르락내리락하고 있어). 머리와 귀, 그러니까, 오른쪽 귀도 아파. 파르푸와(가끔) 도지는 통증이야. 지금 다시 시작된 거야."

그러더니 그 여자는 움츠러들며 신음을 내뱉고는 눈을 감고 손으로 머리를 눌렀다.

내가 아무리 단순했다 하더라도 본능적으로 마담이 거짓을 꾸미고 있다고 느꼈다. 그 여자는 과장하고 있었다. 태도가 바뀌는 게 너무 격렬했고, 게다가 영어를 잘하는 그녀가 외국어를 섞어가며 자신이 얼마나 무기력한지 떠들어대는 것이 꾸며내고 있다는 사실을 드러냈다. 그래서 나는 갑자기 불쑥 용기를 내 말했다.

"오, 마담. 진짜 레이디 놀리스를 잠깐만이라도 보기 어렵다고 생각하시는 건가요?"

"잔인한 애 같으니라고! 넌 내가 지금 귀가 너무 아파 고통받고 있다는 거 알잖아? 그런데 나더러 낯선 사람을 만나라고 고집부리는 거니? 네가 그렇게 무정한 앤 줄 몰랐다, 모드. 하지만 그건 불가능해. 네가 보다시피 절대 불가능하다고. 난 할 수 있으면 절대 거절 안 해, 절대!"

그러더니 마담은 눈물을 보였다. 필요할 때면 항상 잘도 흘리는 눈물이었다. 그녀는 손으로 귀를 누르며 힘없이 말했다.

"자, 가서 전해라. 네가 본대로 내가 얼마나 고통받고 있는지 말이야. 그리고 이제 난 좀 누워서 쉬고 싶구나. 그러니 혼자 있게 해줘. 통증 때문에 더 이상 대화를 나눌 수조차 없구나."

할 수 없이 나는 몇 마디 위로의 말을 건네고는 응접실로 돌아왔다. 분명 내 말에 의심이 묻어났을 것이다.

"캡틴 오클리가 왔다 갔어. 네가 방으로 든 줄 알고 당구실로 가버린 거 같구나."

레이디 놀리스가 말했다. 그 말에 복도를 지날 때 들리던 우르르 쾅쾅 소리가 설명되었다.

"모드에게 차림새가 볼품없다고 말해줬어요."

"자상하기도 하지, 모니카!"

아버지가 말했다.

"그래, 맞아, 오스틴. 그래서 당신이 결혼해야 하는 거예요. 이 아이를 데리고 다니며 돌봐줄 사람이 필요하단 말이에요. 그런 일을 누가 할 수 있겠어? 아이가 촌스런 차림을 하고 있잖아요, 모르겠어요? 저렇게 내버려두다니! 정말 안타까운 일이야. 이 아이 얼마나 예쁜데. 영리한 여자라면 저 아이를 아주 매력적으로 변모시킬 수 있어요."

아버지는 커즌 모니카의 비난을 아주 사람 좋게 받아들였다. 나는 그녀가 언제나 특혜를 받고 산 사람이었다고 생각한다. 그리고 우리 모두가 두려워하는 아버지는 그녀의 유쾌한 공격을 프론디부프*가 어릿광대들의 우스갯소리를 받아주는 것처럼 받아주었다고 생각한다.

"그 말을 청혼으로 받아들여야 하나?"

아버지가 수다스러운 사촌에게 물었다.

"맞아, 그래요. 하지만 날 두고 하는 말이 아니에요. 나는 그럴 가치가 없어요. 당신 기억해요? 28년 전에 내가 당신더러 결혼하라고 했던 키티 위든? 재산이 12만 파운드나 되었

---

*   중세시대 배경의 월터 스콧의 소설 『아이반호』에 나오는 노르만 귀족.

죠. 지금은 그보다 훨씬 더 재산이 불었어요. 그리고 진짜 매력적인 여자고요. 당신 그때 그 여자와 결혼 안 했지만, 그 여잔 두 번째 남편도 있었다니까."

"내가 첫째 남편이 아니었던 게 다행이네."

"음, 사람들 말로는 그 여자 재산이 어마어마하다더군요. 지난번 남편이 러시아 상인이었는데 재산을 모조리 남겨주었다더군요. 친지라고는 한 명도 없고, 자태도 아주 매력적이죠."

"모니카, 당신은 언제나 중매쟁이 노릇을 하려고 해."

아버지는 그녀의 손을 다정하게 잡으면서 말했다.

"하지만 안 될 말이야. 안 돼, 안 돼, 모니카. 우리는 모드를 다른 방식으로 돌봐야 해."

나는 안도했다. 우리 여자들은 모두 두 번째 결혼에 대하여 본능적인 두려움을 품고 있다. 어떤 홀아비라도 그런 위험을 감당하기 힘들다고 생각한다. 그리고 나는 거의 드문 경우긴 했지만, 아버지가 도시로 볼일을 보러 나가거나 어딘가 방문할 때면 러스크 부인이 하던 말을 기억한다.

"주인님께서 젊은 아내를 데리고 오시더라도 놀랄 거 없어요."

아버지는 사촌을 친절한 눈빛으로, 그리고 나에게는 다정한 눈빛으로 바라보고는 그 시간이면 늘 그렇듯 조용히 서재로 들어갔다.

나는 커즌 놀리스의 오지랖 넓은 결혼 제안을 원망하지 않을 수 없었다. 의붓어머니보다 더 두려운 건 없을 테니까. 착한 러스크 부인과 메리 퀸스는 각각 이따금씩 전해 들은 이야기를 풀어놓으며, 그러한 일이 얼마나 무서운 결과를 낳는지 알려주곤 했다. 그들은 놀에 그러한 대대적인 변화, 또 그런 변화가 불러올 풍파를 바라지 않았다. 따라서 내가 경계를 늦추지 않게 만드는 게 헛된 일은 아니었다고 생각했던 것 같다.

그러나 커즌 모니카에게 오래 삐치는 일은 불가능했다.

"애, 너도 알지? 네 아버지는 괴짜야. 난 상관 안 해. 한 번도 신경 쓴 적 없지. 너도 그래야 한다. 별종이야, 정말 별종이야!"

그러더니 그녀는 은밀하게 웃긴 표정으로 이마 한쪽을 톡톡 쳤다. 오고간 이야기가 그렇게 원망스럽지만 않았다면, 웃어야 했던 상황이었던 것 같았다.

"그나저나 모자 장인 상태는 어떠니?"

"마담은 귀가 너무 아프다고 해요. 그래서 손님을 뵙는 영광을 누리고 싶긴 하지만 불가능하다고 하네요."

"영광? 웃기네! 그 여자 어떤 여자인지 보고 싶어. 귀 통증이라? 딱하기도 하지! 음, 난 그런 건 5분이면 고칠 수 있어. 나도 가끔 그런 통증이 있거든. 내 방으로 가서 약 챙겨 가자."

그리하여 그녀는 로비에서 촛불을 밝히고 가볍고 민첩한 동작으로 계단을 올랐다. 우리는 약을 챙겨 마담의 방으로 함께 향했다.

우리가 회랑 끝에 다다랐을 때 마담이 우리가 다가오는 소리를 들은 것 같았다. 갑자기 문이 닫히며 문손잡이를 만지작거리는 소리가 들렸기 때문이었다. 그러나 빗장은 고장 난 상태였다. 레이디 놀리스는 문을 두드리며 말했다.

"우리 좀 들어갈게요. 약을 가지고 왔거든요. 이 약이 잘 들을 거예요."

대답이 없었다. 그리하여 우리는 문을 열고 들어갔다. 마담은 푸른색 이불을 둘둘 말고 누워 있었다. 베개를 베고 얼굴을 시트로 감싸고 있었다.

"잠이 든 모양이네?"

레이디 놀리스가 침대 옆으로 다가가 마담을 굽어보며 말했다.

마담은 생쥐처럼 꼼짝 안 하고 있었다. 커즌 모니카는 테이블에 작은 유리병 두 개를 내려놓고 다시 침대를 굽어보았다. 그러다가 아주 살며시 손가락으로 마담의 얼굴을 덮고 있는 시트를 젖히기 시작했다. 마담은 잠결인 듯 신음소리를 내뱉으며 시트를 꽉 붙잡고 얼굴을 틀었다.

"마담, 모드와 레이디 놀리스입니다. 당신의 귀 통증 약을 가지고 왔어요. 얼굴 한 번 봐요. 잠들었을 리 없어. 이불을 이렇게 꽉 붙들고 있잖아. 자자, 얼굴 좀 봅시다."

제11장
레이디 놀리스가 생김새를 알아보다

어쩌면 마담이 "괜찮아요. 죄송하지만 자게 내버려두세요" 라고 웅얼거렸다면 어색한 장면을 피했을 수도 있었을 것이다. 그러나 노곤하게 잠에 빠진 자의 역할을 고집했기 때문에 말을 하는 게 일관성이 없었다. 또한 힘을 주고 이불로 얼굴을 가리는 것도 합리적이지 않아, 결국 그 여자는 침착성을 잃고 말았다. 커즌 모니카가 이불을 젖히고 누워 있는 여자의 얼굴을 확인하자마자 상냥한 얼굴에 주름이 지고 그늘이 졌다. 어두운 호기심과 놀람의 표정은 절대 유쾌한 것이 아니었다. 그녀는 침대 옆에 똑바로 서서 환자를 내려다보며 입을 굳게 다물고는 다시 움찔하고 당황한 표정을 지었다.

"아, 이 사람이 마담 드 라 루지에르인가?"

레이디 놀리스는 매우 위엄 있고 경멸하는 태도로 말했다. 나는 어느 누구에게서도 그처럼 충격을 받은 표정을 본 적이 없다.

마담은 얼굴이 빨개진 채 자리에서 일어나 앉았다. 이불로 꽉 싸매고 있어서 놀랄 일은 아니었다. 그 여자는 레이디 놀리스를 바라보지 않고 자신의 바로 정면 아래로 시선을 떨구었다. 아주 무시무시한 표정이었다. 나는 매우 놀랍고 무서워 눈물을 쏟을 뻔했다.

"음, 마드무아젤? 내가 마지막으로 당신을 본 영광을 누린 이후 결혼을 했나 보죠? 나는 마드무아젤이 새로운 이름을 얻은 줄 몰랐네?"

"네, 결혼했습니다, 레이디 놀리스. 저를 아는 모든 사람들이 다 그 소식을 들었다고 생각했답니다. 아주 점잖게 결혼했어요. 제 지위에 맞는 사람하고요. 가정교사 일을 오래 하지 않아도 됩니다. 뭐, 잘못된 거라도 있나요?"

"없길 바랄뿐이에요."

레이디 놀리스가 다소 창백해진 얼굴로 무덤덤하게 말했다. 그러면서 자신 앞에서 매우 뿌루퉁하고 당혹스러운 표정으로 시선을 떨군 가정교사의 빨개진 얼굴과 이마를 어둡고 놀란 표정으로 살펴보았다.

"당신이 루틴 씨께 모든 걸 다 설명했으리라 생각해도 되겠죠?"

커즌 모니카가 물었다.

"예, 물론입니다. 물어보시는 것은 모두 설명했습니다. 사실 설명할 건 아무것도 없어요. 저는 그 어떤 질문에도 대답할 준비가 되어 있습니다. 그분께 제게 물어보라고 하시지요."

"좋군요, 마드무아젤."

"마담입니다만……"

"잊었군요, 마담. 그래요. 내가 그분에게 다 알리리다."

마담은 뾰로통하고 악의에 찬 표정을 지으며 곁눈질로 경멸의 미소를 흘렸다.

"저로 말할 것 같으면, 숨길 게 아무것도 없어요. 저는 항상 제 임무를 다했답니다. 아무것도 아닌 일에 웬 수선인지! 아픈 사람에게 좋은 약을 주신다고요? 마 푸와(정말이지)! 이렇게 상냥한 친절에 제가 어찌나 감사한지!"

"내가 보기에, 마드무아젤, 아니, 마담, 약이 필요한 거 같지 않은데요? 지금 귀와 머리는 별로 아픈 거 같지 않아요. 그새 통증이 다 사라진 모양이죠?"

레이디 놀리스는 프랑스어로 말하고 있었다.

"마님이 오셔서 제가 잠깐 주의를 딴 곳에 돌려서 그래요. 그렇다고 너무나도 아픈 게 금방 사라지는 건 아니랍니다. 저는 물론 가정교사에 지나지 않아요. 그런 사람들은 아플 권리도 없겠지요? 적어도 아플 때 드러낼 표시 말입니다. 우리는 죽어도 되지만 아플 권리는 없으니까요."

"가자, 모드. 환자가 쉬게 두자. 저이 클로로포름과 아편제가 필요한 거 같진 않구나."

"마님 자체가 치료약 같군요? 그래서 이것저것 쫓아버렸고요. 그렇게 귀에 강한 영향을 끼쳤나 봅니다. 그래도 저는 자고 싶습니다. 그런데 조용해야만 잘 수 있어요, 마님께서 허락해주신다면요."

"가자, 얘야."

레이디 놀리스는 침대에 있는 가무잡잡한 얼굴의 찌푸린 미소를 다시 쳐다보지 않고 나를 향해 말했다.

"네 가정교사를 쉬게 놔두고 돌아가자."

"방 안에 브랜드 냄새가 진동하더구나. 저 여자 술 마시니?"

레이디 놀리스가 문을 닫으며 날카로운 태도로 물었다.

당시 나에겐 남을 비방하는 짓은 있을 수 없는 일이었다. 그런 생각에 놀란 표정이 고스란히 얼굴에 드러났었던 것 같다.

"이런 어리고 착한 바보!"

커즌 모니카가 내 얼굴을 보고 미소 지으며 내 뺨에 쪽 키스를 했다.

"네 머릿속에는 술 취한 숙녀라는 생각은 꿈도 꿔보지 못했을 거야. 있지, 우리는 살면서 배우는 거란다. 내 방에 가서 차 한 잔 하자. 신사들은 각자 물러났을 거야."

우리는 아주 아늑한 침실 난롯가에서 차를 마셨다.

"저 여자 여기 온 지 얼마나 됐니?"

커즌 모니카가 꽤 오랫동안 생각에 잠겨 있다가 불쑥 물었다.

"2월 초에 왔어요. 거의 10개월이 됐네요."

"누가 보냈어?"

"저는 잘 몰라요. 아빠가 저에게는 말을 잘 안 해주세요. 아빠가 알아서 하신 것 같아요."

커즌 모니카는 "음" 하고 입술을 굳게 닫고는 고개를 끄덕이며 벽난로 난간을 째려보았다.

"참 이상하구나! 사람들이 어쩌면 그리 바보같이 굴 수 있는지!"

그러고 나서 잠시 말을 멈췄다.

"저 여자 어떤 사람이니? 너 저 여자 좋니?"

"네. 아니, 그럭저럭이요. 잘 모르겠어요. 하지만 가끔 절 놀라게 해요. 일부러 그러는 건 아니겠죠? 하지만 저는 그분이 너무 무서워요."

"널 때리지는 않니?"

커즌 모니카가 나를 걱정하는 격앙된 표정으로 물었다. 그런 표정을 보고 그녀를 사랑하지 않을 수 없었다.

"오, 아니에요!"

"어떤 식으로든 널 학대하지 않아?"

"아뇨."

"맹세할 수 있어, 모드?"

"네, 맹세할 수 있어요."

"너 알지? 나한테 어떤 이야기를 해도 그 여자에게 말 안 할 거야. 나는 그저 알고 싶을 뿐이구나. 내가 끝장을 낼 수 있을지 말이야, 가여운 나의 조카."

"고마워요, 커즌 모니카. 아주 많이요. 하지만 정말 진실로 그분이 절 학대하진 않아요."

"위협하지도 않고?"

"그게…… 아니, 아니에요. 위협하지 않아요."

"그럼 도대체 그 여자가 널 어떻게 겁을 준다는 거니?"

"음, 진짜……말씀드리기 부끄러운데요. 절 비웃으실 거 같아요. 저는 그분이 절 겁주려고 하는 건지 잘 모르겠어요. 하지만 뭔가, 유령 같은 느낌, 그런 거 있잖아요?"

"유령 같다? 음, 뭔지 모르겠지만 뭔가 사악한 기운은 있는 거 같다는 거니? 뭐랄까, 악당 같지는 않니? 게다가 감기도 두통도 없는 거 같아. 그저 날 피하려고 아픈 척 꾀병을 부리고 있어."

나는 커즌 모니카의 비난조 말이 과거에 있었던 어떤 일을 암시한다는 걸 대번에 알아차렸다. 그러나 그녀는 그에 관해서는 말하지 않았다.

"마담을 전에 아신 거죠? 어떤 사람이에요?"

"그 여자가 나더러 자기가 마담 드 라 루지에르라고 하잖니? 프랑스식으로는 자기를 그렇게 부르나 보지, 뭐."

레이디 놀리스는 웃으며 대답했으나 내가 보기에는 무언가 불편해 보였다.

"오, 커즌 모니카, 제발 말해주세요. 저 여자…… 그분 아주 사악한 여자인가요? 전 너무 무서워요!"

"내가 어떻게 알겠니, 모드? 하지만 그 여자 얼굴은 기억한단다. 난 저 여자가 싫구나. 그건 확실해. 내일 아침에 네 아버지와 이야기 좀 해봐야겠구나. 애, 모드야, 그 여자 얘긴 더 이상 묻지 마라. 네가 알고 싶은 점에 대해서는 나도 아는 게 별로 없어. 그리고 나도 그 여자 얘기 더 이상 하지 않을 거야. 어머!"

그러더니 커즌 모니카가 웃으며 내 뺨을 가볍게 토닥거리고 나서 키스했다.

"그럼, 그것만 말해주세요, 그……"

"음, 난 말 안 할 거야. 그거든 뭐든. 한마디도 하지 않을 거야, 이 호기심 많은 귀여운 아이야. 사실 해줄 말이 별로 없어. 네 아버지와 먼저 이야기를 나눠볼게. 그러면 분명 온당하게 처리하실 거야. 그러니 더 이상 묻지 말고 다른 재미있는 이야기를 하자."

커즌 모니카는 나이가 들었어도 무언가 형언할 수 없이 매력적인 면이 있었다. 시골 저택에 몇 번 방문해서 보았던 더할 나위 없이 젊지만 둔감한 숙녀들과 비교해볼 때, 그녀는 아주 소녀 같아 보였다. 이때쯤 나는 수줍은 태도를 꽤 극복하고 그녀와 매우 친밀해졌다.

"커즌 모니카, 그분에 대해 많이 아시는 거 같은데, 저한테는 말을 안 해주시는군요?"

"응, 뭘 잘 알아야 말을 하지, 이 귀여운 개구쟁이야. 하지만 결국 그 여자에 대해 내가 뭘 아는지 어떤지, 알아도 그게 뭔지 모르겠어. 아무튼 '유령 같다'는 말이 뭔지 말해봐."

그리하여 나는 내 경험을 이야기했다. 그녀는 웃음 대신 매우 진지한 태도로 들었다.

"그 여자 편지 많이 주고받니?"

나는 마담이 편지를 쓰는 걸 본 적이 있었다. 그에 비해 받는 건 단지 한두 번 본 것 같았다.

"자기가 메리 퀸스야?"

커즌 모니카의 물음에 메리 퀸스는 창문 커튼을 매만지다가 몸을 돌려 긍정의 대답으로 예를 표했다.

"내 귀여운 조카 미스 루틴을 돌봐주고 있지, 안 그래?"

"예, 마님."

메리는 예의를 갖춰 답했다.

"이 아가씨 방에서 누가 같이 자나?"

"예, 마님. 제가 같이 잡니다."

"다른 사람은 없는 거지?"

"없습니다, 마님."

"가정교사도 그런 거지? 가끔이라도 말이야?"

"아닙니다, 마님."

"절대 그런 일 없는 거지?"

레이디 놀리스는 나를 향해 다시 질문을 던졌다.

"오, 없어요. 절대로요."

커즌 모니카는 심각한 모습으로 생각에 잠겼다. 난로 쪽을 뚫어지게 쳐다보는 눈길에 불안함까지 느껴졌다. 그러더니 문득 찻잔을 들고 차를 마셨다. 시선은 여전히 난롯불에 고정한 채였다.

"자기 얼굴이 마음에 들어, 메리 퀸스. 분명히 착한 사람인 것 같아."

그녀가 갑자기 친절한 표정으로 메리 퀸스를 바라보며 말했다.

"네게 메리 퀸스가 있어서 다행이다, 모드. 오스틴이 잠자리에 들었는지 모르겠네."

"아닐 거예요. 분명 서재에 계시거나 개인실에 계실 거예요. 아빠는 밤에 홀로 책을 읽거나 기도를 하세요. 하지만 방해받는 걸 싫어하세요."

"아니야, 아니야. 물론 방해 안 해. 내일 아침에 얘기해도 돼."

레이디 놀리스는 깊은 생각에 잠긴 것 같았다.

"그래, 너 도깨비를 무서워한다고?"

그녀가 다시 나를 보며 일종의 빛바랜 미소를 띠었다.

"나라면 말이야, 어떻게 해야 할지 알지. 침실로 든 후에, 여기 이 착한 메리 퀸스와 함께 난롯불을 환하게 밝히고 문을 걸어 잠그는 거야. 알겠지, 메리 퀸스? 문을 걸쇠로 걸어 잠그고 밤새 양초를 켜놓아. 자기는 모드를 잘 살펴야 해, 메리 퀸스. 모드가 강단이 세지 못하니까, 겁을 먹어서는 안 되잖아? 그러니 일찍 잠자리에 들고, 혼자 두어서는 안 돼, 알겠지? 그리고 문을 걸어 잠그는 거 꼭 명심해, 메리 퀸스. 크리스마스 때 커즌에게 선물 보낼 때 자기도 잊지 않을게. 그럼, 잘 자거라."

메리는 기쁘게 인사하고 방을 나갔다.

제12장
호기심 끄는 대화

우리는 각자 차를 한 잔씩 더 마시고 한동안 침묵을 지켰다.

"이제 우리 유령 이야기는 그만하자. 미신에 마음이 기우는 작은 아가씨가 겁먹어서는 안 되잖아?"

그리더니 커즌 모니카는 다시 입을 닫고 소재거리를 찾는 숙녀처럼 방 안을 둘러보았다. 그녀의 시선이 프랑스식으로 우아하고 밝게 채색된 타원형 초상화에 가닿았다. 어리고 예쁜 소년을 그린 그림이었다. 풍성한 금발에 커다랗고 부드러운 눈, 섬세한 이목구비와 수줍으면서도 개성 넘치는 표정의 소년이었다.

"이상하네. 난 저 예쁜 그림을 아주 오래전에 본 기억이 나는데? 그땐 나도 어린 시절이었지. 하지만 저건 훨씬 더 구식 복장이야. 머리 모양도 그렇고. 난 지금 마흔아홉이거든. 오, 그래, 그래. 내가 태어나기 훨씬 전이구나. 저 기이하고 예쁜 사내애 좀 봐! 신비로운 작은 아이야. 정말 진지하지 않니? 저 풍성한 금발하며! 아주 잘 그렸어. 프랑스 화가가 그렸나 봐.

저 작은 남자애가 누구지?"

"저도 들어본 적 없어요. 백 년 전 사람 같아요. 그런데 아래층에 제가 물어보고 싶은 그림이 한 점 있어요!"

"오!"

레이디 놀리스가 여전히 꿈을 꾸듯 초상화를 바라보며 중얼거렸다.

"사일러스 삼촌 전신 그림이거든요. 그 그림에 대해 물어보고 싶었어요."

그 이름을 언급하자 나의 커즌은 너무나 급작스럽게 기묘한 표정을 지었다. 거의 화들짝 놀라는 표정이었다.

"사일러스 삼촌? 진짜 이상하다. 나도 막 그이 생각하고 있었거든."

그녀는 살짝 웃었다.

"저 꼬마가 그분일지 모른다는 말이죠?"

커즌 모니카는 손에 초를 들고 벌떡 일어나 이름이나 날짜를 찾으려는 듯 그림의 테두리를 살펴보았다.

"뒤쪽에 있으려나?"

그녀는 그림을 내려 살펴보았다. 그림의 뒤편이 아니라 프레임에 표식이 있었다. 펜과 잉크로 쓴 둥근 이탈리아 글씨였다. 변색된 나무 때문에 거의 알아보기 힘들었으나 어쨌든 분간한 내용은 이랬다.

'사일러스 에일머 루틴, Ætate viii(나이 8세). 1779년 5월 15일.'

"정말 이상하구나. 난 이 그림에 대해 이야기를 못 들어본 것 같은데. 어쨌든 기억에도 없어. 들어본 적이 있다면 분명 기억했을 텐데 말이야. 그래도 이 그림 본 기억은 나는구나. 확실한 거 같아. 참 독특한 얼굴의 아이야!"

나의 커즌은 그림 양쪽에 양초를 갖다 대보고 손으로 눈가를 가리며 너울거리는 빛을 차단하고는 그림을 살폈다. 마치 아직 성장하지 않은 이 아름다운 아이의 용모를 뜯어보며 수수께끼를 간파하려는 모습 같았다.

그러나 아이의 용모를 아무리 뜯어보아도 수수께끼가 풀리지 않는 것 같았다. 비밀은 불가해했다. 그녀는 한참을 들여다본 후 고개를 들었는데, 그러면서도 그림에서 눈길을 떼지 않고 한숨을 쉬었다.

"매우 개성 있는 얼굴이야"

그녀는 마치 관을 들여다보는 사람처럼 나지막하게 말했다.

"다시 걸어놓는 게 좋지 않겠니?"

그리하여 아름다운 금발에 큰 눈, 헤아릴 수 없는 창백한 스핑크스를 담은 예쁜 타원형 액자는 다시 제자리로 돌아갔다. 불길하면서도 아름다운 아이는 추측에 싸인 우리를 수수께끼 같은 미소로 내려다보았다.

"큰 초상화의 얼굴도 그래요. 매우 개성 있어요. 저 그림보다 더 그런 거 같아요. 더 잘생기기도 했고요. 이건 허약한 아이잖아요. 하지만 전신 초상화는 아주 남자다워요. 물론 아주 날씬하고 잘생기긴 했지만요. 저는 그분을 항상 영웅이자 미스터리라고 생각해요. 그런데 사람들이 그분에 대해 저에게 이야기를 안 해줘서 저는 그냥 몽상이나 하면서 신기해하기만 해요."

"그이는 너뿐만 아니라 다른 많은 사람들에게 궁금증을 자아냈단다, 모드야. 나는 그이를 어떻게 이해해야 할지 모르겠어. 그이는 네 아버지에게 일종의 우상이야. 하지만 많이 도움을 준 것 같진 않아. 그이의 능력은 출중하지만 불운도 그에 못지않았지. 나머지 다른 면에서는 영웅도 신비한 인물도 아니란다. 내가 아는 한 이 세상에는 빼어난 남자가 매우 드물어."

"저에게 그분에 대해 아시는 거 다 얘기해주세요. 거절하지 마시고요, 커즌 모니카."

"하지만 왜 알고 싶어 하지? 유쾌한 게 하나도 없는데."

"바로 그런 이유로 알고 싶어요. 다 유쾌하기만 하다면 뻔한 이야기일 거 아니에요? 저는 모험담, 위험, 불운의 이야기를 듣는 게 좋아요. 무엇보다도 미스터리가 좋아요. 아시다시피 아빠는 제게 절대 말을 안 해주세요. 저도 감히 물어보지 못하고요. 아빠가 불친절하다는 말이 아니라, 그냥 저는 좀 무서워요. 그리고 러스크 부인도 메리 퀸스도 저한테 아무런 이야기를 해주지 않아요. 제 생각에는 분명 많이 알고 있을 것 같은데 말이죠."

"너에게 말해줘서 좋을 게 없는데? 그렇다고 사실 해가 될 것도 없지만 말이야."

"그렇죠. 그게 맞아요. 해가 될 거 없잖아요? 왜냐하면 저는 언젠가는 알아야만 하니까요. 그것도 낯선 사람한테 듣는 것보다 커즌에게서 지금 듣는 게 낫지 않을까요? 다른 사람들은 아무래도 우호적으로 말하지 않을 거잖아요?"

"아이고, 이 현명한 작은 아가씨! 그래, 맞구나. 그거 정말 나쁘지 않은 분별력이야."

그리하여 우리는 난롯가에 편안하게 앉아 또 한 잔의 차를 따라 마셨고, 레이디 놀리스는 이야기를 이어나갔다. 그녀의 활기 띤 얼굴이 기이한 이야기에 생기를 불어넣었다.

"그렇게 대단한 이야기는 아니야. 사일러스 삼촌은 살아 있지?"

"오, 그럼요. 더비셔에 사세요."

"음, 너 그러고 보니 그이에 대해 좀 아는구나, 이 약아빠진 아가씨야. 뭐 상관없어. 넌 아버지가 얼마나 부자인지 알고 있지? 하지만 사일러스는 아버지 동생이지만 1년에 1,000파운드 정도의 연금만 받고 있어. 도박이나 결혼만 안 했다면 꽤 풍요롭게 살았을 거야. 공작의 차남들 대부분이 그런 것보다 훨씬 더 풍요롭게 말이야. 하지만 그 사람은…… 음, 모베 쉬제(몹쓸 종자)였어. 무슨 말인지 알지? 난 그 사람에 대해 나쁜 말을 하고 싶지 않구나. 내가 아는 것 외의 말을 하는 게 꺼려진단 말이야. 어쨌든 그 사람은 쾌락에 탐닉했단다. 내가 알기로는 다른 젊은이들처럼 도박을 하고 항상 돈을 잃었지. 그리고 네 아버지가 한동안 엄청난 빚을 갚아주었단다. 아주 큰돈이 들어가는 못된 젊은이였던 거 같아. 그 사람도 지금은 그 사실을 부정하지 않을 거야. 사람들 말로는 그이가 할 수만 있다면 과거를 되돌리고 싶어 한다고 했거든."

나는 타원형 액자 속 사색에 잠긴 어린 소년을 바라보았다. 몇 년 후 "큰돈이 드는 못된 젊은이"가 될 여덟 살 꼬마. 그리고 지금은 고통받고 추방당한 노인. 나는 그렇게 그 아이를 바라보면서 아주 작은 씨앗 하나가 어떤 독당근, 어떤 계란풀로 자라나는지, 또 신의 왕국의 시초가 얼마나 미약한지, 또한 인간의 마음속 사악함의 미스터리라는 게 처음에는 얼마나 미약한지 상념에 잠겼다.

"네 아빠, 오스틴은 그이에게 매우 친절했어. 하지만 너도 알다시피 네 아빠는 괴짜잖니? 아무도 네게 그렇게 말한 적은 없겠지만 어쨌든 별종이란다. 네 아빠는 결혼 문제로 동생을 절대 용서하지 않았어. 네 아버지는 나보다 그 여자에 대해 더 많은 걸 알고 있었던 것 같아. 그때 나는 어렸거든. 하지만 이런저런 소문이 굉장히 많이 돌았단다. 모두 불쾌한 소문이었어. 그래서 그 여자를 찾는 손님은 아무도 없었단다. 얼마 동안 네 아버지와 사일러스 삼촌 사이는 완전히 단절되었어. 결정적으로 둘 사이를 완전히 갈라놓은 일이 있었는데, 아주 이상한 일이었지. 너 삼촌에 관해 아주 특이한 얘기 뭐 들은 적 있니?"

"아뇨, 한 번도 없어요. 저에게는 아무도 말을 안 해줘요. 다들 아는 것 같은데 말이죠. 얘기해주세요."

"음, 모드. 이야기를 꺼냈으니 다 말해줄게. 물론 안 하는 게 나을 수도 있을 거 같아. 꽤 충격적인 일이니까. 아니, 사실 너무나 충격적인 일이지. 사실 사람들은 그이가 살인을 저질렀다고 의심하고 있어."

나는 커즌을 한동안 뚫어져라 응시했다. 그러고 나서 작은 소년을 다시 바라보았다. 타원형 액자 속 저렇게 세련되고 저렇게 아름답고 저렇게 불길해 보이는 아이가!

"그래, 맞아."

그녀는 내 시선을 좇으며 긍정했다.

"그이가 그런 끔찍한 의심에 빠지리라고 누가 상상이라도 했겠니?"

"비열한 사람들이 그랬겠죠. 물론 사일러스 삼촌은…… 물론 결백한 거죠?"

나는 망설임 끝에 마침내 물었다.

"오, 물론이지."

커즌 모니카는 기묘한 표정으로 답했다.

"하지만 일단 나쁜 짓을 하다 보면 더 큰 죄도 저질렀다고 의심받을 수 있단다. 그리고 시골 신사들이 그를 의심하기로 작정한 거지. 그들은 그이를 좋아하지 않았거든. 정치적으로 맞지 않았지. 그이는 또 사람들이 자기 아내를 대하는 태도에 분개했고. 그런데 난 그 딱한 사일러스가 자기 아내에 대해서 눈곱만큼도 신경 쓰지 않았다고 생각해. 그이는 사람들하고 대놓고 척을 지었어. 네 아버지는 너도 알다시피 가문에 대한 자긍심이 대단하거든. 그래서 그분은 네 삼촌에 대해 추호도 의심하지 않았어."

"맞아요, 그럴 거예요."

나는 열렬히 맞장구쳤다.

"그래, 모드 루틴."

커즌 모니카는 슬픈 미소를 지으며 고개를 끄덕였다.

"그리고 네 아빠는 화가 아주 많이 났단다."

"물론 그러셨겠죠."

"넌 상상도 못할 거야. 네 아빠가 얼마나 화가 많이 났는지. 그분은 자기 변호사를 시켜 한마디라도 네 삼촌의 인격에 해가 되는 말을 하는 사람들을 대대적으로 기소하라고 지시했어. 하지만 변호사들은 그 의견에 반대했단다. 그래서 네 삼촌은 어떻게든 싸워 이기려고 애를 썼는데, 변호사들이 만나주지 않았어. 그이는 비방을 많이 받았지. 네 아버지는 런던으로 가서 장관을 만났어. 주 부지사를 붙여주려고 했지. 너도 알다시피 네 아버지는 정부에 영향력이 상당하거든. 자기 지역 외에도 네 아버지는 당시 두 개의 자치구를 더 가지고 있었어. 장관은 삼촌에 대한 악감정이 매우 강하다고 걱정했어. 그들은 식민지에 자리를 하나 주려고 제의했는데, 네 아버지는 들은 체도 하지 않았지. 그건 추방이나 다름없었으니까. 그들이 네 아버지에게 그걸 만회하기 위해 귀족 작위를 주려고 했는데, 그것마저 거절하고는 결국 정당과 결별하고 말았어. 가문의 명성과 관계된 측면만 빼고 말이야. 내가 보기엔 네 아버지의 막대한 재산을 생각하면 사일러스를 위해 대단히 많은 것을 희생한 것 같진 않아. 하지만 솔직히 말하자면 결혼 전에 그이는 매우 자유분방했어. 에일머 부인의 말로는 사일러스에게 1년에 500파운드 이상은 줄 수 없다고 맹세했단다. 그 돈은 지금까지도 주고 있는 것 같아. 게다가 그 영지에서 살게 허락했고. 하지만 사람들 말로는 그곳이 매우 거칠게 방치된 상태라고 하더구나."

"커즌 모니카는 같은 지방에 사시잖아요? 근래에 가보신 적이 있나요?"

"아니, 최근에는 가본 적 없어."

커즌 모니카는 대답하더니 멍하니 노랫가락을 읊조리기 시작했다.

제13장
아침식사 전과 후

　나는 다음날 아침 일찍 초콜릿색 코트와 승마부츠를 신고 있는 전신 초상화를 보러 갔다. 커즌 모니카가 들려준 어둡고 기이한 일대기가 불충분하긴 했지만, 나에게는 그게 전부였다. 저 마법에 걸린 그림에 영혼이 스며들었다. 진실이 횃불을 들고 지나갔고 불가사의한 얼굴에 한순간 슬픈 빛이 번쩍였다.

　저기 방탕아―결투를 벌이는 자―가 서 있다. 그의 모든 잘못에도 영웅이기도 하다! 저 크고 검은 눈에 결국 꺾이고 말 불같은 열정, 깊은 격정이 도사리고 있었다. 나는 얇지만 매혹적인 입술에서 루틴 가문의 명예를 되찾기 위해 홀로 그 지역의 거물들과 맞서 싸우며 혹독한 전투의 시련을 겪는 전사의 용기를 읽었다. 저 섬세하면서도 신랄한 분위기를 풍기는 콧대에서는 지적인 반항심을 읽었다. 그런 마음이 바로 정치적으로 사일러스 루틴을 고립시켰고, 같은 지역에 영지를 지닌 귀족들에게 맞서게 했을 것이다. 그에 대한 보복으로 끔찍한 중상모략을 당했으리라. 눈썹과 입술에서는 차가운 경멸을 이겨내는 인내심을 감지했다. 나는 이제 그의 모습을 똑바로 볼 수 있었다. 방탕아이자 영웅이자 순교자. 나는 소녀다운 관심과 경탄의 태도로 그를 바라보며 서 있었다. 분노가 일었고 연민이 솟았고 희망이 부풀어 올랐다. 내가 아무리 어린 소녀라도 언젠가 저 오랜 고통을 겪은 용감하고 로맨틱한 방탕아의 명예를 회복하기 위해 말로든 행동으로든 기여할 수 있을 거라는 생각이 들었다. 그것은 많은 소녀들에게 흔히 있는, 잔 다르크 같은 영감의 불꽃이었다. 나는 당시 삼촌의 운명이 언젠가 나의 운명과 얼마나 심오하고 기이하게 얽힐지 상상도 하지 못했다.

나는 창가에서 캡틴 오클리의 목소리를 듣고 상념에서 빠져나왔다. 그는 창턱에 기대 미소를 띠고 안을 들여다보고 있었다. 창은 열려 있었고, 아침은 밝게 빛나고 있었다. 그는 모자를 들어 올리며 인사했다.

"안녕하세요, 미스 루틴. 이곳은 정말 매력적인 고택이로군요! 로맨스의 무대로 제격이에요. 저 나무들하며 이 아름다운 저택 말입니다. 난 정말 이 희고 검은 집이 마음에 듭니다. 너무나 멋지고 고풍스러워요. 그나저나 지난밤 당신은 우리를 푸대접했어요. 정말로 나빴어요. 그렇게 우리를 놔두고 가서는 레이디 놀리스하고만 차를 마시다니요? 그분이 말해줬어요. 제가 얼마나 쓸쓸했는지 말해선 안 되는 건 알지만, 정말 그랬답니다. 각별히 제가 머물 시간이 너무나 짧아서 더욱 그런 것 같군요."

나는 수줍음을 탔지만 깔깔거리는 시골 처녀는 아니었다. 내가 상속녀라는 사실을 잘 알고 있었고, 대단한 존재라는 걸 인식하고 있었다. 조금도 거만한 성격은 아니었으나 그런 인식이 내게 확실한 안정감과 침착함을 주었다. 그런 안정감과 침착함은 위엄이라든지 단순함으로 오인될 수도 있었을 것이다. 나는 두려워하지 않고 질문을 품은 표정으로 그를 바라본 게 틀림없었다. 그가 내 생각에 답을 했기 때문이었다.

"미스 루틴, 분명히 말씀드리지만, 정말 진심입니다. 우리가 당신을 얼마나 보고 싶어 했는지 모르실 거예요."

순간 잠깐 침묵이 흘렀다. 나는 바보처럼 시선을 내리깔고 얼굴을 붉혔다.

"저…… 저는 오늘 떠날 생각이었습니다. 저는 참 운이 없군요. 휴가가 막 끝나갑니다. 정말 운이 없어요. 하지만 제 숙모 놀리스께서 절 가게 놔둘지 모르겠군요."

"나? 걱정 말아라, 찰리.* 널 붙잡을 생각은 전혀 없어."

레이디 놀리스의 팔팔한 목소리가 들렸다. 열린 창 가까이에서 그녀가 보였다.

"왜 그런 생각이 든 거니?"

그러고 나서 커즌 놀리스가 지나갔고 창이 닫혔다.

"저분은 진짜 괴짜예요. 놀리스 숙모 말입니다."

조금 화난 표정의 젊은 캡틴이 웃으며 웅얼거렸다.

---

* 찰리는 '찰스'의 애칭이다.

"전 정말 모르겠어요. 숙모가 원하는 게 뭔지, 어떻게 하면 저분 비위를 맞출 수 있을지 말이에요. 하지만 심성은 좋은 분이세요. 그리고 사교 시즌이 되어 사람들을 만날 때면—항상 나가시지는 않아요— 그분 집이 실로 아주 즐거운 곳이 됩니다. 아마 모르실……"

그 순간 그는 다시 방해를 받았다. 문이 열리고 레이디 놀리스가 들어왔기 때문이었다.

"찰스, 너 알지? 스노드허스트에 방문하기로 한 약속 잊으면 안 돼. 네가 오늘밤과 내일밤에 시간이 없다고 편지 써서 보냈잖아? 넌 그 사냥터 이외엔 아무 생각 없지? 네가 사냥터 지기에게 하는 말 들었어. 그 사람…… 모드야, 그 사람, 구레나룻을 많이 기르고 레깅스를 입은 갈색 피부 남자 아니니, 맞지? 미안하지만 내가 네 사냥 계획을 가로막아야겠구나, 찰리. 스노드허스트에서 사람들이 널 기다리거든. 그리고 이 창문을 이렇게 열어놓는 게 미스 루틴에게 좀 너무한 거 같지 않니? 모드, 공기가 차갑단다. 창문 닫아라, 찰스. 그리고 너 하인들에게 일러서 점심식사 후 마차 대기시키라고 해. 자, 가자."

그녀는 나를 향해 말했다.

"저 소리 아침식사 벨소리 아니니? 네 아빠는 왜 징을 달지 않지? 벨소리 구별하는 게 너무 힘들어."

나는 캡틴 오클리가 마지막으로 눈인사를 하기 위해 머뭇거리는 모습을 보았으나 그를 쳐다보지 않고 그대로 커즌 놀리스와 웃으며 나갔다. 그러면서 왜 나이 든 숙녀들은 하나같이 다 까다로운지 생각했다. 로비에서 그녀는 사람 좋은 기묘한 표정으로 말했다.

"저 친구가 어떤 식으로든 네게 구애하지 못하게 하거라. 찰스 오클리는 한 푼도 없어. 그리고 상속녀는 매우 편리하거든. 물론 저 친구도 안목이 있고 영리해. 찰스는 절대 멍청한 스타일이 아니야. 나도 저 친구가 결혼 잘하는 거 전혀 반대하지 않아. 왜냐하면 다른 면에선 크게 될 거 같지 않기 때문이지. 하지만 정도가 있는 법이란다. 저 친구는 때로 아주 건방지거든."

나는 『앨범스』, 『수버니어』, 『킵세이크』* 등 예쁜 표지와 그림이 담긴, 해마다 영국에 쏟아지는 크리스마스 선물용 책들을 매우 좋아하는 독자였다. 또 문학 초보자가 마시는 우유와 같은, 우아하면서도 실없는 이야기들을 좋아했다. 나는 그런 분야에 재능을 발휘해 창의적인 생각과 관찰기를 잔뜩 적어 넣은 작은 앨범을 가지고 있었다. 최근에 시와 산문이 적힌 낡은 페이지들을 넘겨보다가 이 날짜에 쓴 글에서 내 이름이 적힌 현명한 성찰을 우연히 보게 되었다.

여성의 가슴에는 뿌리 깊은 질투가 있는 게 아닐까? 그게 젊은이의 열정을 흔들면 성인의 조언까지 무시하지 않는가?

* 19세기 크리스마스와 연말을 앞두고 당시 저명한 저자들의 에세이와 단편, 시 등을 모아 매해 발간되었던 선물용 책자들로 화려한 장식이 특징이다.

성인은 자신들은 더 이상 불러일으킬 수도, 또 어쩌면 경험할
수도 없는, 젊은이의 감정(물론 그게 얼마나 슬픔으로 그늘졌는지
는 아무도 모르지만)을 시샘하지 않는가? 그러면 젊은이는 그 질
투에, 해를 가하는 힘을 지닌 질투에 대해 한숨 쉬지 않는가?

— 모드 에일머 루틴

"그분은 저에게 구애하지 않았어요."

나는 좀 가시 돋친 듯 말했다.

"그리고 제가 보기엔 건방져 보이지 않던데요? 그리고 그
분이 더 머물든 가버리든 전 진짜 상관없어요."

커즌 모니카는 내 얼굴을 빤히 바라보더니 익살맞게 웃
었다.

"너도 언젠가 저런 런던 멋쟁이들을 이해하게 될 거야, 모
드. 그 사람들 좋지. 하지만 돈을 너무 좋아한단다. 물론 저축
하기 위해서 돈을 좇는 게 아니야. 어쨌든 그 사람들은 돈을
좋아하고 돈의 가치를 잘 알아."

아버지는 아침식사 때 캡틴 오클리에게 어디로 사냥을 나
갈 건지, 혹은 딜스포드에 가는 게 어떤지 물었다. 30분 정도
밖에 걸리지 않는 그곳으로 가면 그날 아침 사냥꾼들도 고를
수 있고 개들도 구할 수 있다고 했다.

캡틴은 날 보고 짓궂게 웃다가 자신의 숙모를 보았다. 잠시
침묵이 흘렀다. 나는 관심 있는 듯한 모습을 보이기 싫었지만
잘 되지 않았다. 커즌 모니카는 완강했다.

"사냥이니 매 사냥이니 낚시 따위, 시시해! 얘, 찰리야. 그건 안 돼. 이 친구 오늘 오후 스노드허스트에 갈 거예요. 예의를 저버리면 안 되지. 나도 관여된 문제야. 찰리는 오늘 사냥에 갈 수 없어요. 찰스, 너도 알지, 안 된다는 거? 이 친구 갈 데가 있고 약속을 지켜야 해요."

아버지는 예의 바르게 유감을 표하고는 후일을 희망하며 묵묵히 따랐다.

"오, 그건 내게 맡겨요. 찰스를 데리고 가고 싶을 때 내게 편지 보내요. 그러면 내가 이 친구를 보내던가, 아니면 당신이 허락하면 내가 데리고 올 테니까. 난 찰스를 어디서 찾을지 항상 알고 있어요. 안 그렇니, 찰리? 불러만 주면 우린 좋아."

조카에 대한 커즌 모니카의 영향력은 특별했다. 왜냐하면 그녀가 그에게 이따금 후하게 "팁을 주었고", 그는 그녀의 뜻을 받들면서 혼자서 기분 좋은 기대를 품었기 때문이었다. 나는 그 의도에 대해 아무것도 몰랐지만 그가 그런 식의 후견에 굴종하는 게 화가 났다. 또한 커즌 모니카의 독불장군 행세가 못마땅했다.

그가 방을 나가자마자 레이디 놀리스는 나에 대해 전혀 신경 쓰지 않고 아버지에게 기운차게 말했다.

"저 젊은 친구 다시는 당신 집에 들이지 말아요. 내가 오늘 아침 저 친구가 모드에게 수작 거는 걸 똑똑히 봤다니까. 저앤 돈 한 푼 없다고요. 정말 놀랍도록 뻔뻔해. 당신도 잘 알잖아요? 그런 말도 안 되는 일이 실제로 벌어지는 거 말이에요."

"자, 모드. 저 친구가 네게 뭐라고 칭찬하던?"

아버지의 질문에 나는 짜증이 나서 용감하게 말했다.

"저한테 칭찬한 게 아니라, 우리 집에 대해 했어요."

"그랬겠지. 물론 이 집에 대해서 말했겠지. 저 애가 사랑에 빠진 게 바로 그거니까."

커즌 놀리스는 비꼬면서 노래를 흥얼거렸다.

"그건 과부가 물려받은 땅이었지, 사수 큐피드는 자세를 취했어."

"아! 난 잘 모르겠구나."

아버지가 드러나지 않는 태도로 말했다.

"쯧쯧! 오스틴, 찰리가 내 조카란 걸 잊었나 보네요?"

"그래, 맞아."

"그러니 이런 경우엔 이 과부는 다른 건 관심 없고 한 가지에만 관심 있어요. 그게 바로 당신과 모드란 말이에요. 난 그 애가 잘되길 바라지만, 나의 이 어린 커즌과 이 애의 유산을 그 친구의 텅 빈 주머니에 넣으면 안 된다는 말이에요. 한 푼도 안 되지. 그리고 오스틴 당신이 결혼해야 할 다른 이유가 하나 더 있어요. 당신은 이런 일에 대해선 전혀 감각이 없어요. 반면 영리한 여자는 한눈에 알아보고 해악을 막을 수 있으니까요."

"모드도 그럴 거야."

아버지가 우울하면서도 즐거워 보이는 표정으로 묵묵히 따랐다.

"모드, 너도 영리한 여자가 되려고 노력해야 한다."

"때가 되면 그렇게 될 거야. 하지만 아직은 그때가 오지 않았어요. 그리고 오스틴 루틴, 내가 분명하게 말하건대, 당신이 나서서 결혼할 사람을 찾지 않으면 누군가가 먼저 당신을 채 갈 거예요."

"그래, 당신은 항상 예언자였지, 모니카. 이거 정말 완전히 당혹스러운걸."

"그래요. 상어들이 눈을 부라리고 주둥이를 쩍 벌린 채 당신 주변을 돌고 있어요. 그리고 당신이 성인이 된 딱 그 시점에 그들이 남자들을 요나처럼 산 채로 집어삼키기 시작한 거예요."

"비유 참 고맙구먼. 하지만 그건 행복한 결합이 아니었던 거 당신도 잘 알잖아? 물고기에게도 말이야. 그리고 며칠 후에 결별했고. 내가 그렇다고 그런 것을 기대한다는 말은 아니지만, 어쨌든 날 그 괴물 아가리에 집어넣을 사람은 아무도 없어. 나도 뛰어들 마음 전혀 없고 말이야. 그리고 모니카, 중요한 건 괴물은 전혀 없어."

"난 그런 확신이 안 들어요."

"하지만 확실해."

아버지가 조금 무덤덤하게 말했다.

"당신 내가 얼마나 늙었는지 잊었구먼? 그리고 내가 얼마나 오래 혼자 살았는지. 모드하고 같이 말이야."

그는 웃으며 내 머리를 쓰다듬었다. 나는 생각에 잠겨 한숨을 쉬었다.

"나이 들었다고 어리석은 짓을 하지 않는다? 그런 건 없어요."

"마찬가지로 나이 들었다고 어리석은 말을 하지 않는다? 그런 것도 없어. 자, 이 이야기 너무 오래 끌었네. 모드가 당신의 농담에 너무 겁먹은 거 안 보여?"

나는 실로 그랬다. 하지만 아버지가 어떻게 맞췄는지 알 수 없었다.

"그리고 좋든 싫든, 현명한 짓이든 미친 짓이든, 나는 절대 결혼하지 않을 거야. 그러니 그런 생각은 접어두는 게 좋을 거야."

이 말은 레이디 놀리스가 아니라 오히려 나에게 하는 말이었다고 생각한다. 레이디 놀리스는 내게 익살맞은 웃음을 보이며 말했다.

"그래, 모드야. 네가 맞는지도 모르겠다. 의붓어머니는 위험 부담이 있긴 해. 내가 네 생각을 먼저 물었어야 하는 건데. 이런!"

그녀는 내 눈에 고인 눈물을 바라보며 친절하게 즐거운 듯 말을 이었다. 나는 어떤 감정 때문에 눈물이 차오르는지 정확히 알 수 없었다.

"다시는 네 아빠에게 결혼하라고 하지 않을게. 네가 먼저 그러라고 부탁하지 않는 한 말이야."

그렇게 말해준 건 친구들에게 조언하고 그들의 일을 거드는 걸 즐기는 레이디 놀리스로서는 대단한 일이었다.

"난 본능을 믿어요, 오스틴. 난 그게 이성보다 더 진실하다고 믿어요. 그리고 나야 이성으로 따져본 거지만, 당신과 모드의 본능이 다 나의 본능과 반하니 어쩌겠어요."

아버지가 잠깐 차가운 미소를 보였다. 커즌 모니카는 내게 키스했다.

"내가 너무 오래 혼자 살아서 그런지 가끔 두려움이라든가 질투라는 게 있다는 걸 잊어버리나 보네. 모드, 넌 가정교사에게 가볼 거니?"

제14장
화난 말들

나는 레이디 놀리스의 말처럼 가정교사에게 가려던 참이었다. 그 여자를 볼 때마다 느끼는 딱 꼬집어 규정할 수 없는 위험한 느낌이 지난밤 사건으로 더 강해졌다. 그리고 그런 감정은 어제 레이디 놀리스가 그녀를 얼핏 알아보고 혐오하는 장면을 목격했기 때문에 본능이나 선입견의 영역을 넘어섰다.

커즌 모니카가 "가정교사에게 가볼 거니?"라고 물을 때의 심각한 말투와 호기심 어리고 불안한 눈빛 때문에 나는 더욱 불안했다. 거기엔 갑자기 떠오른 그 여자에 대한 기억이 냉기를 불러일으키는 것처럼 무언가 차갑고 기이한 분위기가 있었다. 마담 드 라 루지에르의 방으로 이어지는 넓고 어두운 계단을 오를 때 그 말투가 내 귓전에 맴돌았다. 심각하고 예리한 그 표정이 눈앞에 어른거렸다.

마담은 학습실로 내려오지 않았다. 병이 난 걸로 작정한 이상 그에 맞게 그날 아침 아예 아래층에 모습을 보이지 않았다. 그 여자의 방으로 이르는 회랑은 어둡고 적막했다. 가까이 다가가면서 더욱 신경이 곤두섰다. 나는 문 앞에 멈춰 노크하려고 마음을 다잡았다.

그 순간 갑자기 문이 열렸다. 찰칵하며 나타나는 환등기 속 인물처럼 마담 드 라 루지에르가 바로 눈앞에 모습을 드러냈다. 둘둘 싸맨 채 능글맞게 무서운 웃음을 짓는 얼굴이었다.

"무슨 일이니, 애야?"

그 여자는 심술궂고 교활한 눈빛으로 물었다. 공허한 미소는 갑작스럽게 모습을 드러낸 것보다 훨씬 더 큰 불안을 불러 일으켰다.

"뭐 때문에 그렇게 살금살금 다가오니? 난 안 자고 있었어. 날 깨울까 봐 그렇게 온 거구나, 그렇지? 아니면 귀 기울여 살짝 들여다보려고? 내가 어떤지 알고 싶은 거지? 부 제트 비앵 에마블 다부와르 팡세 아 무와(내 생각을 해주다니 친절하기도 해라). 쳇!"

마담은 목소리를 높이더니 갑자기 냉소 어린 감탄사를 내뱉었다.

"레이디 놀리스께선 왜 직접 와서 열쇠구멍으로 들여다보지 않으신다니? 쳇! 뭐 숨길 게 있을 것 같아? 아무것도 없어. 원한다면 들어와. 누구든 환영이야!"

마담은 문을 활짝 열어젖히더니 내게 등을 돌리고 알 수 없는 소리를 내지르며 방 안으로 들어갔다.

"제가 무슨 의도를 가지고 온 건 아니에요, 마담. 엿보려거나 방해하려고 한 건 더더욱 아니고요. 정말 그렇게 생각하진 않으시죠? 그렇게 생각하시면 안 돼요. 설마 그렇게 모욕적인 말을 하려는 건 아니시죠!"

나는 매우 화가 났다. 이제 떨림은 다 사라지고 없었다.

"아니. 너한테는 아니야, 얘야. 난 놀리스 마님을 생각하고 있었어. 아무 이유도 없이 내 적이 되었잖아? 모든 사람에겐 적이 있어. 너도 나이가 좀 더 들면 알게 될 거야. 아무 이유 없이 그분은 내 적이야. 자, 이리 와, 모드. 솔직히 말해봐. 널 여기로 두스멍 두스멍(살금살금) 조용조용 오게 만든 게 놀리스 마님 아니야? 안 그래, 이 심술꾸러기야?"

마담은 나를 공격하듯 노려보았다. 우리는 이제 방 한가운데 서 있었다. 나는 화가 나서 그 여자의 공격을 맞받았다. 그 여자는 이상하게 생긴 교활한 눈으로 잠시 나를 살피더니 말했다.

"좋아, 착한 아이야. 어느새 그렇게 직설적으로 말하게 되었구나. 그거 좋다. 듣기에 좋아. 하지만 사랑하는 모드야, 그 여자는……"

"레이디 놀리스는 아빠 사촌이에요!"

나는 엄격한 태도로 주의를 주었다.

"그분은 나를 미워해. 넌 모를 거야. 그분은 내게 몇 번이나 상처를 주려고 했어. 그리고 아주 순진한 사람을 이용했다고. 적의를 드러냈단 말이야. 넌 모를 거야."

그러면서 마담은 눈물을 조금 흘렸다. 나는 이미 그 여자가 원하는 때면 언제고 눈물을 흘리는 재주가 있다는 걸 간파했다. 그런 사람이 있다는 이야기를 들은 적은 있지만, 그때 이전이나 이후로 다른 사람은 한 번도 본 적이 없었다.

마담은 평소와 다르게 솔직했다. 그 누구도 그 여자보다 솔직히 터놓아야 할 때를 잘 알지 못할 것이다. 지금 그 여자는 레이디 놀리스가 놀을 떠나기 전에 자신에 관한 모든 걸 밝힐 것이라고 생각하는 게 틀림없었다. 그래서 마담은 침묵을 허물어뜨리고 점점 아이처럼 속을 내보이기 시작했다.

"에 코멍 바 무슈 보트르 페르 오주르뒤(아버지는 오늘 어떠시니)?"

"아주 좋아요."

나는 감사를 표하며 답했다.

"놀리스 마님은 얼마나 오래 머무신다니?"

"저도 정확히 몰라요. 며칠 되겠죠."

"에 비앵. 나 오늘 아침 좀 나은 거 같아. 그러니 공부하러 가자. 주 부 마비에 마 쉐르(나 옷 갈아입을게), 모드야. 학습실에서 기다리렴."

마담은 느릿느릿 힘을 내는 시늉을 했다. 그러면서 금세 급작스럽게 서두르는 모습을 보였다. 화장대에 앉아 거울에 비친 자신의 누르께하고 앙상한 얼굴을 추파를 던지듯 바라보았다.

"어머 끔찍해! 왜 이리 창백하지. 켈 엉뉘(어휴, 지겨워)! 지긋지긋해! 2~3일 만에 내가 이렇게 허약해지다니!"

그러더니 마담은 환자같이 애처롭게 거울을 몇 번 들여다보았다. 그러면서 거울 속에 비치는 아래 테라스 쪽을 흘긋거리다가 갑자기 인상을 찌푸렸다. 한순간의 일별이었다. 그러더니 몸치장 하는 것도 피곤하다는 듯 힘없이 안락의자에 앉았다. 나는 호기심이 일어 묻지 않을 수 없었다.

"하지만 왜 레이디 놀리스가 마담을 싫어하신다고 생각하세요?"

"그건 괜한 상상이 아니란다, 모드. 하하, 아니지! 메 세 투트 윈 이스트와르(하지만 이야기하자면 길어진단다). 지금 말하기엔 너무 따분한 이야기야. 혹시 언제 시간이 된다면…… 너도 조금 더 나이 들면 알게 될 거야. 때로는 아무 이유 없이 아주 격렬한 증오를 품을 수도 있어. 하지만 얘야, 시간이 흐르고 있어. 난 옷 갈아입어야 해. 비트, 비트(어서, 어서)! 학습실로 가 있어. 나도 곧 갈게."

마담이 화장품 케이스를 꺼내 재주를 부릴 시간이었다. 분명 손을 보아야 할 상태였다. 그래서 나는 내 서재로 내려갔다. 우리가 학습실이라고 부르는 방은 일부분이 마담의 침실 바닥 아래층이어서 똑같은 전망이 보이는 곳이었다. 그리하여 나는 그 여자가 창밖을 흘긋거리던 게 생각나 밖을 내다보았다. 창밖에선 커즌 모니카가 테라스를 위아래로 산책하고 있는 모습이 보였다. 음, 그것으로 설명이 됐다. 나는 매우 궁금했다. 수업이 끝나면 커즌 모니카에게 가서 미스터리를 풀 또 한 번의 시도를 해보기로 작정했다.

책을 읽으며 앉아 있을 때 문밖에서 누군가 움직이는 소리가 들리는 것 같았다. 나는 마담이 염탐하는 것이라고 의심했다. 한동안 문이 열리기를 기다렸으나 아무 일도 없었다. 그리하여 내가 직접 문을 불쑥 열어보았다. 마담은 문간에도 로비에도 보이지 않았다. 그러나 옷 스치는 소리가 들렸다. 난간 너머 계단을 내려가고 있는 마담의 실크드레스 자락이 보였다.

나는 마담이 레이디 놀리스와 대화를 나누기 위해 간다고 생각했다. 마담은 그 위험한 레이디의 비위를 맞추려 할 것이다. 그래서 나는 10분여 동안 커즌 모니카가 테라스에서 반대 방향으로 향해 걷는 모습을 바라보고 있었다. 그러나 아무도 그녀 곁으로 다가가지 않았다.

"분명 아빠에게 간 거야."

가장 가능성 높은 두 번째 추측이었다. 나는 마담을 매우 불신하기 때문에 자연스럽게 속임수와 적의로 말을 그럴듯하게 꾸며대며 비밀스럽게 대화를 나누는 일에 대해 극도의 불안감을 느꼈다.

"아무래도 내가 직접 내려가서 봐야겠어. 아빠를 만나보는 거야. 그 여자가 내 등 뒤에서 거짓말을 하게 놔두면 안 돼, 끔찍한 여자 같으니!"

나는 서재 문에 노크를 한 후 곧바로 안으로 들어갔다. 아버지는 앞에 책을 펼친 채 창가에 앉아 있었고, 마담은 테이블 건너편에 서 있었다. 교활한 눈이 눈물로 젖은 채 포켓 행커치프로 입을 막고 있었다. 그 여자는 순간적으로 은밀히 나를 훑어보았다. 흐느끼고 있었다. 실로 침통해하고 있었다. 척탄병이라 해도 손색없는 저 냉혹한 여자가 아주 교활하게 의기소

침하고 겁먹은 시늉을 하고 있었다. 그러면서도 아주 면밀하고 교묘하게 아버지 얼굴을 분석하고 있었다. 아버지는 손을 괸 채 생각하는 자세로 그녀가 아니라 천장 쪽을 바라보고 있었다. 화가 났다기보다 다소 뚱하고 짜증이 난 표정이었다.

"미리 말을 하지 그랬어요, 마담."

내가 들어갈 때 아버지가 그렇게 말하고 있었다.

"그렇다고 뭔가 달라졌을 거라는 건 아니지만 말이오. 하지만 어쨌든 내가 알고 있어야 할 일이오. 그런 걸 보고하지 않은 건 완전히 잘못된 일이오."

마담은 슬픔에 빠져 새된 어조로 장황한 답변을 쏟아내려고 했으나, 나를 보는 아버지의 고갯짓에 입을 다물었다. 아버지는 무슨 일이냐고 물었다.

"그저…… 그저 학습실에서 마담을 기다리고 있었는데, 어디 계신지 몰라서요."

"음, 보다시피 여기 있지 않니. 잠시 후 위층으로 올라갈 거야."

그리하여 나는 다시 화가 나고 기분 나쁘고 궁금한 마음을 안은 채 되돌아와 의자에 앉았다. 심란해서 공부 생각은 할 수 없었다.

마담이 들어왔을 때 나는 고개도 들지 않았다.

"착한 아이! 책을 읽고 있었네."

그 여자는 활기차고 안심한 태도였다.

"아뇨. 착하지도 않고 어린애도 아니에요. 책을 읽지도 않았고요. 생각하고 있었어요."

나는 쏘아붙이듯 말했다.

"트레 비앵(아주 좋아)!"

마담은 견딜 수 없는 미소를 지으며 말했다.

"생각하는 것도 아주 좋아. 하지만 불만스러워 보이네, 가여운 아이. 가여운 마담이 네 아빠와 가끔 이야기하는 것에는 질투하지 않도록 신경 써라. 넌 그러면 안 돼, 이 어린 바보야. 다 너를 위해서 그러는 거야, 사랑스러운 모드. 그리고 난 네가 아까 거기 함께 있었더라도 거리낄 게 없었어."

"마담 자신을 위해서 그랬겠죠!"

나는 도도한 태도로 말했다. 나는 매우 화가 났고 위엄 있는 모습을 통해 그 점을 보여주었다.

"아니야, 나와 단둘이 대화를 나누고 싶어 한 건 네 아빠 루틴 씨였어. 난 아무래도 상관없었단다. 그저 그분께 말하고 싶은 게 있었을 뿐이야. 누가 알든 상관없었어. 하지만 루틴 씨는 달랐어."

나는 아무런 대꾸를 하지 않았다.

"자, 모드야. 그렇게 심술부리면 안 돼. 너와 난 좋은 친구 사이로 지내는 게 훨씬 좋아. 우리가 싸워야 할 이유가 뭐가 있니? 말도 안 되지! 내가 부모와 대화도 못하면서 어린 친구의 교육을 맡을 수 있다고 생각하는 거야? 말도 안 돼! 난 네 친구가 되고 싶단다, 가여운 모드. 네가 허락한다면 말이지. 너와 내가 함께, 어때?"

"친구가 되는 건 좋아해야 가능한 거예요, 마담. 그리고 좋아하는 마음은 저절로 생기는 거지, 협상으로 되는 게 아니에요. 저는 저에게 친절한 사람이 좋아요."

"나도 그렇단다. 넌 여러 면에서 나랑 비슷해, 사랑스러운 나의 모드! 너 오늘 컨디션 괜찮니? 피곤해 보이는데. 나도 좀 많이 피곤하고. 오늘 수업은 내일로 미루자, 어? 그리고 정원으로 나가서 그라스 게임*이나 하자."

마담은 분명 매우 의기양양한 상태였다. 아버지와 대화가 잘 통한 모양이었다. 그 여자도 다른 사람들과 마찬가지로 일이 잘 풀릴 때는 과도하게 흥분하여 좋은 기분으로 치달았다. 진솔하거나 유쾌한 상태는 아니었지만, 그래도 다른 기분 상태보다는 나았다.

나는 마담과의 운동이 끝나자 기뻤다. 마담은 자기 방으로 돌아갔고, 나는 커즌 모니카와 즐거운 산책을 할 수 있었다.

우리 여자들은 호기심이 발동되면 어려움에도 굴하지 않는다. 하지만 그녀는 쾌활하게 나의 호기심을 좌절시켰다. 그런 일에 짓궂은 재미를 느끼는 것 같았다. 그러나 저녁식사를 위해 옷을 갈아입으러 갈 때 그녀가 꽤 진지하게 말했다.

"모드, 미안하구나. 내가 저 가정교사에 관해 불쾌한 인상을 품었다는 걸 네가 알게 만들었구나. 언젠가 모든 걸 다 설

---

*　19세기 프랑스에서 유행했던 게임으로 링과 두 개의 막대기를 가지고 하는 놀이다. 주로 젊은 여자들이 즐겼다.

명해줄 수 있는 자유를 누릴 수 있겠지. 일단 네 아버지에게 말하는 걸로 충분할 거야. 그런데 웬일인지 오늘 하루 종일 네 아버지를 볼 수가 없구나. 어쩌면 우리가 문제를 너무 심각하게 만들고 있는지도 모르겠네. 그리고 나는 마담에 대해 뭐라도 제대로 아는 게 있는 건지 확신이 안 서는구나. 확정적인 정보나…… 아니, 그 무엇이라도 말이야. 하지만 그럴 이유가 있어. 그렇지만 넌 더 이상 물으면 안 돼. 안 되고말고."

그날 저녁 내가 커즌 놀리스를 위해 라 체네렌톨라 서곡을 연주하고 있을 때 그녀와 아버지가 앉아 있던 티 테이블에서 열정적인, 아니 화가 난 레이디 놀리스의 열변이 들려왔다. 나는 연주를 하면서 둘을 바라보았다. 연주는 점점 주저주저 소리가 작아지다가 마침내 침묵으로 치달았다. 나는 귀를 기울였다.

그들은 나의 연주 소리에 가려진 채 대화를 시작했지만 지금은 대화에 몰두해 연주가 멈췄다는 사실을 인지하지 못했다. 내가 들은 첫 문장이 관심을 끌었다. 아버지는 읽던 책을 덮고는, 화가 날 때의 습관처럼 의자에 뒤로 기대앉았다. 얼굴이 다소 붉어졌고 눈에는 자긍심과 놀람, 분노가 섞인 맹렬하고 차가운 빛이 번쩍였다.

"그래요, 레이디 놀리스. 적의가 느껴져요. 나는 당신이 말하는 열정을 알아요. 그건 명예롭지 못합니다."

아버지가 말했다.

"그리고 나는 당신의 태도가 뭔지 알아요. 그건 광기에 사로잡힌 열정이죠."

커즌 모니카가 똑같이 열정적으로 쏘아붙였다.

"난 당신이 어떻게 그렇게 착란을 일으키는지 모르겠네요, 오스틴. 도대체 무엇 때문에 그렇게 꼬였어요? 뻔한 게 안 보이나요?"

"당신이야말로 그렇소. 당신의 부자연스러운 편견, 부자연스러운 선입관이 당신의 눈을 가리고 있어. 그게 다 뭐요? 아무것도 아니야. 내가 당신처럼 행동한다면 난 그저 겁쟁이나 배신자가 되겠지. 난 잘 보고 있어. 진실을 똑똑히 보고 있다고. 난 환영을 보고 칼을 휘두르는 돈키호테가 아니야."

"머뭇거리면 안 돼요. 도대체 어떻게…… 당신 생각은 할 줄 알아요? 숨을 쉬는지도 모르겠네? 아무래도 사악한 기운이 이 집을 감싼 거 같아."

아버지의 유일한 대답은 그저 한순간 엄중한 눈길로 그녀를 똑바로 바라보는 것이었다.

"사악한 기운을 쫓기 위해 말편자를 박거나 대문 섬돌에 부적을 붙일 필요는 없어요."

화가 나서 얼굴이 창백한 레이디 놀리스는 지지 않고 말을 이었다.

"하지만 당신은 어둠속에서 문을 열어 알지 못하는 위험을 부르고 있어요. 도대체 저 아이를 어떻게 보려고 그래…… 어, 연주가 멈췄네."

놀리스는 갑자기 입을 다물었다. 아버지는 웅얼거리며 자리에서 일어난 후 매우 불쾌한 표정으로 문으로 향하며 무시무시한 눈길로 나를 바라보았다. 얼굴이 붉어진 커즌 모니카 또한 조용히 나를 바라보았다. 그녀는 가느다란 황금 십자가 끝을 깨물며 내가 얼마나 많이 엿들었는지 가늠하는 것 같았다.

아버지가 방금 닫은 문을 갑자기 열더니 안을 들여다보며 차분해진 말투로 말했다.

"모니카, 잠깐 서재로 와 봐요. 당신이 나와 모드에게 다른 감정 없이 친절한 마음이라는 거 알아. 당신의 선의는 고맙구려. 하지만 당신은 다른 것들도 이성적으로 보아야 해요. 나는 당신이 그럴 수 있으리라 생각해요."

커즌 모니카는 조용히 자리에서 일어나 아버지를 따라갔다. 그러면서 눈과 손을 위로 들어올렸다. 그리고 나는 홀로 남겨졌다. 그 어느 때보다 더 궁금하고 아리송한 심정으로.

제15장
경고

나는 가만히 앉아 있었다. 귀를 기울이며 궁금해했고, 궁금해하며 귀를 기울였다. 그러나 내가 있는 곳에서는 아버지의 서재에서 나는 소리가 들릴 리 없다는 걸 깨닫지 못했다.

5분이 흘렀으나 그들은 돌아오지 않았다. 10분, 15분. 나는 난롯가로 가 커다란 안락의자에 편안한 자세로 앉아 나무가 타는 모습을 바라보았다. 그러나 로맨스에 나오는 사람들이 흔히 보는 것처럼 흔들리는 불꽃에서 나의 과거의 삶이나 미래의 여정, 그 어떤 장면도 등장인물도 보이지 않았다. 꿈속 같은 요정의 나라, 불도마뱀, 일몰, 불의 왕 등을 연상시키는 핏빛과 황금빛으로 번쩍이는 아름다운 성과 동굴만 보일 뿐이었다. 그리고 공상으로 만들어낸 형태를 다 갖추지 못한 그 모든 것들이 감은 눈과 나른한 감각으로 나를 꿈나라로 이끌었다. 나는 꾸벅꾸벅 졸기 시작하다가 깊은 잠에 빠졌다. 그러다가 커즌 모니카의 목소리에 잠에서 깼다. 눈을 뜨니 아무것도 보이지 않고 오직 내 얼굴을 빤히 바라보는 레이디 놀리스만 보였다. 그녀는 시선을 마주한 나의 텅 빈 몽롱한 눈빛을 보고 사람 좋은 웃음을 보였다.

"가자, 모드야. 늦었어. 한 시간 전에 잠자리에 들었어야 하는데."

나는 자리에서 일어났다. 정신을 똑바로 차리고 보니 커즌 모니카가 아까보다 훨씬 더 심각하게 가라앉은 걸 깨달았다.

"자, 촛불을 밝히고 같이 가자."

우리는 손을 잡고 계단을 올랐다. 나는 졸음에 겨워 침묵을 지켰다. 우리는 내 방에 도착할 때까지 한마디도 하지 않았다. 방에서는 메리 퀸스가 차를 준비해놓고 기다리고 있었다.

"메리 퀸스에게 몇 분 후에 다시 오라고 해. 너와 몇 마디 나눠야겠구나."

메리 퀸스가 물러났다. 레이디 놀리스는 하녀가 나가 문을 닫을 때까지 그녀를 바라보았다.

"난 아침에 떠난단다."

"그렇게 빨리요!"

"응, 그래. 더 이상 머물 수 없어. 사실 오늘밤에라도 가야 하는데 너무 늦은 시간이라 아침에 떠나는 거야."

"아, 너무 안타까워요. 너무요."

나는 솔직한 심정으로 이야기했다. 나를 둘러싼 벽들이 어두워지는 것 같았다. 옛 일상의 단조로움이 앞으로는 더 끔찍할 것만 같았다.

"나도 그렇단다, 사랑스러운 모드."

"하지만 조금 더 계시면 안 돼요, 네?"

"안 돼, 모드. 오스틴에게 화가 나는구나. 네 아버지에게 아주 화가 많이 나. 요컨대, 눈을 똑바로 뜨고 있으면서도 그분의 행동처럼 완전히 터무니없고 위험하고 미친 짓은 상상할 수 없구나. 가기 전에 네게 몇 마디 꼭 해야겠어. 바로 이거야. 넌 이제 더 이상 어린애가 아니야. 이젠 여자로서 행동해야 해, 모드. 이제부터 겁도 내지 말고 어리석게 굴지도 마. 내 말 똑바로 들어야 한다. 저 여자, 제 스스로 뭐라고? 루지에르? 그 여자 말이야, 그럴만한 이유가 있어서 하는 말인데, 저 여잔 네 적이 틀림없어. 아주 음흉하고 뻔뻔하고 파렴치한 여자란 걸 알게 될 거야. 항상 경계를 늦춰서는 안 돼. 이해하겠니, 모드?"

"네, 알겠어요."

나는 숨죽이며 답했다. 마치 경고를 날리는 유령을 보듯 겁먹은 태도로 그녀를 똑바로 바라보았다.

"입을 꼭 다물어야 해. 그리고 행동을 잘 통제하고 태도도 신경 써야 해. 입을 다무는 건 힘든 일이야. 하지만 반드시 그래야 한다. 비밀을 잘 지키고 경계를 늦춰서는 안 돼. 태도를 바꾸지 말고 그저 평소처럼 행동해야 해. 언쟁을 벌이지도 말고. 그 여자에게는 아무것도 말하지 마. 혹시라도 어떤 일을 알게 되더라도, 예를 들어 아버지에 관한 일 말이다. 언제나 그 여자에게는 조심, 또 조심해야 해. 그리고 저 여자 행동을 늘 감시해. 모든 걸 관찰하되, 아무것도 드러내지 마. 알겠니?"

"네."

나는 다시 속삭이듯 대답했다.

"네겐 착하고 정직한 하인들이 있어 정말 다행이야. 그 사람들도 저 여자를 싫어해. 하지만 하인들에게도 한마디도 하면 안 돼. 하인들은 자기도 모르게 이야기를 흘리는 걸 좋아하거든. 그런 식으로 말이 새 나가는 거야. 또 하인들이 그 여자랑 싸우다가 자기도 모르게 네 얘기를 할 수도 있어. 이해할 수 있겠니?"

"네, 알아요."

나는 불안한 눈빛으로 한숨을 쉬었다.

"그리고 모드, 저 여자가 네 음식 건드리게 하지 마라."

커즌 모니카는 창백한 얼굴로 고개를 끄덕이며 시선을 피했다. 나는 그저 그녀를 빤히 바라볼 수밖에 없었다. 나는 낮은 소리로 공포스런 감탄사를 내뱉었다.

"그렇게 겁먹지 마. 넌 어리석게 굴면 안 돼. 난 그저 네가 조심하기 바란단다. 의심 가는 부분이 있지만 내가 틀렸을 수도 있어. 네 아버지는 나를 바보라고 생각해. 어쩌면 그럴지도 모르지. 아닐지도 모르고. 어쩌면 네 아버지가 내 생각대로 따라올 수도 있고. 하지만 아버지에게 이런 이야기는 하지 마. 그이는 별종이야. 한 번도 현명하게 행동한 적이 없고 앞으로도 그럴 거야. 물론 자신의 열정과 편견이 개입되는 한 그렇다는 말이야."

"그 여자가 큰 범죄를 저지른 건가요?"

나는 기절할 것처럼 두려운 느낌이 들었다.

"아니야, 모드. 난 그런 식의 이야기는 한 적 없단다. 그렇게 겁먹지는 마. 난 그저 내가 알고 있는 것을 토대로 그 여자에 대해 안 좋은 의견을 가졌다고 말했을 뿐이야. 그리고 가치관이 정립되지 않은 사람은 유혹이 오면 별짓을 다 할 수 있어. 하지만 그 여자가 얼마나 사악하던지 간에 넌 그 여자를 무시할 수 있어. 그저 그 여자는 그런 사람이라고 생각하고 조심해서 행동하면 돼. 그 여자는 이기적이고 교활해. 그러니 되는 대로 막 저지르지는 않을 거야. 하지만 어쨌든 그 여자에게 그럴 기회를 주면 안 돼."

"오오! 커즌 모니카, 절 두고 가지 마세요."

"모드, 난 그럴 수 없단다. 네 아빠와 싸웠단다. 나는 내가 옳고 그이가 틀렸다는 걸 알아. 그분도 혼자 차분히 생각하면 곧 깨닫게 될 거고, 그러면 모든 게 다 잘 풀릴 거야. 하지만 지금은 그분이 날 오해하고 있어. 우린 서로에게 예의 바르게 행동하지 못했어. 나는 더 머물 수 없고, 네 아빠는 내가 널 잠시나마 데리고 가게 하지 않을 거야. 난 그러고 싶은데. 그래도 오래 그러진 않을 거야. 내가 장담하마. 네가 조심하며 앞가림을 잘할 거 같아서 다행이야. 그저 저 여자가 나쁜 짓을 할 수 있다는 걸 잊지 말고 그에 맞게 행동해. 그리고 행동할 때 그 여자를 불신한다거나 싫어한다거나 하는 티를 내면 안 돼. 그렇게만 하면 그 여자가 힘을 쓸 수 없을 거야. 그리고 내 소식을 듣고 싶을 때마다 편지해. 그러면 실질적인 도움이 될는지 잘 모르겠다만, 어쨌든 내가 올게. 그래, 현명한 아가씨, 꼭 내가 이른 대로 행동해. 그러면 모든 게 다 잘 풀릴 거야. 그리고 오래지 않아 내가 어떻게든 저 추잡스러운 여자를 치워버릴 수 있도록 힘을 쓸 거야.”

다음날 아침 커즌 모니카는 키스 한 번, 서둘러 나눈 몇 마디 말만 남기고 그대로 떠났다. 아빠에게는 쪽지로 남긴 작별 인사가 다였다. 그 후 한동안 커즌 모니카에게선 아무 소식도 들을 수 없었다.

놀은 다시 어둠에 잠겼다. 그 어느 때보다 더 어두웠다. 언제나 내게 친절한 아버지는 이제—아마도 레이디 놀리스가 머문 기간 동안 불쑥불쑥 내비친 일반적인 세상 사람들의 태도와 대조되어— 더 조용하고 슬프고 더 고립되었다. 마담 드 라 루지에르에 관해서는 처음에는 특별히 언급할 일이 없었다. 그저, 독자여, 혹시라도 당신이 예민하고 매우 젊은 여성이라면 나의 두려움과 상상, 그리고 내가 겪었던 비참함을 상상해보라고만 청한다. 그 강렬한 감정은 지금도 떠올리기 싫다. 그러나 그건 내게 영원히 그림자를 드리웠다. 걱정과 불안, 그것은 밤에 잠자리에 들 때면 나와 함께 누웠고, 낮의 일상을 끔찍하게 만들었다. 그 역경을 살아낸 지금 그저 놀라울 뿐이다. 고통은 비밀스럽고 끊임없었으며 내 마음을 쉼 없이 동요케 만들었다.

몇 주 동안 놀은 겉으로 볼 때 평소처럼 흘러갔다. 마담의 불쾌한 태도에 관해 말하자면, 이전보다 날 덜 괴롭혔다. 끊임없이 내게 "우리의 소중한 우정 맹세, 기억하지? 사랑하는 모드!"라며 관계를 강조했다. 그러고는 앙상한 팔로 내 허리를 두르고 내 옆에 서서 창밖을 내다보는 식이었다. 싫지만 나도 팔로 그 여자의 허리를 두를 수밖에 없었다. 그 여자는 그렇게 애정 어린 태도로, 심지어 장난 섞인 태도로 미소 지었다. 때로 썩은 이를 드러내며 꽤 소녀같이 미소 지으며 젊은 "남자들"에 관해 떠들어대기도 했다. 그렇게 자신의 애인들 이야기를 떠벌리는데, 나는 그 모두가 무섭기만 했다.

그 여자는 처치 스카즈데일로 함께 갔던 매력적인 산책길에 대한 이야기를 끊임없이 입에 올렸다. 그러면서 그 즐거운 소풍을 다시 하자고 제안하곤 했다. 물론 나는 전혀 즐거운 추억이 아니었기에 매번 피했다.

어느 날 산책을 나가기 위해 옷을 갈아입고 있을 때 러스크 부인이 내 방으로 들어왔다.

"미스 모드. 거긴 너무 먼 거 아니에요? 처치 스카즈데일까지는 너무 먼 길인데. 얼굴도 좋아 보이지 않고요."

"처치 스카즈데일이요? 난 처치 스카즈데일 안 가요. 누가 거길 간다고 그래요? 거기처럼 싫어하는 데가 없는데."

"이런! 저 마담이 아래층에서 과일과 샌드위치를 챙기고는 저더러 아가씨가 처치 스카즈데일에 가고 싶어 한다고 그러던데요."

"사실이 아니에요. 마담도 내가 거기 싫어하는 거 알 텐데요."

"그래요?"

러스크 부인이 조용히 되물었다.

"그리고 도시락 싸라고 말한 것도 아니죠? 음, 꾸며낸 이야기라니! 도대체 저 여잔 무슨 꿍꿍이야! 도대체 뭔 수작을 부리는 걸까요?"

"나도 모르겠어요. 어쨌든 나 거기 안 가요."

"그럼요, 그럼요. 아가씨 안 가죠. 하지만 그 여자 머릿속에 뭔가 꿍꿍이가 있는 게 틀림없어요. 톰 포크스 말로는 그 여자가 농부 그레이네로 가서 두어 번 차를 마시던 걸 봤다더군요. 혹시 그 여자 그 남자랑 결혼할 생각을 하는 건가?"

러스크 부인은 그러더니 자리에 앉아 깔깔대다가 조롱으로 끝맺었다.

"그렇게 젊은 남자를 두고! 게다가 그 사람 아내가 죽은 지 1년도 안 되는데. 그 여자 돈이 좀 있나요?"

"나도 몰라요. 신경 안 써요. 어쩌면 그럴 수도 있겠죠. 러스크 부인, 부인이 마담을 오해한 걸 수도 있어요. 나 이제 내려가요. 외출할게요."

마담은 손에 바구니를 들고 있었다. 폭넓은 치마에 바구니를 들고 조용히 서 있었다. 어디로 산책을 할 건지, 뭘 준비했는지는 말하지 않았다. 그저 내 옆에서 걸으면서 천진하고 다정하게 떠들어댈 뿐이었다.

우리는 그렇게 목장으로 이어지는 울타리 출입구에 도착했다. 나는 걸음을 멈췄다.

"마담, 이 방향으로 너무 멀리 오지 않았어요? 공원에 있는 비둘기집으로 가는 거 아니었어요?"

"뭔 소리! 사랑스러운 모드. 그렇게 멀리 갈 수 없어."

"그러면 집으로 돌아가요."

"이쪽으로 가자. 많이 걷지 않았잖아. 네가 적당한 운동을 하지 않으면 루틴 씨께서 좋아하지 않으실 거야. 이 길로 더 걸어가다가 네가 마음에 드는 곳이 있으면 쉬자."

"어디로 가고 싶어요, 마담?"

"특별히 정한 데는 없는데. 가자. 바보같이 굴지 말고, 모드."

"이 길은 처치 스카즈데일로 가는 길이잖아요?"

"그래, 맞아! 거긴 정말 아름다운 곳이잖니! 하지만 거기까지 다 가지 않아도 돼."

"오늘은 영지 벗어나고 싶지 않아요, 마담."

"자자, 모드. 바보같이 굴지 마. 그게 무슨 말이야, 아가씨?"

이 건장한 여자가 붉으락푸르락 화를 내며 매우 거칠게 다가왔다.

"울타리 넘어가고 싶지 않아요, 마담. 저는 이쪽에 있을게요."

"내가 시키는 대로 해!"

그 여자가 소리를 질렀다.

"이 팔 놔요, 마담. 아파요."

마담은 크고 앙상한 손으로 내 팔을 굳세게 움켜쥐고 강제로 나를 끌고 가려고 했다.

"놔요."

나는 고통이 커지며 날카롭게 소리 질렀다.

"하!"

그 여자는 분노와 비웃음이 섞인 소리를 지르며 팔을 놓고는 동시에 나를 뒤로 밀어붙였다. 나는 비틀거리며 크게 휘청거렸다.

나는 간신히 자세를 고쳐 섰다. 매우 아팠다. 나는 그 여자가 무섭기도 했지만 정말로 화가 났다.

"날 학대한다면 아빠에게 고할 거예요."

"내가 뭘 어쨌는데?"

마담은 움푹 팬 하관에 무시무시한 웃음을 띠고 있었다.

"난 널 도와준 거야. 네가 넘어지려고 하는 걸 막은 거라고. 너희들 어린 마드무아젤들은 그렇게 버릇없이 굴다가 다치지 않니? 그러면서 남한테 비난을 퍼붓는단 말이지. 이르고 싶으면 일러. 내가 신경이나 쓸 것 같아?"

"좋아요."

"올 거니?"

"아뇨."

그 여자는 내 얼굴을 빤히 쳐다보았다. 매우 사악한 표정이었다. 나는 당황한 표정으로 그녀를 바라보았다. 마치 어두운 밤에 어린 새를 노리는 올빼미 같은 모습이었다. 나는 뒤로도 앞으로도 움직이지 않고 무기력하게 그 여자만 빤히 쳐다보았다.

"넌 착한 학생이지. 매력적인 젊은 아가씨야! 아주 예의 바르고, 아주 순종적이고, 아주 말 잘 듣는단 말이야! 난 처치 스카즈데일 쪽으로 갈 거야."

마담은 갑자기 판에 박힌 말로 비꼬더니 거칠고 사나운 말을 내뱉었다.

"어디 한번 하고 싶은 대로 해봐. 여기 있고 싶으면 있어! 난 분명 같이 가자고 했다, 알겠지?"

나는 그 어느 때보다 완강하게 그 여자를 따라가지 않겠다고 굳게 마음먹고는 그곳에서 꿈쩍하지 않은 채 그 여자가 씩씩거리며 나아가는 모습을 바라보았다. 바구니를 털썩털썩 흔드는 모습이 그것으로 내 머리를 후려치고 싶어 하는 것 같았다.

그러나 그 여자는 이내 진정하고 어깨너머로 돌아보았다. 내가 여전히 울타리 출입문을 통과하지 않은 걸 보고는 걸음을 멈추고 무서운 표정으로 내게 따라오라고 손짓했다. 그래도 내가 꿈쩍하지 않자 화가 난 한 마리 짐승처럼 머리를 젖히며 한동안 나를 어떻게 해야 할지 고민하는 것 같았다.

그 여자는 다시 발을 구르며 사납게 손짓했다. 나는 그대로 서 있었다. 매우 겁이 났다. 그 여자가 어떤 폭력을 휘두를지 알 수 없었다. 여자가 벌게진 얼굴로 머리를 흔들면서 내게 다가왔다. 나는 심장이 두방망이질 쳤고 극심한 공포에 사로잡힌 채 위기의 순간을 기다렸다. 그 여자가 가까이 다가왔다.

울타리만이 우리를 갈라놓고 있었다. 그때 그 여자는 그 자리에 멈춰 서서 프랑스 척탄병처럼 이글이글 타는 눈빛으로 나를 째려보았다. 그러나 무언가 망설이는 것 같았다.

제16장
닥터 브라이얼리가 들여다보다

내가 무얼 어쨌기에 저런 제어할 수 없는 분노를 불러일으
킨 걸까? 우리는 이전에도 자주 사소한 의견 차이를 보인 적
이 있었다. 그러면 그 여자는 비꼬거나 놀리거나 무례하게 구
는 것 정도로 그쳤다.

"그래, 앞으로는 네가 가정교사 하고 내가 네 명령에 따르
는 학생이 되련다, 그걸 원해? 그럼 우리가 어디로 산책할지
네가 정해라. 트레 비앵! 두고 보자. 무슈 루틴 그분이 다 알게
될 거다. 나? 나는 신경 안 써. 전혀 안 써. 오히려 좋아. 그분더
러 정하라고 하면 되지. 만일 내가 그의 따님 마드무아젤의 행
실과 건강을 책임지게 되면, 나는 그 아가씨가 뭘 해야 하는지
결정할 권위를 가지게 될 거야. 복종해야 할 사람? 둘 중 하나
라고! 딸이냐 나냐! 나는 그저 누가 장차 명령권을 가지게 될
지 물어볼 거야. 브왈라 투(더 이상 할 말 없다)!"

나는 겁났지만 마음만은 확고했다. 내 표정은 분명 부루퉁
하고 불편했을 것이다. 여하튼 그 여자는 자신의 감언이설이

통했다고 생각하는 것 같았다. 그리하여 꼬드기고 부추기고 내 뺨을 어루만지기도 하며 내가 "착한 아이"가 될 거고, "가여운 마담을 애타게" 하지 않을 거라고 말하며, 장차 내가 자기가 시키는 일을 하게 될 거라고 얼러댔다.

그 여자는 입을 활짝 벌리고 능글맞게 싱글거리며 내 머리를 쓰다듬고 뺨을 어루만지다가 회유의 몸짓으로 내게 키스까지 하려 들었다. 나는 뒤로 물러났다. 그러자 그저 웃음을 보이며 말했다.

"어리석은 것! 하지만 넌 당장 말 잘 듣게 될 거야."

"그런데 왜, 각별히 오늘 내가 처치 스카즈데일로 가길 바라는 거죠?"

나는 갑자기 머리를 들고 마담을 똑바로 바라보며 물었다.

그 여자는 시선을 모으고 불쾌하게 인상을 찌푸리며 대답했다.

"왜 그러냐고? 이해가 안 가는구나. 날이 뭐가 중요해? 뭔 어리석은 소리야! 내가 왜 처치 스카즈데일을 좋아하냐고? 아주 예쁜 곳이잖아? 그게 다지, 뭐! 참 멍청한 소리를 하는구나! 내가 널 살해해서 교회 마당에 묻기라도 할까 봐?"

그 여자가 웃었다. 송장 먹는 귀신이라 해도 어색하지 않을 웃음이었다.

"가자, 사랑스런 모드. 너 바보 아니잖아? 네가 저쪽으로 가자고 하면 내가 저쪽으로 갈 거야. 반대쪽으로 가자고 하면 그럴 거고. 넌 이성적인 아이잖아? 그러니 가자. 우린 아주 즐겁게 산책할 거야, 그렇지?"

그러나 나는 꿈쩍하지 않았다. 고집도 변덕도 아니었다. 그저 나를 휘감은 심각한 두려움 때문이었다. 나는 그때 매우 겁이 났다. 그랬다, 겁났다. 뭐가? 음, 그날 마담 드 라 루지에르와 함께 처지 스카즈데일에 가는 일? 그게 전부였다. 그리고 나는 그 본능이 옳았다고 믿는다.

그 여자는 부아가 치민 눈빛으로 처치 스카즈데일 쪽을 쳐다보며 입술을 깨물었다. 자신의 계획을 포기해야 한다는 걸 깨달은 것 같았다. 그 여자의 우중충한 얼굴에 그늘이 드리워졌다. 조롱하는 표정으로 인상을 살짝 찌푸렸다. 큰 입이 쓴웃음으로 일그러졌다. 전체적인 인상이 무거운 그늘로 얼룩졌다. 저런 여자가 방금 전까지만 해도 울타리 출입구 너머에서 그 특유의 허튼소리로 감언이설을 씨불이며 그렇게 살살거렸다니.

분명 악의적인 실망감이 자신을 사로잡아 인상을 뒤틀리게 만들었음에 틀림없었다. 나는 가슴이 철렁 내려앉았다. 엄청난 공포가 나를 압도했다. 날 독살하려는 수작일까? 저 바구니에 뭐가 든 거지? 나는 그 무시무시한 얼굴을 바라보았다. 순간 미쳐버릴 것 같았다. 날 이 무시무시한 악인에게 방치한 아버지에 대한 분노, 그리고 커즌 모니카에 대한 분노가 나를 사로잡았다. 나는 두 손을 쥐어짜며 소리 지르기 시작했다.

"오! 너무해, 너무해, 너무해!"

가정교사의 얼굴이 누그러졌다. 지금 나는 그 여자가 극단적으로 불안한 내 모습에 겁을 집어먹었다고 생각한다. 아버지에게 안 좋게 이야기가 들어갈 수도 있을 것이었다.

"자, 모드. 감정을 통제할 때가 왔구나. 네가 원치 않으면 처치 스카즈데일로 가지 않아도 된단다. 난 그저 제안했을 뿐이야. 자! 이제 네가 원하는 대로 할 테니, 그럼 어디로 갈래? 비둘기집으로 갈래? 네가 말해봐. 투 비앵(다 좋아)! 내가 다 양보한 거 잊지 말거라. 자, 가자."

그리하여 우리는 숲길을 통해 비둘기집 쪽으로 향했다. 나는 숲속의 아이들이 불길한 안내자를 따라가듯 아무 말도 안하고 완전한 침묵과 두려움에 휩싸인 채 나아갔다. 마담도 생각에 잠겨 침묵을 지켰다. 가끔 날카로운 곁눈질로 평정심을 찾아가는 나를 흘긋거렸다. 그 여자의 발걸음은 빨랐다. 마담은 체념이 빨랐고 신속하게 상황을 받아들였다. 걸은 지 15분쯤 지나자 얼굴에서 우울한 내색이 모두 사라졌다. 평소의 표정을 되찾았다. 그러고는 짓궂은 환희를 담아 노래하기 시작했다. 실로 익살맞고 떠들썩한 평소 기질을 되찾은 것 같았다. 그러나 이런 분위기에서의 즐거움은 혼자만의 것이었다. 농담도 혼자 떠들고 혼자 듣는 꼴이었다. 우리가 폐허가 된 벽돌탑—옛 시절의 비둘기집—에 가까이 다가갔을 때, 그 여자는 바구니를 허공에 빙빙 돌리며 방정을 떨었다. 제 노래 장단에 맞춰 깡충거렸다.

그 여자는 담쟁이덩굴이 타고 오르는 무너진 벽 그늘 아래 장난스럽게 털썩 주저앉더니 바구니를 열고 나더러 같이 먹자고 권했다. 나는 거절했다. 그러나 독극물에 대한 의심은 의심이었을 뿐임을 밝힌다. 마담은 바구니에 든 음식 전부를 게걸스럽게 먹어치웠다.

독자에게 밝히노니, 마담이 즐거운 행동과 태도를 보인다고 해서 내가 용서받았다는 뜻은 아니다. 전혀 그렇지 않았다. 그 여자는 집으로 돌아오는 길에 내게 한마디도 건네지 않았다. 그리고 테라스에 도착했을 때 입을 열었다.

"모드, 네덜란드 정원에 2~3분 있을래? 서재에 가서 루틴 씨와 이야기 좀 나눠야겠다."

그 말을 하며 고개를 빳빳이 쳐들고는 참을 수 없는 미소를 지었다. 나는 언쟁하지 않고 좀 더 도도하면서도 꽤 심각한 태도로 몸을 돌려 마담이 말한 예스러운 작은 정원 계단으로 내려갔다.

나는 그곳에 가서 아버지를 보고 매우 놀랐고 또한 기뻤다. 나는 아버지에게 달려가 말했다.

"오! 아빠!"

그러고 나서 잠깐 말을 멈춘 후 다시 덧붙였다.

"지금 이야기해도 돼요?"

그는 친절하고도 진지한 미소를 지었다.

"음, 모드. 할 말 있으면 해."

"오, 선생님. 그저 이런 말이에요. 우리가 산책할 때, 저하고 마담 말이에요, 영지 내부로 국한했으면 좋겠어요."

"이유는?"

"저…… 저는 마담과 산책하는 게 겁나요."

"겁이 난다고!"

아버지는 나를 뚫어져라 바라보았다.

"최근에 레이디 놀리스에게 편지 받은 적 있니?"

"아뇨, 아빠. 두 달도 더 되었는데요."

잠시 침묵이 흘렀다.

"그런데 왜 겁난다는 거지, 모드?"

"마담이 어느 날 절 데리고 처치 스카즈데일로 갔어요. 거기가 얼마나 적막한 곳인지 아시죠? 그리고 저에게 하도 겁을 주어서 교회 뜰로 가는 게 너무 무서웠어요. 하지만 마담이 절 혼자 두고 개천 반대편으로 가버렸고, 어떤 뻔뻔한 남자가 지나가다가 멈춰서 제게 말을 걸더라고요. 절 희롱하려는 것 같았어요. 그리고 제게 엄청나게 겁을 줬어요. 마담이 올 때까지 자리를 뜨지 않았어요."

"어떤 남자였니, 젊은이, 아니면 나이 먹은 남자?"

"아주 젊은 남자였어요. 농부의 아들 같아 보였지만 매우 건방졌고, 내가 싫은 내색을 해도 가지 않고 제게 말을 걸었어요. 그리고 마담은 전혀 신경 쓰지 않았고요. 오히려 겁먹었다고 절 비웃었다니까요. 전 사실 마담이 매우 불편해요."

그는 다시 한 번 나를 날카롭게 바라보더니, 이내 흐린 눈으로 고개를 숙이고 생각에 잠겼다.

"불편하고 겁이 났다고 했지? 그런 느낌, 왜 그런 느낌이 든 거지?"

"잘 모르겠어요. 마담은 절 겁주는 걸 좋아해요. 저는 마담이 무서워요. 우리 모두 다 무서워해요. 그러니까 저 말고도 하인들도 모두요."

아버지는 경멸적으로 고개를 두세 번 끄덕거리고는 내뱉었다.

"어리석은 자들 같으니라고!"

"그리고 오늘 처치 스카즈데일로 산책 가지 않겠다고 했더니 저에게 아주 크게 화를 냈어요. 전 마담이 너무 무서워요. 저는……"

나도 모르게 눈물이 터졌다.

"자자, 모드. 울지 말거라. 마담은 그저 너에게 도움을 주기 위해 있는 사람이야. 네가 무섭다면, 바보 같다 하더라도 말이지, 그럼 됐다. 네 말대로 하거라. 앞으로 산책은 영지 내에서 하는 걸로 하자. 내 그리 일러두마."

나는 눈물을 흘리면서 매우 열정적으로 감사를 표했다.

"하지만 모드, 편견을 경계해야 한다. 여자들은 판단에 있어 불공정하고 극단적인 경향이 있어. 우리 가문의 일부 사람들이 그런 편견으로 고통을 겪었단다. 우리는 편견에 사로잡히지 않도록 늘 경계해야 해."

그날 저녁 응접실에서 아버지는 늘 그렇듯 느닷없이 말을 꺼냈다.

"모드, 내가 떠날 여행 말이다. 오늘 아침 런던에서 편지를 받았는데, 내 생각보다 더 빨리 떠날 수 있을 거 같구나. 그래서 당분간 서로 떨어져 지내야 할 것 같아. 겁내지 말거라. 마담 드 라 루지에르에게 널 맡기진 않을 거야. 친척에게 널 돌보게 할 테니. 하지만 그렇더라도 우리 모드는 아버지를 그리워하겠지?"

아버지의 말투는 매우 다정했고 표정도 마찬가지였다. 그는 미소를 띠고 날 내려다보며 눈물을 글썽였다. 아버지가 나를 향해 이렇게 감정을 드러내는 건 처음이었다. 나는 아버지의 사랑을 느끼며 놀랍고도 기쁜 마음이 몰아쳤다. 나는 자리에서 일어나 아버지를 안으며 조용히 눈물을 흘렸다. 분명 아버지 또한 눈물을 흘렸으리라.

"아버지 누군가 손님이 오신다고 했잖아요? 함께 동행할 분이요. 아, 그래요. 아버지는 저보다 그분을 더 사랑하시나요?"

"아니야, 애야. 절대 아니야. 난 그분을 두려워한단다. 널 두고 떠나는 게 정말 미안하구나, 모드야."

"오래 걸리지 않을 거잖아요?"

"맞아."

아버지는 한숨을 쉬었다. 나는 좀 더 자세히 캐물으려는 마음이 들었으나 아버지가 내 마음을 읽은 것 같았다.

"그 이야기는 그만하자꾸나. 다만, 모드야, 내가 오크나무 캐비닛과 여기 있는 이 열쇠에 관해 한 이야기만은 꼭 잊지 말거라."

그러면서 그는 그걸 들어 보였다.

"내가 떠나고 없을 때 닥터 브라이얼리가 오면 하라고 시킨 거 기억하지?"

"예, 선생님."

아버지의 태도가 돌변해서 나 역시 원래대로 격식을 갖춘 태도로 돌아왔다.

그때 이후 겨우 며칠이 지난 시점에 닥터 브라이얼리가 실제로 놀에 도착했다. 전혀 예상하지 못한 일이었다. 물론 아버지는 알고 있었을지도 모른다. 그는 하룻밤만 묵을 예정이었다.

닥터 브라이얼리는 위층 작은 서재에 두 번이나 아버지와 함께 틀어박혔다. 아버지는 원래 말이 없는 성격이었지만 평소보다 더 풀 죽어 보였다. 러스크 부인은 "그 쓰레기들"이라며 언제나처럼 스베덴보리 교도들을 비하하는 말을 들먹이며 호되게 독설을 날렸다.

"그자들이 주인님을 위태롭게 만들고 있어요. 저 검은 옷 입은 멀대 같은 허깨비가 주인님 방을 집고양이처럼 저렇게 계속 들락거리면 주인님은 오래 못 버티실 거예요."

나는 그날 밤 아버지와 닥터 브라이얼리를 연결하는 미스터리가 무언지 궁금해 뒤척였다. 그들의 이상한 종교로 설명되지 않는 그 이상의 무언가가 있었다. 아버지를 심각하게 불안하게 만드는 무언가가 있었다. 그런 추측은 합리적이지 않을 수 있으나, 어쨌든 그런 생각이 들었다. 아버지를 저렇게 변화시킨 원인에 대해 우리는 아무것도 아는 게 없었지만, 어쨌든 우리가 사랑하는 사람을 명백하게 고통으로 빠뜨리는 그 사람이 점점 밉살스러웠다. 그리하여 나는 닥터 브라이얼리를 증오하기 시작했다.

어둑어둑한 아침이었다. 계단 옆 어두운 회랑에서 나는 번들거리는 검은 정장을 입은 몰골사나운 닥터와 딱 마주쳤다.

내가 만일 그 남자의 방문 목적에 대해 그만큼 흥분하지 않은 상태였거나, 혹은 그를 그 정도로 싫어하지만 않았어도 그렇게 말을 건넬 용기가 없었을 것이다. 나는 그의 검고 마른 얼굴에 무언가 교활함이 엿보인다고 생각했다. 그리고 주일 의복을 갖춰 입은 그가 마치 스코틀랜드 장인처럼 천한 사람 같아 보였다. 나는 내 아버지처럼 대단한 신사가 그런 사람의 영향력 때문에 고통받는다는 사실에 갑자기 분노가 치밀었다. 그리하여 나는 그가 예측한 것처럼 예의를 표하고 그를 지나치는 대신 갑자기 걸음을 멈추고 질문을 던졌다.

"뭘 좀 여쭤봐도 될까요?"

"물론입니다."

"선생님이 아버지가 기다리던 친구분이십니까?"

"무슨 말씀이신지 모르겠군요?"

"어디 먼 곳으로 함께 여행을 떠난다고 하신 분 말이에요, 꽤 긴 시간 동안이요?"

"아닙니다."

닥터는 고개를 가로저었다.

"그럼 그분은 누구지요?"

"저는 전혀 모르겠네요, 아가씨."

"아버지가 선생님이 아신다고 하셨는데요?"

닥터는 진실로 어리둥절한 표정을 지었다.

"아버지는 오래 떠나 계실 건가요? 말씀해주세요."

닥터는 궁금한 표정을 품은 검은 눈으로 심란한 내 얼굴을 들여다보았다. 마치 상대의 의중을 읽어보려는 표정 같았다. 그러더니 그는 조금 힘차게, 그러나 날카롭게 말했다.

"음, 저는 모릅니다. 아가씨, 몰라요. 분명 착각하신 거 같군요. 저는 아는 바가 없습니다."

잠시 침묵이 흐른 후 그가 덧붙였다.

"아뇨. 그분은 제게 친구 이야기는 하지 않으셨습니다."

나는 그가 내 질문에 불편해하며 진실을 피한다고 생각했다. 어쩌면 내 생각이 맞는지도 몰랐다.

"오! 닥터 브라이얼리. 제발이요, 제발. 친구가 누군지, 어디로 가시는지 말해주세요?"

"확실히 말씀드리는데, 저는 모릅니다. 얼토당토않아요."

그는 이상하게 초조한 태도로 대답했다. 그러더니 자리를 뜨려고 몸을 돌렸다. 짜증이 나고 당혹스러웠으리라. 그때 어떤 끔찍한 의심이 번개처럼 내 머릿속에 몰아쳤다.

"닥터, 한마디만 더요."

내 태도는 꽤 거칠었을 것이다.

"혹시…… 혹시 아버지가 마음에 이상이 있는 것 같다고 생각하시나요?"

"제정신이 아니냐고요?"

그는 갑자기 날카롭게 캐는 듯한 표정으로 나를 쳐다보았다. 그러다가 표정이 미소로 변했다.

"아이고! 그런 말씀을! 영국에서 그분보다 멀쩡한 분은 없으실 겁니다."

그러더니 닥터는 고개를 까닥하고 자리를 떴다. 그렇게 부정함에도 나는 그가 비밀을 안고 있다고 생각했다. 그는 오후에 떠났다.

제17장
모험

우리가 언쟁을 벌인 그날 이후 며칠 동안 마담은 내게 거의 말을 건네지 않았다. 수업에 관하자면 그다지 어려울 것도 없었다. 또한 아버지가 마담에게 말을 넣은 게 틀림없었다. 그날 이후 한 번도 놀의 영내를 벗어나 산책하자고 하지 않았기 때문이었다.

그러나 놀은 꽤 드넓은 영토였다. 나보다 훨씬 잘 걷는 사람이 영지 내만 돌아도 충분히 피곤할 수 있었다. 그리하여 우리는 때로 긴 산책을 하곤 했다.

마담은 몇 주간 부루퉁한 상태가 지속되었다. 한 번에 며칠씩 거의 말을 걸지 않고 어둡고 사악한 상념에 잠겼다. 그러다가 다소 갑작스레 자신의 원래 기분을 되찾고는 꽤 친절하게 굴었다. 쾌활하고 친절한 태도는 전혀 안심을 주지 않았고, 오히려 내 마음에는 해악과 변절의 전조로 다가왔다. 겨울이 깊어가자 날이 점점 짧아졌다. 마담과 내가 방목지 사냥터에서 집을 향해 서두를 때 붉은 태양이 벌써 지평선에 닿고 있었다.

이 초지의 야생 구역에는 저쪽 먼 곳에 게이트로 이어진 좁은 마찻길이 지나고 있었다. 나는 인적 드문 길로 내려가다가 그곳에 마차 한 대가 서 있는 모습을 보고 놀랐다. 캐리커처 작가 우드워드가 튜크스베리의 신사를 그릴 때 묘사하곤 했던 모습 그대로, 들창코에 마르고 교활하고 건방져 보이는 마부는 내가 지나갈 때 말에 기대 나를 빤히 쳐다보았다. 지나치게 화려한 보닛을 쓴 마차 안의 숙녀 또한 창밖으로 우리를 빤히 응시했다. 여자는 매우 뽀얀 뺨과 핑크빛 피부에, 검은 머리는 매우 윤기가 났으며, 눈은 밝은색이었다. 통통한 여자는 대담하고 다소 토라져 보였다. 여자는 우리가 지나갈 때 호기심 어린 눈빛으로 노골적으로 우리를 쳐다보았다.

나는 상황을 착각했다. 이전에 놀에 오기로 했던 손님이 그 공원 도로로 진입했다가 집을 찾지 못해 몇 시간 동안 헤맨 적이 있었던 것이다.

"마담, 저 남자에게 우리 집으로 갈 건지 물어보세요. 내가 볼 때 길을 잃은 것 같아요."

내가 속삭였다.

"에 비엥. 다시 찾겠지. 난 우편배달부들한테 말 걸고 싶지 않아. 자, 그냥 가자!"

그러나 그들을 지나칠 때 내가 직접 물었다.

"저희 집에 찾아오신 건가요?"

이때 남자는 말들의 선두에 서서 마구를 채우고 있었다.

"아닌데요."

그가 무뚝뚝하게 대답하고는, 말 눈가리개를 보며 이상한 미소를 지었다. 그러나 이내 예의를 차리려는 듯 다시 덧붙였다.

"아뇨, 고맙습니다. 아가씨. 그 뭐냐, 피크닉 나온 겁니다요. 이제 출발하려고요."

그는 이제 채우고 있던 버클을 보며 웃었다.

"자, 가자. 허튼수작이야!"

마담이 내 귀에 대고 날카롭게 속삭였다. 그러더니 내 팔을 붙잡아 휙 잡아챘다. 그리하여 우리는 울타리 출입구를 가로질러 반대편으로 향했다.

우리가 향한 길은 방목지 사냥터를 가로질러 작은 언덕들로 굽이굽이 이어진 길이었다. 이때 해는 이미 진 상태였다. 번쩍이는 일몰의 하늘과 대조되는 차가운 푸른 그림자가 우리를 둘러싸고 있었다.

우리는 언덕을 내려가다가 조금 앞에서 세 사람을 보았다. 우리가 가는 길에서 멀지 않은 곳이었다. 두 명은 서서 담배를 피우며 이야기를 주고받고 있었다. 다소 초췌해 보이는 한 사람은 키가 크고 말랐으며 높은 실크해트를 쓰고 흰색 방한 외투를 턱 끝까지 단추로 잠근 차림이었다. 상대는 좀 더 키가 작고 다부진 스타일로 검은색 재킷을 입고 있었다. 이 남자들은 우리가 다가가고 있는 언덕 높은 곳에서 우리와 마주하고 있었는데, 우리가 다가가자 등을 돌렸다. 내가 똑똑히 기억하는 게 있는데, 바로 그때 그들이 연습이라도 한 듯 각자 동시에 갑자기 피우던 담배를 입에서 빼내고 손을 내리는 모습이다. 그중 세 번째 인물은 피크닉 분위기를 보여주고 있었다. 음식 바구니를 다시 싸고 있었기 때문이었다. 그는 우리가 가까이 다가가자 갑자기 자리에서 똑바로 일어났다. 그 남자는 매우 추하게 생겼는데, 이마가 좁고 사각턱에 큰 코가 구부러진 모습이었다. 그는 각반을 차고 있었다. 약간 밭장다리에 둥근 머리는 짧게 깎았고, 작은 눈은 움푹 들어간 모습이었다. 나는 그 남자를 본 순간 《펀치》*에서 실제 그런 사람이 있을까 생각하며 많이 보아왔던, 강도나 폭력배의 전형적인 모습이라고 생각했다. 그는 바구니를 놓고 일어서더니 우리를 보고 한순간 인상을 찌푸렸다. 그러더니 발끝으로 바닥에 놓여있던 털모자를 툭 쳐올려 손으로 잡고는 좁은 이마 위에 꾹 눌러썼다. 그리고 우리가 막 그를 지나칠 때 자기 일행을 불렀다.

"이보시오, 미스터. 이거 어때요?"

"좋아."

흰 외투를 입고 있는 키 큰 남자가 대답했다. 그는 그러면서 화가 난 듯 키 작은 동료의 팔을 휙 잡아 흔들었다.

이 키 작은 동료가 몸을 돌렸다. 그는 목과 턱에 느슨하게 목도리를 두르고 있었다. 수줍은 표정에 약간 머뭇거리는 모

---

* 19세기 중반 영국에서 유행했던 주간지로 풍자와 해학이 넘치는 캐리커처 등 판화를 실었다. 독자에게 인종과 계급에 관한 편견을 심어주는 기괴하고 과장된 그림이 대부분이었다.

습 같았다. 그러자 키 큰 남자가 그에게 팔꿈치로 일격을 가했다. 그가 비틀거렸다. 조금 화가 난 것 같았다. 부루퉁하게 한두 마디 던지는 것 같았기 때문이었다.

그러나 우리가 가는 길에 정면으로 서 있던 흰 외투를 입은 신사는 한 손을 가슴에 얹고 모자를 들어 올리며 인사하는 시늉을 했다. 그러고는 곧장 취한 듯 거들먹거리는 태도로 씩 웃으면서 다가오기 시작했다.

"시간을 딱 맞췄네, 숙녀분들. 5분이면 된다오. 그럼 우리, 가리다. 감사, 감사하오, 아이고, 여사님. 이렇게 영광스럽게 만나주시다니? 그리고 당신의 젊은 숙녀분, 응? 조카신가? 따님이신가? 에이, 부인? 아무튼 이 젊은 숙녀분을 만나게 되어 더더욱 영광입…… 아, 손녀이신가? 이런! 아이고? 저기, 저기! 그거 싸지 마!"

마지막 말은 구부러진 코의 못난 남자에게 하는 말이었다.

"자, 잔 두어 개하고 큐라소 한 병하고 가져와 봐. 뭘 겁내시나, 아가씨? 여기 이 사람은 로드 롤리팝입니다요. 이 매력쟁이는 파리 한 마리도 못 죽인다오, 안 그래, 롤리? 아가씨, 헐, 아가씨, 이 남자 이쁘지 않소? 그리고 저는 사이먼 슈가스틱 경이올시다. 사이먼 경이라고 불린다는 말씀! 난 아주 키가 크고 곧아요, 아가씨. 그리고 날씬하잖소? 안 그렇소, 에이? 그리고 자기야, 자기가 날 더 잘 알게 되면 난 아주 달콤하다고요. 슈가스틱이 달리 슈가스틱이겠수? 안 그래, 롤리? 내 말 맞지, 응응?"

"마담, 나는 미스 루틴이라고, 저분들에게 말해줘요."

나는 매우 당황스럽고 놀라서 발을 구르며 말했다.

"조용히 해, 모드. 네가 화를 내면 저 사람들이 우리를 해칠지 몰라. 내가 알아서 상대할게."

가정교사가 속삭였다. 그러는 내내 그들은 각자의 자리에서 우리에게 다가오고 있었다. 뒤를 돌아보았더니 깡패처럼 보이는 남자가 1~2미터 내에서 팔을 들어 올리고는 손가락으로 앞에 있는 신사에게 손짓을 했다.

"모드, 조용히 해."

마담이 심각한 표정으로 경계를 취하며 속삭였다. 나는 신경 쓰지 않았다.

"저 사람들 취했어. 겁내는 표정 짓지 마."

나는 두려웠다. 잔뜩 겁을 집어먹었다. 우리를 포위한 원이 좁아지면서 그들은 내 어깨에 손을 얹으려 했다.

"뭘 원해요? 우리 그냥 지나가게 해주세요."

나는 이제야 우리를 가로막고 있는 두 남자 중 키 작은 남자가 처치 스카즈데일에서 내게 기분 나쁘게 치근댔던 남자임을 깨닫고 충격을 받았다. 나는 마담의 팔을 잡아당기며 속삭였다.

"도망쳐요."

"조용히 해라, 모드야."

마담은 그렇게 말할 뿐이었다.

"거, 있잖소."

키가 큰 남자가 실크해트를 이전보다 더 삐딱하게 고쳐 썼다.

"우리가 말이오, 이쁜이 당신을 잡았구먼? 보내주긴 하겠는데, 조건이 있단 말이오. 아가씨, 겁낼 건 없어요. 내 명예를 걸고 나쁜 짓을 안 하리다. 안 그래, 롤리팝? 나는 이 친구를 로드 롤리팝이라고 부른다우. 그냥 장난이라고. 이 친구 이름은 스미스라오. 자, 롤리, 포로를 풀어주긴 하겠는데, 스미스 부인한테 인사시키고 난 후 그렇게 하겠어. 스미스 부인은 마차 안에 앉아 있는데, 여기 이 스미스 씨를 아주 잘 다스리지. 약속하리다. 당신한테도 그리 어려운 일 아니잖소, 엥? 큐라소 한 잔씩들 하고 그런 다음 작별하는 거요. 어때, 좋지 않나요? 자자!"

"그래, 모드. 가보자. 문제될 게 뭐 있어?"

마담이 고집스럽게 속삭였다.

"안 돼요."

나는 본능적으로 겁을 먹고 거부했다.

"젊은 아가씨, 이 부인하고 같이 가지요, 엥?"

스미스라는 사람이 말했다. 마담이 내 팔을 붙들었다. 나는 팔을 빼내 도망치려 했다. 그러나 키가 큰 남자가 내 어깨에 팔을 두르더니 장난기 섞인 손짓으로 꽉 움켜잡았다. 그러나 움켜잡은 손의 힘이 너무 세서 무척이나 아팠다. 나는 하릴없이 몸부림을 치다가 완전히 기겁한 상태가 되었다. 그러는 사이 마담은 나를 재촉했다.

"이 멍청이 모드야. 그냥 나랑 같이 가자니까? 지금 네 꼴을 보라고."

나는 비명을 내지르기 시작했다. 지르고 또 질렀다. 그러자 남자가 큰 소리로 낄낄거리며 우우 조롱을 했다. 그러고는 자신의 손수건으로 내 입을 틀어막았다. 마담은 그 와중에도 "조용히 해" 하면서 내게 호통을 쳤다.

"내가 들어 올릴게!"

등 뒤에서 난폭한 목소리가 들렸다. 그러나 그 순간 공포에 하얗게 질린 나는 다른 사람들의 고함소리를 뚜렷하게 들을 수 있었다. 나를 에워싼 남자들이 즉각 입을 다물고 모두 소리가 나는 쪽을 쳐다보았다. 매우 가까운 곳에서 나는 소리였다. 나는 힘을 내어 더 크게 비명을 질렀다. 내 뒤에 있던 불한당이 그 큰 손으로 내 입을 틀어막았다.

"사냥터지기야."

마담이 소리 질렀다.

"사냥터지기 두 명. 우린 이제 안전해. 오, 맙소사!"

마담은 다익스의 이름을 외치기 시작했다. 나는 그저 나를 압박하고 있던 손이 풀렸던 것을 기억한다. 그러면서 난 몇 발자국 뒤로 물러났다. 다익스의 격노한 흰 얼굴이 보였다. 나는 그의 팔에 매달렸다. 그랬더니 그가 총을 꺼내 겨눴다.

"쏘지 마. 그러면 저 남자들이 우릴 죽일 거야."

내가 그를 말렸다. 마담은 팔팔한 기운으로 비명을 지르기 시작했다.

"게이트로 가서 문을 잠가! 금방 합류할 테니."

그가 다른 사냥터지기에게 소리 질렀다. 그는 그 말에 즉각 움직였다. 세 불한당들은 벌써 마차를 향해 전속력으로 도망치고 있었다.

머리가 빙빙 돌았다. 정신이 하나도 없었고 쓰러질 것만 같았다. 다행히 공포가 날 움직이게 했다.

"자, 로저스 마담. 아가씨를 모시고 가요. 나는 저쪽으로 가서 빌을 돕겠소."

"안 돼요, 안 돼. 그러지 마."

마담이 소리 질렀다.

"나도 쓰러질 것 같아. 불한당들이 더 있을지도 몰라요."

그 순간 총소리가 들렸다. 다익스는 혼잣말을 중얼거리며 총을 움켜쥐고는 소리가 난 방향을 향해 전속력으로 달려갔다.

어서 서두르라고 고함을 지르던 마담은 나를 몰아서 집으로 향해 뛰었다. 마침내 우리는 더 이상 큰일 없이 집에 무사히 도착했다.

마침 아버지가 홀에서 우리를 맞았다. 그는 마담에게 소식을 듣고 격노에 차 분개했다. 그러고는 즉시 공원 게이트에서 그 일당들을 잡기 위해 하인들을 이끌고 나갔다.

다시 새로운 불안이 찾아왔다. 아버지가 거의 세 시간이 넘도록 돌아오지 않았기 때문이었다. 나는 그 시간 동안 무슨 일이 벌어지는지 감히 추측조차 할 수 없었다. 하급 사냥터지기인 가여운 빌이 심각한 부상을 입은 상태로 중간에 돌아와서,

나는 더욱 놀라지 않을 수 없었다.

세 남자는 빌이 퇴각을 막아서려 달려들자 그에게 달려들어 총을 빼앗았다. 그러는 와중에 총이 발사되어 빌이 맞은 것이었다. 심각한 부상이었다. 내가 그렇게 세세하게 기억하는 이유는 그 일당들이 각별히 사납게 저항했고, 또 싸움판이 그저 단순히 들떠서 야단법석을 벌인 정도가 아니라 미리 계획된 계략의 결과인 것 같다고 모두가 증언했기 때문이었다.

아버지는 그들을 따라잡지 못했다. 그는 러그턴 역까지 그들을 추적했지만, 일당들은 이미 기차에 올라탔다. 마차와 파발마가 어느 방향으로 갔는지는 아무도 알 수 없었다.

마담은 그 일로 매우 충격을 받았거나, 혹은 받은 척했다. 아버지가 우리에게 세세하게 질문했을 때, 마담의 기억과 내 기억은 그 불한당들의 세세한 면모에 관해 현저하게 큰 차이가 났다. 마담은 자신의 주장이 맞다며 완강하게 주장했다. 사냥터지기가 나의 설명을 뒷받침해주었지만, 아버지는 여전히 고개를 갸웃했다. 어쩌면 아버지는 그런 불확실성에 대해 유감을 갖지 않았는지도 몰랐다. 처음에는 그 어떤 일이 있더라도 끝까지 그자들을 추적하고자 했으나, 그자들을 법정에 세울 근거가 없다는 것, 즉 나로서는 상상조차 할 수 없을 만큼 고통스러울, 세상에 알려지는 그 모든 과정을 겪지 않아도 될 것에 만족했기 때문이었다.

마담은 기이한 상태에 빠졌다. 불같이 성질을 내고 끊임없이 지껄이면서도 이따금 폭풍 같은 눈물을 쏟아내며 무릎을 끓고 우리 둘 다 저 악당들의 손에서 무사히 탈출한 것에 대해 끊임없이 감사기도를 웅얼거렸다. 그러나 위험을 함께 겪었고, 또 나를 위해 감사기도를 하면서도, 그 여자는 우리가 단둘이 있을 때마다 불같은 분노와 폭언을 쏟아냈다.

"멍청한 것 같으니라고! 그러게 말을 안 듣고 왜 고집을 피워! 내가 시키는 대로만 했어봐라. 우린 안전했을 거 아니야! 그 사람들은 그저 취한 사람들이었어. 그리고 취한 사람들하고 싸우는 것만큼 위험한 일은 아무것도 없단 말이지. 내가 알아서 어련히 널 안전하게 지켰겠니? 절대 아무 일도 일어나지 않았을 거 아냐? 네가 울고불고 소리치고 난리를 치는 바람에 그자들이 사나워졌잖아. 그래서 그렇게 뻔뻔하고 폭력적으로 변한 거 아니냐고! 저 불쌍한 빌을 생각해봐. 그렇게 얻어터지고 목숨을 잃을 뻔한 게 다 네 탓이란 말이야!"

그 여자는 일반적인 비난의 정도가 아니라 아주 신랄한 악의를 담아 말했다.

"짐승 같은 것!"

러스크 부인이 언성을 높였다. 그녀와 나, 메리 퀸스가 셋이 함께 내 방에 있을 때였다.

"저 따위로 울고불고 기도하는 꼴이라니! 저 여자 그 악당 놈들을 아는 것 같은데, 도대체 어떤 개수작을 부리는지 모르겠네 그려. 이곳 놀에 결단코 저런 일은 없었어. 저 여자가 여기 오기 전까지는. 늙은 마녀 같으니! 저 여자의 무자비한 큰 뼈하며 그 큰 대머리, 아, 끔찍해! 여기서는 사악한 웃음을 짓고 저기서는 질질 짜고, 여기저기 염탐이나 하러 다니고. 저 늙은 위선자 프랑스년!"

메리 퀸스가 한 가지 무언가 아는 사실을 덧붙였다. 러스크 부인도 맞장구치며 이야기를 나누는 것 같았으나, 나는 둘의 이야기를 듣지 못했다. 하녀장이 숙고하고 이야기하는지 어쩌는지 알 수 없었지만, 그녀가 말한 이야기가 내게는 커다란 충격으로 다가와 정신이 없었기 때문이었다. 순간 나는 아주 작은 틈으로 복마전伏魔殿을 엿본 것이나 다름없었다. 그 사건 때 마담이 보인 이상한 말과 행동거지를 돌이켜보면 하녀장이 암시하는 이야기가 맞지 않을까? 처치 스카즈데일로 산책을 가자고 제안했던 일과 똑같은 목적을 지닌 건 아니었을까? 무슨 일을 꾀한 것일까? 마담이 그런 일에 어떻게 얽혀 있을까? 그렇게 헤아릴 수 없이 큰 모반과 위선이 가능한 것일까? 나는 이 나이 든 하녀장의 신랄한 말들로 인해 내 마음속에 끔찍하게 스며든 알 수 없는 의심을 설명할 수도 믿을 수도 없었다.

러스크 부인이 나간 후 나는 음울한 상념에서 깨어나 비탄과 전율을 느꼈다. 내게 무시무시한 위험이 닥칠 것 같았다.

"오! 메리 퀸스. 그 여자가 정말로 알았을까?"

"누구를요, 모드 아가씨?"

"마담이 그 무시무시한 사람들을 정말 알고 있었을까? 오, 안 돼! 아니라고 말해! 그렇지 않다고 말해줘. 마담이 그런 건 아니라고 말해줘. 나 미칠 것 같아, 메리 퀸스. 무섭고 겁나서 혼이 빠질 것만 같아."

제18장
한밤의 손님

 레이디 놀리스의 소름 끼치는 경고 또한 나를 짓눌렀다. 운명이 내게 할당한 그 무시무시한 동반자로부터 피할 길이 없는 것인가? 나는 마담을 내보내달라고 아버지에게 말해볼 마음을 다지고 또 다졌다. 아버지는 다른 면에 있어서는 나를 떠받들었다. 그러나 이 문제에 있어서만큼은 내게 차갑고 엄중하게 대했다. 분명 커즌 모니카의 영향 때문이라고 생각하는 게 틀림없었다. 그리고 그는 그 반대로 행동하기를 고집하는 비밀스러운 이유가 있는 것 같았다. 바로 그 무렵 나는 슈롭셔의 시골 저택에 머물고 있는 레이디 놀리스에게 쾌활하면서도 이상한 내용이 담긴 편지를 받았다. 캡틴 오클리에 관한 내용은 한마디도 없었다. 내 눈은 나도 모르게 그 매력적인 이름을 찾아 편지 구석구석을 살폈다. 나는 버럭 짜증이 나서 편지를 테이블 위로 집어던졌다. 그러고는 속으로 그런 모습이 얼마나 비뚤어지고 여성스럽지 못한 모습인지 생각했다.

 잠시 후 나는 다시 편지를 펼쳐 읽고 매우 친절한 내용임을 알아차렸다. 그녀는 아버지에게서 편지를 받았다고 했다. 아버지는 "뻔뻔스럽게도 자신의 뻔뻔함에 대해 [그녀를] 용서한다"고 했다는 것이다. 그러나 그녀는 그런 짜증나는 행동에도 불구하고 나를 위해 진심으로 그를 용서하겠다고 했다. 그러면서 약속이 없는 한가한 때가 오면 그의 초대를 받아들여 놀에 오겠다고 했다. 그러면 그 기회에 나를 런던으로 데리고 간다는 내용이었다. 궁정에 소개시키기에는 내가 아직 너무 어리긴 하지만 그곳에서 사교계에 입문시키겠다고 했다. 나는—최고의 선생님들을 가질 기회와 메두사를 제거할 좋은 구실이 되는 점 외에도— 즐겁고 놀랄 일을 많이 경험할 수 있을 것이다.

"레이디 놀리스로부터 좋은 소식이 왔나 봐?"

집안의 누가 편지를 받는지, 직관적으로 누구에게서 온 건지 언제나 다 알고 있는 마담이 물었다.

"편지가 두 통 왔던데. 너와 네 아빠에게 말이야. 그분 잘 지내신다니?"

"네, 잘 계세요. 감사해요, 마담."

내게 이따금씩 던지는 미끼 같은 질문은 효력을 발휘하지 못했다. 그리고 마담은 늘 그렇듯 사소한 일이라도 좌절되었을 경우 부루퉁해지면서 사악하게 변했다.

그날 밤 아버지와 단둘이 있을 때 아버지가 갑자기 읽던 책을 덮고 말했다.

"오늘 모니카 놀리스에게서 편지를 받았단다. 나는 언제나 가여운 모니를 좋아했어. 모니는 마녀가 아니야. 때로는 생각이 비뚤어지긴 했지만, 한 번씩 가치 있는 말을 하곤 한단다. 모니카가 네가 언제 성인식을 치르게 될지 이야기했니?"

"아뇨."

나는 다부지고 친절한 아버지의 얼굴을 똑바로 바라보면서 다소 어리둥절한 표정으로 대답했다.

"음, 난 그런 줄 알았구나. 모니는 너도 알다시피 수다쟁이잖아. 항상 수다스러웠어. 그리고 그런 사람들은 맨 먼저 마음에 떠오르는 것은 무엇이든 말하거든. 하지만 그건 나에게 전달할 이야기지. 그런데 그 이야기를 들으니 난 당혹스럽더구나, 모드."

그는 한숨을 쉬었다.

"나와 같이 서재로 가자구나, 모드."

아버지가 양초를 들고 우리는 함께 로비를 가로질러 나아갔다. 복도는 어두운 웨인스코트 때문에 밤이면 언제나 다소 공포스러워 보였다. 홀은 교차하는 빛이 비쳐 분위기가 더욱 기괴하게 느껴졌다. 그 빛은 코너를 돌자 보이지 않았다. 이제 집에서 사람들이 자주 다니는 곳에서 멀어지며 그 일그러진 모양의 적막한 방에 가까워졌다. 그 방은 육아실과 하인 거실에서 입방아에 오르던 여러 무서운 이야기의 단골 소재가 되는 곳이었다.

나는 아버지가 이 방에 도착해 내게 무언가를 숨김없이 털어놓을 작정이었을 거라고 생각한다. 그러나 그는 마음을 바꾸었는지, 아니면 계획을 미룬 건지 입을 열지 않았다.

아버지는 열쇠에 대해 내게 엄중한 임무를 준 캐비닛 앞에 멈추었다. 나는 아버지가 그때보다 훨씬 더 자세히 설명해줄 마음이었을 거라고 생각한다. 그러나 대신 그는 궁금증을 자아내는 굳게 닫힌 책상이 놓인 곳으로 가더니 그 옆에 있던 촛불을 밝히고 나를 바라보았다.

"모드야, 조금 기다려라. 네게 할 말이 있단다. 기다리는 동안 이 초를 가지고 책 한 권 읽고 있거라."

나는 침묵으로 순종하는 데 익숙했다. 나는 판화 책을 한 권 골라 내가 30분 정도 자주 머물곤 하던 좋아하는 구석 자리에 자리를 잡았다. 그곳은 벽난로 옆 움푹 팬 깊은 구석이었다. 입구 쪽은 오래된 큰 서랍 책상이 막고 있었다. 나는 이 구석으로 스툴을 가져와 양초와 책을 놓고 좁은 공간에 아늑하게 자리를 잡았다. 나는 이따금 시선을 들어 아버지를 보았다. 아버지는 글을 쓰거나 사색에 잠겨 있었다. 내게는 그런 모습이 왠지 매우 불안해 보였다.

시간이 꽤 흘렀다. 아버지가 의도한 것보다 더 긴 시간이었다. 그는 여전히 자신의 책상에서 몰두한 모습이었다. 나는 차츰 졸리기 시작했다. 꾸벅꾸벅 졸음이 몰려와 책이며 방이 시야에서 흐려졌다. 즐거운 꿈들이 몰려오기 시작했다. 나는 그렇게 점점 깊은 잠에 빠지고 말았다.

꽤 긴 시간 동안 잔 것 같았다. 잠에서 깨니 초가 다 타버렸다. 아버지는 내가 있다는 사실을 잊고 가버린 것 같았다. 방은 고요하고 어두웠다. 나는 추위를 느꼈다. 몸이 다소 뻣뻣했다. 깨고 나서 한동안 여기가 어딘지 몽롱한 상태였다.

이제 와 생각해보니 나는 누군가 다가오는 또렷한 소리에 잠에서 깬 것 같았다. 바스락거리는 소리가 들렸다. 숨소리도 들렸다. 복도를 걸으면 언제나 삐걱거리는 소리가 났는데, 그렇게 바닥 판자가 삐걱거리는 소리였다. 나는 숨을 참고 귀를 기울이며 내 자리에서 더 깊이 움츠렸다.

닫힌 서재 문틈으로 갑자기 빛이 들어왔다. 빛은 천장에서 뒤집힌 L자 형태로 보였다. 누군가 잠시 멈추었다. 그러더니 문에 살짝 노크를 했다. 그러고 나서 다시 조금 기다린 후 문이 천천히 열리기 시작했다. 그때 나는 무시무시한 링크맨이 나타날 거라고 생각했던 것 같다. 그러나 마담 드 라 루지에르의 모습을 보고 그에 못지않게 겁을 먹었다. 마담은 낮에 입던 그대로, 중국 실크라고 스스로 부르는 회색 실크옷을 입고 있었다. 사실 그 밤에 옷을 벗을 생각도 하지 않았으리라. 마담은 신발도 신지 않았다. 그 점을 빼고는 차림이 부족한 건 없었다. 거대한 입은 음흉하게 다물었다. 그 여자는 핼쑥한 얼굴, 염탐하는 눈빛으로 방 안을 쏘아보며 오만상을 찌푸리고 있었다. 머리 위로 양초를 든 팔을 쭉 뻗어 올렸다.

나는 움푹 팬 깊은 구석에, 그것도 아주 낮은 의자에 앉아 있었기 때문에 마담의 시선에서 벗어나 있었다. 그래도 처음 몇 초간 이 유령 같은 여자와 서로 시선이 마주친 게 아닌가 걱정되었다.

나는 숨도 쉬지 않고 눈 한 번 깜빡거리지 않은 채, 팔을 쭉 뻗은 저 무시무시한 여자를 가만히 응시했다. 환한 빛을 받아 무섭게 어른거리는 주름진 얼굴 그림자가 마치 주문의 결과를 기다리는 마녀 같아 보였다.

그 여자는 분명 잔뜩 귀를 기울이고 있었다. 무의식적으로 아랫입술을 이 사이에 물고 있는 일그러진 모습이 얼마나 저 승사자 같으면서도 천치 같아 보였는지 지금도 똑똑히 기억난 다. 혹시라도 내 존재를 들킬까 봐 얼마나 겁을 냈는지, 그런 감정이 실제 고통으로 다가올 정도였다. 그 여자는 방 안 구석 구석을 눈알을 돌리며 샅샅이 훑고, 목을 틀어 문간에 귀를 기울였다.

그리고 그 여자는 아버지 책상 쪽으로 향했다. 다행히도 나에게 등을 진 위치였다. 그러고는 책상 위로 몸을 수그렸다. 이제 열쇠를 만지는 모습이 보였다. 다른 것일 리 없었다. 열쇠 돌기를 입으로 후후 부는 소리가 들렸다.

그러더니 초를 손에 들고 다시 문간으로 가 귀를 기울였다. 그러고 나서 까치발로 살금살금 걸어 돌아왔다. 아빠의 책상 은 금세 열렸다. 마담은 서랍 속에 있던 서류를 조심스럽게 넘 기기 시작했다.

그 여자는 두세 번 멈추고 문간으로 살금살금 다가가 온 신경을 곤두세우고 귀를 기울였다. 그러고는 다시 돌아와 탐 색을 계속 이어나갔다. 문서를 하나하나 차근차근 들여다보며 일부는 꼼꼼하게 읽어보았다.

이런 흉악한 짓이 벌어지고 있는 동안 나는 혹시라도 그 여자가 구석구석 돌아보다가 우연히 나와 눈이 마주치지 않을까 두려워 죽을 것만 같았다. 그 여자는 자신의 범죄가 발각되지 않기 위해 못할 짓이 없을 것 같았기 때문이었다.

때로 한 가지 서류를 두 번씩 읽곤 했다. 때로는 시계추 똑딱거리는 정도로 속삭이기도 했고, 때로는 짧게 낄낄거리기도 했다. 그렇게 그 여자가 편지나 비망록을 읽으며 얼마나 깊은 관심을 기울이는지 태도에서 고스란히 드러났다.

그런 일이 대략 30분가량 이어졌다. 그러나 내게는 영원히 지속되는 듯한 시간이었다. 그때 갑자기 고개를 들더니 잠시 귀를 기울이다가 솜씨 좋게 서류를 다시 서랍에 넣고는, 아무 소리 내지 않고 서랍을 닫았다. 아주 작게 딸깍 자물쇠 잠기는 소리만이 들렸다. 그러고는 촛불을 끄고 살금살금 방에서 빠져나갔다. 방금 전까지 양촛불에 빛나던 사악한 마녀 같은 얼굴이 여전히 어둠속에 둥둥 떠 있었다.

그런 무도한 범죄가 벌어지고 있는 동안 왜 나는 꼼짝도 하지 못하고 침묵을 지켰을까? 내가 만일 저 사악한 여자에 대해 규정할 수 없는 공포에 사로잡힌 겁 많고 예민한 소녀가 아니라 용기 있고 태연자약한 성정을 지녔다면, 나는 소리쳐 경고하고 조금의 망설임도 없이 방을 빠져나갔을 것이다. 그러나 나는 그런 성격이 아니었다. 나는 흰 올빼미가 포식을 위해 날개를 퍼덕이며 맴돌 때 덩굴숲에 움츠러든 새처럼 꼼짝도 하지 못했다.

마담이 있을 때뿐만이 아니었다. 나는 그 여자가 나가고도 한 시간 넘게 은신처에서 꼼짝하지 못했다. 그곳에서 달싹거렸다가는 그 여자가 근처에 숨어 있다가 돌아와 나를 기겁하게 만들 것 같았다.

하룻밤을 그렇게 보냈더니 아침에 열이 오르며 병이 났다고 말해도 당신은 놀라지 않을 것이다. 공포스럽게도 마담 드라 루지에르가 내 방으로 병문안을 왔다. 그 얼굴에선 지난밤 벌인 일에 대한 일말의 죄책감도 찾아볼 수 없었다. 밤늦게까지 염탐을 벌인 내색은 전혀 없었다. 차림새도 완벽했다.

그 여자가 내 옆에 앉아 미소를 띤 채 걱정에 찬 질문을 던지며 그 커다랗고 흉악한 손으로 이불을 매만져줄 때, 나는 『아라비안나이트』에서 야밤에 악귀인 자신의 아내를 발견한 남편이 느꼈을 그 무시무시한 감정을 이해할 수 있었다.

나는 아팠지만 자리를 털고 일어나 아버지 침실 옆방으로 향했다. 아버지는 내 모습을 보고 무언가 심상치 않은 일이 벌어졌다는 사실을 분명 인지했을 것이다. 나는 문을 닫고 그의 의자 옆에 가까이 앉았다.

"오, 아빠. 드릴 말씀이 있어요!"

나는 그를 '선생님'이라고 부르는 걸 잊어버릴 정도로 긴장했다.

"비밀이에요. 아빠 누가 얘기했는지 말 안 하실 거죠? 서재로 가주실래요?"

그는 나를 빤히 쳐다보다가 자리에서 일어나 내 이마에 키스했다.

"겁내지 마, 모드. 내 장담컨대, 별일 아닐 거야. 어쨌든 어떤 일이 있어도 그 어떤 위험이 네게 닥치지 못하도록 할 테니 겁먹지 말거라. 자, 가자, 애야."

아버지는 내 손을 잡고 서재로 향했다. 문을 닫고 방 안쪽 끝 창가까지 갔을 때 나는 아버지의 팔을 꽉 움켜쥔 후 낮은 소리로 말했다.

"오, 선생님. 선생님은 모르실 거예요. 우리가 얼마나 무서운 사람과 함께 사는지 말이에요. 마담 드 라 루지에르 말입니다. 그 사람이 오면 안으로 들이지 마세요. 그 사람은 제가 아버지께 드리는 말이 무언지 알 겁니다. 그리고 그 여자는 어떤 식으로든 분명히 절 죽일 겁니다."

"쯧쯧, 애야. 무슨 말도 안 되는 소리를 하는 거니?"

그는 창백하고 엄중한 태도로 말했다.

"오, 아니에요, 아빠. 전 너무너무 무서워요. 레이디 놀리스도 그렇게 생각해요."

"하! 역시! 한 명의 바보가 여러 명을 바보로 만든다더니! 나는 모니카가 어떤 생각을 하는지 다 알고 있단다."

"하지만 제가 봤어요, 아빠. 그 여자가 지난밤 아버지의 열쇠를 훔쳐 책상 서랍을 열고 아버지 문서를 모두 훔쳐보는 것을요!"

"내 열쇠를 훔쳐?"

아버지는 당혹스러운 눈빛으로 나를 응시하면서 동시에

열쇠를 꺼내 보였다.

"훔쳤다고! 여기 있는데?"

"그 여자가 서랍을 열었어요. 아주 오랫동안 아버지의 문서를 읽었다고요. 지금 열어보세요. 손 탄 흔적이 있는지 살펴보세요."

그는 조용히, 당황스러운 표정으로 나를 보았다. 그러다가 서랍을 열고 조심스럽게 문서를 들어올렸다. 그러는 동안 입을 다문 채 몇 마디 분명치 않은 감탄사를 내뱉었다. 그러나 아무런 말을 하지 않았다.

그때 그는 자신의 옆 의자에 나를 앉히고 내게 기억을 더 들어보라고 시켰다. 그러고는 본 대로 모두 똑똑히 말하라고 했다. 나는 아버지의 지시를 따랐다. 그는 주의 깊게 내 말에 귀를 기울였다.

"서류를 가지고 간 게 있니?"

아버지는 질문을 하며 동시에 서류 뭉치를 찾아보았다. 혹시라도 도난당한 서류가 있는지 살피는 것 같았다.

"아뇨. 뭔가 가지고 가는 건 못 봤어요."

"음, 넌 착한 아이야, 모드. 신중하게 행동하거라. 아무한테도 아무런 말도 하지 마라. 커즌 모니카에게도 말하면 안 돼."

다른 사람에게서 나온 지시였다면 그렇게 큰 무게를 지니지 못했을 것이다. 그러나 아버지가 그토록 진지한 표정과 심각한 어조로 말했기 때문에 압도적으로 심각하게 와닿았다. 나는 입을 봉할 것을 맹세했다.

"모드, 앉아. 마담 드 라 루지에르와 매우 불행했했구나? 이제 벗어날 시간이다. 이 사건으로 명백해졌어."

그는 벨을 눌렀다.

"마담 드 라 루지에르더러 내가 여기서 잠깐 보자고 청했다고 전해요."

그 여자와 아버지의 소통은 언제나 격식을 차린 모양새였다. 몇 분후 노크 소리가 났다. 지난밤 사악한 유령처럼 문간에서 날 기겁하게 만들었던 여자가 웃으며 인사했다.

아버지는 자리에서 일어났다. 마담은 아버지의 권유로 맞은편 의자에 앉았다. 그 여자는 아버지와 함께 있는 자리에서 언제나 그런 것처럼 온통 사근사근한 태도였다. 아버지는 즉시 본론으로 들어갔다.

"마담 드 라 루지에르, 여기 내 책상 서랍을 열 수 있는 열쇠, 당신이 가지고 있는 열쇠를 달라고 청해야겠군요."

그는 말을 마친 후 갑자기 황금색 연필통으로 책상을 쳤다.

무언가 매우 다른 일을 기대했던 마담은 즉각 얼굴이 허예지며 이마에 탁한 자줏빛 홍조를 띠기 시작했다. 창백한 입술로 두 번이나 대답하려고 시도하다가 실패했을 때, 나는 그 여자가 발광할 것이라고 예상했다.

그 여자는 아버지의 얼굴을 보지 않았다. 시선은 아래로 고정된 채 입과 뺨은 움푹 들어가 한쪽이 기이하게 뒤틀렸다.

그러다가 갑자기 자리에서 일어나 아버지의 얼굴을 빤히 응시하다가 목청을 두 번 가다듬고 나서 입을 열었다.

"무슈 루틴, 저에게 모욕을 주실 의도가 아니라면, 저는 이해하지 못하겠습니다."

"안 통해요, 마담. 나는 그 위조 열쇠 받아내겠습니다. 지금 이 자리에서 조용히 굴복할 기회를 주는 겁니다."

"하지만 감히 누가 내가 그런 걸 가지고 있다고 말했습니까?"

마담은 순간적 마비 상태에서 곧바로 회복하고는, 다시 이전에 그랬던 것처럼 사나운 태도로 떠벌렸다.

"마담, 내 말은 온당합니다. 지난밤 당신이 이 방에 온 걸 본 사람이 있습니다. 열쇠를 들고 와서 이 책상 서랍을 열고는 나의 서신들과 문서들을 꺼내 읽던 걸 봤습니다. 당장 그 열쇠와 다른 위조 열쇠들을 순순히 주면 즉결로 해고하는 선에서 끝낼 겁니다. 하지만 그러지 않는다면, 내가 치안판사라는 사실을 잘 알 겁니다. 만약 그럴 경우 즉시 당신의 짐과 위층 방을 조사할 것이며 형사적으로 당신을 기소할 겁니다. 상황은 간단해요. 당신이 부인하면 할수록 상황을 악화시키는 것이오. 즉각 내게 그 열쇠를 주시오. 그렇지 않으면 내가 이 벨을 누를 것이고, 당신은 내가 허튼소리를 하지 않는다는 사실을 곧 깨닫게 될 겁니다."

잠깐 침묵이 이어졌다. 아버지는 자리에서 일어나 벨이 연결된 줄에 손을 뻗었다. 마담은 그의 손을 막기 위해 테이블을 둘러가서 제 손을 뻗었다.

"모든 걸 다 할게요, 무슈 루틴. 무슈께서 원하시는 거면 뭐든지요."

이 말과 함께 마담 드 라 루지에르는 완전히 허물어져 내렸다. 그녀는 흐느꼈고, 울부짖었다. 그러면서 알아들을 수 없는 온갖 비탄의 소리, 애원의 소리를 내며 비참한 태도로 지껄이기 시작했다. 내숭을 떨며, 회오에 싸여, 정말 가관인 불안한 태도를 보이며 가슴속에서 줄이 연결된 바로 그 열쇠를 꺼내놓았다. 아버지는 연출된 이런 불쌍한 장면에 다소 마음이 움직이는 것 같았다. 그는 냉정한 태도로 열쇠를 받아 서랍에 넣어 돌려보았다. 돌기가 꽤 복잡한 열쇠는 잘 잠기고 열렸다. 아버지는 고개를 가로젓고 마담의 눈을 바라보았다.

"이 열쇠 누가 만든 것이오? 새로 만든 것이고, 딱 이 자물쇠에 맞게 판 것인데?"

그러나 마담은 열쇠를 준 것 이외에는 더 이상 아무런 말도 하지 않으려 했다. 그저 다시 슬픔과 자기비난, 정상참작과 애원의 수법을 되풀이할 뿐이었다.

"음. 나는 당신이 열쇠를 내어주면 가도 좋다고 약속했소. 그거면 충분하오. 내 약속을 지키리다. 준비할 시간으로 한 시간 반을 주겠소. 그 시간이 되면 반드시 떠나야 하오. 당신 돈은 러스크 부인을 통해 보내리다. 다른 일자리를 찾는다 하더라도 내게 추천 부탁은 안 하는 게 좋을 거요. 자, 이제 떠나시오."

마담은 이상할 정도로 당혹스러워 하는 것 같았다. 새치름한 태도로 돌변하더니 사납게 눈물을 닦아내고는 크게 고개 숙여 인사하고 문을 향해 당당히 나아갔다. 그러다가 문에 다다르기 전 중간에 멈추더니, 몸을 돌려 아버지에게 핼쑥하고 수척한 시선을 보냈다. 그렇게 아버지를 보면서 매우 사악하게 입술을 깨물었다. 그리고 문에 도달해서 손잡이를 잡고 멈춰서더니 한순간 다시 그 역겨운 몸짓을 되풀이했다. 그러다가 그 여자는 다시 코웃음과 경멸의 표정으로 안색을 바꾸었다. 거의 비웃음이 터져 나올 듯하더니 다시 낮게 인사하고 나서 거만하게 머리를 치켜세웠다. 그러고는 문을 거세게 닫고 사라져버렸다.

제19장
작별

러스크 부인은 내게 마담이 나를 "눈곱만큼도 좋아하지 않았다"고 호언장담하곤 했다. 나는 본능적으로 그 여자가 내게 호의를 품지 않았음을 알고 있었다. 물론 그 여자는 내가 그 반대로 생각하길 바랐을 것이다. 나는 마담이 떠나기 전에 다시 보고 싶은 마음이 전혀 없었다. 특히 서재에서 내게 한순간 일별을 날렸기 때문에 더욱 그러했다. 그 눈길엔 매우 독특한 감정이 실려 있는 듯했다.

나는 그 여자와 격식을 갖춰 작별 인사를 할 마음이 조금도 없었다. 그저 모자와 외투를 챙겨 조용히 밖으로 나왔다.

나의 산책은 외딴 곳으로 향했다. 이 늦은 계절에도 무성한 숲으로 사람들의 눈길을 잘 피할 수 있는 곳이었다. 오솔길은 오래된 나무줄기들 사이로 구불구불 나 있었고, 바닥은 울퉁불퉁한 뿌리들이 곳곳에 덮여 있었다. 집에서 가깝지만 적막한 숲속이었다. 작은 시내가 그 길을 따라 어스름하게 빛났다. 야생딸기 같은 삼림지대 식물들이 바닥을 뒤덮고 있었고,

작은 새들의 달콤한 노랫소리와 펄럭이는 날갯짓이 나무 그늘을 상쾌하게 만들어주었다. 나는 그림 같은 숲속을 족히 한 시간가량 거닐었다. 그때 멀리서 마차 바퀴 소리가 들렸다. 마담 드 라 루지에르가 떠나는 소리 같았다. 나는 하늘에 감사했다. 기뻐서 춤추고 노래라도 부르고 싶은 마음이었다. 나는 크게 한숨을 내쉬고는 나뭇가지 사이로 맑고 푸른 하늘을 올려다보았다.

그러나 타이밍이 좋지 않았다. 바로 그 순간 매우 가까이에서 마담의 목소리가 들렸다. 그 여자의 커다랗고 앙상한 손이 내 어깨 위에 놓였다. 우리는 즉각 얼굴을 마주보았다. 나는 잔뜩 움츠러들며 순간 입이 얼어붙었다.

우리는 어린 시절에는 악의를 접하면 작동되는 통제력을 잘 알지 못한다. 또한 양심이 결여된 곳에서 공포가 우리를 얼마나 효과적으로 보호해주는지 알지 못한다. 이 적막한 공산에 완전히 홀로 있는 상황에서 적의 끔찍한 본능에 노출되었으니, 그 순간 일어나지 못할 일이 무엇이겠는가?

"평소대로 겁을 잔뜩 먹었네, 모드?"

그 여자는 조용히 말하고는 불길한 미소를 지으며 날 살펴보았다.

"분명 이유가 있겠지. 가여운 마담을 해치려고 무슨 짓을 한 거지? 음, 어린 꼬마야? 내가 알 것도 같구나. 그리고 내 사랑스러운 모드의 영리함을 발견한 것 같구나. 에, 안 그러니? 프티트 카론느(어린 화냥년)! 하, 하, 하!"

나는 너무나 당황해 대꾸조차 할 수 없었다.

"있지, 사랑스러운 나의 아이야."

그 여자는 위로 치켜세운 손가락을 나를 향해 소름끼치게 구부려 흔들어댔다.

"넌 가여운 마담에게 네가 한 짓을 숨길 수 없어. 넌 그렇게 순진한 표정을 지을 수 없지. 하지만 난 너의 그 귀여운 악행을 빤히 볼 수 있단다. 이 작은 디아블레스(마녀)야!"

"내가 한 일, 난 자책하지 않아. 내가 설명만 할 수 있다면, 네 아빠가 내가 옳은 일을 했다고 말했을 거야. 그리고 너는 무릎을 꿇고, 내게 감사해야 했을 거란다. 하지만 지금은, 설명할 수 없지."

마담은 작은 단락으로 나누면서 말을 이었다. 각각의 단락 사이에 잠깐의 쉼을 두어 그 의도가 선명해지도록 했다.

"내가 설명할 기회가 된다면 네 아빠는 내게 떠나지 말라고 애원할 거다. 하지만 안 돼. 나는 그러지 않을 거야. 너의 이 유쾌한 집, 너의 매력적인 하인들, 네 아빠와의 즐거운 교류, 또 너의 사랑스럽고 진실한 마음에도 불구하고 나의 달콤한 마로드(도둑질)를 설명해주지 않을 거야."

"나는 우선 런던으로 갈 거다. 거기에 아주 좋은 친구들이 있거든! 그런 다음 한동안 외국에 가 있을 거야. 하지만 잊지 마라, 나의 착한 모드야. 내가 어디 있건 나는 널 기억할 거다. 하, 하! 그래, 반드시 널 기억할 것이야."

"그리고 내가 항상 가까이 있지 못해도 나는 나의 매력적인 모드에 대해 모든 것을 다 꿰뚫고 있을 거야. 넌 어떻게 그러는지 모르겠지만, 난 진짜 그럴 거야. 모든 걸 다 알고 있을 거라고. 그리고 사랑스러운 애야, 잊지 마라. 내가 언젠가 네게 감사와 애정의 증거를 선사할 거야. 알겠니?"

"마차가 주목나무 울타리 출입구에서 기다리고 있어서 나는 가야 한단다. 넌 여기서 날 볼 줄 몰랐을 테지. 어쩌면 또 다른 때에 난 또 갑자기 나타날 거야. 우리 둘 모두에게 아주 즐거운 기쁨이겠지. 작별 인사를 나누는 이 기회 말이다. 안녕, 잘 있거라! 나의 사랑스러운 모드야. 난 절대 네 생각을 멈추지 않을 거야. 그리고 네가 가여운 마담에게 보여준 친절에 보상할 방법을 끊임없이 생각하고 또 할 거란다."

그 여자는 옆구리에 있던 나의 손을, 아니 손이 아니라 엄지를 쥐고 흔들었다. 그러다가 자신의 커다란 손바닥에 내 엄지를 구부리고는 나를 빤히 쳐다보았다. 마치 무언가 흉계를 꾸미는 것 같았다. 그러더니 갑자기 입을 열었다.

"넌 언제나 마담을 기억할 거야. 그리고 난 너에게 나를 상기시킬 것이야. 당장은 작별이구나. 난 네가 받아 마땅한 만큼 행복해지길 빈다."

그 큰 불길한 얼굴이 잠깐 조롱을 감춘 채 나를 쳐다보았다. 그러더니 날카롭게 고개를 끄덕이면서 붙잡고 있던 내 엄지를 발작적으로 흔들었다. 그러고는 몸을 틀고 자신의 드레스를 들어 올려 크고 앙상한 발목을 드러내며 옹이가 진 나무뿌리 위로 걸어 나아갔다. 나는 그 여자가 멀리 사라질 때까지 정신을 차리지 못했다.

이런 식의 일은 아버지에게 아무런 변화를 주지 않았다. 그렇지만 놀의 다른 모든 이들은 마담이 떠난 일을 기뻐했다. 나도 에너지가 되살아났고 다시 기운을 차렸다. 햇빛은 행복했고 꽃들은 순진했으며, 새들의 노랫소리와 펄럭이는 날갯짓이 더욱 유쾌했다. 모든 자연이 기쁘고 환희에 넘쳤다.

처음에 밀려온 안도감이 지나간 후, 이따금 마담 드 라 루지에르의 얇은 막 같은 그림자가 햇빛을 가로지르며 나타났다. 돌아온다는 위협에 대한 기억이 예기치 못한 공포의 고통으로 밀려들었다.

"그런 뻔뻔한 년 같으니라고!"

러스크 부인이 목청을 높였다.

"하지만 아가씨, 그런 거 신경 쓰지 말아요. 그런 인간들은 다 똑같아요. 악당놈들은 떠날 때 온갖 방식으로 정직한 사람들을 협박하며 떠난다고요. 그냥 순순히 물러나는 인간들이 없다니까. 사냥터 관리인 마틴도 그렇고, 하인 저비스도 있었잖아요? 그것들 떠날 때도 얼마나 악다구니를 썼다고요. 그런데 그 후로 그 인간들 소식 들은 사람이 있답니까? 그런 종자들은 언제나 그런 식으로 협박을 해요. 다 똑같다니까! 항상 협박하고 떠나도, 뭐가 달라진 게 있나요? 그 여자도 마찬가지예요. 제 까짓 게 뭘 어쩌겠어요? 그냥 제 손톱이나 물어뜯고 우릴 저주하기밖에 더 하겠어요, 하하하!"

나는 그렇게 위안을 받았다. 그래도 마담의 사악한 미소는 이따금 상상 속에서 조용한 위협으로 밀어닥쳤다. 그러면 나는 기운이 팍 꺾이면서, 검은 옷을 입고 얼굴이 보이지 않는 운명의 여신의 손에 이끌려 조용히 무시무시한 탐험을 떠나는 것 같았다. 그러다가 화들짝 놀라며 깨어났을 때 마담은 보이지 않았다.

그 여자의 사악하고 영악한 작별 인사는 성공을 거두었다. 그녀는 자신의 마력을 내게 남겨둘 묘안을 짜냈고, 꿈속에서 나를 괴롭혔다.

그래도 나는 형언할 수 없을 정도로 안도감을 느꼈다. 나는 아주 기분이 좋아 커즌 모니카에게 편지를 써서 아버지가 나에 대해 어떤 계획을 세웠는지 물었다. 우리가 저택에 머물지, 혹은 런던으로 갈 수 있는지, 또는 외국으로 갈 수 있는지 물었다. 마지막 가능성—몇 가지 면에서 가장 즐거운 계획—에 대해서, 나는 불가사의한 공포를 품고 있었다. 비밀스러운 확신이 나를 괴롭혔는데, 그것은 바로 우리가 외국에 간다면 거기서 마담을 만날 것이라는 예감이었다. 그것은 내게 악령을 만나는 것과 똑같은 일이었다.

나는 아버지가 괴짜라는 이야기를 몇 번 했다. 그리고 독자들은 이즈음이면 그에 관해 쉽게 이해할 수 없는 측면이 많다는 것을 알 것이다. 나는 종종 아버지가 좀 더 솔직했더라면 그렇게까지 이상한 사람이라고 생각하지 않았거나, 혹은 오히려 더 괴짜라고 생각할 수도 있지 않았을까 생각하곤 한다. 내게 아주 큰 영향을 미치는 일들이 아버지에게는 전혀 영향을 미치는 것 같지 않았다. 마담이 그런 식으로 떠난 것은 내 어린 마음에는 너무나 중차대한 일이었다. 이 집에서 일어나는 일에 무관심한 사람은 이 집 주인뿐이었다. 아버지는 이후 한 번도 마담 드 라 루지에르를 입에 올리지 않았다. 그러나 그 여자의 발각과 해고와 연관된 건지 아닌지 확실히 알 수는 없으나, 아버지의 마음속에 새로운 근심거리가 생긴 것 같았다.

"모드야, 난 너에 대해 여러모로 많이 생각해왔다. 염려가 되는구나. 나는 오랫동안 이렇게 근심이 많은 적이 없었단다. 모니카 놀리스가 좀 더 현명했더라면 좋았을 걸."

이 수수께끼 같은 말은 아버지가 홀에서 날 붙들고 한 말이었다. 그러더니 "두고 보자"라고 덧붙이고는 나타날 때처럼 느닷없이 자리를 떴다.

아버지는 마담의 앙심 때문에 내게 무슨 위험이 닥칠까 봐 걱정하는 건가?

하루 이틀 후 나는 네덜란드 정원에서 아버지가 테라스 계단에 서 있는 모습을 보았다. 그는 내게 손짓하며 다가왔다. 우리는 중간에서 만났다.

"너 굉장히 외롭겠구나, 모드야. 그건 좋지 않아. 내가 모니카에게 편지를 썼단다. 모니카가 조언을 줄 수 있을 만한 문제에 관해서 말이다. 어쩌면 우리 집에 잠깐 방문할 수도 있을 것 같아."

나는 그 소식을 듣고 매우 기뻤다.

"넌 그이의 성격을 입증하는 데 나보다 더 관심이 많을 게

다.”

“누구 말씀이세요, 선생님?”

나는 이어진 침묵을 깨고 물었다. 아버지가 홀로 침묵하며 지내는 습관으로 터득한 한 가지 기벽은 바로 이런 식으로 자신의 생각이 남에게 읽힐 것이라 믿고, 자신이 말을 하지 않았다는 사실을 잊는 태도였다.

“누구라니? 네 삼촌 사일러스 말이다. 그이는 당연히 나보다 더 오래 살 거다. 그럼 우리 가문의 이름을 물려받을 거야. 그 이름의 오명을 씻기 위해 희생할 각오가 되어 있니, 모드?”

나는 짧게 긍정했다. 하지만 나의 얼굴에는 열정이 드러났을 것이다. 아버지는 옛 렘브란트 그림에 나올 법한 거칠고 창백한 얼굴에 만족스러운 미소를 밝혔다.

“모드야, 내가 그 일을 해낼 수 있었다면 내 인생이 이렇게 영락하지 않았을 거야. ‘우비 랍수스, 퀴드 페시(내가 어디서 헛디딘 거지, 내가 무슨 짓을 한 거야)?’ 하지만 난 계획을 바꾸기로 마음먹었다. 그러고 모든 걸―‘에닥스 레룸(모든 것을 게걸스레 먹어치우는)’― 시간에 맡길 거야. 그게 진실을 밝히든 잡아먹든 하겠지. 하지만 난 우리 모드가 가문의 복권에 기여할 거라고 생각한단다. 그 일은 네게 희생이 따를 수도 있어. 넌 희생을 치르더라도 해낼 마음이 있는 거니? 가장 오래되고 영광스러운 가문의 이름이 시들어가는 치욕을 타파하기 위해 네가 겁내거나 피할 다른 명예로운 희생이 있을까? 나는 재산을 말하는 게 아니다. 그건 상관없는 일이야.”

"오, 그런 건 아무것도 없어요. 저는 기쁘게 그 일을 할 거예요!"

그는 다시 렘브란트의 미소를 지었다.

"그래, 모드. 분명 위험은 없을 거야. 하지만 넌 있다고 생각할 만하지. 그래도 받아들일 준비가 되어 있니?"

나는 다시 그렇다고 답했다.

"넌 이 혈통을 이을 가치가 있구나, 모드 루틴. 조만간 벌어질 거야. 그리고 오래가지 않을 거야. 하지만 넌 모니카 놀리스 같은 사람들이 널 겁먹게 놔두어선 안 된다."

나는 무슨 소리인지 당황스러웠다.

"그런 어리석은 사람들이 널 똑같이 행동하도록 놔둔다면 넌 과거로 퇴보하는 거란다. 그런 사람들은 역경을 지옥 그 자체처럼 끔찍하게 여길 거야. 넌 열정이 있지? 용기가 있지?"

나는 그런 일을 위해서라면 어떤 각오라도 하겠다고 생각했다.

"음, 모드야. 몇 달 후면, 아니, 더 빠를지도 몰라, 변화가 찾아올 거야. 난 오늘 아침 런던에서 그것을 확인시키는 편지를 한 통 받았다. 난 한동안 널 떠나야만 해. 내가 없더라도 너에게 닥칠 임무에 충실해야 해. 각오를 다지고 헌신하는 이에게는 많은 임무가 맡겨진단다. 이런 대화를 모니카 놀리스에게 말하지 않겠다고 약속해다오. 네가 수다스러운 여자애라 자신을 못 믿겠거든 그렇다고 말해라. 그러면 우리는 모니카에게 와달라고 청하지 않을 거야. 또한 모니카에게 사일러스 삼촌에 대해서도 이야기하지 못하게 해야 해. 다 이유가 있어서 그 런단다. 이 아버지의 조건을 이해할 수 있겠니?"

"네, 선생님."

"네 삼촌 사일러스는,"

아버지가 갑자기 나이 든 남자에게서 나오는 소리치고 굉 장히 크고 사나운 목소리로 말해서 무서울 정도였다.

"참을 수 없는 비방을 당하고 있단다. 나는 네 삼촌과 서 신을 주고받지 않아. 나는 그를 동정하지도 않아. 한 번도 그 런 적이 없단다. 그는 종교에 귀의했고, 그건 잘한 일이지. 하 지만 사람에게는 종교에 귀의해도 따르지 않는 것들이 있단 다. 그리고 내가 아는 바로는 가장 크게 영향받은 사람인 그 가, 이 대단한 재앙의 원인이 결백한 것이긴 해도, 무관심으로 그걸 견뎌내고 있단다. 그 무관심은 쉽게 오해될 수 있는 것인 데, 루틴 가문 사람이라면 보여서는 안 될 태도야. 나는 그에 게 할 일을 일렀고, 그 목적을 위해 내가 비용을 대겠다고 했 다. 그러나 그는 받아들이지 않겠다며 고집을 피웠어. 사실 그 는 한 번도 나의 조언을 받아들이지 않았단다. 그는 제 자신의 생각대로 행동했고, 부정하고 불길한 길을 표류했어. 그의 불 운으로 우리가 빠진 불명예스러운 비방을 없애기 위해 애쓰 는 건 그를 위해서가 아니야! 내가 뭐하러 그러겠니? 그 자신 은 그런 것에 신경도 쓰지 않는 것 같더구나. 그는 유약한 사 람이야. 나보다 더 유약하지. 그는 내가 모드 너에 대해 신경 쓰는 것만큼도 제 자식에 대해 신경 쓰지 않아. 그는 이기적이게도 내세에 빠져 있어. 유약한 몽상가라고나 할까. 오래된 가문의 품격과 영향력은 특별한 유산이란다. 신성하지만 파괴될 수 있는 것이야. 그런 유산을 파괴하거나 시들게 놔두는 자에게 화가 있을지언저!"

그 이전에도 이후에도 아버지가 그렇게 길게 말한 적은 없었다. 그는 갑자기 다시 입을 열었다.

"그래, 모드야. 우리, 너와 내가 한 가지 증거를 기록으로 남길 것이다. 그건 잘 퍼져서 세상을 납득시킬 거야."

그는 주위를 둘러보았으나 우리 단둘뿐이었다. 정원은 거의 언제나 적막했다. 그쪽에서 집으로 오는 손님은 거의 없었다.

"내가 너무 오래 이야기했구나. 우리는 죽을 때까지 어린 아이란다. 모드, 이제 가 보거라. 나는 예전보다 널 더 잘 알게 된 것 같구나. 그리고 네게 만족한다. 가거라, 애야. 난 좀 더 여기 앉아 있을 테니."

아버지가 그때의 대화로 나에 대해 새롭게 알게 된 게 있다면, 나도 아버지에 대해 마찬가지였다. 나는 그때까지 그 나이 든 몸에 그렇게 큰 열정이 여전히 활활 타고 있는지 몰랐고, 또한 평소 그렇게 엄중하고 창백한 그 얼굴에 그렇게 큰 에너지와 불길이 가득한 모습을 본 적이 없었다. 통나무 의자에 앉은 아버지를 뒤로하고 계단을 올라 물러날 때, 나는 그의 표정에서 아직도 폭풍의 흔적이 남은 것을 볼 수 있었다. 그의 주름진 미간, 불타는 눈빛, 기이하게 달뜬 얼굴과 굳게 다문

입은 잿빛 노년에도 불구하고 젊은이에게 충격을 주고 놀라게
만드는 마음의 힘이 여전히 남아 있었다.

제20장
오스틴 루틴 여행길에 오르다

닥터 클레이의 대머리 부목사인 윌리엄 페어필드 목사는 가늘고 긴 코를 지닌 온순하고 마른 남자였다. 그가 다음날 방문했다. 우리의 교리문답 시간이 끝나고 점심식사를 알리기 전에 아버지는 서재로 그를 불러들인 후 점심식사 벨이 울릴 때까지 함께 있었다.

"우리는 흥미로운, 아니 매우 흥미롭다고 해야겠죠, 대화를 나누었어요. 당신의 아버지와 내가 말입니다, 미스 루틴."

부목사는 잔을 채우자마자 미소를 띠고 나를 마주보며 말했다. 그는 손을 테이블 위에 두고 의자에 기대앉아 손가락으로 와인 잔의 목을 부드럽게 감쌌다.

"아가씨는 바트램-호프에 사는 삼촌 사일러스 루틴 씨를 한 번도 본 적이 없지요?"

"네, 한 번도 못 봤어요. 그분은 아주 한적하게 살고 계세요. 매우 한적한 은둔자의 삶을요."

"아, 예. 물론 그렇죠. 하지만 저는 그저 닮은 점을 이야기하려던 참이었습니다. 물론 가문의 닮은 점이요. 그저 그런 식의 이야기 말입니다. 그분과 응접실에 있는 레이디 마가렛의 인물화 말입니다. 그게 레이디 마가렛 맞지 않나요? 지난주 친절하게도 아가씨가 제게 보여주신 그림 말입니다. 분명히 닮았어요. 저는 아가씨가 삼촌을 보게 된다면 제 말에 동의할 거라고 생각해요."

"그럼, 그분을 아세요? 저는 못 봤거든요."

"오, 그럼요. 저는 그분을 아주 잘 압니다. 그런 영광을 누렸어요. 전 펠트램에서 3년 동안 부목사로 일했거든요. 꽤 오랫동안 바트램-호프에 자주 방문하는 영광을 누렸죠. 그리고 저는 그렇게 경험 많은 기독교인을 존경하는 나의 친구로 삼아 교류할 특권과 행복을 가진 적이 없었거든요. 바트램-호프의 루틴 씨 말입니다. 저는 그분을 거의 성인처럼 존경합니다. 물론 로마 교황의 천주교식이 아니라, 그저 매우 높게 여긴다는 뜻이랍니다. 아시겠지만 우리 교회가 허락하는 방식으로요. 믿음으로 세워진 분, 신앙심과 은혜로 가득한 분, 완벽하게 모범적인 분 말입니다. 그리고 미스 루틴, 저는 자주 그 알 수 없는 신비로운 신의 섭리로 그분이 형님, 즉 아가씨의 존경스러운 아버님과 너무나 멀리 떨어져 사시는 게 유감이라고 말씀드리곤 했습니다. 가까이 사셨다면 감히 희망하건대, 그분의 영향력과 기회에 신의 축복이 더 많이 함께하셨겠지요. 또 그랬다면 우리가, 그러니까 존경하는 교구 목사님과 제가 교회에서 그분을 더 많이 보았을 테지요."

그는 살짝 고개를 가로저으며 푸른색 금속 안경 너머로 슬픈 자기만족의 표정을 지으며 나를 보고 웃었다. 그러고 나서 생각에 잠긴 듯 셰리주를 마셨다.

"그럼 제 삼촌을 자주 보셨나 봐요?"

"음, 꽤 자주 뵈었죠, 미스 루틴. 주로 그분의 저택에서 많이 뵈었습니다. 그분 건강이 안 좋으셔서요. 매우 안 좋으셨습니다. 분명 고통을 많이 받으셨어요, 아가씨도 아시겠지만요. 그러나 지난주 일요일 닥터 클레이가 말씀하신 걸 잘 기억하시겠지만, 고통은 불길한 새이긴 하지만 영적으로는 예언자를 대신하는 까마귀를 닮았지요. 그리고 그들은 믿음이 깊은 자들을 방문할 때 영혼을 위한 양식을 가득 싣고 온답니다."

부목사는 또한 이렇게 덧붙였다.

"그분은 꽤 당혹스러운 처지에 처해 있어요. 말하자면, 금전적인 문제라고 할까요?"

부목사는 매우 잘 교육받은 사람이라기보다 꽤 착한 사람이었다.

"그분에겐 어려움이 있었어요. 사실 우리의 소박한 자선사업 기금과 물품들을 후하게 기부할 여유가 없으셨어요. 그래서 저는 진심으로 느낀바, 그분께 자주 말씀드리곤 했어요. 즉 그분은 감정과 표현력이 대단하셔서, 그분께 거절을 당한다 해도 다른 이들에게서 도움을 받는 것보다 오히려 더 흐뭇할 정도라고요."

"부목사님이 저와 삼촌에 대한 대화를 나누기를 아버지가 바라셨나요?"

나는 불현듯 생각이 나서 그에게 물었다. 그러면서 그런 질문을 한 게 부끄럽다는 생각이 들었다. 그는 놀라는 것 같았다.

"아닙니다, 미스 루틴. 아니에요. 오, 이런. 루틴 씨와 저만의 대화였네요. 그분은 제게 그런 이야기를 하라고 제안하지 않으셨어요. 사실 아가씨와의 면담에 대해 아무런 말씀을 안 하셨어요."

"저는 사일러스 삼촌이 그렇게 종교적으로 신실하신지 몰랐어요."

그는 천장까지는 아니지만 조금 위로 시선을 돌리며 조용히 말했다. 그러면서 내가 모르고 있었다는 사실에 연민을 표하는지 시선을 내리면서 고개를 가로저었다.

"그분이 몇 가지 교리에 관해 달리 보셨으면 하는 문제가 없는 건 아닙니다. 하지만 아시다시피 그런 문제들은 추론일 따름이죠. 그분은 본질적으로 완벽한 교인이십니다. 물론 왜곡된 현대의 방식으로 말씀드리는 건 아니고요. 전혀 그렇지 않아요. 더할 나위 없는 교인이시죠. 엄격하게 그렇다는 말씀입니다. 그분 안에 있는 마음이 우리와 같은 점이 많았으면 좋겠군요! 예, 미스 루틴. 교회의 드높은 자리 차원에서도 말이죠."

윌리엄 페이필드 목사는 오른손으로는 비국교도*들과 싸

---

* 비국교도Dissenters는 영국 성공회에 속하지 않는 장로파, 침례파, 독립파, 수평파 등의 청교도를 말한다.

우면서, 왼손으로는 옥스퍼드 운동론자*들과 뜨겁게 연루되어 있었다. 나는 그가 분명 훌륭한 사람이라고 확신한다. 그리고 교리에 있어서도 건전하다고 생각한다. 물론 내 판단은 매우 현명하다기보다 그저 자연스러운 것이다. 그와의 이런 대화는 내게 사일러스 삼촌에 대한 새로운 생각을 심어주었다. 아버지가 말한 것과 일치하는 면모였다. 그런 원칙과 점점 나이 들어가고 있다는 점이 불의에 맞서 싸우다 생긴 마음의 동요를 상당히 잠재울 것이고, 운명을 묵묵히 받아들이는 데 도움을 줄 것이다.

당신은 나처럼 젊은 사람이 그렇게 막대한 재산을 타고 나 완전한 은둔의 삶을 살고 있으니 근심걱정에서 자유로울지 모른다고 생각할 수 있다. 그러나 마담 드 라 루지에르가 머무는 동안 내 삶이 얼마나 공포와 불안으로 괴로웠는지 이미 보았을 것이다. 거기에 더해 지금, 아버지가 언급한 시련이 정확히 그 내막을 드러내지 않은 채 무섭고 모호하게 내 마음속에 얹혀졌다.

그가 말한 '역경'은 열정뿐만 아니라 용기를 요하는 것으로, 어쩌면 내가 용기를 잃으면 무시무시한 것이 되거나 견딜

---

* 옥스퍼드 운동론자Tractarians: 옥스퍼드 운동은 영국 국교회 중 서방교회의 전통을 중시하던 고교회파가 이끈 운동으로, 교회는 영적인 실체로서 국가가 간섭해서는 안 된다며 교회의 독립성을 주장했고, 교의를 중요시했다. 그러나 종교개혁 전통을 중시하는 개신교 저교회파가 그들의 주장을 이적행위라 공격하였다.

수 없는 것이 될 수도 있다. 도대체 그건 무엇이고 어떤 성격의 일일까? 유약하고 순종적인 노인—자신의 지난 시절 잘못을 신경 쓰지 않고 내세를 기다리고 있는—의 명예를 회복시키기 위해 의도된 게 아니라 우리의 오래된 가문의 명성을 되살리기 위한 일이라니!

때로 나는 그 일을 맡겠다고 한 무모한 만용을 후회했다. 나는 나 자신의 용기를 믿지 못했다. 아직 시간이 있을 때 철회하는 게 낫지 않을까? 그러나 그 생각만으로도 수치심과 곤경을 느꼈다. 도대체 아버지 앞에 어떻게 모습을 드러내나? 그 일을 생각 없이 떠맡았다면 그걸 중요하지 않게 여겼다고 고백하는 꼴 아닌가? 그리고 나는 양심의 고뇌를 겪지 않겠는가? 어쩌면 아버지는 이미 그 문제를 다루기 위해 조치를 취했는지도 모른다. 게다가 내가 다시 자유로워진다 해도 그 일이 뭐가 되었건 또다시 나 자신을 그 시련에 맡기지 않는다고 확신할 수 있을까? 당신은 내가 용기보다는 정신력이 더 강하다는 것을 알 것이다. 나는 용기의 정신적 특질을 지니고 있다고 생각한다. 그러나 그때 나는 히스테릭한 여자애에 지나지 않았다. 겁보나 마찬가지였다.

내가 나 자신을 못 믿었던 것이 놀랄 일은 아니다. 또한 겁이 많았음에도 의지가 도드라진 것이 놀랄 일은 아니다. 당시 그것은 하나의 투쟁이었다. 기질적 소심함에 대항하는 사나운 결의였다.

자신의 힘으로 떠받칠 수 있는 것보다 더 많은 것을 짊어

저본 사람이라면—약한 자, 포부가 있는 자, 모험심이 있는 자, 의지로 자기 희생하는 자, 용기가 흔들리는 자— 내가 견뎌야 했던 고뇌가 어떤 것인지 이해할 것이다.

그러나 다시 위안이 찾아왔다. 나는 내가 다가올 위기에 대해 위험을 과장해서 생각하는 것일 수도 있다고 생각했다. 적어도 아버지가 그게 진짜 위험을 수반한 일이라고 믿었다면, 절대 내가 그런 일에 관여하기를 바라지 않으셨을 것이다. 그러나 입을 다물고 있어야 한다는 사실은 무시무시했다. 위험은 형체를 알 수 없고 전혀 예측 불가능한 것이기 때문에 더욱 그러했다.

나는 곧 알게 되리라. 아버지의 임박한 여행에 대해 모두 알게 될 것이다. 어디로 어떤 손님과 함께, 왜 그렇게 숨기며 가는지.

그날 레이디 놀리스로부터 기운 넘치고 호의에 찬 편지가 왔다. 2~3일 후에 놀로 올 수 있다고 했다. 나는 아버지가 좋아하실 거라 생각했는데, 그는 그저 냉담하고 우울한 듯했다.

"모니카는 늘 감당하기 쉬운 사람이 아니야. 하지만 널 위해, 그래, 널 위해, 나는 모니카가 한두 달 머물렀으면 좋겠다. 그때 내가 떠날 수도 있거든. 모니카가 이야기를 가려서 한다면야 좋아. 매우 기쁠 거야. 모니카에게 일주일 정도 널 맡기고 떠나면 좋을 거야."

그날 아버지에게 비밀스럽게 불안할 일이 있었던 것 같았다. 그는 정원에서 사일러스 삼촌에 관해 대화를 나누며 흥분했던 것처럼 그날도 이상하게 열에 들뜬 홍조를 보였다. 그가 곧 떠나게 될 여행에는 무언가 고통스럽고, 어쩌면 끔찍한 무언가가 있는 것 같았다. 나는 가슴속 깊은 곳에서 어서 이 알 수 없는 불안감이 지나고 짜증 나는 일도 다 가버리고, 아버지가 돌아오기만을 기다리는 마음이었다.

그날 밤 아버지는 내게 일찍 밤 인사를 하고 위층으로 올라갔다. 침대에 누운 지 얼마 되지 않아 나는 아버지의 벨소리를 들었다. 평소 같지 않았다. 이내 아버지의 하인 라일리가 회랑에서 러스크 부인과 대화하는 소리가 들렸다. 그들의 목소리를 착각할 리 없었다. 나는 왜 놀라고 흥분했는지 알 수 없다. 그때 나는 일어나 앉아 귀를 기울였다. 그러나 그들은 평소 지시를 주고받는 것처럼 낮게 이야기를 나누었다. 특별히 위급한 상황이나 서두르는 태도가 아니었다.

그러고 나서 라일리가 러스크 부인에게 밤 인사를 건네고 회랑에서 계단 쪽으로 가는 소리가 들렸다. 나는 이제 그가 볼일이 다 끝났고, 따라서 모든 게 다 괜찮다고 생각했다. 다시 잠자리에 누웠다. 그러나 여전히 가슴이 두근두근 뛰고 불길한 느낌이 가시지 않았다. 나는 귀를 기울였다. 자꾸 발소리가 나는 것 같았다.

잠이 들려고 할 때 다시 벨소리가 났다. 몇 분 후 회랑에서 러스크 부인의 다급한 발소리가 들려왔다. 나는 귀를 쫑긋 세웠다. 아버지의 목소리, 러스크 부인의 목소리가 들렸다, 아니 들렸다고 생각했다. 그 모든 게 여느 때와는 매우 달랐다. 나는 다시 뛰는 가슴으로 베개에 팔꿈치를 댔다.

러스크 부인이 1~2분 후 회랑으로 다시 오더니 내 방문 앞에 멈춰서 살며시 문을 열었다. 나는 화들짝 놀랐다.

"누구세요?"

"러스크입니다, 아가씨. 아, 아가씨! 아직 깨어 있어요?"

"아빠가 아픈 거예요?"

"아프시냐고요! 전혀요, 아니에요. 그저 아가씨 기도책으로 제가 이곳에 가져다 놓은 작은 검은 책이 있는데요? 아, 여기 있네요. 주인님께서 이걸 찾으십니다. 그러면 저는 서재로 내려가서 이 'C서가, 15번' 책을 찾아야 하는데요. 하지만 제가 요즘은 눈이 어두워 글씨를 잘 못 읽겠어요. 주인님께 부탁하는 것도 겁나고요. 아가씨가 이 이름 좀 읽어주시겠어요? 눈이 요즘 너무 침침해지고 있어요."

나는 그 이름을 읽어주었다. 러스크 부인은 이전에 그런 일을 자주 했었기 때문에 책을 찾는 데는 웬만한 전문가 수준이었다. 그러고는 아래층으로 내려갔다.

나는 그 책이 각별히 찾기 어려웠나 보다고 생각했다. 왜냐하면 그녀가 시간을 오래 끌었기 때문이었다. 나는 그러다 실제 잠에 빠졌다. 그러다가 한순간 무시무시한 쿵 소리와 함께 러스크 부인의 날카로운 비명 소리를 듣고 화들짝 잠에서 깼다. 비명은 끊이지 않고 계속 이어졌다. 점점 더 거칠어지는, 공포에 사로잡힌 끔찍한 소리였다. 나는 함께 잠을 자던 메리 퀸스를 부르며 비명을 질렀다.

"메리, 들려? 무슨 일이지? 뭔가 끔찍한 일이 벌어졌나 봐."

충격이 너무나 커서 내 방의 튼튼한 바닥까지 떨릴 정도였다. 마치 커다란 남자가 창을 뚫고 아래로 떨어져 온 집 안을 흔들어놓는 느낌이었다. 나는 방문 앞에 서서 소리를 질렀다.

"도와줘요, 도와줘요! 살인 사건이에요! 살인 사건!"

메리 킨스는 내 옆에서 넋이 나가 있었다. 나는 무슨 일이 벌어지는지 정확히 알 수 없었지만, 분명 무언가 끔찍한 일임에 틀림없었다. 문이 닫힌 듯 먹먹하게 들리긴 했지만 러스크 부인의 비명이 잦아들지 않았기 때문이었다. 그리고 그때 아버지 방의 벨이 미친 듯 울리기 시작했다.

"아버지를 죽이려고 하고 있어!"

나는 소리를 지르며 회랑을 따라 아버지 방으로 갔다. 뒤를 따르던 메리 킨스의 허연 얼굴을 영원히 잊지 못할 것이다. 메리의 애원은 그저 내 귓가에 아무런 의미 없이 공허하게 와닿았다.

"여기요! 도와줘요, 도와줘요, 도와줘요!"

나는 억지로 문을 열려고 힘을 주며 소리 질렀다.

"밀어요, 밀어! 제발, 밀어요! 문을 막고 계세요!"

안에서 러스크 부인의 목소리가 났다.

"밀고 들어오세요. 난 못 움직이겠어요."

나는 온힘을 끌어모았다. 그러나 아무 소용없었다. 발자국 소리가 났다. 남자들이 뛰어오고 있었다. 그들은 고함을 치면서 다가왔다.

"자자, 가만히 계세요. 우리가 왔어요. 자자."

우리는 남자들이 다가오자 뒤로 물러났다. 남자들에게 보일 수 있는 복장이 아니었다. 우리는 내 방 문간에서 귀를 기울이고 기다렸다.

그때 문을 밀고 부딪치는 소리가 났다. 러스크 부인의 목소리가 흐느끼는 소리로 잦아들었다. 남자들은 모두 동시에 떠들고 있었다. 나는 문이 열렸다고 생각했다. 갑자기 목소리가 방 안에서 나는 것처럼 들렸기 때문이었다. 그리고 그때 일시적으로 이상한 고요가 이어졌고, 그런 다음 매우 낮은 목소리가 들렸고, 그런 다음 그런 소리마저 잦아들었다.

"메리, 뭐야? 도대체 저건 뭐야?"

나는 도대체 어떤 무서운 일이 벌어졌는지 알 수 없어서 소리를 질렀다. 어깨에는 이불이 둘러진 채 덜덜 떨며 무슨 일이 벌어졌는지 알려달라고 큰 소리로 애원했다.

그러나 나는 그저 무슨 일엔가 몰두한 듯 낮게 소곤거리는 남자들의 소리와 무거운 몸을 끌고 가는 소리만 들을 수 있을 뿐이었다.

러스크 부인은 유령처럼 창백한 모습으로 반쯤 정신이 나간 상태로 우리에게 다가왔다. 그러더니 가느다란 손으로 내 어깨를 쥐며 말했다.

"자, 모드 아가씨. 방으로 돌아가세요. 나오시면 안 돼요. 아가씨가 올 곳이 못 돼요. 때가 되면 다 보시게 될 거예요. 그럴 거예요. 자자, 아가씨, 방으로 들어가세요."

그 무시무시한 소리는 무엇이었을까? 누가 아버지의 방에 들어간 걸까? 그것은 바로 우리가 그토록 오래 기다려온 손님이었다. 아버지가 날 홀로 두고 알 수 없는 여행길에 함께 오를 손님. 침입자는 바로 죽음이었다!

제21장
도착

아버지가 돌아가셨다. 살해라도 당한 것처럼 급작스러웠다. 심장과 가까이 있는 동맥류 중 하나가 겉으로 드러나는 증상 없이 한순간에 터져버렸다. 닥터 브라이얼리가 꽤 오래전에 감지한 일이었다. 아버지는 무슨 일이 벌어질지 알고 있었고, 또 그게 오래 걸리지 않을 거라는 사실도 알고 있었다. 그는 내게 곧 죽을 거라는 말을 하기 두려웠던 것이다. 아버지는 죽음을 그저 여행이라는 알레고리로 암시했을 뿐이었다. 그리고 그 슬픈 수수께끼에 진정한 위안이 되는 몇 마디 말을 남겨 영원히 나와 함께하게 되었다. 아버지의 엄격한 태도 뒤에는 놀라운 애정이 숨어 있었다. 나는 그가 실제로 죽었다고 믿을 수 없었다. 대부분의 사람들은 격렬한 충격의 혼돈 속에서 1~2분간 나와 비슷한 회의감을 경험할 것이다. 나는 즉시 마을에서 의사를 불러올 것을 고집했다.

"저, 모드 아가씨. 아가씨 마음이라도 편하게 부르긴 할게요. 하지만 아무 소용없어요. 아가씨가 주인님을 직접 보면 아실 거예요. 메리 퀸스, 가서 토마스에게 모드 아가씨가 지금 바로 마을로 가서 닥터 엘웨이스를 모셔 오랬다고 전해."

기다리는 1분 1초가 내겐 한 시간 같았다. 나는 내가 무슨 말을 했는지 기억하지 못한다. 하지만 만약 아버지가 돌아가신 게 아니라면 지체해서 목숨을 잃을 거라고 생각했다. 나는 매우 정신 사납게 말을 했던 것 같다. 러스크 부인이 이렇게 말했던 것이다.

"사랑하는 나의 아가씨, 가셔서 보셔야 해요. 사실 그래야 하지요, 모드 아가씨. 그분은 이미 한 시간 전에 돌아가셨어요. 그분에게서 나온 엄청난 피를 보시면 놀라실 거예요. 진짜 그럴 거예요. 침대가 흠뻑 젖어버렸어요."

"오, 아니, 아니, 안 돼!"

"안으로 들어가셔서 보시겠어요, 그럼?"

"오, 안 돼, 안 돼. 안 돼!"

"그럼, 아가씨, 아가씨가 원치 않으면 물론 안 그래도 돼요. 좀 누워요, 모드 아가씨. 메리 퀸스, 어서 돌봐드려라. 난 잠깐 그 방에 가봐야 해."

나는 정신이 나간 채 방 안을 서성거렸다. 추운 밤이었지만 추위를 전혀 느끼지 못했다. 나는 그저 소리만 질렀다.

"오, 메리, 메리! 나 어떻게 해야 해? 오, 메리 퀸스! 나 어떡해?"

의사가 도착했을 때 내게는 날이 밝은 것처럼 느껴졌다. 나는 옷을 입었다. 그러나 사랑하는 나의 아버지가 누워 있는 방에 차마 들어갈 수 없었다.

나는 방을 나와 회랑으로 가서 닥터 엘웨이스를 기다렸다. 코트를 턱 끝까지 여민 그는 손에 모자를 들고 하인을 따라 바쁘게 걸어오고 있었다. 그의 대머리가 빛났다. 나는 몸이 얼음장처럼 차가워지는 것을 느꼈다. 점점 더 추워지다가 한순간 갑자기 심장이 그대로 정지할 것만 같았다.

나는 그가 문간에 서 있던 하녀에게 의사들의 전형적인 낮고 단호하고 신비스러운 어조로 질문하는 소리를 들었다.

"여기요?"

그는 고개를 끄덕이더니 안으로 들었다.

"의사를 보시지 않겠어요, 모드 아가씨?"

메리 퀸스가 물었다. 그 말에 나는 퍼뜩 정신이 들었다.

"고마워, 메리. 그래, 봐야지."

그리하여 나는 몇 분 후 그를 만나보았다. 의사는 매우 정중했고, 매우 슬퍼했으며, 태도와 안색이 마치 장의사 같았다. 그는 꽤 분명한 태도로 말했다. 나는 사랑하는 아버지가 "심장 가까이 있는 큰 혈관이 파열되어 숨졌다"는 이야기를 들었다. 질병은 분명 "오래 진행되고 있었고 본디 치유할 수 없는 상태"였다고 했다. 그저 유일한 위안은 "이런 경우 그나마 위안이 되는 것은 파열이 순식간에 일어나서 고통은 없다"는 점이었다. 그런 말과 이후 덧붙인 몇 마디가 그가 건넬 수 있는 유일한 말이었다. 그는 러스크 부인에게 진료비를 받고 나서 예의를 표하고 사라졌다.

나는 내 방으로 돌아와 발작적으로 슬픔을 토해냈다. 시간이 한참 흐른 후에야 다소 침착성을 되찾았다.

나는 러스크 부인으로부터 아버지가 그날 밤 평소보다 더 좋아 보였다는 말을 전해 들었다. 그녀는 아버지가 찾아오라고 시킨 책을 서재로 전달했고, 아버지는 평소 습관대로 자신이 직접 도해를 넣은 문구들을 적고 있었다고 했다. 그는 책을 받아들고 그녀를 방 안에 머물게 하고는 책장에서 또 다른 책을 꺼내기 위해 의자에 올라섰다. 바로 그때 바닥으로 쓰러지며 숨을 거두었다. 쿵 하는 소리는 그때 난 소리였다. 그가 문을 가로막으며 쓰러져 문을 열기 쉽지 않았다. 러스크 부인은 자신의 힘으로 직접 문을 열 수 없었다. 공포에 사로잡힌 것도 이해할 만했다. 나였다면 거의 이성을 잃었을 것이다.

과묵한 집안 분위기는 모두가 알고 있다. 이 집 어느 방엔가 그 신비스러운 손님이 자리 잡고 있다.

나는 그 끔찍한 날들과 더 끔찍한 밤들이 어떻게 지났는지 기억하지 못한다. 그 기억은 혐오스럽기만 하다. 떠올리는 게 끔찍하다. 나는 곧 두터운 상장喪章이 달린 검은색 전통 상복을 입었다. 레이디 놀리스가 왔다. 그녀는 매우 친절했다. 그녀는 내게는 이루 다 형언할 수 없이 무서운 그 모든 일들을 세세히 지시하고 관리했다. 내 옆에서 편지를 썼고, 나를 매우 친절하게 도왔다. 그녀와 함께라서 나는 버틸 수 있었다. 그녀는 엉뚱한 성격이었지만 그 강한 개성이 상식에 대한 감각으로 중화되었다. 그리고 나는 그 후로 자주 그녀가 슬퍼하는 나를 어루만졌던 그 세련된 감각에 대해 감탄하고 감사하는 마음으로 생각해보곤 했다.

큰 슬픔은 그게 마치 우리 의지의 통제하에 있는 것처럼 다룰 수 없다. 그것은 지독한 현상이며 우리가 그것을 경감시키고자 한다면 그 법칙을 연구하고 상태를 분석해야 한다. 커즌 모니카는 아버지에 관하여 많은 이야기를 했다. 어린 시절 그에 관한 기억이 많았기 때문에 가능한 일이었다.

죽은 이와 관련하여 겪는 마음의 혼란 중에는 장차 이 세상에서는 그 사람을 볼 수 없기 때문에 완전히 회상에 내맡길 수밖에 없다는 것이 있다. 앞으로 계속해서 그들은 존재하지 않을 것이다. 모든 계획과 상상, 희망은 텅 빈 침묵의 전망일 뿐이다. 그들은 그 모습 그대로 과거에 머물러 있다. 누군가를 잃은 이들을 위로할 사람에게 조언 한마디 하겠다. 그들에게 죽은 자에 대해 매우 자유롭게 할 수 있는 모든 말을 하라. 그들은 관심을 갖고 이야기에 참여할 것이며, 고인에 대한 자신만의 추억에 대해 이야기할 것이고, 당신의 이야기에 귀 기울일 것이다. 물론 때로는 즐겁고 때로는 웃기도 할 것이다. 나의 경우는 그랬다. 그렇게 하면 그런 재앙에서 벌어지는 무언가 초자연적이고 무시무시하게 급작스러운 느낌이 사라진다. 그것은 마음속에 들어찬 대상에 대한 단조로움을 막아주고, 감각을 교란시키는 최면처럼 환영을 볼 수 있게 해준다.

커즌 모니카는 경이로울 정도로 나의 기분을 끌어올렸다. 그녀의 그 모든 노고와 배려, 친절함을 생각하면 점점 더 그녀를 사랑하지 않을 수 없다.

나는 아버지가 그토록 노심초사했던 열쇠에 대한 약속을 잊지 않았다. 열쇠는 내게 항상 상기시킨 대로 아버지의 주머니에서 발견되었다. 잠잘 때 베개 밑에 두는 경우를 제외하고 항상 품고 다닌 그대로였다.

"그래, 애. 그 사악한 여자가 실제로 가여운 네 아빠의 책상을 몰래 열어보다가 들켰다는 거지? 어째서 아빠가 그 여자를 벌하지 않았는지 모르겠구나. 그건 명백히 도둑질인데."

"레이디 놀리스, 그 여자 가버리고 없는 거 아시잖아요? 저는 더 이상 신경 쓰지 않아요. 그러니까 이젠 그 여자를 두려워할 필요 없잖아요."

"그렇지. 그런데 너 날 모니카라고 부르지 그러니? 난 네 커즌이니 그냥 날 모니카라고 불러. 날 짜증 나게 만들고 싶은 게 아니라면 말이지. 그래, 물론 네가 그 여자 무서워할 필요는 없어. 이젠 가버리고 없으니. 하지만 난 옛날 사람이라 너처럼 그렇게 따뜻한 마음이 아니란다. 그리고 솔직히 말하자면, 그 사악한 마녀가 감옥에 가서 노역을 한다는 소식을 들었다면 아주 기뻤을 거 같구나. 그런데 그 여자가 뭘 찾고 있었다고 생각하니? 뭘 훔치고 싶었을까? 난 알 것도 같은데, 어때?"

"서류를 훔쳐 보려고 했겠죠. 어쩌면 돈을 훔치려고 했을까요? 전 잘 모르겠어요."

"음, 분명 그 여자는 네 아빠의 유언장을 손에 넣으려고 했을 거야. 난 그렇게 생각해."

잠시 후 그녀는 다시 덧붙였다.

"그런 추측은 이상할 게 하나도 없어. 너 얼마 전 요크에서 있었던 그 별난 재판 이야기 신문에서 못 봤니? 훔치기에 유언장처럼 귀한 건 없어. 유언장에 따라 어마어마한 재산이 처분되는 거잖니? 그 여자가 그걸 갖고 갔다면 되찾기 위해 어마어마한 돈을 그 여자에게 바쳐야 했을 거야. 가보자. 내가 같이 갈게. 가서 서재의 캐비닛을 열어보자."

"그건 안 될 거 같아요. 제가 열쇠를 닥터 브라이얼리에게 준다고 아버지와 약속했거든요. 그 말은 그분만이 서랍을 열수 있다는 약속이었어요."

커즈 모니카는 놀랐다는 건지 못마땅하다는 건지 분명치 않은 발음으로 "흠!"이라고 내뱉었다.

"그 사람에게 소식은 전달했니?"

"아뇨. 전 그분의 주소를 몰라요."

"주소를 모른다고! 음, 그거 참 이상하네."

놀리스는 약간 짜증이 난 것 같았다. 나는 알 수 없었다. 이집에 살고 있는 그 누구도 추측할 수 없었다. 그가 어떤 기차를 타고 떠났는지도 몰랐다. 북쪽으로 향했는지 남쪽으로 향했는지. 기차는 역에서 5분 간격으로 남북으로 가로지른다. 닥터 브라이얼리가 비밀의 마법으로 즉각 소환되는 악령이라 하더라도, 그를 소환할 방법에 대해 내가 어떻게 알 수 있으랴.

"모드, 그럼 얼마나 오래 기다릴 작정이니? 무슨 상관이야? 어쨌든 넌 서랍을 열어야 해. 열면 서류가 나올 테고, 그걸 보면 알 수 있겠지. 어쩌면 닥터 브라이얼리의 주소가 나올지도 몰라. 뭐가 나올지 누가 알겠니?"

나는 그 말에 찬성했다. 우리는 아래층으로 내려가 서랍을 열었다. 신성 모독이 어찌나 두렵던지—그 모든 프라이버시를 깨는 행위— 죽음의 침묵에 대한 보상을 이렇게 충격적으로 저지르다니!

이후 모든 것은 글로 쓰인 것을 제외하고 상황증거—모든 게 다 추측—일 뿐이다. 그리고 이 증거에 모든 공책과 모든 메모와 사적인 편지가 포함된다. 그것들은 벌건 대낮에 샅샅이 뒤진 것들이다.

꼭대기 서랍에 문서 두 장이 봉인되어 있었다. 하나는 커즌 모니카 앞이고, 다른 하나는 내 앞으로 되어 있었다. 내게 보낸 편지는 애정 어린 작별인사였고 다른 내용은 없었다. 나는 그 편지를 보고 다시 슬픔의 샘이 터져버렸다. 쓰디쓴 눈물을 흘리며 오랫동안 흐느꼈다.

다른 편지는 '레이디 놀리스' 앞이었다. 나는 내 편지를 읽느라 집중해서 그녀가 그 편지를 어떻게 받아들였는지 보지 못했다. 그러나 잠시 후 그녀는 내게 소녀처럼 친절하게 다가와 키스했다. 그녀는 내가 크게 슬퍼하는 모습을 볼 때면 함께 눈물이 차오르곤 했다. 그럴 때 이야기를 들려주었다.

"네 아버지가 했던 이야기였어."

일부는 현명하고 일부는 또 장난스러웠다. 어쨌든 모두 위안이 되는 이야기였다. 커즌 모니카는 또 아버지가 이야기를 하던 당시의 상황을 설명했고, 그러다 보니 다시 떠오르는 추억까지 전해주었다. 나는 아버지 덕분에, 또 반은 커즌 모니카 덕분에 절망과 슬픔에서 벗어날 수 있었다.

그 편지들과 함께 커다란 봉투가 보였는데, '내가 세상을 뜨는 즉시 따를 지시사항'이라고 쓰여 있었다. 그중 하나는 '즉시 전국에, 주요 런던 신문에 부고를 띄울 것'이었다. 그 조치는 이미 취해진 상태였다. 우리는 닥터 브라이얼리의 주소가 적힌 기록은 찾을 수 없었다.

우리는 모든 곳을 뒤져보았다. 단, 아버지의 지시대로 닥터 브라이얼리를 제외한 그 누구도 열 수 없는 캐비닛은 예외였다. 그러나 그 어디에도 유언장이나 유언장 비슷한 서류는 찾을 수 없었다. 그러므로 나는 아버지의 유언장이 그 캐비닛 안에 있을 것이라고 확신했다.

아버지의 문서를 뒤지다가 우리는 단정하게 묶인 편지 두 뭉치를 찾았다. 사일러스 삼촌에게서 온 편지였다.

커즌 모니카는 이상한 미소를 띠며 그 편지들을 내려다보았다. 빈정거림인가? 오랜 세월에 걸친 미스터리를 대하는 저 형언할 수 없는 미소의 정체는 무엇일까?

그것들은 이상한 편지였다. 군데군데 불평을 늘어놓았고 심지어 비참한 심정을 토로하기도 했는데, 그러면서도 또한 남자답고 매우 고귀한 정서를 담은 글귀도 눈에 띄었다. 그리고 종교에 대한 기이한 호언장담과 두서없이 늘어놓는 말도 있었다. 편지가 여기저기 점차 기도문처럼 변하더니 신을 찬미하는 시로 끝났다. 서명은 없었다. 일부는 종교에 관해 매우 열광적이고 혼돈스러운 견해를 밝히고 있어서, 나는 그가 훌륭한 목사 페어필드 씨에게 그런 견해를 밝혔을 리 없을 거라는 생각이 들었다. 또한 영국 국교가 아니라 스베덴보리가 보고 들었다는 계시에 가까운 게 아닌가 하는 생각도 들었다.

나는 진중한 관심을 갖고 편지를 읽었다. 그러나 커즌 모니카는 달랐다. 그녀는 편지를 읽으면서도 처음 편지를 발견하고 보인 것과 똑같은 미소를 지었다. 평온한 상태로 희미한 경멸을 담은 미소였다고 생각한다. 그것은 잘 알고 있는 사람의 흔적을 재미있다는 듯 살펴보는 얼굴이었다.

"사일러스 삼촌은 매우 종교적이신가 봐요?"

나는 레이디 놀리스의 표정이 마음에 들지 않아 그렇게 물었다.

"응, 아주 종교적이지."

그녀는 고개를 들지 않은 채 편지의 한 구절을 보면서 쓴웃음을 지우지 않았다.

"커즌 모니카, 사실은 그렇게 생각하지 않는 거죠?"

내가 그렇게 물었더니 그녀는 고개를 들고 나를 빤히 바라보았다.

"모드, 왜 그런 말을 하는 거니?"

"못 믿겠다는 듯이 웃으시잖아요? 그 편지를 보면서 말이에요."

"내가 그랬어? 난 아무 생각 없었는데. 그저 우연일 뿐이야. 모드, 사실은 말이야, 가여운 네 아빠가 나에 대해 착각했어. 나는 그에게 아무런 편견이 없단다. 이런저런 나만의 이론이 없다는 말이야. 나는 그를 어떻게 생각해야 할지 몰랐어. 나는 사일러스가 자연의 산물이라고 생각하지 않아. 스핑크스의 자식이라고 생각해. 나는 절대 그를 이해할 수 없었어. 그게 다야."

"저도 항상 그렇게 느꼈어요. 하지만 그건 제가 추측밖에 할 수 없었기 때문이었고, 그 추측도 그저 그분 초상화 따위를 보고 할 수밖에 없었기 때문이었어요. 커즌 모니카가 제게 말해준 거 말고는 몇 마디 들은 것도 없어요. 아빠는 제가 삼촌에 관해 묻는 것을 싫어하셨어요. 그리고 제 생각엔 아빠가 하인들에게 그 문제에 관해 입 다물라고 시킨 것 같아요."

나는 잠시 후 다시 덧붙였다.

"이 편지도 제게 그런 똑같은 지시를 내리는 것 같아요. 똑같지는 않지만 그런 비슷한 거요. 그리고 저는 그 의미를 모르겠어요."

그녀는 궁금하다는 표정으로 나를 쳐다보았다.

"사일러스 삼촌에 대해 겁먹을 필요 없어. 가문을 위해 네가 맡은 중요한 임무를 생각하면 그런 겁먹는 태도는 맞지 않아. 그 임무가 어떤 것인지는 곧 알게 되겠지. 그리고 있지도 않은 환상적 두려움에 굴복한다면 그 임무가 간접적인 것이라 하더라도 너무 힘들 거야."

그녀는 아버지 책상에 놓인 자신의 이름이 적힌 아빠의 손 글씨를 들여다보았다. 그러면서 단어들을 또박또박 읽어나갔다.

"모드, 그 임무가 무엇인지 짐작 가는 게 있니?"

그녀는 불안한 호기심이 담긴 진지한 표정으로 물었다.

"전혀요, 커즌 모니카. 하지만 저는 그게 무엇이든 제가 맡을 거라는 사실, 그리고 그에 순종할 것이라는 사실에 대해 오래 생각해왔어요. 저는 제가 자발적으로 한 약속을 지킬 거예요. 물론 제가 얼마나 겁보인지도 알고 제 용기를 자주 믿지 못하지만 말이에요."

"음, 난 네게 겁줄 생각 없어."

"네, 어떻게요? 제가 왜 두려워해야 하는 거죠? 무언가 무서운 일이 있는 거예요? 말해주세요. 꼭 말씀해주세요."

"아니야, 애. 그런 말이 아니야. 그런 뜻이 아니라고. 얘기할 수 있으면 하지. 난…… 난 내가 무슨 말을 하는지 정확히 몰라. 하지만 삼촌에 대해선 가여운 네 아빠가 더 잘 알아. 난…… 난 사실 그에 대해 전혀 아는 게 없어. 그게, 그 사람을 잘 이해하지 못한다는 말이야. 네 아빠는 삼촌에 대해 이해할 수 있는 기회가 많았거든."

잠시 침묵하다가 그녀가 다시 입을 열었다.

"그럼 네가 어떤 일을 할지, 또는 겪을지 모른다는 거구나?"

"오! 커즌 모니카, 삼촌이 그 살인 사건을 저질렀다고 생각하시는 거죠?"

나는 벌떡 일어나며 물었다. 나는 왜 그런지 알 수 없었지만 내 얼굴이 허옇게 질렸다고 느꼈다.

"나는 그런 거 믿지 않아, 이 바보야. 넌 그런 끔찍한 말 하면 안 돼, 모드."

그녀 또한 자리에서 일어나며 말했다. 창백한 얼굴에 화가 난 것 같았다.

"나가서 좀 걷자. 자, 이 편지들은 접어두고 옷을 챙겨. 닥터 브라이얼리가 내일 나타나지 않으면 교구 목사를 불러야 해, 훌륭한 닥터 클레이 말이다. 그리고 그분에게 유언장을 찾으라고 하면 돼. 여러 가지 일에 대한 지시가 있을 거야. 사랑하는 모드야, 사일러스는 네 삼촌이기도 하지만 내 사촌이라는 사실도 잊지 마. 자, 모자 쓰고 나가자."

그리하여 우리는 회랑을 거닐었다.

제22장
방 안, 관과 함께 있는 어떤 사람

우리가 산책에서 돌아왔을 때 한 "젊은" 신사가 도착했다고 했다. 우리는 창문을 지나칠 때 응접실에 있는 그 사람을 보았다. 그저 지나치며 흘긋 일별했을 뿐이지만 인상을 파악하기에는 충분했다. 우리는 그 인상에 대해 이후에 이야기를 나눌 수 있을 정도였다. 나는 지금 이 순간에도 그 모습이 기억난다. 회색 여행 정장을 입은 서른여섯 정도의 남성으로 체격이 아주 좋은 편은 아니었다. 머리는 밝은색이었고, 얼굴은 볼품없이 살이 쪘다. 그는 둔감하면서도 동시에 교활해 보였고 전혀 신사처럼 보이지 않았다.

브랜스턴이 우리에게 그 손님이 온 것을 알리며 내게 그 사람의 증명서를 건넸다. 커즌과 나는 복도에 서서 그것을 읽었다.

"네 삼촌 사일러스가 보낸 사람이구나."

손가락으로 두 편지 중 하나를 건드리며 레이디 놀리스가 말했다.

"우리 점심 먹으러 갈게요."

"네, 알겠습니다."

내 말에 브랜스턴이 자리를 떴다.

"저와 같이 읽어봐요, 커즌 모니카."

매우 궁금증을 자아내는 편지였다. 내용은 다음과 같았다.

이런 고통의 순간에 나이 들고 고독한 친지를 기억해주는 나의 사랑스러운 조카에게 어떻게 감사를 표할까?

나는 아버지의 임종 후 두서없이 몇 마디 써서 삼촌에게 편지를 보냈다.

그러나 우리는 사랑하는 사람을 잃었을 때 끊어진 유대감을 가장 귀하게 실감하게 되고 친지의 연민을 갈망한단다.

그러고는 프랑스 운문 몇 구절이 쓰여 있었다. 나는 그저 '씨엘(하늘)'과 '라무르(사랑)'만 읽을 수 있었다.

이곳 조용한 우리 집은 새로운 슬픔으로 먹구름이 끼었구나. 신의 섭리는 얼마나 헤아리기 어려운가! 나는—몇 살 아래이긴 하지만— 얼마나 더 병약하고, 얼마나 심신이 미약하며, 그저 짐이 될 뿐이며, 그저 쓸모없는 삶인데, 이런 나는 내가 더 이상 쓸모가 없는 이 세상에서—그저 한 가지 일, 기도하는 일밖에 없으며 희망이라면 단 한 가지, 즉 무덤밖에 없는— 나의 슬픈 자리를 지키며 남아 있다. 그분, 그렇게 건강해 보이고, 그토록 많은 선의 중심인 그, 네게 그토록 소중한 그분이, 아아! 그분이 가버리시다니! 그분은 영면에 드셨고, 남아 있는 우리는 그저 머리를 숙이고 '그분의 뜻이 이루어진 건가?'라고 중얼거릴 뿐! 나는 이 부분에서 손이 떨리고 눈물로 앞이 흐려지는구나. 나는 이 세상 그 어떤 일도 나를 그렇게 심오하게 감동시킨 적이 없었다고 생각했다. 나는 세상으로부터 오래 떨어져 살아왔단다. 지금 나는 금욕적 삶을 살지만 한때 쾌락의 삶을 살았다. 아아! 그 사악함이란! 그러나 나는 한 번도 부유하게 산 적이 없어서 나의 최악의 적도 내가 절대 탐욕을 부리게 놔두지 않는단다. 나의 죄, 나는 신께 감사하는 바, 나의 죄는 나를 영락하게 만들었고 하늘이 제공한 원칙에 굴복하게 만들었다. 이 세상과 이 세상의 이해관계, 그리고 이 세상의 쾌락에 나는 오랫동안 죽은 자나 다름없었단다. 얼마 남지 않은 여생 동안 나는 단지 조용한 삶, 분투와 근심 걱정으로 인한 불안과 달뜬 상태에서 벗어난 삶을 바랄뿐이다. 나는 그 모든 선을 주시는 신께 나의 구원을 의탁한다. 동시에 신의 뜻 아래 어떤 일이 벌어져도 최선의 길임을 잘 알고 있단다. 소중한 나의 조카, 지금 고독한 처지에서 내가 네게 그 어떤 도움이라도 된다면 기쁠 것이야. 나의 현재 종교적 고문—내가 널 위해 도움을 청할 분—은 사랑하는 나의 형님, 이제는 행복한 영면에 든 형님이 분명 남기고 떠났을 유언장의 대독 행사에 나를 대신

할 누군가를 보낼 것을 조언했단다. 그리고 내가 선택한 신사의 경험과 전문적 지식이 네게 도움이 될 수도 있다는 생각이 나로 하여금 그를 보내도록 결정하게 했단다. 그는 '아처 & 슬레이'사의 하급 사원이며, 내게 이따금 생기는 작은 일을 처리하는 사람이란다. 그가 놀에 잠깐 머무는 동안 환대해줄 것을 부탁해도 되겠니? 나는 이런 작은 비즈니스 문제에 대해 쓰는 것도 매우 노력을 기울여야 해서 아주 고통스럽구나. 하지만 필요한 일이겠지. 아아! 나의 형님! 슬픔의 잔이 이제 꽉 찼구나. 내 여생에 이런 슬픔과 불운은 더 이상 찾아오지 않길! 그러나 살아 있는 동안 나는 소중한 나의 조카를 위해 조카가 부와 찬란함으로도 살 수 없는 애정 깊고 충실한 삼촌이자 친구로 남길 맹세하마.

— 사일러스 루틴

"정말 친절한 편지 아니에요?"

나는 눈물을 머금고 말했다.

"그래."

레이디 놀리스는 무덤덤하게 말했다.

"아, 진짜로 그렇게 생각 안 하시는군요?"

"오! 친절해, 매우 친절해. 하지만 조금 교활하다고 할까?"

그녀는 똑같이 무덤덤하게 말했다.

"교활하다고요! 뭐가요?"

"음, 너도 알다시피 난 까다로운 노처녀야. 그리고 가끔 숨은 의미도 들여다보고, 어둠속에서도 볼 수 있어. 내가 볼 때 사일러스도 유감이겠지만, 비탄에 빠져 있는 건 아닌 것 같아. 또 유감을 품고 불안해할 이유가 있는 것 같고. 내가 볼 땐 그런 듯해. 그리고 그 사람 널 매우 연민하지만, 자기 자신에 대해서는 훨씬 더 그래. 그리고 그 사람은 돈을 원해. 게다가 너—그이의 소중한 조카—는 돈이 아주 많지. 전체적으로 볼 때 애정이 담긴 사려 깊은 편지이지만, 그 사람은 유언장 확인을 위해 자신의 변호사를 보냈어. 그리고 넌 그 신사에게 음식과 잠자리를 제공해야 하고. 사일러스는 매우 조심스럽게 너의 어려움과 힘든 점을 자신의 변호사에게 털어놓으라고 시킨 거야. 친절하긴 하지만 영악하지 않은 건 아니지."

"오, 커즌 모니카. 이런 때 그분이 그런 비열한 계략을 짜는 게 자연스럽지 못한 일이라고 생각 안 하세요? 그분이 아무리 지나간 시절에 그렇게 비열한 행동을 했다 하더라도요. 그분을 너무 모질게 판단하시는 것 아닐까요? 그리고 커즌 모니카도 말씀하셨잖아요, 그분을 잘 모른다고?"

"내가 말했잖니, 얘. 난 심술궂은 노처녀라고. 그만하자. 난 정말 그 사람에 대해 눈곱만큼도 신경 쓰지 않아. 그리고 굳이 말하자면, 나는 그 사람이 우리 친척이 아니라면 좋겠어."

그건 편견이 아니었을까? 나는 부분적으로 그렇다고 생각한다. 그런데 그분을 좋게 보려는 나의 고집 센 성향도 마찬가지로 편견이었다. 나는 우리 여자들이 파벌주의자인 게 두렵다. 우리는 언제나 편을 든다. 그리고 자연은 우리를 판사가 아니라 변호사로 만들었다. 그리고 나는 그 기능이 위엄이 덜 하더라도 좀 더 호감을 준다고 생각한다.

나는 밤에 응접실 창가에 홀로 앉아 커즌 모니카가 들어오기를 기다리고 있었다.

나는 그날 밤 열에 들뜨고 겁이 났다. 날씨의 영향을 받은 것이었으리라. 태양이 지며 폭우가 다가올 듯했다. 대기는 고요했지만 하늘은 거칠고 폭풍이 몰아칠 것만 같았다. 몰려드는 구름이 휘몰아칠 것처럼 기울어졌다. 그 신성한 면모는 내 영혼에 투영되었다. 나의 슬픈 마음에 위험이 다가올 것 같은 육감이 그늘을 드리웠다. 초자연적 감각이 나를 사로잡았다. 아버지가 돌아가신 후 찾아온 가장 슬프고 지독한 밤이었다.

온갖 종류의 알 수 없는 두려움이 조용히 나를 감쌌다. 처음으로 신앙의 형태에 대한 오싹한 불안이 나를 덮쳤다. 그분 주변에 모여 인생을 아주 꽉 움켜쥔 그 스베덴보리 교도들은 누구인가? 아무도 알 수 없었다. 우리 모두 싫어하고 모두가 두려워하는 불쾌하고 가발을 쓴 검은 눈의 닥터 브라이얼리는 누구인가? 어디서 와서 어디로 가는지 모르게 느닷없이 땅에서 솟아나와 아버지에게 그토록 신비스러운 권위를 휘두르는 그 사람은 누구인가? 그 권위는 진정 선한 것인가? 혹은 이단이며 마법인 것인가? 오, 사랑하는 나의 아버지! 그 모든 게 다 온당한 것인가요?

레이디 놀리스가 들어왔을 때 나는 눈물을 펑펑 쏟으며 넋이 나간 채 방 안을 이리저리 서성이고 있었다. 그녀는 조용히 내게 키스하고 함께 걸으며 나를 위로하기 위해 애썼다.

"커즌 모니카, 아버지를 한번 뵙고 싶어요. 같이 가주실래요?"

"네가 정말 그러고 싶다면 그러자. 그런데 난 네가 그러지 않았으면 좋겠단다. 있는 그대로 추억하는 게 더 나을 것 같아. 변화는 받아들여야 해, 모드. 본다고 위안이 되진 않아."

"하지만 전 정말 보고 싶어요. 오! 저와 함께 가주시지 않을 거예요?"

나는 그렇게 그녀를 설득했다. 우리는 함께 손을 잡고 어두워지고 있는 위층으로 올라갔다. 어두운 회랑 끝에 멈춰 서서 겁을 먹은 채 러스크 부인을 불렀다.

"우리 들어가게 해달라고 말해주세요, 커즌 모니카."

"아가씨가 주인님을 뵙고 싶은 거죠, 마님?"

러스크 부인이 나를 곁눈질로 보며 낮은 목소리로 물었다. 그녀는 살며시 열쇠를 돌렸다.

"확신이 들어, 모드?"

"예, 예."

그러나 러스크 부인이 초를 들고 안으로 들어간 후 촛불이 사그라지는 어스름한 빛과 섞여 받침대 위에 놓인 커다란 검은 관을 비췄을 때, 또 그녀가 진중한 표정으로 관을 내려다보았을 때, 나는 다시 용기를 잃고 뒤로 물러났다.

"러스크 부인, 안 되겠어요. 그래, 잘됐다, 모드야. 가자. 어서 가자, 애야. 안 보는 편이 낫겠다."

그녀는 나를 데리고 서둘러 아래층으로 내려왔다. 그러나 그 커다란 검은 관의 오싹한 모습이 죽음에 대한 새롭고 끔찍한 감각으로 내 머릿속에 각인되었다.

나는 더 이상 아버지를 보고 싶은 마음이 없었다. 심지어 그 방에 공포를 느꼈다. 나는 한 시간 이상 절망과 공포에 시달렸다. 그전에도 그 후에도 죽음에 대해 그렇게 무섭게 느낀 적이 없었다.

커즌 모니카는 내 방으로 자신의 침대를 옮기게 했고, 메리 퀸스는 내 방 옆 드레스룸으로 물러났다. 죽음에 뒤따르는 초자연적 두려움이 처음으로 나를 덮쳤다. 아버지가 방에 들어가는 모습을 본다는 생각, 문을 열고 안에 들어간다는 생각이 나를 괴롭혔다. 레이디 놀리스와 나는 잠자리에 들었다. 하지만 나는 잠을 이룰 수 없었다. 밖에는 바람이 애처롭게 울고 있었고, 그에 반응해 안에서 나는 작은 소리, 덜컥거리는 소리와 삐걱거리는 소리가 발소리, 문 여는 소리, 노크하는 소리로 들려 끊임없이 나를 놀라게 만들었다. 나는 꾸벅꾸벅 잠에 빠질 때마다 그렇게 심장이 고동치며 깨어났다.

마침내 바람이 잦아들었다. 그 모호한 소리들도 잠잠해졌다. 나는 피로에 젖어 노곤한 잠에 빠졌다가 회랑에서 나는 소리에 잠을 깼다. 무슨 소리인지 분간할 수 없었다. 꽤 긴 시간이 흘렀다. 바람이 다시 잦아들었다. 나는 잔뜩 겁을 먹고 일어나 앉아 숨을 헐떡이며 귀를 기울였다.

회랑을 살며시 거니는 발소리가 들렸다. 나는 살며시 커즌 모니카를 불렀다. 그러고 나서 우리 둘은 아버지의 시신이 놓인 방문이 열리는 소리를 들었다. 누군가 슬며시 안으로 들어가더니 문을 닫는 소리가 났다.

"세상에! 무슨 일일까요? 들으셨죠?"

"그래, 들었어. 지금 2시네."

놀에서는 모두가 11시에 잠자리에 든다. 우리는 예민한 러스크 부인이 그 어떤 일이 있어도 홀로 이 야심한 시각에 그 방에 들지 않을 거라는 사실을 잘 알고 있었다. 우리는 메리 퀸스를 불렀다. 그 후 우리 셋이 함께 들어보았으나 더 이상 다른 소리는 들리지 않았다. 나는 당시 이 일이 너무나 오싹한 감정을 불러일으켜서 여기 적고 있는 것이다.

우리는 셋이서 함께 방문을 내다보았다. 시야에 들어오는 모든 창문이 달빛을 받아 푸르게 빛났다. 우리가 집중하고 있는 문은 어둠속에 그대로 있었다. 그러나 열쇠구멍에서 양촛불이 새어 나왔다. 우리가 이 문제에 대해 낮은 소리로 속닥거리고 있을 때, 문이 열리고 양초의 어스름한 불빛이 나타났다. 그와 함께 어떤 인물의 그림자가 너울거렸다. 다음 순간 신비로운 닥터 브라이얼리가 방에서 나왔다. 관보다 나을 것도 없어 보이는 검은 코트를 입은 바짝 마른 볼품없는 남자가 양초를 손에 들고 기도문 같은 것을 중얼거리며 조심스럽게 회랑으로 나왔다. 아마도 작별인사 같은 것이었으리라. 이 음침한 남자는 문을 닫고 한순간 귀를 기울이더니 천장과 벽에 왜곡된 거대한 그림자를 드리우며 길고 어두운 복도를 가볍게 내려가면서 우리와 멀어졌다.

　나는 그저 내 생각만을 말할 수 있다. 솔직히 마법사가 불경한 짓을 하고 살그머니 도망치는 모습을 본 것처럼 잔뜩 겁이 났다고 고백한다. 커즌 모니카도 똑같이 느꼈을 것이다. 방으로 돌아와 방문을 안에서 걸어 잠갔기 때문이었다. 나는 우리 셋 누구도 당시 우리가 본 것이 뼈와 살로 이루어진 닥터 브라이얼리가 맞다고 믿지 않았을 것이라고 생각한다. 아침에 우리가 나눈 첫 번째 이야기는 닥터 브라이얼리의 도착 소식이었다. 마음은 밤과 낮에 서로 다른 기관이 된다.

제23장
닥터 브라이얼리와 대화를 나누다

닥터 브라이얼리는 사실 밤 12시 30분에 도착했다. 현관문으로 들어오는 소리는 놀의 오래된 저택의 외진 구역에서는 잘 들리지 않는다. 그리고 잠에 겨운 하인이 문을 열었을 때 윤이 나는 검은 옷을 입은 그 마른 닥터는 홀로 서 있었고, 가방은 층계참에 놓여 있었다. 마차는 늙은 나무 그늘 사이로 사라지는 참이었다. 그는 진중하고 날카로운 표정으로 안으로 들어왔다.

"절 기다리고 있었죠? 저는 닥터 브라이얼리입니다. 기다리신 거 맞죠? 자, 그럼, 시신을 책임지는 분을 불러오세요. 저는 지금 당장 살펴보아야 합니다."

그렇게 닥터는 촛불 하나만 켜고 안쪽 응접실에 홀로 앉아 있었다. 러스크 부인이 소환되었다. 그녀는 투덜투덜 짜증을 내며 옷을 입고 내려갔다. 짜증 난 태도는 손님에게 다가가자 엄습해오는 두려움에 잦아들었다.

"마담, 안녕하신지요. 참 슬픈 일로 찾아뵙는군요. 고인이 되신 주인님이 계신 방에 누가 철야를 하고 있나요?"

"아닙니다."

"잘됐군요. 그건 어리석은 관습입니다. 저를 좀 그곳으로 안내해주시겠습니까? 그분이 계신 곳에서 기도를 해야 합니다. 더 이상 그분이 계신 건 아니지만요! 그리고 제 침실도 안내해주시면 감사하겠습니다. 그러면 아무도 절 기다릴 필요 없을 겁니다. 제가 알아서 찾아가겠습니다."

러스크 부인은 손가방을 든 남자를 방으로 안내했다. 그러나 그는 그저 안을 휘 둘러보며 문의 위치를 파악했다.

"감사합니다. 자, 이제, 가시지요? 봅시다. 오른쪽으로 한 번 돌고 왼쪽으로 다시, 예. 돌아가신 지 며칠 되었지요? 아직 관에 모신 상태입니까?"

"예, 선생님. 어제 오후에 입관했습니다."

러스크 부인은 윤기 나는 검은 옷을 입은 이 마른 남자가 점점 더 무서워졌다. 눈은 오싹하게 꿰뚫듯이 빛났고, 길을 가리키듯 긴 갈색 손가락으로 앞을 더듬었다.

"하지만, 물론 뚜껑은 덮진 않았겠지요? 못질을 하지는 않았겠지요?"

"아닙니다, 선생님."

"그거 잘됐습니다. 저는 기도할 때 얼굴을 보아야 합니다. 그분은 제자리로 돌아간 겁니다. 저는 여기 이승에, 그분은 영혼의 세계에 계십니다. 나는 육체를 입고 있지요. 그 사이에 중립지대가 있습니다. 그렇게 진동이 이동하고, 그렇게 이승과 천상의 빛은 서로 반사됩니다. 즉 그것은 '아포가스마',* 놀라운 것이지만 어찌할 도리가 없는 엔진, 야곱의 사다리죠. 신의 천사들이 그것을 타고 오르내리는 모습을 보라! 감사합니다. 열쇠는 제가 받을게요. 흙으로 만든 집에 함께 살 사람들에게는 미스터리이며, 계시로 드러난 것을 볼 수 있는 눈으로 읽는 자들에게는 미스터리가 아니죠. 이 양초, 이거 길군요. 아닙니다, 아닙니다, 하나 더 필요 없어요. 감사합니다. 그저 이걸 제 손에 쥐고 있으면 됩니다. 그리고 기억하세요. 모든 건 의지가 있는 마음에 좌우됩니다. 왜 그렇게 무서워하세요? 믿음은 어디 있습니까? 영혼들은 언제나 우리를 둘러싸고 있다는 걸 모르십니까? 왜 그리 시신 가까이 가기를 두려워하십니까? 영혼이 전부입니다. 육체는 아무런 득이 되지 않아요."

"예, 선생님."

러스크 부인은 문간에서 그에게 크게 머리 숙여 인사했다.

그녀는 이 이상한 대화에 겁을 집어먹었다. 그녀는 그가 시신에 다가갈수록 대화가 더 장황해지면서 열기를 띤다고 생각했다.

"그럼, 기억하세요. 당신이 혼자 있다고 생각할 때, 또 어둠 속에 잠겨 있다고 생각할 때, 당신은 사실 극장의 정중앙에 서 있는 거라는 사실을요. 마치 별이 빛나는 하늘처럼 드넓은 곳에 헤아릴 수 없이 많은 관객들이 쏟아져 내리는 빛을 받고 서

* 히브리어로 '발광체에서 나오는 빛'이라는 뜻이다.

있는 당신을 바라보고 있다는 것을요. 그러므로 당신의 몸이 홀로 있고, 당신의 이 세상 감각이 어둠속에 잠겨 있더라도, 수많은 증인들에 둘러싸여 빛 속의 존재로 걷고 있다는 사실을 기억하세요. 그렇게 걷다가 때가 되면 당신은 육체의 굴레에서 벗어나 나아갈 것입니다. 물론 육체도 제 관계들이 있고 권리가 있긴 하지만 말이죠."

그는 그렇게 장황하게 말하면서 양초를 문간에서 높이 추켜올리고 관을 향해 고개를 끄덕였다. 커다란 검은 관이 그 너머 어둠속에서 희미하게 윤곽을 드러냈다.

"당신은 기뻐할 것입니다. 그 높은 곳에서 천상의 옷을 입고 있을 것이며 발가벗겨지지 않을 겁니다. 한편 부패를 사랑하는 자는 그것에 한껏 치이게 될 것입니다. 그런 것들을 생각해보세요. 좋은 밤 되십시오."

그러고 나서 날카롭고 가무잡잡한 얼굴의 닥터 스베덴보리는 촛불을 들고 방 안으로 들어가 어둑한 정물화처럼 가만히 서 있는 그녀를 두고 문을 닫았다. 공포에 사로잡힌 러스크 부인은 어둠속에 홀로 남아 가까스로 자신의 방으로 이르는 길을 찾았다.

러스크 부인은 아침 일찍 내 방으로 와서 닥터 브라이얼리가 객실에 있다고 알리며 그에게 남길 메시지가 있는지 물었다. 나는 이미 옷을 다 입고 있었다. 당시 기분으로 낯선 이를 보는 게 두려웠지만, 손에 캐비닛 열쇠를 쥐고 러스크 부인을 따라 아래층으로 내려갔다.

러스크 부인은 객실 문을 열고 안으로 들어가 고개 숙여 인사하며 말했다.

"선생님, 젊은 아가씨 미스 루틴이 오셨습니다."

'젊은 아가씨'는 검은 옷을 입고 있었고 매우 창백하고 키가 크고 날씬했다. 내가 들어가자 신문을 접는 소리가 나더니 나를 맞으러 다가오는 소리가 들렸다.

우리는 문간에서 마주했다. 나는 말없이 그에게 고개 숙여 인사했다.

그는 내가 아무런 기미를 보이지 않았는데도 내 손을 잡았다. 마른 손으로 내 손을 굳세게 붙잡더니 친절하게, 익숙하게 흔들었다. 그는 계속 내 손을 잡은 채 일종의 엄중한 호기심 어린 시선으로 나의 얼굴을 살폈다. 잘 맞지 않는 윤기 나는 검은 옷과 볼품없는 풍채, 날카롭고 어둡고 여우 같아 보이는 이목구비는 내가 이전에 말했듯 안식일 의상을 입은 글래스고 장인처럼 비속해 보였다. 나는 즉각 손을 빼내려는 몸짓을 했지만 그는 더욱 굳세게 붙잡았다.

그의 검은 얼굴에는 일종의 음침하면서도 친근한 표정이 어려 있었다. 또한 결단력, 영리함, 그리고 무엇보다도 친절한 표정이 함께 묻어 있었다. 그것은 전체적으로 무언가 대가大家 같고 정직한 사람의 빛을 발했다. 그런 면모에 창백한 안색이 더해져 억누르고 있는 감정이 드러났다. 나는 그의 연민의 표정이 속내를 털어놓아도 좋다는 암시를 하는 것 같다고 생각했다.

"아가씨, 바라건대, 자못 괜찮으시지요?"

그는 '자못'이라는 말을 또박또박 발음했다.

"저는 아가씨의 고인이 되신 아버지, 고故 놀의 오스틴 루틴 씨께서 1년도 더 전에 요구하신 진지한 약속에 따라 이곳에 왔습니다. 영적인 유대감으로 그분과 함께 얽힌 저는 그분을 존경하는 마음이 매우 큽니다. 아가씨에게는 매우 큰 충격이었겠지요?"

"그렇습니다, 선생님."

"저는 박사 학위가 있습니다. 의학 박사 말입니다, 아가씨. 성 누가처럼 목사이자 의사입니다. 저는 한때 의사로 일했습니다만 이게 더 낫지요. 한 가지 기반이 실패하면 주님께서는 또 다른 것을 주십니다. 삶의 흐름은 어둡고 모집니다. 어떻게 우리 수많은 사람들이 익사하지 않고 건너는지 저는 자주 놀랍니다. 가장 좋은 방법은 너무 멀리 보지 않는 것이지요. 그저 징검돌 하나에서 다음번 징검돌을 바라보는 식으로요. 그리고 발을 적실지라도 그분은 당신이 물에 빠지지 않도록 돌보실 겁니다. 그분이 저도 그렇게 빠지지 않게 하셨거든요."

그러더니 닥터 브라이얼리는 고개를 들고 결연한 태도로 까닥였다.

"아가씨는 이 세계에 부유하게 타고났습니다. 그건 큰 시련이긴 하지만 그것대로 큰 축복이자 신임이지요. 그러나 그런 이유로 당신이 곤란에서 면제된 운명이라고 생각하지는 마세요. 가여운 임마누엘 브라이얼리와 크게 다르지 않습니다.

불꽃이 위로 향하듯, 미스 루틴! 당신의 안락한 마차가 큰길에서 전복될 수도 있습니다. 제가 보도에서 비틀거리다 넘어질 수 있는 것처럼요. 빚이며 궁핍과는 다른 괴로움이 있습니다. 건강이 얼마나 오래 지속될지 누가 알겠습니까? 또는 언제 사고가 닥칠지 누가 알까요? 당신의 그 높은 세상에서 어떤 치욕이 당신을 기다리고 있을지요? 당신의 여정에 어떤 모르는 적들이 나타날지, 또는 어떤 일이 당신의 이름에 비방을 가할지 말이지요. 하, 하! 참으로 놀라운 평형 상태입니다. 놀라운 섭리지요, 하, 하!"

그는 고개를 가로저으며 웃었다. 나는 내가 돈이 많더라도 그 돈이 저주를 막아내는 데 아무런 소용이 없다는 점이 유감이라는 식으로 그가 다소 빈정대는 게 아닌가 하는 생각이 들었다.

"그러나 돈이 할 수 없는 것을 기도가 할 수 있습니다. 그점을 꼭 기억하세요, 미스 루틴. 우리는 모두 기도할 수 있습니다. 가시밭길이든 올가미에 걸렸든 우리 앞에 불타는 돌이 널려 있든 우리는 두려워할 필요가 없습니다. 그분은 우리에게 천사들을 보낼 것이고, 천사들은 우리를 들어 올릴 것입니다. 그분은 모든 곳에서 보고 듣기 때문이지요. 그리고 그분의 천사들은 헤아릴 수 없이 많기 때문이지요."

그는 이제 부드럽고 진지하게 말하고 있었다. 그러다가 말을 멈추었다. 그는 무의식적으로 내 마음속에 한 가지 또 다른 생각을 불러일으켰다.

"그럼 아빠에게 다른 의사는 없었나요?"

그는 예리한 눈으로 나를 바라보았다. 그러더니 검은 피부에 약간의 홍조를 띠었다. 어쩌면 그의 인간적 허영심이 자신을 뽐내는 지점으로 의술을 삼을 수도 있지 않을까? 나의 말투에는 그를 매우 깔보는 느낌이 묻어 있었던 것 같다.

"다른 의사가 없었다면 상황이 더 안 좋았을 수도 있겠지요. 나는 위중한 환자들을 직접 진료한 경우가 많습니다, 미스 루틴. 저는 무지로 인한 실패를 제 자신에게 전가하게 내버려둘 수 없습니다. 루틴 씨의 경우 저의 진단은 결과로 증명되었습니다. 저 혼자가 아니었습니다. 클레이튼 배로 경이 그분을 보시고는 저의 견해를 받아들였습니다. 편지가 런던에 있는 그분에게 당도할 것입니다. 그러나 이런 문제는, 실례합니다만, 현재의 목적에 맞지 않습니다. 고인이 되신 루틴 씨께서 저에게 아가씨로부터 열쇠를 하나 받으라고 지시하셨습니다. 그것으로 캐비닛을 열면 유언장을 찾을 수…… 하! 감사합니다…… 있을 거라면서요. 그리고 저는 장례식에 관하여 처리해야 할 일들이 많을 테니 즉시 유언장을 대독하는 게 좋겠습니다. 혹시 다른 신사분이 계십니까? 친척이라든지 변호사라든지 가까이 계신 분이 있으시면 부르시겠습니까?"

"아뇨, 아무도 없어요, 감사합니다. 저는 선생님으로 충분합니다. 선생님을 믿습니다."

나는 말을 하면서 솔직한 표정을 드러냈다. 그는 입을 다물고 있었지만 매우 친절하게 미소 지었다.

"그럼 미스 루틴, 아가씨의 믿음이 실망으로 변할 일이 없다는 사실을 확신하셔도 좋습니다."

긴 침묵이 이어졌다. 그러다가 그가 다시 말문을 열었다.

"그러나 아가씨는 매우 젊은 분이고 아가씨의 이익을 위하여 다른 분이 함께하시는 게 좋을 듯합니다. 비즈니스 경험이 있는 분 말이지요. 봅시다. 교구 목사인 닥터 클레이는 가까이 안 계신가요? 마을에? 아, 좋습니다. 그리고 영지를 관리하는 댄버스 씨, 그분도 오셔야 합니다. 그리고 그림스턴 씨도 부르세요. 보시다시피 저는 모든 이름을 다 알고 있습니다. 그림스턴 변호사. 물론 그분이 이 유언장에 관여하진 않았지만 루틴 씨의 변호사 일을 오래 하셨죠. 우리는 그림스턴 씨를 불러야 합니다. 그리고 아가씨도 아시리라 믿지만, 이건 짧은 유언이긴 하지만 매우 기이한 유언장입니다. 저는 충고를 드렸는데, 아시다시피 그분은 견해를 피력할 때 매우 단호하셨습니다. 그분께서 아가씨께 읽어주셨겠지요?"

"아닙니다."

"오, 하지만 그래도 그분이 아가씨와 아가씨 삼촌 바트램-호프의 사일러스 루틴 씨에 관한 이야기는 해주셨겠지요?"

"아니에요, 선생님."

"하! 전 그러셨기를 바랐는데요."

그는 안색이 어두워졌다.

"사일러스 루틴 씨는 신실하신 분이신가요?"

"오, 매우 신실하십니다."

"그분을 자주 뵈었나요?"

"아뇨, 한 번도 못 뵈었어요."

"하? 이상하고 또 이상하군요! 하지만 그분은 훌륭한 분이시겠지요, 안 그런가요?"

"아주 훌륭한 분이세요. 매우 종교적인 분이시고요."

닥터 브라이얼리는 내가 말을 하는 동안 예리하고 불안한 눈으로 내 안색을 살폈다. 그러더니 고개를 숙이고 나쁜 소식이라도 되는 듯 한동안 카펫 문양을 내려다보았다. 그러고 나서 다시 고개를 들고 내 얼굴을 곁눈질하며 말했다.

"그분도 한때 우리와 합류할 뻔한 적이 있습니다. 그분은 우리 교도 중 최고의 분인 헨리 보어스트와 서신을 주고받았지요. 아시다시피 사람들은 우리를 스베덴보리 교도라고 부릅니다. 하지만 지금 더 이상 말씀 드리면 안 될 것 같군요. 미스 루틴, 한 시간이면 충분할 겁니다. 그리고 저는 상황이 이러하니, 신사분들이 모일 수 있을 거라고 생각합니다."

"네, 닥터 브라이얼리. 기별을 넣을게요. 그리고 저의 커즌이신 레이디 놀리스가 계신데, 유언장을 대독하는 동안 그분도 저와 함께 참석해도 되겠죠? 반대는 안 하시겠지요?"

"전혀요! 저는 지정 유언 집행자로 누가 저와 함께하는지 모릅니다. 저는 거절하지 않은 게 유감스럽기까지 합니다. 그러나 후회하기엔 너무 늦었지요. 한 가지 아가씨가 믿으셔야 하는 게 있습니다. 유언의 조항들을 짜는 데 저는 한 번도 관여한 적이 없습니다. 물론 저는 그 이야기를 들었을 때 그 속에 담긴 매우 특이한 한 가지 사항에만 반대하며 조언했지요. 저는 굉장히 고집스럽게 말렸는데, 소용이 없었습니다. 또 한 가지 제가 반대한 게 있는데—그럴 권리가 있어서 그랬어요 — 그건 효과를 봤습니다. 다른 면에 있어서 유언장은 그 어떤 면에서도 저의 조언이나 만류에 영향받지 않았습니다. 이 말은 믿으셔야 합니다. 또한 저는 아가씨의 친구라는 말도요. 그래요, 진실로 그게 제 임무입니다."

그 마지막 말은 마치 혼잣말처럼 다시금 고개를 숙이고 했다. 나는 그에게 감사를 표하고 물러났다.

홀로 나왔을 때 나는 유언장의 어떤 조항이 삼촌 사일러스와 내가 관계된 건지 분명히 묻지 못한 게 후회되었다. 그리고 한순간 되돌아가서 설명을 해달라고 청할까 고민했다. 그러나 한 시간은 그다지 오래 기다리는 게 아니라는 생각이 들었고, 그도 그렇게 생각했을 것이다. 그래서 나는 위층으로 올라가 학습실로 들어갔다. 현재는 우리가 사랑방으로 이용하는 곳이었다. 거기서 나를 기다리고 있는 커즌 모니카를 만났다.

"너 괜찮니, 모드?"

레이디 놀리스가 내게 다가와 키스하며 물었다.

"네, 괜찮아요, 커즌 모니카."

"말도 안 되는 소리야, 모드! 너 얼굴이 백짓장처럼 허예졌는데, 뭐가 문제니? 어디 아파? 겁먹은 거야? 그래, 떨고 있구나. 넌 지금 겁먹었어."

"저 겁먹은 거 같아요. 가여운 아빠의 유언장에 사일러스 삼촌과 저에 관한 내용이 있는 거 같아요. 전 모르겠어요. 닥터 브라이얼리가 말해주었는데, 그분이 아주 불편한 태도를 보였어요. 그분도 놀란 거 같았어요. 무언가 아주 안 좋은 거 같아요. 아주 겁이 났어요. 그래요, 그래요. 오, 커즌 모니카! 절 두고 가시지 않을 거죠?"

나는 그렇게 그녀의 목에 팔을 두르고 꼭 껴안았다. 우리는 서로 키스하고, 나는 겁먹은 아이처럼 울었다. 그랬다, 나는 세상 경험에 있어 어린애나 마찬가지였다.

제24장
유언장 개봉

어쩌면 내가 떠맡은 그 미스터리한 임무의 내막이 밝혀질, 한 시간 앞으로 다가온 유언장 개봉 시간을 기다리며 느낀 공포는 비이성적이고 병적인 것이었을 수도 있다. 그러나 나는 솔직히 달리 생각할 수 없었을 것 같다. 나의 성향은 언제나 다른 많은 약한 성격들이 합쳐져 나타나곤 했다. 충동적으로 행동하고, 그 후에 현실에서 나의 역할—역할이 있었다 해도 거의 미미한— 없이 벌어진 결과에 대해 자신을 비난하는 그런 성격이다.

내가 본능적으로 겁을 집어먹은 것은 아버지의 유언 중 각별히 한 조항을 암시하는 닥터 브라이얼리의 안색과 태도 때문이었다. 나는 악몽 속에서 형언할 수 없는 공포로 나를 사로잡는 얼굴들을 보았고, 그러면서도 그 공포감이 어디서 유래하는지 그 이유를 알 수 없었다. 그리고 그의 얼굴이 그랬다. 그 누르스름하고 음험한 눈길에 숨어 있는 징조, 위협.

"그렇게 겁내면 안 돼, 얘. 그건 어리석은 일이야. 진짜 그래. 사람들이 네 목을 따는 것도 아니잖아. 또 네게 근본적으로 해를 끼칠 수도 없어. 돈이 좀 드는 일이라면 그런 건 신경 쓰지 마. 하지만 인간들은 아주 이상한 존재야. 그들은 모든 희생을 돈으로 환산하지. 닥터 브라이얼리는 딱 네가 묘사한 그대로 보여. 500파운드를 잃게 되더라도 그걸로 네가 죽지는 않아."

커즌 모니카가 말했다. 그녀는 참 마음 든든한 동반자다. 그러나 나는 그녀의 위로를 온전히 가슴에 담을 수 없었다. 그녀 자신도 크게 확신하지 않는 것 같은 느낌이었기 때문이었다.

학습실 벽난로 위에는 작은 프랑스식 시계가 있었다. 나는 거의 1분마다 시간을 확인했다. 이제 10분 전이었다.

"응접실로 내려갈까, 모드?"

나처럼 점점 초조해하는 커즌 모니카가 말했다. 그리하여 우리는 아래층으로 내려가 계단 정상부에 위치한 밖이 내다보이는 커다란 창문 앞에 멈춰 섰다. 댄버스 씨가 드넓은 나뭇가지 아래서 집 쪽으로 키 큰 회색 말을 타고 터벅터벅 다가오고 있었다. 우리는 그가 문 앞에서 말에서 내리는 모습을 보기 위해 기다렸다. 그는 그곳에서 부목사가 이끄는 이륜마차에 함께 탄 훌륭한 교구 목사를 기다렸다. 마차는 성직자를 태운 마차답게 또각또각 적절한 속도로 다가왔다.

닥터 클레이가 내려 댄버스 씨와 악수했다. 몇 마디 나눈 후, 부목사는 보통 누구나 그러듯 머리를 들어 위쪽 창문을 바라보고는 마차를 몰고 갔다.

나는 환자가 수술을 집도할 의사들을 바라보듯 교구 목사와 댄버스 씨를 내려다보았다. 그들도 집 안으로 들어오기 위해 몸을 돌리면서 고개를 들고 창을 올려다보았다. 나는 뒤로 물러났다. 커즌 모니카는 자신의 시계를 보았다.

"4분밖에 안 남았다. 응접실로 들어갈까?"

우리는 신사들이 서재로 오르는 길로 접어들기 기다렸다가 내려갔다. 나는 목사가 그라인들스턴 다리의 위험한 상태에 대해 말하는 것을 듣고 이런 애도의 시간에 어떻게 그런 이야기를 하는지 이해하지 못했다. 그 몇 분간의 모든 서스펜스가 내 뇌리에 고스란히 남아 있다. 나는 그들이 어슬렁거리다가 서재로 이르는 오크나무 복도 모퉁이에서 멈춰 섰던 모습이며, 또 교구 주교에게 제출할 보고서에 관한 내용을 전하는 댄버스 씨의 이야기를 들으면서, 목사가 어떻게 윌리엄 피트의 대리석 머리를 만지고 그 머리털 조각 부분을 쓰다듬었는지 생생히 기억한다. 그러고 나서 그들이 이동하기 시작했다. 나는 갑자기 복도에서 울리던 요란하게 코 푸는 소리를 기억한다. 당시에, 또 지금 역시 직관적으로 그건 목사의 소리였다고 생각한다.

우리가 응접실에 들어간 후 5분도 되지 않아 브랜스턴이 들어와 내가 언급한 신사들이 서재에 모였다고 알렸다.

"얘, 가자."

커즌 모니카가 말했다. 나는 그녀의 팔에 기대 서재 문에 이르렀다. 내가 먼저 들어갔고 커즌 모니카가 뒤따랐다. 신사들은 대화를 멈추고 자리에서 일어났다. 앉아 있던 사람들과 목사는 매우 진지하게 다가와 낮은 목소리로 매우 친절하게 나를 맞았다. 그 인사에 감정은 전혀 묻어나지 않았다. 아버지는 한 번도 이웃과 언쟁을 벌인 적 없지만, 그러면서도 모든 이웃과 상당히 거리를 유지했기 때문이었다. 어쩌면 아버지의 성격적 특징에 대해 한두 가지라도 알고 있는 사람은 단 한 사람도 없었으리라.

아버지가 얼마나 사람들과 거리를 두고 은둔하며 살았는지 고려해보면, 아버지는 많은 사람들이 기억하는 것처럼 자신의 지방에서 놀랍도록 인기가 많았다. 그는 손님을 만나고 사람들과 어울리는 면을 제외하고는 모든 면에서 이웃에 친절했다. 그는 장려한 사냥 행사를 벌이면 후하게 인심을 썼다. 그는 돌러턴에 사냥개 무리를 거느리고 있었는데, 사냥 시즌 내내 이 지역 사람들 모두와 공유하곤 했다. 그는 그 어떤 이유를 대며 읍소하더라도 지갑을 여는 데 절대 인색하지 않았다. 또 모든 모금에 기부했다. 사교 모임이건 자선 모금이건 스포츠 행사건 농사 관련이건 이 지역의 정직한 사람들이 관여를 한다면 그 어떤 것에도 자금을 댔다. 그것도 항상 관대하기 이를 데 없는 금액으로 베풀었다. 그리고 은둔해 지내긴 했지만 그 누구도 그가 접근 불가능하다고 말하지 않았다. 왜냐하면 그는 매일 많은 시간을 서신에 답하는 데 보냈으며, 그런 답변에 수표책이 많은 기여를 했기 때문이었다. 그는 오래전에 주장관州長官을 역임하고 물러났다. 즉, 기벽과 낯가림 때문에 은둔자의 삶을 살기 시작하기 훨씬 전에 공직에서 물러난 것이다. 그는 지방 주지사 직을 거절했고, 그와 연관된 일신의 명예가 되는 모든 직책을 거절했다. 그러면서도 유능하면서도 온정이 묻어나는 편지를 쓰곤 했다. 그리고 공적 모임, 저녁 만찬 등에 설 때면 마찬가지로 유능하고 온정 있는 태도를 보였고, 기회가 닿을 때마다 후한 후원을 했다.

나는 아버지가 만약 그의 거대한 영지에서 벌어지는 스포츠 행사에서 친절하고 관대한 면모가 덜했거나, 혹은 재산 관리에서 후한 성격이 좀 덜했더라면, 또는 항상 공적 서신을 작성할 때마다 드러나는 지적인 힘을 보여주지 못했다면, 그의 별난 성격으로 인해 조롱을 샀거나 어쩌면 반감을 불러일으켰을지도 모른다고 생각한다. 그러나 아버지의 지방에 사는 주요 신사들 모두가 내게 한결같이 귀중한 찬사의 말을 했다. 즉 아버지는 훌륭하고 유능한 분이며, 공직에서의 실패는 그분의 별난 성격 때문이지, 의회에서 필요한 정신적 자질인 경외심을 자아내는 유능함과 카리스마가 결여되어 그런 게 아니라는 말이었다.

나는 자칫 사람을 싫어하는 사람, 또는 어리석은 사람이라고 오해받을 수 있는 사랑하는 나의 아버지가 실제로는 고귀한 정신적 특성과 온정 있는 품성을 지닌 사람이라는 증거를 기록하지 않을 수 없다. 그는 관대한 성격과 강한 지적 능력을 지녔지만, 세월이 흐름에 따라 더 커진 몰입하고 낯가리는 기벽에 굴복했다. 그래서 실망과 고뇌 때문에 융통성 없는 사람으로 변했다.

심지어 목사의 친절하고 격식 차린 인사에도 아버지에 대한 복잡한 감정이 묻어났다. 그 감정은 경외심이나 두려움 같은 것으로, 아버지의 이웃들이 사랑하는 나의 아버지를 대하는 태도와 비슷했다.

격식을 모두 차리고 나서—나는 분명 애처로울 정도로 창백했을 것이다— 나는 내가 잘 알지 못하는 유일한 인물을 조용히 살펴볼 여유가 생겼다. 그는 '아처 & 슬레이'사의 하급 직원인 슬레이 씨로 사일러스 삼촌이 보낸 사람이었다. 뚱뚱하고 활기 없어 보이는 서른여섯의 남자는 음흉하고 사악한 인상을 풍겼다. 나는 나쁜 기질은 언제나 창백하면서 뚱뚱한 얼굴에 더욱 불쾌하게 도드라져 보인다고 생각했다.

닥터 브라이얼리는 창가에 서서 낮은 소리로 우리 변호사인 그림스턴 씨와 대화를 나누고 있었다. 나는 훌륭한 닥터 클레이가 댄버스 씨에게 속삭이는 소리를 들었다.

"저 사람이 닥터 브라이얼리 아닌가요? 창가에 서서 에이블 그림스턴과 이야기를 나누는 저 검은 옷을 입고, 검은……오, 저거 가발 같군요?"

"예, 그 사람 맞습니다."

"이상하게 생긴 사람이군요. 그 스베덴보리 교도, 맞지요?"

목사가 다시 물었다.

"그렇게 들었습니다."

"네."

목사가 조용히 대답했다. 정통파인 그는 각반을 찬 한쪽 다리를 다른 쪽 다리 앞으로 내밀어 꼬고는 손가락을 깍지 끼고 두 엄지손가락을 빙빙 돌리면서 늙은 눈썹 아래 엄중한 호기심이 담긴 눈으로 기괴한 종파의 신도를 노려보았다. 나는 그가 속으로 신학적 전투를 가늠해 보고 있다고 생각했다.

여전히 서로 이야기를 나누고 있던 닥터 브라이얼리와 그림스턴 씨가 창가에서 안쪽으로 천천히 걸어왔다. 닥터 브라이얼리는 그 특유의 음울한 어조로 말했다.

"미스 루틴, 실례합니다. 이 방의 어느 캐비닛이 고인이 되신 아가씨 아버지께서 이 열쇠로 열 수 있다고 하신 것인지 저희에게 알려주시면 감사하겠습니다."

나는 오크나무 캐비닛을 가리켰다.

"좋습니다, 아가씨. 감사합니다."

닥터 브라이얼리는 자물쇠에 열쇠를 넣었다.

커즌 모니카는 참지 못하고 중얼거렸다.

"어머! 참, 볼품없게도 생겼다!"

하급 직원은 뭉뚝한 손을 주머니에 집어넣고 살찐 얼굴을 그림스턴 씨의 어깨너머로 쭉 빼고는 캐비닛을 흘긋거리고 있었다.

문서를 찾는 데는 그리 오래 걸리지 않았다. 핑크색 테이프로 단정하게 묶인 말끔한 흰 종이봉투는 커다란 빨간 인장으로 봉해 있었고 아버지의 글씨가 쓰여 있었다.

놀의 오스틴 R. 루틴의 유언장

그리고 더 작은 글씨로 날짜가 쓰여 있었고 구석에 메모가
보였다.

이 유언장은 나의 지시를 받고 작성되었다. 작성자는 [곤트,
호그 & 해칫] -변호사 사무실, 런던 그레이트 워번 스트리트.

"거, 그 보증 문구 제가 한번 싹 훑어보게 해주세요, 선생님
들."

사일러스 삼촌을 대변하는 그 불쾌한 남자가 속삭이듯 말
했다.

"이건 보증 문구가 아닙니다. 자, 보시오. 봉투에 적힌 메모
란 말이오."

에이블 그림스턴이 무뚝뚝한 태도로 말했다.

"감사합니다, 좋아요. 그거면 됐어요."

그는 문구를 코트 주머니에서 꺼낸 걸쇠가 달린 노트에 연
필로 직접 적었다.

테이프를 세심하게 잘라내고 조심스럽게 봉투를 개봉하니
유언장이 나왔다. 그것을 보니 내 가슴이 부풀어 오르며 두근
거리다가 다시 철렁 내려앉았다.

"그림스턴 씨, 읽어주시겠습니까?"

대독 행사를 관장하는 닥터 브라이얼리가 말했다.

"저는 옆에 앉겠습니다. 그리고 진행하시면서 우리가 전문 용어들을 이해할 수 있도록 설명해주시기 바라며, 우리가 원할 경우 유언장을 보여주시기 바랍니다."

"짧은 유언이군요."

그림스턴 씨는 페이지를 넘기면서 말했다.

"비교적 매우 짧군요. 여기 유언 보족서가 있습니다."

"저는 그건 못 봤습니다."

닥터 브라이얼리가 말했다.

"날짜가 겨우 한 달 전이군요."

"오!"

닥터 브라이얼리가 안경을 쓰며 말했다. 사일러스 삼촌의 대리인은 바로 뒤에 앉아 닥터 브라이얼리와 그림스턴 씨 사이에 얼굴을 들이밀었다.

"유언자의 살아 계신 동생을 대신해,"

에이블 그림스턴이 막 목청을 가다듬고 유언장을 낭송하려 할 때 그 대리인이 끼어들었다.

"저는 문서의 복사본을 요청합니다. 그러면 많은 수고를 덜 것입니다. 여기 유언자를 대변하는 젊은 숙녀분께서 반대하지 않으신다면요."

"유언장이 검증되고 나면 복사본이야 얼마든지 가져가실 수 있습니다."

그림스턴 씨가 말했다.

"저도 압니다. 하지만 만사를 다 잘 확인하는 차원에서, 반대가 있습니까?"

"반대라면 그저 변칙적으로 행동하는 점에 대해서만 있지요."

그림스턴 씨가 말했다.

"무례하게 행동하는 건 반대하지 않으시나 보네요?"

"제가 말씀드린 대로 하면 됩니다."

그림스턴 씨가 대답했다.

"하이고, 예! 감사합니다."

슬레이 씨가 웅얼거렸다. 그러고 나서 유언장 낭송이 이어졌다. 슬레이 씨는 자신의 큰 수첩에 그 내용을 상세히 적었다.

"나, 오스틴 에일머 루틴은, 신께 감사하는 바, 건강한 마음과 완벽한 기억력을 주시어," 등등. 그런 다음 그의 모든 재산의 유증이 이어졌다. 그의 모든 부동산, 준부동산, 저작권, 임차권, 동산, 현금, 권리, 이권, 복귀권, 위임권, 판화, 그림, 토지와 소유물 등 모든 것을 네 사람—로드 일베리, 크레스웰의 미스터 펜로즈 크레스웰, 바트램-호프의 윌리엄 에일머 경, 그리고 의학박사 한스 임마누엘 브라이얼리가 '가지고 소유하여' 등등. 그러자 나의 커즌 모니카가 갑자기 외쳤다.

"에?"

그러자 닥터 브라이얼리가 끼어들었다.

"네 명의 피신탁인을 말하는 겁니다, 마님. 우리는 그저 수고만 할 뿐입니다. 보시면 아실 거예요. 자, 계속하세요."

그런 다음 가지각색의 물건들이 내게 위탁 유증되었다. 그의 유일한 형제 사일러스 에일머 루틴에게는 15,000파운드를 유증하고, 전술한 동생의 두 자녀 각각에게 3,500파운드씩 유증하며, 유언자의 사망으로 의문이 생기는 일이 없도록 하기 위해 유언자의 사망 이후 그가 현재의 거주지와 농장을 보유하고 있는 임대차 계약 방식으로 임차권이 계속 이어지도록 하고, 그 권리에는 더비셔주 바트램-호프의 저택과 토지의 사용권이 포함되며, 그리고 전술한 주의 어느 어느 곳의 땅과 거기에 인접한 어디 어디 땅의 소유권을 연간 5실링의 임대료로 천수를 다할 때까지 보유할 수 있다는 등등의 내용이 이어졌다.

"실례지만, 여쭤 봐도 될까요? 그렇게 처분하는 것이 제 고객, 즉 유언자의 유일한 형제에 대한 유증 전부입니까? 선생께서 이전에 유언장을 본 게 맞습니까?"

슬레이 씨가 물었다.

"더 이상 아무것도 없습니다. 유언 보족서에 다른 게 있는지는 몰라도요."

닥터 브라이얼리가 대답했다. 그러나 유언 보족서에 다른 언급은 없었다. 슬레이 씨는 의자에 푹 기대앉고는 연필 끝을 입에 물고 냉소를 보였다. 나는 그가 실망한 것이 전적으로 자신의 고객을 위한 실망이었기를 바란다. 댄버스 씨는 그가 아마도 소송이나 법정 비용, 그리고 어쩌면 재산 관리비를 포함하는 유증을 바란 것 같다고 말했다. 그러나 그건 너무 근거가 빈약했다. 댄버스 씨는 또한 그 사람이 매우 하급직 법률 대리인이고, 어떻게 사일러스 삼촌이 그런 사람을 자신의 대변인으로 위임했는지 이해가 가지 않는다고 했다.

지금까지는 유언장에 내가 가장 사랑하는 친구가 불평할 만한 내용은 아무것도 없었다. 유언 보족서 또한 하인들에게 남기는 유산과, 몇 마디 인사말을 건네며 레이디 모니카 놀리스에게 1,000파운드를 남긴다는 내용과, 3,000파운드를 닥터 브라이얼리에게 남긴다는 내용이 들어 있었다. 유산 수령인 닥터 브라이얼리가 유언장 작성 시 그 액수를 자신에게 유증한다는 조항을 삭제할 것을 요청했다는 말도 함께 실려 있었다. 그러나 피신탁인으로 그를 위임함에 따르는 그 모든 수고를 고려할 때 유언 보족서에 그 유증 조항을 넣었다고 했다. 그런 조항을 끝으로 아버지 재산의 영구적 처분이 완성되었다.

그 이후 아버지와 닥터 브라이얼리가 넌지시 암시했던 지시사항이 드디어 밝혀지게 되었다. 그것은 정말이지 이상한 조항이었다. 내가 스물한 살이 될 때까지 나의 삼촌 사일러스를 나의 유일한 후견인으로 지정하며, 나에 대한 완전한 부모의 권위를 부여하고, 내가 그때까지 바트램-호프에서 그의 보호하에 거주해야 한다는 내용이었다. 또한 피신탁인들은 그 기간 동안 내게 드는 교육과 유지비, 각종 비용 명목으로 그에게 1년에 2,000파운드를 지불하라는 내용이 포함되었다.

당신은 이제 내 아버지의 유언장에 대한 충분한 개요를 파악했다. 내가 이 처분에서 유일하게 고통스럽게 느꼈던 점은

이 집을 떠나야만 한다는 사실이었다. 집이 사라진다는 사실에 수반된 당혹감. 그것 말고는 그런 조치가 좀 기쁜 면도 있었다. 내가 기억하는 한 나는 언제나 삼촌에 관해 신비스러운 호기심을 품고 있었다. 그리고 그를 보고 싶은 갈망도 그만큼 컸다. 그 소망이 이루어질 기회가 온 것이다. 그리고 내 또래의 사촌 밀리센트가 있었다. 내 인생은 아주 외로웠기에 세련된 숙녀의 품성—두 번째 본성이자, 항상 긍정적인 것만은 아닌 면모—을 유도할 만한 인위적 습관을 하나도 체득하지 못했다. 밀리센트 또한 나처럼 외로운 삶을 살았을 것이다. 같이 산책하고 책을 함께 읽으면 얼마나 좋겠는가! 서로 속을 터놓고 상상의 나래를 펼치며 백일몽을 공유하면 얼마나 좋을까! 그리고 또 새로운 지역, 멋진 고택이 기다리고 있지 않은가! 이른 청년기에 변화가 생기면 언제나 그에 수반하는 흥미와 모험심으로 또 얼마나 흥미진진하겠는가!

유언장에는 네 명의 피신탁인 이름이 적힌 커다란 붉은 인장이 박힌 네 통의 똑같이 생긴 편지가 있었다. 또한 사일러스 에일머 루틴 에스콰이어, 바트램-호프 장원 등등으로 주소가 적힌 편지도 한 통 있었다. 그것은 슬레이 씨가 전달해주겠다고 나섰다. 그러나 닥터 브라이얼리는 우편으로 보내는 편이 좀 더 규범적인 통로라고 생각했다. 사일러스 삼촌의 대리인은 낮은 소리로 닥터 브라이얼리에게 질문을 했다.

커즌 모니카에게 시선을 돌렸다. 나는 이루 다 말할 수 없을 정도로 안도하던 참이었다. 나는 그녀의 안색에서도 똑같은 표정을 볼 수 있으리라 예상했다. 그러나 깜짝 놀라고 말았다. 그녀는 불쾌하고 화나 보였다. 나는 어떻게 받아들여야 할지 몰라 그녀의 얼굴을 응시했다. 유언장이 그녀를 개인적으로 실망시켰나? 그런 의구심은 때로 젊은 시절 우리의 마음속에 불현듯 찾아오곤 한다. 물론 우리는 그런 건 성인이 되어 많은 경험을 한 사람에게만 일어나는 일이라고 생각하지만, 그런 생각 자체는 레이드 놀리스에게 부당한 것이다. 그녀는 부자에 자식도 없고 솔직하고 후한 성격이었기 때문에, 뭘 기대하지도 원하지도 않았다. 내가 겁을 먹은 건 예기치 못한 그녀의 안색 때문이었다. 한순간 그 충격이 그에 부합하는 무서운 이미지를 떠오르게 만들었다.

레이디 놀리스는 벌떡 일어나 고개를 들고는 슬레이 씨의 어깨너머를 바라보았다. 그러면서 창백한 입술을 깨물고는 목청을 가다듬고 말문을 열었다.

"닥터 브라이얼리, 저, 선생님? 유언장 대독은 다 끝난 겁니까?"

"끝났냐고요? 네, 그렇습니다. 더 이상 없습니다."

그는 고개를 끄덕이고는 댄버스 씨와 에이블 그림스턴과 계속 이야기를 이어갔다.

"그러면……"

레이디 놀리스는 어렵게 말을 꺼냈다.

"만일…… 만일 나의 어린 커즌이 성년이 되기 전에 죽으면 재산은 누구 소유가 되는 거죠?"

"에? 음, 법정 상속인이자 최근친자에게 가지 않겠습니까?"

닥터 브라이얼리가 에이블 그림스턴을 돌아보며 말했다.

"아, 네, 물론 그렇죠."

변호사는 생각에 잠긴 채 말했다.

"그럼 그게 누구인가요?"

나의 커즌이 질문을 이었다.

"음, 아가씨의 삼촌인 사일러스 루틴 씨겠지요. 그분은 법정 상속인이자 최근친자이니까요."

에이블 그림스턴이 대답했다.

"감사합니다."

레이디 놀리스가 말했다. 스탠딩 칼라 옷을 입고 외줄 단추 코트를 입은 닥터 클레이가 앞으로 나와 고개를 숙이며 예를 표하고는 주름진 손으로 내 손을 잡았다.

"미스 루틴, 우리의 작은 공동체에서 아가씨를 잃게 된다는 사실에 유감을 표합니다. 물론 짧은 기간, 아주 짧은 기간뿐일 거라고 저는 믿습니다만. 그리고 우리가 방금 들은 유언장의 조항들에 제가 얼마나 기쁜지 말씀드리고 싶네요. 제 부목사 윌리엄 페어필드가 아가씨의, 그 존경스러운 삼촌의 동네에서 똑같은 영적 능력 안에 몇 년간 거주한 적이 있습니다. 그러면서 그분과 종종 교류를 했답니다. 그분은 귀한 분이고, 아, 축복받은 분이라는 게 더 맞겠지요? 진정한 기독교 신자이자 기독교 신사이시죠. 제가 더 말씀을 드려도 될까요? 아주 행복한, 행복한 선택입니다."

여기서 그는 다시 매우 낮게 고개를 숙였다. 눈은 거의 감았으며 고개를 저었다.

"제 부인이 영광스럽게도 아가씨가 또 다른 고장에 일시적으로 머물기 위해 놀을 떠나기 전에 인사를 드리러 올 겁니다."

그러더니 다시 한 번 더 고개를 숙이고—나는 단번에 주요 인사가 되었다— 조심스럽고 섬세하게 내 손을 놓았다. 마치 진귀한 도자기 찻잔을 내려놓듯 신중을 기했다. 나는 무슨 말을 해야 할지 몰라 그저 고개 숙여 인사했다. 그러고는 모인 사람 모두에게 인사했고, 그들도 내게 인사했다. 커즌 모니카가 서둘러 속삭였다.

"어서 가자."

그러고는 매우 차갑고 좀 축축한 손으로 내 손을 잡고 방을 나왔다.

제25장
사일러스 삼촌으로부터 소식을 듣다

커즌 모니카는 한마디도 하지 않고 나를 데리고 학습실로 들어갔다. 그러고는 들어가자마자 문을 닫았다. 기운차게 쾅 소리를 내지는 않았지만 조용하면서도 단호한 태도였다.

"음, 얘." 그녀는 여전히 창백하고 흥분된 안색이었다. "퍽이나 현명하고 온정 있는 처분이구나. 내 귀로 직접 듣지 않았다면 나는 못 믿었을 거야."

"제가 바트램-호프에 가는 일 말인가요?"

"응, 바로 그거. 사일러스 루틴의 보호하에 들어가 너의 교육과 네 인생에서 가장 중요한 2~3년을 그 집에서 보내는 거 말이야. 모드, 그게 바로 네가 요청받은, 아니 겪어야만 한다고 듣고서 네가 그토록 걱정했던 임무니?"

"아뇨, 아니에요. 저는 그게 어떤 내용일지 아무런 감이 없었어요. 저는 무언가 더 심각한 일일 거라고 생각했어요."

"그럼, 모드야. 네 아버지가 뭔가 심각한 것처럼 네게 말하지 않았니? 그럴 거야. 내 분명 말하는데, 무언가 심각한 거,

매우 심각한 일이야. 그리고 나는 그 일을 막아야 한다고 생각해. 내가 할 수만 있다면 꼭 막을 거야."

나는 레이디 놀리스의 완강한 태도에 어리둥절했다. 더 설명을 바라며 그녀를 바라보았다. 그러나 그녀는 침묵을 지켰다. 오른손 손가락에 낀 반지를 빤히 내려다보며 그것으로 톡톡톡톡 테이블을 두드렸다. 안색은 매우 창백했고 눈은 반짝빛났으며 깊은 생각에 잠긴 태도였다. 나는 그녀가 사일러스 삼촌에 대해 편견을 가지고 있다는 생각이 들기 시작했다.

"그분은 부유하지 않아요."

내가 먼저 말을 꺼냈다.

"누구?"

"사일러스 삼촌이요."

"그래, 맞아. 빚이 있어."

"그런데 닥터 클레이가 그분을 매우 칭송하시던데요!"

"닥터 클레이 얘기는 하지 마라. 나는 그 남자처럼 허튼소리하는 얼간이는 보지 못했다. 그런 남자들은 참을 수가 없어."

나는 닥터 클레이가 각별히 어떤 얼토당토않은 말을 했는지 떠올려 보았으나 아무것도 기억나지 않았다. 다만 삼촌에 관해 늘어놓았던 그의 칭송이 그런 식의 허튼소리가 아니라면 말이다.

"댄버스가 딱 적당한 사람이고 회계 관리도 잘하지. 하지만 그 사람은 매우 교활하거나 아니면 바보야. 내가 보기엔 바보 같아. 네 변호사로서 말하자면, 나는 그 사람이 일은 잘하는 것 같아. 또 자기 이해관계도 잘 알고. 난 그 사람이 문제를 잘 상담해줄 거 같아. 나는 말이야, 저 사람들 중에 가장 영민하고 가장 믿을 만한 사람이 검은 가발을 쓴 저 볼품없는 몽상가란 생각이 들기 시작했어. 나는 그 사람이 널 바라보는 모습을 봤단다, 모드. 그리고 그 사람 얼굴이 마음에 들었어. 물론 지독하게 못생겼고 상스럽고 교활해 보이기는 하지만 말이야. 그래도 난 그 사람이 정의로운 남자 같아. 그리고 감정도 올바른 것 같고. 분명 그런 거 같아."

나는 내 커즌의 비평의 요지를 파악하지 못해 어리둥절했다.

"닥터 브라이얼리와 이야기를 나누어봐야겠어. 난 그 사람이 나와 같은 견해라고 느껴. 우리는 무엇이 최선인지 잘 생각해야 해."

"커즌 모니카, 유언장 조항 중에 언급되지 않은 게 있나요? 말해주세요. 어떤 견해를 말씀하시는 건가요?"

나는 점점 더 불안해졌다.

"각별히 어떤 견해를 말하는 건 아니야. 아주 가난하고 절망적으로 어리석은 삶을 산 방치된 노인의 황량한 영지와 낡은 저택이 너에게 맞지 않다는 견해일 뿐이야. 특히 네 나이 때는 말이다. 정말 충격이야. 닥터 브라이얼리와 이야기를 나눠봐야겠어. 벨을 울려도 되겠니, 모드?"

"그럼요."

나는 직접 벨을 울렸다.

"그 사람 놀에서 언제 떠나니?"

나는 몰랐다. 러스크 부인을 불러 물어보니, 그가 드래클턴에서 밤 열차를 타고 떠나기 때문에 6시 30분에 놀에서 출발한다고 했다.

"러스크에게 내 메시지를 전달해달라고 할 수 있을까?"

레이디 놀리스가 말했다. 나는 지시에 따랐다.

"그럼 그 사람에게 내가 잠깐만 뵙자고 청한다고 전해줘. 떠나기 전에 몇 마디만 나누고 싶다고 말이야."

"정말 감사해요!"

나는 그녀의 어깨에 두 팔을 두르며 눈을 바라보았다.

"저에 대해 걱정을 많이 하시는군요? 말씀보다 더요. 왜 그런지 말씀해주지 않으실래요? 저는 왜 그런지 모르면 훨씬 더 불행하답니다."

"음, 내가 말 안 했니? 네 인격과 품성을 갖추게 될 네 인생의 가장 중요한 2~3년이 완전한 적막 속에, 그리고 분명 방치 속에 지내게 될 텐데. 그런 처분이 얼마나 부당한지 가늠하지 못하겠니? 그건 완전히 불이익투성이야. 가여운 오스틴의 머리에 어떻게 그런 생각이 들어가게 되었는지! 물론 난 그렇게 말하면 안 되겠지만…… 이해가 갈 것도 같지만, 그래도 어떻게 무슨 목적으로 그이가 그런 조치를 취했는지 도무지 이해할 수 없구나. 난 그렇게 어리석고 혐오스러운 일은 들어보지도 못했다. 가능하다면 꼭 막고 말 거야."

그 순간 러스크 부인이 돌아와 닥터 브라이얼리가 떠나기 전에 레이디 놀리스가 원하는 때 언제라도 만나겠다고 전했다고 알렸다.

"그럼 지금 당장 만나야겠어."

열정 넘치는 레이디가 자리에서 일어나 거울 앞에 서서 황급히 매무새를 고쳤다. 그 어떤 상황에서도, 또 그 어떤 인물 앞에서도 차림새를 돌보는 게 모든 여성이 자신에게 충실해야 할 임무다. 잠시 후 나는 계단 정상부에서 브랜스턴에게 그녀가 응접실에서 닥터 브라이얼리를 기다리고 있다고 전하라는 말을 들었다.

이제 커즌 모니카는 가고 없다. 나는 궁금해서 추측을 이어 나갔다. 커즌 모니카는 왜 매우 자연스러운 이 처분에 대해 그토록 법석을 떠는 것일까? 삼촌은 과거에 어떤 사람이었는지는 모르겠지만 지금은 훌륭한 사람—종교적으로 신실한 사람—이다. 어쩌면 다소 엄격할 수도 있다. 그런 생각 때문에 나의 하늘에 먹구름이 드리워졌다.

잔인한 규율가! 그런 인물들에 대해 읽어보지 않았던가? 열쇠와 자물쇠, 빵과 물, 그리고 적막감! 밤새 유령이 출몰할 것 같은 오래된 대저택의 어둡고 외딴 방에 갇힌다. 가까이에는 아무도 없다. 그런 밤이면 공포가 얼마나 극단적일까! 그런 우려가 아버지의 망설임과 커즌 모니카의 과도한 반대 이유 아닐까? 공포의 이미지가 젊은이의 마음에 다가오면 그것은 개연성이나 이성에 상관없이 시야를 꽉 붙들고 가득 채운다.

삼촌은 이제 규율에 엄격한 끔찍한 노인이며, 장황하게 성서의 교훈을 늘어놓고 설교하며 교리문답을 강요하고, 설교를 외우라고 명령하며, 자신의 눈에 나태함과 불경함이라고 여겨지는 것에 대해 무시무시한 벌의 목록을 지니고 있다. 나는 소름 끼치는 고립된 소년원에 갇힌 채 그곳에서 내 인생 처음으로 혹독하고 야만스러운 훈육에 처해질 것이다.

그 모든 것은 공상의 발현이었지만 상당히 압도적이었다. 나는 적막감에 싸여 바닥에 무릎을 꿇고 구원의 기도를 올렸다. 커즌 모니카가 닥터 브라이얼리를 설득해 대법관이나 주장관, 혹은 누가 되었건 나를 구원해줄 이에게 읍소해줄 것을 기도했다. 커즌 모니카가 돌아왔을 때 나는 심각한 고뇌에 빠진 상태였다.

"아이고, 이 어린 바보! 도대체 무슨 공상에 빠져 있었던 거야?"

나의 새로운 공포를 털어놓자 그녀는 실제로 웃음을 터뜨렸다. 나는 안도했다.

"사랑하는 모드. 네 삼촌 사일러스는 절대 네게 혹독한 임무를 내리지 않을 거야. 네가 그 사람 보호하에 있는 동안 넌 마음껏 게으름을 부릴 수 있고 자유로울 거야. 난 너무 많이 그럴까 봐 걱정이다. 내가 걱정하는 건 훈육이 아니라 방치란다."

"커즌 모니카, 제가 보기에는 방치보다 다른 무언가를 걱정하시는 것 같은데요?"

어쨌거나 나는 안도하며 물었다.

"방치보다 더한 걸 걱정하고 있지. 하지만 내 걱정이 그저 기우에 지나지 않기를 바랄 뿐이란다. 그리고 피할 수 있다면 피하면 좋겠고 말이야. 자, 이제 잠깐만이라도 다른 거 생각하자. 난 저 닥터 브라이얼리가 마음에 들어. 내가 바랐던 것에 대해 합의를 이끌어내진 못했어. 그 사람 스코틀랜드인 같진 않은데 아주 신중하더라고. 어쨌든 그렇게 말하진 않았지만, 그 사람도 이 문제를 나와 똑같이 생각하는 것 같아. 그 사람 말로는 저 잘난 사람들, 그러니까 공동 피신탁인이란 사람들이 신경을 쓰지 않을 거고, 모두 자기한테 맡길 거 같다고 하더라. 나도 그 사람 말이 맞다고 확신해. 그러니 우리는 그 사람과 언쟁할 필요 없어, 모드. 그 사람을 욕할 일도 없고. 물론 정말 상스럽고 못생긴 데다, 또 때로는 건방지기까지 하지만 말이야. 뭐, 그거야, 내가 정확히 모르기도 하니까 신경 쓰지 않아."

우리는 생각할 일들이 많았고 끊임없이 대화를 나누었다. 슬픔에 북받치기도 했고 침묵하기도 했지만, 친절한 커즌의 위로가 있었다. 나는 그때 이래 슬픔에 굴복해서는 안 된다는 이런저런 훈계를 아주 많이 접해보았기에, 그 힘든 시절 그녀가 발휘했던 인내에 대해 종종 새로이 놀라곤 한다. 우리는 책을 읽기도 했는데, 끔찍하게 고통받던 시절에 항상 울림을 주는 문구를 찾곤 했다. 그러고 나서 우리는 회랑으로 빙 두른 예스런 작은 안뜰인 주목 정원—매우 장엄하고 슬픈 구식 정원—으로 산책을 나갔다.

"자, 이제 난 두세 시간 동안 너와 떨어져 있어야 할 것 같구나. 보낼 편지가 한두 통이 아니야. 내 지인들이 지금쯤 내가 죽은 게 아닐까 생각할 것 같아."

그리하여 나는 티타임 때까지 가여운 메리 퀸스와 함께 시간을 보냈다. 메리는 실없는 소리를 늘어놓았지만 사이사이 긴 침묵이 이어졌다. 그런 사람, 심리적으로 특별히 고상하지는 않지만 고인에 관한 친절한 후일담을 달달 외듯이 말하며 절대 비판적으로 판단하지 않고 단순한 존경과 애정으로 고인의 습관과 표정과 취향에 대해 이야기하는 사람, 항상 믿음과 애정을 담아 이야기하는 사람은 애도의 시기에 위안을 주는 동반자임에 틀림없다.

평온하고 행복한 시절에 과거가 되어버린 극심한 슬픔의 감각을 떠올리는 건 쉽지 않다. 자비로운 신의 규율에 의해 그 어떤 것도 고통보다 기억하기 어려운 것은 없다. 그렇지만 나는 그 시절의 한두 가지 큰 고뇌를 기억한다. 그런 기억이 남아 있어 나머지 일들을 증언해주며, 그 모든 시절이 얼마나 끔찍했는지 상기시켜준다.

다음날은 장례식이 열렸다. 필연적으로 치러야 할 간담을 서늘케 하는 일. 속닥이는 검은 정령들에게 아무런 저항도 없이 이끌려 나가는 사랑하는 사람은 작별인사도 없이, 그림자도 남기지 않고 문을 나가 집을 떠난다. 이제부터는 고독하게 저 멀리로 나아가며 나른한 여름날 열기를 지나고 눈 내리는 날을 지나고 폭풍우 몰아치는 밤을 지나, 빛도 없이 온기도 없이, 근처에 들리는 목소리 하나 없이 밖을 떠돈다. 오, 죽음이여! 공포의 왕이여! 당신 앞에 육신이 떨리고 영혼이 스러진다. 두 손을 맞잡고 눈을 가리며 생명을 돌려달라고 외쳐도 소용없다. 무시무시한 이미지는 몰아낼 수 없다. 1800년 전 말씀이 있었고, 우리의 떨리는 믿음이 시작되었다. 그리고 깨진 둥근 천장에서 베들레헴의 별빛이 보였다.

나는 장례식이 끝났을 때 고통 속에서도 기뻤다. 끝나지 않는 이상 재앙의 대단원이 여전히 그대로 머물러 있는 것이나 마찬가지였기 때문이다. 이제 그 모든 게 끝났다.

집은 기이하게도 텅 비었다. 주인이 없는 집! 나는 이상하게 순간적 자유를 느꼈지만, 그 대체할 수 없는 사랑을 잃었다. 그것은 잃어보고 나서야 소중함을 알게 된다. 대부분의 사람들은 그런 상황에서 슬픔의 기저에 깔려 있는 당혹스러움을 경험할 것이다.

삶에서 추방된 이의 방은 이제 발가벗겨졌다. 침대와 커튼은 걷어냈고 가구는 치워졌다. 카펫을 벗겨냈고 창을 열고 문을 잠갔다. 침실과 곁방은 이후 오랫동안 사람이 기거하지 않았다. 모든 충격적인 변화가 비난하듯 내 가슴을 후려쳤다.

나는 그날 커즌 모니카가 우는 모습을 처음 보았다. 내 생각엔 놀에 온 이후 그녀가 우는 게 처음인 것 같았다. 나는 그런 모습을 보고 그녀를 더욱 사랑하게 되었으며 위안을 받았다. 나는 울다가도 다른 이가 우는 모습을 보면 자주 눈물을 멈췄다. 그 이유는 설명할 수 없다. 그러나 나는 많은 이들이 그런 이상한 반응을 경험한다고 믿는다.

장례식은 아버지의 단호하고 짧은 지시에 따라 비용을 많이 들이지 않고 매우 조촐하게 치러졌다. 그래도 손님들이 꽤 많이 왔고, 놀 영지의 주민들 또한 운구 행렬을 따라 공원에 있는 묘소까지 따라왔다. 그곳은 사랑하는 나의 어머니가 계신 곳이었다. 그렇게 그 끔찍한 날의 불쾌한 의식이 끝났다. 슬픔은 남았지만 불안에서 비롯된 피로에서 휴식을 얻을 수 있었다. 비교적 평온함이 뒤따랐다.

이제 폭풍이 이는 추분 무렵의 날씨가 찾아왔다. 바람은 가을의 거친 애도가처럼 들렸고 겨울을 재촉했다. 나는 무어라 형언하기 어려운 그 웅장한 음악을 언제나 좋아했다. 지금도 마찬가지다. 위협적으로 통곡하는 듯한 그 소리, 그 이상한 자유와 쓸쓸한 영혼을.

우리가 놀의 응접실에 앉아 폭풍 소리를 듣고 있을 때, 나는 야간 우편으로 온 과부의 상복처럼 진한 검정색 테두리가 쳐지고 커다란 검은 인장이 찍힌 커다란 편지를 받았다. 내가 알지 못하는 필체였다. 애도의 서신을 열자 사일러스 삼촌에게서 온 것임을 알 수 있었다. 내용은 다음과 같았다.

사랑하는 나의 조카, 이 편지는 아마도 사랑하는 나의 형님 오스틴, 사랑하는 네 아버지의 유골을 땅에 묻는 날 도착하겠구나. 슬픈 의식이지. 나는 세월로 인해, 먼 거리로 인해, 또 좋지 않은 건강으로 인해 참석할 수 없는 슬픈 의식이지. 이 황량한 시기에 네 삼촌인 내가 지금 네가 작별한 명예로운 너의 아버지의 뜻에 따라, 결함이 있지만—자격 없지만— 매우 애정 깊은 부모 역할을 할 대리인으로 임명된 것이 기쁘구나. 네가 유언장 대독 시 함께 있었다는 사실을 나도 알고 있다. 그러나 나는 우리의 새롭고 더 애정 깊은 관계가 즉시 효력이 발생되는 게 우리 서로 만족할 일이라고 생각한다. 그에 따라 나의 양심과 너의 안전, 그리고 너의 편의를 고려할 것이다. 소중한 나의 조카, 이곳에서 너를 맞을 몇 가지 간단한 준비가 완료될 때까지 넌 놀에 머무르도록 해라. 준비가 끝나면 나는 우리에게 올 너의 여행에 관한 상세한 일정을 조율할 것이다. 그건 최대한 안락하고 수월하게 이루어질 것이다. 나는 이 고통이 우리 모두에게 신성시되기를 겸손한 마음으로 기도하며, 우리의 새로운 임무로 우리가 힘을 얻고 위안을 받고 인도받기를 기도한다. 나는 이제 너에게 부모의 위치에 서게 될 것이다. 그 말은 이제 아버지의 관계가 된다는 것이지. 내가 다시 연락할 때까지 놀에 머물러야 한다는 사실을 잊지 말거라.

사랑하는 나의 조카, 나는 너의 애정 어린 삼촌이자 후견인으로 충실할 것이다.

— 사일러스 루틴

추신: 레이디 놀리스에게 안부 인사를 전해주거라. 놀에 머물고 있는 것으로 알고 있다. 나는 네 삼촌에 대해 친절하지 못

한 감정을 품고 있는—그렇게 생각하는 이유가 있다— 숙녀가 그의 피후견인에게 있어 매우 바람직한 동반자가 아니라고 생각한다. 그러나 내가 네 논의의 주제—나에 대한 정당하고 존경 어린 평가를 세우는 데 도움이 되지 않을 일—가 되지 않는다는 명시적 조건하에, 나는 너와 레이디 놀리스의 교류가 즉각 중단되어야 한다며 내 권위를 내세우진 않겠다.

나는 이 추신을 읽으면서 따귀를 한 대 맞은 것처럼 뺨이 얼얼했다. 사일러스 삼촌은 아직 이방인이다. 그런데 권위를 내세우며 위협하는 게 새롭고 갑작스러웠다. 사랑하는 나의 아버지의 유언으로 인해 내가 처한 처지의 강제력이 굴욕스럽게 느껴졌다.

나는 침묵을 지키며 편지를 커즌에게 건넸다. 그녀는 미소를 지으며 읽다가 안색이 바뀌었는데, 분명 추신을 읽었을 것이다. 그러더니 얼굴이 벌게지며 편지를 쥔 손으로 테이블을 내리쳤다.

"하! 감히 이런 말을! 이런 뻔뻔한 작자를 봤나! 늙은이가 노망이 났나!"

잠시 침묵이 흘렀다. 그러는 동안 레이디 놀리스는 인상을 찌푸리며 고개를 높이 쳐들고 씩씩거렸다.

"나 그 사람 얘기는 안 하려고 했는데, 이제 해야겠어. 난 하고 싶은 말 뭐든지 다 할 거야. 그리고 네가 있으라고 할 때까지 이곳에 머물 거야, 모드. 그리고 너 그 사람 눈곱만큼도 겁낼 거 없다. 뭐? 우리의 교류가 '즉각 중단되어야' 한다고! 그 사람이 여기 있다면 좋겠네. 나도 한마디 했으면 좋겠어!"

그러더니 커즌 모니카는 차를 한 번에 벌컥벌컥 다 마셔버렸다. 그러고 나서 다시 말을 이었다.

"내가 더 나아!"

그러고는 숨을 길게 내쉬고는 익살스럽고 도전적으로 웃었다.

"난 정말 그 사람이 여기 있으면 좋겠구나, 모드. 그럼 따끔하게 한마디 해줬을 텐데! 유언장이 아직 효력을 발휘하기도 전에 이 따위로 굴다니!"

"저는 그분이 그 추신을 쓴 게 기쁘기까지 해요. 왜냐하면 제가 우리 집에 머무는 동안은 그 문제에 있어 그분에게 권한이 있는 게 아니잖아요?"

나는 나름대로 법적인 의견을 즉석에서 개진했다.

"따라서 그분 말에 복종하지 않아도 돼요. 어쨌거나 이게 실질적인 제 처지에 눈을 뜨게 해주었네요."

나는 한숨을 쉬었다. 아마 매우 쓸쓸한 태도를 보인 것 같다. 레이디 놀리스가 내게 다가와 매우 친절하고 애정 어린 키스를 했기 때문이었다.

"모드야, 정말 그 사람은 초자연적 감각이 있는 것 같구나. 80킬로미터가 넘는 히스 황야와 언덕 넘어 이야기를 들을 수 있는 거 같아. 아마 어제 그 사람이 이 추신을 쓰고 있을 때가, 네가 나와 같이 살자고 닥터 브라이얼리를 우리 편으로 설득할 계획을 짜고 있을 때 아니었니? 그리고 모드, 난 그렇게 할 거야. 네가 나에게 오면, 그저 손님으로라도 말이야, 난 너무 기쁠 것 같아. 그리고 사일러스가 진짜로 의심을 받고 있다면 그건 그 사람이 한 일 때문이잖아. 난 그 사람의 전쟁에 끼어드는 게 네 일이 아니라고 봐. 그 사람 오래 못 살아. 의심이 무엇이건 간에 그이와 함께 죽고 사라질 거야. 도대체 가여운 오스틴은 자신의 유언으로 뭘 밝힐 수 있다고 생각한 걸까? 이전부터 모두가 알고 있던 거 말고 뭐가 있어? 사일러스의 결백에 관해 자기가 굳게 믿는 거? 아, 폭풍이 엄청 심하구나! 방이 다 흔들리네. 이 소리 좋지 않니? 도민스터의 오래된 오르간을 연주할 때 '늑대 소리'라고 부르던 거잖아!"

제26장
사일러스 삼촌 이야기

그것은 유령 사냥개와 사냥꾼들, 그들이 부리는 사냥개들이 대기 중으로 내지르는 우레 소리 같았다. 맹렬하고 웅장하고 초자연적인 음악, 그 음악은 이제 내 운명과 그토록 기이하게 연결되었고, 또 내가 상상 속에서 두려워하기 시작한 그 수수께끼 같은 사람—순교자-천사-악마— 사일러스 삼촌에 대한 이야기와 잘 어울리는 음악이었다.

"폭풍은 저쪽에서 불고 있어요."

나는 창문 셔터가 닫혔고 커튼이 쳐지긴 했지만 손과 눈으로 방향을 가리키며 말했다.

"저녁에 나무들이 저 방향으로 구부러진 걸 봤어요. 저쪽에 적막한 큰 숲이 있어요. 그곳은 사랑하는 아버지와 어머니가 누워 계신 곳이죠. 오, 그분들을 생각하기에 이런 밤은 어찌나 무서운지! 그 지하 묘소! 폭풍을 맞아 축축하고 어둡고 적막한 그곳!"

커즌 모니카는 생각에 잠긴 표정으로 그 방향을 바라보았다. 그러더니 짧게 한숨을 쉬었다.

"우린 딱한 유골에 대해 너무 많이 생각하고, 영원히 사는 영혼에 대해서는 생각을 많이 하지 않는구나. 그들은 행복할 거야."

그러더니 다시 한숨을 내쉬었다.

"난 나 자신에 대해서도 그렇게 바란단다. 그래, 모드. 슬픈 일이야. 우리는 이토록 물질주의자들이야. 그렇게 느끼지 않을 수 없어. 우린 현재의 몸이 영원히 지속되지 않는다는 점을 쉽게 잊어버리지. 우리 몸은 고뇌의 시공간을 위해 만들어진 거야. 분명 언젠가 닳아 없어질 일시적인 기계, 항상 실패하고 쇠락하지. 받아들이는 고통은 또 얼마나 거대한지! 육신은 혼자 눕게 돼. 그래야만 해. 그게 분명 선한 창조주의 뜻이니까. 육신은 그저 임시 가옥일 뿐이야. 사람은 죽음 후에 옷이 입혀진다고 하잖니? 성 바울이 말했잖아, '하늘에 있는 집'에 들어갈 수 있다고. 그러니 모드, 생각이 우리를 또다시 괴롭힌다 해도 거기엔 아무것도 없어. 그리고 죽을 운명을 지닌 가여운 육신은 그저 우리 이전 사람들이 우리보다 먼저 저버린 차가운 폐허일 뿐이야. 이 거대한 바람은 저쪽 숲에서 우리를 향해 온다고 네가 말했잖아. 그렇다면 모드, 그건 바트램-호프에서 불어오기도 하는 거야. 그 옛 고장의 나무와 굴뚝 넘어, 또 그 신비로운 노인을 넘어서 말이야. 그 사람 말이 맞아, 난 그 사람을 좋아하지 않아. 그리고 난 그 사람을 자신의 성에 살고 있는 마법사라고 상상해. 바람에 자신의 정령들을 실어 보내 여기서 우리가 하고 있는 일을 염탐하는 마법사 말이야."

나는 고개를 들고 폭풍 소리를 들었다. 때로는 멀리서 잦아들고 때로는 우리 주변, 우리 머리 위에서 부풀어 오르고 쩍쩍 울리는 소리. 어둠과 적막 속에서 나의 생각은 바트램-호프와 사일러스 삼촌에게 날아갔다. 나는 잠시 후 말했다.

"이 편지를 보니 생각이 달라졌어요. 그분이 엄격한 노인이라는 생각이 드는데, 맞아요?"

"마지막으로 그이를 본 게 20년 전이야. 난 그 집에 가고 싶지 않았거든."

"그러면 그게 바트램-호프에서 그 끔찍한 일이 일어나기 전인가요?"

"그래, 전이야. 그 사람은 그때만 해도 개심하지 않았지. 그저 파멸한 방탕아였어. 오스틴은 그를 아주 잘 대해줬고. 댄버스 씨는 사일러스가 어떻게 자기 형이 때마다 챙겨주는 그렇게 막대한 돈을 한 푼도 남기지 않고 다 써버렸는지 이해할 수가 없다고 말하더구나. 그렇지만 그 사람은 노름을 했어. 노름하는 사람을 도와주는 건 구멍 난 독에 물을 채우는 일이나 마찬가지야. 그나저나 앞날이 창창한 내 조카 찰스 오클리도 노름을 하는 것 같아. 아무튼 당시에 사일러스는 아주 가관이었어. 온갖 종류의 투기에 빠졌지. 그리고 가여운 네 아버지가 모든 걸 다 갚아주어야 했어. 은행 잔고에서 엄청난 액수가 빠져나갔지. 그 정도면 지방 신사 여럿이 인생을 망칠 정도였어. 요크셔의 해리 새클턴 경 같은 경우 영지 반을 팔아넘겨야 했으니까. 하지만 친절한 네 아버지는 계속 사일러스를 도왔단다. 그 사람 결혼까지 거들었어. 아주 터무니없게 많이 대줬는데, 그게 다 완전히 쓸모없는 짓이 돼버렸지."

"숙모는 돌아가신 지 오래됐어요?"

"12년인가 15년쯤 됐나? 더 오래전이구나. 가여운 네 엄마보다 먼저 죽었으니까. 그 여자는 매우 불행했어. 만약 사일러스와 결혼하지 않았다면 제짝을 만났을 텐데."

"커즌은 그분 좋아하셨어요?"

"아니. 그 여잔 거칠고 상스러웠어."

"거칠고 상스러웠다고요? 사일러스 삼촌의 부인이요?"

나는 너무나 놀랐다. 사일러스 삼촌은 멋진 남성이었다. 전성기에는 그야말로 멋쟁이였다. 훌륭한 출신의 재력가 여성을 만나 결혼할 수 있는 사람이었다. 나는 믿어 의심치 않았기에 너무 놀라운 일이라고 말했다.

"그래, 맞아. 그랬을 수도 있었겠지. 가여운 오스틴은 동생이 그러기를 노심초사 기대했단다. 실제로 그랬다면 꽤 많은 돈을 주며 도와줬을 거야. 하지만 그 사람은 덴비 여관 주인의 딸과 결혼했단다."

"아, 정말 못 믿겠어요!"

"못 믿을 거 하나도 없어, 애야. 네가 생각하는 것만큼 아주 특이한 일은 아니야."

"뭐라고요! 유행을 선도하는 세련된 신사가 그러니까 그런…… 결혼……"

"술집 종업원! 그래. 내가 아는 사람만 해도, 유행을 선도하던 남자들 대여섯 명이 비슷한 방식으로 파멸을 맛보았단다."

"어쨌거나 그런 면을 보면 그분이 완전히 세속에 물들지 않았다는 증명 아닌가요?"

"전혀 세속에 물들지 않은 게 아니야. 그저 매우 타락한 거였지."

커즌 모니카는 무심하게 웃음을 보였다.

"그 여잔 아주 아름다웠거든. 그런 계층 사람치고 기묘하게 아름다웠어. 그 여자는 넬슨을 홀린 레이디 해밀턴*과 매우 비슷했어. 우아하고 아름다웠지만 완벽하게 저급하고 멍청했지. 공정하게 말하자면, 그 사람은 그저 그 여자를 희롱하려고 했던 거였어. 하지만 여자는 결혼을 미끼로 이용할 만큼 교활했지. 살아가는 내내 어떤 한 가지 열정에 사로잡혀 그것을 탐닉할 기회를 자제해보지 않은 남자들은 그 열정이 격렬하기만 하다면 대가가 무엇이든 간에, 상황이 어떻든 간에 멈추지 못해."

나는 이 세속적 심리학을 반도 이해하지 못했다. 레이디 놀리스는 그 점이 재미있다는 듯 웃는 것 같았다.

* 대장장이의 딸로 태어난 에이미 라이언(1761~1815)은 훗날 엠마 하트로 이름을 바꾸었다. 당대 영국 최고의 미녀로 손꼽혔다. 어린 시절 하녀로 일하다가 배우가 되어 왕립극장에서 일했다. 그녀는 배우로 사교계에 진출하여 결국 나폴리 대사였던 나이 많은 윌리엄 해밀턴 경과 결혼하게 된다. 결혼 후 영국의 구국 영웅 호레이쇼 넬슨 제독의 정부가 되었다.

"가여운 사일러스는 분명 벌여놓은 일의 결과를 해결하려고 끙끙 앓긴 했어. 신혼의 달콤한 시기가 지나자 결혼이 잘못된 것이라고 증명하려 애썼거든. 하지만 웨일즈 목사와 여관 주인인 아빠가 너무나 완강했고, 그 젊은 여자는 도망치려 애쓰는 연인을 점잖은 올가미로 붙잡을 수 있었지. 그 사람은 꽤 탐낼 만한 노획물이 된 거야!"

"그런데 가여운 그분이 상심해서 죽었다고 들었어요."

"여하튼 결혼 10년쯤 후에 죽었어. 하지만 나는 그 여자의 마음이 상심했는지 어떤지는 모르겠다. 분명 죽을 만큼 학대받긴 했을 거야. 하지만 나는 상심한 마음 때문에 죽었는지는 모르겠다. 그 여자는 술을 많이 마셨거든. 웨일즈 여자들이 술을 많이 마신다는 말이 있어. 물론 질투도 있었겠지. 심한 싸움이니 뭐니 그런 온갖 끔찍한 이야기들 말이야. 나는 1~2년 동안 바트램-호프에 종종 방문하곤 했어. 다른 사람은 아무도 안 그랬지만 말이다. 하지만 그런 종류의 일이 벌어지자 나도 발길을 끊었지. 그 집에 드나들 수가 없었어. 나는 가여운 오스틴이 상황이 얼마나 나빴는지 몰랐다고 생각해. 그러더니 차크 씨에 관한 그 혐오스러운 사건이 터진 거야. 그 사람이…… 그 사람이 바트램에서 자살한 거 아니?"

"저는 그런 일은 들어본 적이 없어요."

우리 둘 다 잠시 입을 다물었다. 그녀는 심각한 표정으로 장작불을 바라보았다. 폭풍이 큰 웃음소리를 내듯 포효하고 있었다. 오래된 저택이 다시 흔들렸다.

"하지만 사일러스 삼촌도 어쩔 수 없지 않았을까요?"

내가 다시 말문을 열었다.

"그래, 그 사람도 어쩔 수 없었지."

그녀는 불쾌한 표정이었다.

"그러면 사일러스 삼촌이……"

나는 공포에 사로잡혀 말을 멈췄다.

"사람들이 그이가 그 사람을 죽였다고 의심했어."

그녀가 내 말을 마무리했다. 다시 긴 침묵이 이어졌다. 그러는 동안 바깥의 폭풍은 희생자를 쫓는 화난 폭도들처럼 창가에서 울부짖고 야유했다. 견딜 수 없고 구역질 나는 느낌이 나를 압도했다.

"하지만 그분을 의심하진 않죠, 커즌 놀리스?"

나는 매우 떨며 물었다.

"아니."

그녀는 매우 날카로운 태도로 대답했다.

"내가 이전에 그렇게 말했잖니? 물론 의심 안 해."

다시 또 침묵.

"저는요, 커즌 모니카."

나는 그녀에게 더 다가가며 말했다.

"커즌 모니카가 사일러스 삼촌이 마법사 같다고 한 말, 자신의 정령들을 바람에 실어 보내 이야기를 엿듣게 한다는 말 안 하셨으면 좋았겠다는 생각이 들어요."

나는 나의 차가운 손을 그녀의 손 안으로 밀어 넣으며 그녀의 얼굴을 들여다보았다. 나는 내가 어떤 표정을 지었는지 모른다. 그녀는 엄하고 도도한 눈길로 내 눈을 내려다보았다. 어쨌거나 나는 그렇게 생각했다.

"물론 난 그이를 절대 의심한 적 없어. 내게 그런 질문은 절대 다시 하지 마라, 모드 루틴."

그런 말을 하면서 그토록 맹렬하게 타오르던 그녀의 눈빛, 그건 가문의 자긍심이었을까, 아니면 또 다른 무엇이었을까? 나는 무서웠다. 상처받았다. 그리고 눈물이 터졌다.

"모드, 얘, 왜 우는 거니? 나 심술궂게 굴 생각 전혀 없었는데. 나 때문에 그러니?"

음험한 유령 같았던 레이디 놀리스가 순식간에 친절하고 유쾌한 커즌 모니카로 변했다. 그녀가 내 목에 팔을 둘렀다.

"아뇨, 아뇨. 안 그랬어요. 저는 그저 제가 커즌 모니카를 짜증나게 만들었나 싶었어요. 저는 사일러스 삼촌을 생각하면 예민해지는 것 같아요. 그리고 거의 항상 그분에 대한 생각을 멈출 수가 없어요."

"나도 그렇단다. 하지만 우리 이제 둘 다 다른 거 생각하자. 뭐, 그게 어렵겠니? 한번 해볼까?"

"하지만 우선 차크 씨에 관해 좀 더 알아야겠어요. 어떤 정황으로 사일러스 삼촌의 적들이 그 사람의 죽음에 관해 그런 사악한 중상모략을 하게 만들었는지요. 도대체 아무에게도 도움이 안 되고 당하는 사람들을 그토록 비참하게 만드는 짓을 한 이유가 뭔지요. 사일러스 삼촌은 그 일로 파멸했잖아요. 또 사랑하는 아버지의 인생에도 그게 얼마나 그늘을 드리웠는지 우리 모두 알잖아요."

"사람들이 말하잖니? 네 삼촌 사일러스는 그 사건 이전에도 지역 사람들에게 평판을 잃었어. 그이는 사실 가문의 두통거리였어. 아주 나쁜 이야기들이 돌았고, 그 사람이 그랬다고들 했어. 결혼 문제도 분명 도움이 안 됐어. 평판 안 좋은 그 집에서 벌어졌던 일들도 그렇고. 그 모든 일들로 인해 사람들이 그를 나쁘게 생각하게 된 거야."

"그 일이 벌어진 지 얼마나 되었어요?"

"오, 아주 오래전이야. 아마 네가 태어나기 전인 것 같은데?"

"그런데 아직도 그 부당한 평판이 살아 있는 거예요? 사람들이 아직도 그 일을 잊지 않았어요?"

그런 세월이라면 그 어떤 일이라도 망각 속으로 사라져버리게 만들 만큼 길어 보였다. 레이디 놀리스는 미소 지었다.

"말해주세요, 사랑하는 커즌. 기억나는 대로 그 사건 전체 이야기를 다 해주세요. 차크 씨라는 사람은 누구였어요?"

"차크 씨는 속된 말로 '꾼'이라고 할 수 있는 남자였지. 출신도 변변치 않고 교육도 제대로 받지 못한 그런 런던 남자 무리 중 하나였어. 돈과 악덕을 이용해 사냥개와 경주마 등등을 좋아하는 젊은 멋쟁이들과 어울릴 수 있는 사람 말이다. 그 패거리들은 그 사람을 잘 알았지만 다른 사람들은 잘 몰랐어. 그 사람은 매트록 경마장에 살다시피 했단다. 네 삼촌이 그 사람을 바트램-호프에 초대했어. 그리고 유대인인지 기독교도인지 모르겠지만, 그 인간이 바트램-호프에 초대받고는 그게 실제보다 더 큰 영광이라고 생각했나 봐."

"커즌 모니카가 말한 사실로 볼 때 루틴 삼촌 같은 분의 저택에 초대받은 것은 굉장한 영광일 거 같은데요?"

"음, 그럴 수도 있지. 경마장에서야 아주 잘 아는 사이고, 그래서 그런 사람들에게 선술집에서 같이 식사하자고 초대할 순 있지만, 숙녀들이 있는 집에는 초대하지 않잖아? 하지만 사일러스의 아내는 바트램-호프에서 그다지 존중받지 못했거든. 사실 그 여자는 모습을 잘 보이지도 않았어. 왜냐하면 저녁마다 취해서 제 방에 틀어박혀 있었거든. 가여운 여자!"

"어머, 안타까워라!"

"사일러스는 그다지 신경 쓰지 않았을걸? 왜냐하면 그 여자가 진을 마셨거든. 가엾기도 하지, 그건 싸구려 술이잖아. 그리고 달리 보면 그 사람은 아내가 술을 마시는 걸 오히려 좋아한 것 같아. 그래야 자기 일에 신경을 끄지 않겠니? 또 그러다 죽을 거고. 당시 네 아버지는 그 결혼에 완전히 질려서 돈 보내는 것마저 중단했어. 그래서 사일러스는 배를 곯을 정도로 아주 가난했단다. 사람들 말로는 그이가 이 런던 부자 노름꾼에게 와락 달려들었다고 하더라고. 그 사람 돈을 따낼 요량으로. 내가 지금 얘기하는 것은 다 나중에 알려진 사실들이야. 경마가 며칠이나 계속되었는지는 잊어버렸네. 그런데 그 기간 동안 차크는 내내 바트램-호프에 머물렀고, 끝나고 나서도 며칠 더 있었어. 가여운 오스틴이 사일러스의 노름빚을 다 갚아 준다고들 알고 있어서 이 야비한 차크는 경마에 엄청 큰돈을 걸었고, 거기에 더해 바트램에서도 판돈이 큰 도박판을 벌였어. 그 사람과 사일러스는 밤새 카드 도박을 하곤 했지. 말했다시피 이 모든 내용은 나중에 밝혀진 사실이야. 심리가 있었거든. 그리고 당시 사일러스가 '진술서'라는 걸 공개했고, 신문에도 참담한 소식들이 엄청 많이 실렸어."

"그런데 차크 씨는 왜 자살한 거예요?"

"음, 우선 모두가 맞다고 증언한 사실을 말해줄게. 경마 이틀 후 네 삼촌과 차크 씨가 응접실에서 단둘이 새벽 2~3시까지 있었다는 거야. 차크의 하인은 펠트램에 있는 스태그 헤드 여관에 있었기 때문에 그날 밤 바트램-호프에서 어떤 일이 벌어졌는지 알 수가 없었어. 하지만 그 하인은 자기 주인의 지시대로 매우 이른 시각인 아침 6시에 그곳에 갔다는 거야. 그는 습관대로 안에서 방문을 걸어 잠갔고, 열쇠는 자물쇠에 걸려 있었지. 그런데 그 사실이 나중에 매우 중요한 관건이었다는 거야. 노크를 했는데도 주인이 일어나지 않아 문을 강제로 열수밖에 없었는데, 안으로 들어가 보니 주인이 침대 옆에 숨져 있었다는 거야. 목을 베였다는데, 피가 흥건하게 흘러넘치고 있진 않았지만 커다랗게 고여 있었대."

"아악, 끔찍해!"

"그랬지. 그러고는 네 삼촌 사일러스를 불렀다고 해. 물론 대단히 충격을 받았다지. 그리고 자기 생각에 최선이라고 생각하는 일을 했대. 그는 최대한 모든 걸 있던 그대로 보존하려 했고, 즉시 자기 하인을 보내 검시관을 불러왔어. 그리고 자신이 치안 판사였기 때문에 모든 사실을 또렷이 기억할 수 있는 그때 차크 씨 하인의 선서증언을 받았어."

"그 이상 깔끔할 수 있나요? 더 올바르고 현명할 수 있나요?"

"오, 그렇지."

내 물음에 레이디 놀리스가 답했다. 내 생각에는 다소 무덤 덤한 태도였던 것 같았다.

제27장
톰 차크의 자살에 관한 더 자세한 정보

그리하여 심리가 열렸다. 심리 기간 동안 웨일 포레스트의 맨웨어링 씨가 차크 씨가 자살이 아니라 타살이라는 의견을 개진한 유일한 배심원이었다.

"그런데 그 사람은 어떻게 그런 생각을 할 수 있었죠?"

나는 화가 나 물었다.

"음, 조사 결과는 그 사람이 자살했다고 결론 내린 배심원들의 말을 입증할 만큼 충분했어. 창문은 객실 하녀가 밤 9시에 안쪽에서 나사를 돌려 잠갔고, 방들은 지면으로부터 너무 높은 데다 그 높이에 이를 수 있는 사다리도 없었어. 저택은 안쪽이 빈 사각형 형태였고, 차크 씨의 방은 좁은 안뜰을 향해 있었지. 그 방으로 들어갈 수 있는 문은 하나밖에 없었고, 그 방문은 그 이전에 몇 년간은 사용한 흔적이 전혀 없었어. 문은 안쪽에서 잠겨 있었고, 열쇠는 자물쇠에 걸려 있어서 문을 통해서는 아무도 들어갈 수가 없었지. 밖에서는 문을 여는 게 불가능했거든."

"그런데 그렇게 명백한 사건에 대해 왜 심리를 한 거죠?"

"그래도 그 사건에는 일종의 안개가 꼈어. 그게 입방아 찧기 좋아하는 사람들에게 에둘러 의심을 내비칠 기회를 준 거지. 물론 그 사람들도 미스터리의 단서를 내놓진 못했지만 말이야. 우선, 그 사람이 술에 매우 취해 잠자리에 든 것 같았어. 잠자리에 들면서 노래를 부르고 시끄럽게 굴었다는 거야. 자살할 사람의 태도가 아니잖아? 또 그 사람이 쓰던 면도칼이 그 사람 오른손 근처 그 끔찍한 피웅덩이에서 발견되긴 했지만—그 모든 이야기를 듣는 건 충격적이다— 왼손 손가락들이 뼈까지 드러날 정도로 베어졌다는 거야. 게다가 판돈을 적어둔 수첩이 어디에서도 발견되지 않았고. 그건 정말 이상하잖아? 열쇠는 체인이 달린 것이었어. 그 사람은 금과 장신구를 많이 차고 있었고. 나도 물론 그 불쌍한 사람을 본 적이 있단다. 그 사람과 네 삼촌이 말에서 내려 경마장을 걷고 있을 때 말이야."

"신사처럼 생겼어요?"

나는 다른 젊은 숙녀들이 그러듯 그렇게 물었다.

"유대인처럼 생겼어. 벨벳 어깨망토가 달린 끔찍한 갈색 코트를 입고 검은 곱슬머리는 칼라까지 길렀고 구레나룻이 어깨까지 닿을 정도였어. 시가를 피우며 연기를 앞으로 쭉 내뿜곤 했지. 나는 사일러스가 그런 사람하고 어울리는 걸 보고 충격을 받았단다."

"그 사람 열쇠로 찾은 건 있었어요?"

"그 사람의 이동용 책상을 열고 그 안에 든 작은 옻칠한 상자를 여니, 예상했던 거보다 훨씬 적은 돈이 나온 거야. 사실, 너무 적은 돈이었어. 네 삼촌은 전날 밤 도박에서 돈을 땄다고 했어. 그리고 차크가 술에 취해 자신에게 경마에서 딴 돈을 다 잃었다며 투덜거렸다는 거야. 게다가 그는 그렇게 딴 돈의 일부만 받았다는 거야. 증서 뒷면에는 판돈 액수를 거의 적지 않았다지. 들리는 말로 그 사람은 때로 노름에 대한 다른 메모는 하지 않았다고들 해. 하지만 그건 논쟁의 대상이 되었어. 그 증서들 중에 사일러스를 언급한 건 하나도 없었거든. 그렇지만 또 다른 두 명의 잘 알려진 신사들과의 거래에 대한 언급도 모두 빠져 있었지. 그러니 그게 이상하지는 않았어."

"물론 그렇겠네요. 그건 설명이 되네요."

"그리고 또 의문점이 있었어. 차크 씨가 도대체 자살할 이유가 뭐가 있느냐는 거였지."

"하지만 그건 많은 경우 밝혀내기 어려운 문제 아닌가요?"

"무언가 알려지지는 않았으나 그 사람이 런던에 말 못 할 문제가 있다고 암시했다는 거야. 어떤 사람들은 그 사람이 정말 곤란한 처지에 빠져 있다고 했고, 또 다른 사람들은 그런 건 없다고 주장하면서 그 사람이 그렇게 얘기한 건 그저 농담이었다고 했어. 심리 기간 동안 네 삼촌 사일러스가 연루되었다는 의심은 없었어. 단, 맨웨어링의 심문만 빼면 말이지."

"그게 뭐였는데요?"

"난 정말 잊어버렸어. 하지만 그게 네 삼촌을 격노하게 만들었지. 법정에 소란이 일었어. 맨웨어링 씨는 누군가 어찌어찌 방에 들어갔다고 생각하는 것 같았어. 문을 통해 들어가는 건 불가능했고 굴뚝도 마찬가지였지. 왜냐하면 벽돌 굴뚝 꼭대기 근처에 연통을 가로질러 쇠살대가 쳐진 게 확인되었거든. 창문은 무도회장 크기 정도밖에 안 되는 안뜰을 향해 있었고. 그들이 내려가서 직접 확인해보았는데, 바닥이 젖어 있었고 발자국 흔적은 전혀 없었대. 아무리 들여다보아도 정황상 차크 씨가 스스로 방에 갇혀 제 손으로 제 목을 면도칼로 그은 거라고 볼 수밖에 없었나 봐."

"네, 맞아요. 왜냐하면 다 닫혀 있었잖아요. 창문도 문도, 안에서 말이에요. 그리고 침입한 흔적은 전혀 없었고요."

"그러니까. 그리고 벽도 검사해봤단다. 그건 몇 달 지난 시점에 스캔들이 계속 퍼지니까 네 삼촌 사일러스가 직접 지시해서 그랬다는데, 웨인스코팅을 걷어내고 보니, 그 방으로 이어지는 비밀 통로가 없다는 게 분명했어."

"그러니 그 모든 비방에 대한 답은 그저 '범죄는 불가능했다'였다는 거네요. 그런 말도 안 되는 중상에 대해 답을 해야 했다는 사실 자체가 얼마나 끔찍했을까요?"

"당시에도 참 불쾌한 사건이었어. 물론 난 누구라도 사일러스가 유죄라고 여긴 사람은 없을 거라고 생각했지만. 하지만 그런 사건 자체가 수치스러운 일이었고, 차크 씨란 사람은 같이 어울리면 신용을 떨어뜨릴 만한 인물이었지. 사건은 끔찍했고, 또 그게 바트램-호프의 추문을 세상에 널리 도드라지게 만들어버렸어. 게다가 얼마 후 사건이 갑자기 훨씬 더 악화 되었어."

나의 커즌은 정확하게 기억하기 위해 숨을 골랐다.

"런던에서 놀기 좋아하는 사람들 사이에서 매우 불쾌한 소문이 돌기 시작했어. 차크가 편지 두 통을 썼다더군. 그래, 두 통이었어. 그 편지들이 두 달 후에 그걸 받은 악당에 의해 신문에 실린 거야. 그자가 돈을 뜯어내려고 한 짓이지. 처음에는 그 무리 사이에서 엄청 입길에 올랐단다. 그리고 신문에 실리는 순간 지역에서 큰 화제를 일으킨 거야. 신문 논평도 봇물처럼 쏟아지고. 그중 첫 번째 것은 대단한 여파가 없었지만, 두 번째 편지가 매우 놀랍고 당황스럽고 심지어 무섭기까지 했어."

"그게 뭐였는데요, 커즌 모니카?"

"그저 난 대략적으로만 말해주어야겠구나. 매우 긴 글이었거든. 하지만 둘 다 같은 말투로 쓰였고, 일부는 프로 권투처럼 이해하기 어려운 부분도 있었어. 넌 절대 그런 거 보지 말거라."

나는 갑자기 제시된 그런 교육적 경고에 맞장구를 쳤다. 레이디 놀리스는 이야기를 이어나갔다.

"내 말이 잘 들리지 않겠구나. 바람 소리가 왜 이리 거세니. 잘 들어봐라. 편지에서 밝힌 내용은 차크 씨가 바트램-호프에서 돈을 많이 땄다고 하면서 네 삼촌 사일러스가 갚아야 할 돈을 정확한 액수까지 명시했어. 난 그 액수는 정확히 기억 안

나. 그저 그게 깜짝 놀랄 만큼 큰 액수였다는 사실만 기억해. 처음 보았을 때 숨이 턱 막혔거든."

"사일러스 삼촌이 잃은 거예요?"

"그래. 갚아야 할 돈이었어. 차용증까지 써주었고. 그 증서는 차크 씨가 돈과 함께 잘 보관했다지. 그러니 사일러스가 그 빚을 없애기 위해 그 사람을 제거했고, 그 사람 돈까지 훔쳤다는 암시였어. 이런 것들을 기억하는 이유는 그게 보자마자 딱 인상에 박혔기 때문이야."

레이디 놀리스가 잠시 쉬었다가 말을 이었다.

"그 편지가 쓰인 게 그 불쌍한 사람 목숨이 붙어 있던 마지막 날 저녁이었으니, 네 삼촌 사일러스가 그 사람 돈을 딸 시간이 사실상 거의 없었다는 거지. 그런데 네 삼촌은 차크 씨에게 한 푼도 빚지지 않았다고 완강하게 주장했어. 편지에서 언급한 사일러스가 빚졌다는 돈의 액수는 어마어마했고, 또 그 편지를 받은 자에게 상황을 말하지 말라고 당부하는 말도 있었어. 사일러스가 돈을 갚을 수단은 부자 형한테 받아서 주는 수밖에 없었는데, 사일러스의 부탁 때문에 그 문제를 비밀로 부쳐야 한다는 말이었지. 그건 정말 아주 빼도 박도 못할 편지였어. 더 나쁜 사실은 그게 아주 신이 나서 쓴 글이라는 거야. 전혀 세상을 등질 만한 사람의 분위기가 아니었어. 그 편지들이 일으킨 센세이션을 넌 상상도 못할 거야. 순식간에 폭풍이 몰아쳤지. 하지만 사일러스는 용감하게 맞닥뜨렸어. 그래, 대단한 용기와 능력이었지. 그이가 일찍이 야망을 품고 다른 길에 접어들지 않은 게 안타까울 정도였어. 뭐, 이런 건 후회해 봤자 아무 소용없는 일이긴 하지. 그이는 편지가 날조된 거라고 주장했어. 사일러스는 차크가 허세를 부리는 습관이 있었고 노름 거래에 대해 말도 안 되는 허풍을 잘 늘어놓는다고 주장했어. 사람들이 자살을 생각하는 순간에 얼마나 짐승의 기운을 보이는지 세상에 상기시켰어. 또 남자답고 품위 있는 태도로 자신의 가문과 그 가문의 가치를 넌지시 늘어놓았지. 그이는 적들을 고압적으로 으르는 태도를 취하면서, 그자들이 감히 넌지시 암시하는 점은 물리적으로 불가능하다고 주장했어."

나는 이 변호가 어떤 식으로 펼쳐졌는지 물었다.

"편지인데 팸플릿 형태로 출간되었단다. 모든 사람들이 그 능력, 재간, 힘에 경탄했어. 그리고 그건 굉장히 신속하게 쓰였지."

"그게 그분의 글 스타일이었나요?"

나는 순진하게 물었다. 나의 커즌이 웃음을 보였다.

"오, 얘. 아니! 그 사람이 종교적 인물이라고 스스로를 공언한 이후 쓴 거라고는 아주 지루하고 무기력한 객설뿐이었어. 네 아버지가 그이의 편지를 나더러 읽어보라고 보내주곤 했는데, 나는 때로 사일러스가 인지력을 잃지 않았나 하는 생각까지 들었거든. 하지만 어쨌든 그이가 그저 자신과 걸맞게 쓰려고 애썼나 보다 하고 생각해."

"일반 대중은 그분에게 호의적 의견이었겠죠?"

"다른 곳에서는 그런 거 같지 않은데, 자기 고장에서는 특히 만장일치로 사일러스에게 반감이 심했어. 그 이유를 물어봤자 소용없어. 어쨌든 그랬단다. 나는 그 사람 혼자서 더비서 신사들의 확신을 바꾸는 것보다 차라리 산봉우리를 뽑아내는 게 더 쉬웠을 거라고 믿어. 그 사람들은 모두 그이에게 반감을 가지고 있었지. 물론 편견을 가질 만한 이유들이 있었어. 네 삼촌은 자신을 정치적 음모의 희생자로 묘사하면서 신랄하게 그들을 공격하는 글을 싣곤 했어. 내 기억엔 그이가 자신의 집 안에서 그런 충격적인 사건이 터진 이후부터 경마장과 그와 관련된 모든 일과 오락을 그만두겠다고 맹세했어. 사람들은 그런 그를 비웃으며 차라리 쫓겨나는 걸 기다리는 게 낫겠다고들 했지."

"그 모든 일에 고소가 이루어졌나요?"

"모두가 그럴 거라고 예상했어. 왜냐하면 양측에서 서로 경쟁하듯 매우 거친 주장들을 발표했거든. 그리고 나는 그 사람을 가장 최악으로 여기던 사람들이 언젠가 나타나서 자기들이 알고 있는 범죄로 사일러스를 고소할 거라고 생각했어. 그런데 세월이 흐르면서 바트램-호프의 비극을 기억하며 그를 비난하고 배척하는 데 가장 앞장섰던 많은 사람들이 죽고 말았지. 더 이상 새로운 사실이 밝혀지지 않은 채로 네 삼촌 사일러스는 추방당한 사람으로 남아 있는 거란다. 처음에는 분노로 날뛰며 나라 전체와 싸울 기세였어. 그들이 만나주기라도 하면 하나씩 일대일로 싸울 기세였지. 하지만 그이는 이후 습관을 바꾸었고, 자신이 말하듯 열망의 대상도 완전히 바꾸어버렸어."

"종교에 빠지신 거군요?"

"그 사람에게 남은 유일한 일이었던 거지. 그이는 빚이 있고 가난하고 고립되어 있어. 그리고 자기 말로는 몸도 아프고 종교적으로 신실하다는 거야. 매우 단호하고 완고한 가여운 네 아버지는 사일러스가 신분이 낮은 여자와 결혼한 이후 자신이 이미 지정한 한계 너머까지는 절대 동생을 도와주지 않았어. 그이는 동생을 의회에 넣고 자신이 비용을 대고 급여를 주고 싶어 했어. 하지만 사일러스는 게을러졌거나, 그게 아니면 가여운 오스틴보다 자신의 처지를 더 잘 이해했던 거 같아. 그것도 아니라면 자신의 능력을 믿지 못했거나, 혹은 진짜 건강이 안 좋았을 수도 있고. 어쨌든 네 아버지는 그이의 종교적 신념에 반대했어. 가여운 네 아빠는 동생이 자기를 내세우는 일이 가능하다고 믿었어. 상처받은 사람한테는 기댈 데가 그거밖에 없으니까. 하지만 그이는 세상에서 고립된 지 너무 오래되었고, 이론은 현실에서 잘 통하지 않아. 한번 크게 비난받아 완전히 고립된 사람이 다시 받아들여지는 것보다 힘든 일은 아무것도 없어. 난 사일러스가 맞았다고 생각해. 그건 실행 가능한 일이 아니었지. 어머, 어머. 벌써 시간이 이렇게 되었네!"

레이디 놀리스가 갑자기 벽로 선반 위 루이 카토르지 괘종시계를 보더니 소리쳤다.

거의 1시가 다 되었다. 폭풍은 다소 잦아들었다. 나는 사일러스 삼촌에 대해 그날 저녁 이른 시각보다 좀 덜 불안하고 좀 더 확신에 찬 견해를 가지게 되었다.

"그럼 커즌은 그분에 대해 어떻게 생각하세요?"

레이디 놀리스는 불을 바라보며 손가락으로 테이블을 톡톡 두드리고 있었다.

"난 형이상학을 이해하지 못해. 마법도 마찬가지고. 나는 때로 초자연적인 힘을 믿지만 때로는 믿지 않아. 사일러스 루틴 그 사람은 혼자야. 난 그 사람을 규정할 수 없는데, 그건 그 사람을 이해하지 못하기 때문이지. 어쩌면 인간이 아니라 다른 영혼이 인간의 육체를 입고 이 세상에 태어나는 일이 가끔 벌어지는 건지도 몰라. 그 무시무시한 사건뿐만 아니라 그이의 인생 거의 내내 그랬어. 젊었을 때도 나이 들어서도 그이는 나를 당혹스럽게 만들었어. 나는 그이를 이해하려고 애써보았지만 실패했어. 하지만 그이의 인생 중 한 번은 정말 지독하게 사악했다고 확신해. 그 사악함에 있어 정말 상도를 벗어난 정도랄까? 방탕하고 경박하고 비밀스럽고 위험한 사람. 한때는 그이가 가여운 오스틴에게 거의 무슨 일이든 하게 만들 수 있을 거 같더라고. 하지만 결혼과 함께 그이의 영향력은 사라졌고, 다시는 예전 같지 않았지. 난 절대로 그이를 이해하지 못해. 악몽 속 변하는 얼굴처럼 항상 나를 어리둥절하게 만들었어. 때로는 웃고 있지만 항상 불길한 얼굴이었지."

제28장
내가 설득당하다

마침내 나는 사일러스 삼촌의 신비로운 치욕적 이야기를 듣게 되었다. 우리는 한동안 가만히 앉아 있었다. 나는 허공을 응시하며 승리의 마차에 오른 그를 보았다. 사람들은 화관을 두르고 반지를 끼고 관복을 입은 모습으로 상상의 도시를 나아가는 그를 따르며 연호한다.

"결백해! 결백해! 순교자, 왕관을 쓴 자여!"

사람들로 가득한 보도, 창문마다 지붕마다 내다보는 사람들, 다양한 모습의 모든 덕행과 충실함, 이성과 양심을 갖춘 층층이 싸인 사람들이 환호와 갈채를 보내고 나팔을 불고 북을 울리고, 열린 대성당 문을 통해 커다란 오르간과 합창대가 감사의 찬가를 연주한다. 종이 울리고 축포 소리가 울리면서 대기는 조화로운 포효로 진동한다. 전신 초상화 속 사일러스 루틴이 번쩍거리는 마차에 서 있다. 기뻐하는 사람들과 함께 기뻐하지 않는, 자긍심이 넘치고 슬프고 우울한 얼굴. 그의 뒤에서 유령처럼 마른 노예가 흰 얼굴에 조롱을 담아 그의 귀에 대고 무언가 비웃는다. 나와 도시의 모든 사람들이 "결백해! 결백해! 순교자이자 왕관을 쓴 자!"라고 외칠 때였다.

이제 나의 백일몽이 끝났다. 여기엔 오직 레이디 놀리스의 생각에 잠긴 엄숙한 얼굴만 보였다. 얼굴에 옅은 냉소의 빛을 띠고 있었다. 바깥에는 황량하게 포효하는 폭풍이 비탄을 쏟아냈다.

커즌 모니카가 그렇게 오랫동안 나와 함께 머물러준 건 대단히 친절한 일이었다. 분명 말할 수 없을 정도로 피곤했으리라. 그리고 이제 그녀는 자신의 집안일에 대해 이야기하기 시작했다. 분명 즉시 떠날 준비를 하고 있었다. 나는 가슴이 철렁 내려앉았다.

나는 당시 내 감정과 불안을 뭐라고 콕 집어 말할 수 없었다. 심지어 지금도 그때의 심정을 설명할 수 없다. 나는 사일러스 삼촌에 대해 우려를 품는 것은 내 믿음의 토대를 의문시하는 일이고 그 자체로 불경하다고 생각했다. 그러면서도 그런 걱정, 어쩌면 희미하고 간헐적이었지만, 그런 우려가 나의 시련의 기저에 자리하지 않았다고 확신하지 못하겠다.

나는 컨디션이 매우 좋지 않았다. 레이디 놀리스는 종종 산책을 나갔다. 그녀는 쉽게 피곤해하지 않았기에 때로는 오랜 시간 산책하곤 했다. 해가 지고 있을 때 메리 퀸스가 방금 도착한 편지를 가지고 왔다. 나는 가슴이 격렬하게 뛰기 시작했다. 커다란 검은 인장을 찢기가 두려웠다. 사일러스 삼촌에게서 온 편지였다. 나는 충격받을 것에 대비해 먼저 마음을 다잡기 위해 마음속으로 그 편지에 담겼을 그 모든 불쾌한 명령들을 헤아려보았다. 마침내 편지를 펼쳤다. 바트램-호프로 떠날 여행을 위해 준비를 갖춰놓으라고 쓰여 있었다. 또 원할 경우하녀 두 명을 데려와도 좋다고 했다. 그리고 다음 편지에 더비셔로 출발할 날짜와 상세한 경로를 설명할 것이라고 했다. 그는 내가 떠나 있는 동안 놀 영지와 저택을 관리하기 위한 조치를 취해놓으라고 했다. 그러나 자신은 그런 문제에 대해 조언해줄 만한 사람이 아니라고 했다. 그런 다음 자신의 양심이 완전히 만족할 수 있을 정도로 신뢰 가는 처신을 할 수 있게 되길 기도하며, 또 나도 기도의 마음으로 새로운 관계에 착수하기를 기도한다고 했다.

나는 내 방을 휘 둘러보았다. 너무나 오래 익숙했던 방, 이제 떠나서 새로운 곳으로 향한다고 생각하니 더 각별해지는 방. 오래된 고택, 나의 소중하고 소중한 놀. 내가 너와, 너와 관련된 모든 애정 깊은 추억들, 친절한 사람들을 두고 낯선 땅으로 떠날 수 있을까!

나는 깊은 한숨을 내쉬며 사일러스 삼촌의 편지를 들고 아래층 응접실로 내려갔다. 나는 로비 창문가에서 몇 분 동안 머뭇거리며 잘 알고 있는 숲속 나무들을 내다보았다. 해가 진 상태였다. 벌써 어스름이 내려앉았고, 다가올 밤의 흰 증기가 벌써 노랗고 성긴 나뭇잎들을 포위하고 있었다. 모든 게 우울해 보였다. 막대한 재산을 물려받는 젊은 상속녀를 부러워한 사람들은 그 가슴에 내려앉은 짐의 무게를 상상이나 할 수 있을까. 또는 죽음의 공포만 아니라면 그 순간 그녀가 얼마나 기꺼이 삶을 저버릴 수 있다는 마음이 컸는지 상상할 수 있을까.

레이디 놀리스는 아직 돌아오지 않았다. 날은 빠르게 어두워지고 있었다. 검은 구름 덩어리들이 서쪽에 싸여 있었다. 그 틈으로 한 줄기 옅은 금속성 빛이 쏟아져 내렸다.

응접실은 이미 어두웠다. 그러나 이 차가운 빛 몇 줄기가 검은 인물에게 떨어져 내렸다. 그 빛이 아니었다면 보이지 않았을 것이다. 커튼 옆 창틀에 기댄 모습이었다.

그 인물이 갑자기 앞으로 다가오기 시작하자 삐걱거리는 소리가 들렸다. 닥터 브라이얼리였다.

나는 그가 어떻게 그곳에 있었는지 몰라 펄쩍 뛸 정도로 깜짝 놀랐다. 나는 어색한 자세로 어스름 속에서 그를 뚫어져라 바라보며 서 있었다.

"안녕하십니까, 미스 루틴?"

그가 미라처럼 길고 단단한 갈색 손을 뻗고는 좀 더 가까이 다가왔다. 그는 어스름 속에서 몸을 다소 구부렸다.

"이렇게 금방 다시 여기서 절 보게 되어 놀라셨군요?"

"저는 선생님이 오신 줄 몰랐어요. 만나서 반갑습니다, 닥터 브라이얼리. 불쾌한 일이 일어난 건 아니겠지요?"

"아닙니다. 그런 건 전혀 없습니다, 아가씨. 유언장은 제출했습니다. 그리고 절차에 따라 유언 검인증을 받게 될 겁니다. 그러나 제 마음속에 무언가가 걸려서 아가씨께 두세 가지 질문을 드리러 왔습니다. 매우 신중하게 답변해주시면 좋겠어요. 미스 놀리스께서는 아직 여기 계십니까?"

"예, 그런데 아직 산책에서 돌아오지 않으셨어요."

"여기 계시다니 기쁘네요. 저는 그분께서 지당한 견해를 품고 계시다고 생각합니다. 또 여성들끼리는 서로 더 잘 이해하잖아요? 저에 관해 말씀드리자면, 저는 그저 떠오르는 대로 아가씨에게 전달하는 게 제 임무입니다. 또 아가씨가 다른 조치를 원하실 경우 그걸 도울 수 있는 모든 방법을 제시하는 게 제 임무이기도 하지요. 며칠 전에 삼촌에 대해 모른다고 하셨죠?"

"네, 한 번도 뵌 적이 없어요."

"고인이 되신 아가씨 아버님께서 아가씨를 그분의 피후견인으로 삼겠다고 하신 의도는 이해하시죠?"

"저는 아버지가 그런 신뢰를 받기에 합당할 만큼 삼촌을 높게 평가한다는 사실을 보여주고 싶었던 것 같습니다."

"맞습니다. 그러나 이 경우 신뢰의 성격은 평범하지 않습니다."

"이해를 잘 못하겠어요."

"그게, 아가씨가 스물한 살 성년이 되기 전에 숨진다면 재산 전체가 그분에게 갑니다. 아시나요? 그리고 그분은 그동안 아가씨의 양육권을 가지게 되고요. 아가씨는 그분 집에서 살아야 합니다. 그분의 보호와 권위하에서 말입니다. 상황이 어떤지 이제 아시리라 믿습니다. 저는 아버님께서 그 유언장을 제게 읽어주셨을 때 마음에 들지 않았어요. 또 아버님께 분명히 그렇다고 말씀드렸습니다. 아가씨는 괜찮으신가요?"

나는 답변을 머뭇거렸다. 그의 말을 정확히 이해한 건지 확신이 들지 않았다.

"그 점에 관해 생각을 하면 할수록 더 마음에 들지 않습니다, 아가씨."

닥터 브라이얼리가 침착하고 근엄한 말투로 말했다.

"어머, 세상에! 닥터 브라이얼리, 선생님은 제가 삼촌의 집에서 지내는 게 대법관의 집에서 지내는 것처럼 안전하지 않다고 생각하시는 건 아니겠죠?"

나는 그의 얼굴을 빤히 바라다보면서 소리 질렀다.

"하지만 아가씨, 그건 아가씨 삼촌의 처지와는 다른 비유랍니다."

그가 잠시 망설인 후 답했다.

"하지만 그분은 그렇게 생각 안 할 수도 있죠. 그렇게 생각한다면 거절하실 수도 있잖아요?"

"맞습니다. 하지만 그분은 거절하지 않을 거예요. 여기 그분의 편지가 있습니다. 그분이 공식적으로 제의를 수락한다는 내용입니다. 하지만 저는 모든 상황을 고려해볼 때, 이건 세심하지 못한 일이라는 걸 아셔야 한다고 생각해요. 삼촌 사일러스 루틴 씨에게 한때 불편한 소문이 돈 건 아시죠?"

"그 말씀은……"

"바트램-호프에서 일어난 차크 씨 사망 사건 말입니다."

"그래요, 저도 들었어요."

내가 대답하자 그는 놀랄 정도로 태연하게 말을 이었다.

"우리는 물론 부당하게 추측을 하죠. 하지만 아주 다르게 생각하는 사람이 많습니다."

"어쩌면 그게 제 아빠가 그분을 저의 후견인으로 삼은 바로 그 이유 아닐까요?"

"그 점에 관해서는 의심의 여지가 없습니다, 아가씨. 그분을 둘러싼 그 추문을 일소하기 위해서입니다."

"그러면 그분이 그 신뢰를 고결하게 지킨다면, 그렇게 명예롭게 성취된 신뢰의 증거가 그분을 비방했던 사람들을 잠재우지 않을까요?"

"모든 게 다 잘 풀린다면 다소 그럴 수 있겠지요. 하지만 아가씨가 생각하는 것보다는 훨씬 효과가 덜할 겁니다. 게다가 혹시라도 아가씨가 성년이 되기 전에 사망할 경우도 생각하셔야 합니다. 우린 모두 언젠가 죽을 운명입니다. 3년 몇 개월을 그곳에서 지내야 합니다. 어떠세요? 혹시라도 그런 일이 벌어지면 어떨까요? 그럼 사람들이 어떻게 받아들일까요?"

"제 삼촌이 종교적으로 신실한 분이란 걸 선생님께도 아시지 않나요?"

"그게 무슨 상관입니까, 아가씨?"

"그분은 종교적으로 신실하시고 또 매우 크게 고통받았습니다. 세상에서 고립되어 오래 은둔 생활을 하셨고요. 그분은 매우 종교적입니다. 혹시 의심이 되시면 우리 부목사 페어필드 씨께 여쭤보세요."

"제가 그 점을 문제 삼는 게 아닙니다, 아가씨. 저는 그저 무슨 일이 벌어질지 모르니 그런 경우를 생각하시라는 겁니다. 사고가 있을 수도 있고, 천연두나 디프테리아도 있을 수 있습니다. 지금 매우 횡행하고 있지요. 3년 3개월은 긴 시간입니다. 아가씨는 몇 년 동안 많은 좋은 일들을 바라며 바트램-호프로 가시겠지요. 하지만 창조주께서는 이렇게 말씀하십니다. '어리석은 자여! 오늘 밤 내가 네 영혼을 찾아가리라.'* 아가씨가 사망하실 경우 유산 전체를 차지하게 될 삼촌 사일러스 루틴 씨에 대해 사람들이 어떤 생각을 가지게 될까요? 제가 듣기로 그분은 사시는 지역에서 오랫동안 소매치기보다 못한 대우를 받으신 것으로 알고 있는데요?"

"닥터 브라이얼리, 선생님은 스스로 평가하시기에 종교적인 분이시지요?"

내가 물었다. 스베덴보리 교도는 말없이 미소를 지었다.

"음, 그분도 그렇다는 점을 아시고, 선생님께서도 종교의 힘을 경험하셨으니, 그분이 신뢰를 받을 만한 자격이 된다고 생각하지 않으세요? 선생님께서는 그분이 당신 자신의 인격과 사랑하는 제 아빠가 보여주신 신뢰에 대한 가치를 보여줄 수 있는 이런 기회를 누려야 한다고 생각하지 않으세요? 그러고 나서 우리는 모든 결과와 우발적 가능성을 하늘의 뜻에 맡겨야 하지 않을까요?"

---

* 누가복음 12장 20절.

"지금까지는 하늘의 뜻이었던 것 같아 보입니다."

닥터 브라이얼리가 말했다. 나는 그의 표정을 보지 못했다. 그는 시선을 아래로 향한 채 검은 카펫에 지팡이로 작은 도해를 그리면서 매우 낮은 목소리로 말했다.

"아가씨 삼촌이 이 나쁜 평판으로 고통받아야만 한다는 사실 말이지요. 섭리의 명령에 대항하는 일을 행할 때 우리는 우리의 이성을 이용해야 합니다. 그 수단을 다루는 데는 양심적이고 성실한 태도가 필요하고요. 그런데 그런 수단이 선뿐만 아니라 해악을 끼칠 것 같으면, 우리는 특별한 중재를 바랄 권리가 없습니다. 우리의 실험을 심판으로 바꾸는 중재 말이지요. 저는 아가씨께서 그 점을 잘 비교하고 가늠해보아야 한다고 생각해요. 반대할 이유가 있다는 건 제가 확신합니다. 아가씨가 혹시라도 피보호권을, 이를테면 레이디 놀리스로 바꾸고 싶다고 결심하시면 저는 제가 할 수 있는 모든 조치를 강구해 도와드리겠습니다."

"그건 그분의 동의 없이는 안 되는 거잖아요, 그렇죠?"

"맞습니다. 그러나 저는 동의를 이끌어내는 일을 단념하지 않을 겁니다. 물론 조건이 붙겠지요?"

"잘 이해가 안 가요."

"예를 들어, 그분이 아가씨 후견인으로서 받을 연금을 계속 유지하는 조건 같은 것이겠지요."

"그럼 저는 사일러스 삼촌을 크게 오해하지 않을까요? 그분이 맡은 임무의 도덕적 가치가 아니라 돈이 목적이라고 말이에요. 저는 그분이 그 도덕적 가치를 빼앗긴다면 분명 돈도 거절하실 거라고 확신해요."

"우리는 아무튼 그분에게 이런저런 시도를 해봐야 합니다."

이 어스름 속에서도 닥터 브라이얼리의 검은 근육질 이목구비에 미소가 엿보였다고 나는 생각했다.

"어쩌면 제가 그분이 다른 추악한 동기를 가지고 행동하는 게 아니라고 생각하는 게 매우 어리석어 보일 수 있겠지요. 하지만 그분은 저의 가까운 친지이십니다. 저도 어쩔 수 없어요, 선생님."

"그건 매우 심각한 일입니다, 미스 루틴. 아가씨는 매우 젊기 때문에 보지 못하는 게 있어요. 세월이 지나면 장차 볼 수 있는 것들 말입니다. 아가씨 말씀대로 그분은 매우 종교적이지요. 그건 그렇다 치더라도 그분의 집은 아가씨가 살기에 적합한 장소가 아닙니다. 적막하고 고립된 곳이에요. 그 집 주인은 추방당한 분이고, 또 그 집은 온갖 종류의 추문이 반복된 곳이자 큰 범죄가 벌어진 장소입니다. 레이디 놀리스께서는 아가씨가 그곳에서 교육을 받으면 아가씨 남은 평생 동안 아가씨의 명예가 훼손될 거라고 생각하세요."

"정말 그렇단다, 모드."

눈에 띄지 않은 채 막 방으로 들어온 레이드 놀리스가 끼어들었다.

"안녕하세요, 닥터 브라이얼리? 아주 심각한 훼손이야. 넌 그 집이 얼마나 저주받고 사람들이 피하는 곳인지 짐작도 못할 거야. 그곳에 사는 사람들의 이름조차 금기시된단 말이야."

"어떻게 그런 일이! 어떻게 그런 터무니없는 일이 벌어지죠!"

내가 소리 질렀다.

"아주 불쾌한 일이지만 완벽하게 자연스러운 일이기도 해. 차크 씨의 이야기는 별개로 놓고, 그 집만 생각해보아라. 그 지역 사람들은 그런 일이 벌어질 거라고는 상상도 하기 훨씬 전부터 네 삼촌 사일러스를 고립시켰어. 그리고 네가 그이의 형님에 의해 그이의 보호하에 들어갈 정황을 한번 따져보자. 네 아버지는 강한 혈육애 때문에 처음부터 그 사건에 관해 완전히 일방적인 견해를 품었어. 하지만 그 지역에서 그이의 지위를 복원하는 데 아무 효력도 발휘하지 못했단 말이지. 그러니 넌 그 생각을 포기해야 해. 나 빼고, 그것도 그이가 허락할 경우에만 가능한 일인데, 그 지역 사람들은 아무도 바트램-호프에 가지 않으려고 해. 목사만 유일한 예외지. 거기 사람들이 널 동정할 거고, 그 모든 일이 어리석고 잔인한 일의 절정이 될 거라고 생각할걸. 하지만 어쨌든 그 사람들은 바트램에 가려고 하지 않을 것이며, 사일러스를 알려고 하지도 않을 거야. 그 집안과는 아예 상종을 하지 않으려고 할 거야."

"그래도 어쨌거나 아빠의 의견이 어떤 건지는 알게 되겠죠?"

"그건 그 사람들도 벌써 알고 있어. 그렇지만 그 사실은 그들에게 지금까지 그랬던 것처럼 앞으로도 눈곱만큼도 영향을 끼치지 않을 거야. 따지고 보면 말이야, 스스로를 루틴 가문만큼이나 대단하거나 혹은 더 대단하다고 여기는 사람들이 많아. 그리고 세상에 보여주겠다는 가여운 네 아버지의 생각은 그저 세상을 등진 지 오래된 사람, 그 오랜 은둔 생활에서 제 자신을 과대 포장하는 데 익숙해진 사람의 백일몽일 뿐이야. 나는 네 아버지가 스스로도 망설이기 시작했다는 사실을 알아. 1년만 더 살았더라면 유언장의 그 조항은 빠졌을 거야."

닥터 브라이얼리가 고개를 끄덕이며 말했다.

"그리고 그분이 만약 지금 지시를 내릴 힘이 있다면, 그 조항을 고집했을까요? 그건 모든 면에서 실수이며, 그분의 자식인 아가씨에게 상처가 되는 일입니다. 아가씨가 삼촌의 보호 하에 사는 동안 혹시라도 사망하게 되면, 그건 애처롭게도 유언자의 목적을 망가뜨리는 일입니다. 또다시 추측과 소문이 온 나라를 들쑤시게 되겠지요. 그러면 그 잠재우지 못한 스캔들이 또다시 전 세계에 퍼지겠지요."

"닥터 브라이얼리가 분명 모든 걸 다 처리할 거야. 사실 나는 조건을 붙여 사일러스와 협상하는 게 아주 어려울 거라고 생각하지 않아. 그리고 모드, 내 말 똑바로 들어. 네가 이런 시도에 동의하지 않으면 넌 평생 후회하게 될 거야."

여기 그 문제를 완전히 다른 관점에서 보는 두 사람이 있었다. 둘 다 완벽하게 이해관계는 없었다. 둘 다 다른 방식으로 명민하고 현명했다. 둘 다 명예로운 사람들로, 나를 말리려고 했다. 나의 이성에 호소하는 한편, 다른 한편으로 뭐라 말할 수 없이 나의 상상력에 경고를 가하는 식이었다. 나는 한 사람 얼굴을 보고 다른 얼굴을 번갈아 보았다. 침묵이 흘렀다. 그러다가 촛불이 켜졌다. 우리는 서로를 바라보았다.

"저는 그저 아가씨의 결정을 기다리겠습니다. 제가 아가씨 삼촌을 만나볼지 말지 결정하시지요, 미스 루틴. 이런 처분에 있어 그분 자신의 이익이 주요 고려 대상이라면, 그분 자신이 가장 잘 판단하시겠지요. 자신의 이익에 부합하는지에 대해서 말이죠. 그렇지 않다면 그분이 그에 맞게 대답할 거라고 생각합니다."

"전 지금 답을 드릴 수 없어요. 생각할 시간을 주세요. 최선을 다해 생각해볼게요. 사랑하는 커즌 모니카, 매우 감사해요. 저에게 너무나 친절하게 대해주셨어요. 닥터 브라이얼리, 선생님께도 감사드려요."

닥터 브라이얼리는 이때 자신의 수첩을 들여다보고 있어서 나의 감사의 표현에는 무심했다. 고개를 끄덕이지도 않았다.

"저는 모레 런던에 도착해야 합니다. 바트램-호프는 이곳에서 거의 100킬로미터 떨어진 거리입니다. 그중 30여 킬로미터만 철로가 놓였지요. 더비셔 산악 지대의 60킬로미터 넘는 거리를 우편마차로 이동하는 건 매우 느립니다. 하지만 아가씨가 시도해보라고 하시면 저는 내일 아침 그분을 만나볼 수 있을 겁니다."

"그렇게 한다고 말해. 그래야 해, 모드야."

"하지만 어떻게 한순간에 결정해요? 오, 커즌 모니카. 전 정말 모르겠어요!"

"넌 전혀 결정하지 않아도 돼. 결정은 그이에게 달려 있어. 자, 그이가 너보다 더 유능하니, 넌 그저 그러겠다고만 말하면 돼."

나는 다시 그녀에게서 닥터 브라이얼리로, 다시 그녀에게로 시선을 돌렸다. 나는 그녀를 끌어안았다.

"오, 커즌 모니카. 사랑하는 커즌 모니카, 말씀해주세요. 전 정말 비참해요. 어떻게 해야 하는지 말씀해주세요."

나는 이제까지 내가 얼마나 우유부단한 성격인지 몰랐다. 어쨌든 그녀의 말투로 그녀가 대답할 때 웃고 있다는 사실을 알았다.

"애야, 내가 벌써 말해주었잖니? 그래, 다시 얘기하마."

그러더니 그녀는 다시 열렬하게 말을 이었다.

"내가 애원하고 탄원하마. 내가 정말 널 사랑한다고 생각한다면 나의 조언을 따라야 해. 너보다 유능한 사일러스 삼촌이, 가여운 네 아버지의 견해와 의도를 나나 너보다 더 잘 아는 닥터 브라이얼리와 진지하게 논의한 후, 그이가 결정하도록 놔두는 게 지금 네가 해야 할 결정이란다."

"제가 그러겠다고 말씀드려야 하나요?"

나는 그녀를 더욱 가까이 끌어안고 키스하며 외쳤다.

"오, 말씀해주세요. '예'라고 말하라고 다시 말씀해주세요."

"그래, 물론 그래야지. 당신의 친절한 제의에 모드가 동의했어요, 닥터 브라이얼리."

"그렇게 받아들여도 되는 거죠?"

그가 되물었다.

"네, 맞아요, 닥터 브라이얼리."

"그래요. 현명하게 처신한 겁니다."

그가 마음속 짐을 던 것 같은 태도로 말했다.

"닥터 브라이얼리, 제가 무례하게 잊고 있었네요. 오늘 밤 우리 집에 묵으셔야 해요."

"안 돼, 그럴 수 없어."

레이디 놀리스가 끼어들었다.

"너무 먼 거리야."

"그래도 식사는 하셔야죠. 안 그래요, 닥터 브라이얼리?"

"안 돼, 그것도 안 돼. 선생님, 안 되는 거 아시죠?"

그녀가 단호하게 말했다.

"애야, 이분이 받아들일 수 없는 예의로 부담 드리지 마라. 당장 작별을 고해야 해. 조심해서 가세요, 닥터 브라이얼리. 즉시 편지 주시고요. 그곳에 도착하실 때까지 기다리지 마시고요. 인사드려, 모드. 홀에서 저와 잠깐 이야기 좀 하시지요."

그녀는 그렇게 말 그대로 그를 방에서 몰아냈다. 나는 혼란스럽고 정신이 없어서 나의 결정을 곱씹을 수조차 없었다. 만족스럽지 않았으나 되돌릴 수도 없었다. 나는 바보처럼 그들이 떠난 자리에 그대로 서 있었다.

레이디 놀리스는 몇 분 후 돌아왔다. 내가 좀 더 냉정했더라면, 나는 그녀가 가여운 닥터 브라이얼리를 바트램으로 가는 길 중간에 있는 여관에서 묵어가도록 하며 길을 재촉한 이유가, 그를 당장 내 눈앞에서 사라지게 해서 나의 결정—과연 나의 결정이었는지 모르겠다—을 철회할 수 없게 하기 위한 것이었음을 깨달았을 것이다.

"잘했다, 애야."

커즌 놀리스가 들어와 나를 따뜻하게 안아주었다.

"넌 정말 현명한 결정을 내린 거야. 그리고 네가 꼭 해야만 하는 일을 한 거야."

"정말 그런 거면 좋겠네요."

"그런 거면 좋겠다니! 말도 안 되는 소리! 지극히 자명한 일이야."

그때 저녁식사를 알리러 브랜스턴이 들어왔다.

제29장
사절의 일이 어떻게 되었는지

저녁 식탁의 밝은 불빛 아래 앉았을 때 나는 레이디 놀리스가 매우 흥분한 상태임을 확인했다. 그녀는 안도하며 기뻐했고 식사하는 내내 수다스러웠다. 어린 시절 아빠에 관한 이야기를 기억나는 대로 모두 해주었다. 대부분 전에 들은 이야기였지만 아무리 들어도 질리지 않는 이야기였다.

그럼에도 나는 가끔씩 마음이 딴 데로 향했다. 그렇게 예기치 못했던 대화, 그렇게 갑작스럽게 결단을 내린 일, 순식간에 벌어진 일, 당혹스럽도록 확신이 없는 일. 내가 잘한 걸까? 아마도 나의 커즌이 내 성격을 더 잘 이해했으리라. 어쩌면 그 모든 나의 정직한 자기성찰에도 불구하고, 심지어 지금도 나보다 더 잘 이해하는 것 같다. 우유부단하고, 나 스스로 내린 결정도 갑자기 뒤집고, 충동적으로 행동하는 성격. 커즌 모니카는 분명 내가 닥터 브라이얼리에게 맡긴 일을 철회하고 그를 붙잡으러 사람을 보낼까 봐 걱정했으리라.

친절한 그녀는 나의 생각을 다른 데로 새지 않게 막기 위해 애썼다. 한 가지 주제가 바닥나면 다른 주제를 찾았다. 그렇게 공들여 피하는 질문을 내가 다시 꺼낼까 봐 관련된 이야기가 나올 것 같으면 잘도 둘러대며 피했다.

그날 밤 나는 괴로웠다. 이미 나 자신을 질책하고 있었다. 잠을 이룰 수 없었다. 마침내 침대에 앉아 눈물을 쏟아냈다. 나는 닥터 브라이얼리와 커즌의 조언에 동의한 나의 나약함에 대해 한탄했다. 소중한 아빠와의 약속을 저버리는 게 아닐까? 내가 사일러스 삼촌을 꾀어 나의 배신에 부합하도록 허락한 게 아닐까?

레이디 놀리스는 현명하게도 그토록 신속하게 닥터 브라이얼리를 급파했다. 그가 다음날 아침에도 놀에 있었다면 나는 분명 그 일을 철회했을 것이다.

나는 그날 서재에서 네 통의 문서를 발견했다. 그게 나의 혼란을 가중시켰다. 사랑하는 아빠가 쓴 것으로 이런 글이 쓰여 있었다.

나의 유언장에 명시한 피신탁인 —에게 보내는 나의 편지.

유언장을 대독한 그 불안한 날, 나와 레이디 놀리스의 호기심을 자극했던 네 통의 봉한 편지의 내용이 여기 있다. 이런 내용이었다.

나는 나의 집 바트램-호프에 살고 있는 억압받고 불행한 나의 동생 사일러스 루틴을 사랑하는 나의 딸의 후견인으로 지정합니다. 이유는, 가능하다면 세상 사람들을 납득시키기 위함입니다. 그게 실패할 경우라도 내 가문의 모든 미래 후손들에게 그를 가장 잘 아는 그의 형이 암묵적으로 그를 신뢰하고, 또 그가 그 신뢰를 받을 가치가 있다는 사실을 알게 하기 위함입니다. 그가 가난하고 경솔하지만 않았다면 절대 없었을, 정치적 원한에서 유래한 비겁하고 터무니없는 중상모략은 이 정화의 시련을 통해 잠잠해질 것입니다. 나의 자식이 성년이 되기 전에 죽으면 내가 가진 모든 것이 그에게 넘어갑니다. 그리고 나는 내 자식이 내 자신의 보호 아래 있는 것처럼 그의 보호 아래 있으면 안전하다는 사실을 확신하고, 성년이 될 때까지 딸의 양육권을 동생에게 위임합니다. 나는 우리 젊은 시절의 우정에 기대 그대에게 기회가 있을 때마다 이 사실을 알리고, 또한 그대의 정의로운 감각으로 보증할 수 있는 내용을 사람들에게 전하라고 부탁합니다.

다른 편지들도 똑같은 취지의 내용이었다. 나는 그 편지들을 읽으면서 가슴이 무겁게 가라앉았다. 나는 두려움으로 몸을 떨었다. 내가 무슨 짓을 한 것인가? 불명예를 얻은 우리의 이름을 변호하기 위해 내린 아버지의 현명하고 고귀한 결정을 내가 꺾어놓으려고 한 것이다. 나는 그 쉬운 나의 임무에서 겁쟁이처럼 발을 뺐다. 자비로운 하늘이시여, 나는 고인과 맺은 믿음을 깨뜨린 것이다!

이 편지들을 손에 넣고 나는 하얗게 공포에 질려 커즌 모니카가 있는 응접실로 유령처럼 달려가 읽어보라고 내밀었다. 나는 그녀가 내 표정을 보고 얼마나 놀랐는지 그녀의 표정을 보고 알았다. 그녀는 아무 말도 하지 않고 서둘러 편지를 읽었다.

"이게 다니, 얘? 나는 네가 진짜 두 번째 유언장을 찾고 모든 걸 다 잃은 줄 알았잖니. 사랑하는 모드야, 이 모든 건 이미 다 알고 있었잖아. 우린 가여운 오스틴의 동기를 알고 있었어. 왜 그토록 쉽게 겁을 먹니?"

"오, 커즌 모니카. 전 아버지가 옳다고 생각해요. 이제 모든 게 다 합리적으로 보여요. 그리고 전…… 오, 내가 무슨 짓을 한 거야! 전부 중단시켜야 해요."

"사랑하는 모드야. 이성에 귀 기울여. 닥터 브라이얼리는 적어도 두 시간 전에 바트램에서 네 삼촌을 만났을 거야. 그걸 되돌릴 순 없어. 그리고 그럴 수 있다 하더라도 도대체 왜 그래야 하니? 네 삼촌이 알아서 판단할 수 없다고 생각하니?"

"하지만 삼촌은 벌써 결정하셨잖아요? 저는 모든 결정을 내린 그분의 편지를 가지고 있어요. 그리고 닥터 브라이얼리는…… 오! 커즌 모니카, 그분은 삼촌을 꾀러 간 거잖아요."

"무슨 말도 안 되는 소리를! 닥터 브라이얼리는 훌륭하고 정의로운 분이야. 게다가 네 삼촌의 양심이나 판단력을 왜곡시킬 만한 동기도 없어. 그 사람은 네 삼촌을 꾀러 간 게 아니야! 엉뚱한 소리! 그저 있는 그대로 사실을 전하고 그분더러 숙고해보라고 권할 뿐이야. 그런 임무가 얼마나 자주 아무 생각 없이 떠맡아지는지 아니? 또 사일러스가 얼마나 오랫동안 세상과 동떨어져 살았는지 알아? 어떤 문제에 대해 진지하게 토론하는 일에 멀어진 채 나태한 은둔 생활을 했는지 아냐고? 그런 걸 생각해보면 나는 그이가 그저 한가로이 이제껏 연루된 일 중 가장 최악의 일이 될지도 모를 일을 초래하기 전에, 자기 앞에 맡겨진 그 임무에 대해 공정하고 자명한 견해를 들어보는 게 양식 있고 명예로운 일인 것 같구나."

레이디 놀리스는 여성적 감각을 발휘하며 그렇게 주장했다. 그리고 나의 경험상, 여성들이 논리를 펼 때 가끔 그러는 것처럼 같은 말을 되풀이했다. 그녀는 나를 만족시키지 못하고 도리어 어리둥절하게 만들었다.

"제가 그 방에 왜 갔는지 모르겠어요."

나는 겁에 질려 말했다.

"그리고 왜 그 서랍으로 갔는지도요. 어떻게 우리가 전에는 한 번도 본 적이 없던 이 편지들이 오늘 내 시야에 가장 먼저 들어왔는지 모르겠어요."

"그게 무슨 말이니?"

"제 말은요, 전 제가 그곳으로 불려갔다고 생각해요. 가여운 아버지의 부름 같다고요. 그건 아버지의 손이 와서 저 벽에 쓴 것처럼 명백해요."

나는 이 혼란스러운 고백의 결론을 거의 고함치듯 말했다.

"지금 많이 예민하구나, 애야. 밤에 잠을 못자서 피곤한 거야. 자, 밖으로 나가자. 신선한 바람을 쐬면 괜찮을 거야. 분명 우리가 옳았다는 사실을 너도 곧 깨달을 거야. 그러고는 그렇게 행동한 사실에 대해 진심으로 기뻐할 거야."

그러나 나는 처음처럼 맹렬하지는 않았지만 여전히 납득되지 않았다. 그날 밤 나는 기도를 올리며 나 자신을 질책했다. 잠자리에 누웠을 때 불안은 몇 배로 커졌다. 예민하게 흥분하는 모든 사람들은 적어도 한두 번 무시무시한 환영이 각종 왜곡된 모습으로 나타나는 것을 겪어보았으리라. 눈을 감는 순간 하나가 지나면 다른 하나가 떠오른다. 이날 밤 아버지의 얼굴이 나를 괴롭혔다. 어떤 때는 상아빛처럼 매우 희고 날카로웠고, 또 어떤 때는 유리처럼 기이하게 투명했다. 또 때로는 송장처럼 매달려 있었는데, 모두 똑같이 초자연적인 악마처럼 진노한 모습이었다.

이런 오싹한 환영에서 벗어날 수 있는 길은 오직 자리에 일어나 앉아 불빛을 바라보는 방법밖에 없었다. 나는 마침내 지쳐서 잠에 빠졌다. 그러고는 꿈속에서 침대 커튼 밖에서 들리는 아빠의 날카로운 목소리를 또렷이 들었다.

"모드, 우리 바트램-호프에 늦겠구나."

나는 공포에 질려 잠에서 깼다. 아빠가 부르는 소리에 벽이 여전히 울리는 것 같았다. 누군가 커튼 바깥쪽에 서 있는 것 같았다.

비참한 밤을 보냈다. 아침에 나는 잠옷 차림으로 레이디 놀리스의 침대 옆에 유령처럼 서 있었다.

"저 경고를 받았어요. 오, 커즌 모니카. 아빠가 제게 찾아왔어요. 그러고는 바트램-호프에 가라고 명령했어요. 저는 그곳으로 갈 거예요."

그녀는 불편한 표정으로 내 얼굴을 바라보았다. 그러더니 그 문제를 웃어넘기려 했다. 그러나 그녀는 내가 불안과 긴장감에 시달리다 못해 기이한 상태에 빠진 것을 보고 분명 괴로웠으리라.

"넌 너무나 많은 걸 당연하게 여기고 있구나, 모드. 사일러스 루틴은 십중팔구 그 제안을 거절할 거야. 그러면서 너더러 바트램-호프에 오라고 고집을 피울 거야."

"제발 그러길! 하지만 그러지 않으셔도 전 마찬가지예요. 전 갈 거예요. 그분이 절 돌려보내더라도 전 갈 거예요. 그러고 나서 그토록 끔찍하고 사악한 배신을 속죄할 거예요."

편지가 도착할 때까지 우리는 몇 시간을 더 기다려야 했다. 우리 둘 다 기다리는 시간이 참기 어려웠다. 나로서는 거의 고통이나 다름없었다. 마침내 예기치 못한 순간에 브랜스턴이 행낭을 들고 방으로 들어왔다. 레이디 놀리스 앞으로 바트램 소인이 찍힌 커다란 편지가 왔다. 닥터 브라이얼리가 보낸 편지였다. 우리는 함께 읽었다. 전날 날짜였고 내용은 다음과 같았다.

존경하는 마담, 저는 오늘 바트램-호프에서 사일러스 루틴 씨를 만났습니다. 그리고 그는 그 어떤 조건에도 후견인 자리를 내놓거나, 미스 루틴이 자신의 보호하에 놓이는 것 이외에 다른 어느 곳에 거주하는 것을 단호하게 거절했습니다. 거절의 사유로는 우선 양심적인 어려움을 들었습니다. 자신은 그 어떤 개인적 사정으로도 그토록 진지한 방식으로 위임되었고, 고인의 유일한 형제로서 그토록 자연스럽게 자신에게 위임된 임무를 양도할 권리가 없다고 했습니다. 그리고 두 번째로 대리 피신탁인의 의뢰로 그렇게 철회를 하면 자기 자신의 인격에 미칠 영향을 생각해서 거절한다는 것이었습니다. 그건 공개적인 자기비난이나 마찬가지라는 말이었습니다. 그리고 그가 저와 이러한 처지를 논의하는 것을 거절했음으로, 저는 그와 그 어떤 논의도 할 수 없었습니다. 그가 확고히 결심을 한 이상 저는 금세 자리에서 일어났습니다. 그는 자신의 조카를 맞기 위한 준비가 다 되었다고 말하며 며칠 내로 조카를 부르겠다고 했습니다. 그러니 저는 놀로 돌아가 미스 루틴이 떠나기 전 필요한 조언이 있으면 해드리고, 하인들을 해임하고, 목록을 작성하고, 미성년 기간 동안 그곳의 관리를 위한 조치를 취하는 것이 좋을 것 같습니다.

예의를 표합니다.

— 한스 E. 브라이얼리.

나는 나의 커즌이 얼마나 기가 꺾이고 화가 났는지 묘사하지 못하겠다. 그녀는 한두 번 콧방귀를 끼고 나서 다소 신랄하면서도 차분한 태도로 말했다.

"자, 어때? 좋겠구나?"

"아뇨, 아뇨, 아뇨. 그렇지 않아요. 저의 유일한 친구인 사랑하는 커즌 모니카, 전 마음이 아파요. 하지만 양심은 안도가 되네요. 이게 얼마나 희생하는 건지 모르실 거예요. 저는 아주 불행한 사람이에요. 저는 말로 형언할 수 없는 불길함을 느끼고 몹시 겁이 나요. 하지만 절 버리지 않으실 거죠, 커즌 모니카?"

"절대 그런 일 없어, 절대."

그녀는 슬프게 대답했다.

"그리고 절 보러 오실 거죠. 할 수 있는 한 자주 오실 거죠?"

"그래, 얘. 그런데 그건 사일러스가 허락해야만 가능한 일이야. 그러도록 해줄까?"

그녀는 나의 얼굴에서 공포를 보고는 급하게 말을 이었다.

"내가 할 수 있는 일은 뭐든지 다 할 거야. 어쩌면 그이가 네가 날 보러 오는 걸 허락할 수도 있겠지. 가끔 짧은 방문은 허락해줄 거야. 내 집은 10킬로미터 정도밖에 안 걸리잖니? 30분 조금 넘게 걸리는 거리야. 그리고 난 바트램을 싫어하고 사일러스를 싫어하지만…… 그래, 난 사일러스가 싫어."

그녀는 놀란 나의 얼굴을 보더니 그 말을 반복했다.

"바트램에 방문할게. 다시 말하지만, 그 사람이 허락하면 말이다. 너도 알다시피 난 거기 안 간 지 25년도 넘은 거 같아. 난 절대 사일러스를 이해하지 못해. 그이가 태만의 죄이든 과실의 죄이든 용서하지 않을 거야."

나는 도대체 어떤 오래된 앙심이 있어 나의 커즌이 사일러스 삼촌을 그토록 신랄하게 비판하는지 의아했다. 나는 그게 정당하다고 생각할 수 없었다. 당시 나의 영웅이 내 눈앞에서 그토록 무례하게 취급되는 것을 보았으니, 우상이 그렇듯 내게 그 신성함이 다소 빛을 잃었다. 그러나 나는 여전히 신조처럼 그를 신성하게 보려고 고집했다. 스며드는 모든 의구심을 사악한 암시라도 되는 것처럼 액막이하듯 물리쳤다. 그러나 나는 여성에 대한 일부 사람들의 편견처럼, 레이디 놀리스에게 짜증이나 악의 같은 나쁜 감정이 작용했을 거라고 의심하는 잘못을 저질렀다.

그렇게 커즌 모니카를 후견인으로 지정하기 위한 계획은 더 이상 회생하지 못할 정도로 산산조각 났다. 가여운 아빠의 소망이 그것이었다면 내가 매우 기뻐했을 그 계획이 날아간 것이다. 하지만 바트램-호프와의 교류를 재개하겠다는 그녀의 약속을 위안 삼아 우리는 서로 체념했다.

다음날 아침 매우 늦은 아침식사 자리에서 레이디 놀리스는 편지 한 통을 읽었다. 갑자기 감탄사를 쏟아낸 다음 조금 웃더니 몇 분간 아주 진지하게 읽었다. 그러다가 또다시 웃음을 보이더니 찻잔 옆에 있던 편지를 손에 쥔 채 고개를 들었다.

"내가 누구에 대한 이야기를 읽고 있는지 넌 상상도 못하겠지?"

그녀는 살짝 고개를 한쪽으로 기울이며 짓궂은 미소를 보였다. 나는 얼굴이 빨개지는 것을 느꼈다. 뺨과 이마, 심지어 손가락 끝까지 빨개졌다. 나는 기대했다. 그녀는 매우 재미있는 표정을 지었다. 혹시 캡틴 오클리가 결혼했다는 소식일까?

"전 정말 감을 못 잡겠는데요?"

나는 도가 지나칠 정도로 무관심한 척했다. 하지만 그런 태도는 오히려 우리의 속마음을 빤히 내비치는 일이다.

"그래. 내가 보기에도 그런 것 같구나. 하지만 넌 네 얼굴이 얼마나 예쁘게 빨개진지 모를걸?"

그녀는 매우 즐거워했다.

"전 정말 신경 안 써요."

나는 다소 위엄을 담아 대꾸했다. 그러나 얼굴은 점점 더 빨개지고 있었다.

"한번 맞춰볼래?"

"모르겠어요."

"음, 그럼 말해줄까?"

"원하시는 대로 하세요."

"음, 그럴게. 내 말은, 한 페이지 읽어줄게. 그럼 다 알 수 있어. 너 조지나 팬쇼 아니?"

"레이디 조지나요? 아뇨."

"음, 상관없어. 그이가 지금 파리에 있다네. 그리고 이 편지는 그이한테서 왔어. 뭐라고 하냐면…… 보자, 그곳 이름이 뭐였더라……"

어제 있죠, 뭐일 거 같아요? 완전 유령 같았다니까! 내 오빠 크레이븐이 나더러 자기와 같이 '르 바'에 가자는 거예요. 그레브 근처의 작은 골동품 거리에 있는 가게 말이에요. 여기서는 뭐라고 부르는지 모르겠어요. 우리가 거기 갔을 때는 사람들이 거의 없었어요. 그런데 너무나 진귀하고 신기한 게 많아서 이것저것 둘러보느라 한 1~2분간 나는 키 큰 여자가 있는 걸 알아차리지 못했어요. 회색 실크옷과 검정 벨벳외투에 파리에서 유행하는 꽤 멋진 모양의 보닛 차림이었고요. 말이 났으니 말이지, 자기도 그 새로운 모양에 매혹될 거예요. 나온 지 3주밖에 안 됐고, 아주 놀랍도록 우아하다니까요. 내 생각엔 어쨌든 그렇게 보였어요. 아마 지금쯤이면 몰니츠에도 나왔을 거 같은데. 그러니 그 이야기는 더 이상 안 할게요. 그리고 옷 이야기가 나왔으니 말인데, 나는 자기에게 줄 레이스를 샀어요. 자기가 혹시라도 그거 안 좋아하면, 자긴 정말 은혜를 모르는 사람일 거야.

"어머, 이런 것까지 다 읽을 필요는 없겠지? 자, 여기 나머지 이야기야."
그러곤 계속 편지를 읽었다.

하지만 자기는 이 새로운 보닛을 쓰고 벨벳외투를 입은 나의 신비스러운 여인에 대해 궁금하겠지요? 그 여자는 카운터 의자에 앉아 있었어요. 손님이 아니라 분명 종이상자에 담긴 이런저런 보석과 장신구를 파는 여성 말이에요. 남자가 그걸 하나씩 들어보더니 가치를 따지는 것 같더라고요. 나는 아주 예쁜 진주 십자가를 잘 볼 수 있을 만큼 가까이 있었는데, 그 안에 정말 좋은 진주가 대여섯 개 정도 박혀 있더라고요. 그래서 그걸 탐내기 시작했는데, 그때 그 여성이 어깨너머 나를 보더니 알아보았어요. 사실 우리는 서로 아는 사이였죠. 자기, 그 여자가 누구였을 거 같아요? 음, 일주일 안에 못 맞출 거 같고, 난 또 그렇게 오래 기다리지 못하니, 지금 당장 자기에게 말해줄게요. 그 여자 그 끔찍한 늙은 마드무아젤 블라스마르였어요. 왜, 자기가 엘버스턴에서 내게 가리켜주었던 여자요. 난 정말 그때 이후로 그 여자 얼굴을 절대 잊어버리지 않았거든. 그 여자도 나를 알아차렸어요. 왜냐하면 나를 보자마자 즉시 얼굴을 돌려버렸고, 다음번 내가 볼 때는 베일을 내려버렸으니까.

"모드야, 너 그 끔찍한 마담 드 라 루지에르가 여기 있을 때네 진주 십자가를 잃어버렸다고 하지 않았니?"

"예, 맞아요. 하지만……"

"알아. 하지만 그 여자가 마드무아젤 드 블라스마르하고무슨 상관이냐고 하려고 했지? 그 둘은 같은 사람이야."

"오, 어머!"

어렴풋하지만 위험하고 혼란스러운 감정이 밀려왔다. 한동안 보지 못했던 적의 소식을 갑자기 들으니 드는 감정이었다.

"내가 조지에게 편지 써서 그 십자가 사라고 할게. 그게 네 것이라는 데 내 목숨을 걸 수 있어.”

레이디 놀리스는 단호하게 말했다. 하인들은 사실 마담 드라 루지에르에 관한 자신들의 의견 개진에 비밀이 없었다. 노골적으로 그 여자에게 절도 행각의 혐의를 씌웠다. 심지어 그 가정교사가 여기 있을 때 그 여자의 무익한 호감을 받았던 앤 윅스테드조차도 그 여자가 내가 잃어버린 레이스 조각을 집시 행상에게 넘기고 프랑스제 장갑과 아일랜드제 포플린 옷감으로 맞바꾸는 걸 보았다고 슬며시 내비쳤다.

“그게 네 것이라고 확인이 되면 난 경찰을 시켜 잡아들일 거야.”

“하지만 절 법정에 세우지는 마세요.”

나는 재미있는 한편 긴장되기도 했다.

“그건 절대 안 되지. 메리 퀸스와 러스크 부인이 완벽하게 증명할 수 있어.”

“그런데 왜 그토록 그 여자를 싫어하세요?”

커즌 모니카는 의자에 푹 기대앉고는 시선을 올려 천장 장식을 구석구석 살피며 이유를 찾았다. 그러다가 마침내 재미있다는 듯 살짝 웃었다.

“글쎄, 정말 뭐라고 딱 꼬집어 얘기하기가 쉽지 않구나. 어쩌면 자비로운 마음은 아닐 수도 있는데, 난 정말 그 여자가 싫어. 그리고 이 귀여운 위선자 아가씨야, 너도 나만큼 그 여자 싫어한다는 거 알고 있거든.”

우리는 함께 웃었다.

"그 여자에 관해 아시는 거 다 말해주세요."

"그 여자의 내력이라? 난 정말 거의 몰라. 그저 조지나가 말한 그곳에서 그 여자를 가끔 보곤 했다는 거 빼고. 그 여자에 관해 이런저런 불쾌한 이야기가 돌았거든. 하지만 그런 건 다 거짓일 수도 있잖니. 내가 아는 최악은 그 여자가 널 대한 태도이고, 네 아빠의 서랍을 훔친 거지(커즌 모니카는 그걸 절도라고 불렀다). 그리고 난 그거면 그 여자를 사형시킬 충분한 이유라고 생각해. 이제 나가서 산책 좀 할까?"

그리하여 우리는 함께 나갔다. 나는 마담에 대해 다시 이야기를 꺼냈으나 더 이상은 들을 수 없었다. 어쩌면 정말 들을 만한 이야기가 그다지 없었는지도 몰랐다.

제30장
길에서

놀의 모든 것은 해체가 가까워졌다. 닥터 브라이얼리는 약속대로 도착했다. 그는 일 처리를 하느라 항상 정신없이 바빴다. 그와 댄버스 씨가 영지의 관리에 대해 논의했다. 저택을 제외하고 토지와 정원은 세를 놓기로 결정되었고, 저택은 러스크 부인이 관리하기로 했다. 사냥터 관리인과 일부 옥외 하인들은 남아 있기로 했다. 그러나 나머지는 해임하기로 했고, 메리 퀸스는 나의 하녀로 바트램-호프에 함께 가기로 했다.

"퀸스와 절대 헤어지지 마. '그들'이 네가 퀸스를 해임하길 바라더라도, 절대 그러지 마."

레이디 놀리스는 단호하게 말했다. 그녀는 이 문제에 대해 강조하고 또 강조하며 하루에도 대여섯 번씩 되풀이하며 강조했다.

"그들이 퀸스가 숙녀의 하녀로 적합하지 않다고 주장할 거야. 그 말이 맞긴 하지만 바트램-호프 같은 궁벽한 곳에서는 그게 무슨 의미가 있겠니? 어쨌거나 퀸스는 정이 많고 믿을 만하고 정직한 여자야. 그런 자질은 어디서든 귀중한 거야. 특히 고립된 생활을 하는 곳에선 더욱 그래. 그들이 너에게 퀸스 대신 사악한 젊은 프랑스 모자 제조인을 들이게 하면 안 돼."

그녀는 때로 내 귀에 거슬리는 이야기를 하며 뭔지 모를 위험한 예감을 들게 만들었다. 이를 테면 이런 식이었다.

"그 여자가 네게 진심이고 또 착한 여자인 건 나도 알지. 하지만 너무 약삭빠르진 않니?"

아니면 불안한 표정으로 이렇게 말하기도 했다.

"메리 퀸스가 쉽게 겁먹는 스타일이 아니었으면 좋겠구나."

혹은 갑자기 이런 말들도 했다.

"혹시 네가 아플 경우에 말이야, 메리 퀸스가 편지는 쓸 줄 알겠지?"

"그 여자 메시지는 정확히 받을 줄 아니?"

"그 여자 진취적인 기량이나 재간이 있는 사람이니? 위급 시 침착함을 보일 줄 알아?"

내가 여기서 글로 적고 있는 이런 질문들을 연달아 하진 않고 띄엄띄엄 했는데, 그런 질문 다음엔 곧바로 일상적 이야기가 이어졌다. 커즌 모니카의 불안한 질문들은 대개 입을 다물고 우울하게 생각에 빠지는 시간이 지나면 더 이상 이어지지 않았다. 나는 그런 질문들을 접하며 그 진의나 함의를 또렷하게 잡아내지 못했다. 그저 그게 훌륭한 나의 커즌이 심각하게 예상하는 어떤 위험을 가리키는 것 같았다.

커즌의 마음을 사로잡은 또 다른 문제는 진주 십자가 도난 사건이었다. 그녀는 메리 퀸스와 러스크 부인과 나의 기억을 각각 묘사한 메모를 작성했다. 처음 경찰에 신고한다고 했을 때는 그저 일시적 충동에 지나지 않는다고 생각했다. 그러나 체계적으로 우리를 조사하는 모습을 보고는 그 문제를 진지하게 받아들이고 있음을 깨달았다.

커즌 모니카는 놀을 떠날 시간이 곧 닥쳐올 것을 알고 내가 바트램-호프로 먼저 떠나는 모습을 보고 나서 떠나기로 했다. 하루하루 지나가며 우리가 작별할 시간이 가까워지자 나에게 더욱더 친절하고 애정 어리게 대했다. 내게는 불안하고 슬픈 시간이었다.

닥터 브라이얼리는 집에 머물고 있긴 했지만, 그저 티타임에 한 시간가량만 빼고 거의 얼굴을 보지 못했다. 그는 매우 이른 시각에 아침식사를 했고, 저녁식사는 업무가 허락하는 선에서 불규칙하게 먹었다.

그가 머물던 둘째 날 저녁 커즌 모니카는 바트램-호프에 방문한 이야기를 물었다.

"물론 그분 보셨죠?"

"예, 만나 뵈었습니다. 건강이 좋지 않으시더군요. 제가 누구인지 듣고 나서 자신의 방으로 들어오라고 하셨어요. 그곳에서 실내복과 실내화 차림으로 앉아 계셨습니다."

"업무부터 우선 말씀해주세요."

커즌 모니카는 간결하게 말했다.

"그건 몇 마디 말로 신속하게 처리되었습니다. 아주 단호했거든요. 그리고 논쟁하기 어려운 근거를 들며 거절하시기도 했고요. 하지만 어려우나마나 그분은 그 주제에 대해 아무것도 들으려고 하지 않았어요. 그렇게 일단락되었습니다."

"음, 그분 지금 종교는 어떤 것이던가요?"

"그 문제에 관해서는 흥미 있는 대화를 나누었습니다. 그분은 우리가 '상응물의 원리'*라고 부르는 것에 매우 심취해 있었습니다. 그분은 스베덴보리에 매우 심취해 있었고, 그의 추종자라고 자칭하는 사람과 몇 가지 문제에 관해 토론하고 싶어 했습니다. 진실을 말하자면, 나는 그분이 그 주제에 대해 그렇게 해박하고 그토록 심오하게 관심을 가진 줄은 기대하지 못했습니다."

"그이에게 후견인 자리에서 물러나는 게 어떤지 제안했을 때 화를 내던가요?"

"전혀요. 반대로 그분은 처음에는 자신도 그렇게 생각했다고 말했습니다. 자신의 나이, 습성, 상황에 맞지 않는 점, 훌륭한 교사들을 구하기에는 너무 외진 바트램-호프의 위치 등 모든 것이 신경 쓰였다고 했어요. 그러면서 거의 그 제의를 받아들이지 않겠다고 결심할 뻔했다고 했죠. 하지만 제가 편지에서 말씀드린 것처럼, 자신의 결정에 영향을 끼친 견해를 밝

---

* 스베덴보리의 교리로서, 물리적인 것과 영적인 것, 지상의 것과 천국/지옥의 것들이 서로 상응한다는 내용이다.

히더군요. 그러고는 아무것도 그 견해를 흔들 순 없다, 자신의 마음속에서 다시는 그 질문을 제기하지 못한다고 말했습니다."

닥터 브라이얼리가 바트럼-호프의 가장과 나눈 대화를 전달하는 내내 나의 커즌은 다양한 어조로 "쳇"과 조롱의 말을 내뱉었다. 내가 보기엔 경멸보다는 짜증이 더 묻어나는 것처럼 보였다.

나는 닥터 브라이얼리가 전달한 이야기를 다 듣고서 기뻤다. 그 이야기는 일종의 확신을 주었다. 나는 순간적으로 이런저런 생각이 떠올랐다. 결국 바트럼-호프가 이곳 놀보다 더 적막할 수 있을까? 그리고 나와 또래인 사촌 밀리센트와 어울릴 수 있지 않을까? 더비셔에 머무는 게 더 나이 들어 기억할 때 매우 조용하지만 행복한 추억이 되지 않을까? 그러지 않을 이유가 무언가? 우리가 음울한 상상력에 스스로를 내맡긴다면 어떤 곳이건 어떤 때건 행복할 수 있을까?

그렇게 시간이 흘러 사일러스 삼촌에게서 소환장이 날아왔다. 놀에서 지내는 시간은 이제 끝이 보였다.

떠나기 전날 저녁 나는 사일러스 삼촌의 전신상 초상화 앞에서 마지막으로 지대한 관심을 품고 꽤 오랫동안 세심하게 그림을 관찰했다. 그러나 결과는 그 어느 때보다 더 모호했다.

그렇게 관대하고 부유하고 또 언제나 나서서 도와줄 준비가 되어 있는 형이 있고, 재능을 겸비했으며 유연하고 찬란한 아름다움을 지닌 남자, 그런 남자의 캔버스에 그늘이 드리워져 보였다. 그가 성취하지 못할 일이 무엇이었을까? 누굴 사로 잡지 못했을까? 그는 어디에 있으며 어떤 사람일까? 불명예스러운 결혼을 하고 자신의 소유도 아닌 적막한 저택을 차지하고 사는 세상이 저버린 가난한 노인, 의심받고 외로운 가운데 얼마 남지 않은 삶. 그다음엔 빠른 망각이 최선의 운이겠지.

나는 기억 속에 생생히 잘 담기 위해 그림을 응시했다. 나는 혹시 그 그림의 살아 있는 원본에서 일부 윤곽선과 색조의 흔적을 찾을 수도 있을 것이다. 내일이면 내 인생 처음으로 보게 될 그분에게서.

그렇게 아침이 밝아왔다. 다시 돌아오기 전까지 놀에서의 마지막 날이었다. 작별의 날, 새로운 경험과 회한의 날. 여행 마차와 파발마들이 문 앞에 대기했다. 커즌 모니카의 마차는 철길을 향해 막 떠났다. 우리는 눈물을 흘리며 포옹했다. 그녀의 친절한 얼굴이 아직도 내 눈앞에 어른거렸고, 위로와 약속의 말이 아직도 내 귓전을 울렸다. 이른 아침의 냉기가 대기 중에 여전했다. 유리창엔 성에가 여전히 반짝였다. 우리는 서둘러 아침식사를 했다. 나는 그저 차 한 잔만 마셨다. 집의 모습이 어찌나 이상해 보이던지! 카펫도 걷어내고 사람들도 나가고 대부분의 문이 굳게 잠겼다. 러스크 부인과 브랜스턴만 빼고 모든 하인이 떠났다. 응접실 문이 열려 있었는데, 파출부 여인이 맨바닥을 닦고 있었다. 나는 고택을 마지막으로—얼마나 오래 떨어져 있을지 누가 알겠는가?— 둘러보며 머뭇거렸다. 짐은 모두 실린 상태였다. 메리 퀸스 먼저 타게 했다. 마지막 한순간까지 소중했다. 그리고 이제 그 순간이 다가왔다. 나는 홀에서 러스크 부인을 포옹하고 키스했다.

"신의 축복이 있으시길, 미스 모드. 끙끙 앓지 말아요. 시간은 빨리 흘러갈 거예요. 금방 갈 걸요. 그리고 시간이 아가씨에게 어울리는 멋진 젊은 신사분을 데리고 올 거예요. 누가 알아요? 웰링턴 공작만큼 훌륭한 분을 남편으로 모셔올지. 제가 모든 걸 다 잘 관리할게요. 아가씨가 돌아오실 때까지 새들이며 개들이며 모두요. 허락하시면 저도 아가씨와 메리를 보러 더비셔로 방문할게요."

나는 마차에 올라 브랜스턴에게 문을 닫으라고 하고는 작별을 고했다. 마지막으로 러스크 부인의 손에 키스했다. 러스크 부인은 미소를 보이며 눈물을 닦고 현관 앞 계단에서 고개 숙여 인사했다. 신이 나서 마차를 쫓아오던 개들은 브랜스턴이 부르자 뒤돌아섰다. 의아해하며 아쉬워하듯 귀를 쫑긋 세우고 꼬리를 내렸다. 나는 아이들의 친절함에 감사했다. 그리고 이방인처럼 느껴지며 매우 쓸쓸했다.

밝고 맑은 아침이었다. 40킬로미터를 위해 마차에서 기차로 갈아탈 필요는 없다고 결정되었다. 그리하여 100킬로미터 가까운 거리 전체를 파발마 도로로 가기로 했다. 마음만 자유롭다면 즐거운 여행길이었을 것이다. 기차를 탔다면 창문으로 보는 풍경이 더 장엄하고 더 멀리까지 볼 수 있었으리라. 그러나 유쾌하게 재잘거리는 역사처럼, 우리의 관심을 불러일으키고 우리에게 정보를 주는 건 전경이다. 옛 시절에는 그런 걸 사륜 역마차 창으로 즐기곤 했다. 그것은 카드게임보다 훨씬 흥미로웠다. 삶의 모든 조건들—호화로움과 비참함, 활발함과 우울함— 온갖 의복, 제복, 누더기 옷, 모자. 그리고 포동포동한 얼굴, 주름진 얼굴, 친절한 얼굴, 사악한 얼굴. 조용히, 생생하게 지나치는 그 모든 제자리에 어울리는 풍경이 끝없는 관심과 연상 작용을 불러일으킨다. 황금빛 옥수수와 어둑하게 골이 진 오래된 과수원을 지나 오래된 도시의 중심 도로가 나타난다. 그렇게 밝은 꿈들도 드물 것이며, 그렇게 즐거운 책도 드물 것이다.

우리는 어두운 숲길—숲은 나에겐 언제나 어두워 보였다—로 나아갔다. 무덤이 있는 곳, 지금은 사랑하는 나의 부모님이 누워 계신 곳. 나는 그 음울한 건축물을 부드러운 감정이 아니라 이상하게 고통스러운 감정으로 바라보았다. 그곳이 시야에서 사라지자 기뻤다.

오전 내내 나는 눈물 한 방울 흘리지 않았다. 착한 메리 퀸스는 놀을 떠나며 울었다. 레이디 놀리스는 내게 키스하고 축복하며 가능한 한 빨리 방문할 것을 약속할 때 눈이 내내 젖어 있었다. 작별할 때 하녀장의 검고 마르고 에너지 넘치는 얼굴은 떨리고 있었고, 뺨은 젖어 있었다. 그러나 그중 가장 슬펐던 나는 눈물 한 방울 흘리지 않았다. 나는 그저 익숙한 공간을 이리저리 둘러만 보았다. 나는 창백했고, 흥분했고, 떠난다는 사실을 실감하지 못했으며, 스스로 왜 이리 침착한지 의아해했다.

우리가 부벽扶壁 옆에 키 큰 고리버들들이 서 있는 옛 다리에 도달했을 때 나는 뒤를 돌아 놀을 바라보았다. 우리가 사랑한 장소이자 떠나면서 보니 그토록 동화처럼 보이는 곳, 맑은 풍경 속 먼 곳에서 보니 그토록 슬퍼 보이는 곳. 언덕 목초지와 군데군데 진중한 작은 숲을 이룬 고고한 나무들 사이로 박공이 달린 고택이 아주 선명하고 또렷이 보였다. 나는 멀어지는 풍경을 보며 마침내 눈물을 흘렸다. 그 아름다운 그림이 언덕으로 가려진 후에도 오랫동안 조용히 눈물을 흘렸다.

나는 안도했다. 말을 바꾸고 나서 모르는 고장에 진입했을 때, 새로운 풍경이며 앞으로 전진하고 있다는 생각이 밀려들며 은둔의 삶을 살았던 젊은 여행자에게 특유의 효과를 발휘하기 시작했다. 나는 전체적으로 나쁘지 않은 흥분을 경험할 수 있었다.

여행의 경험이 없는 메리 퀸스와 나는 막연히 벌써 바트램-호프에 가까워지고 있다고 추측했다. 그러나 우리는 거의 1시가 다 된 시각에 뒤에 앉아 있던 별 특징 없는 안내인—하인이라기보다 말구종에 가까워 보였는데, 나의 후견인을 대리해 우리와 짐을 보호할 책임을 진 사람이었다—에게서 아직도 65킬로미터를 더 가야 한다는 이야기를 듣고 매우 실망했다. 게다가 남은 길은 드높은 더비셔 산악 지대를 가로지르는 길이었다.

마차는 사실 조바심을 내는 우리 사정과는 상관없이 말들의 편의에 맞춘 속도로 달리고 있었다. 이제 말 한 필의 편자에 못 한두 개를 박기 위해 멈춰 선 예스런 작은 여관에서 우리는 기다리는 동안 이른 저녁식사를 했다. 우리는 둥근 내민창으로 작은 정원이 내다보이고, 더 멀리로는 예쁜 풍경이 보이는 예스런 작은 응접실에서 즐겁게 식사했다.

이때쯤 착한 메리 퀸스는 나와 마찬가지로 꽤 눈물이 마른 상태였다. 우리는 둘 다 바트램 생각에 온통 마음을 빼앗겼고, 나는 다소 긴장한 상태였다. 우리는 작고 예쁜 응접실에서 얼마간 시간을 보낸 후 다시 길을 나섰다.

여행길에서 가장 느린 부분은 선원들이 맞바람을 맞으며 지그재그로 나아가듯, 긴 산악도로를 따라 지그재그로 오르는 길이었다. 나는 나무들 사이에 집들이 예쁘게 모여 있는 곳의 이름—소도시 규모는 아니었다—을 잊어버렸다. 그곳에서 우리는 네 필의 말과 두 명의 기수장을 구했다. 일이 고되기 때문이었다. 나는 그저 그곳을 메리 퀸스와 내가 매우 편안하게 차를 마시고 생강빵 몇 개를 산 곳으로만 기억한다. 빵은 보기에 매우 호기심을 자극했지만 먹기엔 별로였다.

꽤 높이 올라갔을 때 오르막길 대부분은 보통 걸음의 속도로 나아갔고, 유난히 가파른 곳에서는 마차에서 내려 걸어가야 했다. 그러나 나는 그게 꽤 즐거웠다. 나는 이전에 한 번도 산에 오른 적이 없었다. 그때 처음으로 양치류 식물이나 히스, 순수하고 거친 바람, 또 무엇보다도 풍요로운 우리 고장의 장엄한 풍경을 경험했다. 풍경은 일몰의 색채에 물들어 찬란하면서 몽롱한 색조를 띠었으며, 우리 밑으로 부드럽게 굴곡지며 쭉 뻗어 있었다. 그 모습에 나는 황홀감을 느꼈다.

우리가 막 정상에 도달하자 해가 졌다. 반대편 낮은 지역은 이미 차가운 회색 어둠에 싸여 있었다. 나는 내 뒤에 앉아 있던 남자에게 바트램-호프 방향이 어디인지 알려달라고 했다. 그러나 그때 안개가 사방을 감싸고 있었다. 어스름이 밤으로 무르익자 우리의 길을 밝혀줄 희미한 달이 하늘 높이 걸려 있었다. 나는 그가 묘사한 검은 숲 덩어리를 보려고 애썼으나 헛수고였다. 베일에 싸여 있는 그곳 주인과 마찬가지로 바트램-호프를 또렷이 보려면 더 가까워질 때까지 한두 시간 더 기다려야만 했다.

그리고 이제 우리는 내리막을 빠르게 내달리기 시작했다. 풍경은 나의 고향보다 더 거칠고 황량했다. 우리의 길은 히스 황야의 변두리를 두르는 길이었다. 은색 달빛이 반짝이기 시작했다. 가는 길에 집시들의 야영지가 나타났다. 피워놓은 불 위에 가마솥이 걸려 있었다. 나로서는 처음 보는 풍경이었다. 낮은 천막이 두세 개 보였다. 두 명의 가무잡잡하고 쭈글쭈글한 노파, 진정한 마녀들, 그 뒤에 서 있는 우아한 소녀가 우리를 응시했다. 기묘한 모양의 모자와 번지르르한 조끼, 요란한 색깔의 네커치프, 각반 차림의 남자들이 한가로이 앞쪽에 서 있었다. 그들은 모두 거칠고 번지르르한 싸구려 차림이었다. 그들 뒤로는 오리나무 관목 숲이 텐트와 불과 사람들의 그늘이 되어주고 있었다.

나는 마차의 앞창을 열고 기수에게 멈추라고 말했다. 뒤에 있던 말구종이 창으로 다가왔다.

"저 사람들 집시 맞죠?"

내가 물었다.

"예, 아가씨. 저치들 집시입니다요, 아가씨."

그는 이상한 미소를 띠며 흘긋거렸다. 반쯤은 경멸을 담고 반쯤은 미심쩍은 표정이었다. 나는 이후 더비셔 농부들이 저 도벽 있고 괴이한 사람들을 볼 때마다 그런 표정을 짓는다는 사실을 깨달았다.

제31장
바트램-호프

어느 순간 키가 크고 검은 머리에 검은 눈의 유연한 처녀가 창가에 서서 가지런한 하얀 이를 드러내며 미소를 짓고 있었다. 뭐라 표현하기 어려운 아름다운 처녀였다. 그녀는 어딘지 모를 독특한 외국 억양으로 인사하며 숙녀분의 점을 봐드리겠다고 청했다.

나는 이전에 이 야생의 종족—미스터리와 자유의 자식—을 한 번도 본 적이 없었다. 방랑 생활을 하는 아름다운 여자가 내 눈앞에 서 있다! 나는 그들의 소굴을 바라보며 밤에 대해 생각했고, 그들의 자립심을 신기하게 여기면서도 한편으로 열등감을 느꼈다. 나는 저항할 수 없었다. 그녀는 동양 느낌이 나는 가느다란 손을 내밀었다.

"그래, 내 운에 대해 듣고 싶어."

나는 본능적으로 점쟁이의 미소에 화답했다.

"메리 퀸스, 돈을 좀 줘. 아니, 그거 말고."

나는 그녀가 내민 6펜스 은화를 거절했다. 이런 기묘한 여자들의 점은 고객의 친절함에 비례한다는 이야기를 들은 적이 있었기 때문이었다. 게다가 길조를 품고 바트램에 가고 싶기도 했다.

"5실링을 줘."

내 고집에 정직한 메리는 마지못해 동전을 내밀었다. 그리하여 고양이 같은 미모를 가진 처녀가 돈을 받고 웃으며 이상한 억양으로 인사했다.

"캄사해요."

처녀는 마치 훔친 것처럼 동전을 숨기더니 여전히 웃으며 내 손바닥을 굽어보았다. 그러고는 놀랍게도 내가 매우 좋아하는 사람이 있다고 말했다. 나는 캡틴 오클리의 이름이 나올까 봐 덜컥 겁이 났다. 여자는 그 남자가 매우 부자가 될 것이고 내가 그와 결혼하게 될 거라고 했다. 나는 또 꽤 오랫동안 이곳저곳 옮겨 다니게 될 거라고 했다. 그리고 나에게 한동안 같은 방을 쓸 정도로 가까이 지내던 적이 있다고 말하며, 그렇지만 그 적이 나를 해치지는 못할 거라고 했다. 피 흘리는 일을 볼 것인데, 그것은 나의 피가 아니라고도 했다. 결국 나는 동화 속 여주인공처럼 매우 행복하고 화려하게 살 거라고 말해주었다.

이 기묘한 처녀 협잡꾼이 적 이야기를 하면서 내 얼굴에서 움츠러드는 기색을 눈치챈 것일까? 그러고는 나를 겁쟁이로 여긴 것일까? 그 나약함을 파고들면 짭짤한 이득을 얻을 수 있다고 생각한 것일까? 그럴지도 모른다. 아무튼 그녀는 옷 어딘가에서 대가리가 둥근 긴 놋쇠 핀을 꺼내 손가락으로 뾰족한 끝을 잡고 내 눈앞에 보여주었다. 그리고 나에게 자신의 할머니가 준 그 부적 핀을 지녀야 한다고 말했다. 그러면서 입심 좋게 그 핀에 담긴 모든 마법 이야기를 늘어놓으며 절대 품에서 떨어트리면 안 된다고 했다. 그 부적을 이불에 찔러 넣으면 쥐도 고양이도 뱀도 해를 끼치지 못할 거라고 했다. 그런 다음 두 개의 용어를 덧붙였는데, 그건 집시의 방언 같았다. 내가 나름대로 파악한 것은 첫 번째 것은 "사악한 기운"이고, 두 번째 것은 "목을 따려고 하는 놈"이 다가오거나 상처를 주려고 한다는 말 같았다.

내가 처녀의 말을 이해한 바로는 그런 부적은 수단과 방법을 가리지 않고 구해야 한다는 것이었다. 그녀는 그것과 똑같은 핀이 하나밖에 없었다. 그곳 야영지의 다른 사람들에게도 없었다. 나는 부끄럽지만 그 놋쇠 핀을 얻기 위해 실제로 처녀에게 1파운드를 지불했다는 사실을 고백한다! 그걸 산 일이 나의 기질을 잘 보여준다. 즉 내가 기회를 놓치는 일을 힘겨워한다는 것으로, 항상 '언젠가는 내가 그걸 무시하고 지나친 걸 후회하게 될 거야!'라고 걱정한다는 사실이다. 그것은 또 당시 내 삶이 얼마나 긴장되고 불안했는지 보여준다. 어찌되었건 나는 핀을 얻어냈고, 처녀는 나의 1파운드를 가지게 되었다. 아마 둘 중 내가 더 기뻐했을 것이다.

처녀는 길가 둑에 서서 미소 지으며 인사했다. 내가 만난 첫 번째 여자 마법사. 마차가 빨리 달리는 와중에 뒤돌아보니 달빛을 받아 해골처럼 보이던 여자, 활활 타오르던 모닥불, 어스레한 무리, 당나귀 수레의 모습이 점점 멀어지고 있었다.

나는 그들이 내가 자신들의 물건을 산 것을 두고 거친 조롱을 날리며 즐겁게 껄껄거렸을 것이라 생각한다. 모닥불에 둘러앉아 훔친 가금으로 저녁식사를 해결하며 우월한 종족에 속한 걸 당연스레 자랑스러워했을 것이다. 메리 퀸스는 나의 그런 낭비에 충격을 받아 넌지시 훈계를 했다.

"아가씨, 전 정말 깜짝 놀랐어요. 저 사람들은 젊으나 늙으나 모두 도둑과 부랑자나 마찬가지예요. 다들 거지같이 살면서 저런다고요."

"쯧쯧, 메리. 신경 쓰지 마. 누구든지 살면서 점괘를 본다고. 돈 안 주고 좋게 볼 수는 없어. 우리 이제 바트램에 거의 다 온 거 같은데?"

이제 길은 가파른 언덕의 옆구리를 가로지르고 있었다. 언덕 아래 구불구불 강이 흐르고 있었고, 맞은편에는 어두운 절벽이 높이 솟아 있었다. 숲으로 덮인 그 고지대는 깊은 어둠에 잠겨 오싹하고 희미해 보였다. 반면 달빛은 그 아래 강물을 비추며 너울거렸다.

"아름다운 고장 같아."

나는 메리 퀸스에게 말했다. 메리는 한쪽 구석에서 샌드위치를 먹고 있었다. 내 말을 듣더니 메리 퀸스는 보닛을 고쳐 쓰고 창문을 내다보며 밖을 살폈다. 그러나 그때는 가로지르는 언덕 경사면의 히스만 보일 뿐 아무것도 보이지 않았다.

"그런 거 같아요, 아가씨. 하지만 산만 둘러쳐져 있네요. 안 그래요?"

메리는 그렇게 말하더니 다시 뒤로 기대앉아 샌드위치를 먹었다.

우리는 이제 빠른 속도로 내려가고 있었다. 목적지에 거의 다다른 것 같았다. 나는 마차에서 최대한 자세를 곧추세우고 기수들의 머리 너머로 내다보려 했다. 기대가 컸지만 겁나기도 했다. 도착해서 삼촌을 만날 시간이 다가오자 다시 불안해졌다. 마침내 아래로 비교적 평평한 땅이 길게 뻗은 곳이 보였다. 군데군데 숲도 보였다. 우리가 관통하고 있는 좁은 계곡은 갑자기 구부러진 길로 이어졌다.

우리는 계속 아래를 향해 달렸다. 이제 나는 변화를 감지했다. 거대한 나무들이 쑥쑥 솟아 있는 드넓은 잔디 공원의 담장이 보였다. 우리는 거의 질주에 가까운 속도로 계속해서 나아갔다. 한쪽 옆으로는 오래된 회색 공원 담이 둘러쳐져 있고, 반대편으로는 목가적인 물푸레나무 산울타리가 들쭉날쭉 둘러쳐져 있었다.

마침내 기수들이 고삐를 잡아당기기 시작했다. 달빛이 사선으로 그들을 환히 비추었다. 우리는 멀어지는 공원 담장에 의해 형성된 드넓은 반원형 대지 안으로 들어간 후 거대하고 환상적인 철대문과 세로 홈이 새겨진 흰색 돌 받침대 앞에 멈춰 섰다. 돌 받침대는 온통 풀과 담쟁이덩굴로 뒤덮여 있었다. 루틴 가문의 문장紋章과, 짐승이 좌우에서 문장 방패를 받드는 장식은 더비셔의 비바람에 풍화되어 거의 평평하게 닳고 하얗게 표백되어 유령처럼 보였다. 서로 손을 맞잡고 있는 그 짐승들은 거대한 보초병처럼 마법에 걸린 성으로 진입하는 우리를 막아서는 것 같았다. 철대문의 화려한 격자 장식은 땅을 향해 뻗은 팔의 관복 옷소매처럼 보였다.

안내인이 마차에서 내려 거대한 대문을 밀어 열었다. 우리는 양쪽으로 장엄하게 나무들이 줄지어 선 그늘진 대로로 들어섰다. 매우 드넓은 대로의 폭이 저택 전면의 폭을 가늠하게 해주었다. 저택은 더비셔에서 많이 나는 흰 돌로 지어졌다.

드디어 사일러스 삼촌이 살고 있는 바트램에 도착했다. 나는 집에 다가가자 거의 숨이 막힐 것 같았다. 밝은 달이 고택의 흰 전면을 환하게 밝히고 있었다. 화려한 장식이 드러났을 뿐만 아니라 세로 홈이 새겨진 기둥들과 화려하게 조각된 찬란한 출입구와 난간, 그리고 이끼로 고풍스러워진 얼룩진 전면이 고스란히 드러났다. 대로와 마찬가지로 군데군데 웃자란 잡풀과 잔디가 보이는 안뜰 오른편으로 근래의 폭풍우로 쓰러진 거대한 나무 두 그루가 뿌리를 드러낸 채 누워 있었다. 더이상 꽃을 피우지 못할 가지들 끝에 매달린 노란 잎사귀들이 여전히 반짝거렸다.

바트램은 쓸쓸하게 방치된 쇠락한 분위기를 풍겼다. 건축물의 규모와 화려함과는 지독하게 대조되는 모습이었다.

넓은 이층 창에서 불그레한 빛이 새어나오고 있었다. 나는 거기서 누군가 엿보다가 사라지는 모습을 언뜻 보았다고 생각했다. 동시에 개들이 시끄럽게 짖기 시작했다. 그중 몇 마리는 반쯤 열린 옆문에서 안뜰로 나와 마구 뛰어다녔다. 그런 와중에 뒷자리에 있던 남자가 뛰쳐나와 개들을 쫓기 위해 호통 치는 소리와, 기수들이 개들을 향해 채찍을 휘두르는 소리가 났다. 우리는 이 음울한 저택의 당당한 현관 계단 앞에 다가섰다.

우리 수행원이 문 고리쇠에 손을 대자마자 문이 열렸다. 희미한 촛불 빛에 세 사람의 모습이 보였다. 흰 넥타이를 맨 마르고 등이 매우 굽은 초라한 늙은 남자는 마치 남의 옷을 입은 듯 너무 큰 검은 옷을 입은 채 손으로 문을 붙들고 서 있었다. 다음 인물은 중앙에 서 있는 통통하지만 매우 젊고 예쁜 여자로 특이할 정도로 짧은 페티코트 차림이었다. 통통한 다리에 부츠를 신은 예쁜 발목이 보였다. 그리고 그녀 뒤에 늙은 파출부 같은 촌스러운 하녀가 서 있었다.

환영을 위해 서 있는 집안 사람들의 모습은 분명 밝은 모습은 아니었다. 그 와중에 우리 수행원이 트렁크를 옮기며 문간에 서 있는 늙은 남자와 개들에게 번갈아가며 계속 소리를 지르고 있었다. 늙은 남자는 경직된 자세로 떨며 방향을 가리키고 무슨 말인가 하고 있었으나 잘 들리지 않았다.

'설마 저 초라해 보이는 늙은 남자가 사일러스 삼촌일까?'

생각만 해도 놀라웠다. 그러나 나는 즉각 그의 체구가 너무 작다는 것을 인지하고는 안도했다. 심지어 감사하기까지 했다. 분명 트렁크와 상자에 온통 관심을 쏟을 뿐, 이 시간 즈음이면 매우 지쳐 있을 게 뻔한 여행객들을 마차에 그대로 방치

해놓는 것은 이상한 환영 절차였다. 그러나 나는 그렇게 시간을 번 게 유감스럽지 않았다. 첫 대면이라는 사실에 긴장했을 뿐만 아니라 내 모습을 보이는 일도 서두르고 싶지 않았다. 나는 수줍게 뒤로 물러나 앉아 모습을 가린 채 촛불과 달빛이 비추는 그들의 모습을 엿보고 있었다.

"나의 사촌이 마차에 타고 있는지 말해 줄래요? 맞아? 틀려?"

순간적으로 잠잠해졌을 때 통통한 젊은 숙녀가 검은 부츠를 신은 발을 구르며 소리 질렀다.

그래, 나 여기 있어.

"이런, 젠장! 도대체 왜 안 모셔, 당신, '지블릿' 이 멍청한! 당신 말이야. 이런! 빨리 서둘러! 으이구! 시키지 않으면 암것도 안 하니 도대체! 가서 커즌 모드를 모셔오란 말이야. 바트램에 온 걸 아주 환영합니다."

그녀는 놀랍도록 고음으로 소리 지르며 인사를 건넸다. 그리고 내가 창문을 열고 고맙다고 화답하기도 전에 말을 이었다.

"내가 직접 에스코트할게. 자, 착하지, 너 우리 커즌 물면 안 된다(덧붙인 말은 거대한 마스티프종 개에게 한 말로, 그녀 옆에 서 있었는데, 이제 꽤 진정한 상태였다). 그런데 난 계단을 내려가면 안 돼. 대장님이 안 된다고 했거들랑."

이때 '지블릿'이란 이름으로 불린 덕망 있어 보이는 사람이 마차 문을 열었고, 우리 안내원인 '부츠'라는 사람—그는 수행원보다는 진짜 '구두닦이'처럼 보였다—이 마차 계단을 내렸다. 나는 덜덜 떨면서(나중에 내 후견인 앞에 설 때보다 훨씬 더 떨렸다) 마차에서 내려 나를 환영하기 위해 계단참에 서 있던 노골적인 말투의 젊은 숙녀의 인사와 염탐에 나 자신을 드러냈다.

그녀는 나를 포옹하고 애정 어린 키스로 맞아주었다. 그녀 말로는 그게 공식 인사라며 양 뺨에 키스했다. 그러고는 나를 이끌고 홀로 들어갔다. 날 만나서 좋아하는 게 분명해 보였다.

"너 정말 피곤하겠구나. 그런데 저 늙은 여자 누구야, 저기 저 여자?"

그녀는 일부러 들으라는 듯 큰 소리로 물었다. 귀가 한동안 얼얼할 정도였다.

"오, 오, 하녀구나! 소중한 늙은 여자, 하하하! 하지만 에고, 에고! 뭐 저렇게 우아를 떨어? 검은 실크에 망토에! 난 그냥 무명옷에 일요일에 입는 이 지긋지긋한 능직물만 입었구만. 에잇! 창피해. 하지만 너 피곤할 거야. 그렇고말고. 사람들 말로는 놀에서 여기까지 오는 게 엄청시리 힘들고 멀다고 하더만. 난 그쪽 길은 조금밖에 못 가봤어. 러넌 가 근처 술집 '캣 & 피들'까지만 말이야. 올라가자, 자? 우선 대장님한테 먼저 가서 인사할래? 있지, 아버지는 요즘 상태가 쪼끔 메롱이야."

나는 그 말이 그저 육체적 건강 상태를 뜻함을 깨달았다.

"대장님은 금요일이면 아프거든. 신경통이라나 뭐라나? 뭐 그런 거. 늙은 지블릿은 류머티즘이라고 하던데. 아무튼 대장님은 자기 방에 앉아 있어. 그런데 우선 네 방에 먼저 가볼까? 왜냐면 여행하는 건 더럽게 힘들다고 하더라고."

그랬다. 나는 준비할 시간이 필요했다. 메리 퀸스는 내 뒤에 서 있었다. 수다스러운 나의 사촌이 떠드는 동안 우리는 그녀를 관찰할 시간과 기회가 충분했다. 사촌은 자신이 나의 매무새를 만지고 있다는 사실을 내가 의식하고 있는데도 전혀 망설이지 않았다. 그녀는 내 얼굴을 빤히 보면서 내 모습 구석구석을 살폈다. 내 망토의 옷감을 엄지와 검지로 만져 보았으며, 체인과 장신구를 손으로 직접 쓰다듬어 보았고, 마치 장갑을 들 듯 내 손을 들어 반지를 들여다보기도 했다.

나는 물론 내가 그녀에게 어떤 인상을 남겼는지 알 수 없다. 그러나 내 사촌 밀리가 나이보다 어려 보이고 통통하지만, 허리는 잘록하고 머리는 내 머리보다 더 밝은 금발이며 둥근 눈은 매우 푸른색임을 간파했다. 전체적으로 매우 예쁜 외모였다. 머리를 뒤로 제치며 기묘하게 뻐기는 듯한 걸음걸이였다. 쾌활하고 오만해 보였으나, 얼굴은 착하고 솔직한 표정이었다. 그녀는 울림이 있는 큰 목소리로 이야기하면서 떠들썩하게 웃었다.

내가 패션에 뒤쳐진 것이라면, 커즌 모니카는 밀리를 어떻게 생각했을까? 그녀는 자신의 말대로 자신의 고뇌를 표현하는 능직 면으로 만든 검은 옷을 입고 있었다. 스커트는 바바리아인 하녀의 옷처럼 짧았다. 또 흰 면 스타킹에 가죽 버튼이 달린 검은 가죽부츠를 신었는데, 숙녀가 신기에는 밑창이 너무 두꺼웠다. 나는 그걸 보고 《펀치》에서 자주 보며 놀랐던 날품팔이 인부들의 부츠가 떠올랐다. 그리고 내 매무새를 훑던 그녀의 손이 예쁘긴 하지만 햇볕에 매우 그을렸다는 점도 눈에 띄었다.

"저 여자 이름이 뭐야?"

밀리가 메리 퀸스를 고갯짓으로 가리키며 물었다. 메리는 내륙에 사는 노처녀가 처음으로 고래를 보는 것처럼 두려운 눈으로 밀리를 바라보고 있었다. 메리가 고개를 숙이며 인사했고, 대답은 내가 했다.

"메리 퀸스라? 환영해요, 퀸스. 그럼 내가 뭐라고 부를까? 나한테는 사람들을 부르는 이름이 죄다 따로 있거든. 저기 늙은 자일스는 지블릿이라고 불러. 그 사람 처음에는 그걸 싫어했는데, 지금은 그렇게 부르면 제깍 대답해. 그리고 저기 늙은 루시 와이엇은 루시아 드 라무르야."

람메무르의 루치아*를 그렇게 잘못 알고 부르는 모양이었다. 나의 커즌은 그런 식의 실수를 자주 했고, 이탈리아 오페라에 대해 잘 알지 못했다.

"그거 연극인 거 알지? 그래서 난 '라무르'라고 줄여서 불러."

그러면서 재미있다는 듯 깔깔거렸다. 나는 함께 웃지 않을

---

* 《람메무르의 루치아》는 이탈리아 작곡가 가에타노 도니제티의 오페라 제목이다.

수 없었다. 그녀는 나를 보고 윙크하며 큰 소리로 외쳤다.

"라무르!"

그러자 봉긋한 레이스 캡을 쓰고 있던 '허버드 아주머니'*
처럼 생긴 노파가 고개를 숙이며 대답했다.

"예, 아가씨."

"트렁크와 상자 모두 갖고 올라갔어?"

"그럼요. 아가씨."

"그럼, 우리도 올라가자. 퀸스는 뭐라고 부를까? 생각 좀
해봐야겠네."

"원하실 대로 하세요, 아가씨."

메리가 위엄 있는 태도로 답하며 고개를 숙여 예를 표했다.

"음, 자긴 개구리처럼 목소리가 꽥꽥거리네, 퀸스. 그럼 당
분간 퀸지라고 부를 거야. 됐어, 좋아. 가자, 퀸지."

그렇게 나의 사촌 밀리는 내 팔짱을 끼고 끌어당겼다. 그러
나 올라가면서 내 팔을 놓고 뒤로 물러나며 나의 차림새를 새
로운 각도에서 살피기 시작했다.

"어머, 사촌."

그녀는 손바닥으로 내 드레스를 찰싹 치며 말했다.

"진짜 성가시게 이게 다 뭐야? 아가씨, 이런 거 입고 점프
한번 했다가는 다 걸려 자빠지겠어."

---

* 영국의 구전 동요에 등장하는 인물로, 허버드 아주머니와 그녀의 개의
  모험담이다. 1805년 사라 캐서린 마틴에 의해 최초로 출간된 후 많은
  개정작, 모방작이 나왔다.

나는 매우 놀랐다. 또한 거의 웃음이 터질 뻔했다. 그녀의 통통한 얼굴에는 일종의 진지한 표정이 묻어 있었고, 옷차림엔 형언할 수 없는 그로테스크한 느낌이 있었기 때문이었다. 그게 나로서는 묘사할 재간이 없는, 그녀 말투의 이상스러운 분위기를 더욱 고조시켰다.

우리가 오르던 계단은 궁궐같이 넓었으며, 오크나무 계단 난간에는 화려한 조각이 새겨져 있었다. 층계참에 있는 두 개의 거대한 기둥 위에는 문장 방패와 문장의 양쪽 동물 조각상이 놓여 있었다. 화려한 오크 패널이 벽을 두르고 있었다. 그러나 나는 저택에 관한 평가를 제대로 할 수 없었다. 사일러스 삼촌의 저택 관리에는 홀과 복도에 불을 밝히는 일이 없었기 때문이었다. 우리는 촛불 하나에만 의지할 수밖에 없었다. 그렇지만 앞으로 이런 식의 탐험을 낮에 충분히 할 수 있을 것이다.

어두운 오크 바닥을 따라 우리는 우선 내 방으로 향했다. 나는 이제 저택의 궁궐 같은 규모에 느긋하게 경탄할 기회를 가졌다. 어둡고 변색된 커튼이 달린 두 개의 커다란 창문의 높이는 놀의 창문의 한 배 반 정도였다. (그러나 놀은 그 자체로 아름다운 집이다.) 창문틀처럼 문틀도 풍성하게 장식되어 있었다. 벽난로는 똑같이 거대한 스타일이었고, 벽로 선반 조각은 매우 풍성하고 화려했다. 나는 전체적으로 놀라지 않을 수 없었다. 나는 이전에 이렇게 품위 있는 방에서 자본 적이 없었다.

가구는 방의 건축적 화려함과 전혀 조화를 이루지 못했다. 프랑스제 침대, 3제곱미터에 달하는 카펫, 작은 테이블, 의자

두 개, 화장대 하나가 다였다. 옷장도 서랍장도 없었다. 흰색으로 칠해진 가구는 가볍고 자그마한 규모였는데, 집의 규모와 스타일과는 따로 놀았으며 방의 한쪽만, 그것도 듬성듬성차지하고 있었다. 그리하여 나머지 공간에는 장중한 삭막함이적나라하게 드러났다. 사촌 밀리는 자기가 '대장님'이라고 부르는 아버지에게 고하러 뛰어갔다.

"저, 모드 아가씨. 저는 정말 이런 걸 보게 되리라고는 꿈도못 꿨어요."

메리 퀸스가 솔직하게 말했다.

"저런 젊은 숙녀를 보신 적 있어요? 저 아가씨는 저 같은사람들하고 다를 게 없네요. 아이고, 세상에! 거기다 저 옷차림은 또 뭔가요? 쯧쯧쯧!"

그러더니 메리는 가엾다는 듯 고개를 가로저으며 애처롭다는 듯 혀를 찼다. 나는 웃지 않을 수 없었다.

"아이고, 또 이 가구 나부랭이는 뭐래요! 쯧쯧쯧!"

그녀는 또다시 혀를 찼다. 몇 분 후 사촌 밀리가 돌아와 저속한 호기심을 드러내며 내 장신구 꾸러미를 풀고 보석들을장에 집어넣는 일을 도와주었다. 그러면서 경탄조의 다양한평을 쏟아냈다. 그 장은 찬장처럼 벽감에 채워진 것으로, 커다란 오크나무 문에 열쇠가 걸려 있었다.

내가 서둘러 차림새를 가다듬고 있을 때 밀리는 이따금 신상에 관한 평을 늘어놓았다.

"네 머리는 내 머리보다 조금 진하네. 그게 좋은 건 아니지,

안 그래? 내 머리가 딱 좋은 색이라고들 하잖아? 난 모르겠네. 넌 어떤 거 같아?"

나는 선선히 인정했다.

"난 그래도 손이 너처럼 하얬으면 좋겠어. 그 점에 있어서는 네가 나한테 한 방 먹였네. 하지만 다 장갑을 끼고 다녀서 그런 거잖아? 근데 난 장갑 끼면 도저히 못 참겠어. 그래도 노력해봐야겠지. 오, 진짜 하얗다. 그런데 누가 더 예쁠까? 너야, 나야? 모르겠네. 넌 어떻게 생각해?"

나는 그런 도전에 그저 웃고 말았다. 그랬더니 그녀가 조금 얼굴을 붉혔다. 한순간 처음으로 조금 수줍어하는 것 같았다.

"음, 네가 나보다 한 1~2센티미터 큰 거 같네. 안 그래?"

나는 족히 3센티미터는 더 컸다. 그러니 그 질문에 수긍해주는 건 어렵지 않았다.

"음, 너 예뻐 보여! 안 그래, 퀸지? 하지만 네 드레스는 거의 뒤꿈치까지 덮고 있어. 진짜야."

그러더니 그녀는 내 발을 보다가 제 발을 보고 인부 부츠를 신은 발을 앞으로 툭 내밀었다. 길이를 재볼 요량인 것 같았다.

"내 치마가 너무 짧은가? 거기 누구야? 오! 자기구나?"

그녀는 허버드 아주머니가 문간에 나타나자 소리 질렀다.

"들어와, 라무르. 자기 몰라? 자기는 언제나 환영인 거?"

그녀는 우리에게 사일러스 삼촌이 내가 준비되면 언제라도 만나고 싶어 한다는 이야기를 전했다. 그리고 나의 사촌 밀리센트가 그분이 기다리고 있는 방으로 나를 안내할 것이라고 했다.

한순간 개성 있는 사촌의 별난 성격 덕분에 솟아났던 그 모든 유쾌한 감정이 사라졌다. 나는 경외심으로 전율했다. 나는 아직 짧은 인생이지만 오랫동안 나의 환상이자 문제의 대상이었던 그 존재를 드디어 실물—시들고 깨지고 나이 들었지만 여전히 동일한 인물—로 직접 마주하게 된 것이다.

제32장
사일러스 삼촌

나는 괴짜 사촌 또한 일종의 경외심을 느꼈다고 생각했다. 나와는 정도가 다르지만 그녀의 얼굴에도 그늘이 졌기 때문이었다. 그녀는 초를 들고 노파를 대동하고서 회랑을 따라 나와 나란히 걸어가며 침묵을 지켰다. 그 촛불 빛이 사일러스 삼촌의 방문까지 우리를 밝혀주었다. 방에 가까워지자 밀리가 나에게 속삭였다.

"소리 내는 거 조심해. 대장님은 족제비처럼 예민해. 시끄러우면 엄청 짜증 내."

그녀는 까치발을 하고 비틀거렸다. 우리는 거대한 계단의 꼭대기 근처에 있는 문 앞에서 멈췄다. 라무르는 관절에 류머티즘이 있는 듯한 손가락으로 소심하게 노크했다.

맑고 침투력 강한 목소리가 안에서 우리에게 들어오라고 했다. 노파가 문을 열자 다음 순간 나는 사일러스 삼촌의 면전에 서게 되었다.

아름답게 웨인스코트로 장식된 방의 안쪽 끝 난로에 장작불이 낮게 타고 있었다. 난로 근처에는 은제 양촛대에 네 개의 작은 초가 놓여 있는 작은 테이블이 있었다. 그곳에 독특해 보이는 노인이 앉아 있었다.

그의 등 뒤 어두운 웨인스코트, 드넓은 방, 그 구석에 앉아 있는 인물의 얼굴과 몸에 강렬하게 내리꽂히는 불빛. 그 빛이 정교하게 그린 네덜란드 초상화처럼 힘차고 기이한 양각을 만들어냈다. 나는 한동안 오로지 그 인물만 바라보았다.

대리석 같은 얼굴, 무서운 조각상 같은 표정, 그리고 노인 치고는 매우 생생하게 빛나는 기이한 눈, 그 독특함은 바라볼수록 점점 더 커지는 것 같았다. 실크처럼 부드러운 머리가 순은색으로 길게 터럭을 이루어 관자놀이에서부터 거의 어깨까지 닿아 있었지만, 눈썹은 여전히 매우 검었기 때문이었다.

그가 자리에서 일어났다. 키가 크고 마른 몸이 약간 굽었다. 의복은 온통 검은색이었으며 넓은 벨벳 튜닉 차림이었다. 코트보다는 차라리 가운에 가까운 옷이었다. 소매가 헐거워 팔목 위쪽으로 흰 셔츠가 보였다. 당시엔 꽤 구식인 손목 단추도 보였는데 다이아몬드가 귀족적으로 빛나고 있었다.

나는 이 유령 같은 존재를 말로 옮길 수 없다는 걸 안다. 흑백으로 숭엄해 보이고 핏기도 하나 없고, 눈빛은 불을 뿜는 듯했다. 독특한 힘이 느껴지는 모습이랄까. 그리고 보는 이를 당혹시키는 표정이라니. 그것은 조롱이었나, 아니면 번민이었나, 혹은 잔인함, 또는 인내였던가?

이 기이한 노인의 사나운 눈빛은 자리에서 일어나면서도

내게 붙박여 있었다. 습관적으로 움츠린 표정은 특정 빛 아래에서 보면 찌푸린 모습으로 보였는데, 얇은 입술에 미소를 머금고 나를 향해 다가오면서도 이완되지 않았다. 그가 맑고 점잖지만 차가운 목소리로 무언가 말을 했는데, 나는 너무나 불안한 나머지 그 의미를 파악하지 못했다. 그는 내 두 손을 잡고 지나간 시절에나 어울릴 법한 궁정풍 예법으로 나를 환영했다. 그러고는 내가 제대로 이해하지 못하는 많은 질문들을 던지며 자신 가까이에 있는 의자로 다정하게 나를 이끌었다.

"내 딸은 소개할 필요가 없을 거야. 저 아이라면 내가 그런 난처한 일을 하지 않아도 되게 했을 테니. 너도 저 아이가 착하고 애정 어린 성격이란 걸 알게 되리라 믿는다. 오 레스트(그 외에는) 나는 저 아이가 매우 소박한 미란다이며, 늙고 병든 프로스페로보다 캘리번*과 어울리는 게 더 적합한 아이라고 생각한단다. 안 그러니, 밀리센트?"

노인은 대답을 듣기 위해 비꼬는 듯한 말을 멈추었다. 그의 시선은 나의 독특한 사촌에게 모질게 고정되어 있었다. 밀리는 내게 무슨 말인지 힌트를 달라는 듯 불안해 보이는 얼굴을 붉혔다.

---

* 셰익스피어의 희곡 『템페스트』의 등장인물들. 밀라노의 공작 프로스페로는 동생의 배신으로 딸 미란다와 함께 바다에서 표류하다 시코락스의 섬에 정착한 후 마법을 익히고 복수의 날을 기다린다. 사일러스는 프로스페로를 자신에 빗대고, 자신의 딸 밀리센트를 순진한 처녀 미란다에, 아들은 프로스페로의 노예가 된 어리석고 동물적인 시코락스의 아들 캘리번에 비유한다.

"전 그 사람들이 누군지 모르겠어요. 앞에 말한 사람도 모르고 뒤에 말한 사람도 모르겠어요. 누군데요?"

밀리가 되물었다.

"좋아, 좋아."

그는 다소 조롱하는 듯한 고갯짓을 보였다.

"보거라, 모드야. 넌 정말 셰익스피어풍의 사촌을 두지 않았니? 그래도 저 아이가 우리 극작가들 일부는 알고 있단다. 미스 호이든* 역할은 아주 완벽하게 소화해내거든."

삼촌이 장난처럼 한껏 신랄하게 가여운 사촌의 부족한 교육을 조롱하는 것은 분별 있는 행동이 아니었다. 그런 교육 부족이 자기 잘못이 아니라 하더라도 분명 밀리 본인의 탓은 아닐 터였다.

"저 아이를 보거라, 딱도 하지. 세련된 교육이 부족하고 세련된 동반자도 부족해. 그리고 유감스럽게도 당연히 세련된 취향도 부족하니, 그 모두가 결합해 저런 결과가 나오지 않았겠니? 그렇지만 훌륭한 프랑스 수도원 학교에서 공부를 시키면 경이로운 결과를 얻어낼 수도 있지 않겠니? 나는 장차 그렇게 하고 싶구나. 그러기 전까지 우리는 우리의 불운에 조롱이나 하면서 서로 따뜻하게 사랑해야 하지 않겠니?"

그는 으스스한 미소를 지으며 가늘고 흰 손을 밀리를 향해

---

*   리처드 브린슬리 셰리던(1751~1816)의 희극 『스카버러 여행』 속 적막한 고택에 사는 턴벨리 클럼지 경의 상속녀로 제대로 교육받지 못하고 자랐다.

뻗었다. 밀리는 펄쩍 뛰며 놀란 표정으로 그 손을 잡았다. 그는 밀리의 손을 살짝 잡은 채 되풀이했다.

"그래, 나는 바란다. 진심으로 바란단다."

그러고 나서 나를 향해 몸을 돌리더니 밀리의 손을 자신의 의자 팔걸이에 털썩 얹어놓았다. 그 모습이 마치 원치 않는 물건을 마차 창밖으로 던져버리는 것 같았다.

그는 당황한 표정이 역력한 가여운 밀리에게 그 점에 관해 사과를 했다. 다행히 밀리도 나도 다른 주제로 대화를 시작했다. 그러면서 이따금 내가 피곤할까 봐 걱정되며 저녁식사나 요기를 해야 하지 않느냐는 말을 섞었다. 그러나 그런 배려는 입 밖으로 내뱉자마자 기억 속에서 지워져버리는 것 같았다. 그러고는 대화를 이어나가다가 이내 본론으로 다가갔다. 나에게는 고통스러운 이야기였다. 사랑하는 나의 아버지의 질병과 그 증상에 관한 이야기였기 때문이었다. 그리고 그 점에 관해서 나는 아무런 정보를 줄 수 없었다. 또한 아버지의 습관에 대해서도 물었는데, 그 점에 관해서는 다행히 답을 할 수 있었다.

어쩌면 그는 형이 사망하게 된 그 질병에 가족적 요인이 있을지 모른다고 생각했는지 모른다. 그의 질문은 사랑하는 나의 아버지의 죽음에 대해 더 잘 이해하고 싶어서라기보다 자기 자신의 생명을 연장하는 방향으로 향해 있었다.

이 노인에게 삶을 바람직하게 만들 만한 것이 뭐 그리 많을까? 그렇지만 나는 그가 얼마나 삶에 강렬하게 집착하는지 차츰 깨닫게 되었다. 우리는 모두 목숨을 부지하는 게 달가운 것도 없을 뿐더러 절대적으로 고통스럽기만 한—그저 육체적 고통의 연속이지만— 사람들이 얼마나 필사적으로 비루하게 집착하는지 보지 않았던가. 젊으나 늙으나 그것은 매한가지다.

졸음에 겨운 아이가 불가피하게 침대로 가야 하는 걸 지연시키는 모습을 보라. 작은 아이는 눈을 깜빡거리며 뚫어져라 응시한다. 아이는 고개를 끄덕끄덕 졸며 자연이 갈망하는 잠에 빠지지 않기 위해 끊임없이 움직인다. 아이가 깨어 있다는 것은 고통이다. 아이는 매우 지쳤고 투정부리고 싶고 멍하지만, 휴식을 애원하면서도 동시에 휴식에 빠지지 않으려 한다. 그러면서 자기는 졸리지 않다고 맹세한다. 심지어 엄마가 팔에 안고 달콤한 잠에 재우려고 육아실로 데리고 가는 순간까지. 그것은 우리 이 땅의 늙은 아이들과 죽음이라는 위대한 잠, 자연이라는 친절한 어머니에 대해서도 마찬가지다. 그렇게 우리는 마지못해 의식과 작별을 고한다. 심상은 마지막 순간까지 그렇게 흥미롭다. 손안에 든 새가 아무리 아프고 털이 다 빠졌다 하더라도, 숲에 있는 그 어떤 화려한 새들보다 헤아릴 수 없을 만큼 더 좋다. 우리는 자지 않고 앉아 하품을 하고 눈을 깜박이며 아둔해진다. 그러면 눈에 보이는 풍경 전체가 눈앞에서 헤엄을 치고, 이야기와 음악은 먼 곳의 바람과 물의 소리로 사그라진다. 아직 때가 아니다. 우리는 피곤하지 않다. 우리는 여전히 한 시간은 거뜬히 버틴다. 그렇게 침대로 가지 않으려고 버티며 우리는 자연이 피로와 포만감에 할당한 꿈도 없는 잠에 비틀거리며 빠져든다.

그는 그때 자신의 형에 대한 작은 칭송의 말을 했다. 매우 품위 있고 어느 면에선 웅변적이었다. 그는 그런 소양이 매우 높았다. 나는 그의 면모가 현재 세대가 너무 등한시하는 부분이라고 생각한다. 완벽한 정확성과 유창함으로 제 자신을 표현하는 일. 그의 대화에는 또한 예증이 되는 인용이 꽤 많았다. 마치 프랑스 꽃들이 흩뿌려져 있는 것처럼. 그것이 우아함과 인위적인 향취를 동시에 선사했다. 모두 아주 수월하고 가볍고 예리했다. 내게는 꽤 신선한 면모여서 나는 놀랍도록 매료당했다.

그는 또 바트램이 자유의 사원이라고 말했다. 삶 전체에서 건강은 몇 년간의 젊음, 공기, 운동에 기반하고, 적어도 그런 소양이 꼭 교육이 아니더라도 건강을 지켜준다고 말했다. 그러므로 바트램에 있는 동안 나는 내가 원하는 대로 시간을 쓰고 정원을 더 많이 누릴수록, 집시처럼 숲속에서 더 노닐수록 더 좋다고 말했다.

그러고 나서 그는 자신이 얼마나 비참한 병자인지, 의사들이 자신의 소박한 미각에 얼마나 방해를 하는지 말했다. 맥주 한 잔과 양갈비—그의 이상적 식사—는 감히 건드리지도 못한단다. 그들은 그가 싫어하는 가벼운 와인만 마시게 하고, 젊음과 함께 기호가 완전히 사라진 그 인위적인 지겨운 음식을 먹게 만든다고 했다.

사이드 테이블 위 은제 찻잔 받침에 목이 긴 라인강 지역

산 술병이 하나 있었다. 그 옆에는 가느다란 핑크색 잔도 있었다. 그는 짜증스러운 태도로 술병을 향해 떨리는 손을 뻗었다.

그가 이내 컨디션을 되찾지 않았다면, 자신이 직접 자신의 상태를 판단하고 자연이 시키는 대로 그것을 마셨을 것이다.

그는 손가락을 흔들며 자신의 책장을 가리키고는 내가 머무는 동안 저 책들을 보고 싶으면 얼마든지 보라고 말했다. 그러나 그 약속은 실망으로 끝났다는 사실을 밝힌다. 마침내 그는 내가 매우 피곤할 거라고 말하며 자리에서 일어나 진지하면서도 다정한 태도로 내게 키스했다. 그러고는 커다란 성서에 손을 얹었다. 커다란 실크 책갈피 두 개가 꽂혀 있었다. 하나는 붉은색, 다른 하나는 황금색이었다. 그중 하나는 구약성서 편에, 나머지는 신약성서 편에 꽂혀 있는 것 같았다. 성서는 양초가 놓인 작은 테이블 위에 있었는데, 그곳에 오드콜로뉴가 담긴 예쁜 병 하나와 보석이 박힌 황금색 연필통과 보석 박힌 포켓 시계와 체인, 인장 등이 함께 놓여 있었다. 사일러스 삼촌의 방에는 분명 궁핍함의 흔적이 전혀 없었다. 그는 감정을 담아 말했다.

"저 책을 기억하거라. 그 책 속에 네 아버지는 믿음을 두었고, 저 책 속에 그분은 보상을 찾았으며, 저 책 속에 나의 유일한 희망이 있단다. 사랑하는 조카야, 삶에 대한 계시로서 밤이고 낮이고 저 책에 의지하거라."

그러고는 내 머리에 야윈 손을 얹으며 나를 축복하고 내 이마에 키스했다.

"노! 아!"

그때 커즌 밀리의 원기 왕성한 목소리가 났다. 나는 그녀가 있다는 사실을 거의 잊고 있었다. 나는 깜짝 놀라 그녀를 쳐다보았다. 밀리는 매우 높은 구식 의자에 앉아 있었다. 분명 졸고 있었던 것 같았다. 흐리멍덩하게 둥근 눈을 깜빡거리며 우리를 바라보았다. 그녀의 하얀 다리와 인부 부츠가 공중에서 달랑거렸다.

"노아에 대해 할 말이 있는 것이냐?"

그녀의 아버지가 친근하게 고개를 갸웃하며 비꼬는 태도로 물었다.

"노…… 아뇨."

그녀는 똑같이 둔한 말투로 답했다.

"저 코 안 골았죠, 골았나? 노…… 아니죠?"

노인은 웃으며 나를 보더니 어깨를 으쓱거렸다. 그것은 혐오의 미소였다.

"잘 자거라, 모드."

그러더니 밀리를 향해 그 특유의 부드럽고 신랄한 태도로 말했다.

"애야, 잠을 깨고 네 사촌이 저녁식사 하는 것 좀 거들어주는 게 좋지 않겠니?"

그는 문까지 우리를 안내했다. 문밖에 라무르가 초를 들고 우리를 기다리고 있었다.

"난 정말 대장님이 너무너무 무서워. 진짜라니까. 아까 나코 골았니?"

"아니. 어쨌든 난 못 들었어."

나는 웃음을 참지 못했다.

"안 골았다면 다행인데, 나 정말 코 골려던 찰나였어."

우리는 가여운 메리 퀸스가 난롯가에서 졸고 있는 것을 보았다. 이내 우리는 차와 맛있는 음식을 함께 들었다. 밀리는 놀라운 식욕을 보였다.

"난 진짜 걸쩍지근해 죽는 줄 알았네."

이때쯤 정신을 차린 밀리가 말했다.

"대장님이 내가 졸고 있는 걸 발견하면 필통으로 냅다 내 머리통을 쿡 쑤시지 않을까. 어이쿠! 얼마나 아플까!"

방금 보았던 그 세련되고 유창한 노인과 이 놀랍고 별난 어린 숙녀를 비교해보면, 나는 그녀가 그의 진짜 자식이 맞나 싶은 의구심이 들었다.

그러나 나는 밀리가 가진 게 얼마나 변변치 않은지 곧 알게 되었다. 제 아버지와의 교류까지는 몰라도 아버지가 곁에 있어주는 자체도 그렇고, 최소한의 교육이라도 받을 수 있는 가정 내의 동반자가 없었다. 영지에서 제멋대로 날뛰고 다니며, 교회 갈 때를 빼고는 자기 신분에 맞는 사람을 아무도 보지 못했다. 그나마 독서나 글쓰기도 품행과 예의범절에는 눈곱만큼도 신경 쓰지 않고 아마도 그녀의 그로테스크한 스타일을 재미있어하는 사람에게서 30분 정도씩 일관성 없게 익힌 것 같았다. 밀리에게 최소한의 수고를 들일 만한 사람이 있다

하더라도, 내가 본 그런 모습보다 티끌만큼이라도 더 세련되게 만들 수 있는 사람은 아무도 없었다. 그 모든 사실을 알아차리니 놀랄 일도 아니었다. 우리는 가여운 나의 사촌 밀리와 같은 경우를 접해보지 않으면, 유전이 어느 정도 영향을 끼치는지 또 교육이 어느 정도 영향을 끼치는지 알 수 없다.

침대에 누워 하루를 되돌아보니 마치 신기한 일이 벌어진 한 달같이 느껴졌다. 사일러스 삼촌은 언제나 내 앞에 있었다. 노인치고 매우 낭랑한 목소리, 불가사의할 정도로 매우 부드러운 목소리, 매우 다정하고 친절한 태도, 미소 짓고, 고통받고, 유령 같은 면모였다. 그것은 더 이상 환영이 아니었다. 나는 이제 직접 실물로 그를 보았다. 그러나 과연 그는 내게 환영 이상일까? 눈을 감으면 여전히 내 앞에 있는 그의 모습이 보였다. 강신술사 같은 검은 옷을 입고, 두려움과 고통을 품고 바라볼 수밖에 없는 잿빛으로 파리한 얼굴, 놀랍도록 창백한 얼굴, 저 텅 빈 듯한 불처럼 무시무시한 눈! 그것은 마치 커튼이 열리고 유령을 목격한 것 같았다.

나는 그를 보았다. 그러나 그는 여전히 수수께끼이자 경이였다. 살아 있는 얼굴은 과거를 설명하지 않았다. 초상화가 미래를 알리지 않는 것과 마찬가지다. 그는 여전히 미스터리이고 환영이다. 나는 그런 것들을 생각하다가 잠에 빠졌다.

메리 퀸스는 드레스룸에서 잤는데, 그 문은 내 침대와 가까이 있었다. 나는 유령으로부터 보호하기 위해 그 문을 열어놓았다. 어느 순간 메리가 나를 깨웠다. 여기가 어딘지 깨닫는 순간 나는 벌떡 일어나 창밖을 내다보았다. 대로와 안뜰이 보였다. 우리는 홀 현관문에서 옆으로 멀리 떨어져 있었다. 우리 방 창문 바로 아래로는 전날 밤 보았던 쓰러져 뿌리를 드러낸 두 그루 거대한 라임나무가 있었다.

나는 밝은 아침빛에 방치된 저택의 상태, 거의 황폐한 상태를 더 또렷이 보고 충격을 받았다. 마차가 드나드는 일도, 방문객의 발길이 닿는 일도 거의 없는 안뜰에는 풀들이 제멋대로 웃자라 있었다. 저택의 중앙에서 멀어질수록 이 음울한 풀들이 더욱 무성해졌다. 그리고 창문 아래와 왼쪽 벽을 두르는 곳은 쐐기풀이 무성하게 우거져 있었다. 대로는 정중앙만 빼고 온통 풀로 뒤덮여 있었다. 정중앙에 좁게 드러난 길이 도로임을 보여주었다. 아름답게 조각된 안뜰 난간은 이끼에 뒤덮여 착색되어 있었고 두 군데가 벌어져 부러져 있었다. 쇠락한 분위기는 쓰러진 나무로 고조되었는데, 그 잔가지들과 누런 잎들 사이로 조그마한 새들이 뛰놀고 있었다.

옷차림을 다 준비하기 전에 사촌 밀리가 들어왔다. 우리는 그날 아침 둘이서 아침식사를 하기로 되어 있었다.

"그게 훨씬 나아."

밀리가 내게 말했다. 가끔 대장님이 그녀더러 아침식사를 함께하자고 명했다. 그러면 신문이 올 때까지 "절대 놀림을 멈추지 않았"으며 "때로는 이상한 말을 해서 [그녀를] 울게 만들었고." 그러면 그는 그저 "더 심하게 놀려먹고" 제 방으로 돌려보냈다. 자기는 단연코 하고 싶은 대로 말을 하는 아버지보다 훨씬 낫지 않냐고 물었다.

"내가 더 낫지 않아? 안 그래? 그렇지 않아?"

이 문제에 관하여 밀리가 하도 시급하게 매달려서 나는 부모 자식 간에 품위의 정도를 따지는 건 안 되는 일이라고 대답하지 않을 수 없었다. 그러면서 나는 그녀를 매우 좋아한다고 덧붙였다. 그 증거로 키스를 해주었다.

"나는 잘 알아. 네가 우리 중에 누가 더 최고라고 생각하는지 말이야. 그리고 내가 장담하건대, 너도 대장님을 무서워해. 대장님은 어젯밤 네 앞에서 날 놀려먹을 권리가 없어. 그런데 내가 바로 알아차리지는 못했지만 대장님은 또 그랬어. 진짜 대장님 비겁하지 않니, 안 그래?"

그건 곤란한 질문이었다. 그리하여 나는 다시 그녀에게 키스하고는 그분 면전에서 내가 할 수 없는 말은 그분이 없는 자리에서도 물으면 안 된다고 말해주었다.

그 말에 밀리는 한동안 나를 빤히 쳐다보더니 갑자기 내게 따뜻한 웃음을 보였다. 그러고는 점차 자신의 아버지에 대해 마음이 풀어지며 즐거워하는 것 같았다.

"가끔 부목사가 오면 대장님이 날 불러. 대장님 엄청 종교적이거든. 진짜야. 그러고는 성경을 읽고 기도해. 그런 거 하잖아? 너도 나처럼 그딴 거 하게 될 걸? 뭐, 나도 완전히 싫진 않아. 맞아, 안 싫어해!"

우리는 큰 응접실 옆 작은 방에서 식사를 했다. 거의 옷방처럼 작았다. 큰 응접실은 사용하지 않은 지 오래된 것 같았다. 우리의 식기 세트보다 더 소박한 건 없었으며, 그 작은 방의 가구보다 더 초라한 건 없었을 것이다. 그래도 어쨌든 나는 그게 좋았다. 그것은 완전히 새로운 변화였다. 누구든 처음에는 조금 '불편한 생활을 하기'를 좋아하지 않는가.

제33장
윈드밀 우드

    나는 호기심이 시키는 대로 이 고귀한 고택을 탐험할 시간이 없었다. 밀리가 '블랙베리 골짜기'로 가보아야 한다고 수선을 피웠기 때문이었다. 그곳은 내 방을 드나드는 경로에서는 잘 보이지 않는 장소로 내가 보지 못한 곳이었다.

    저택이 완전히 쇠락하는 걸 막은 건 사랑하는 나의 아버지였다. 지붕과 창문, 벽돌, 나무 골조는 모두 손을 본 상태였다. 그러나 실질적 폐허에 이르기 직전 상태로 쓸쓸한 감정을 불러일으키는 빈곤과 방치의 흔적이 여기저기 보였다. 이 큰 저택의 10분의 1도 다 차지 않은 건 명백해 보였다. 긴 복도와 회랑들은 먼지와 침묵에 싸여 있었다. 그곳을 가로지르는 통로들의 어두운 아치는 멀리서 보면 오싹할 정도로 구슬픈 정취를 불러일으켰다. 그런 모습을 보고 있노라면 앤 래드클리프의 로맨스에 나오는 그 예쁜 옛 수도원이 연상되었다.* 라모트 일가가 우울한 안식을 얻었던 어두운 숲으로 둘러싸인 그 수도원의 조용한 계단, 희미한 복도, 웅장하지만 버려진 스위트룸들.

어쨌든 사촌 밀리와 나는 바깥 산책에 열중했다. 밀리는 나를 데리고 몇몇 통로를 가로지르고 문을 통과해 잡초가 웃자란 테라스로 향했다. 거기서 드넓은 계단을 통해 우리는 아래 땅으로 내려섰다. 그리고 위풍당당한 나무들 아래 짧은 풀밭 위로 나아갔다. 밀리는 신이 나서 재잘거렸다. 짧은 옷을 입고 인부 부츠를 신고 색 바랜 모자를 쓰고 있었다. 그녀는 장갑을 끼지 않은 손에 막대기를 하나 들고 다녔다. 밀리의 대화는 내게는 꽤 새로운 이야기였는데, 나는 그런 식의 이야기가 학교에 다니는 남자애들의 휴일에 관한 이야기와 비슷하지 않을까 생각했다. 그리고 그런 이야기를 할 때 쓰는 언어가 하도 이상해서 대놓고 깔깔거리며 웃지 않을 수 없었다. 그러면 밀리는 싫어했다.

이야기 주제는 자기가 얼마나 높이 멀리 펄쩍 뛰었는지, 겨울에 놈들과 어떻게 눈싸움을 했는지, 카우보이 무리들보다 더 멀리, 어떻게 자기 막대기 길이의 두 배나 미끄러졌는지 등의 이야기였다. 그런 식의 이야기로 밀리는 나를 즐겁게 해주었다.

영지는 거칠게 방치되어 있었지만 나름 매력적이었다. 우리는 이제 구불구불한 분지와 둔덕으로 아름다운 광대한 공

---

*   앤 래드클리프의 1791년 고딕소설 『숲속의 로맨스』를 뜻한다. 소설은 아버지에게 버림받은 여주인공 아들린의 모험담을 그린다.

원으로 들어섰다. 언덕과 평지 군데군데 영광스러운 옛 고목들이 곳곳에 숲을 이루고 있었다. 마침내 우리는 그중 한군데 그림같이 수목이 우거진 작은 협곡에 도착했다. 양치류 식물과 야생화 사이에 회색 바위들이 뻗어 있었고, 그 옆구리를 따라 부드러운 풀밭 계단이 은색 자작나무와 황갈색 가시나무, 오크나무 그늘 아래 어둡게 보였다. 그 나무 그늘 아래는 안개 낀 밤이면 아이를 죽음의 나라로 유인하는 요정의 왕과 그의 딸이 천상의 말을 타고 내려올 것만 같았다.

이 예쁜 협곡의 우묵한 곳에 아름다운 블랙베리 숲이 있었다. 나로서는 그렇게 매혹적인 과일을 맺은 숲은 처음이었다. 우리는 수다를 떨며 베리를 따고 아주 신나게 돌아다녔다.

나는 처음에는 밀리의 어리석은 언행에 자꾸만 신경이 쓰였다. 그 점을 이야기할 때 나는 고스란히 있는 그대로 묘사할 수가 없다. 그 이유는 단순히 그렇게 많은 세세한 일들이 시간이 흘러 기억에서 지워졌기 때문이다. 그러나 밀리의 태도와 이야기는 너무나 형언키 어려울 정도로 그로테스크해서, 나는 자꾸만 큭큭 비어져 나오는 웃음을 억누르지 않을 수 없었다. 그러나 밀리의 그런 익살스러운 행동의 기저에는 가련하고 심지어 우울한 의미가 숨어 있었다.

낙농장에서 일하는 여자보다 더할 것도 없는 교육을 받은 밀리는 소양을 기를 타고난 소질이 있었다. 나는 그 사실을 차츰 발견하게 되었다. 목소리도 매우 좋았고 놀랍도록 예민한 청각과, 내 솜씨와 비교하면 오히려 내가 평범해 보일 정도로 그림에 대한 재능이 남달랐다. 그것은 정말 놀라운 일이었다.

가여운 밀리는 이제껏 살면서 책을 세 권도 읽지 못했다. 책에 대해 생각하는 것 자체를 싫어했다. 그중 하나는 매주 일요일 대장님의 명령 때문에 읽은 책으로, 하품을 하고 한숨을 쉬며 한 시간 동안 피로한 듯 쩨려보는 조지 3세 초기 학파의 두꺼운 설교 문집이었다. 상상하기 어려울 정도로 재미없고 딱딱한 책이었다. 나는 밀리가 그 외에 다른 어떤 책도 읽지 않았을 것 같았다. 그럼에도 밀리는 순회도서관 책을 즐겨 읽는 여자들 태반보다 열 배는 더 영리했다. 그런 사실 외에도 나는 바트램-호프에 머물러야 할 시간이 길고 길었다. 거기에 이미 전부터 들은 바, 밀리로부터 그곳의 삶이 사시사철 얼마나 적막한지 알게 되었다. 나는 터무니없는 밀리의 말투를 나도 모르게 익히고는 결국 나도 비슷하게 될까 봐 걱정하는 바보 같은 두려움이 들었다. 그리하여 나는 밀리를 위해 내가 할 수 있는 모든 일을 하기로 결심했다. 밀리가 동의만 한다면 내가 알고 있는 것을 무엇이든 가르쳐볼 생각이었다. 그러면 점차 그녀의 말투에서 교화로 인한 변화를 볼 수 있을지 모른다. 기숙학교에서 하듯 그녀의 품행도 교화할 수 있을 것이다.

어쨌든 나는 당장 바트램 체이스라는 곳으로 우리의 첫째 날 산책을 따라가야 했다. 사람은 항상 블랙베리만 먹고살 순 없다. 얼마 후 우리는 이 예쁜 협곡을 따라 길을 나섰다. 길이 점차 숲이 바다처럼 우거진 골짜기로 이어졌다. 울퉁불퉁한 고지에 둘러싸인 우묵한 곳으로, 비유하자면 일부 지역은 만과 항구를 향하고 있었고, 다른 지역은 들쭉날쭉한 곳에 닿았고, 그 끝에 수풀이 우거져 있었다.

협곡이 수풀이 우거진 드넓은 골짜기에 닿을 무렵 높게 밀집한 말뚝 울타리가 길을 막아섰다. 울타리는 부식되어 보였지만 여전히 매우 튼튼했다.

거기에 나무 출입문이 하나 있었다. 얼기설기 대충 만들었지만 튼튼한 문이었다. 우리가 다가가는 한쪽에 여자 한 명이 서 있었다. 그녀는 한 손을 출입구 꼭대기에 올려놓고 말뚝에 기대 서 있었다.

처녀는 키가 크지도 작지도 않았다. 멀리서 보면 실제 제 키보다 커 보였다. 허리는 그다지 날씬하지 않았다. 머리는 숯처럼 새까맸고 이마는 넓고 골랐지만 높지는 않았다. 검은 눈은 매우 아름다웠으나 다른 이목구비는 그만큼 예쁘지 않았다. 단, 매우 희고 고른 치아였다. 얼굴은 좀 짧고 집시처럼 가무잡잡했다. 빤히 쳐다보는 예리한 인상에 뚱한 표정이었다. 처녀는 우리가 다가가자 움직임을 멈추고 그저 검은 속눈썹 아래 검은 눈으로 우리를 무심하게 바라볼 뿐이었다. 전반적으로 흥미로운 인물이었다. 거친 융단으로 지은 칙칙한 붉은색 페티코트와 팔꿈치 아래로 팔이 드러난 짧은 소매의 누덕누덕한 암녹색 직물 재킷 차림이었다.

"쟤 페그톱의 딸이야."

밀리가 말했다.

"페그톱이 누군데?"

"방앗간 주인, 봐봐. 저짝에 보이지."

밀리가 매우 예쁜 풍경을 가리켰다. 마치 골짜기 중앙에 있는 섬처럼 나무들 위로 갑자기 솟은 언덕 꼭대기에 풍차 한 대가 서 있었다.

"방앗간 오늘 안 도니, 뷰티?"

밀리가 외쳤다.

"아니, 뷰티. 안 돌아."

처녀가 꼼짝하지 않는 자세로 찌무룩하게 답했다.

"그런데 울타리 출입구는 왜 저래? 말뚝에서 떨어져 나갔잖아!"

밀리가 놀란 표정으로 물었다.

"그래서, 어쩌라고?"

붉은 페티코트를 입은 숲의 요정이 나른하게 씩 웃으며 하얀 이를 드러냈다.

"어떤 작자가 저렇게 만들어놨어?"

"나도 아니고, 너도 아니지."

"늙은 페그톱이구나? 네 아버지 말이야. 그렇지?"

밀리가 점점 화가 나는 듯 소리 질렀다.

"아마 그럴랑가."

"거기다 닫혔잖아?"

"맞아, 닫혔어."

처녀는 도전적인 곁눈질로 밀리를 보며 뚱하게 말했다.

"페크톱 어딨어?"

"저짝 어디 있을걸. 내가 어떻게 알겠냐?"

"열쇠 누가 갖고 있어?"

"여기 있지."

처녀는 주머니를 툭툭 치며 말했다.

"그러면 네가 감히 어떻게 우리를 이쪽에 세워둬? 이 기집 애야, 빨리 열어라, 잉! 당장!"

밀리가 발을 구르며 소리 질렀다. 하지만 처녀는 대답 대신 뚱한 미소만 지을 뿐이었다.

"지금 당장 문 열어!"

"그렇게 못 하겠는데?"

나는 밀리가 그 즉시 분노에 치밀어 미쳐 날뛸 거라 생각 했다. 하지만 그녀는 대신 당황하고 의아해하는 것 같았다. 처 녀의 예기치 못한 뻔뻔함이 밀리를 당황하게 만들었다.

"이런, 바보 같은 게! 나 말뚝 넘어갈 수 있지만 그렇게는 안 할 거야. 너 뭔 일이 생긴 거야? 당장 출입문 열어. 안 그러 면 죽을 줄 알아!"

"내버려 둬."

나는 둘이 싸울까 봐 겁났다.

"아마 누군가 문 열지 말라고 시켰나 봐. 안 그러니, 애?"

"흠, 두 명 중에 더 바보는 아니구먼."

처녀가 칭찬하듯 말했다.

"제대로 맞췄구마, 잉."

"그럼 누가 시켰어?"

밀리가 소리 질렀다.

"아부지가."

"늙은 페그톱이? 쳇, 웃겨! 우리 하인이 우릴 막아섰다? 그것도 우리 영지에서?"

"네 하인 아니걸랑!"

"이게! 그게 뭔 소리야?"

"아부지가 사일러스 영감님 제분업자지, 그게 너하고 뭔 상관이래?"

처녀는 그 말과 함께 맹꽁이자물쇠의 걸쇠 위로 펄쩍 뛰어 출입구를 넘었다.

"너 저렇게 할 수 있어, 사촌?"

밀리가 내게 속삭이더니 조급하게 팔꿈치로 나를 툭 쳤다.

"한번 해봐."

"아니. 가자, 밀리."

나는 그만 물러나자고 했다.

"너, 두고 봐라. 대장님한테 이르면 넌 끝장인 줄 알아라!"

밀리는 반대편 통나무 위에 서서 뚱한 표정으로 우리를 노려보는 처녀에게 말했다.

"네가 아무리 그래봤자 우리 넘어간다."

밀리가 소리 질렀다.

"뭐래!"

"못할 줄 알아, 멍청한 게?"

나의 사촌은 내가 생각한 것만큼 처녀의 무례에 화가 나진 않은 듯 보였다. 그러는 내내 나는 밀리를 말리며 그냥 가자고 했으나 소용없었다.

"저 아가씨가 너처럼 우악스럽지는 않고만?"

억센 처녀가 말했다.

"내가 진짜 건너가면 너 한 방 먹일 줄 알아!"

"그러셔? 그럼 나도 한 방 날려줄게."

처녀는 사납게 머리를 흔들며 대꾸했다.

"자, 밀리. 어서 가자. 안 가면 나 혼자 갈 거야."

"하지만 우리가 질 수는 없잖아?"

그녀는 내 팔을 붙잡으며 고집스럽게 속삭였다.

"그리고 너도 건너가서 내가 쟤한테 한 방 먹이는 거 봐야 해!"

"난 안 갈 거야."

"그럼 내가 문 부숴버릴게. 그럼 넌 지나가기만 하면 돼."

밀리는 묵직한 부츠 발로 튼튼한 말뚝을 툭툭 찼다.

"우우, 우우! 바숴라!"

붉은 페티코트를 입은 처녀가 쓴웃음을 지으며 야유했다.

"너 이 아가씨가 누군지 알아?"

밀리가 갑자기 그렇게 물었다.

"너보다 이쁜 아가씬데?"

처녀가 대답했다.

"내 사촌 모드야. 놀의 미스 루틴이라고. 여왕님보다 훨씬 더 부자야. 대장님이 보호하고 있다고. 대장님이 늙은 페그톱 불러서 단단히 이를 거야. 너 혼쭐 좀 내라고."

처녀는 뚱하고 열의 없는 태도로, 그러면서도 다소 궁금한 태도로 나를 쳐다보았다.

"두고 봐라. 안 그러는지."

밀리가 위협했다.

"어서 당장 가자."

나는 밀리를 끌어당겼지만, 밀리는 다시 한 번 처녀를 떠보았다.

"진짜, 우리 들어간다?"

"요만큼도 들어올 수 없어."

처녀는 지르퉁한 표정으로 엄지와 검지 사이를 붙이는 시늉을 해보였다. 그러고는 두 손가락을 완전히 붙이고는 마침내 무시의 표시로 하얀 이를 드러내며 손가락을 퉁겼다.

"돌멩이 던진다?"

밀리가 소리 질렀다.

"던져보시던가! 네가 던지면 나라고 못 던질 줄 아냐? 조심해라, 잉!"

처녀는 크리켓 볼만 한 둥근 돌을 주워 들었다. 나는 투석전을 일으키기 전에 간신히 밀리를 말려 자리를 떴다. 나에게 열정과 민첩성이 부족한 점이 혐오스러웠다.

"자, 가자, 사촌. 물이 빠졌을 때 강을 통해 갈 수 있는 쉬운 길을 알아."

밀리가 말을 이었다.

"저거 아주 싸가지 없지, 안 그래?"

우리는 물러나며 처녀가 오래된 초가집을 향해 천천히 가는 모습을 보았다. 무성한 나무 그늘에 파묻혀 있는 집의 한쪽 면이 우툴두툴하게 삐져나와 있었는데 그쪽으로 박공이 보였다. 처녀는 드잡이가 일어날 뻔했던 열쇠의 줄을 손가락에 걸고 달랑달랑 흔들어 보였다.

강은 말뚝 울타리 끝을 둘러 흐르고 있었는데, 건널 수 있을 만큼 물이 빠진 상태였다. 그리하여 우리는 길을 나아갔다. 밀리는 냉정을 되찾았다. 산책은 금세 다시 즐거워졌다.

우리가 나아가는 길은 강둑 옆으로 나 있었다. 점점 작은 나무들이 보였던 길이 웅장하게 큰 나무 길로 바뀌었다. 그 나무들이 더 밀집하고 커지다가 마침내 장엄한 숲으로 깊어졌다. 갑자기 물길이 굽었다. 코너를 돌자 허물어져 가는 아름답고 가파른 옛 다리가 나타났다. 그 다리 끝에 출입구 관리 건물이 서 있었다.

"오, 밀리! 이곳은 정말 아름다워. 그림으로 그리면 정말 예쁜 그림이 되겠어! 스케치하고 싶어."

"맞아. 그래! 그림 그려! 여기 평평한 돌이 있네. 여기 앉으면 되겠다. 너 아주 피곤해 보여. 그래, 그러자. 난 네 옆에 앉을게."

"그래, 밀리. 나 좀 피곤해. 좀 앉을게. 하지만 그림 그리려면 하루 기다려야겠다. 연필도 종이도 없으니. 하지만 여긴 정말 너무 예뻐서 기다리기가 아까워. 내일 다시 오자."

"내일은 무슨! 오늘 그려! 얼어 죽을! 뭔 일이 있어도 오늘 그리게 해줄게. 나 진짜 네가 그림 그리는 거 보고 싶어 환장 하겠어. 내가 얼른 가서 그리는 데 필요한 도구들 다 챙겨 가 지고 올게."

제34장
재미얼

말려도 소용없었다. 밀리는 가까이 있는 징검다리를 가로지르면 집으로 가는 지름길이 나오는데, 15분이면 연필과 목판본 화첩을 가지고 돌아올 수 있다고 했다. 그러더니 그 이상한 흰 스타킹과 인부 부츠를 신은 발로 불규칙적이고 위험해 보이는 징검돌을 펄쩍펄쩍 뛰면서 나아갔다. 나는 그 길로 따라갈 엄두가 나지 않았다. 그리하여 나는 그렇게 "깨끗하고 평평한" 돌로 다시 돌아오지 않을 수 없었다. 나는 그곳에 자리를 잡고 앉아 적막하고 웅장한 숲과 그 사이로 보이는 높고 날씬한 회색 다리를 감상했다. 다리를 가로질러 햇빛이 빛났다. 주위에 평화로이 서 있는 거대한 숲속 나무들이 여기저기 공간을 열어 어스레하게 먼 전경이 보였다. 전면에는 몇 그루 나무들이 진중하게 따로 서 있었다. 풍경은 완전히 로맨스의 배경 같았다.

독일 민담 책을 읽기에 딱 좋은 장소였다. 주위를 어둑하게 만드는 거대한 나무들과 조용한 숲의 구석구석에 벌써 그 매력적인 요정과 도깨비의 목소리와 그림자가 어른거리는 것 같았다.

이곳에 홀로 앉아 숲의 낮은 가지들 사이를 보며 공상을 즐기고 있을 때, 오른쪽에서 쿵 소리가 났다. 그러고는 때가 타고 누덕누덕한 군복 코트에 헐거운 짧은 바지 차림의 땅딸막하고 품이 넓은 사람이 나타났다. 바지 한쪽이 나무 의족에 펄럭거렸다. 그가 다가왔다. 얼굴은 우락부락하고 주름이 많았으며 오크나무 고목처럼 그을린 피부였다. 눈은 검은 구슬 같았고 사나워 보였으며 엉망이 된 중절모 아래로 삐져나온 새까만 난발은 거의 어깨까지 닿을 것 같았다. 이 가까이 하고 싶지 않은 무서운 사람이 이따금 지팡이를 심술궂게 허공에 휘둘렀다. 마치 공격을 준비하는 야생 황소처럼 엉클어진 머리를 한 번씩 홱 젖히며 뚜벅뚜벅 흔들흔들 나를 향해 걸어왔다.

나는 마치 그 나무 의족을 한 늙은 군인에게서 '마탄의 사수'를 괴롭히는 숲의 악마*를 본 것처럼 놀랍고 두려워 나도 모르게 자리에서 일어났다. 그는 그렇게 다가오며 고함쳤다.

"여보쇼! 당신, 여긴 어찌 온 거요? 뭐요?"

그는 헐떡거리며 가까이 다가왔다. 제 성질에 못 이겨 풀밭에 빠지는 의족을 거칠게 홱 잡아당겼다. 그렇게 낑낑거리다 보니 더 화가 치미는 것 같았다. 내 앞에 다가와 멈추었을 때

---

* 카를 마리아 폰 베버의 오페라 《마탄魔彈의 사수射手》에 나오는 악마 재미얼을 일컫는다.

거무스름한 얼굴은 연기와 먼지로 더럽혀져 있었고, 납작하게 쳐진 코의 씩씩거리는 콧구멍이 물고기 아가미처럼 벌렁거렸다. 그런 표정이 화가 났다고 해야 할지 추악하다고 해야 할지 분간하지 못할 지경이었다.

"당신네들은 오고 싶을 때 멋대로 오고 자빠졌지, 안 그래? 지 좋아하는 대로 다 한다니까. 안 그래? 당신 누구여? 누구냐니께? 뭐 훔쳐 먹으려고 여기서 어슬렁거려? 가쇼, 얼릉!"

남자의 큰 입과 담배에 찌든 치아, 찌푸린 얼굴, 시끄럽고 거친 말투는 위협적일 뿐만 아니라 짜증을 불러일으킬 정도로 매우 거슬렸다. 나는 위협을 받자 용기가 치솟았다.

"나는 놀의 미스 루틴입니다. 사일러스 루틴 씨, 당신 주인님이 나의 삼촌이에요."

"후!"

그의 태도가 조금 부드러워졌다.

"사일러스가 당신 삼촌이면 여기 살러 온 거구먼요? 어젯밤에 왔는가베, 잉?"

나는 답을 하지 않았다. 내 표정은 분명 화가 나고 경멸이 담겼으리라.

"뭐하러 여기 혼자 왔소? 그러고 내가 어찌 알것소? 밀리도 같이 없고 아무도 없는디? 그러고 모드고 자시고 간에 나는 공작님이 와도 사일러스가 그러라고 시키지 않으면 울타리 안짝으로 발 디디게 못 혀요. 가서 사일러스한테 말하쇼, 딕컨 혹스가 그리 말했다고 말이오. 내가 약속은 잘 지키지. 아니, 뭐, 내가 직접 그 사람한테 말하것소. 그라고말고. 밤이고 낮이고, 낮이고 밤이고 내가 여기서 죙일 밀렵꾼들, 도둑놈들, 집시 잡것들 못 오게 발을 동동거리고 지랄 해봤자 소용없다고 말할 테요. 규칙을 안 지키는 인간들이 지멋대로 한다면 소용없는 거니께. 염병! 아가씨 운 좋은 줄 아쇼. 내가 보자마자 벽돌 들지 않을 걸 말이오."

"내가 삼촌께 당신에 대해 고할 겁니다."

"그러쇼. 헛다리 짚었다는 거 알게 될 터이니. 내가 개를 풀었소? 아니면 쌍욕을 했소? 아니면 돌맹이를 던졌소? 안 그려요? 뭘 일러바친다는 말이오?"

나는 사납게 답했다.

"날 내버려두고 가세요."

"마음대로 허시오. 당신 모드 루틴이라고 했지? 그 말이 맞나 틀리나 모르것네. 하지만 일단 그리 알것소. 그저 이것만 말해주쇼. 메그가 당신한테 문 열어줬소?"

나는 대답하지 않았다. 다행스럽게도 밀리가 들쭉날쭉한 징검돌을 펄쩍펄쩍 뛰어오는 게 보였기 때문이었다.

"이봐, 페그톱! 뭔 개수작을 벌이고 있어?"

밀리가 가까이 다가오면서 소리 질렀다.

"이 사람 아주 무례하게 굴었어. 이 사람 아니, 밀리?"

"어, 페크톱 딕컨이야. 절대 씻지 않는 더럽고 늙은 혹스지. 이봐, 아저씨. 대장님이 뭐라고 할지 두고 봐. 아하! 대장님이 당신 불러서 얘기할 테니."

"나는 아무 짓도 안하고 아무 말도 안 했어. 내가 해야 할 것만 했단 말이지. 사실이랑께. 저 아가씨도 부인 못 할 거여. 나한테서 뭐 심한 말 들은 거 읎어. 나는 누가 뭐라든 염병 신경 하나 안 써. 그라고말고. 하지만 밀리, 알아둬라. 내가 너 장난치는 거 못 하게 할 거야. 앞으로도 그럴 거고. 가축한테 돌 던지면 못 쓴다, 잉?"

"마음대로 지껄이셔. 당신이 내 사촌한테 뭐라고 씨불일 때 내가 여기 있었어야 하는데! 위니가 있었으면 당신 나무다리를 확 잡아서 나자빠지게 했을 거란 말이지."

"뭐라는겨? 걔라면 착한 짓을 했겠지. 널 족쳤을걸."

늙은 남자가 사납게 빈정거렸다.

"고만하고 꺼지시지."

밀리가 소리 질렀다.

"안 그러면 위니를 불러서 당신 나무다리를 아작 내게 할 거야."

"아하! 그럴까? 걘 착한 애여. 안 그려?"

그가 빈정댔다.

"지난 부활절에 맛 좀 봤잖아? 위니가 발로 차서 그 나무다리 작살냈잖아?"

"말이 찬 거거든?"

그가 나를 흘긋거리며 투덜거렸다.

"웃기시네. 위니가 한 거거든? 그래서 목수가 새 거 만들어줄 때까지 일주일 동안 꼼짝달싹도 못 했잖아? 하하하!"

밀리가 고소하다는 듯 웃어댔다.

"너하고 노닥거릴 시간 읎다. 그렇지만 두고 봐라, 잉? 사일러스한테 고할 거니."

그는 자리를 뜨며 구겨진 중절모에 손을 대더니 내게 지르퉁한 태도로 말을 걸었다.

"잘 가시오, 미스 루틴. 좋은 저녁 보내시오, 아가씨. 그리고 기억해주쇼. 내가 아가씨 화나게 할 일 암것도 안 했다는 걸."

그렇게 그는 으쓱거리며 풀밭을 비척비척 흔들흔들 나아갔다. 그러다가 이내 숲속으로 사라졌다.

"좀 겁먹은 거 같으니 다행이야. 저 사람 저렇게 화내는 거 처음 봐. 완전 꼭지 돈 거 같은데?"

"어쩌면 정말 자기가 얼마나 무례하게 굴었는지 모르는 게 아닐까?"

"난 저 사람 정말 싫어. 톰 드라이버가 두 배는 더 좋았어. 그 사람은 누구한테도 시비 걸지 않았거든. 항상 술에 취해 있어서 내가 올드 진이라고 불렀어. 하지만 난 저 인간 정말 싫어. 저 인간은 위건 출신인 거 같아. 항상 초를 친다니까. 또 메그를 후려 쌔리기도 해. 아, 아까 그 뷰티 말이야. 저 인간에 비하면 그 애는 그래도 양반이지. 저저, 휘파람 부는 거 봐라."

"나도 좀 떨어진 숲속에서 휘파람 소리를 들었어."

"개들을 부르는 모양이야. 저기로 올라가보자."

우리는 커다란 호두나무의 휘어진 가지로 올라가서 페그

톱의 사나운 개 무리가 습격할 것으로 예상되는 쪽을 향해 시선을 돌렸다. 그러나 그것은 쓸데없는 걱정이었다.

"음, 안 그러려나 봐? 개들 안 풀 거 같아. 그래도 어쨌든 나쁜 인간이야!"

"그럼 우리가 울타리 넘어가지 못하게 하려던 그 여자애가 저 사람 딸이지?"

"맞아. 걔가 메그야. 난 뷰티(미녀)라고 부르지. 내가 이름을 붙여주었어. 저 인간은 비스트(야수)고. 그런데 지금은 페그 톱이라고 불러. 그래도 그 애는 뷰티야. 그게 딱이야. 자, 이리 와 앉아서 그림 그려봐."

밀리가 나무에서 내려오자마자 재촉했다.

"어쩌지? 그림 그릴 마음이 안 나는데? 선 하나도 똑바로 못 그릴 것 같아. 손이 떨려."

"난 네가 그림 그렸으면 좋겠는데, 모드."

밀리는 동경하는 듯 애원하는 표정으로 말했다. 밀리가 그림 도구를 가져온 수고를 생각하면 실망시킬 엄두가 나지 않았다.

"그럼, 밀리. 시도만 해볼게. 잘 안 되면 어쩔 수 없는 거야. 내 옆에 앉아봐. 내가 그림 시작하는 지점을 저기가 아니라 여기로 잡는 이유를 설명해줄게. 나무와 강의 구도를 잡는 방법을 잘 봐. 그래, 그 연필, 좋아. 쉽지는 않은데, 가느다란 선 그리기에 좋아. 하지만 처음부터 시작해야 해. 그런 다음 이런 식으로 진짜 풍경을 시도하기 전에 스케치를 반복해서 해봐야

해. 그리고 밀리, 네가 원한다면 내가 아는 거 모두 가르쳐줄 거야. 뭐, 대단한 건 아니지만 말이야. 우리가 똑같은 풍경을 같이 스케치하고 나서 서로 비교해보면 정말 재미있을 거야."

밀리는 매우 기뻐하며 얼른 실습을 시작하고 싶어 했다. 신이 나서 내 옆에 자리를 잡고 앉아 나를 마구 끌어안고 키스하는 바람에 우리는 바위 위에서 데구루루 굴러 떨어질 뻔했다. 떠들썩하게 기뻐하는 밀리의 착한 심성 덕분에 나는 기분이 많이 좋아졌다. 우리는 진심으로 신나게 웃으며 임무에 돌입했다.

"어머나! 저게 누구야?"

나는 갑자기 화첩에서 시선을 들어 올려 자연스럽게 수렵복을 차려입은 날씬한 신사를 보았다. 허물어져 가는 다리에서 우리가 있는 방향으로 흙벽의 불안정한 바닥을 조심스럽게 디디며 건너고 있었다. 거기만 유일하게 파손되지 않은 통로였다.

이날은 참으로 유령처럼 예기치 않은 출현이 일어나는 날이었다! 밀리는 즉각 그를 알아보았다. 신사는 미스터 캐리스브룩이었다. 그는 그랜지 저택에 1년간 세를 얻어 거의 혼자 살았다. 가난한 이들에게 매우 관대했으며, 아주 오랜 세월 만에 바트램에 방문한 유일한 신사였다. 그는 이상하게도 그 어떤 다른 곳도 방문하지 않았다. 그는 영지를 가로질러 다니고 싶어 했고 허락을 받은 후 자주 방문했다. 분명 바트램이 환대를 베푸는 집은 아니었지만 시골 사람들을 만날 위험이 적기 때문에 그런 것 같았다.

손에 튼튼한 지팡이를 들고 짧은 수렵복, 재미얼보다 훨씬 훌륭한 장식이 달린 중절모 차림을 한 그는 다리를 뒤덮고 있는 덤불에서 모습을 드러냈다. 편안한 발걸음이지만 빠른 속도로 걷고 있었다.

"저이 스노들즈 보러 가나 봐?"

밀리는 흠칫 놀라면서도 호기심에 차 보였다. 밀리는 굳이 말할 필요도 없이 시골뜨기였기 때문에 경외심을 품고 이 신사의 훌륭한 품행을 바라보았다. 사자처럼 용맹하고 그 어떤 일이 있어도 나귀의 턱뼈를 들고 블레셋인들과 싸울 태세를 갖춘 듯한 밀리가 그런 모습을 보인 것이다.

"우리를 못 봤나 봐?"

밀리가 그러기를 바라는 듯 속삭였다. 그러나 아니었다. 그는 모자를 벗고 즐거운 미소를 보이면서 멈췄다. 미소를 짓자 매우 흰 치아가 드러났다.

"안녕하십니까, 미스 루틴."

나는 그 소리에 습관적으로 나를 지칭하는 것이라 생각하고 갑자기 고개를 들었다. 내가 그러는 모습이 너무 눈에 띄어서 그는 모자를 들어 올리며 내게 예를 표했고, 그런 다음 밀리를 바라보았다.

"루틴 씨께서는 잘 지내시지요? 아, 여쭤보지 않아도 되겠는데요? 이렇게 행복해 보이시니 말입니다. 제가 말씀드린 책이 있는데, 하루 이틀이면 도착할 거 같습니다. 실례지만 그분께 말씀 좀 전해주시겠습니까? 제가 사람을 보내서 드리거나, 아니면 제가 직접 가져다 드리는 게 좋을지 여쭤 봐주시지요."

밀리와 나는 이때쯤 자리에서 일어나 서 있었다. 그러나 밀리는 아무 말도 못하고 그저 그를 빤히 바라보고 있었다. 뺨이 다소 빨개졌고 눈은 매우 둥글었다. 그는 대화를 이어가기 위해 다시 말을 꺼냈다.

"그분 안녕하시지요?"

밀리는 여전히 묵묵부답. 나는 조금 수줍었지만 용기를 냈다.

"제 삼촌 루틴 씨는 매우 잘 지내십니다. 감사합니다."

나는 말을 하면서 얼굴이 빨개지는 것을 느꼈다.

"아, 실례지만, 제가 맞춰봐도 될까요? 아가씨는 놀의 미스 루틴이시지요? 제가 매우 뻔뻔하다고 생각하실지 걱정됩니다만, 제 소개를 드려도 될까요? 제 이름은 캐리스브록입니다. 저는 어렸을 때 루틴 씨를 알게 되었고, 그분은 그 이후로 제게 매우 친절하게 대해주셨습니다. 제가 제멋대로 말씀드리는 점은 양해해주시기 바랍니다. 저의 친구이신 레이디 놀리스가 아가씨의 친지 맞으시죠? 그분은 어찌나 멋진 분이신지요!"

"오, 그럼요. 제가 얼마나 사랑하는 분인데요!"

나는 말하고 나서 그렇게 거리낌 없이 속내를 드러내 얼굴이 붉어졌다. 그러나 그는 내가 그렇게 말한 것이 마음에 든다는 듯 친절한 미소를 보였다.

"제 생각이 무엇이든 말로 하면 안 되겠지요? 하지만 솔직히 저는 이해할 수 있을 거 같습니다. 그분은 아주 멋지게 젊음을 유지하고 계시고, 유쾌함과 훌륭한 성품을 지닌 소녀 같으십니다. 와, 그런데 아가씨는 정말 멋진 풍경을 고르셨네요."

그는 갑자기 그림으로 주제를 바꾸었다.

"저는 저 아름다운 옛 다리를 되돌아보기 위해 이 지점에서 자주 멈추곤 했습니다. 혹시 관찰하셨는지…… 아가씨는 예술가이신군요? 붉은색과 노란색으로 진 저 기이한 십자가 형태의 얼룩과 함께 저 회색에 매우 독특한 색조가 있는 걸 관찰하셨군요?"

"예, 맞습니다. 저도 봤어요. 저도 저 색의 독특한 아름다움에 대해 말하려던 참이었어요. 안 그러니, 밀리?"

"응."

밀리는 나를 빤히 바라보면서 놀라 웅얼거렸다. 표정이 마치 도둑질을 하다 들킨 사람 같았다.

"예. 그리고 배경이 정말 특별합니다. 그렇지만 폭풍우가 치기 직전에는 더 좋아요. 어쨌든 지금도 매우 훌륭합니다."

그는 잠시 말을 멈추었다가 갑자기 다시 물었다.

"이 고장을 잘 아시나요?"

"아뇨. 전혀 모릅니다. 그저 이곳으로 마차를 타고 왔을 뿐입니다. 하지만 제가 본 풍경은 매우 인상 깊었어요."

"더 많이 보시게 되면 매료되실 거예요. 예술가에게 제격인 곳이죠. 저는 글 솜씨가 부족하지만 이 작은 수첩을 주머니에 넣고 다닙니다."

그는 얇은 수첩을 꺼내며 멋쩍게 웃었다.

"그저 비망록입니다. 저는 산책을 무척 자주 하는 편이고, 돌아다니다가 아주 예쁜 곳을 보면 구석구석 연구, 아니 그저 메모를 하는 편입니다. 하지만 스케치보다 글이 더 많습니다. 제 누이는 이게 저밖에 알아볼 사람이 없는 암호라고 말을 하지만요. 그래도 그저 두 곳만은 설명할게요. 왜냐하면 아가씨가 정말 그 장소로 가서 보셔야 하거든요. 오, 이건 아닌데……"

바람에 페이지가 펼쳐지자 그가 웃었다.

"그건 '캣 & 피들'입니다. 진기한 작은 선술집이죠. 어느 날 가보았더니 아주 맛있는 에일을 내주더군요."

그 말에 밀리는 무슨 말을 꺼내고 싶은 듯 불안한 내색을 보였으나, 나는 무슨 말이 튀어나올지 몰라 서둘러 그가 내게 보여주고 싶어 하는 작은 스케치들에 관심을 기울였다.

"쉽게 갈 수 있는 곳들만 보여드리고 싶습니다. 말을 타고 가거나 마차로 갈 수 있는 가까운 거리요."

그는 그렇게 처음에 언급한 두 그림 이외에도 두세 페이지를 더 넘겼고 다시 그림 하나를 보여주었다. 그런 다음 방금 그린 듯한 작은 스케치를 보여주었는데, 커즌 모니카의 매력적인 박공 고택을 그린 그림이었다. 모든 주제에는 짧은 평, 또는 설명이나 모험담이 담겨 있었다.

그가 나와 이야기를 나누다가 작은 스케치북을 주머니에 넣으려 할 때 갑자기 가여운 밀리를 알아차렸다. 밀리는 점점 우울해지는 듯 보였으나 그가 화첩을 자신에게 내밀자 표정이 아주 밝아졌다. 그는 그러면서 몇 마디 건넸는데, 밀리는 분명 무언가 오해하는 것 같았다. 기이한 방식으로 까닥 인사를 하더니 그걸 커다란 제 주머니에 넣으려고 했기 때문이었다. 아마도 선물로 착각한 모양이었다.

"그림 구경하고 돌려드려, 밀리."

내가 속삭였다. 그의 요청으로 나는 다리를 그리다 만 내 그림을 보여주었다. 그가 눈대중으로 거리와 비율을 가늠하고 있을 때, 밀리가 화난 표정으로 내게 속삭였다.

"왜 그래야 하는데?"

"왜냐고? 저분은 그저 네게 보라고 빌려준 거야."

"나한테 빌려준 거라고? 그것도 너 먼저 보게 하고! 흥! 난 절대 이따위 거 안 볼 거야."

밀리는 몹시 성이 나서 쏘아붙였다.

"가져가! 네가 직접 줘! 난 안 할래."

밀리는 수첩을 내 손에 우겨넣고 부루퉁하게 한 발 뒤로 물러났다.

"제 사촌이 매우 감사하다는군요."

나는 웃으며 수첩을 돌려주었다. 그도 그것을 받아들며 웃었다.

"아가씨가 이렇게 그림을 잘 그리시는 줄 알았다면, 아가씨께 형편없이 끄적거린 제 그림을 보여드리지 못했을 거예요, 미스 루틴. 하지만 이건 제 그림 중에 잘 그린 건 아닙니다.

레이디 놀리스께 여쭤보시면 제가 이보다는 잘 그린다고 말씀해주실 거예요. 훨씬 낫습니다."

그런 다음 자신의 무례에 대해 사과를 하더니 자리를 떴다. 나는 매우 기분 좋았고 우쭐해졌다.

그는 스물아홉 정도, 서른을 넘긴 것 같지는 않았다. 그리고 단연 잘생겼다. 그의 얼굴과 치아와 맑은 갈색 안색이 그렇게 보였다. 태도와 몸짓에는 무언가 출중한 품위가 느껴졌다. 그리고 전반적으로 형언키 어려운 지적 매력이 묻어났다. 물론 비밀이지만, 나는 그가 우리에게 말을 건 순간부터 내게 관심을 가진 것 같다고 생각했다. 나는 허영이나 자만을 부리는 게 아니다. 그것은 진지한 관심이었다. 어쨌든 관심은 관심이었다. 내가 그의 스케치들을 넘기고 있을 때, 그가 내 자태를 훑어보고 있는 걸 눈치챘기 때문이었다. 그는 내가 그림 이외에는 다른 건 아무것도 보지 않았다고 생각했다. 내가 자기 그림에 대해 좋은 평가를 하기 바라며 레이디 놀리스 이야기를 꺼낸 그의 조바심, 나는 그것으로 우쭐했다. 캐리스브룩, 사랑하는 아버지가 그 이름을 언급한 걸 들은 적이 있었던가? 나는 기억나지 않았다. 그러나 아버지는 습관적으로 과묵했고, 그러니 언급한 적이 없다 해도 특별히 시사하는 바는 없었다.

제35장
우리가 2층 방에 방문하다

캐리스브록 씨 때문에 즐거워진 나는 집으로 돌아갈 채비를 하기 전까지 밀리가 침묵을 지키고 있다는 사실을 깨닫지 못했다.

"그랜지는 예쁜 집인 거 같아. 그 그림을 보면 말이야. 여기서 멀지 않지?"

"3킬로미터쯤."

"밀리, 화났어?"

밀리의 말투와 표정이 왠지 화나 보였다.

"그래, 화났어. 화나면 안 돼?"

"왜 그래?"

"하! 참, 재밌네! 저 사람 봐봐, 캐리스브록 말이야. 저 사람 나한테 개보다도 더 신경 안 쓰대? 내내 너랑만 이야기하고? 자기 그림이네, 산책이네, 뭐네? 뭐, 돼지 새끼도 저거보다 매너가 좋겠다."

"하지만 밀리, 너 잊었어? 저분이 너한테 말 걸려고 한 거?

네가 아무 대꾸도 안 했잖아?”

“그게 바로 내가 말하려고 하는 거야. 난 말이지, 다른 사람들처럼 말을 못 하겠어. 내 말은, 숙녀들처럼 말이야. 사람들이 날 보면 웃기만 해. 내 옷차림이 구경거리나 되는 것처럼 말이야. 부끄러워! 폴리 샤이브즈 봤거든. 진짜 멋진 숙녀더라! 세상에! 그 여자가 지난주 일요일에 교회에서 날 보고 웃었어. 난 말이지, 마음을 터놓고 대하려고 했는데…… 나도 알아, 내가 별종인 거. 부끄러워. 난 왜 이렇게 괴상해? 창피해! 나도 이러고 싶지 않아. 내 잘못이 아니야.”

그러더니 가여운 밀리는 눈물을 쏟으며 발을 구르기 시작했다. 그러고는 홱 치마를 들어 올려 눈을 덮었다. 내가 여태 본 모습 중에 가장 기이한 슬픔의 표현이었다.

“그리고 난 그 사람이 말하는 게 도통 뭔 말인지 알아먹지 못하겠어.”

가여운 밀리는 담황색 치마로 얼굴을 가린 채 여전히 발을 구르며 말했다.

“넌 뭔 말인지 다 알아먹었잖아? 난 도대체 왜 이래? 창피해, 창피해! 오, 흑흑! 창피해!”

“하지만 밀리, 우린 그저 그림 이야기하고 있었어. 넌 아직 배우지 못했잖아? 하지만 이제 배울 거야. 내가 가르쳐줄게. 그러면 너도 다 이해할 수 있어.”

“그리고 사람들이 죄다 날 비웃어. 심지어 너도 그렇잖아? 넌 안 그러려고 해도 가끔 보면 웃는 거 못 참더라? 널 탓하는 건 아니야. 왜냐면 나도 내가 이상한 거 아니까. 하지만 어쩔 수가 없어. 정말 창피해."

"밀리, 내 말 들어봐. 네가 좋다고 하면 내가 음악이니 미술이니 뭐든 가르쳐줄게. 넌 대부분 혼자 살아왔잖아. 네 말처럼 숙녀에겐 숙녀만의 말하는 방식이 있어. 다른 사람하고는 다른 방식 말이야."

"그래. 그렇지. 신사들도 신사 말투가 있잖아. 대장님처럼 말이야. 저 캐리스브록도 그렇고. 그 잘난 체하는 멋진 말투. 젠장할! 악마도 못 알아먹을 거야. 그리고 난 우리 중에 가장 멍청이야. 정말 죽고 싶어. 부끄러워! 정말이지 창피해 죽겠어!"

"하지만 그런 말도 내가 다 가르쳐줄게. 네가 원한다면 말이야, 밀리. 내가 아는 거 너도 전부 알 수 있어. 그리고 네 드레스도 더 예쁘고 멋지게 만들어줄게."

밀리는 내 얼굴을 빤히 바라보며 둥근 눈과 코가 부풀어 올랐다. 뺨은 온통 젖어 있었다. 매우 비참해보였다.

"치마도 더 긴 것 같아. 네 것이 더 길어……"

밀리는 흐느끼느라 말을 잇지 못했다.

"밀리, 이제 울지 마. 네가 그러려고 마음만 먹으면 진짜 숙녀처럼 될 수 있어. 그렇고말고. 그러면 사람들이 다 널 좋아할 거야. 그저 너의 기이한 단어들과 태도를 고치려고 노력하면 돼. 옷도 다른 사람들처럼 입고. 너만 좋다면 내가 다 알아서 도와줄게. 넌 정말 영리해, 밀리. 그리고 아주 예뻐."

울어서 부은 가여운 밀리의 얼굴에 자기도 모르게 미소가 번졌다. 그러나 그녀는 이내 고개를 숙이며 가로저었다.

"아니, 아니, 모드. 난 그렇게 안 될 거 같아."

나는 실로 헤라클레스의 노역을 떠맡은 것 같은 느낌이었다. 그러나 밀리는 정말로 영리하고 눈치도 빨랐다. 그 볼품없는 말투만 고치면 매우 유쾌하게 표현도 할 수 있을 것이다. 그저 근면함과 자제력만 발휘하면 될 것 같았다. 나는 체념하지 않았다. 적어도 내가 할 수 있는 일을 하기로 결심했다.

가여운 밀리! 밀리는 진실로 매우 고마워했다. 그리고 대단한 열정을 품고 자신의 교육 계획에 몰두했다. 그러면서도 겸손함과 반항이 기묘하게 섞인 태도를 보였다.

밀리는 다시 뷰티의 초소에 쳐들어가서 힘으로 통과하자고 고집했다. 그러나 나는 우리가 온 길로 가자고 설득했다. 그리하여 우리는 강을 따라 울타리를 에둘러 갔다. 뷰티는 우리를 자극하는 비웃음을 날렸다. 그녀는 출입구 사이로 능직 무명천 옷을 입고 기묘해 보이는 토끼 가죽 모자를 쓴 날씬한 젊은 남자와 이야기를 나누고 있었다. 남자는 우리를 보자 수줍은 듯 어슬렁거리며 출입구 꼭대기에 올려놓은 팔에 얼굴을 대고 고개를 옆으로 틀었다.

오늘의 만남 이후 미스 뷰티는 우리가 지나갈 때마다 얼굴에 조롱과 경멸의 표정을 보이는 게 버릇이 되었다. 앞으로 해야 할 교육을 다시 상기시키며 나의 새로운 권한을 휘두르지 않았더라면, 밀리는 또다시 뷰티와 한 판 붙었을 것이다.

"저 고자질쟁이 페그톱 봐봐. 제분소로 올라가고 있네. 저 사람은 지금 우리를 안 보는 체 속이고 있는데, 아니지, 아니야! 다 보고 있어. 그냥 우리가 대장님한테 이를까 봐 쫄았어. 그러면 너한테는 제멋대로 못 하게 될까 봐 걱정하는 거야. 난 저 페크톱이 징글징글해. 저 인간이 작년에 내가 소를 못 몰게 했다니까."

나는 페그톱이 그보다 더한 일도 했을 거라고 생각했다. 실로 이곳은 완전히 다 바꾸어야 할 것투성이였다. 나는 가여운 밀리 자신도 그걸 인식하고 있다는 사실이 기뻤다. 밀리가 자기와 신분이 같은 사람들과 비슷해지려고 결심한 것은 그저 일시적 굴욕감과 질투 때문이 아니라 진솔하고 매우 열정적인 마음 때문이었다.

나는 이 바트램-호프 고택을 아직 절반도 채 못 보았다. 우선 나는 저택의 규모 자체에 대해 거의 파악하지 못했다. 대회랑 한쪽을 따라 창문 셔터가 닫히고 문이 잠긴 방들이 여러 개 있었다. 늙은 라무르는 우리가 그쪽으로 들어가면 심기가 사나워졌다. 그래서 우리는 아무것도 볼 수 없었다. 게다가 밀리는 창문을 여는 걸 두려워했다. 그렇다고 금지된 방에서 온갖 유령을 볼까 봐 두려워하는 것은 아니었다. 그저 사일러스 삼촌이 집 안에서 여기저기 들쑤시고 다녀서는 안 된다고 명령했기 때문이었다. 이 떠들썩하고 팔팔한 사촌은 삼촌의 점잖은 태도와 침묵만으로도 놀랄 정도로 얼어붙어버렸다.

이 집에는 분명 놀에는 존재하지 않는 것이 있었다. 내가 한 번도 본 적 없는 것이었다. 물론 다른 고택에도 있을지 모른다. 그것은 바로 우리가 펄쩍 뛰어서 살짝 엿볼 수 있는 매우 높은 상/하단 분리형 문이었다. 그것들이 긴 복도와 대회랑들을 가로막고 있었다. 그중 일부는 잠겨 있어 통행을 막았다. 우리는 그것 때문에 탐험을 멈춰야 했다.

그러나 밀리는 위층으로 오르는 기묘하게 작고 매우 가파르고 어두운 뒷계단을 알고 있었다. 그리하여 그녀와 나는 그 계단을 올라 아래층의 웅장한 방들보다 훨씬 낮고 마감이 조악한 방들이 늘어선 긴 복도를 마음껏 돌아다녔다. 이 방들은 방치되어 있었지만 아름다운 영지 장원을 다양한 각도에서 바라볼 수 있는 전망을 보여주었다. 우리는 회랑을 가로질러 갑자기 어떤 방에 들어가게 되었다. 그 방은 대저택의 안쪽 벽으로 둘러싸인 작고 음울한 사각형 안뜰을 조망할 수 있는 장소였다. 안뜰은 저택에 필요한 빛과 공기를 제공하기 위해 건축가가 설계한 구조였다.

나는 손수건으로 창유리를 문지르고 밖을 내다보았다. 둘러싼 지붕은 가파르고 높았다. 벽들은 때가 타고 거무스레했다. 창문엔 먼지와 흙 때가 묻어 있었고, 석조 창문턱엔 이끼와 잡풀과 개쑥갓이 자라고 있었다. 집 안에서 이 어두운 안뜰로 이어지는 곳에 아치형 출입문이 있었다. 그 출입문은 때가 잔뜩 끼고 먼지가 앉아 있었다. 사각형 안뜰에 웃자란 습한 잡초들이 밟힌 흔적 같은 것 없이 출입구 쪽으로 마구 자라고 있었다. 인간의 발이 이곳을 거의 밟지 않는다는 사실이 명백해 보였다. 나는 이상한 전율과 가슴 철렁하는 느낌을 품고 저 어스름하고 불길한 공간을 바라보았다.

"여기는 2층인데…… 저기 사방이 막힌 안뜰이 있네."

나는 혼잣말처럼 중얼거렸다.

"뭐가 무서워, 모드? 귀신이라도 본 것 같은 얼굴인데?"

밀리가 창문으로 다가와 내 어깨너머를 흘긋거렸다.

"여길 보니 갑자기 그 무시무시한 일이 생각나."

"무슨 일, 모드? 너 뚱딴지같이 뭘 생각하는 거야?"

밀리는 재미있다는 듯 물었다.

"이 방들 중 하나일 거야. 아마도, 그래, 그럴 거야. 분명히 그럴 거야. 봐봐, 판벽이 벽에서 뜯겨져 있잖아. 차크 씨가 자살한 곳일 거야."

나는 어스름한 방을 애조 어린 눈으로 빙 둘러보았다. 구석구석에 벌써 밤의 어스름이 내리고 있었다.

"차크라고! 그 사람이 뭐? 차크가 누구야?"

밀리가 물었다.

"어, 너도 분명 들어봤을 텐데?"

"난 몰라. 그런데 그 사람이 자살을 했단 말이지? 목을 걸었대? 아니면 총으로 머리를 날려버렸대?"

"이 방들 중 한 곳에서 목을 벴어. 난 이 방이 확실하다고 생각해. 왜냐하면 네 아빠가 웨인스코트를 뜯어냈거든. 혹시라도 살인자가 들어올 수 있는 비밀의 문이 있는지 확인한다고 말이야. 봐봐, 이 벽들 다 벗겨졌잖아. 벗겨진 목제 세공 흔적이 있잖아."

"우와, 끔찍하네! 도대체 어떻게 제 목을 딸 생각을 해? 그런 용기가 나나? 나라면 말이야, 머리에 총을 쏘는 게 젤로다 나을 거 같아. 거, 있잖아? 데드맨스 할로에서 젊은 남자들이 했던 것처럼 말이야. 하지만 제 목을 따는 사람이라니, 그 사람은 진짜 똘아이 아니냐? 왜냐면 여기서부터 여기까지 쭈욱 목을 따야 하는데, 그거 엄청 길잖아."

"밀리, 하지 마, 그만해. 이제 가자."

저녁이 빠르게 밤으로 치닫고 있었다.

"아, 뭔 소리야? 절대 안 되지! 여기 피가 있어. 이 부근 바닥에 커다랗게 검은 구름이 펼쳐져 있잖아. 안 보여?"

밀리는 몸을 수그려 내려다보며 그곳의 윤곽을 따라갔다. 아마도 손가락으로 가상의 지도를 그리는 것 같았다.

"아니야, 밀리. 안 보여. 바닥은 너무 어두워. 그리고 온통 어스름에 파묻혔는데? 그저 상상일 뿐이야. 어쩌면 이 방이 그 방이 아닐 수도 있고."

"음, 난 말이야. 확실한 거 같아. 봐봐!"

"아침에 다시 와보자. 네 말이 맞다면 아침에 더 잘 볼 수 있겠지. 그만 가자."

나는 점점 더 겁이 났다. 우리가 막 나가려고 할 때 흰색의 봉긋한 레이스 캡을 쓴 누르스름한 늙은 라무르가 문간에서 방 안을 들여다보고 있었다.

"어이쿠! 여기는 왜 왔어?"

밀리가 나만큼이나 놀라 소리 질렀다.

"아가씨는 여기 왜 왔어요?"

라무르가 맞받아쳤다.

"우린 차크가 목을 딴 곳을 찾고 있어."

"아이고, 차크라뇨!"

늙은 여인은 냉소와 분노가 기이하게 섞인 태도를 보였다.

"여긴 그 사람 방 아니에요. 어서, 가세요, 어서요. 아가씨가 미스 모드를 끌고 위로 아래로 이 방 저 방 돌아다닌 걸 주인님이 들으시면 안 좋아하실 거예요."

라무르는 충분히 엄중하게 이야기를 늘어놓고는 내가 지나갈 때 낮게 고개 숙여 예를 표했다. 그러고는 고개를 끄덕이며 뾰족한 눈길로 방 안을 휘 둘러보고는 홱 방문을 잠갔다.

"그리고 누가 차크 얘기를 했어요? 다 거짓부렁이예요. 여기 모드 아가씨를(다시 또 삐딱하게 고개 숙이며) 겁주려고 한 건가요? 유령이니 그런 나부랭이로 말이에요."

"웬 멍청한 소리야? 모드가 먼저 나한테 말해줬거든. 유령? 쳇! 난 그런 거 안 믿어. 절대 아니지. 내가 겁먹는 게 있다면, 그게 누군지 알지?"

밀리는 웃었다. 늙은 여인은 주머니에 열쇠를 쑤셔 넣고 주름진 입을 삐죽거리며 음울하고 불안하게 물러났다.

"선머슴아 같지만 악의는 없지요. 착해요. 하지만 천방지축인 게, 아이고! 정신 사나워. 말도 못 해요."

라무르는 이어진 침묵 속에서 난간 너머 밀리를 바라보고는 고개를 흔들며 나에게 그렇게 속삭였다. 그녀는 헤어질 때 우리에게 다시 목례를 하고 사일러스 삼촌의 방으로 향했다.

"대장님이 오늘 저녁 좀 이상해."

티타임에 테이블에 앉아 밀리가 말했다.

"너 대장님 이상한 거 한 번도 못 봤지, 그렇지?"

"하고 싶은 말이 있으면 똑바로 말해봐, 밀리. 편찮으시다는 말은 아니지?"

"음, 나도 뭔지 몰라. 그런데 가끔 진짜 이상해져. 그게 말이야, 한 2~3일간 거의 죽은 거처럼 보여. 마치 졸도한 할멈처럼 한동안 꼼짝도 하지 않고 가만히 앉아 있어. 으윽, 끔찍해!"

"그런 상태에 빠질 때 감각을 잃는 거야?"

나는 놀라서 물었다.

"몰라. 하지만 도통 뭐가 뭔지 모르는 상태야. 죽지는 않는 거 같아. 그런데 늙은 라무르는 다 알아. 난 대장님이 그런 상태일 때는 방 근처에도 안 가. 부를 때만 가거든. 가끔 정신을 차리고 이 사람 저 사람 부르고 싶어 할 때가 있어. 어느 날은 페그톱을 불러오라고 방앗간까지 사람을 보냈다니까. 그래서 그 사람이 오니까, 1~2분 동안 그냥 빤히 쳐다만 보는 거야. 그러고 나서 나가래. 그렇게 얼빠진 상태에 빠지면 완전 얼라 같다니까."

나는 사일러스 삼촌이 '이상한' 상태에 빠졌다는 걸 항상 늙은 라무르의 행동을 보고 알게 되었다. 그럴 때면 라무르는 우리가 2층으로 올라갈 때 난간 너머로 씩씩거리며 주인님의 방문 앞을 지날 때는 소리를 내지 말라고 난리를 쳤다. 그리고 또 뭘 하는지 모르지만 그의 방에서 끊임없이 움직이는 소리가 나는 점으로도 알 수 있었다.

나는 삼촌을 볼 일이 거의 없었다. 그는 때로 기분이 내키면 우리와 함께 아침식사를 했다. 한 일주일 정도 지속되었다가, 우리의 생활 패턴은 다시 옛 습관대로 돌아갔다.

나는 레이디 놀리스에게서 받은 두 통의 친절한 편지를 잊을 수 없다. 자신의 영지에 꼼짝없이 붙들려 있는 레이디 놀리스는 내가 조용한 생활에 만족한다는 이야기를 듣고 기뻐했다. 그러면서 직접 사일러스 삼촌에게 나를 방문해도 좋은지 허락을 구해볼 거라고 약속했다.

그녀는 엘버스턴에서 크리스마스를 보내기로 했고, 거긴 바트램-호프에서 10킬로미터밖에 떨어지지 않은 곳이었다. 나는 기분 좋은 기대감에 빠졌다.

커즌 놀리스는 또한 자신의 초대에 가여운 밀리도 포함시키겠다고 말했다. 캡틴 오클리 생각이 났다. 가여운 밀리를 보고 놀라서 둥그레질 그의 잘생긴 눈빛이 생각났다. 나는 어느 순간부터 밀리에 대한 책임감을 느끼기 시작했다.

제36장
한밤의 손님

나는 가끔 왜 이상하게 생긴 터키석 반지를 끼고 다니는지 질문을 받았다. 사정을 모르는 사람에게는 그저 값싸 보이며, 다른 보석과 어울리지 않게 싸구려처럼 번드르르하게만 보일 것이다. 그건 이 당시 소유하게 된 작은 기념품이다.

"자, 모드. 넌 어떤 이름으로 불러줄까?"

어느 날 아침 밀리가 아주 즐거운 모습으로 내 방에 불쑥 뛰어들며 물었다.

"내 이름으로 불러, 밀리."

"싫어. 너도 별명이 있어야 해, 다른 사람들처럼."

"난 신경 안 써, 밀리."

"그래? 버슬 부인이라고 부를까?"

"아니, 그러지 마."

"하지만 너도 별명이 있어야 한다고."

"거절하겠어."

"그래도 내가 하나 만들어줄 거야."

"하지만 난 싫어."

"그래도 내가 너 이름 붙여주는 거 막지 못할걸."

"뭐, 대답을 안 하면 되지?"

"하지만 내가 하게 만들 거야."

밀리는 점점 얼굴이 벌게졌다. 아마도 내 말투에 무언가 도발적인 어조가 있지 않았을까. 나는 정말 밀리가 막무가내로 행동하는 것에 매우 혐오감이 일었다.

"하지 마."

나는 조용하게 응답했다.

"두고 봐. 내가 너한테 두 배 더 못생긴 별명을 만들어줄 테니."

나는 미소를 지었다. 아마도 경멸이 담겼으리라.

"넌 왈가닥에 잡년이고 멍청이야."

밀리는 완전히 벌게지며 악을 썼다. 나는 똑같이 싸늘한 미소로 화답했다.

"너 걸리면 뺨따귀를 날려버릴 거야."

밀리는 제 드레스를 철썩 때리더니 씩씩거리며 내게 다가왔다. 나는 정말 그녀가 결투를 벌일 작정이라고 생각했다. 그래서 밀리가 꼼짝 못하도록 위엄을 담은 태도로 엄중하게 목례를 한 번 한 후 당당히 방에서 나가버렸다. 그러고는 사일러스 삼촌의 서재로 향했다. 이어지는 며칠을 포함해, 그날 아침은 마침 그곳에서 아침식사를 하기로 되어 있었다. 아침식사동안 우리는 위엄 있는 침묵을 유지했다. 나는 우리 둘 다 서로 바라보지 않았다고 생각한다.

우리는 그날 산책도 하지 않았다. 저녁에 내가 홀로 앉아 있을 때 밀리가 방으로 들어왔다. 눈시울이 붉었고 매우 뚱해 보였다.

"사과할게, 사촌."

밀리는 말하는 동시에 내 팔목을 잡더니 갑자기 내 손을 휘둘러 포동포동한 제 뺨을 찰싹 때렸다. 방이 쩌렁 울리고 내 손가락이 얼얼할 정도였다. 충격에서 채 벗어나기도 전에 밀리는 사라져버렸다.

나는 밀리를 불렀으나 대답이 없었다. 쫓아갔으나 밀리 또한 뛰면서 나를 피했다. 나는 회랑이 교차하는 지점에서 그녀를 놓치고 말았다.

나는 식사 시간에도 잠자리에 들기 전에도 밀리를 보지 못했다. 그러나 잠이 든 후 밀리가 찾아와 나를 깨웠다. 온통 눈물에 젖어 있었다.

"커즌 모드. 나 용서해줄래? 이제 나 절대 좋아하지 않을 거지, 응? 그렇지? 맞아, 그래. 나는 완전…… 나쁜 년이야. 나도 이런 내가 싫어. 창피해. 자, 이거 밴버리 케이크야. 시내에서 사왔어. 태피 사탕도 먹어. 안 먹을 거야? 그리고 이 반지도 가져. 네 것보다 안 이쁘지만…… 그래도. 그거 꼈으면 좋겠어. 날 위해 그래줄래? 너한테 정말 못되게 굴기 전의 가여운 밀리를 위해서 말이야. 날 용서한다면 반지 껴줘. 아침에 볼게. 아침에 네 손가락에 껴 있으면 다시 나와 친구가 되었다고 생각할게. 만약에 안 끼고 있으면 더 이상 널 괴롭히지 않을게. 그땐 그냥 물에 빠져 뒈져버리면 돼. 그럼 넌 못돼 처먹은 밀리를 다시는 보지 않아도 되겠지.”

그러고는 잠시도 기다리지 않고 아직도 잠이 깨지 않은 내 곁을 떠났다. 나는 맨발로 페티코트를 펄럭거리며 후다닥 방을 나가는 밀리를 꿈인 듯 바라보았다.

밀리는 내 침대 옆에 양초를 놓고 나갔다. 작은 선물들은 이불 위에 놓여 있었다. 내가 유령을 두려워하는 마음이 손톱만큼만 덜했다면 밀리를 쫓아갔을 것이다. 그러나 나는 겁이 났다. 나는 침대 옆에 맨발로 서서 이 딱한 반지에 키스하고 내 손가락에 꼈다. 그때 이후로 그 반지는 내 손가락에 있고, 앞으로도 언제나 그럴 것이다. 아침을 고대하며 다시 자리에 누웠을 때 밀리의 참회하고 애원하는 창백한 얼굴이 눈앞에 몇 시간 동안이나 남아 있었다. 나는 냉정하고 도도하게 굴었던 나의 행동을 쓰디쓴 감정으로 후회했다. 그러면서 나 자신이 밀리보다 천 배는 더 잘못했다고 생각했다.

아침식사 전에 밀리를 찾아보았으나 헛수고였다. 그렇지만 식사 때 만날 수 있었다. 사일러스 삼촌이 함께하는 자리였다. 삼촌은 조용하고 무관심했지만 우리는 주눅이 들었다. 우리는 내 후견인의 차갑고 기이한 시선을 받으며 과도하게 큰 식탁에 앉아 꼭 피치 못할 것에 대해서만 입을 열었다. 그것도 아주 낮은 목소리로 말했다. 밀리가 목소리를 조금이라도 높이는 순간, 사일러스 삼촌이 움츠러들며 가늘고 흰 손가락을 들어 귀에 대고 고통이 머리까지 찌르는 듯한 표정을 지었기 때문이었다. 그는 그러고는 어깨를 으쓱하고 허공을 바라보며 측은한 미소를 지었다. 그러므로 사일러스 삼촌 자신이 말을 하고 싶은 분위기—별로 없었다—가 아닐 때는 그의 면전에서 말이 오가는 일은 거의 없다시피 했다.

밀리가 맞은편에 앉아 내 손가락에서 반지를 보았을 때, 그녀는 숨을 깊게 들이쉬더니 눈과 입 모두 동그랗게 모으고 "오!"라고 내뱉었다. 아주 기쁜 표정이었다. 그러고는 작게 펄쩍 뛸 것 같은 시늉을 했다. 그때 그녀의 가여운 얼굴이 떨리기 시작했다. 입술을 깨물며 애원하는 눈빛으로 나를 바라보았다. 눈에 눈물이 차오르다 급기야 둥근 뺨을 타고 또르르 흘러내렸다.

나는 분명 내가 밀리보다 더 후회했다고 확신한다. 나도 울면서 미소 지었다. 밀리에게 키스하고 싶었다. 그런 우리 모습은 아주 웃겼으리라. 그러나 인생에서 큰 문제들이 별로 없을 때엔 작은 문제들이 때로 아주 심오한 애정을 불러일으킬 수 있지 않은가.

마침내 기회가 왔을 때 그런 장면은 다시없었으리라. 우리는 서로 끌어안고 이리저리 흔들었다. 밀리는 내 드레스에 얼굴을 묻고 엉엉 울었다.

"난 네가 우리 집에 오기 전에 너무너무 외로웠어. 그리고 넌 나에게 아주 잘해주었어. 그런데 난 아주 못된 기집애처럼 굴었어. 다시는 너한테 나쁜 말 하지 않을게. 하지만 모드……

사랑하는 나의 모드."

"아니야. 부르고 싶은 대로 불러, 밀리. 그래, 버슬 부인 좋아. 나 버슬 부인 할게. 아니면 네가 좋은 거 아무거나 불러도 좋아."

나는 밀리처럼 엉엉 울면서 밀리를 끌어안았다. 정말 그때 우리가 어떻게 똑바로 서 있었는지 궁금할 따름이다. 그렇게 밀리와 나는 이전보다 더욱 친한 친구가 되었다.

한편 겨울이 깊어지고 있었다. 날은 짧아졌고 밤은 길어졌다. 바트램-호프의 난롯가 수다 역시 길어졌다. 나는 사일러스 삼촌이 그 기이한 상태에 빠져드는 일이 잦아지자 겁이 났다. 처음에는 그런 일에 그다지 신경 쓰지 않았다. 당연히 밀리가 설명하는 방식으로 받아들였기 때문이었다.

그러나 어느 날 삼촌은 그 '이상한' 상태에 빠져 있을 때 나를 불렀다. 나는 소환되어 그의 면전에 갔다. 말할 수 없이 두려웠다. 그는 흰색 가운에 둘둘 말려 커다란 안락의자에 기대 앉아 있었다. 늙은 라무르와 대동하지 않았다면 나는 분명 그가 죽었다고 생각했을 것이다. 라무르는 이 기이한 병의 모든 국면, 모든 증상을 다 알고 있었다. 그녀는 무섭게 의미심장한 눈길로 내게 윙크하며 고개를 끄덕였다. 그러면서 조용히 속삭였다.

"아가씨, 주인님이 얘기하시기 전에 소리를 내면 안 돼요. 곧 정신을 차리실 거예요."

겉으로 경련을 하지 않았을 뿐 딱 뒤틀리며 경련하는 간질 환자의 안색과 똑같았다. 천치처럼 얼굴을 찌푸리고 뒤틀린 미소가 보였다. 눈 또한 뒤집혀 흰자위가 드러났다.

그는 갑자기 차가운 전율처럼 눈을 크게 뜨더니 입술을 비틀었다. 눈을 깜박거리며 우둔하고 불확실한 눈빛으로 나를 빤히 쳐다보았다. 그러다가 점차 희미한 미소로 바뀌었다.

"아! 그 여자애…… 오스틴 딸. 애야, 내가 말을 하기가 힘들어…… 내일 이야기하기…… 다음날…… 이건 틱……신경통 비슷한 거야…… 고문과 같은…… 저이에게 말해."

그러더니 그는 몸을 한껏 움츠리고 다시 안락의자에 푹 기댔다. 태도에는 똑같이 뭐라 표현할 수 없는 무력감이 묻어났다. 얼굴이 점차 무시무시한 납빛으로 다시 변하기 시작했다.

"갑시다, 아가씨. 주인님이 마음을 바꿨어요. 어쩌면 종일 아가씨하고 말할 상태가 아닐 것 같아요."

늙은 여자가 다시 속삭였다. 그리하여 우리는 방에서 나왔다. 나는 말할 수 없을 정도로 충격을 받았다. 사실 그는 죽어가고 있는 듯 보였다. 나는 불안에 싸여 노파에게 그렇게 말했다. 그랬더니 그녀는 보통 나를 대하는 격식을 잊어버리고 껄껄거리며 비웃었다.

"죽는다고, 저 양반이? 저 양반은 야곱과 같아서, 저렇게 죽는 게 하루 이틀인 줄 아쇼?"

나는 싸늘한 공포의 표정으로 그녀를 바라보았다. 그녀는 자신이 어떤 감정을 불러일으켰는지 신경 쓰지 않았다. 혼잣말로 빈정거렸기 때문이었다. 나는 가던 길을 멈추고 그녀와 말을 섞기 싫은 감정을 누르며 다시 물었다. 아주아주 겁을 먹었기 때문이었다.

"삼촌이 위험하다고 생각 안 해요? 의사를 불러야 하지 않을까요?"

"저런! 의사는 다 알고 있어요, 아가씨."

노파는 그렇게 나이 들고 무력한 얼굴치고 너무나 충격적인 조롱의 기색을 띄었다.

"하지만 발작이나 마비잖아요? 무언가 무서운 거잖아요? 저 끔찍한 모습을 보여도 그냥 아무 조치 취하지 않고 내버려두는 건 안전하지 못해요."

"그분 걱정할 거 없어요. 저건 발작이 아니라우. 악화된 것도 아니고. 이따금 저렇게 얼이 빠질 뿐이라니까. 저런 지 10년도 넘었다고요. 그리고 의사도 다 알고 있어요."

노파는 완강했다.

"그리고 아가씨가 저런 거 가지고 신경 쓰면, 주인님이 미쳐 날뛸 걸요."

그날 밤 나는 그 문제를 메리 퀸스와 논의했다.

"사람들이 아주 은밀하게 굴어요, 아가씨. 그런데 저는 그분이 아편 팅크제를 너무 많이 드시는 거 같아요."

메리가 말했다. 나는 아직까지도 그 주기적 발작이 무엇이었는지 알 수 없다. 나는 그 후로 의사들에게 그 문제를 자주 물었지만, 과도한 아편 복용이 그런 증상을 불러온다는 사실은 알 수 없었다. 그러나 그가 놀랄 정도로 많은 양의 아편을 복용한다는 사실은 확실한 것 같았다. 실제로 그는 가끔 신경통 때문에 아편을 복용할 수밖에 없다고 호소하곤 했다.

그날 잠자리에 든 후 사일러스 삼촌의 그런 상태가 자꾸 떠오르며 상상력을 자극했다. 나는 바트램에 온 이후 그때까지는 잠을 잘 잤다. 하루 중 많은 시간을 야외에서 보내며 활발히 돌아다녔으니 당연한 결과였다. 그러나 그날 밤 나는 신경이 예민해져 잠을 잘 자지 못했다. 대로에서 말발굽 소리와 마차 바퀴 소리가 났다고 생각했던 때는 2시가 넘은 시각이었다.

메리 퀸스가 가까이 있었기에 나는 일어나서 창밖을 내다보는 게 두렵지 않았다. 사륜 역마차가 안뜰에 다가오자 나는 가슴이 두근거리기 시작했다. 전면 창이 내려갔고 몇 분 후 기수가 마차를 정차했다.

나는 그가 무슨 지시를 받고 나서 다시 움직여 현관문 앞에 마차를 댔다고 생각했다. 계단에 어떤 이가 마차가 도착하는 걸 기다리고 있었다. 늙은 라무르 같았다. 그러나 확실치는 않았다. 현관문 옆 난간 꼭대기에 랜턴이 있었다. 밤이 매우 어두웠기 때문에 마차 램프도 켜져 있었다. 짐꾼이 가방과 트렁크, 마차 지붕에 있던 상자 하나를 끌고 안으로 들어오는 게 보였다. 그 짐들은 홀 안으로 들어갔다.

나는 그런 모습을 보기 위해 창유리에 뺨을 기대지 않을 수 없었다. 유리에 김이 닿아 뿌예졌다. 다시 닦아도 금세 뿌예지는 창 때문에 잘 보이지 않았다. 그래도 망토를 두른 키 큰 사람이 마차에서 내려 재빨리 집 안으로 드는 것을 보았다.

그러나 남자인지 여자인지 분간할 수 없었다.

심장이 쿵쾅거렸다. 나는 즉각 결론을 내렸다. 삼촌의 상태가 악화된 것이다. 어쩌면 죽어가고 있을지도 모른다. 저 사람은 의사다. 너무 늦게 병상에 소환된 의사.

나는 의사가 올라와 삼촌 방으로 들어가는 소리를 들어보려고 귀를 기울였다. 적막한 밤이니 쉽게 들릴 거라고 생각했다. 그러나 그 어떤 소리도 들리지 않았다. 5분 동안 계속 귀 기울였으나 아무 소리 없었다. 창가로 다시 돌아갔으나 마차와 말은 이미 사라진 뒤였다.

나는 메리 퀸스를 깨워서 상의를 해보고 내막을 알아보라고 시킬까 생각했다. 사실 그때 나는 삼촌이 위급한 상태라고 거의 단정한 상황이었다. 따라서 의사의 의견을 알고 싶어 안달이 났다. 그러나 결국 저렇게 곤히 자고 있는 착한 사람을 깨우는 건 못 할 짓이었다. 나는 너무 추워 다시 침대로 돌아왔다. 침대에서 잠들 때까지 귀를 기울이며 추측을 계속했다.

평소처럼 아침에 옷을 입기도 전에 밀리가 밀어닥쳤다.

"사일러스 삼촌은 어떠셔?"

나는 곧바로 질문을 던졌다.

"늙은 라무르가 아직도 이상한 상태라고 하던데? 하지만 어제처럼 얼빠진 건 아닌가 봐."

"어젯밤에 의사 부른 거 아니었어?"

"그랬어? 음, 그거 이상한데. 라무르는 나한테 그런 얘긴 뻥긋도 안 했는데?"

"그냥 물어보는 거야."

"난 의사가 왔는지 아닌지 몰라. 하지만 왜 그런 생각을 했어?"

"어젯밤 2시에서 3시 사이에 마차가 왔었거든."

"저런! 누가 말해줬어?"

밀리는 갑자기 흥미를 느끼는 것 같았다.

"내가 직접 봤어, 밀리. 난 의사라고 생각하는데, 누군가 마차에서 내려서 집 안으로 들어왔어."

"말도 안 돼! 누가 의사를 불렀어? 대장님은 아니야, 내가 알아. 그 사람 어땠어?"

"남자인지 여자인지도 모르겠던데? 키가 크고 망토를 둘렀어."

"그럼 그 사람도 아니고 다른 사람도 아닌데? 둘 다 아냐. 코모란이 맞을 거야. 아니면 내 손에 장을 지지겠어."

밀리가 생각에 잠긴 듯 손가락 관절로 테이블을 톡톡 두드리며 말했다. 바로 그렇게 톡톡 두드릴 때, 노크 소리가 동시에 들렸다.

"들어와요."

늙은 라무르가 방에 들어와 목례했다.

"미스 퀸스에게 아침식사가 준비되었다고 알리러 왔습니다."

"마차 타고 누가 왔어, 라무르?"

밀리가 라무르에게 물었다.

"무슨 마차요?"

노파가 예민한 태도로 씩씩거렸다.

"어젯밤에 온 마차? 2시 넘어서?"

"거짓부렁이예요. 시뻘건 거짓부렁이요!"

노파가 소리 질렀다.

"미스 모드가 놀에서 온 이후 이 집으로는 마차 한 대 오지 않았어요."

나는 그런 말을 늘어놓는 뻔뻔한 늙은 하녀를 빤히 바라보았다.

"맞거든? 마차 온 건 맞고, 아마도 코모란이 거기 타 있었겠지."

라무르의 대담한 말투에 익숙한지 밀리가 아무렇지 않게 응수했다.

"그러면 뻔뻔한 거짓부렁이가 또 하나 있구먼요. 첫 번째 것처럼 뻔뻔한 거짓부렁이요."

노파의 시들고 말라빠진 얼굴이 온통 오렌지 빛으로 타올랐다.

"내 방에서 그런 언어를 쓰지 말기 바랍니다."

나는 매우 화가 나서 단호하게 말했다.

"내가 문에 당도한 마차를 똑똑히 보았어요. 당신이 하는 말은 사실이 아니에요. 그렇게 뻔뻔하게 행동하는 건 내가 용납하지 않겠어요. 다시 또 그러면 삼촌에게 고할 거예요."

노파는 내가 말하는 동안 안색이 더욱 사납게 붉어지며 흐린 시선을 내게 고정했다. 입에 힘을 준 표정이 사악해 보였다. 그러나 그녀는 분노한 충동을 억누르고 그저 못마땅하다는 듯 껄껄거리며 말했다.

"기분 나쁘게 해드리려고 한 건 아니에요, 아가씨. 그건 그저 속마음을 말하는 더비셔 말투예요. 죄송해요, 아가씨. 기분 나빠하시지 않기 바랍니다."

그녀는 내게 다시 목례했다.

"아이고, 제가 깜박했네요. 밀리 아가씨. 주인님이 지금 당장 오시라는데요."

그리하여 밀리는 아무 말 못 하고 서둘러 나갔다. 라무르도 따라 나갔다.

제37장
닥터 브라이얼리의 출현

아침식사를 하러 왔을 때 밀리는 충혈된 눈이 퉁퉁 부어 있었다. 그녀는 딸꾹질하며 흐느꼈는지 아직도 코를 훌쩍거렸다. 아주 서럽게 울다 온 것 같았다. 밀리는 조용히 자리에 앉았다.

"안 좋으신 거야, 밀리?"

내가 불안한 태도로 물었다.

"아니, 잘못된 거 없어. 괜찮으셔."

"그럼, 뭐가 문제야?"

"그 나쁜 늙은 마녀 같으니라고! 대장님한테 내가 어젯밤 마차 타고 온 게 코모란이라고 했다고 일렀어."

"코모란이 누군데?"

"그게 있잖아. 난 말하고 싶고 넌 듣고 싶잖아? 그런데 나 말 못 해. 말하면 대장님이 날 프랑스 학교로 보내버리겠다고 했거든. 아아, 짜증나! 에잇, 제기랄!"

"그런데 사일러스 삼촌이 왜 신경을 쓰는 건데?"

나는 놀라서 물었다.

"그 사람들이 거짓말을 하고 있어."

"누가?"

"라무르 말이야. 라무르가 내 말을 일러바치자마자 대장님이 물어보는 거야. 어젯밤에 누가 왔는지, 마차가 왔는지 말이야. 그러니까 라무르는 아무도 안 왔다는 거야. 모드, 너 확실해? 뭘 보긴 한 거야? 아니면 혹시 꿈꾼 거 아니야?"

"꿈 아니었어, 밀리. 네가 지금 내 눈앞에 있는 것처럼 확실하게 봤다고."

"어쨌든 대장님이 안 믿으려고 해. 그리고 나한테 막 짜증냈어. 날 프랑스로 보내버린다고 협박했다니까. 난 프랑스가 정말 싫어. 바다 밑으로 잠겨버렸으면 좋겠어. 정말이야. 악마처럼 싫어. 넌 안 그래? 마차 얘기나 누구 왔다는 얘기 한마디라도 다시 하면 날 프랑스로 보내버리겠다고 협박했다니까!"

나는 정말 코모란이 궁금했다. 그러나 밀리에게 물어볼 수는 없었다. 밀리 또한 실제 어젯밤에 온 사람에 대해서 나만큼이나 아는 게 없었다.

그러던 어느 날 나는 계단에서 닥터 브라이얼리를 보고 깜짝 놀랐다. 나는 어두운 회랑에 서 있다가 그가 삼촌 방 앞 로비로 걸어오고 있는 것을 보았다. 모자를 쓰고 손에는 서류를 들고 있었다.

그는 나를 보지 못했다. 그가 사일러스 삼촌 방으로 들어갔을 때, 나는 아래층으로 내려가 홀에서 나를 기다리고 있던 밀리를 만났다.

"닥터 브라이얼리가 여기 왔어."

"아, 날카로운 눈매의 마른 남자? 반짝거리는 검은 코트 입고 지금 막 올라간 사람 말이지?"

"응. 네 아빠 방으로 들어갔어."

"그럼 혹시 요전날 밤에 온 게 그 남자 아냐? 우리는 못 봤지만, 우리 집에 머물고 있는 거 아냐? 엄청 큰 집이니까?"

나도 같은 생각을 했지만 즉시 아니라는 것을 깨달았다. 내가 본 것은 확실히 닥터 브라이얼리의 모습이 아니었다.

그리하여 그 유령 같은 존재에 대해 새로운 정보를 아무것도 얻지 못한 채 우리는 길을 나섰다. 허물어가는 다리로 가 스케치를 했다. 우리는 울타리 출입구가 이전처럼 잠긴 것을 보았다. 밀리는 나더러 울타리를 넘자고 고집했으나 내가 거절하는 바람에 강둑길로 돌아가야만 했다.

그림을 그리고 있을 때, 우리는 숲속 나무 둥치 사이에서 가무잡잡한 얼굴, 새까만 머리, 세월의 때가 묻은 낡고 붉은 코트를 입은 재미얼이 성당의 측랑에 동상처럼 꼼짝 안 하고 서서 우리를 무섭게 노려보고 있는 모습을 보았다. 다시 보았을 때 그는 사라지고 없었다.

겨울치고는 맑고 온화한 날이긴 했지만 우리는 옷차림도 두껍지 않았기 때문에 10~15분 이상 가만히 앉아 그림을 그릴 수 없었다. 집으로 돌아가는 길에 덤불숲을 지나는데, 갑자기 화가 난 목소리로 훈계를 늘어놓는 소리가 들렸다. 나무 아래 야만스러운 늙은 재미얼이 작대기로 자기 딸을 두 번이나 아주 세게 후려갈겼다. 그중 한 대는 머리를 내리친 것이었다. 뷰티는 얼마 도망가지도 못했다. 거무스름한 늙은 숲의 악마는 욕지거리를 내뱉고 몽둥이를 휘두르며 뚜벅뚜벅 힘차게 딸을 쫓아갔다.

나는 부글부글 피가 끓었다. 너무도 충격을 받아 한순간 말을 할 수 없었다. 그러나 잠시 뒤 나는 고함을 질렀다.

"이런 야만스런 짓을 하다니! 어디 감히 가여운 여자애를 때릴 수 있어?"

뷰티는 그저 몇 발짝 도망치다가 뒤를 돌아 그와 우리를 마주 보았다. 눈에서 불꽃이 피어올랐다. 울음이 폭발해 나오려는 걸 억지로 참으며 창백하게 떨고 있었다. 관자놀이 위에 두 줄기 핏물이 똑똑 흘러내리고 있었다.

"자, 아부지, 이거 보셔요."

그녀가 피로 얼룩진 손을 들었다. 얼굴에는 기이하게 떠는 미소를 지었다. 그는 어쩌면 수치스러웠을 것이다. 그런데 그런 이유로 으르렁대며 또다시 욕을 퍼부었다. 공중에 몽둥이를 휘휘 휘두르며 딸을 잡아먹을 듯 노려보았다. 그러나 우리의 목소리가 그를 붙잡아 세웠다.

"내 삼촌이 당신의 그 야만적 행동에 대해 알게 될 거예요. 아, 저 가여운 아이!"

"메그, 저자가 또 그러면 같이 후려쳐. 그리고 오늘밤 잠자리에 들면 의족을 강물에 갖다 처박아."

밀리가 뷰티를 향해 그렇게 말하더니 페그톱을 향해 소리 쳤다.

"내가 당신한테 똑같이 해주겠어! 넌 저 애한테 제 아버지 패라고 시켜. 조심해!"

그러고 나서 욕을 내뱉었다. 그는 오만상을 찌푸리며 밀리 를 향해 머리를 흔들며 몽둥이를 휘둘렀다.

"조용히 해, 밀리!"

밀리가 싸우려는 모습을 보며 내가 속삭였다. 나는 다시 집 에 가는 대로 삼촌에게 그가 가여운 여자애를 어떻게 다뤘는 지 고할 것이라고 그를 향해 말했다.

"하! 저 애가 저렇게 된 게 누구 때문인뎁쇼? 바로 아가씨 때문이잖소? 계집애를 꼬드겨서 저 문을 열게 하다니."

그가 으르렁댔다.

"거짓말하지 마. 우리는 시냇가로 돌아갔다고!"

밀리가 소리 질렀다. 나는 그자와 그 문제를 따지는 게 적 절치 않다고 생각했다. 그는 매우 화가 나고 불쾌해 보였다. 그러더니 갑자기 획 몸을 틀고 건들건들 시야에서 사라졌다. 나는 그의 등 뒤에 대고 다시 삼촌에게 알리겠다고 소리 질렀 다. 그 말에 그는 이렇게 고함쳤다.

"사일러스는 그딴 거 신경 안 쓰는데?"

그가 뿔처럼 생긴 엄지와 검지를 탁 퉁겼다. 여자애는 자 리에 그대로 서서 손바닥으로 획 하니 피를 닦아냈다. 피 묻은 손을 한 번 들여다보고 나서 다시 앞치마에 문질렀다.

"가엾기도 하지. 울지 마. 내가 삼촌께 네 문제를 말씀드릴게."

그러나 메그는 울지 않고 있었다. 그 애는 고개를 들고 곁눈질로 우리를 보았다. 나는 뚱한 경멸의 표정이라고 생각했다.

"그리고 이 사과 먹지 않을래?"

우리는 바트램에서 유명한 예쁜 사과 두세 알을 바구니에 넣어왔다. 나는 그 애 가까이 다가가는 게 망설여졌다. 이 혹스 집안 사람들, 뷰티와 페크톱은 너무 야만스러웠다. 그리하여 나는 그 애의 발밑으로 사과를 도르르 굴려 보냈다.

메그는 똑같은 표정으로 집요하게 우리를 노려보고 있다가 제 발에 닿은 사과를 뚱한 표정으로 홱 차버렸다. 그러더니 한마디 말도 없이 관자놀이와 이마를 앞치마로 쓱 닦고 뒤돌아 천천히 가버렸다.

"가여워! 저 애 얼마나 사는 게 힘들까? 정말 이상하고 혐오스러운 사람들이야!"

집에 도착했을 때 커다란 계단의 층계참에서 늙은 라무르가 나를 기다리고 있었다. 목례를 하더니 매우 존경 어린 태도로 주인님이 나를 기다리고 계신다고 알렸다.

그 신비스러운 마차가 도착하는 모습을 본 일로 날 부르는 건가? 사일러스 삼촌의 태도는 점잖긴 했지만 무언가 두려움을 불러일으키는 면이 있었다. 나는 그 앞에 서면 죄인이라도 된 듯했다. 그의 시선을 마주하는 것보다 싫은 건 없었다.

삼촌의 상태에 대한 불확실성 또한 마음에 걸렸다. 지난번 접한 그런 상태를 또다시 목격하는 것은 압도적인 두려움을 불러일으켰다.

나는 조금 떨면서 방에 들어갔으나 즉시 안도했다. 사일러스 삼촌은 상태가 좋아 보였고, 또 다소 흐트러지긴 했으나 내가 처음 본 날 입었던 꽤 멋진 옷을 그대로 입고 있었다.

닥터 브라이얼리—삼촌과는 얼마나 대조되게 저속한 인물로 보이던지, 그러면서도 그를 보니 얼마나 안심이 되던지!—가 삼촌 근처 테이블에 앉아서 서류를 묶고 있었다. 내가 들어갈 때 그는 불안한 눈길로 찬찬히 나를 살피는 것 같았다. 내가 인사하고 나서야 그는 갑자기 바트램에서 나를 보는 게 처음이라는 사실이 떠오른 듯, 자리에서 일어나 평상시의 그 급작스럽고도 익숙한 태도로 나에게 인사했다. 충심에서 우러난 게 아닌 품위 없는 태도였으나, 그러면서도 솔직하고 뭔지 모를 친절함이 느껴졌다.

삼촌이 자리에서 일어났다. 렘브란트풍의 헐거운 검은 벨벳 옷을 입은 그 기이하게 덕망 있어 보이는 창백한 초상화.

"이 아이가 잘 지내는지 내가 말할 필요 없는 것 같구려? 닥터 브라이얼리, 저 백합과 장미가 바트램의 공기를 아름답게 찬양하고 있소. 나는 저 애의 마차가 그렇게 빨리 집으로 온다는 게 유감스러울 정도요. 나는 그저 마차가 와서 저 애가 산책하는 게 줄어들지 않기만을 바란다오. 저 아이를 보는 게 나는 아주 즐겁다오. 겨울에 빛나는 꽃, 주님이 축복을 내린 들판의 향기라고나 할까."

"미스 루틴, 시골 공기를 마시고 시골 음식을 먹는 건 건강에 매우 좋지요. 저는 젊은 여성들이 배불리 먹는 게 좋습니다. 잘 드셨는지 지난번 봤을 때보다 건강해 보이는데요?"

닥터 브라이얼리가 나를 향해 말했다. 그가 그런 은밀한 말을 하면서 내 안색을 살피는 게 다소 당황스러웠다.

"닥터 브라이얼리, 아이스쿨라피우스*의 제자로서 당신이 말씀하시듯, 저의 신조는 건강이 첫째고, 성취는 그다음입니다. 대륙이 고매한 교육을 하기에 가장 좋은 곳이지요. 그리고 세상 견문을 넓히는 건 장차 하면 되는 거란다, 모드야. 나에겐 젊은 시절 그렇게 제멋대로 또 어리석게 지내긴 했지만, 아주 많은 날들을 보낸 그곳이 우울하지만 형언키 어려운 큰 매력을 가지고 있단다. 그런 시절이 있었기 때문에 더 큰 기쁨을 안고 이 그림 같은 적막한 풍경 속으로 돌아온 거겠지. 숄리외의 그 달콤한 시 기억하지?"

버려진 곳, 달콤한 고독,
고요와 평화가 머무는 곳,
소란과 근심은
결코 침범할 수 없는 안식처.**

* 그리스·로마 신화 속 의약과 의술의 신.
** 기욤 앙프리 드 숄리외(1639~1720)의 『시선詩選』에 수록된 '전원의 삶 찬사' 중에서.

"나는 걱정과 슬픔이 이 숲속 요새로 침투하지 않았다고 말할 수 없습니다. 그러나 세상의 격랑은, 하늘에 감사하게도, 전혀 없지요!"

나는 닥터 브라이얼리의 날카로운 얼굴에 교묘한 의심이 묻어 있었다고 생각했다. 그러더니 "전혀 없지요"란 삼촌의 말이 끝나기가 무섭게 그가 물었다.

"제가 잊었군요. 어느 은행을 쓰시지요?"

"오! 롬바드가의 '바틀렛 & 홀'입니다."

사일러스 삼촌이 무덤덤한 목소리로 짧게 대답했다.

닥터 브라이얼리는 그걸 메모하고 나서 교묘하게 결심의 표정을 짓더니 말했다.

"선생께서는 제 앞에서 은둔자 행세를 하실 필요 없습니다."

사일러스 삼촌은 사납게 꿰뚫는 시선으로 한동안 나를 의심스럽게 쳐다보았다. 닥터 브라이얼리가 자기 말을 거의 끊다시피 한 것을 내가 눈치챘는지 확인하고 싶어 하는 것 같기도 했다. 그와 동시에 닥터 브라이얼리는 서류를 자신의 넓은 코트 주머니에 쑤셔 넣고 자리에서 일어나 나갔다.

그가 떠나자 나는 지금이 딕컨 혹스에 대해 불만을 제기할 좋은 기회라고 생각했다. 사일러스 삼촌이 자리에서 일어나자 나는 망설이며 입을 열었다.

"삼촌, 제가 오늘 목격한 일을 하나 말씀드려도 될까요?"

"물론이다."

삼촌은 날카로운 시선을 내게 고정했다. 그는 그때 그 유령 마차에 대한 이야기를 꺼내려나 보다 생각했던 것 같다. 그러나 나는 한 시간 전쯤 윈드밀 숲에서 밀리와 나를 충격에 빠트린 사건을 이야기했다.

"애야, 그들은 거친 사람들이야. 생각이 우리와 같지 않아. 그 젊은이들은 체벌이 필요해. 우리가 심각하게 받아들여야 할 정도의 방식으로 말이지. 난 남의 집안 문제에 끼어드는 건 옳지 않다고 생각한다. 따라서 개입하지 말아야 해."

"하지만 그 사람이 큰 몽둥이로 그 애의 머리를 매우 세게 때렸어요, 삼촌. 피를 많이 흘렸다고요."

"아!"

삼촌이 무덤덤하게 반응했다.

"그리고 밀리와 제가 삼촌께 고할 거라고 말하며 제지하자 오히려 다시 한 대 휘둘렀어요. 그 사람이 그런 식으로 폭력적이고 잔인하게 딸을 계속 학대하면, 그 애가 심각한 부상을 당할 거예요. 그러다 어쩌면 죽일 수도 있을 것 같아요."

"이런, 낭만적인 아이 같으니! 그런 신분의 사람들은 머리 깨진 것쯤은 전혀 대수롭지 않게 생각한단다."

사일러스 삼촌은 여전히 무심하게 말했다.

"하지만 정말 끔찍하고 잔인한 거 아닌가요, 삼촌?"

"물론 야만스럽지. 하지만 그네들이 야만인이라는 사실을 기억하거라. 그네들에겐 그게 어울려."

나는 실망했다. 사일러스 삼촌의 점잖은 성격으로 보아 분명 그런 무도한 행동에 공포와 분노를 표할 거라고 생각했다. 그러나 예상과는 달리 그는 야만스러운 악한 딕컨 혹스를 옹호했다.

"그리고 그 사람은 밀리와 저에게 항상 무례하고 뻔뻔하게 행동해요."

"오! 네게 뻔뻔하게 행동했다? 그건 다른 문제지. 그건 내가 조치를 취해야겠구나. 다른 일은 없지, 얘야?"

"다른 일은 없습니다."

"그 사람은 유용한 하인이야. 혹스 말이다. 호감 주는 인상이 아니고 태도와 말투는 거칠어도, 그자는 매우 친절한 아비이며 아주 정직한 남자야. 모질긴 하지만 완전하게 도덕적인 남자란다. 매우 거친 다이아몬드 원석이랄까. 예의를 차리는 예법이나 품위가 없을 뿐이야. 모르긴 몰라도 그자는 자기가 네게 아주 예외적으로 정중했다고 생각할걸. 그러니 우리가 봐주자꾸나."

그러더니 사일러스 삼촌은 가늘고 늙은 손으로 내 머리를 쓰다듬고 이마에 키스했다.

"그래, 봐주자꾸나. 우리는 친절해야 한다. 성서에서 뭐라고 하지? '심판을 받지 않으려거든 남을 심판하지 마라'고 하지 않던? 네 아버지도 그 명언에 따라 행동하셨다. 그렇게 고귀하고 장엄하게 말이다. 나도 본을 받으려고 노력한단다. 아아! 사랑하는 오스틴, 나는 한참을 뒤처졌으니! 그 먼 간극! 나의 모범이자 나의 조언자, 그대는 사라졌으니! 그대는 영면에 들었고 나는 짐을 지고 아직 여기 남아 무시무시한 밤에 모질고 험한 길을 걷고 있으니!"

오, 밤이여, 고통스러운 밤이여! 오, 그대, 늦게 일어나는 여명이여!

그대, 오고 있나? 그대, 올 거지? 그대 아직도 멀리 있으니.*

그는 시선을 위로 한 채 한 손을 들고는 셰니에의 이 구절을 반복했다. 그러면서 형언할 수 없는 슬픔과 피로의 표정을 지으며 뻣뻣하게 의자에 털썩 주저앉았다. 그런 상태로 눈을 감고 한동안 침묵을 지켰다. 그러더니 향수를 뿌린 손수건을 황급히 눈에 대고는 매우 친절한 태도로 나를 향해 말했다.

"사랑하는 조카야, 다른 할 말 있니?"

"없습니다, 삼촌. 대단히 감사합니다. 그저 그 남자 혹스 말입니다. 저는 그 사람이 지금처럼 아주 무례하게 굴려는 의도가 없다고 생각합니다만, 전 그 사람이 아주 두렵습니다. 우리가 그쪽 방향으로 산책할 때마다 아주 불편하게 굴어요."

"잘 알겠다, 얘야. 내가 조치를 하마. 사랑하는 나의 조카이자 피후견인이 바트램에 머무는 동안 불편한 일은 그 어떤 것도 허락되지 않는다는 사실을 꼭 기억하거라. 사일러스 루틴

* 앙드레 셰니에(1762~1794)의 '연인들' 중에서.

삼촌이 처리할 수 있는 일 중에 그 어떤 일도 말이야."

그는 부드러운 미소와 함께 문을 "꼭 닫아야 하지만, 쿵 소리를 내면 안 된다"는 지시로 나를 물렸다.

닥터 브라이얼리는 바트램에서 자지 않고 펠트램에 있는 작은 여관에서 묵었다. 그러고는 곧바로 런던으로 떠났다는 사실을 나중에 듣게 되었다.

"네 그 못생긴 닥터, 마차 타고 떠났어."

계단에서 만났을 때 밀리가 한 말이었다. 나는 내려가고 있었고, 밀리는 뛰어 올라오고 있었다. 그러나 우리가 응접실로 쓰는 작은 방에 도착하자마자 나는 밀리가 착각했다는 사실을 발견했다. 닥터 브라이얼리가 모자와 커다란 모직 장갑, 마른 몸매를 돋보이게 해주는 회색 옥스퍼드 프록코트를 턱까지 여민 차림으로 창가에 있었다. 그는 내가 삼촌의 서재에서 빌린 작은 책 한 권을 읽고 있었다. 검은 가죽 가방은 테이블 위에 놓여 있었다. 그것은 스베덴보리의 다른 세상들, 천국과 지옥에 대한 책이었다.

그는 내가 들어가자 책을 덮고는 모자를 벗을 생각도 하지 않은 채 보기 흉하고 삐걱거리는 부츠를 신은 발로 나를 향해 한두 걸음 다가왔다. 그는 문 쪽을 재빨리 둘러보더니 말했다.

"단둘이만 잠깐 보게 되어 기쁘군요. 매우 기뻐요."

그 말과는 반대로 그의 안색은 매우 불안해 보였다.

제38장
한밤의 출발

"전 바로 떠납니다. 저는…… 전 알고 싶군요."

그가 또 한 번 문을 바라보았다.

"정말 이곳에서 편안하게 지내시는 겁니까?"

"네, 그럼요."

나는 즉시 대답했다.

"그저 사촌하고만 어울리지 않나요?"

그는 2인용 테이블을 바라보며 물었다.

"예. 하지만 밀리와 저는 둘이서 매우 만족합니다."

"그거 좋군요. 하지만 교사는 없는 것 같네요? 미술 교사나 음악 교사 등 젊은 숙녀들의 교육을 담당하는 그런 교사 말입니다. 그런 선생…… 뭐 그런 교사는 없지요?"

"네, 없어요. 삼촌은 제가 건강을 챙기는 게 더 좋다고 말씀하셨어요."

"압니다. 그리고 마차와 말들도 아직 오지 않았지요? 언제 온다고 하나요?"

"저도 모르겠어요. 그리고 전 그다지 신경 쓰지 않아요. 전 그냥 여기저기 돌아다니는 게 아주 재미있어요."

"교회도 걸어서 가시나요?"

"예. 사일러스 삼촌의 마차는 바퀴를 고쳐야 한다고 했어요."

"예, 하지만 아가씨 신분의 젊은 여성이 마차를 이용하지 않는 건 일반적인 일이 아닙니다. 승마용 말은 있나요?"

나는 고개를 가로저었다.

"아가씨 삼촌은 아시다시피, 아가씨 교육과 관리를 위해 매우 후한 연금을 받고 있습니다."

나는 유언장에 그와 관련된 내용을 기억했다. 메리 퀸스는 "그분이 우리 생활에는 일주일에 1파운드도 쓰지 않는다"며 항상 투덜댔다. 나는 아무런 대답을 하지 않고 시선을 내리깔았다.

닥터 브라이얼리는 날카로운 검은 눈으로 다시 문 쪽을 바라보았다.

"아가씨에게 친절하게 대하십니까?"

"아주 친절하세요. 아주 점잖으시고 애정 깊으세요."

"그분이 왜 아가씨와 교류를 하지 않으시죠? 식사를 같이 하거나 차를 같이 드시나요? 대화를 하시긴 하나요? 아가씨는 그분을 자주 보세요?"

"그분은 비참한 환자이십니다. 그분의 일과는 아주 특이해요. 사실 저는 선생님께서 그분을 진찰해보셨으면 좋겠어요.

그분은 자주 아주 오랫동안 의식이 없으신 것 같아요. 가끔 기이하게 미약한 정신 상태에 빠지고요."

"모르긴 몰라도 그분은 젊은 시절에 기력을 너무 많이 소진한 것 같습니다. 아편이 담긴 병을 봤습니다. 너무 많이 복용하시더군요."

"왜 그렇게 생각하세요, 닥터 브라이얼리?"

"물에 탔더군요. 알코올은 특정 복용량이 넘어가면 아편의 작용을 방해합니다. 저런 사람들이 얼마나 많이 삼킬 수 있는지 아가씨는 상상도 못 할 겁니다. '아편 중독자'*를 읽어 보세요. 저는 복용량이 드 퀸시의 양을 넘어서는 사람을 두 명 알고 있습니다. 아하! 그런 건 모르셨군요?"

그러더니 그가 나의 순진함에 조용히 웃음을 보였다.

"그럼 그분의 병이 뭐라고 생각하세요?"

"하! 저는 짐작도 못하겠습니다. 하지만 아마도 그분은 어떤 식으로든 평생을 신경과 뇌를 혹사시키며 살았던 것 같아요. 다른 일 없이 그렇게 쾌락을 추구하는 사람은 제 자신을 완전히 소진시키고 자신의 죄에 대해 쓰라린 대가를 치른답니다. 그분이 친절하고 애정 어리시다니, 그러면서도 아가씨를 그저 사촌과 하인들에게 떠넘긴다고요? 하인들은 예의 바르고 정중합니까?"

"음, 전 그 사람들에 대해서는 할 말이 별로 없어요. 혹스라

---

* 토머스 드 퀸시의 『어느 영국인 아편 중독자의 고백』을 말한다.

는 남자와 그의 딸이 있는데, 매우 무례해요. 심지어 그 남자는 딸에게 학대를 일삼기도 해요. 그러면서 우리더러 영지의 특정 부분에서 못 나가게 제 삼촌에게서 명령을 받았다는 말을 해요. 하지만 저는 그 말 안 믿어요. 사일러스 삼촌이 오늘 내가 그들에 대해 고했을 때, 그런 말은 절대 언급하지 않았거든요."

"그게 영지의 어느 쪽입니까?"

닥터 브라이얼리가 예리한 태도로 물었다. 나는 할 수 있는 선에서 위치를 묘사했다.

"여기서 그쪽이 보입니까?"

그가 창밖을 내다보며 물었다.

"오, 아니에요."

닥터 브라이얼리는 수첩에 메모를 했다.

"하지만 전 그게 딕컨이 지어낸 말이라고 확신해요. 그 사람 완전히 험악하고 무례하거든요."

"그리고 삼촌의 방을 드나드는 늙은 하인은 어떤 사람입니까?"

"오, 늙은 라무르에요."

나는 내가 밀리의 별명을 쓰고 있다는 사실을 잊고 그렇게 답했다.

"그 사람은 예의 바른가요?"

아니었다. 분명 아니었다. 사악한 기운이 흐르는 아주 불쾌한 늙은 여자였다. 나는 그 여자가 욕하는 소리를 들은 적이 있었다.

"호감 가는 사람들이 아닌 것 같군요. 하지만 하나가 있으면 더 있는 법이지요. 자, 여기 보세요. 제가 방금 읽고 있던 구절입니다."

그는 작은 책을 펼치고 손가락으로 가리켰던 곳에 있던 몇 문장을 읽어주었다. 물론 그 단어들은 잊었지만 그 구절의 취지는 잘 기억하고 있다.

그것은 죄인들의 상태를 묘사하는 오싹한 부분이었다. 그들의 거주 공동체가 운영되기 위해 작동하는 물리적 원인과는 별개로, 또한 우월한 영혼들로부터 분리되었다는 사실과는 별개로, 그들이 모인 곳에는 연민과 소질, 필요성이 있어서 그러한 것들이 그 자체로 타락한 사교성뿐만 아니라 고립을 유도한다는 내용이었다.

"그리고 나머지 하인들은요? 그들은 좀 낫나요?"

우리는 늙은 집사 '지블릿'을 제외하고는 다른 하인은 아무도 보지 못했다. 그는 마른 뼈들을 모아 만든 자동인형처럼 여기저기 참견하며 돌아다녔고, 식탁보를 깔며 혼잣말을 하거나 혼자 웃기도 했다. 어떤 면에서 보면 바깥세계의 존재를 전혀 의식하지 못하는 것 같았다.

"이 방은 루틴 씨 방과는 사뭇 다르군요. 가구나 장식 따위를 손봐야겠다는 그런 말은 없었습니까? 없었다고요? 제가 볼 때 손을 보아야 할 것 같은데……"

여기서 다시 잠시 침묵이 흘렀다. 닥터 브라이얼리는 문간을 다시 흘긋거리면서 조심스럽게 이야기했다.

"그 문제에 대해 다시 생각해보셨나요? 후견인 자격을 취소하는 문제 말입니다. 저는 그분이 처음에 거절했던 건 신경쓰지 않습니다. 그분이…… 그러니까…… 그분이 아주 비합리적이지 않다면야 따지지 않으셔도 됩니다. 그런데 미스 루틴, 아가씨의 이익을 위해 진지하게 다시 생각해보는 게 좋을 것 같습니다. 그리고 할 수만 있다면 이곳에서 빠져나가는 게 좋을 것 같아요."

"하지만 저는 그런 건 전혀 생각해보지 않았어요. 생각했던 것보다 이곳에서 아주 만족하고 있어요. 저는 사촌 밀리를 아주 좋아한답니다."

"여기서 정확히 얼마나 머물렀죠?"

두세 달쯤 되었다.

"다른 사촌은 보신 적 있나요? 젊은 신사분 말입니다."

"아뇨."

"오호! 외롭지 않으세요?"

"이곳에 손님이 오는 일은 없지만, 그건 예상하고 있었던 거예요."

닥터 브라이얼리는 언짢은 태도로 볼품없는 부츠의 주름을 뚫어져라 내려다보면서 가볍게 바닥을 툭툭 쳤다.

"예. 매우 외롭진 않으신가요? 사람들도 좋지 않고요. 아가씨는 다른 곳에서 더 잘 지내실 수 있어요. 이를테면 레이디 놀리스와 함께 살면 말이죠, 안 그런가요?"

"그럴 수도 있겠죠. 하지만 저는 이곳에서 잘 지내고 있어요. 그리고 정말 시간이 잘 가고 있어요. 삼촌도 매우 친절하시고요. 저는 그저 불쾌한 일이 있으면 말씀드리면 되고, 그분이 알아서 처리해주십니다. 삼촌은 언제나 제게 그 점을 강조하세요."

"네, 하지만 이곳은 아가씨에게 잘 맞는 곳이 아닙니다. 물론 삼촌은……"

그가 나의 놀란 표정을 살피며 말을 이었다.

"괜찮으십니다. 하지만 그분은 무기력하세요. 어쨌든 생각해보세요. 여기 저의 주소입니다. 의학박사 한스 임마누엘 브라이얼리. 킹 스트리트 17번지, 코벤트 가든, 런던. 절대 잃어버리지 마세요."

그는 수첩을 뜯어냈다.

"제가 타고 갈 마차가 왔습니다. 아가씨 정말…… 진짜 심각하게 생각해보세요. 그리고 이건 아무도 보지 못하게 하시고요. 티가 안 나게 잘 간직하셔야 합니다. 가장 좋은 방법은 서랍장 문에 새겨 넣는 방법입니다. 제 이름은 남기지 마시고요. 꼭 기억하세요. 그저 주소만 새겨 넣고 이건 태워 없애세요. 퀸스가 함께 머물고 있지요?"

"네."

나는 그가 만족할 만한 답을 할 수 있어서 기뻤다.

"퀸스를 나가게 하면 절대로 안 됩니다. 저들이 퀸스를 내보내려고 하면 안 좋은 징조입니다. 절대, 절대로 동의하지 마세요. 혹시라도 그럴 일이 생기면 저에게 암시만 하세요. 그럼 제가 바로 오겠습니다. 그리고 혹시라도 레이디 놀리스에게서 편지를 받으시면 어쨌든 읽고 나서 꼭 태워버려야 합니다. 그분은 뭐든지 노골적으로 말씀하시니까요. 제가 너무 오래 머물렀군요. 제가 드린 말씀 명심하세요. 핀으로 새겨 넣으세요. 그리고 그 어떤 사람에게도 말하면 안 됩니다. 잘 지내세요. 오, 아가씨 책을 가져갈 뻔했군요."

그러고 나서 그는 나와 가볍게 악수한 후 우산과 가방, 금속 상자를 챙겨 서둘러 방을 나갔다. 곧바로 마차가 떠나는 소리가 들렸다. 나는 한숨을 쉬었다. 바트램-호프에 머무는 일에 다시 불안감이 밀려왔다.

나의 못생기고, 세련되지 못하고, 진정한 친구가 바깥세상의 시선에서 바트램을 차단하는 그 거대한 라임나무들을 지나쳐 사라지고 있었다. 지붕에 닥터의 가방을 맨 마차가 사라지자, 나는 불안한 한숨을 내쉬었다. 나는 만곡을 이루는 나무 그림자에서 시선을 거두었다. 무기력과 버림받은 느낌이 밀려들었다. 찢어낸 쪽지에 시선이 닿았다. 나는 쪽지를 쥐고 닥터 브라이얼리의 주소를 보았다.

나는 쪽지를 품속에 집어넣고는 살금살금 위층으로 올라갔다. 늙은 여인이 사일러스 삼촌의 방으로 이어지는 계단참에서 다시 나를 부르지나 않을까 떨렸다. 삼촌의 눈길을 받으면 나 자신의 속내를 다 털어놓을 것만 같았다. 다행히 아무도 보지 않고 안전하게 내 방으로 들어와 문을 잠갔다. 그러고 나서 귀를 기울이며 닥터 브라이얼리가 조언한 대로 서랍장 문에 가위 끝으로 주소를 새겨 넣었다. 그러고는 누가 내 방에 노크라도 할까 봐 완전히 공포에 사로잡힌 상태로 성냥불을 켜고 쪽지를 불태웠다.

이제 나는 처음으로 지켜야 할 비밀을 간직해야만 하는 유쾌하지 못한 느낌을 경험했다. 나는 이 혼자만의 비밀의 고통이 터무니없이 날카롭게 와닿았다. 내 성격이 천성적으로 매우 개방적이고 아주 예민하기 때문이었다. 나는 계속 특별히 그럴 만한 이유도 없이 그 비밀을 털어놓을 뻔하곤 했다. 그리고 항상 나 자신의 이중성에 대해 자책했다. 게다가 정직한 메리 퀸스가 책장에 다가오거나, 선량한 밀리가 습관적으로 내 옷장을 수시로 점검할 때마다 끊임없는 공포에 시달렸다. 나는 여차하면 스스로 무너져버리고는 새겨 넣은 글씨를 가리키며 '이게 닥터 브라이얼리의 런던 주소다. 내가 가위 끝으로 새겨 넣은 것이다'라고 털어놓을 기세였다. 믿음직한 친구들을 포함하여 누구에게라도 먼저 발각될까 봐 여차하면 그렇게 먼저 발설할 것 같았다. 나는 그때 이후로 그 비밀을 혼자 간직했고, 누구건 상관없이 그저 무심한 눈길이 서랍장을 향할 때면 바르르 몸을 떨었다. 그렇다, 당신은 이제 다 알게 되었다. 나의 기만을 용서할 수 있겠는가?

그러나 나는 그걸 드러낼 마음을 먹을 수 없었다. 또한 가끔 지울까 하는 생각도 들긴 했지만, 그 메모를 지울 엄두도 내지 못했다. 실로 나는 평상시에도 세상 그 누구보다 우유부단하게 흔들리는 인간일 것이다. 나는 아주 심하게 흥분하거나 열정을 자극받아야만 결심을 할 수 있다. 그러나 일단 흥분과 열정 어느 것이라도 자극받으면 즉각적으로 용기가 샘솟는다.

"누군가 어젯밤 여길 떠난 것 같아요, 아가씨."

메리 킨스가 어느 날 아침 알 수 없이 고개를 끄덕이며 말했다.

"새벽 2시였어요. 치통 때문에 잠을 못 이루는 바람에 붉은 고추를 조금 가져오려고 아래층으로 내려갔거든요. 아가씨가 깰까 봐 양촛불은 여기 그대로 놓고 갔어요. 다시 올라오다가 로비를 지나쳐 긴 회랑 맨 끝에 닿았을 때, 말이 씩씩거리는 소리와 사람들이 이야기하는 소리가 들렸어요. 소곤소곤 짧게 말했지만 다 들렸어요. 그래서 창밖을 보았더니 마차에 맨 두 마리 말이 보이더라고요. 그리고 어떤 남자가 천장에 상자를 매고 있었어요. 트렁크와 가방도 보였고요. 마차꾼에게 말을 하며 문간에 서 있던 사람은 밀리 아가씨가 라무르라고 부르는 늙은 와이엇인 것 같았어요."

"그럼 누가 마차에 탄 거야, 메리?"

"그게, 아가씨. 제가 참을 만큼 참으면서 보았는데요. 통증이 너무 심하고, 또 게다가 너무 추웠어요. 그래서 그냥 포기하고 침실로 올라왔어요. 그 사람들이 얼마나 더 미적거릴지 몰랐으니까요. 그리고 아가씨, 이건 지난주 아가씨가 본 마차처럼 비밀로 지켜야 할 것 같아요. 저 사람들이 비밀스럽게 뭔가를 하는 게 꺼림칙해요. 늙은 와이엇도 그렇고요. 그 양반은 이런저런 거짓말을 둘러대잖아요, 안 그래요? 또 너무 나이 들어서 그런지 엄청 조심하고 까탈을 부려요. 진짜 오싹해요. 그렇게 나이 많이 먹은 양반이 그런 거짓부렁이를 일삼는 게 진짜 소름 끼쳐요."

밀리는 나만큼 궁금해했지만, 이 문제에 있어서 나보다 아는 게 없었다. 우리는 둘 다 그저 그때 떠난 사람이 내가 우연히 목격한 사람이 아닐까 생각했다. 이번에 마차는 저택의 왼편 구석을 돌아 옆문에 멈추어 있었다. 분명 뒷길을 이용해 떠난 것 같았다.

또 한 번의 야밤 이동이라니! 메리 퀸스가 정체 모를 그 손님을 확인하지 못한 건 매우 짜증나는 일이었다. 그러나 우리는 모두 입을 굳게 다물고 있기로 결심했다. 심지어 와이엇, 그러니까 나도 계속 그렇게 부르고 있는 라무르에게도 입을 다물기로 했다. 메리 퀸스는 자기가 무엇을 봤는지 입도 뻥긋하지 않기로 했다. 그러나 채우지 못한 호기심은 스스로 고개를 내밀기 마련이다. 따라서 나는 메리가 스스로 다짐한 결심을 굳건히 지켰다고는 생각하지 않는다.

즐거운 겨울의 낮과 얼어붙은 하늘, 긴 밤과 별빛 가득한 하늘, 거기에 따뜻한 불이 타오르는 아늑한 방 안에서 나누는 한담, 이따금 즐기는 짧은 독서와 언제나 아름다운 바트램-호프의 풍경 속 기운찬 산책, 그리고 무엇보다도 위험이나 불행과는 상관없이 평화로운 일상에 빠진 우리의 한결같은 나날의 삶이 닥터 브라이얼리와의 대화로 그토록 강력하게 되살아난 불안과 걱정을 점점 잠재우고 있었다.

커즌 모니카는 자신의 시골 저택으로 돌아왔다. 나는 그 사실이 말할 수 없이 기뻤다. 그러고는 엘버스턴과 바트램의 우호적 관계를 재개하기 위해 서신으로 열심히 협상을 했다.

마침내 어느 맑은 날 커즌 모니카가 망토를 두르고 보닛을 쓴 모습으로, 더비셔 언덕의 차가운 공기로 신선해진 얼굴에 유쾌한 미소를 지으며 내 앞에 갑자기 나타났다. 우리의 만남은 마치 오래 헤어져 있던 학교 동창의 만남 같았다. 내 눈에 커즌 모니카는 항상 소녀였다.

얼마나 감격에 겨운 포옹이었나! 얼마나 서로 키스를 퍼붓고 소리를 지르고 서로 안부를 물으며 쓰다듬었는가! 나는 마침내 그녀를 의자에 앉히고 웃으며 이야기했다.

"넌 정말 내가 여기 오기 위해서 얼마나 나 자신을 깎아내렸는지 상상도 못 할 거야. 글을 쓰기 싫어하는 내가 사일러스에게 편지를 다섯 통씩이나 썼다니까! 그중에 건방진 말은 한마디도 쓰지 않았어! 정말 이 집 늙은 집사는 참 독특하더구나! 계단에서 그 사람을 어떻게 대해야 할지 도통 감이 안 잡혔어. 그 사람 뭐 스트럴드브럭*이라도 되나? 아니면 요정이야? 그것도 아니면 도깨빈가? 네 삼촌은 도대체 그 사람을 어디서 데리고 왔을까? 그 사람 분명 핼러윈 날 주문呪文을 들

---

* 조너선 스위프트의 『걸리버 여행기』에 나오는 영원히 늙은이로 살아가는 불멸의 존재.

고 왔을 거야. 네 미래 남편감이 부른 게 아니길 바라마. 그 사람 어느 날 밤 회색 연기 속으로 사라질 테지. 굴뚝 속으로 홱 사라질 거야. 그 사람은 정말 내가 살면서 본 중에 가장 숭엄한 사람이던걸? 난 마차 좌석에 푹 물러나 앉아서는 웃겨 죽는 줄 알았지 뭐니? 아무튼 그인 내가 방문했다고 네 삼촌에게 알리러 올라갔어. 난 정말 기쁘구나. 분명 그 사람 뒤에 서면 난 헤베처럼 젊어 보일 거 아니니? 그나저나 이게 누구야? 이 아가씨는 누굴까?"

이 말은 가여운 밀리를 보고 하는 말이었다. 밀리는 벽난로 코너에 서 있었다. 동그란 눈으로 낯선 레이디를 응시하며, 포동포동한 뺨에는 두려움과 경이감이 묻어났다.

"아, 저 정말 멍청하네요. 밀리, 얘. 이분은 너의 커즌 레이디 놀리스셔."

"그럼, 네가 밀리센트구나, 얘. 만나서 정말 반갑구나."

커즌 모니카는 즉시 자리에서 일어나 밀리의 손을 따뜻하게 잡아주었다. 그러고는 양 뺨에 키스하고 머리를 쓰다듬었다.

나는 밀리가 내가 처음 보았을 때보다 훨씬 소개하기에 알맞은 인물이 되어 있었다고 밝힌다. 드레스는 적어도 20센티미터는 더 길어졌다. 그러므로 매우 촌스럽긴 하더라도 어떤 식으로든 야만스러울 정도로 그로테스크하지는 않았다.

제39장
커즌 모니카와 사일러스 삼촌이 만나다

커즌 모니카는 밀리의 어깨에 손을 얹고는 흥미롭고 다정한 표정으로 밀리를 바라보았다.

"그러면 우린 아주 좋은 친구가 되겠구나. 재미있는 친구인 너와 나 말이야. 난 말이지, 더비셔에서 가장 짓궂은 나이든 여자 타이틀을 거머쥘 자격이 있거든. 구제불능으로 특혜받은 여자랄까. 나와 있으면 그 누구도 모욕당할 일 없어. 그래서 나는 항상 가장 충격적인 이야기를 해."

"저도 약간 그런 식이에요. 그리고 제 생각에……"

가여운 밀리는 애를 쓰는 모습이 역력했다. 얼굴이 매우 붉어졌다. 밀리는 갈피를 못 잡고 시작한 말을 끝맺지 못했다.

"무슨 생각? 자, 내 얘기 들어봐. 생각하려고 기다리지 마, 애야. 일단 말을 먼저 하고, 생각은 나중에 해. 내 방식이 그렇거든. 사실 난 생각 자체를 한다고도 말하지 못하겠네. 그건 아주 비겁한 습관이야. 여기 우리의 냉혈한 커즌 모드는 때로 생각을 하더라고. 하지만 내가 모드를 용서하는 건 생각이 항상 실패하기 때문이야. 아, 너의 그 아담 이전 시대 사람인 것 같은 집사가 언제 올지 궁금하네? 그이는 픽트족 말과 고대 브리튼족 말을 하니까 네 아버지가 해석하는 데 시간이 좀 필요할 거야. 애, 밀리야, 나 아주 배고프거든. 그래서 더 이상 네 집사를 기다리지 못할 거 같아. 그 사람은 분명 알프레드 왕이 구운 케이크와 덴마크 맥주를 해골에 담아 줄 거야. 그것보다 맛있는 빵과 버터 좀 달라고 네게 부탁해야겠다."

레이디 놀리스의 청은 즉각 받아들여졌다. 그러나 그렇다고 그녀의 말이 멈추지는 않았다.

"얘들아, 사일러스가 허락하면, 한두 시간 안에 나와 같이 떠날 준비 되겠니? 난 정말 너희 둘을 데리고 엘버스턴으로 가고 싶구나."

"어머, 너무 좋아요!"

내가 그녀를 끌어안고 키스했다.

"저는 5분이면 충분해요. 밀리, 넌 어떠니?"

가여운 밀리의 옷가지는 미적 가치보다 이동성이 훨씬 더 좋았다. 밀리는 무시무시하게 겁먹은 표정으로 내 귀에 대고 속삭였다.

"제일 좋은 페티코트를 세탁 맡겼는데, 일주일은 걸린다고 했어, 모드."

"얘가 뭐라고 했니?"

레이디 놀리스가 물었다.

"자기는 준비가 안 될 거 같다네요."

"빨고 있는 나부랭이가 엄청 많아요."

가여운 밀리가 레이디 놀리스를 빤히 쳐다보며 불쑥 말을 꺼냈다.

"도대체 나의 커즌이 무슨 말을 하는 거니?"

레이디 놀리스가 물었다.

"세탁 맡긴 옷들이 아직 오지 않았다고 하네요."

내가 답했다. 그 순간 우리의 불가사의한 늙은 집사가 들어와 레이디 놀리스에게 자신의 주인님이 마님이 원하시면 언제든지 만나 뵐 준비가 되었다고 알렸다. 그러면서 건강 문제로 어쩔 수 없이 마님이 계단을 올라 주인님의 방으로 가셔야 하는 수고를 끼쳐드려 죄송하다는 정중한 사과의 말도 전했다. 그리하여 커즌 모니카는 잠깐 문간에 서 있다가 어깨너머로 우리를 불렀다.

"가자, 얘들아."

"아, 죄송하지만 지금은 마님 혼자 가셔야 할 것 같습니다. 주인님이 아가씨들은 다시 부르겠다고 하셨습니다."

나는 딱한 지블릿을 한때 꽤 덕망 있는 하인이었다가 허물어진 사람으로 여기며 경탄했다.

"좋아요. 어쩌면 우선 따로 만나서 키스하고 친구 맺는 게 더 나을 수도 있겠네?"

커즌 놀리스가 웃으면서 말했다. 그러고는 미라의 안내를 받으며 방에서 나갔다. 나는 나중에 레이디 놀리스에게 둘만의 사담에 대해 전해 들었다.

"그이를 봤을 때 난 정말 내 눈을 의심했어. 그렇게 새하얗게 샌 머리라니! 얼굴도 마찬가지로 하얗고. 눈은 또 어찌나 미친 눈이던지! 미소도 송장 같은 분위기였고. 마지막으로 그이를 봤을 땐 머리가 까맸거든? 차림은 현대 영국 남자 같았고. 한편으로 네가 사랑에 빠졌던 놀에 있는 전신 초상화와 닮은 점이 여전히 남아 있기도 하고 말이야. 하지만 오, 천사와 사제여! 그런 유령이라니! 나는 혼자 생각했다니까, '저이가 이 지경이 된 게 강신술 때문일까? 아니면 알코올에 의한 섬망증譫妄症일까?' 그이가 불쾌한 미소를 지으면서 '모니카, 나 변한 거 보이지?'라고 말했는데, 나는 내가 반쯤 미친 게 아닌가 생각했을 정도였다니까. 어찌나 부드럽고 점잖고 견딜 수 없는 목소리를 지녔던지! 누군가 나에게 유리 플루트 소리에 대해 말해준 적이 있는데, 어떤 사람들은 그 소리를 들으면 히스테릭해진다는 거야. 그이 이야기를 듣는 내내 그 생각이 나더라니까? 목소리에 그 특이한 특징이 계속 드러났어. '물론 변한 거 알죠, 사일러스. 내가 변한 것도 알겠죠? 아주 많이 변했죠'라고 대답했지. 그랬더니 그이가 '당신이 마지막으로 날 방문했을 때 본 것보다 훨씬 더 많이 변할 시간이지'라고 하더라. 난 그이가 그 빈정대는 버릇이 나오나 보다 생각했어. 그이가 기억하는 오래전 내 모습, 시간이 흘러도 고쳐지지 않고 똑같이 건방진 왈가닥이라고 여기는 것 같았어. 맞아, 난 그런 여자야. 그이가 모니카 놀리스에게서 아첨을 기대해서는 안 되지. '사일러스, 오랜 시간이 흘렀어요. 하지만 알다시피 그건 내 잘못이 아니야'라고 내가 응수했단다. '당신 잘못이 아니지. 그저 당신의 본능이야. 우리는 모두 모방의 존재들이야. 위대한 사람들이 나를 배척했고, 보잘것없는 사람들이 그 뒤를 따랐지. 우리 인간은 칠면조와 아주 닮아서 상식이 넘쳐나고 관대하기는 또 얼마나 관대한지! 운명의 여신이 변덕을 부려서 나의 머리에 상처를 입혔고, 그랬더니 전체 족속이 내게 달려들어 콕콕 쪼며 꿀떡 삼키고, 꿀떡 삼키며 콕콕 쪼아댔지. 그중에 모니카 당신도 있었어. 당신의 잘못이 아니라, 당신의 본능이었지. 그래도 나는 당신을 용서해. 하지만 쪼는 사람들이 쪼이는 사람들보다 더 오래 버티는 법이지. 당신 아주 건강하구먼? 그리고 나는 보는 대로고.' '자, 사일러스. 나 싸우려고 여기 온 거 아니에요. 지금 싸우면 우린 절대 화해할 수 없어요. 우린 너무 나이 들었어요. 그러니 할 수 있는 한 다 잊고 뭐든 용서해보도록 해요. 잊는 것도 용서하는 것도 못 하겠다면, 어쨌든 내가 여기 있는 동안 휴전이라도 합시다.' '나의 개인적 잘못? 그건 내가 용서할 수 있고, 또 용서해. 진심으로 말이야. 하지만 용서받을 수 없는 것들이 있어. 나의 아이들이 그 일로 망가졌어. 나는 어쩌면 신의 은총으로 이 세상에 복권될 수 있을지도 모르지. 그런 때가 오면 나는 기억하고 행동할 거야. 하지만 나의 아이들—저 딱한 내 딸을 보면 알겠지—은 교육, 사교, 모든 게 너무 늦었어. 나의 아이들이 그 일로 다 망가졌어.' '내가 그런 게 아닌데. 하지만 무슨 말인지 알아요. 당신은 기회가 있을 때마다 소송으로 위협하지요? 하지만 당신은 오스틴이 당신에게 이 집과 영지를 사용하게 허락할 때 조건을 걸었다는 사실을 잊은 거 같은데? 엘버스턴에 대한 나의 작위에 시비를 걸지 않겠다는 조건 말이에요. 당신 말이 그런 뜻이라면 나의 대답이 뭔지 알겠지요?' '내 말은 그저 있는 그대론데.' 그는 미소 지었어. '그럼, 그저 나를 도발할 즐거움을 위해서 소송을 이용하겠다면, 이 집과 영지에 대한 보유권을 포기할 마음이 있다는 뜻으로 이해해도 되겠군요?' '내가 정말 그걸 의미한대도, 왜 내가 나의 권리를 포기해야 하지? 사랑하는 나의 형님은 유언으로 나에게 평생 동안 바트램-호프에 대한 사용권을 주었고, 당신이 생각하는 그런 말도 안 되는 조건 따위 붙이지 않았는데?' 사일러스는 늘 그렇듯 앙심으로 가시 돋친 상태더라. 날 위협하려고 했어. 복수심이 불타올라 마음을 숨기는 재간도 소용없었던 거지. 하지만 그이도 가여운 나의 해리 놀리스의 작위를 빼앗는 데 성공할 수 없다는 것은 나만큼이나 잘 알고 있거든. 거기에 내가 그이의 협박에 전혀 개의치 않는다는 사실도 잘 알아. 그래서 내가 지금 네게 말하는 것처럼 아주 차분하게 그이에게 그대로 말했어. 그랬더니 그이가 이러더라고. '음, 모니카. 난 당신을 저울에 달아보았어. 당신은 아쉬운 게 없어.' 한순간 그 노인네가 날 사로잡았지 뭐니? '내 아이들 생각과, 과거의 몰인정함, 또 현재의 고통과 불명예에 대한 생각이 날 격앙시켰지. 그렇지만 다 한순간이었어. 시체에 가하는 전기 충격으로 인한 경련 같은 것이랄까. 이 세상의 열정과 야망에 대해 내 가슴처럼 싸늘하게 죽은 가슴은 없을 거야. 그런 건 이런 흰머리, 한 달에 일주일은 죽음의 문턱에서 누워 있는 사람에게는 어울리지 않는 것들이지. 악수할까? 자, 휴전을 제의하네. 난 모든 걸 잊고 용서해.' 난 그이가 무슨 속셈인지 모르겠어. 나는 그이가 연기를 하는 건지, 머리가 돈 건지, 아니면 사실 그런 일이 왜, 어떻게 일어났는지 도대체 모르겠어. 하지만 난 평소의 나와 다르게 침착했고, 또 싸움에 휘말려들지 않았다는 사실이 기뻐."

우리 차례가 와서 불려갔을 때 사일러스 삼촌은 평소와 같았다. 그렇지만 커즌 놀리스의 붉어진 안색과 깜빡이는 눈을 보고 무언가 흥분되고 화가 난 상황이 벌어졌다는 건 명백해 보였다.

사일러스 삼촌은 자기만의 방식으로 자기가 제공할 수 있는 바트램의 공기와 자유의 효과에 대해 논평했고, 나더러 그런 게 얼마나 좋은지 물었다. 그러더니 그는 밀리를 불러 따뜻하게 키스하고는 슬픈 표정으로 그녀를 향해 미소 지으며 커즌 모니카에게 말했다.

"이 아이가 내 딸 밀리야. 오! 아래층에서 인사했지, 그렇지? 당신은 분명 이 아이에게 관심을 가졌겠지? 이 아이 사촌인 모드에게 말했듯이, 내가 턴벌리 클럼지 경은 아니지만 이 아이는 매우 세련된 미스 호이든이야. 안 그러니, 가여운 나의 밀리야? 얘야, 네가 지금 그런 개성을 가지게 된 것은 네가 태어난 이후 줄곧 바트램으로 들어올 모든 문명을 차단한 저 둘러쳐진 성벽 덕분이란다. 그러니 밀리야, 넌 자연스러운 방법이건 자연스럽지 못한 방법이건, 보이지 않지만 뚫을 수 없는 저 담벼락 공사에 한줌 흙이라도 얹은 모든 이에게 신세를 진 셈이야. 네가 이룬 성취는, 그러니까 유행에 맞지 않고 특이한 성취 말이다, 그건 일정 부분 네 커즌 레이디 놀리스에게 신세를 진 것이야. 안 그래, 모니카? 밀리야, 모니카에게 감사드려라."

"이게 당신의 휴전이군요, 사일러스?"

레이디 놀리스는 조용하지만 예리한 태도로 물었다.

"사일러스 루틴, 당신은 이 젊은이들 앞에서 날 도발하고 싶어 하는 것 같은데, 그러면 우리 모두 후회하게 될 거예요."

"그래, 농담 좀 했더니, 당신의 화를 돋구었나 보네, 모니? 그럼 이렇게 생각해보는 게 좋을 거 같은데? 만일 당신이 노상강도를 만나 구타당하고 있는데, 내가 발로 당신 목을 짓누르며 얼굴에 침을 뱉으면 기분이 어떨지 말이야? 하지만…… 이런 건 그만두지. 내가 왜 이런 말을 하냐고? 그저 나의 용서를 강조하기 위해서 그런 거야. 얘들아, 보거라. 레이디 놀리스와 나는 오래 소원해진 사촌지간이지만, 과거를 잊고 용서하며 해묵은 상처를 딛고 서로의 손을 맞잡았단다."

"음, 그렇다면 좋지요. 그저 빈정거리는 언동이나 은연중의 조롱은 그만둡시다."

그런 말과 함께 그 둘은 손을 맞잡았다. 사일러스 삼촌은 잡은 손을 놓은 후 그녀의 손을 쓰다듬고 톡톡 매만졌다. 그러는 내내 낮은 소리로 싸늘한 웃음을 흘렸다.

"모니카, 난 말이야."

연기를 끝내고 그가 덧붙였다.

"당신에게 오늘 밤 여기 묵으라고 하고 싶지만 제공할 침대가 하나도 없네그려. 설령 있다 해도, 내 간청이 받아들여질 것 같지 않구먼."

그때 레이디 놀리스는 밀리와 나를 초대하고 싶다는 말을 내비쳤다. 그는 매우 감사해하며 그에 대해 진지하게 숙고하는 듯한 미소를 지었다. 그는 당황한 것 같았다. 그는 그렇게 미소를 보이면서 커즌 모니카의 솔직한 얼굴을 한두 번 의심스러운 눈초리로 흘긋거렸다.

그날은 어렵다고 했다. 뭔지 밝히지 않았지만 그저 어려움이 있다고만 했다. 그러면서 그는 장차 조만간, 매우 이른 시일 내에 다시 초대해주면 좋겠다고 했다.

그렇게 그 소소한 계획은 끝나고 말았다. 적어도 오늘은 말이다. 커즌 모니카는 품위 있는 여성으로서 정도를 벗어나 밀어붙이지는 않았다.

"밀리야, 모자를 쓰고 저택 주변 영지를 좀 보여주지 않겠니? 사일러스, 그래도 되죠? 나 정말 다시 훑어보고 싶어요."

"처량 맞게 방치되어 있는데, 모니? 불행한 남자의 쉼터는 자연에 의존할 수밖에 없고, 자연이 그리는 대로 놔두는 수밖에 없어. 하지만 나무들은 훌륭하고, 언덕이며 바위 분지는 풍요로워. 그러니 우리는 가끔 방치로 잃은 것을 그림 같은 풍경에서 얻을 수 있다오."

커즌 모니카는 오솔길로 영지를 가로질러 자신의 마차가 있는 곳까지 가기로 했고, 우리가 동행하기로 했다. 그녀는 사일러스 삼촌과 작별 인사를 했다. 그들의 작별은 양측 모두 그다지 열의가 없어 보였다.

"자, 얘들아!"

풀밭을 거닐며 꽤 나아갔을 때 커즌 놀리스가 말했다.

"너희들 보기에 어떤 것 같니? 저이가 너희들 보낼 거 같아, 아닐 거 같아? 난 모르겠다. 하지만 얘."

이 말은 밀리에게 하는 말이었다.

"저이는 너에게 바트램의 골짜기와 숲속에서 보는 것 말고 이 세상을 좀 더 많이 보게 해야 해. 정말 아름답거든. 너처럼 예뻐. 하지만 매우 거칠기도 하고 잘 보이지 않기도 하지. 밀리, 네 오빠는 어디 있니? 너보다 꽤 나이 많지 않니?"

"어디 있는지 저도 몰라요. 저보다 여섯 살 많아요."

밀리가 갑작스런 몸짓으로 물가에서 놀던 왜가리를 쫓아 하늘로 날려 보내는 장난을 치고 있을 때, 커즌 모니카가 내게 은밀히 말했다.

"그 애 도망갔어. 난 그렇게 들었는데, 그 말이 맞으면 좋겠구나. 인도로 가는 부대에 입대했다고들 하던데. 그 애로선 그게 최선일지도 몰라. 그 애가 그렇게 현명하게도 제 자신을 추방하기 전에 혹시 여기서 그 애 본 적 있니?"

"아뇨."

"그건 잘된 것 같다. 닥터 브라이얼리가 알아본 바로 그 애는 매우 못된 청년이란다. 자, 얘, 말해봐. 사일러스가 너한테 친절하게 대하니?"

"예, 언제나 다정하세요. 오늘 보신 것처럼요. 하지만 우리는 그분 자주 못 뵈어요. 사실 아주 가끔만 뵙거든요."

"그럼 이곳의 생활이며 사람들은 어때?"

"생활이요? 아주 좋아요. 그리고 사람들도 괜찮은 편이고요. 그런데 우리가 싫어하는 늙은 여인이 있어요, 와이엇이라는 여자예요. 부루퉁하고 비밀이 많고 없는 말을 잘 하는 여자예요. 하지만 그렇다고 거짓말쟁이는 아닌 것 같아요. 메리 퀸스가 그렇게 말했어요. 그리고 그게 중요하죠. 그리고 혹스 집안이라고 부녀가 있는데, 윈드밀 숲에 살아요. 그 사람들은 완전히 야만인들이에요. 삼촌은 그게 진심이 아니라고 했어요. 하지만 그 사람들은 아주 불쾌하고 무례한 사람들이에요. 그 사람들 빼고는 다른 사람을 볼 일이 거의 없어요. 그런데 아주 비밀스러운 손님이 온 적이 있어요. 누군가 한밤중에 왔다가 며칠 묵은 거 같아요. 밀리와 저는 보지 못했지만 말이에요. 메리 퀸스가 새벽 2시에 옆문에 서 있는 마차를 봤거든요."

커즌 모니카는 이 말에 매우 관심을 보이며 그 자리에 멈춰 서서 나를 마주 보았다. 그러고는 내 팔을 붙잡고 질문을 하더니 내 대답에 귀를 기울였다. 내내 우울한 추측에 사로잡힌 것 같았다.

"정말 불쾌해요."

내가 말했다.

"그래. 불쾌한 일이구나."

레이드 놀리스는 매우 음울한 태도를 보였다. 바로 그때 밀리가 날아가는 왜가리를 보라고 고함치며 우리에게 다가왔다. 그리하여 커즌 모니카는 왜가리를 바라보며 밀리에게 미소로 감사를 표하고는 다시 입을 다물고 앞으로 나아갔다.

"너흰 꼭 우리 집에 와야 해. 너희 둘 다."

그녀가 불쑥 말했다.

"그리 될 거야. 내가 어떻게든 그렇게 할 거야."

다시 침묵이 찾아왔다. 밀리는 다시 한 번 다리 아래 고인 물에서 큰 회색 송어를 보기 위해 뛰어갔다. 그때 커즌 모니카가 나를 똑바로 바라보며 낮은 목소리로 물었다.

"모드, 혹시 겁날 만한 거 뭐 본 거 있어? 그렇게 겁먹지 말고, 얘."

그녀는 살짝 미소를 보였으나 즐거워 보이진 않았다.

"뭐 끔찍한 말로 널 겁주려는 건 아니야. 사실 전혀 그런 생각 없어. 그저…… 뭐라고 표현해야 할지 모르겠네? 무언가 널 불편하게 하거나 짜증스럽게 하는 일 없었어?"

"네, 있었다고 말 못 하겠어요. 그저 차크 씨가 숨진 채 발견된 그 방 빼고요."

"오! 그 방 봤구나, 그렇지? 나도 정말 보고 싶은데. 네 방 근처는 아니겠지?"

"오, 아니에요. 제 방은 그 아래층에 있는 전면을 향한 방이에요. 그리고 닥터 브라이얼리가 저와 대화를 좀 했는데, 제게 말하지 못한 무언가가 마음속에 있는 것 같았어요. 그분을 보고 나서 좀 지나 정말 놀랄 일이 있었거든요. 하지만 그거 빼고는 정말 다른 일은 없어요. 뭘 생각하시고 물어보신 거예요?"

"음, 모드. 넌 유령이니 산적이니 그런 거 무서워하잖아? 난 네가 불편한지 알고 싶었고, 지금 널 괴롭히는 게 어떤 건지 묻고 싶었을 뿐이야. 그게 다야. 그런데 말이야."

그녀는 갑자기 가벼운 태도에서 간청하는 듯한 예민한 태도로 바뀌었다.

"닥터 브라이얼리가 말하기도 했을 텐데, 나도 네게 심각하게 생각해보라고 부탁할게. 엘버스턴으로 와서 나와 함께 사는 걸 꼭 다시 한 번 생각해봐."

"커즌 모니카. 정말 너무하신 거 아니에요? 커즌 모니카나 닥터 브라이얼리 모두 제게 똑같이 너무 무서운 말씀을 하시네요. 가끔 제가 얼마나 예민하고 긴장하는지 모르실 거예요. 그런데 두 분 다 확실하게 말씀을 해주지 않으시잖아요? 자, 모니카, 사랑하는 커즌, 왜 그러는지 제게 말씀해주시지 않을래요?"

"있지, 애. 너무 외롭잖니? 여긴 정말 이상한 곳이고, 그이는 정말 별종이야. 난 여기가 정말 싫다. 저이도 싫고. 나도 노력을 해봤지만 안 되더구나. 앞으로도 그럴 거 같아. 그이는 어쩌면 그…… 놀에 사는 그 작은 어리석은 부목사가 그이를 지칭하며 하던 말, 그거 뭐였지? 응, 매우 진보적인 기독교도

일지도 모르지. 그래, 맞아. 나도 그이가 그런 거면 좋겠어. 하지만 그이가 그저 예전 그 사람 그대로라면 어쩔 거니? 매우 나쁜 사람인데, 그저 사회와 완전히 단절된 생활만이 그 나쁜 사람을 막고 있는 거라면 말이야? 겁이라도 있으면 나쁜 짓을 못할 텐데, 난 그이를 보면 그다지 겁도 없는 것 같아. 게다가 사랑하는 모드야, 네가 얼마나 탐나는 선물이니? 얼마나 뛰어난 피보호자냐고?"

커즌 모니카는 갑자기 말을 뚝 멈추더니 자기가 너무 나갔다 싶은 표정으로 나를 바라보았다.

"하지만, 뭐, 너도 알다시피 사일러스는 지금 매우 좋은 사람일 수도 있겠지? 물론 젊은 시절엔 막돼먹었고 이기적이긴 했지만 말이야. 사실 난 그이를 어떻게 이해해야 할지 모르겠구나. 찬찬히 숙고해보면 너도 나와 닥터 브라이얼리에게 동의할 거야. 네가 여기 머물러서는 안 된다는 사실 말이지."

커즌에게 좀 더 명확히 말해달라고 해보았지만 헛수고였다.

"며칠 후에 엘버스턴에서 널 볼 수 있었으면 좋겠구나. 사일러스가 네가 오는 걸 막는다면 수치심을 느끼게 해줄 거야. 난 그이의 저런 싫은 내색이 마음에 들지 않는구나."

"하지만 그러기 전에 밀리 의복이 필요하다는 사실을 그분이 알아야 하지 않을까요?"

"음, 난 모르겠다. 그게 다라면 좋겠다. 하지만 뭐가 되었건 난 너희들 오게 만들 거야. 그것도 즉시 말이야."

그녀가 떠난 후 나는 닥터 브라이얼리와 대화를 나누고 난 후 얼마간 나를 괴롭혔던 그 알 수 없는 의구심을 또다시 겪어야만 했다. 그러나 내가 이곳의 삶의 방식에 충분히 만족한다고 했던 말은 진심이었다. 그 이유는 놀에서 심하다 할 만큼 외로운 삶에 진작 단련되었기 때문이었다.

제40장
또 다른 커즌을 알게 되다

이 당시 편지를 주고받는 일은 그다지 많지 않았다. 2주에 한 번 정도 정직한 러스크 부인에게서 편지를 받았다. 개들과 말들이 어떻게 지내는지 이상한 맞춤법으로 쓴 기이한 영어 편지였다. 마을에서 도는 소문이며 닥터 클레이나 부목사의 설교에 대한 평이나 비국교도들에 대한 가혹한 처사 등등이 담긴 내용을 써서 보내며, 메리 퀸스에 대한 사랑과 나에게는 온갖 행운을 빌어주며 맺는 편지였다. 때로는 커즌 모니카에게서 안부를 묻는 편지를 받기도 했다. 그리고 새로운 편지를 받았는데, 찬사의 시구들이 담긴 연모의 편지였다. 그 편지는 매우 흠모하는 어투로 발신인 표시 없이 도착하곤 했다. 당시엔 매우 바이런풍의 글이라고 생각했으나, 지금 와서 보면 매우 따분한 내용이었다. 누가 보냈는지 짐작 못 할 게 뭐 있었을까?

이곳에 도착한 후 대략 한 달이 지난 시점에 그 편지를 받았다. 매우 애조 섞인 발라드 스타일이었다. 군인다운 기백으로 쓰인 편지로, 자신의 삶의 유일한 목표가 나를 기쁘게 해주기 위함이다, 따라서 죽을 때 드는 마지막 생각도 내 생각일 것이라는 내용이었다. 또 일부 시적으로 불경한 내용을 포함하고 있었는데, 내게 바라는 유일한 바람은 전투의 폭풍이 휩쓸고 지난 후에 내가 "오크나무가 쓰러진 곳을" 바라보면서 "눈물을 흘려주는" 것뿐이라고 했다. 물론 이 청승맞은 말장난에 오해가 있을 수는 없었다. 의심의 여지없이 캡틴의 표가 났다. 나는 너무나 감동해 더 이상 그 비밀을 홀로 품을 수가 없었다. 그리하여 그날 밀리와 산책하던 중 밤나무 아래에서 그 세련되지 못한 말 상대에게 귀여운 로맨스를 털어놓고 말았다. 우리는 글이 너무나 염모에 빠져 우울한 투였고, 그러면서도 너무 장렬하게 피와 화약 냄새가 진동해서, 글쓴이가 피비린내 나는 전투에 직면한 사람임에 틀림없다고 생각했다.

편지에서 암시한 그 무시무시한 일을 설명해줄 만한, 사일러스 삼촌의 《타임스》나 《모닝포스트》를 손에 넣는 건 쉽지 않았다. 밀리는 펠트램에 주재하는 시민군에 속한 한 부사관을 생각해냈다. 그는 군내 모든 연대의 행선지와 구역을 다 알고 있는 사람이라고 했다. 그리고 그 소식통을 이용해 우리는 캡틴 오클리의 연대가 아직 잉글랜드에서 2년 더 주둔할 것이라는 소식을 들을 수 있었다. 나는 매우 안도했다.

어느 날 저녁 나는 늙은 라무르에게 소환되어 삼촌 방으로 향했다. 그날 저녁 소파에 누운 그의 모습이 너무나 또렷이 기억난다. 베개도, 이상하게 희번덕거리던 눈빛도, 고통스러운 희미한 미소도.

"모드야, 일어나 앉지 않는 걸 양해해주기 바란다. 오늘 저녁은 너무나 비참하게 아프구나."

나는 존경을 담은 위로의 말을 전했다.

"그래. 난 동정받는 사람이야. 하지만 내게 동정은 아무 소용없단다."

그는 짜증스러운 태도로 웅얼거렸다.

"널 네 사촌, 즉 내 아들과 인사시키기 위해 불렀다. 더들리, 어디 있니?"

그때 벽난로 맞은편 낮은 안락의자에 앉아 있었지만 그때까지 있는지도 몰랐던 한 인물이 하루 동안의 사냥에 몸이 뻣뻣해진 사람처럼 천천히 자리에서 일어났다. 나는 충격으로 숨이 멎을 것 같았다. 나는 그를 빤히 응시했다. 마담과 함께 나들이 갔던 그 불쾌한 처치 스카즈데일에서 마주쳤던 젊은 남자였다. 또한 내가 굳게 믿는바, 놀의 사냥터에서 날 끔찍하게 위협했던 그 불한당 패거리 중 한 명이었다.

나는 매우 겁을 집어먹었던 것 같다. 유령을 보았더라도 그보다 더 겁먹고 믿기지 않는 표정은 아니었을 것이다.

정신을 차리고 삼촌을 돌아보았으나 그는 나를 보고 있지 않았다. 대신 젊고 잘생긴 아들을 보며 흡족해하는 아비의 눈빛으로 청년을 바라보고 있었다. 하얀 얼굴이 아들을 향해 있었다. 나는 그저 혐오스럽고 두려운 생각만 들 뿐, 그를 달리 볼 수 없었다.

"자, 아들아. 너무 겸손을 부리면 안 되겠지? 자, 여기 네 사촌 모드란다. 어떠니?"

"안녕하세요, 아가씨?"

그는 수줍어하는 미소를 보이며 인사했다.

"아가씨! 자, 자. 아가씨가 뭐니? 이 아인 모드야. 넌 더들리고. 그럴 거면 밀리에게도 마담이라고 부르지 그러니? 모드는 네가 내미는 손길을 거절하지 않을 게야. 자, 젊은 신사분, 직접 말을 건네 보게나."

"안녕, 모드?"

그는 한껏 애를 쓰며 다가와 손을 뻗었다.

"바트램-호프에 온 걸 환영합니다, 아가씨."

"사촌에게 키스해야지. 기사도 정신은 어디 간 거냐? 자꾸 그러면, 내 명예를 걸고 자네와 의절하겠네."

삼촌은 그 어느 때보다 기운이 넘치는 것 같았다. 그는 어색하게 애를 써가며 수줍어하면서도 동시에 뻔뻔한 미소를 보였다. 그러면서 내 손을 잡고 얼굴을 들이밀었다. 그러자 나는 정신이 번쩍 나 한두 발짝 뒤로 물러났다. 삼촌은 짜증스러운 웃음을 보였다.

"자, 자. 그거면 된 거 같구나. 우리 때는 사촌지간은 낯선 사람처럼 대하지 않았거든? 하지만 우리가 틀린 건지도 모르지. 우리는 미국인들에게서 겸양을 배우잖아. 영국의 낡은 방식은 너무 저속하지."

"저는…… 전에 이분을 본 적이 있어요. 그래서……"

나는 말을 멈추고 말았다. 삼촌은 기묘한 눈빛으로 인상을 찌푸렸다.

"오! 저런! 처음 듣는 말이로구나. 내게 한 번도 그런 말 안 했잖니? 어디서 봤지, 응, 더들리?"

"저는 본 적 없거든요. 하나도 기억 안 나요."

"아니란 말이지! 그럼, 모드, 네가 말해줄래?"

사일러스 삼촌이 싸늘한 목소리로 물었다.

"저는 이전에 이 신사분을 본 적이 있어요."

나는 점점 더 불안해졌다.

"절 봤다고요, 아가씨?"

"예. 분명 당신입니다. 봤어요, 삼촌."

"그럼 그게 어디였니, 애야? 놀에서는 아니겠지? 가여운 오스틴이 나와 내 식구들을 환대하는 수고는 하지 않았거든."

그 말은 고인이 된 자신의 형님이자 은인을 존중하는 말투가 아니었다. 그러나 나는 그 순간 한 가지 사실에 너무 몰두한 나머지 그 점을 간파하지 못했다.

"저는 본 적 있어요. 사촌인지 아닌지는 알 수가 없었으나, 보긴 봤습니다. 삼촌······ 삼촌의 아들, 저 젊은 신사분을······ 본 적이 있어요. 처치 스카즈데일이었어요. 그리고 또 나중에 놀의 사냥터에서 다른 사람들과 함께 있는 것도 보았고요. 우리 사냥터지기가 폭행당한 밤이었습니다."

"자, 더들리. 네가 말해 보거라."

"아이고, 저는 그런 데 간 적 없어요. 거기가 어딘지도 모르걸랑요. 그리고 전 이 젊은 숙녀를 이전에 본 적도 없어요. 지금껏 살면서 한 번도 본 적 없다니까요. 맹세해요."

그는 눈 하나 깜짝 안 했다. 너무나 확신에 찬 태도여서 나는 의구심이 들기 시작했다. 마치 증인석에서 신기하게 닮은 사람을 보고 저 사람이 맞다고 말하고 나서, 나중에 보니 완전히 착각해서 딴사람을 지목했다는 그런 이야기 속 증인이 된 것 같았다.

"모드, 이전에 본 적이 있다고 말하는 네 태도가 아주……그러니까 너무 불편해 보이는구나? 나로서는 저 아이가 저리 굳세게 부인하는 것도 놀랍지 않은데? 무언가 불쾌한 일이 있었던 것 같구나. 하지만 저 아이를 보면 알겠지만 그건 완전히 착각이야. 내 아들은 항상 진실을 말하는 아이야. 저 아이가 말하는 건 절대적으로 믿어도 돼. 너 그런 곳에 간 적 없지?"

"저도 가봤다면 좋겠는데……"

꾸밈없어 보이는 젊은이가 더욱더 굳세게 부인하기 시작했다.

"자, 자. 그거면 됐어. 네 명예를 걸고 신사로서 하는 말이면 충분해. 물론 가난한 신사긴 하지만 어쨌든 넌 신사니까 말이야. 네 사촌 모드도 만족할 거야. 내 말이 맞지, 얘야? 신사로서 네게 장담하건대, 저 아이는 없었던 일을 꾸며내는 사람이 아니란다."

그리하여 더들리 루틴은 지시받은 방식대로 욕이 아니라 맹세를 하기 시작했다.

"엄마 젖 떼고 그런 적이……"

이전에 나를 본 적도 내가 말한 곳에 가본 적도 없다는 맹세였다.

"그거면 됐다. 자, 키스하지 않겠다면, 이제 사촌끼리 악수하거라."

나는 매우 불편하게 손을 내밀었다.

"식사를 좀 해야겠지, 더들리? 그러니 모드와 나는 네가 가도록 놔두겠다. 잘 자거라, 아들."

그는 미소를 보이며 아들에게 손을 흔들었다.

"정말 훌륭한 젊은이지 않니? 영국 아버지라면 자랑할 수 있는 아들 말이다. 진정 용감하고 친절한 게 마치 아폴로 같지 않니? 모습이 얼마나 균형이 잘 잡혔는지 너도 봤지? 얼마나 아름다운 자태의 젊은이더냐? 물론 시골스럽고 거칠긴 하지만, 시민군에서 1~2년만 복무하면—내가 임관의 약속을 받아놓았다. 상비군에 가기엔 나이가 너무 많아— 그런 티를 벗고 세련되게 변할 거야. 저 아인 그저 태도만 고치면 될 뿐, 부족한 게 아무것도 없단다. 난 저 아이가 그런 종류의 훈련을 좀 받으면 영국에서 가장 멋진 청년이 될 거라고 굳게 믿는단다."

그런 말을 들으며 나는 놀라지 않을 수 없었다. 난 저 무서운 시골뜨기에게서 오직 불쾌함 이외에는 아무것도 발견할 수 없었고, 삼촌이 저런 식으로 아비의 맹목적 편애를 보이는 게 믿기지 않았다.

나는 또다시 내 판단을 강요당할까 봐 그저 고개를 숙였다.

내가 그렇게 아래로 눈길을 내리깔았더니, 사일러스 삼촌은 그게 여성적 겸양을 보이는 것이라고 생각한 것 같았다. 또 다른 새로운 심문을 삼갔기 때문이었다.

나를 본 적이 없다거나 내가 말한 곳에 간 적이 없다며 보인 더들리 루틴의 결연한 태도, 눈 하나 깜짝하지 않는 태연한 태도 때문에 나는 확신이 흔들렸다. 처치 스카즈데일에서 본 사람이 나중에 놀에서 본 그 사람과 같은 사람인지도 확신이 서지 않았다. 사건이 벌어졌던 그때로부터 꽤 세월이 흐른 지금 이 순간, 나의 기억이 우연히 닮은 얼굴에 착각을 일으켜 사촌 더들리 루틴에게 잘못을 저지르는 게 아니라고 완벽하게 확신할 수 있겠는가?

삼촌은 자기 자식에 대해 더할 나위 없이 높은 평가를 늘어놓으며, 내가 암묵적으로 동의한다는 표시를 하기를 기대했으리라. 그렇기에 내가 입을 다물고 아무 말 하지 않고 있어서 짜증이 났을 것이다. 잠시 침묵이 흐른 후 그가 말했다.

"난 젊은 시절 세상을 좀 경험했단다. 그러니 이건 자식에 대한 편애가 아니야. 더들리는 완벽한 영국 신사가 될 자질이 충분해. 물론 맹목적으로 하는 말이 아니란다. 훈련이 필요하겠지. 1~2년간 교육을 잘 받고 능동적으로 자기 성찰을 하고 훌륭한 사람들과 어울리다 보면 가능한 일이야. 자질은 충분해."

다시 침묵이 흘렀다.

"자, 애야. 말해보거라. 무슨 일이 있었던 거니? 거기 그 처치…… 처치…… 뭐라고 했지?"

"처치 스카즈데일이에요."

"그래, 고맙구나. 처치 스카즈데일하고 놀에서 어떤 일이 있었던 거지?"

나는 기억나는 대로 이야기를 전했다.

"음, 모드야. 처치 스카즈데일에서 있었던 일은 내가 생각했던 것만큼 그렇게 끔찍하진 않구나?"

사일러스 삼촌이 싸늘한 웃음을 보였다.

"그리고 혹시라도 그 애가 진짜 그 사건에 있었던 인물이라면 아니라고 할 이유가 뭔지 모르겠구나. 부정할 이유가 없겠는걸! 그리고 놀의 영지에서 만났다는 나들이객들도 그렇게 놀랍다고는 말 못 하겠구나. 마차에서 기다리고 있는 숙녀 한 명과 두세 명의 술 취한 젊은 남자들. 숙녀가 있었다는 것으로 보면 무슨 못된 짓을 벌일 의도는 없지 않았을까? 하지만 술에 취했으니 야단법석을 떤 거고, 그러다 보니 사냥터지기와의 싸움은 자연스러운 결과인 것 같아. 나도 그런 일이 한 번 있었단다. 40년 전 혈기 넘치던 시절에 말이다. 정말 최악의 싸움에 휘말렸었지."

사일러스 삼촌은 오드콜로뉴를 몇 방울 손수건에 뿌리고 그것으로 관자놀이를 문질렀다.

"내 아들이 거기 있었다면, 그 아인 그랬다고 즉각 말했을 거야. 나는 그 아일 잘 알아. 확신할 수 있단다. 아마 그 녀석이라면 먼저 떠벌렸을걸? 난 그 아이가 거짓을 말하는 걸 본 적이 없단다. 너도 저 아이를 좀 알게 된다면 금세 알 수 있을 거야."

그런 말을 건넨 후 사일러스 삼촌은 지친 듯 뒤로 기댔다. 그러고는 나른한 태도로 오드콜로뉴를 손바닥에 뿌린 후 낮은 목소리로 잘 자라고 말했다.

"더들리가 왔어."

로비로 나가자 밀리가 나의 팔을 잡으며 속삭였다.

"하지만 난 신경 안 써. 오빠도 날 눈곱만큼도 신경 안 쓰고. 대장님한테 허구한 날 돈이나 타 쓰거든. 제가 원하는 만큼 얼마든지 말이야. 난 꼴랑 동전 몇 푼도 못 받는데. 진짜 짜증 나!"

루틴 가문의 유일한 아들과 유일한 딸 사이에 대단한 애정은 없었다. 바트램-호프의 이 새 식구에 대해 궁금했던 나는 밀리가 해줄 수 있는 모든 이야기에 귀를 기울였다. 밀리는 수다스럽게 이것저것 말했으나 그다지 중요한 이야기는 없었다. 어쨌든 밀리에게서 들은 이야기로도 내가 받은 불쾌한 인상을 확인할 수 있었다. 밀리는 그를 두려워했다. 밀리의 말을 빌리면 그는 "겁나 추잡하게 발광을 잘하는 놈"이었다. 또한 "대장님한테 지껄일 수 있는 용기가 있는" 유일한 사람이었다. 그러나 그 역시 "대장님을 겁냈다."

그가 바트램-호프에 모습을 나타내는 일은 종잡을 수 없다고도 했다. 그리고 이번에도, 나에겐 천만다행으로, 아마도 1~2주를 넘기지 않을 것이라고 했다. 그는 "무지하게 유행을 따르는 놈"이었다. 그는 항상 "쳐놀 곳을 찾아 돌아댕겼는데 주로 리버풀이나 버밍엄이나 가끔은 런던"도 간다고 했다. "한번은 대장님 생각에 뷰티하고도 어울리는 것 같아서 대장님이 걔네들 결혼할까 봐 겁나 걱정했는데, 그게 다 허튼소리였고, 뷰티는 오빠의 온갖 개수작에도 넘어가지 않았는데, 그게 걔가 톰 브라이스를 좋아했기 때문"이란다. 밀리는 더들리가 "걔 털끝만큼도 좋아하지 않는다"고 생각했다. 그는 윈드밀에는 "페그톱하고 담배 빨러" 갔고, 펠트램 클럽의 회원이어서 펍 '플룸 오브 페더스'에서 회원들과 어울리곤 했다. 그는 "총도 겁나 잘 쏜다"고 했다. 그리고 "밀렵을 하다가 판사 앞에 선 적도 있었지만 잡아넣을 수는 없었다." 그리고 대장님은 "그게 다 자신에 대한 앙심 때문"이다, "사람들이 자신들보다 좋은 혈통을 지닌 우리를 증오하기 때문"이라고 했다. 그리고 "지주들과 저 벼락부자 무리 빼고는 모두 더들리를 좋아한다, 집에선 좀 부루퉁하지만, 그토록 잘생기고 재미있는 사람이라서 밖에서는 인기가 많다"고 했다. 그리고 "대장님은 그렇게 시기하는 사람들이 있어도 더들리가 언젠가 의회에 입성할 것"이라고 말했단다.

다음날 아침, 식사가 끝나갈 무렵 더들리는 자기 파이프 —밀리가 '처치워든'*이라고 부르는 것이자, 우리 모두 너무나 잘 알고 있는 『바너비 러지』에 나오는 그 매력적인 삽화 속

---

* 긴 사기 담뱃대.

조 윌릿이 입술에 물고 있는 것처럼 길고 구부러진 파이프—끝으로 창문을 톡톡 두드렸다. 그러더니 중절모를 들어 올리며 익살스럽게 인사했는데, 그런 모습이 '플룸 오브 페더스'에서는 잘 통했으리라. 진지하면서도 기민한 동작으로 중절모를 떨어뜨리고는 발로 차서 다시 잡아 쓰는 동작이었다. 뭐라 말할 수 없을 정도로 익살스러워서 밀리는 떠들썩하게 웃음을 터뜨렸다.

"어머, 어머!"

예기치 않게 더들리를 다시 볼 때마다 항상 내가 원래 생각한 그 사람이 맞다는 확신이 들며 역겹기 그지없었다. 나는 그렇게 해학적으로 익살을 부리는 게 내게 잘 보이려고 하는 행동임을 감지할 수 있었다. 나는 그런 모습을 그저 심각한 태도로 쳐다보았을 뿐이었다. 그는 밀리에게 한두 마디 건네고는 어슬렁거렸다. 그러면서 파이프를 잘근잘근 씹으면서 코와 턱에 차례로 올렸다가 홱 낚아채 입안으로 넣는 시늉을 했다. 그러고는 그걸 씹어 먹는 팬터마임을 했고, 밀리는 그런 재주에 경탄하며 깔깔거렸다.

제41장
사촌 더들리

참으로 매력 넘치는 이 남자는 다행스럽게도 그날 다시 나타나지 않았다. 그러나 다음날 밀리는 삼촌이 우리를 돌보는 일을 더들리에게 맡겼다는 말을 전했다.

"대장님이 더들리를 엄청 족치더라. 그런데 오빠가 한마디도 대들진 않았어. 그냥 뚱해서 뭐라고 씨불이기만 하고. 난 너무 겁나서 고개도 못 쳐들겠더라고. 둘이서 뭐라고 뭐라고 하는데, 나는 뭐가 뭔지 하나도 모르겠더라니까. 그러더니 대장님이 나더러 나가라고 해서, 나야, 신나서 나왔지. 둘이서 뭔 얘기인지 계속하고 있었어."

밀리는 처치 스카즈데일과 놀에서 있었던 일에 관한 단서가 될 만한 정보를 조금도 모르고 있었다. 그리하여 나는 여전히 의심에 빠진 상태로 어느 때는 이렇게, 다른 때는 저렇게 생각하며 갈피를 잡지 못했다. 그렇지만 대체로 나의 기억은 항상 더들리를 그 혐오스러운 사건의 주인공으로 떠올렸다. 내 기억은 집요하게 그를 가리키고 있었다.

그런데 이상하게도 처음 보았을 때보다 점점 확신이 줄어들었다. 나는 기억을 불신하고, 상상력을 의심하기 시작했다. 내 기억 속 그 불쾌한 장면의 주인공과 더들리 루틴 사이에 현저히 닮은 젊이 있다는 사실은 의심의 여지가 없었다. 그게 전반적인 인상이라 할지라도 마찬가지였다.

밀리가 전달한 사일러스 삼촌의 명령의 요지는 확실했다. 그 후로 우리가 더들리를 더 자주 보게 되었기 때문이었다.

그는 수줍어하면서도 뻔뻔했다. 서툴면서도 젠체했다. 전반적으로 지극히 참을 수 없는 시골뜨기였다. 그는 내 앞에 서면 때로 얼굴을 붉히며 더듬거리기도 하고, 단 한순간도 편한 모습을 보이지 않았다. 하지만 그러면서도 너무나 혐오스러운 면모도 함께 드러냈다. 그것은 바로 그의 태도에서 묻어나는 자기도취, 추파에서 묻어나는 일종의 자만감이었다. 나에게 보여주는 자신의 모습에 제 스스로 얼마나 뿌듯해하는지가 명백히 드러났다.

나는 내가 그를 얼마나 혐오스러워하는지 알려줄 수만 있다면 더 이상 소원이 없을 것 같았다. 그러나 그래봤자 내 말을 믿으려 하지 않을 것이다. 어쩌면 그는 '숙녀들'은 자신의 진짜 감정을 숨기기 위해 무관심한 태도, 거절하는 태도를 꾸며낸다고 생각할지도 모른다. 나는 할 수 있는 최대한 그와 마주치는 일도 말을 섞는 일도 피했다. 어쩔 수 없을 때에도 최소한으로 유지했다. 공정하게 말하자면, 그도 우리와 함께 있는 걸 좋아하는 것 같지 않았다. 함께 있을 때 전혀 편안해 보이지 않았다.

나는 심지어 더들리 루틴의 외모에 국한한다 하더라도 편견 없이 묘사하는 게 쉽지 않다. 애써 말하자면, 잘생긴 편이고 풍채도 다소 통통하긴 하지만 나쁘지 않다고 할 수 있다. 금발의 구레나룻과 머리, 핑크색 안색, 매우 푸른 눈의 외모였다. 그 정도는 삼촌 말이 맞았다. 만일 완벽하게 신사답게 행동했다면, 정말로 점잖은 사람들이 판단하기에 잘생긴 남자로 통했을 것이다.

그러나 이유 없는 수줍음과 건방진 태도가 참으로 혐오스럽게 섞여 있었다. 서투른 모습과 수줍음, 행동거지와 표정에 드러나는 비루한 자의식은 딱히 촌스럽다기보다 저급함이 묻어났다. 그런 태도로 인해 꽤 잘생긴 외모가 오히려 더욱더 견디기 힘든 추함으로 느껴졌다. 그런 모습과 상응하는 상스러움이 옷차림에, 품행에, 심지어 발걸음에도 묻어 있어 이목구비를 아무리 잘나게 봐주려고 해도 오히려 제 스스로 점수를 깎아버렸다. 이 모든 것을 염두에 두고, 또 내게 항상 되살아나는 불길한 예감과 불안감을 생각하면, 그가 내게 환심을 사려는 태도를 보일 때마다 내가 얼마나 분노와 혐오감에 시달렸는지 이해할 수 있을 것이다.

그는 점차 내 앞에서 거북해하는 태도가 줄었으나, 그렇게 어려워하지 않고 자신감이 커지면서도 저급한 태도는 전혀 나아지지 않았다.

그는 밀리와 내가 점심식사를 하는 동안 불쑥 나타나 '뒤로 돌아' 자세를 취하더니 서랍장 위에 걸터앉고는 음흉한 미소를 띤 채 발을 내두르며 우리를 흘긋거렸다.

"더들리, 먹을 거 뭐 줄까?"

밀리가 물었다.

"됐어. 그냥 너희들 볼 거야. 같이 한잔 할까?"

그렇게 말하며 그는 주머니에서 포켓 위스키병을 꺼내 커다란 잔 하나와 디캔터 유리병을 채운 후 센 브랜디와 물을 혼합했다. 그러고는 술을 마시면서 씩 웃으며 말을 걸었다.

"부목사가 대장님한테 찾아왔더라. 나도 그 양반하고 얘기 좀 하고 싶은데, 도통 시간이 안 될 거 같네. 둘이서 기도도 하고 뭐라고 씨불이면서 성경책 갖고 어쩌고저쩌고하더라고. 하하! 그런데 늙은 와이엇 말로는 오래 걸리진 않을 거라고 하더라. 오스틴 삼촌이 죽은 마당에 뭘 기도를 해대? 이제 무슨 소용이 있다고? 그래봤자 돈이 나와, 금이 나와!"

"에잇, 쳇! 창피한 줄 알아, 이 죄인아!"

밀리가 웃으며 말했다.

"저 오빠 교회 안 나간 지 5년이나 됐어. 간다 해도 젊은 여자들 보러 가는 것뿐이야. 저게 진짜 죄인 아니니, 모드? 안 그래?"

더들리는 들고 있던 중절모의 챙을 씹고는 교활한 표정으로 은근히 날 보며 씩 웃었다. 더들리 루틴은 아마도 자기가 내뱉은 불경한 언행에 남자답고 거친 매력이 묻어 있을 거라고 생각하는 모양이었다.

"밀리, 난 정말 네가 왜 웃는지 궁금하구나. 어떻게 웃을 수가 있지?"

내가 밀리를 향해 물었다.

"그럼 울기라도 해야 돼?"

"그래도 웃는 건 아니지."

"누가 날 위해 울어줬으면 좋겠네. 난 그게 누군지 알지."

더들리는 제 딴에 매우 매력적인 태도로 그렇게 말하며 나를 바라보았다. 마치 자기를 위해 눈물을 흘리는 걸 원할 만큼 내게 호감을 가지고 있다는 걸 보여주면, 내가 자기를 좋아할 것이라고 생각하는 듯한 태도였다.

그러나 나는 울기는커녕 느긋이 의자에 기대앉아 당시에 밀리와 내가 저녁이면 읽던 월터 스콧의 시집을 조용히 넘기기 시작했다.

이 밉살스러운 젊은 남자가 제 아버지에 대해 떠들어대는 말투, 함부로 나의 아버지를 언급하는 태도, 종교에 대한 불경함을 저급하게 떠벌리는 태도가 그 어느 때보다 더욱 심하게 혐오감을 불러일으켰다.

"저 목사들은 엄청 느려터졌다니까! 엄청 느려터졌지. 더 기다려야 할 것 같아. 이 시간이면 벌써 5킬로미터는 갔겠다야, 환장하겠네!"

그러면서 그는 마치 자기 다리가 그 시간이면 얼마만큼 멀리 자기를 이동시켰을지 가늠해 보듯 제 발을 들어 올렸다.

"도대체 사람들이 말이야, 성경책이고 기도하는 거고 일요일 날 하면 되지, 왜 저러는 거야? 밀리, 가서 대장님이 부목사랑 볼일 다 봤는지 살펴봐, 어서. 이러다가 하루 죙일 다 날려 버리겠다."

밀리는 제 오빠의 말에 따르는 게 익숙한지 벌떡 일어났다. 그리고 내 앞을 지나며 눈을 찡긋하면서 속삭였다.

"돈 때문에 저래."

그러고는 자리를 떴다. 더들리는 휘파람을 불면서 발을 시계추처럼 흔들며 방을 나가는 밀리를 곁눈질로 훑었다.

"있지요, 아가씨. 혈기왕성한 젊은 남자가 이렇게 빡빡한 상태로 있는 게 참 힘들다오. 난 진짜 땡전 한 푼 없어요. 이거야, 원! 들어오는 족족 손가락 틈으로 다 빠져나가니! 에잇, 젠장! 그 양반은 꼭 이유를 알려줘야만 돈을 준다니까."

"어쩌면 삼촌은 당신이 직접 돈을 벌기 원하시지 않을까요?"

"요즘은 나 같은 사나이가 어떻게 돈을 버나 알고 싶군요. 그렇다고 신사가 가게를 볼 수는 없잖소? 하지만 지금 당장은 한 줌 정도 얻을 수 있지. 대장님 덕이 아니고, 그 유언 집행자들 있잖소? 그자들 덕분에. 그 사람들이 나한테 줄 돈이 많이 있거든요. 아주 정직한 사람들이죠, 물론. 하지만 그자들 염병 느려 터졌다니까. 빨리빨리 좀 주면 어디 덧나나?"

나는 사랑하는 내 아버지의 유언장 집행자들에 대한 이 품위 넘치는 언급에 아무런 토를 달지 않았다.

"그리고 들어보쇼, 모드. 내가 그 쩐 받으면 누구한테 선물

사줘야 하는지 잘 알지. 그렇고말고."

그 불쾌한 인간이 이런 말을 늘어놓으면서 곁눈질로 내게 추파를 던졌다. 제 딴에는 그런 모습이 꽤 매혹적이라고 생각했던 모양이었다.

나는 정말 가장 무심해 보이고 싶을 때 항상 얼굴이 빨개지는 그 불행한 사람들 중 하나다. 그리고 지금 정말 치가 떨릴 정도로 유감스럽게도 그런 당치않은 버릇이 나왔다. 난 내 뺨이 붉어지는 걸 느꼈다. 심지어 이마까지 빨개지고 있었다.

나는 그가 이 당황스럽기 짝이 없는 감정의 표식을 알아차리는 모습을 보았다. 생각만 해도 혐오스러운 감정, 나는 나 자신과 그에 대해 똑같이 분개하면서 어떻게 해야 나의 모욕감과 분노를 함께 보여줄 수 있을지 고민했다. 빨개진 내 얼굴은 당황스럽기 짝이 없었다.

내가 당황하는 이유를 착각한 더들리 루틴이 조용히 웃더니, 참을 수 없이 다정한 태도를 보이며 말했다.

"그리고 내가 맡은 일도 있고 해서…… 아가씨 아버지 존중해서 하는 일이라니까요? 내가 대장님 말을 그냥 생까기 바라는 건 아니겠죠? 안 그러쇼?"

나는 그의 무례함을 제압하기 바라며 그를 쏘아보았다. 그러나 내 얼굴은 날 약 올리듯 더욱 달아올랐다. 그 어느 때보다 더 붉게 달아올랐다.

"우와! 저 눈! 저 이쁜 눈이라면 세상 그 뭐라도 다 걸겠어. 진짜야."

그가 생색을 내듯 열정을 담아 말했다.

"자기 진짜 이쁘다. 진짜야, 모드. 요전날 밤에 대장님이 자기한테 뽀뽀하라고 시켰을 때 내가 뭐에 씌었는지 왜 안 했는지 모르겠네, 젠장. 하지만 지금 날 막으면 안 돼. 난 자기가 빨개져도 키스하고 말 거야."

서랍장에 걸터앉아 있던 그가 펄쩍 뛰어내렸다. 그러고는 나를 향해 거들먹거리면서 다가왔다. 불쾌한 미소를 보이며 나를 향해 팔을 뻗었다. 나는 깜짝 놀라 벌떡 일어섰다. 분노가 치밀어 올라 미칠 것 같았다.

"이런, 젠장! 대들려고? 환장하겠네!"

그는 재미있다는 듯 껄껄거렸다.

"자자, 모드. 심통 안 부릴 거지, 그렇지? 이게 다 우리 임무인걸? 대장님이 자기한테 키스하라고 했잖아, 안 그래?"

"그러지 마세요. 하지 마요. 물러나세요! 안 그러면 하인들을 부를 거예요."

나는 어쩔 수 없이 큰 소리로 밀리를 부르기 시작했다.

"참, 여자들이란! 환장하겠네! 도대체 지 마음도 몰라? 도대체가 말이야."

그가 험상궂은 태도로 말했다.

"장난 좀 친 거 가지고 이 난리를 치네. 고만 좀 하쇼. 당신 해칠 사람 아무도 없어. 안 그래요? 나도 안 그래. 이거야, 원!"

그는 화난 웃음을 껄껄거리며 홱 돌아서 방을 나갔다. 나는 그렇게 맹렬하게 저항한 게 두말할 나위 없이 온당한 일이었다고 생각한다. 삼촌의 견해와는 상관없이 그런 식으로 친밀함을 가장한 불쾌한 접근은 내게 모욕이나 다름없었다.

밀리가 돌아왔을 때 나는 겁을 먹지는 않았지만 매우 화가 나 있었다. 나는 삼촌에게 찾아가 고할 마음을 먹었다. 하지만 부목사가 아직 그와 함께 있었다. 그가 떠났을 즈음에는 냉정을 되찾은 상태였다. 그리고 삼촌에 대한 어렵고 두려운 심정이 되살아났다. 나는 삼촌이 분명 이 사건을 그저 여성을 대하는 기사도적인 예법으로 여길 것이라는 생각이 들었다. 그리하여 나는 그가 극렬히 저항하는 내 모습을 한 번 보았으니 뭔가 깨달은 바가 있을 것이고, 앞으로 그렇게 뻔뻔한 짓을 하기 전에 한 번 더 생각해볼 거라는 안이한 생각으로 그냥 넘어가기로 했다. 밀리도 그에 동의했다.

다행히도 더들리는 내게 화가 많이 났는지 모습을 거의 드러내지 않았다. 어쩔 수 없이 만났을 때도 뚱한 태도를 보이며 말을 건네지 않았다. 나는 그저 어서 그가 가버리기를 기다릴 뿐이었다. 밀리는 머지않아 그가 떠날 거라고 했다.

삼촌에게는 성경책과 자신만의 위안거리가 있었다. 그러나 이 방탕한 노인은 종교에 귀의하긴 했어도 유행을 좇는 세련된 남자로서, 자신의 아들이 추방당한 사람이자 토니 럼프킨*이 되어가는 모습을 보는 게 유쾌할 리 없었으리라. 아들의 천

---

* 올리버 골드스미스의 희극 『지는 것이 이김(She Stoops to Conquer)』(1773)에 나오는 무식하고 익살스럽고 장난을 일삼는 게으름뱅이.

부적 재능이 무엇이라고 여겼던 간에, 그도 분명 아들이 그저 촌뜨기임을 모를 리 없었기 때문이었다.

나는 당시 삼촌에 대해 느꼈던 인상을 떠올려본다. 잿빛의 이미지와 혼돈스런 이미지가 함께 떠오른다. 은회색 머리, 치명적인 인격적 약점. 나는 아직 그에 대해 아는 게 거의 없었다.

나는 메리 퀸스의 말마따나 그를 "겁나게 까탈스러운" 사람으로 인식하기 시작했다. 다소 이기적이고 성마른 사람이라고 생각했다. 그는 리버풀에서 거북이가 든 상자를 배송받곤 했다. 그는 건강을 생각해 클라레 레드와인과 독일산 화이트와인인 혹을 마셨고, 같은 이유로 몸에 좋다는 누른도요새 요리와 다른 진미珍味 요리를 즐겼다. 그리고 그런 요리의 조리과정과 커피의 풍미와 농도에 있어 매우 지독할 정도로 까다롭게 굴었다.

삼촌은 대화에 여유가 있고 세련되었으며 감상적인 윤기가 있으면서도 차가웠다. 그러나 프랑스 시구나 신선한 문구등을 인용하는 달변가의 그런 인위적인 대화 가운데, 한 번씩한 줄기 분노의 빛처럼 음울한 종교적 의견을 불쑥 개진하곤 했다. 나는 간헐적으로 찾아오는 고통의 전율처럼 그런 면모가 꾸며낸 겉치레인지 진솔한 감정인지 도저히 구분할 수 없다는 생각이 들곤 했다.

큰 눈의 빛깔은 매우 독특했다. 나는 그걸 그저 반질반질한 금속 표면에 닿는 강렬한 달빛의 광채로밖에 달리 비유할 수가 없다. 그러나 정확히 말해 그것도 아니다. 그것은 희게 빛났고 갑자기 얼이 빠지기도 했다. 그런 눈빛을 볼 때마다 나는 토머스 무어의 시구가 생각났다.

오, 그대 죽은 자들이여! 오, 죽은 그대들이여! 우리는 그저 그대들이 뿜는 눈빛으로 알 수 있을 뿐!
살아 있는 사람처럼 움직이는 그대들의, 차갑게 빛나는 눈빛.*

나는 한 번도 다른 이의 눈에서 아주 조금이라도 그런 불길한 광채를 본 적이 없었다. 그의 발작—삶과 죽음 사이에서, 지성과 광기 사이에서 맴도는— 또한 수상쩍었고, 도깨비불처럼 보기에도 오싹했다!

나는 심지어 제 자식들에 대한 그의 감정을 이해하는 것조차 당황스러웠다. 때로 그는 자식들을 위해서 자기 영혼을 내려놓을 준비가 된 것 같아 보였다. 그러나 때로는 거의 자식들을 증오하는 것처럼 보였고, 말 역시 그랬다. 그는 죽음의 이미지가 언제나 자기 바로 앞에 있는 것처럼 이야기했다. 그렇게 자신의 관을 앞에 두고 꾸벅꾸벅 조는 것처럼 찌꺼기 같은 여생을 보내면서도, 삶에 대해 무시무시한 관심을 보였다.

오! 사일러스 삼촌. 언제나 섬뜩한 빛에 싸여 기억 속에 활

---

* 토마스 무어의 시집 『아일랜드의 멜로디』(1807)에 수록된 '오, 그대 죽은 자들이여!' 중에서.

활 타고 있는 과거를 사는 인물, 경멸과 번민에 찬 하얀 얼굴! 마치 엔돌의 마녀*가 그 방으로 나를 인도해 유령을 보여주었던 것 같다.

더들리가 바트램-호프를 아직 떠나지 않았을 때, 레이디 놀리스로부터 짧은 편지가 도착했다.

사랑하는 모드, 난 사일러스에게 너와 밀리를 빌려달라고 부탁하는 편지를 보냈단다. 네 삼촌이 나의 부탁을 거절할 이유는 없어 보여. 그러므로 나는 너희 둘 다 내일이면 엘버스턴에서 볼 수 있을 거라고 확신한다. 적어도 일주일은 머무를 수 있을 거야. 네게 소개시켜 줄 변변한 인물이 없구나. 몇몇 손님에게 실망했단다. 하지만 조만간 더 즐거운 손님을 맞이할 수도 있겠지. 밀리에게 안부 전하면서 너와 함께 오지 못하게 되면 용서하지 않을 거라고 전해줘.

널 사랑하는 커즌의 말을 믿길.

— 모니카 놀리스

밀리와 나는 삼촌이 우리의 방문을 거절할까 봐 걱정했다. 물론 우리는 삼촌이 거절할 만한 합당한 이유를 생각해낼 수 없었다. 더욱이 가여운 밀리에게 같은 신분의 여성들을 만날

---

* 사무엘서 28장 7~25절에 나오는 여인으로, 사울의 부탁을 받고 강신술을 써서 사무엘을 불러낸다.

기회가 온 것이니 두 손 들고 반겨야 할 일 아닌가.

12시경 삼촌이 우리를 불렀다. 기쁘게도 그는 방문을 허락하며 우리에게 즐거운 나들이가 되라고 인사까지 해주었다.

제42장
엘버스턴과 그곳 사람들

그리하여 밀리와 나는 다음날 마차를 타고 박공지붕이 줄지어 선 펠트램의 대로를 달렸다. 우리는 '플룸 오브 페더스'의 문간에서 참으로 품위 넘치는 내 사촌이 말구종으로 보이는 남자와 담배를 피우는 모습을 보았다. 나는 그곳을 지나갈 때 뒤로 몸을 숨겼지만 밀리는 창밖으로 고개를 내밀었다.

"더들리가 늙은 와이엇, 그러니까 라무르에게 하는 것처럼 엄지를 코에 대고 새끼손가락을 흔들면서 약 올리지 않으면 이상한 거지! 뭔가 웃긴 말을 했나 봐. 짐 졸리터가 파이프를 손에 들고 낄낄거리네."

"밀리, 그 사람 안 봤으면 좋았을 텐데. 무슨 불길한 징조처럼 느껴져. 항상 심기가 사납잖아? 나는 그 사람이 우리에게 불행을 빌었을 것 같아."

"아니, 아니야. 넌 더들리를 몰라. 오빠는 화나면 웃긴 말 하나도 안 해. 아니야. 더들리는 화난 게 아니라 그냥 화난 척 구라치는 거야."

지나치는 풍경은 매우 예뻤다. 이제 길이 좁아지며 숲이 우거진 골짜기로 이어졌다. 덩굴에 뒤덮인 바위들과 휘어진 뿌리들이 이어진 풍경이라니! 작은 시내는 계곡을 따라 외로이 졸졸 흐르고 있었다. 가여운 밀리! 밀리는 특유의 괴짜 같은 태도로 여행길의 벗이 되어주었다. 나는 때로 자연의 풍경을 즐기는 마음이 재능이라기보다 습득된 태도라고 생각했다. 교육을 받은 사람의 눈에는 매우 절묘하고 아름다워 보이는 것이, 교육받지 못한 사람에게는 보이지 않는 경우가 많다. 그러나 밀리에게는 분명 타고난 눈이 있었다. 그래서 밀리는 나처럼 황홀경에 도취되었다.

이제 우리는 아름다운 더비셔 히스가 자라는 황무지를 나아가다가 숲이 우거진 골짜기로 들어섰다. 그곳에서 우리는 커즌 모니카의 예쁜 박공집을 처음으로 보았다. 아름답고 고풍스러운 영국 저택은 말로 다 할 수 없는 아늑하고 안락한 분위기를 풍겼다. 오래된 나무들이 저택을 둘러싸고 있었다. 지난 시절의 즐거움이 느껴지는 예스런 집이 다소 서글프면서도 다정하게 "어서와, 환영해"라고 인사하는 것 같았다. '200년이 넘는 세월 동안 나는 이 사랑스러운 오랜 가문을 품은 집이었어. 이 가문을 거쳐간 사람들이 요람에서 관으로 들어가는 걸 다 보았단다. 그들의 기쁨과 슬픔, 환대를 모두 기억해. 이 가문은 너희들 같은 친구를 모두 환대했어. 이곳에서 너희들은 그들처럼 한정된 삶을 사는 인간의 슬픈 삶의 조건을 잠시 잊게 할 만한 따뜻한 환상을 즐기게 될 거야. 그러고 나서 너희들도 그들처럼 너희의 길을 갈 것이고. 그러면 또 다른 이들이 너희를 뒤따르겠지. 그러다 마침내 나 또한 쇠락의 법칙에 굴복해 사라질 거야.'

이때쯤 가여운 밀리는 매우 긴장하고 있었다. 아주 이상한 말투로 되돌아간 상태여서 나는 당혹스러웠다. 나는 밀리에게 말투를 조심하라고 훈계하기 위해 진지한 태도를 꾸며내다가 나도 모르게 깔깔 웃고 말았다.

그러나 나는 일부 중요한 측면에서 밀리가 매우 근본적으로 개선되었음을 밝힌다. 옷차림은 세련되진 않았지만, 더 이상 터무니없는 정도는 아니었다. 그리고 조용히 말하고 웃게 하는 훈련도 어느 정도 효과를 보고 있었다. 그리고 나머지는 스스로 터득하도록 놔두었다. 나는 항상 교육을 잘 받은 사람이라면 방임하더라도 본데없이 자란 사람보다 스스로 터득하는 일을 더 잘할 거라고 생각한다.

우리가 도착했을 때 커즌 모니카는 외출 중이었다. 그러나 나와 밀리를 위해 더블베드룸이 마련되어 있었다. 그리고 착한 메리 퀸스는 우리 옆 드레스룸에 머물게 되었다.

우리가 막 매무새를 다듬기 시작했을 때 커즌 모니카가 평상시처럼 유쾌한 기분으로 들어왔다. 그러고는 우리에게 환영의 인사를 건네며 연거푸 키스했다. 실로 그녀는 아주아주 기뻐했다. 우리가 그 집에 가지 못하도록 삼촌이 어떤 계략을 꾸밀 거라고 염려하고 있었기 때문에 더욱 기뻐했다. 그녀는 내 면전에서 사랑하는 아버지에 대해 탁 터놓고 이야기하는 것처럼, 가여운 밀리 앞에서도 평소대로 사일러스 삼촌에 관해 거리낌 없이 이야기했다.

"난 전투를 치르지 않고 그이가 너희들 보낼 거라 기대하지 않았어. 너희도 알다시피 그이가 고집부리기로 작정하면 그 마법 걸린 영지에서 너희를 빼내오는 게 쉽지 않잖니? 그곳엔 마치 무시무시한 늙은 마법사가 딱 버티고 있는 것 같잖아. 내 말은 사일러스, 네 아빠 말이야, 얘. 솔직히 말해서 그이 정말 마이클 스콧 같지 않니?"

"전 그 사람 본 적 없는데요."

가여운 밀리가 대답했다.

"저는 정말 그런 사람 모르는데……"

밀리는 우리가 웃는 걸 알아차리고 덧붙였다.

"하지만 전 대장님이 그 족제비 파는 늙은 마이클 돕스를 닮은 거 같아요. 혹시 그 사람 말인가요?"

"있지, 모드. 밀리와 같이 월터 스콧의 시를 읽고 있다고 하지 않니? 뭐, 상관없어. 얘, 마이클 스콧은 죽은 마법사야. 은발 머리를 하고 무덤에 누워 있는데, 사람들이 자기 책을 가져가면 오만상을 찌푸린단다. '마지막 음유시인의 노래'를 보면 그 사람 나와. 딱 네 아빠 같단다. 그리고 내 지인들이 얘기해줬는데, 네 오빠 더들리가 이번 주에 펠트램에서 먹고 마시고 놀고 있다더라? 그 애 집에 얼마나 더 있을 거래니? 오래 있진 않겠지, 그렇지? 그리고 모드야, 그 애가 너에게 수작 걸지 않았니? 저저, 알겠다! 물론 그랬겠지. 수작이란 말이 나왔으니 말인데, 난 그 건방진 찰스 오클리 녀석이 뭐 연애편지니 그런 걸로 널 괴롭히지 않았으면 하는데?"

"아, 모드한테 편지가 왔어요."

밀리가 끼어들었다. 나는 매우 유감스러웠다. 그 편지를 커즌 모니카에게 보여줄 특별한 이유가 없었기 때문이었다. 나는 할 수 없이 두 통의 연애편지를 받았다고 말했다. 다만 누구에게서 온 건지는 알 수 없다고 했다.

"얘, 모드. 내가 50번도 넘게 말하지 않았니? 그 애하고는 편지도 주고받지 말라고? 난 그 애가 노름을 한다는 사실을 알아냈어. 거기다 빚도 많이 졌다더라. 난 그 애 빚 더 이상 갚아주지 않겠다고 맹세했어. 내가 그동안 바보 노릇 한 거지. 넌 정말 모를 거야. 날 봐라, 얘. 지금 자신을 책망하고 있잖니? 난 그 애가 자기를 부양해줄 아내를 찾는다면 정말 안심할 거야. 그리고 내가 듣기로는, 그 애 지금 나이 든 처녀에게 아주 공을 들이고 있단다. 맨체스터에 있는 단추 제조업자의 누이란다."

화살을 아주 잘 쏜 것이었다.

"하지만 겁낼 거 없다. 넌 더 젊고 더 부자야. 그리고 분명히 네게도 기회가 올 거야. 그 애가 보냈다는 그 시구들은 폴스타프의 연애편지처럼 이중 임무를 수행한 꼴이지."*

---

* 셰익스피어의 『윈저가의 즐거운 아낙네들』에서 폴스타프는 포드 부인과 페이지 부인 두 명의 여인에게 동시에 구애를 한다.

나는 그 말에 웃었다. 그러나 단추 제조업자라는 말이 마음속에 딱 걸렸다. 캡틴 오클리가 그런 부류의 사람인 걸 알았더라면, 나는 그에 상응하면서도 나의 인격에 걸맞게 세련된 경멸의 태도로 그를 대했을 것이다.

커즌 모니카는 밀리의 차림새를 손봐주느라 분주했다. 그녀는 숙녀의 메이드로서 매우 뛰어났다. 그러는 내내 이야기를 늘어놓았다. 그리고 마침내 손가락으로 밀리의 턱을 톡톡 치며 매우 만족스러워했다.

"나 아무래도 성공한 거 같은데, 밀리 아가씨? 거울을 보세요. 정말 예쁜 아가씨네."

밀리는 얼굴을 붉히며 수줍은 만족감을 드러내면서 거울을 들여다보았다. 그런 모습이 더욱 예뻐 보였다. 밀리는 실로 아주 예뻤다. 드레스를 보통 길이로 맞추니 키가 훨씬 커 보였다. 조금 통통하긴 했지만 화색이 매우 밝았고 눈은 하늘색에 머릿결은 풍성했다.

"밀리, 많이 웃을수록 더 좋아. 넌 정말 이가 예쁘거든. 아주 예뻐. 네가 내 딸이면 좋으련만! 네 아버지가 갑자기 마법사 학교의 교장이 되어 널 포기하고 내게 주면 좋으련만. 그러면 난 정말 좋은 짝을 너한테 붙여줄 거야. 뭐, 지금도 그렇게 해야겠지, 애."

그리고 커즌 모니카는 양손에 각각 우리의 손을 잡고 아래층 응접실로 향했다. 이 무렵 응접실엔 커튼이 쳐져 있었다. 난롯불은 아늑하게 타고 있었다. 저녁식사 전이라 조명은 은

은한 상태였다.

"자, 여기 나의 두 커즌입니다."

레이디 놀리스가 말했다.

"이 아가씨는 놀의 미스 루틴인데, 나는 모드라고 불러요. 이 아가씨는 사일러스의 딸 미스 밀리센트 루틴으로, 밀리라고 불러요. 여러분 보시다시피 이 아가씨들 매우 예쁘죠? 빛이 좀 더 밝아지면 더 잘 알게 되겠지요."

그러자 나만큼 크지는 않지만 솔직한 눈매의 점잖고 예쁘장한 숙녀가 책을 보다가 자리에서 일어나 웃으며 우리 손을 잡았다.

그 숙녀는 젊지 않았다. 당시 내가 젊은이로 치는 기준으로 보자면 그랬다는 말이다. 서른이 넘어 보였다. 그리고 매우 조용하고 매력적인 태도를 지녔다. 숙녀는 한눈에 보기에도 단지 유행만 따르는 여성이 아니었다. 그 대신 상류 계층의 여유와 세련미가 돋보였다. 그 숙녀는 밀리와 내게 친절한 관심을 표했다. 커즌 모니카는 숙녀를 메리라고 불렀고, 때로는 폴리라고도 불렀다. 그게 당장은 내가 그 숙녀에 대해 알고 있는 전부였다.

몸치장할 것을 알리는 만찬 준비 벨이 울리기 전까지 우리는 매우 즐거운 시간을 보냈다. 우리는 몸치장을 위해 방으로 돌아갔다.

"내가 뭐 나쁜 말 한 거 있어?"

문이 닫히기 무섭게 가여운 밀리가 내 앞에 똑바로 서서 물었다.

"아니야, 밀리. 너 너무 잘하고 있어."

"그런데 나 정말 바보 같지, 그지?"

"너 정말 아주아주 예뻐 보여, 밀리. 전혀 바보 같지 않아."

"나 모든 걸 다 조심하고 있어. 드디어 배우기 시작하는 것 같아. 하지만 처음에는 조금 힘들었어. 사람들이 말하는 게 나에게 익숙한 방식이 아니야. 넌 정말 잘 어울리더라."

준비를 마치고 응접실로 돌아갔을 때, 일행은 이미 모여 즐겁게 대화를 나누고 있었다.

마을의 의사는 이름은 잊었지만 키가 작은 남자였다. 예리한 회색 눈, 뾰족한 붉은 코에 그 붉은빛이 우락부락한 뺨까지 이어졌고, 턱과 이마도 살짝 붉었다. 그는 커즌 모니카가 메리라고 부른 숙녀와 즐겁게 대화하고 있었다.

밀리는 내 어깨너머에서 속삭였다.

"캐리스브록 씨가 있어."

밀리 말이 맞았다. 벽로 선반에 팔꿈치를 대고 서서 레이디 놀리스와 대화를 나누고 있는 신사는 실로 윈드밀 우드에서 만난 우리의 지인이었다. 그는 즉시 우리를 알아보고 지적인 미소를 지으며 우리를 맞았다.

"저는 지금 막 레이디 놀리스께 윈드밀 우드의 매력적인 풍경을 묘사하고 있었답니다. 제가 운 좋게도 미스 루틴을 만나 인사하게 된 그곳 말입니다. 이 아름다운 고장에서도 그보다 더 예쁜 곳이 있을지 모르겠네요."

그러더니 그는 몇 마디 가볍지만 반짝이는 말로 그곳을 스케치하듯 묘사했다.

"아, 정말 아름다운 풍경이겠군요!"

커즌 모니카가 말했다.

"그런데 이 아가씨가 날 그곳에 데리고 가지 않을 거 같다는 생각이 드는데요? 자신의 로맨틱한 모험을 위해 고이 간직할 것 같아요. 그리고 일베리 당신은 매우 인정 많고 사람 좋은 성격이긴 하지만, 마침 반대편에 두 명의 매우 예쁜 아가씨들이 있는 걸 보았으니 망정이지, 나처럼 늙고 아픈 여인을 보자고 그 좁은 난간을 따라 강을 건널 것 같진 않은데요?"

"어찌 그런 심술궂은 말씀을 하시는지! 그 말씀에 맞추려면, 사심 없고 자애심 넘치는 제 성격을 버리거나, 아니면 제 취향을 드높이는 그 동기를 부인하거나 둘 중 하나는 해야겠군요?"

캐리스브록이 목소리를 높였다.

"자애로운 사람이라면 이렇게 말하지 않을까요? 박애주의자가 고결하지만 위험이 따르는 재능을 실행에 옮기다 보니, 예기치 않게 천사들을 마주치게 되는 일로 보답을 받았다고 말입니다."

"그리고 이 천사들하고 빈둥거리며 시간을 보낸 거고요? 그 시간은 허리 통증이 도진 훌륭한 허버드 아주머니에게 바쳐질 시간이었어야 하는데 말이죠? 그러고는 그 아픈 기독교도를 보지도 않고 돌아와, 훌륭한 누이에게 숲의 요정들에 관해 이교도적이고 시적인 불경한 언사로 나불나불 수다를 떨었다는 거지요?”

레이디 놀리스가 장난스레 응수했다.

“저런, 말은 똑바로 하셔야죠!”

그가 웃으며 대꾸했다.

“제가 다음날 환자를 방문하지 않았나요?”

“그렇죠. 다음날 당신은 같은 경로로 해서 왔지요. 드라이어드*를 찾느라 그런 거 같은데요? 그런데 엉뚱하게도 허버드 아주머니를 보게 되는 일로 보답을 받은 거 아닌가요?”

“여기 곤란에 빠진 인간적인 남자를 도와줄 이가 아무도 없을까요?”

캐리스브록이 하소연했다.

“전 믿어요.”

내가 아직 메리라고만 알고 있는 숙녀가 말했다.

“모니카가 말하는 한마디 한마디가 모두 완벽한 진실이라고요.”

“그렇다면 전 더더욱 도움이 필요한 거 아닌가요? 가장 위험한 명예훼손은 진실이지요. 그리고 저는 아주 잔인하게 박해받고 있다고 생각합니다.”

그 순간 저녁식사 벨이 울렸다. 그러자 매끈한 핑크색 뺨과 가운데 가르마를 타고 땋은 머리를 한 온순하고 말쑥한 작은

* 그리스 신화 속 아름다운 여성의 모습을 한 숲의 요정.

목회자가 구석에서 모습을 드러냈다. 나는 처음 보는 얼굴이었다.

이 작은 남자는 밀리에게 할당되었고, 캐리스브록은 내게 할당되었다. 나머지 숙녀들이 남은 남자인 의사를 서로 어떻게 나누었는지는 모르겠다.

엘버스턴에서 처음 맞는 그날 저녁식사는 매우 즐거웠다. 모두가 즐겁게 이야기를 나누었다. 레이디 놀리스가 함께하는 자리에서 대화가 시들해지는 것은 불가능했다. 캐리스브록은 매우 유쾌하고 재미있었다. 나는 식탁 맞은편에 앉은 작은 핑크색 부목사가 저음의 목소리로 적당한 말솜씨를 드러내며 밀리에게 재잘거리는 모습을 보니 기분이 좋았다. 밀리가 나의 지시에 따라 매우 신중하게 아주 낮은 목소리로 대화를 나누어서 거의 한마디도 들리지 않았다.

그날 밤 우리가 방으로 돌아와 난롯가에 앉아 이야기를 나누고 있을 때, 커즌 모니카가 찾아왔다. 나는 그녀에게 말했다.

"제가 지금 막 밀리가 사람들에게 어떤 인상을 주었는지 말해주고 있었어요. 그 예쁜 작은 목사—일 어네 에프리(그는 사랑에 빠졌어요)—는 분명 밀리에게 마음을 빼앗긴 것 같았어요. 저는 그분이 아마도 이번 일요일에 저항할 수 없는 여성의 힘에 대한 솔로몬 왕의 현명한 말에 관해 설교할 거라고 생각해요."

"그래. 아니면 어쩌면 '아내를 얻는 자는 복을 얻고 은총을 받는 자이니라'* 어쩌고 하는 현명한 설교를 하겠지? 아무튼 밀리, 그 남자 같은 남편을 얻는 여자는 꽤 큰 복을 얻는 거라고 말하고 싶구나. 그 사람은 모범적인 남자인데, 해리 비들펜경의 둘째 아들이야. 1년에 90파운드에 달하는 교회에서 얻는 소득 외에도 독립적인 자신의 소득도 좀 있단다. 나는 그처럼 무해하고 온순하며 귀여운 남편감을 어디에서도 찾을 수 있을 거 같지 않아. 그리고 미스 모드, 너도 관심이 많은 것 같더구나?"

나는 웃으며 얼굴을 붉혔다. 커즌 모니카는 버릇대로 불쑥 또 다른 주제로 뛰어넘어, 기묘할 정도로 솔직한 태도로 물었다.

"그리고 사일러스는 어떻게 지내고 있니? 심통을 부리지 않기를 바란다만? 아니면 아주 기이하게 굴지 않기를 말이야. 밀리야, 네 오빠 더들리가 인돈가 어디로 군 지원을 했다는 소문이 있었는데, 그게 다 그저 헛소문이었나 봐? 평소처럼 불쑥 나타났으니까 말이야. 그럼 그 앤 뭘 하겠다는 심산이지? 이제 돈은 좀 받았겠고? 모드의 가여운 아버지의 유언으로 말이다. 설마 밀렵꾼들과 내기꾼들, 그보다 더 나쁜 인간들하고 어울려서 빈둥거리며 허송세월로 인생을 허비할 생각은 아닐 거 아냐? 그 애는 오스트레일리아로 가야 해. 토마스 스웨인처럼 말이다. 사람들 말로는 그 사람이 엄청난 돈을 벌어서

* 잠언 18장 22절.

504

고향으로 다시 돌아온다고들 하던데? 네 오빠 더들리는 그렇게 해야 해. 분별력이든 결기든 가지고 있다면 분명히 그래야 해. 하지만 내 생각엔 그럴 거 같지 않구나. 너무 오랫동안 나태함과 저급한 무리에 방치되어 있었어. 그래서는 1~2년이면 수중에 돈 한 푼 남지 않을걸? 그 애 자기 아버지가 닥터 브라이얼리에게 통지한 내용을 아는지 궁금하구나. 가여운 오스틴이 그 애 앞으로 남긴 유산 1,600파운드를 달라고 했다는 거 말이야. 그러면서 그 돈으로 젊은 아들의 빚을 갚았고, 그 액수에 해당하는 영수증을 가지고 있다는 사실 말이야. 그 앤 여기 있으면 1년에 1기니도 받지 못해. 난 그 애가 반 디멘의 땅*에 있다면 50파운드도 줄 수도 있어. 그렇다고 내가 그 애 신경 써서 그런다는 건 아니야. 난 밀리 네가 신경 쓰는 것보다 더 신경 안 쓴단다. 그렇지만 난 정말 그 애가 영국에서 할 수 있는 정직한 일이 있을 거 같지 않아."

밀리는 레이디 놀리스가 떠들어대는 이야기를 하나도 이해하지 못한 채 완전히 당황스러운 표정으로 입을 벌리고 들었다.

"밀리야, 너 바트램 집에 돌아가서 이런 이야기 하면 안 돼. 왜냐하면 내가 그렇게 자유롭게 말한다고 생각하면 사일러스가 더 이상 너를 이 집에 못 오게 할 거란 말이야. 하지만 나

---

* 반 디멘은 네덜란드 동인도 회사의 총독이다. 여기서 '반 디멘의 땅'은 호주 동남쪽에 있는 섬인 태즈메이니아를 일컫는다.

도 어쩔 수가 없단다. 그러니 넌 나보다 조심하겠다고 약속해야 해. 그리고 내가 들은 바로는 그이가 돈을 좀 만지게 되었으니, 온갖 종류의 배상 청구가 올 거라고들 하더구나. 그리고 그이가 윈드밀 우드에서 오크나무를 잘라 나무껍질을 판매한다는 소식을 닥터 브라이얼리가 들었어. 그리고 그곳에 숯 만드는 가마가 있다는 거야. 거기에 랭커셔 출신 한 남자가 그걸 도맡고 있나 봐. 호큰지 뭔지 하는 사람이라던데?"

"아, 혹스에요. 딕컨 혹스요. 그 페그톱 말이야, 모드."

밀리가 말했다.

"그래. 아주 질이 안 좋은 사람이라더구나. 닥터 브라이얼리가 말해줬어. 댄버스 씨에게 편지도 썼고. 왜냐하면 그게 다 훼손이라는 거지. 나무를 잘라 팔고 오크나무 껍질도 그렇고, 버드나무를 태우고 다른 나무도 숯으로 만드는 거 말이야. 그게 모두 훼손이라서 닥터 브라이얼리가 그 일을 막으려고 하고 있어."

"그이가 네 마차 구했니? 말도 구했고?"

커즌 모니카가 갑자기 내게 물었다.

"아직 안 왔어요. 하지만 몇 주 있으면 온다고 더들리가 말했는데……"

커즌 모니카가 웃음을 보이며 고개를 가로저었다.

"그래, 모드. 마차와 말들은 항상 몇 주 후에 올 거란다. 그러다 종 치는 거지. 그동안은 낡은 짐마차와 파발마면 충분할 거고."

그녀는 다시 웃음 지었다.

"그래서 울타리 출입구 층계를 없애버린 건가? 그리고 뷰티, 메그 혹스 말이야, 그 애가 우리 지나가지 못하게 망보느라 거기 서 있는 거고. 전 윈드밀 너머에서 연기가 나는 걸 자주 봤어요."

밀리가 말했다. 커즌 모니카는 관심을 가지고 들으며 조용히 고개를 끄덕였다. 나는 매우 큰 충격을 받았다. 나로서는 믿을 수 없는 일 같았다. 레이디 놀리스는 놀란 나의 표정에서 그런 일을 아주 흉악스럽게 평가하는 내 태도를 읽은 것 같았다. 그래서 그녀는 이렇게 말했다.

"사일러스도 할 말이 있을 텐데 그거 듣기 전까지 그이를 무조건 비난할 수는 없어. 그이는 모르고 했을 수도 있어. 아니면 그럴 권리가 있을지도 모르는 일이지."

"그럴 수도 있겠네요. 그분이 바트램-호프에서 나무를 벨 권리가 있을 수도 있지요. 어쨌든 저는 그분이 그럴 거라고 확신해요."

내가 말했다. 사실을 말하자면, 나는 사일러스 삼촌을 의심하는 마음을 스스로 인정하지 않으려 한 것이었다. 그곳에 어떤 기만행위라도 있다면, 감히 들여다볼 엄두가 나지 않는 발 아래 심연을 여는 일이 되기 때문이었다.

"자, 아가씨들. 잘 자. 피곤할 거야. 아침식사는 9시 15분이야. 너희들에게 너무 이른 시간은 아닐 거야."

그녀는 그렇게 말하며 우리에게 키스하고는 미소 지으며

자리를 떴다. 나는 커즌 모니카가 나간 후에도 윈드밀 우드에서 은밀하게 벌어지고 있다는 부정행위 때문에 한동안 마음이 매우 심란했다. 그 바람에 다른 손님들에 대해 이것저것 물어보고 싶었던 것도 잊고 말았다.

"메리는 어떤 사람일까?"

밀리가 물었다.

"커즌 모니카 말로는 약혼했다고 하던데? 그리고 난 그 의사가 그분을 레이디 메리하고 부르는 걸 들었어. 나도 그분에 대해서 물어볼 게 많았는데, 벌목 문제니 뭐니 그런 이야기를 하는 바람에 잠시 잊고 말았어. 하지만 내일도 시간이 충분히 있으니 괜찮아. 난 그분 아주 좋더라."

"내 생각엔 그분이 결혼하기로 되어 있는 사람이 캐리스브록 씨 같아."

"그래?"

나는 그가 티타임 후 15분 넘게 그녀 옆에 앉아 매우 친밀하게 속닥거리던 모습을 떠올렸다.

"뭐 특별한 이유라도 있어서 그렇게 생각하는 거야?"

"그게, 그분이 한두 번 애칭으로 불렀고, 또 레이디 메리는 레이디 놀리스가 일베리라고 부르는 것처럼 그렇게 이름으로 부르더라고. 그리고 난 그분이 이층으로 올라가는 레이디에게 살짝 키스하는 것도 봤어."

나는 미소를 보였다.

"그게, 밀리. 나도 알아차렸어. 그래서 난 매우 가까운 친지

관계인가 했지. 하지만 네가 계단에서 키스하는 모습을 진짜 봤다면 명백하겠네.”

“맞다, 야.”

“그렇게 ‘야’ 같은 말 쓰지 말랬잖아.”

“그래. 알았어, 모드. 난 등 돌린 자세에서 흘긋 본 거거든. 그 사람들은 내가 눈치채지 못한 줄 알 거야. 그런데 똑바로 다 봤거든.”

나는 다시 웃었다. 그러나 이상한 번민이 일었다. 무언가 억울한 감정, 회한의 감정 비슷했다. 그렇지만 나는 잠자리에 들기 위해 거울 앞에서 옷을 갈아입으면서 매우 즐겁게 웃었다.

“모드, 모드, 변덕스러운 모드! 뭐야? 캡틴 오클리는 벌써 과거가 된 거야? 그리고 캐리스브록 씨라니, 오! 안타깝다. 약혼을 했다니!”

나는 매우 짜증이 났지만 계속 미소 지었다. 그리고 이 협잡꾼에게 너무 속이 드러나게 관심을 기울이는 티가 날까 봐 즐거운 노래 한 소절을 읊조리며, 이제는 좀 한심해진 캡틴 오클리를 생각해보려 애썼다.

제43장
바트램 게이트의 소식

밀리와 나는 바트램에서 일찍 일어나는 습관 덕분에 다음 날 아침 제일 먼저 아래층으로 내려갔다. 우리는 커즌 모니카가 모습을 드러내자마자 그녀에게 달려들었다.

"레이디 메리가 캐리스브록 씨 약혼녀 맞죠? 커즌 모니카가 어제 날 그이와 붙여놓으려고 한 건 정말 못된 짓이었어요."

"누가 그런 이야기를 했어?"

레이디 놀리스가 재미있다는 듯 웃으며 물었다.

"밀리와 제가 알아냈죠. 너무나 빤히 드러나 보였으니까요."

"하지만 넌 캐리스브록 씨와 새롱거리지 않았잖니? 아닌가, 모드?"

"물론 아니죠. 하지만 그건 짓궂은 커즌이 시킨 일이 아니라 제가 신중하게 처신했기 때문이에요. 자, 이제 우리가 비밀을 알아냈으니 다 말해주세요. 레이디 메리와 캐리스브록 씨에 관해서 전부요. 우선 그분 이름이 뭐예요, 레이디 메리 뭐예요?"

"너희들이 그렇게 영악한 줄 누가 생각이나 했겠니? 두 명의 시골 아가씨들, 바트램 수도원에서 온 두 명의 젊은 수녀들이 말이야! 그게, 내가 답을 해야겠네. 너희들에게 뭘 숨기려고 하는 건 헛수고일 테니. 하지만 도대체 어떻게 알아냈어?"

"곧 말할 테니, 우선 레이디 메리가 누군지부터 먼저 말해주세요."

내가 고집을 부렸다.

"음, 강요 안 해도 말해줄게. 레이디 메리 캐리스브록이야."

"그럼, 캐리스브록 씨의 가족이란 말이죠?"

"그래, 가족. 하지만 누가 너한테 그이가 캐리스브록이라고 말해줬니?"

"윈드밀 우드에서 봤을 때 밀리가 말해줬어요."

"그럼, 밀리야, 넌 누구한테 들었어?"

"라무르가요."

밀리는 푸른 눈을 크게 뜨며 답했다.

"저 애 뭐라니? 라무르라니! 사랑을 뜻하는 건 아니지?"*
레이디 놀리스가 영문을 몰라 물었다.

"제 말은, 늙은 와이엇이요. 그 여자가 저한테 말해줬어요. 대장님도 그랬고요."

---

* 라무르L'amour는 프랑스어로 '사랑'을 뜻한다.

"너 그렇게 말하면 안 된다고 했잖아?"

내가 끼어들었다.

"네 아버지 말이니?"

레이디 놀리스가 밀리에게 물었다.

"네. 아버지가 그 여자에게 말했어요. 그래서 저는 그 사람을 알고요."

"그이는 무슨 의미였을까?"

레이디가 혼잣말처럼 웃으며 말했다.

"지금 생각해보니, 내가 그 사람 이름을 말 안 해줬네? 그 사람은 너희를 알아보고, 너희도 그 사람을 알아보았는데 말이지. 너희가 어제 방에 들어왔을 때 말이야. 자, 이제 말해봐. 너흰 어떻게 그 사람과 레이디 메리가 결혼할 사이라는 걸 알아냈니?"

그리하여 밀리는 자신의 증거를 댔고, 레이디 놀리스는 까닭을 알 수 없이 실컷 웃었다.

"그 사람들 정말 당황하겠구나. 하지만 다 자기들 탓이지, 뭐. 그리고 똑바로 알아둬라. 난 얘기 안 했다."

"오! 우리가 커즌을 면제해주겠어요."

"정말 내가 달리 무슨 말을 하겠니? 이것저것 다 따져봐도 너희처럼 영악하고 위험한 한 쌍의 아가씨들은 들어본 적도 없으니. 너희 앞에서 음모를 꾸미는 짓 같은 건 애당초 글렀구나."

"좋은 아침이에요. 잘 잤지요?"

그녀는 지금 막 온실에서 방으로 들어오고 있는 숙녀와 신사에게 인사했다.

"당신들을 누가 지켜보고 있는지 들으면 오늘 밤은 잘 못잘 걸요? 여기 당신들의 비밀을 알아낸 두 명의 매우 예쁜 탐정들이 있답니다. 당신들의 경솔한 언행과 저들의 영리함만으로 당신들이 이제 결혼 서약을 할 준비를 마친 연인이라는 사실을 알아냈어요. 분명히 말하는데, 내가 얘기한 거 아니에요. 당신들 스스로가 발각되게 자초한 거죠. 그렇게 소파에서 비밀스럽게 이야기를 나누고, 서로를 다정하게 이름으로 부르고, 영리한 탐정이 등을 보이며 계단을 오르고 있는 와중에 계단참에서 실제로 키스를 하면, 그 결과는 당신들이 져야 할 거예요. 그러면 너무 이르게 《모닝 포스트》에 한 쌍의 주인공으로 이름이 오르내릴지도 몰라요."

밀리와 나는 기함할 정도로 당황했다. 커즌 모니카는 우리 모두를 격식을 다 내팽개친 상황에 빠뜨리려고 작심한 것 같았다. 그녀는 그런 일을 제대로 해낸 셈이었다.

"자, 아가씨들? 이제 내가 '역-발견'을 공표하겠어. 어쩌나, 너희들이 발견한 거하고는 조금 다른데? 여기 이 캐리스브룩 씨는 이 레이디 메리의 동생 일베리 경이야. 소개를 제대로 못한 나의 잘못이야. 하지만 이 아가씨들이 얼마나 영악한 중매쟁이인지 알겠죠?"

"제가 추측의 대상이 되었다니, 얼마나 기분 좋은지 모르실 겁니다. 잘못된 추측이라 하더라도 말이죠, 미스 루틴."

그렇게 우리의 작은 소동이 끝난 후, 밀리와 나는 다른 일행과 마찬가지로 기분이 매우 좋았다. 우리 모두는 그날 아침 훨씬 더 친밀해졌다.

돌이켜 보면 그때가 내 인생에서 가장 즐겁고 행복한 시절이었던 것 같다. 저택에서 즐겁고 지적이고 친절한 교류를 나누고 유쾌한 나들이를 다녔다. 아름다운 그 지역 곳곳을 때로는 말을 타기도 하고, 때로는 마차로 다녔다. 저녁 시간은 음악을 연주하거나 독서를 했고, 또 기분 좋은 담소를 나누기도 했다. 이따금 손님이 찾아와 하루 이틀 머물렀고, 이웃이나 인근에 사는 손님이 끊이지 않았다. 그런 손님들 중에 키가 크고 나이든 미스 윈틀톱이 기억난다. 그녀는 시골의 나이 든 처녀 중에 가장 흥미로운 사람으로, 멋진 레이스와 두꺼운 공단 옷차림에 작고 동그란 얼굴은 다정해 보였다. 젊은 시절에는 분명 예쁜 얼굴이었으리라. 지금은 반백의 모습이었지만 친절해 보였다. 우리에게 자신의 아버지와 조부 시절 이 지역의 옛이야기들을 아주 재미나게 들려주었다. 지역에 사는 모든 가문의 계보를 꿰고 있었고, 누가 누구하고 결투를 벌였는지, 누가 누구하고 눈이 맞아 도망쳤는지 맛깔나게 이야기해주었다. 또 옛 선거 홍보 문구나 비명碑銘에 실린 글들을 생생하게 설명해 주었을 뿐만 아니라, 옛 시절 노상강도 사건이 벌어진 곳을 정확히 짚어가며 이야기했다. 순회 재판이 열리고 나면 비행을 저지른 자들이 어떻게 되었는지, 무엇보다 이 지역의 도깨비들과 요정들이 어디서 나타났는지, 3일에 한 번씩 밤에 옛 마찻길로 윈데일 모어를 가로질러 다니는 유령 우편배달부부터, 1803년에 허문 옛 법원 건물에 있는 활 모양의 내민창에서 달빛을 받아 그 큰 얼굴과 목발과 프릴 옷깃을 보이던 자줏빛 벨벳 옷의 살찐 늙은 유령 이야기까지 모두 들려주었다.

당신은 우리가 그런 사람들과 어울리며 얼마나 즐거운 밤을 보냈는지, 그러는 동안 나의 착한 사촌 밀리가 얼마나 빨리 발전해나갔는지 상상할 수 없을 것이다. 친절한 커즌 모니카가 바트램-호프에 보낸 초청 기간 연장 청원에 대한 대답을, 밀리와 내가 얼마나 긴장한 채 기다렸는지 생생하게 기억난다.

사일러스 삼촌으로부터 답장이 왔는데, 그게 아주 호기심을 자아냈다. 따라서 여기에 밝힌다.

레이디 놀리스에게.

당신의 친절한 편지에 나는 진심으로 승낙을 합니다. (단, 2주가 아니라 1주 연장입니다) 나의 종달새들이 그토록 즐겁게 재잘댄다는 소식을 들으니 기쁘구려. 어쨌든 그 노래는 스턴의 노래*는 아닐 테지요. 그 아이들은 밖으로 나가 활동할 수 있고, 또 실제 그렇게 하고 있고, 정말 원하는 만큼 많이 나가 활동해야 한다오. 나는 간수가 아니며 나를 제외한 그 누구도 안에 가두어두지 않는다오. 나는 항상 젊은이들이 자유를 너무

* 로렌스 스턴의 소설 『감상적 여행A Sentimental Journey』(1768)에서 새장 안 찌르레기가 한 말 "난 나갈 수 없어요. 나갈 수 없어요"를 빗댄 말이다.

적게 누린다고 생각했소. 나의 원칙은 젊은 남녀들을 처음부터 얼마간 자유롭게 만드는 것이었다오. 품행에 있어서는 완전히 그래야 하고, 지성에 있어서는 우리가 허락하는 것보다 더 많이 그래야지. 독학이 오래 지속되는 교육이오. 그리고 그것은 강제가 끝나는 곳에서만 시작할 수 있다오. 그런 게 나의 이론이고, 나의 관행은 일관적이라오. 당신이 말한 대로 그들을 일주일 더 머물게 합시다. 7일 화요일에 엘버스턴에 말들을 보낼 것이오. 나는 아이들이 돌아올 때까지 평소보다 더 슬프고 고독할 것 같소. 그러니 나는 이기적이게도 간청하는 바, 그 이상은 기간을 연장하지 맙시다. 내 건강상 그 아이들이 집에 있다 하더라도, 그 아이들을 볼 날이 얼마나 적은지 떠올리면, 당신은 미소를 띠겠지. 그러나 숄리외가 그토록 예쁘게 말했듯이—멍청하게도 내가 그 단어를 잊었지만 전체적 취지는 이런 것이오— '침투할 수 없는 숲속 나뭇잎의 벽으로 은폐되었어도(그는 오솔길과 시골의 복잡한 미로를 통해 그가 좋아하는 요정들을 쫓아가고 있소), 당신의 노래, 당신의 재잘거림, 당신의 웃음은 아무리 희미하고 멀어도 나의 상상력을 자극한다오. 그리고 당신의 보이지 않는 미소와 당신의 붉은 뺨, 당신의 흩날리는 머릿결과 당신의 상앗빛 발을 볼 수 있다오. 그러니 나는 슬퍼도 기쁘고, 외로워도 같이 있는 것 같소.' 내가 바로 이런 심정이라오.

한 가지 청이 있소. 아이들에게 나와 한 약속을 상기시켜 주시오. 생명의 책—생명의 샘—, 밤이고 낮이고 그것을 마셔야만 하오. 그렇지 않으면 그들의 영적 삶은 소멸하게 된다오.

나의 소중한 사촌에게 하늘의 축복이 있기를. 사랑하는 나의 조카딸과 딸에게 나의 애정과 안부를 전해주시오.

그럼 안녕히.

— 사일러스 루틴

커즌 모니카는 익살스러운 웃음을 보였다. "자, 아가씨들, 숄리외와 복음서 저자들의 이야기 잘 들었지? 그 프랑스 시인 나부랭이는 자기 오솔길에 있고, 사일러스는 죽음의 계곡에 있네? 완벽한 자유를 준다면서, 일주일 후에 돌아오라는 독단적인 명령이라니! 모든 게 서로를 잘도 설명해주는구나. 가여운 사일러스! 아무리 늙었어도 난 그이의 종교가 그이와 맞지 않는 거 같아."

나는 진실로 그의 편지가 좋았다. 나는 삼촌을 좋게 생각하려고 애쓰고 있었다. 커즌 모니카는 그걸 알고 있었다. 그리고 나는 진실로 내가 곁에 있지 않았다면, 그녀가 그렇게까지 삼촌을 신랄하게 평가하지 않았을 것이라고 생각한다.

하루 이틀 후 햇빛이 반짝이는 즐거운 겨울 풍경을 즐기며 아침식사를 하고 있을 때, 커즌 모니카가 갑자기 소리를 높였다.

"찰스 오클리가 수요일에 온다는 편지 얘기를 너희에게 말한다는 걸 깜박했구나. 난 진짜 그 애가 안 왔으면 좋겠는데. 가여운 찰리! 도대체 어떻게 의사 소견서를 얻어냈는지 모르겠네? 그 애 아픈 곳이 아무 데도 없는 거 내가 다 아는데 말이야. 그 앤 자기 부대에 있는 게 훨씬 나아."

수요일이라니! 얼마나 이상한가. 정확히 내가 떠나기로 예정된 다음날이다. 나는 완벽하게 무심한 태도를 꾸미려고 애썼다. 레이디 놀리스는 그 이야기를 나보다 레이디 메리와 밀리에게 하는 듯 보였고, 아무도 각별히 나를 보고 있지 않았다. 그럼에도 못마땅한 내 기질대로 얼굴이 붉어지는 것을 느꼈다. 발그레해지는 게 매우 매력적일지는 몰라도 너무 참을수 없이 눈에 띄었기에, 나는 자리에서 일어나 방을 나올 뻔했다. 그러나 그러면 오히려 문제를 악화시킬 것이다. 나는 징글징글한 나의 귀를 손으로 가리고 싶었고, 차라리 창밖으로 뛰어내리고도 싶었다.

나는 일베리 경이 그런 나의 모습을 보았다고 느꼈다. 또 레이디 메리가 한순간 나의 '고자질쟁이' 뺨을 쳐다보는 걸 보았다. 아니, 나의 '거짓말쟁이' 뺨이라고 하는 게 더 맞겠다. 캡틴 오클리에 대해 그전보다 훨씬 덜 숭고하게 생각하기 시작하던 참이었기 때문이었다. 나는 커즌 모니카에게 화가 났다. 얼굴 빨개지는 나의 습성을 잘 알면서, 꼼짝없이 앉아 있어야하는 식사 자리에서, 그것도 나는 창을 마주한 자리인데, 내 앞에는 당황스러운 눈빛을 한 두 사람이 앉아 있는데, 갑자기 자신의 조카 이야기를 꺼낸 게 몹시 못마땅했다. 나는 나 자신에게 화가 났다. 차를 더 권하는데 냉담하게 거절하고 일베리 경을 향해 말수를 잃은 내 모습. 그 모든 게 분명 매우 부루퉁하고 어리석은 태도였다. 나중에 나는 내 침실 창밖으로 커즌 모니카와 레이디 메리가 응접실 창문 아래 꽃밭에 서서 대화를 나누는 모습을 보았다. 나는 본능적으로 그들이 조금 전 그 일에 대해 이야기하고 있다는 생각이 들었다. 나는 거울 앞에 섰다.

"아, 이 저주스럽고 멍청한 거짓말쟁이 얼굴아."

나는 화가 나서 바닥에 발을 구르며 속삭였다. 그러고는 나 자신의 뺨을 찰싹 때렸다.

"어떻게 아래층으로 내려가겠어? 정말 울고 싶어. 차라리 오늘 그냥 바트램으로 돌아가고 싶어. 난 언제나 얼굴이 붉어져. 그 뻔뻔한 캡틴 오클리가 차라리 바닷속으로 가라앉았으면 좋겠어."

나는 어쩌면 나 스스로 인지한 것보다 더 많이 일베리 경을 생각하고 있었던 것 같았다. 만일 캡틴 오클리가 그날 도착했다면 도리에 맞지 않게 아주 무례하게 대했을 것이다.

이 불행한 홍조에도 불구하고 남은 기간 역시 매우 행복하게 지나갔다. 이런 일을 경험해보지 못한 사람이라면 우리와 같은 소수의 일행이 그렇게 짧은 기간 동안 시골 저택에서 그토록 친밀해진 사실을 이해할 수 없을 것이다.

물론 제 마음을 잘 통제하는 젊은 숙녀라면 남자가 적어도 세상 그 어떤 다른 사람보다 자신을 더 많이 좋아하기 시작했다는 사실을 깨닫기 전에는 그 남자에 대해 눈곱만큼도 신경 쓰지 않으리라. 그러나 나는 일베리 경에 대해 좀 더 알고 싶어 안달이 났다는 사실을 스스로 부인할 수 없었다.

응접실의 작은 대리석 테이블 위에 밝은 자줏빛과 황금빛 표지의 두툼한 '귀족 명감名鑑'이 유혹하듯 놓여 있었다. 나는 그걸 들여다볼 기회가 많이 있었지만 그럴 용기를 낼 수가 없었다.

경험이 없는 사람에게는 그 책을 뒤적거리는 일은 몇 분이 걸리는 문제일 테고, 그 몇 분 동안 어떤 놀랄 일, 들킬 일이 있을지 생각만 해도 아찔하다. 어느 날 모두 잠잠한 시간을 틈타 나는 실제로 그 일을 감행했다. 두근거리는 가슴을 안고 철자 '일(II)'까지 찾아냈다. 그때 조금 열린 문밖에서 소리가 들렸다. 레이디 놀리스의 목소리였는데, 다행히 입구에서 멈추더니 밖에 대고 무언가 몇 마디 말하는 소리가 들렸다. 손은 여전히 문손잡이를 잡고 있었다. 나는 '푸른 수염'의 아내가 남편의 발소리를 듣고 공포스러운 방문을 닫듯* 책을 덮고는, 방 한쪽 구석으로 달아났다. 커즌 놀리스는 그곳에서 알 수 없이 불안한 상태의 나를 발견했다.

다른 문제라면 커즌 모니카에게 주저하지 않고 물었을 것이다. 그러나 이 문제에 있어서는 어찌된 일인지 나는 벙어리가 되었다. 나는 나 자신을 믿지 못했다. 볼이 빨개지는 저주스러운 습관이 두려웠다. 나는 분명 무언가 켕기는 게 있어 보

---

* 샤를 페로의 동화 『푸른 수염』에서 푸른 수염의 아내가 남편이 준 열쇠 뭉치로 금지된 구역인 지하실 문을 몰래 여는 행위에 빗댄 것이다.

였을 것이다. 불안하고 이상해 보였을 것이다. 커즌 모니카는 분명 그런 내 모습을 보면서 내가 그에게 마음을 빼앗겼다는 사실을 쉽게 알아차렸을 것이다.

내가 얻은 교훈도 있고, 또 그걸 보려다 들킬 뻔하기도 했으니, 당신은 내가 그 두툼하고 잔인한 '귀족 명감' 근처에서 나 자신을 믿지 못한다는 사실을 확신할 수 있을 것이다. 그 책은 비밀을 간직하고 있지만 나 자신을 발각당하지 않고 그 비밀을 파헤칠 수 없는 책이었다. 나는 이런 감질나는 무지와 추측의 상태 그대로 떠날 뻔했다. 그런데 마침 커즌 모니카가 자발적으로 날 구해주었다.

떠나기 전날 밤 그녀는 우리 방에서 작별의 수다를 떨고 있었다.

"그래, 일베리에 대해 어떻게 생각하니?"

그녀가 나에게 물었다.

"영리하고 교양 있고 재미있는 분 같아요. 하지만 가끔 아주 우울해 보여요. 그러니까 같이 있을 때 잠시 그러다가, 또 우리 대화에 몰두하기 위해 애쓰는 것 같아요."

"맞아, 가여운 일베리! 형제를 잃은 지 5개월밖에 안 됐거든. 이제야 조금 기운을 되찾기 시작했어. 매우 가까운 사이였거든. 사람들은 그 형제가 죽지만 않았다면 작위를 물려받았을 거라고 생각했어. 왜냐하면 일베리는 까다롭다고, 아니, 철학자라고 생각했거든. 그것도 아니면 성 케빈 같다고 말이야. 그래서 사실 조숙한 노총각 대우를 받기 시작한 시점이었거든."

"그분 누이는 정말 매력적인 사람이에요. 레이디 메리 말이에요. 저더러 자기한테 꼭 편지 쓰라고 하더라고요."

나는 각별히 그에 대해 더 알고 싶어 하는 것은 아니라는 사실을 증명하기 위해서 그렇게 말했다. 우리는 얼마나 위선자인가!

"그래, 맞아. 그리고 동생에게 아주 헌신적이야. 그이는 환경을 바꾸고 혼자 있으려고 그랬는지에 세를 얻었거든. 그건 슬픔에 빠진 사람이 할 수 있는 최악의 선택이야. 병적인 상태에서 충동적으로 선택한 일이지. 자기도 깨닫기 시작하고 있어. 왜냐하면 그이는 여기 머무는 걸 굉장히 좋아하거든. 그리고 여기 온 이후로 훨씬 나아졌다고 하더구나. 그 사람에게 오는 편지는 아직도 미스터 캐리스브록이라고 되어 있어. 왜냐하면 자기 신분이 알려지면 지역 사람들이 자기를 방문해대기 시작할 테고, 이내 그 피곤한 저녁 만찬 모임이니 뭐니 정신없을 것이고, 또 여기저기 불려 다닐 테니까 말이야. 밀리야, 너 모드가 오기 전 바트램에서 그이 본 적 있지?"

그렇다. 그가 밀리의 아버지를 방문하러 왔을 때였다.

"세를 얻은 이상 그토록 가까이 살면서 사일러스를 방문 안 할 수가 없다고 생각했거든. 일베리는 사일러스에게 깊은 인상을 받고 관심을 가졌어. 또한 다른 사람보다 더 좋은 견해를 품었어. 밀리야, 화 안 낼 거지? 그러니까 다른 심술궂은 사람들 말이야. 그 친구는 나무 벌목하는 일이 알고 보면 단순한 실수일 거라고 믿고 있어. 그렇지만 영리한 사람에게는 단순한 실수는 일어나지 않는단다. 그리고 항상 사람들의 호의를 얻는 방법을 꿰차고 있는 사람이 있기 마련이야. 그나저나, 난 너와 밀리가 바트램에서 일베리를 보게 될 거라고 생각해. 왜냐하면 그 친구가 너희를 많이 좋아하는 것 같거든.”

너희라니? 우리 둘 다를 말하나? 아니면 나를 말하는 건가?

그렇게 즐거운 우리의 방문은 끝이 났다. 밀리의 착한 작은 부목사는 꾀 많고 위험한 커즌 모니카의 술수에 의해 우리 앞에 자주 등장했다. 그의 한결같은 태도는 아주 칭찬할 만했다. 그리고 그의 구애는 신학 분야에서 도드라졌다. 다행히 그게 밀리의 얼마 안 되는 독서가 집중된 분야였다. 정통파를 신봉하는 가엽고 예쁜 밀리의 온건하면서 진정한 마음이 그와 잘 통했다. 그리고 나는 밀리가 전하는 이야기가 매우 재미있었다. 밀리는 밤에 방으로 돌아오면 그와 주고받은 대화에 대해 이야기해주었다. 한쪽 구석에 있는 장의자에 앉아 낮은 목소리로 속닥거린 이야기들, 그곳에서 그가 다리를 꼬고 앉아 자기 다리를 톡톡 두드리며 그녀의 의심스러운 교리에 대해 다정하게 미소 지으며 고개를 가로저었다는 이야기 등등. 안달 내는 밀리의 이야기를 듣는 건 재미있었다. 자신을 이끌어주는 지도자에 대한 밀리의 존경심, 또 그 사람이 보이는 밀리에 대한 경탄은 날마다 커져만 갔다. 우리 일행에게 그는 밀리에게 이미 고백한 사람으로 통했다.

그는 우리가 떠나는 날 함께 점심을 들었다. 그리고 성직자가 아닌 일반인이었다면 교활하다고 여겨질 정도로 솜씨 좋은 태도로 둘만의 자리를 마련했다. 그리고 성직자답게 밀리에게 작은 책을 주었다. 중세식으로 장정된 값비싼 책이었다. 그는 활판 인쇄에 대해 칭찬했으나, 밀리는 몇몇 부분을 마음에 들어하지 않았다. 그렇지만 밀리는 책의 면지에서 작은 헌사를 발견했다.

'진정으로 행복을 비는 자가 미스 밀리센트 루틴에게 바칩니다. 1844년 12월 1일.'

헌사는 글로는 실로 번드르르하게 쓰여 있었으나, 책을 전하며 미소 짓는 그의 얼굴은 새빨갰고 눈은 아래를 향해 있었다.

12월의 진홍빛 태양이 언덕을 넘어가고 나서야 우리는 마차에 올랐다. 일베리 경은 마차 창문에 팔꿈치를 기대고 안을 들여다보며 내게 말했다.

"저는 정말 어찌해야 할지 모르겠어요, 미스 루틴. 우린 모두 너무 외로울 거예요. 저는 그랜지로 도망갈까 생각중입니다."

이 말은 내게 인간의 입으로 낼 수 있는 가장 완벽한 웅변술 같았다. 일베리 경의 손이 여전히 창에 기대 있고 스프리그 비들펜 목사가 마차 문 계단에서 슬픈 미소를 머금고 서 있을 때, 마부는 채찍을 휘둘렀다. 그러자 말들이 움직이기 시작했다. 우리는 대로를 따라 나아갔다. 우리 뒤로 이 세상에서 가장 즐거운 집과 그 집의 주인이 멀어져갔다. 우리는 바트램-호프의 어둠을 향해 빠르게 나아갔다.

우리는 둘 다 입을 다물었다. 밀리는 무릎에 책을 얹고 있었다. 나는 밀리가 '진정으로 행복을 비는 자'의 글씨를 보려고 애쓰는 모습을 보았다. 그러나 글을 읽을 수 있는 빛이 없었다.

우리가 바트램-호프의 거대한 정문에 도착했을 때는 날이 어두웠다. 정문을 지키던 늙은 크로울이 기수장에게 현관문에서 최대한 소리를 내지 말 것을 지시하는 소리가 들렸다. 그가 댄 이유는 참으로 기이하면서도 놀랄 만한 이유였는데, 나의 삼촌이 "이 시간쯤이면 죽었을 것"이라고 했다.

우리는 매우 충격을 받고 놀라서 마차를 멈추고 달달 떠는 늙은 문지기에게 질문했다. 들어보니 사일러스 삼촌이 어제 종일 "멍한" 상태에 빠져 있었고, "오늘 아침에 깰 수가 없었"으며 "의사가 두 번이나 불려 왔는데, 아직 집 안에 있다"는 것이었다.

"좀 나아졌어요?"

내가 떨면서 물었다.

"제가 알기로는 아닙니다요, 아가씨. 두 시간이나 신의 가호하에 누워 있거든요. 아마도 지금쯤이면 저승으로 가셨을 거 같은데요?"

"어서 가요, 어서요."

나는 마부를 재촉했다.

"밀리, 겁내지 마. 제발, 모든 게 다 괜찮을 거야."

나이 든 작은 하인이 꾸물거리며 문을 열었다. 그러는 동안 나는 가슴이 철렁했다. 사일러스 삼촌이 돌아가실 거라고 생각했다. 마차가 집으로 다가갔다.

사일러스 삼촌은 몇 시간 동안 사경을 헤매고 있었다. 목숨의 문제가 촌각을 다투었으나, 의사는 "견뎌낼 수 있을지도 모릅니다"라고 말했단다.

"의사는 어디 있죠?"

"주인님 방에 있어요. 세 시간 전에 피를 뽑았어요."

밀리는 나만큼 겁을 먹은 것 같진 않았다. 나는 가슴이 두근거렸다. 몸이 너무나 떨려 계단을 오르기조차 힘에 겨웠다.

제44장
친구가 생기다

높은 계단 꼭대기에서 메리 퀸스의 다정한 얼굴을 보자 반가움이 밀려왔다.* 그녀는 손에 초를 들고 고개를 끄덕이며 수척하고 핏기 없는 미소를 띤 채 우리를 맞았다.

"환영합니다, 아가씨. 잘 지내셨죠?"

"응, 좋아. 메리, 그런데 괜찮아? 오! 사일러스 삼촌 어떤지 빨리 말해줘!"

"오늘 아침 그분이 돌아가신 줄 알았어요. 하지만 지금은 괜찮아요. 의사가 혼수상태 비슷하다고 했어요. 저는 하루 종일 늙은 와이엇을 도왔어요. 의사가 채혈할 때도 거기 있었고요. 그러니까 마침내 주인님이 말문을 열었어요. 그런데 굉장히 쇠약해지셨더라고요. 팔에서 피를 엄청 많이 뽑았어요. 제가 대야를 들고 있었답니다."

---

* 메리 퀸스는 모드와 함께 엘버스턴에 동행했다. 따라서 이 장면은 작가의 착각으로 인한 오류이거나, 혹은 메리 퀸스가 중간에 먼저 바트램으로 돌아왔으나 그 내용이 생략된 경우 둘 중 하나일 것이다.

"그래서 지금은 나아지셨어? 확실히 나아진 거지?"

"그게, 나아졌다고 의사가 그러더라고요. 말도 좀 하셨어요. 의사 말로는 다시 잠이 들어 이전처럼 코를 골면 붕대를 풀고 정신이 들 때까지 다시 피를 흘리게 하라고 했어요. 그런데 그 말이 저와 와이엇에게는 그분이 즉시 숨을 거둘 거라는 말과 똑같이 들렸어요. 왜냐하면 제가 보기엔 더 이상 흘릴 피가 한 방울도 남지 않았을 거 같았거든요. 아가씨도 저랑 똑같이 느낄 걸요? 대야를 한번 보세요."

그건 나로서는 도저히 할 수 없는 일이었다. 나는 그대로 기절할 것만 같았다. 나는 계단에 주저앉아 물을 조금 마셨다. 퀸스가 내 얼굴에 물을 좀 뿌리니 다시 생기가 돌았다.

밀리는 나보다 자기 아버지의 위험한 상태에 좀 더 충격을 받았을 것이다. 비록 그가 밀리에게 다정하게 대하지 않았지만 밀리는 정이 많고, 또 습관적으로 피붙이에 대한 사랑이 깊었기 때문이었다. 그러나 나는 좀 더 예민했고 충동적이었다. 나의 감정은 보다 쉽게 자극받고 나를 압도했다. 자리에서 일어나자마자 오직 한 가지 생각밖에 나지 않았다.

"가봐야 해. 자, 밀리, 가자."

나는 그의 거실로 들어갔다. 기름이 잔뜩 묻은 촛대에 심지가 긴 양초 하나가 마치 피사의 탑처럼 한쪽으로 기울어져 까다로운 병자의 테이블을 희미하게 비추고 있었다. 그 빛은 어둠보다 나을 게 없었다. 나는 여전히 삼촌을 봐야 한다는 한 가지 생각에만 사로잡혀 재빨리 방을 가로질렀다.

벽난로 옆 그의 침실 방문이 반쯤 열려 있었다. 나는 안을 들여다보았다. 봉긋한 레이스 캡을 쓴 유령 같은 늙은 와이엇이 침대 끝 어둠속에서 실내화 차림으로 어슬렁거리고 있었다. 올챙이배에 다부지고 작은 대머리 의사는 벽난로에 등을 지고 서서 냉담하고 진지한 태도로 침대 커튼 너머 환자를 살피고 있었다.

큰 사주식四柱式 침대의 머리 부분은 맞은편 벽에 붙어 있었고, 침대 발치는 벽난로를 향해 있었다. 내가 서 있는 위치에서는 커튼 때문에 침대 위가 잘 보이지 않았다.

작은 의사는 나를 알고 있었다. 그는 내가 신분이 높은 사람이라고 생각해서 뒷짐 지고 있던 손을 똑바로 하고 코트 자락을 여미고는 빠르게 진지한 표정으로 나를 향해 고개 숙여 인사했다. 그러더니 나와 더 친밀하게 인사하고자 하는 듯 가까이 다가와 다시 한 번 목례를 하고는 웅얼거리는 말투로 자신이 닥터 족스라고 소개했다. 그는 나를 와이엇의 무서운 촛불이 빛나는 삼촌의 서재로 들어가도록 했다. 닥터 족스는 유들유들하고 젠체하는 사람이었다. 나는 의사가 그렇게 시간을 끌지 말고 바로 본론으로 들어갔으면 좋겠다고 생각했다.

"코마입니다, 혼수상태예요, 미스 루틴. 아가씨 삼촌은 매우 위중한 상태입니다. 가장 낫기 어려운 유형입니다. 사실 제가 매우 극단적인 조치를 취하지 않았더라면 그분은 주저앉을 뻔…… 돌아가실 뻔했습니다. 그래서 피를 많이 흘리게 했던 것인데, 다행히 우리가 바라던 대로 되었습니다. 체질이 정말 대단합니다. 정말 놀랄 만한 체질이에요. 비범한 신경 기질을 타고났어요. 이 세상에서 가장 안타까운 일은 자기 자신을 제대로 돌보지 않는 것이지요. 아시다시피 그분의 습관은, 제가 이런 말을 해도 되는지 모르겠지만, 파괴적이죠. 우리는 최선을 다하고 있습니다. 할 수 있는 건 뭐든 다 하고 있어요. 하지만 환자가 협조를 안 하면 만족스러운 결과를 얻을 수 없습니다."

그리고 족스는 무섭게 어깨를 으쓱했다.

"달리 할 일이 없을까요? 공기를 바꿔보는 건 어떤가요? 아, 얼마나 무서운 병인지."

내 말에 그는 알 수 없는 태도로 고개를 숙이며 미소를 지었다. 그러더니 장의사처럼 고개를 가로저었다.

"그게, 이건 병이라고 부를 수 없습니다, 미스 루틴. 저는 그분에게 독이 쌓였다고 봅니다. 그분은 그게, 이해하시겠지만......"

그는 놀란 나의 표정을 보며 말을 이었다.

"아편을 과도하게 복용했습니다. 습관적으로 아편을 복용하셨어요. 아편 팅크제에 타서 먹었습니다. 물에 타서 복용했죠. 그중 가장 위험한 것은 정제 알약으로 복용한 겁니다. 저는 사람들이 그걸 적당량 복용하는 것도 보았고 과도하게 먹는 것도 보았죠. 하지만 대부분 복용량에 매우 주의를 기울입니다. 물론 습관이라는 것은 쌓이는 겁니다. 그걸 뿌리 뽑을 수는 없어요. 하지만 그분은 계량을 하지 않으려 해요. 그저 눈대중으로, 감으로 양을 정하는 식이죠. 이렇게까지 말씀드리면 안 되지만, 그건 마구잡이로 복용한다는 뜻입니다. 아시다시피 아편은 엄밀히 말해 독입니다. 그리고 독은 습관이 되면 상당히 많은 양을 섭취하게 됩니다. 치명적 결과가 없다 하더라도 여전히 독은 독입니다. 그렇게 독을 투약하는 것은 말씀드리지 않아도 아시겠지만, 죽음을 가지고 노는 겁니다. 그분은 그렇게 죽을 고비를 가지고 줄을 타고 있었지요. 한동안 그렇게 마구잡이식 복용 습관을 바꿨다가 다시 돌아온 겁니다. 물론 그분은 도망칠 수 있습니다. 그건 가능해요. 그러나 언제고 다시 과다 복용할 겁니다. 저는 현재의 위기가 심각한 결과에 이를 거라고 생각하지 않습니다. 저는 미스 루틴을 알게 되는 영광을 누리는 것과 별개로, 아가씨와 아가씨의 사촌이 돌아온 것이 매우 기쁩니다. 하인들이 얼마나 열성적으로 하건 그들은 지적 능력이 떨어지니까요. 물론 그럴 것 같지 않지만, 증상이 다시 도지는 경우에는 그게 어떤 의미인지 제가 다시 알려드리겠습니다. 그리고 어떻게 대처해야 할지도 말씀드리겠습니다."

의사는 그렇게 우리에게 젠체하는 작은 강연을 늘어놓은 후, 새벽 2시나 3시에 자기가 다시 돌아올 때까지 밀리나 나 둘 중 한 명이 환자와 함께 방에 머물러달라고 요청했다. 코마가 재발하는 것은 "정말 심각한 일이 될 것"이라고 했다.

밀리와 나는 지시에 따랐다. 우리는 난롯가에 앉아 속삭일 엄두도 내지 못했다. 삼촌에 대한 새롭고 무서운 의심 하나가 나를 괴롭히기 시작했다. 그는 실제 숨진 것처럼 아무 미동도 없이 누워 있었다.

'스스로 독을 삼키려 한 걸까?'

레이디 놀리스가 말한 것처럼 그가 만일 자신의 처지가 그토록 절망적이라고 믿었다면, 그게 불가능하지 않은 건 아닐까? 그가 믿는 종교에는 이해할 수 없는 이상한 이론들이 많이 있다고들 했다.

때로 한 시간여 간격으로 생명의 표시가 나타나곤 했다. 침대에 누워 이불에 싸여 있는 저 긴 몸에서 신음 소리가 났다. 신음 소리, 또 입술을 부딪는 소리였다. 기도였을까, 뭐였지? 저 허옇고 창백한 이마 너머 어떤 생각들이 지나치고 있는지 누가 추측이나 할 수 있을까?

나는 곁눈질로 그를 살펴보았다. 식초와 물에 적신 흰 천이 머리에 둘러져 있었다. 큰 눈은 감겨 있고 대리석같이 차가운 입술도 마찬가지였다. 몸은 곧았고 길고 가늘었다. 흰 실내복을 입은 모습이 침대에 놓인 송장 같아 보였다. 붕대가 감긴 야윈 팔은 몸을 덮은 이불 밖으로 나와 있었다.

우리는 이 오싹한 죽음의 이미지와 함께 밤을 새고 있었다. 그러다 가여운 밀리가 졸음을 참지 못해 괴로워하자 늙은 와이엇이 자신이 밀리를 대신해서 나와 함께 자리를 지키겠다고 나섰다.

봉긋한 레이스 캡을 쓴 그 노파를 좋아하지는 않았지만 어쩔 수 없었다. 그리하여 나는 1시부터 와이엇과 함께 자리를 지켰다.

"더들리 루틴 씨는 집에 없나요?"

내가 늙은 와이엇에게 속삭였다.

"어젯밤 나가버렸어요. 레슬링 본다고 클로퍼턴으로 갔어요. 오늘 아침 경기가 있다더군요."

"그 사람 찾으러 사람 보냈어요?"

"그 양반은 아니죠."

"왜 아닌 거죠?"

"이런 일로 노는 걸 포기할 사람이 아니니까요."

노파는 추한 웃음을 흘렸다.

"언제 돌아오는데요?"

"돈이 필요하면 와요."

우리는 다시 침묵을 지켰다. 나는 다시 저 불행한 노인의 자살에 대해 생각했다. 노인은 방금 한두 마디 중얼거리더니 한숨을 토해냈다.

다음 한 시간 동안 그는 꽤 조용했다. 늙은 와이엇은 내게 양초를 가지러 아래층에 다녀오겠다고 말했다. 양초가 벌써 밑동까지 타버렸다.

"옆방에 양초가 하나 있어요."

나는 환자와 단둘이 남겨지는 게 싫었다.

"어휴, 아가씨. 감히 주인님 있는 곳에 밀랍 양초 말고 다른 양초는 못 놔요."

노파가 비웃듯 속삭였다.

"장작불을 휘젓고 석탄을 좀 더 넣으면 밝아질 것 같은데요?"

"주인님은 양초가 있어야 해요."

와이엇이 집요하게 말했다. 그러더니 혼잣말을 웅얼거리며 비트적거리는 발걸음으로 총총 방에서 나가버렸다. 나는 노파가 옆방에서 초를 들고 나가 바깥문을 닫는 소리를 들었다.

그리하여 나는 새벽 2시, 바트램의 거대하고 낡은 고택의 한 방에 홀로 남았다. 말로 표현할 수 없을 정도로 두렵고 섬뜩한 사람과 함께.

나는 벽난로의 불을 휘저었다. 그러나 나무가 다 타서 불꽃이 일어나지 않았다. 자리에서 일어나 벽난로에 손을 얹고 기분 좋은 일들을 떠올리려고 애썼다. 그러나 그것은 거센 물결을 거슬러 올라가는 것처럼 부질없는 짓이었다. 어느 순간 나는 환영이 출몰하는 지대로 부유해 들어가기 시작했다.

사일러스 삼촌은 완벽한 부동자세였다. 나는 이 집에 사는 다른 사람들과 나를 갈라놓은 어두운 방들과 통로들의 숫자를 세지 않으려 애썼다. 최대한 침착성을 가장하며 늙은 와이엇이 돌아오기를 기다렸다.

벽난로 위에 거울이 있었다. 다른 때라면 거울이 나의 적적한 순간을 때우는 데 도움을 주었을 것이다. 그러나 지금 나는 그걸 들여다볼 엄두가 나지 않았다. 조그맣고 두꺼운 성경책이 난로 선반 위에 놓여 있었다. 책등이 거울에 닿아 있었다.

나는 그 책을 최대한 집중하여 읽기 시작했다. 그렇게 책장을 넘기며 읽고 있을 때, 나는 우연히 책 속에 접혀 끼워져 있는 두세 개의 이상하게 생긴 서류를 보았다. 하나는 인쇄된 넓은 종이로 여러 이름과 날짜가 쓰여 있었다. 약 20센티미터 정도의 매우 넓은 리본 크기였다. 다른 것들은 그저 종이쪽지였는데, 내 사촌의 저속한 동글동글한 글씨체로 쓰인 '더들리 루틴'이라는 글씨가 보였다. 그 쪽지들을 다시 접어 넣고 있던 순간 무언가 내 뒤에서 움직이고 있다는 생각이 들었다. 왜 그런 생각이 들었는지 도대체 알 수가 없었다. 나는 침대를 등지고 선 상태였다. 그 어떤 소리도 들은 기억이 없다. 나는 본능적으로 거울을 들여다보았다. 순간 나는 그대로 얼어붙고 말았다.

길고 흰 모닝가운을 입은 사일러스 삼촌이 자리에서 일어나 침대에서 스르르 미끄러져 나왔다. 그러더니 두세 발자국 재빠르고 조용한 걸음으로 내 뒤에 섰다. 송장 같은 찌푸린 인상과 억지웃음. 키가 크고 마른 그는 이마에 붕대를 칭칭 감은 기이한 모습으로 한순간 날 만지려는 듯 붕대를 감은 뻣뻣한 팔을 내 어깨 위로 뻗었다. 그러나 그 길고 가느다란 손은 성경책을 낚아챘다. 그는 내 귀에 대고 속삭였다.

"뱀이 그녀를 꾀므로 그녀가 먹었나이다."*

그리고 그는 한순간 멈춰 있다가 창가로 미끄러져 나아가 한밤의 전경을 내다보는 것 같았다. 밤바람이 차가웠으나 느

* 창세기 3장 13절을 변용한 말이다.

끼지 못하는 듯했다. 여전히 완고한 찌푸린 인상, 선웃음의 표정으로 몇 분간 더 밖을 내다보더니, 크게 한숨을 쉬고 나서 침대 모서리에 걸터앉았다. 얼굴은 얼어붙은 듯 고통스러운 표정으로 나를 향했다.

늙은 와이엇이 돌아오기까지 한 시간은 지난 것 같았다. 자신의 연인을 바라보는 그 어떤 사람이라도 내가 그 쭈글쭈글한 노파를 보며 지었던 행복한 표정을 짓지는 못하리라.

나는 더 이상 병상을 지키지 않아도 되었다. 이제 분명 삼촌이 다시 혼수상태에 빠질 위험은 없어 보였다. 나는 방으로 돌아와 메리 퀸스의 옆에서 히스테릭한 상태에 빠져 오랫동안 눈물을 토해냈다. 눈을 감을 때마다 아까 본 거울에 비친 사일러스 삼촌의 얼굴이 떠올랐다. 바트램의 마법이 다시 한 번 나를 에워쌌다.

다음날 아침, 의사는 삼촌이 위험은 벗어났으나 매우 허약해졌다고 말했다. 밀리와 나는 그를 다시 찾아가 보았다. 그리고 우리는 오후 산책길에 윈드밀 우드 방향으로 걸어가는 의사를 다시 만났다.

"그 가여운 여자애를 보러 가는 길인가요?"

그가 인사를 한 후 지팡이를 그쪽 방향으로 가리키며 물었다.

"호크인가 혹스인가 있잖습니까?"

"모드, 뷰티가 아픈가 봐?"

밀리가 말했다.

"혹스군요. 저의 투약 리스트에 나와 있어요."

의사는 작은 수첩을 보며 말했다.

"혹스 맞네요."

"어디가 아픈데요?"

"류머티즘성 열입니다."

"전염은 안 되는 거죠?"

"전혀요, 미스 루틴. 다리 부러진 거나 마찬가지로 전염성은 전혀 없습니다."

그가 친절한 태도로 웃었다. 의사가 떠나자마자 밀리와 나는 혹스의 집으로 가서 상태가 어떤지 자세히 알아보기로 했다. 솔직하게 말하자면 나는 환자에 대해서 각별히 자비로운 관심을 가져서라기보다 우리 산책에 다른 목적을 두고 목적지를 정한 것이라고 고백한다.

우리는 이곳저곳 나무들이 군락을 이루고 서 있는 언덕 위 박공집에 도착했다. 조그마한 농지는 방치된 상태였다. 류머티즘을 앓는 늙은 여인만이 보였다. 노파는 잘 들리지 않는지 한껏 고개를 틀었고, 우리는 점차 목소리를 높여가며 메그의 상태가 어떤지 물었다. 그러자 노파가 매우 큰 목소리로 자신은 청력을 잃어 귀가 완전히 먼 상태라고 하면서 말했다.

"주인 남자가 오면 알고 싶은 거 말해줄 거유."

우리가 서 있는 곳에서 살펴본 바, 한쪽 끝 작은 방문을 통해 환자가 있는 좁은 방이 보였다. 그곳에서 메그의 신음 소리와 의사의 목소리가 들렸다.

"밀리, 여기서 기다렸다가 의사가 나오면 만나보자."

그리하여 우리는 현관 섬돌에서 그를 기다렸다. 아픈 여자애의 신음 소리를 들으니 연민과 걱정이 솟았다.

"페크톱이 없었으면 좋았으련만."

밀리가 말하자마자 세월에 찌든 붉은 코트 차림을 한 혹스의 가무잡잡하고 역겨운 얼굴과 새까만 머리가 눈에 들어왔다. 고르지 않은 바닥에 지팡이로 균형을 잡으며 뚜벅뚜벅 걸어오고 있었다. 그는 나를 보고는 무뚝뚝하게 모자에 손을 대고 인사했다. 그러나 우리가 거기 서 있는 게 못마땅한 것 같았다. 분명 지르퉁해 보였다. 그는 중절모 아래 머리를 거칠게 긁어댔다.

"딸이 많이 아픈 것 같은데요?"

내가 물었다.

"에, 참, 지 에미처럼 돈 들게 하고 있구먼."

"저 애 방이 편했으면 좋겠는데, 가여워라."

"에, 뭐. 충분히 편합니다. 나보다 훨씬 나은데요, 뭘. 내가 아니라 메그가 상전이요, 상전!"

"언제부터 아프기 시작했어요?"

"당나귀 편자 끼운 날이니까, 토요일이구먼요. 구빈원救貧院 사람들한테 이야기했더니 땡전 한 푼 안 줄라고 하데요, 젠장. 그럼 내가 어쩌것소? 사일러스한테는 돈 받아내기 엄청 힘들고요. 지금 쟤가 아프니까 더 난리라우. 난 더 이상 못 견디겠소, 염병! 쟤 계속 저런 식이면 포기해야지, 뭐. 구빈원 인간들 지네는 안 아픈가, 어디 내가 두고 보겠어!"

"의사는 아무것도 안 받고 진료하고 있어요."

"그렇지요. 아무것도 안 하니까. 하하! 저 귀먹은 늙은이도 일주일에 18펜스 받아 가는데 반 페니 가치도 없다니께. 저기 저거 메그도 마찬가지고요. 허구한 날 한다는 짓이 골골대는 거뿐이니! 저것들이 모조리 나를 등쳐먹는 인간들이오. 날 호구로 본다니께. 안 그려요?"

말하는 내내 그는 담뱃잎을 조각조각 찢어서 창문턱에 얹어 놓았다.

"일꾼은 말 새끼나 똑같다고요. 뭘 얻어 처먹어야 일을 한다니까. 근데 뭐가 남는 게 있나?"

그는 파이프를 다 채우자 등지고 있던 귀먹은 노파를 심술 궂게 지팡이 끝으로 쿡 찌르고는 불을 달라고 손짓했다.

"남은 게 하나도 읎어요. 족쳐봐, 일을 하나? 그게 말이오, 여기서 연기를 뽑아내려면, 담뱃잎하고 불이 있어야 하지 않소? 아무것도 읎다닝께."

그는 파이프 대통을 엄지로 들어 올리며 말했다.

"내가 도움이 될 수 있을까요?"

나는 생각에 잠겨 물었다.

"그럴 수도 있겠지요."

그가 대꾸했다. 이때 그는 늙은 노파에게서 불이 붙은 갈색 종이 뭉치를 받고는 나를 향해 모자에 손을 얹어 인사하고 파이프에 불을 붙였다. 그러고는 출항하는 배의 예포처럼 흰 연기를 뿜어냈다.

그는 자기 딸이 어떤지 듣고 싶어 하지도 않았다. 그저 파이프에 불을 붙이러 이곳으로 온 것이었다! 그때 마침 의사가 나왔다.

"가여운 환자 상태가 어떤지 듣기 위해 기다리고 있었어요."

"많이 안 좋습니다. 그리고 완전히 방치된 상태입니다. 감당할 수만 있다면, 저는 그러지 못할 거라고 생각합니다만, 즉시 병원으로 이송되어야 합니다."

"저 가여운 늙은 여인은 귀가 먹었고, 저 남자는 아주 퉁명스럽고 이기적이에요! 저 애가 좀 나아질 때까지 여기서 돌봐줄 간호사를 추천해주실 수 있을까요? 비용은 내가 기꺼이 낼게요. 저 가여운 여자애에게 도움이 되는 거라면 뭐든지 제공할게요."

그렇게 현장에서 일을 처리했다. 닥터 족스는 그 분야 대부분의 종사자들처럼 친절했고, 환자를 위해 펠트램에서 필요한 물품과 함께 간호사를 구해 보내겠다고 했다. 그는 딕컨을 마당 출입구로 불러 지시사항을 알려주는 것 같았다. 밀리와 나는 가여운 여자애의 방문에 다가가 물었다.

"우리 들어가도 될까?"

대답이 없었다. 그리하여 우리는 잠시 시간을 두고 기다렸다가 안으로 들어갔다. 그녀의 안색에서 얼마나 상태가 좋지 않은지 묻어났다. 우리는 그 애의 이불을 여며주고 방을 어둡게 한 후, 우선 필요한 것이 무엇인지 살펴가며 필요한 일을 했다. 메그는 질문에 하나도 대답하지 않았다. 우리에게 감사를 표하지도 않았다. 그 애의 움푹 꺼진 검은 눈이 우울하면서도 놀랍고 의아한 표정으로 내 얼굴을 향하는 걸 알아보지 못했더라면, 우리가 와 있는 것조차 모른다고 생각할 뻔했다.

그 애는 매우 아팠다. 우리는 매일 그 애를 보러 갔다. 가끔 우리의 질문에 답을 하기도 했고, 또 어떤 때는 하지 않았다. 그 애는 생각에 잠긴 것 같았다. 지르퉁하게 주의를 살피는 것 같았다. 사람들은 누구나 감사받기를 좋아하기 마련이다. 그래서 나는 때로 우리가 계속 저 배은망덕한 사람들에게 우리의 식량을 계속 떠다 먹어주어야 하나 싶은 생각이 들었다. 밀리는 특히 그런 대우에 짜증을 내며 반대를 표했고, 마침내 가여운 뷰티의 침실로 나와 함께 가는 걸 거부했다.

"메그, 난 말이야."

나는 어느 날 침대 옆에 서 있다가 말을 걸었다. 메그는 분명 다시 젊음의 화색을 되찾고 있었다.

"네가 밀리 아가씨에게 감사하다고 말해야 한다고 생각해."

"안 할 거예요."

뷰티가 고집스럽게 대꾸했다.

"좋아, 메그. 난 그저 너에게 이 말을 해야 한다고 생각했을 뿐이야. 내 생각이 정말 그러니까."

그렇게 말하는 동안 그 애는 매우 망설이다가 이불 가까이 있던 내 손가락을 아주 조심스럽게 붙잡았다. 그러더니 얼굴을 이불로 가리고는 갑자기 두 손으로 내 손을 꼭 붙잡고 제 입술에 갖다 댔다. 메그는 흐느끼면서 열정적으로 내 손에 키스하고 또 했다. 손에 눈물이 느껴졌다. 나는 손을 빼내려고 했으나, 그 애는 화가 난 듯 잡아당기며 계속 울며 키스했다.

"가여운 메그, 하고 싶은 말이 있는 거야?"

"아뇨, 아가씨."

그 애는 조용히 흐느끼며 계속 내 손에 키스했다. 그러다가 불쑥 말을 꺼냈다.

"밀리에겐 고맙다고 안 할 거예요. 아가씨에게만 할 거예요. 밀리는 아니에요. 그럴 생각도 없었을 테니까요. 아니, 아니. 아가씨가 그런 거예요. 나는 어젯밤 어둠속에서 엉엉 울었어요. 아가씨가 던져줬던 사과를 내가 발로 걷어차버렸던 생각이 나서요. 아부지가 몽둥이로 내 머리를 때렸던 날이요. 아가씨는 친절했는데, 저는 아주 못되게 굴었어요. 아가씨, 저를 때리세요. 아가씨는 아부지나 엄마보다 저한테 더 잘해줬어요. 그 누구보다 더 잘해줬어요. 저는 아가씨를 위해서 죽을 수도 있을 거 같아요. 아가씨를 볼 면목도 없지만요."

나는 깜짝 놀랐다. 그리고 그 애를 따라 울기 시작했다. 가여운 메그를 안아줄 수도 있었을 텐데. 나는 그 애의 인생을 몰랐다. 그 후로도 듣지 못했다. 그 애는 내 앞에서 아주 심한 자기 비하의 말을 하곤 했다. 그것은 종교적인 감정이 아니었다. 그것은 나에 대한 일종의 사랑과 숭배의 표현이었다. 더더욱 이상했던 것은 그 애가 천성적으로 자만심이 컸기 때문이었다. 나에 대한 헌신의 마음을 내가 조금이라도 의심하는 것, 혹은 자신이 아주 사소한 일에서라도 나를 기만할 수 있다고 의심하는 것 빼고는, 그 애는 그 어떤 것도 나를 위해 다 견딜 수 있었다.

나는 이제 젊지 않다. 나는 살면서 내 몫의 슬픔을 맛보았고, 그와 함께 사실상 무제한의 재산으로 누릴 수 있는 모든 걸 누렸다. 되돌아보면 몇 가지 밝고 순순한 빛들이 내 인생의 어두운 면과 함께했다. 그리고 그 밝은 빛들은 찬란한 재력의 광휘로 빛나는 것이 아니라 두세 가지 가장 단순하고 가장 친절한 기억들에 의해 빛난다. 이를테면 가장 가난하고 가장 소박한 삶이 줄 수 있는 기억이다. 조용히 회상하는 시간 속에서 모든 인위적 승리들은 창백하게 빛이 바래며 사라진다. 그 밝고 순수한 빛들은 애정이 토대가 되어 쌓였고, 너무나 거룩하여 결코 시간이나 거리에 의해 소멸되지 않는다.

제45장
연인들의 한 시절

우리는 이맘때 일베리 경의 예기치 않은 즐거운 방문을 받았다. 그는 사일러스 삼촌이 손님을 만날 수 있을 만큼 회복되었다는 소식을 듣고 안부를 물으러 왔다.

"제가 우선 위층으로 올라가 그분을 뵙고 올게요. 그분이 허락하신다면요. 그런 다음 아가씨와 미스 밀리센트에게 전하는 제 누이 메리의 긴 메시지가 있습니다. 하지만 우선 제 할 일부터 먼저 끝내는 게 좋을 것 같네요. 그렇지 않을까요? 몇 분 후에 돌아오겠습니다."

그가 말하는 동안 우리의 발발 떠는 늙은 집사가 돌아와 사일러스 삼촌이 기꺼이 그를 만나겠다고 알렸다. 그가 자리를 떴다. 당신은 그의 코트와 지팡이가 놓인 우리의 소박한 응접실이 얼마나 즐거웠는지 상상도 하지 못할 것이다. 그건 그가 다시 돌아온다는 보증 아니겠는가.

"밀리야, 저이가 커즌 놀리스가 말한 벌목 문제에 대해 말할 거 같니? 난 안 그랬으면 좋겠는데."

"나도 그래. 난 우선 그이가 우리랑 먼저 좀 더 있다 갔으면 했어. 혹시라도 그가 벌목 문제를 얘기하면 아버지가 분명 집에서 내보낼 테고, 그럼 우린 못 보잖아?"

"맞아, 밀리. 그는 정말 재미있고 심성이 착해."

"그리고 널 진짜 굉장히 좋아하고 말이야?"

"우리 둘 다 똑같이 좋아하는 거 같은데, 밀리? 그이가 엘버스턴에서 너한테 말을 많이 걸었잖아? 그리고 그 예쁜 랭커셔 민요 두 곡을 불러달라고 너한테 자주 부탁했잖아. 하지만 네가 그 교회의 대들보이신 스프릭스 비들펜 목사와 창가에서 종교적 관행에 관해 논쟁을 벌이느라……"

"뭔 엉뚱한 소리야, 모드? 성경 공부와 교리문답 가지고 그 사람이 내 말을 요리조리 반박하는데, 내가 어떻게 대응을 안 할 수 있겠어? 난 그 사람이 싫을 정도야. 그리고 너와 커즌 놀리스는 정말 바보들이야. 진짜 그래. 그리고 네가 뭐라던 일베리 경은 널 엄청 좋아해. 너도 알잖아? 이 말괄량이 아가씨야."

"난 그런 거 몰라. 그리고 너도 그렇게 생각 안 하잖아, 말괄량이야? 난 내 친척들 빼고 진짜 누가 날 좋아하건 안 하건 신경 안 써. 그리고 네가 좋다면 일베리 경을 너한테 선물로 주겠어."

우리가 이런 대화를 나누고 있을 때 그가 다시 방으로 들어왔다. 우리가 예상했던 것보다 조금 빨리 돌아왔다. 밀리는 아시다시피 품행을 고치는 과정에 있었는데, 여전히 더비셔 낙농장 여자 일꾼 같은 행동거지가 좀 남아 있었다. 그렇기에 그가 막 모습을 드러내자 남몰래 내 팔을 꼬집었다.

"전 방금 이 친구에게서 선물을 거절했어요."

의아해하는 그의 표정에 대한 답으로 얄미운 밀리가 덧붙여 말했다.

"그게 왜냐하면 말이죠, 이 친구가 사실 그 선물을 나눠줄 수 없기 때문이랍니다."

그러자 내 볼에 다시 그 압도적인 홍조가 일기 시작했다. 사람들은 그게 나와 매우 잘 어울리고 예쁘다고 했다. 나는 꼭 그러기를 바란다. 그 불운한 일이 너무 잦았기 때문이었다. 그리고 나는 자연이 그 정도는 내게 보상을 해주어야 한다고 생각한다.

"그 말을 들으니 두 분 다 매우 멋져 보이는군요."

일베리 경이 뭐가 뭔지 잘 모르면서도 우리를 칭찬했다.

"저는 정말 어느 것이 더 경탄스러운지 알 수 없군요. 관대하게 선물하려는 마음인지, 아니면 그걸 거절하는 마음인지 말입니다."

"그게, 친절하긴 하죠. 그런데 뭔지 아신다면…… 글쎄요. 나 저분에게 말하고 싶어 죽겠는데?"

밀리가 나를 향해 말했다. 나는 진짜 화난 표정을 지어 밀리를 막았다.

"아마 아직 못 알아보신 것 같은데요. 저는 진짜 제 사촌 밀리가 다른 여자들 스무 명을 합한 것보다 훨씬 더 엉뚱한 소리를 잘한다고 생각해요."

"스무 명이나 되는 여자의 힘이라니! 그거 정말 대단한 칭찬인데요? 저는 엉뚱한 소리에 대해 정말 대단히 존경하는 마음을 가지고 있답니다. 저도 그런 소리에 빚을 많이 졌어요. 그리고 저는 만일 엉뚱한 소리가 금지된다면 이 세상이 정말 못 견딜 곳이 될 거라고 생각합니다."

"감사합니다, 일베리 경."

엘버스턴에서 오래 같이 있는 동안 그와 꽤 편안해진 밀리가 짓궂은 감사를 표했다.

"그리고 모드 아가씨, 네가 자꾸 건방지게 군다면 난 네 선물을 받아들이겠어. 그럼 어떨까?"

"난 정말 모르겠다. 하지만 지금 당장은 일베리 경에게 삼촌의 상태를 좀 물어야겠는걸? 저도 밀리도 삼촌이 아프신 이래로 잘 못 뵙거든요."

"아주 쇠약해지셨던데요. 하지만 점차 회복 중이신 거 같아요. 그래도 제 일이 꽤 유쾌한 것은 아니니, 전 그걸 좀 미루는 게 낫다고 생각했습니다. 그리고 아가씨도 그게 맞다고 생각하시면, 제가 닥터 브라이얼리에게 편지를 써서 그에 대한 논의를 좀 미뤄달라고 요청할 겁니다."

나는 즉각 동의하며 그에게 감사를 표했다. 실로 내가 내 마음대로 할 수만 있었다면, 그 문제는 절대 언급도 하지 못하게 했을 것이다. 나는 그토록 몰인정하고 탐욕스럽게 굴고 싶지 않았다. 그러나 일베리 경은 피신탁인들은 유언의 조항에 의해 제약을 받고, 또 나는 그걸 풀어줄 권한이 없다고 설명했다. 나는 사일러스 삼촌이 이 모든 걸 이해하기를 바랐다.

"이제 우리는 그랜지로 돌아왔습니다. 저하고 제 누이가요. 이제 엘버스턴보다 더 가까우니 우린 정말 이웃이 되었네요. 메리는 레이디 놀리스가 시간을 정해 우리에게 방문하시기를 바라고 있어요. 그리고 아가씨들도 같은 때 오셔야 합니다. 정말 즐거울 거예요. 정확히 같은 일행이 다른 곳에서 또 만난다는 사실이요. 그리고 우리는 아직 우리 동네 반도 돌아보지 못했어요. 게다가 저는 아가씨께 말씀드린 스페인 판화본들과 베네치아 미사경본 같은 걸 다 가지고 있어요. 저는 아가씨가 관심을 보인 것들이 무엇인지 아주 정확히 기억하고 있습니다. 그게 다 거기 있어요. 진짜, 약속하셔야 합니다. 아가씨와 미스 밀리센트 루틴 두 분 다 오신다고요. 아, 그리고 잊고 있었네요. 아가씨가 책이 부족하다고 했던 말이요. 그래서 메리가 자기 책들을 빌려주겠다고 했어요. 모두 새 책들입니다. 아가씨 책들을 다 읽으면 메리와 서로 돌려가며 볼 수 있어요."

어떤 여자가 자기가 좋아하는 것들에 대해 그렇게 솔직히 털어놓는가? 나는 내가 다른 사람들보다 더 마음을 잘 감추는 사람이었다고 생각하지 않는다. 그러나 그런 문제는 나 스스로 판단할 수 없었다. 이런 이중적인 마음, 또 마음을 숨기려는 태도는 잘 통하지 않는다는 것은 사실이다. 이렇게 상대의 마음을 떠보는 일은 매우 조심스럽고 예민한 문제이기 때문에, 우리 여자들은 가끔 어쩔 수 없이 위선을 부리곤 한다.

그러나 우리는 또한 스라소니의 눈을 지닌 우수한 탐정이기도 하다. 그리하여 한 가지 사건에서 축적된 단편들과 퍼즐을 하나로 엮어내는 데 있어 매우 창의적이다. 그리고 사랑과 애호의 문제에 있어 지독하게 탐험적인 본능이 있다. 그렇기 때문에 발각될 때는 대개 사랑에 이미 빠진 상태일 뿐만 아니라, 더 나아가 개구쟁이 악당이 된 상태이기도 하다.

레이디 메리는 매우 친절했다. 그러나 온전히 레이디 메리의 의지만으로 이 모든 수고를 했을까? 단 30분 만에 도착한 책 상자의 기저에 무언가 더 원기 왕성한 영향력이 없었을까? 그 당시 순회도서관은 지금처럼 여기저기서 볼 수 있을 정도로 유행이 아니었다. 볼 수 없는 곳이 훨씬 더 많았다.

전체적으로 그날 저녁 바트램은 독특한 아름다움을 발했다. 밝고 감미로운 빛으로, 그 안에서 심지어 문기둥과 외바퀴 손수레마저 흥미로워 보였다. 그러나 다음날은 구름이 낀 날이 되었다. 더들리가 나타난 것이다.

"또 돈 타러 온 거지, 뭐. 아버지하고 오늘 아침 얘기를 나누더라고."

밀리가 말했다. 그는 점심 식탁에 우리와 함께 앉아 간결한 사투리로 모든 걸 트집 잡았다. 그러면서도 많이 먹었고, 뚱했으며, 밀리에게는 퉁명스러웠다. 내게는 그 반대였다. 밀리가 홀로 나갔을 때 그는 온순하고 애처로이 하소연하는 태도로 속내를 털어놓았다.

"대장님이 한 푼도 없다더군! 무슨 늙은 영감이 방에 틀어

박혀서 뭔 돈을 그렇게 탕진하는 건지, 원! 내가 쩐도 없이 지낼 수 있을 거라고 생각하진 않을 텐데 말이야. 그 양반은 그 피신탁인들이 전문가 견해진 뭔지 받아낼 때까지 나한테 한 푼도 주지 않을 거라는 걸 알아. 염병할 그놈의 피신탁인들! 브라이얼리는 합의가 이루어질 것 같지 않다고 하네? 합의하면 난 잘 정착할 텐데 말이야. 그리고 대장님은 그에 대해 다 알면서 땡전 한 푼 안 주려고 해. 난 청구서니 뭐니 줄 돈도 있고, 변호사들은 염병 뭔 편지를 써야 한다고 하고. 그 양반은 그거 다 잘 알아, 대장님 말이야. 제 살과 피 어쩌고 나불대는데, 영감님 저만 위할 줄 알지 아무것도 안 해준다니까. 다음 번 발작하면 내가 영감탱이 책이며 보석이며 다 팔아버릴 거야. 그렇게라도 응수해야지!"

이 상냥한 젊은 남자는 목사들이 설교를 한 뒤 축원을 덧붙이듯, 무섭게 눈을 부라리며 팔꿈치를 테이블에 기대고 손가락으로 커다란 구레나룻을 만지는 동작으로 자신의 장광설에 후렴구를 붙였다.

"저기, 모드."

그는 갑자기 앉은 자리에서 뒤로 기대앉았다. 자신의 잘난 미모에 대조되는 불운을 한껏 의식한 태도였다.

"참 안된 일이지 않아?"

나는 그 하소연이 결국 돈을 달라는 애원으로 수렴될 거라고 생각했으나 그러지는 않았다.

"난 있지, 진짜 미인은 본 적이 없거든? 그러니까, 최고급을 말하는 거지. 그런데 미모가 최고면 친절하지 않은가 봐? 나는 연민 없이 살 수 있는 놈이 아닌데. 그래서 하는 말이야. 정말 안됐지 않아? 안 그래? 정말 안됐지, 모드?"

나는 뭐가 안됐다는 건지 정확히 알 수 없었다.

"좋지는 않을 거 같아요."

나는 그렇게 대꾸해주고 더 이상 그런 이야기를 듣고 싶지 않아 자리에서 일어났다.

"그러니까, 내 말이. 나도 아가씨가 그렇게 말할 줄 알았어, 모드. 넌 친절한 아가씨야. 그 이쁜 얼굴에 다 쓰여 있어. 난 네가 엄청 좋아. 진짜야. 리버풀에는 이렇게 이쁜 아가씨가 없어. 런던도 마찬가지고, 그 어디에도 없다니까."

그가 나의 손을 잡더니 팔로 내 허리를 두르려고 했다. 그러면서 처음 만났을 때 내가 가까스로 피한 그 키스를 또다시 시도했다.

"하지 마세요."

나는 크게 화를 내며 소리 질렀다. 그러면서 그의 손길에서 빠져나왔다.

"기분 나쁘게 생각하지 마. 기분 나쁘게 하려고 한 건 아니야, 모드. 그렇게 수줍어하지 않아도 돼. 우린 사촌이잖아. 그리고 난 널 해치지 않아, 모드. 차라리 내 대가리를 처박고 말지. 절대 안 그래."

나는 그의 애정 어린 말을 더 이상 듣고 싶지 않았다. 나는 겁먹은 태도를 숨기며 조용히 방을 빠져나왔다. 그가 나를 불러 세우려고 하는 참으로 갸륵한 소리가 들렸다.

"돌아와, 모드. 뭘 그렇게 겁내는 거야? 돌아와. 어서 돌아와. 착하지, 어서 돌아와."

그날 밀리와 내가 윈드밀 우드 방향으로 산책하고 있을 때, 작은 마당에서 뷰티를 보았다. 아마도 어떤 비밀스러운 명령으로 이제는 우리의 자유로운 출입이 허락된 상황인 듯했다. 아프고 나서 처음이었다. 뷰티는 닭들에게 곡물을 던져주고 있었다.

"오늘은 좀 어때, 메그? 네가 다시 돌아다니는 걸 보니 기쁘네. 하지만 너무 빨리 움직이는 건 아닌지 걱정이야."

우리는 울타리에 이어진 빗장이 걸린 출입구 앞에 서 있었다. 메그와 꽤 가까이 있었는데, 그녀는 고개를 들지 않고 닭과 병아리에게 곡물과 감자 껍질을 던지며 낮은 목소리로 말했다.

"아부지 안 보여요? 살짝 돌아보고 보이면 보인다고 말해 줘요."

딕컨의 우중충한 붉은 옷은 어디에도 보이지 않았다. 그러자 메그가 고개를 들었다. 창백하고 수척했다. 진지한 눈빛으로 여기저기 살폈다.

"아가씨를 봐서 기쁘지 않다는 게 아니라요. 아부지가 내가 아가씨하고 다정하게 얘기하는 걸 보나 안 보나 감시하고 있어요. 이제 내가 기운을 차리고 아가씨는 더 이상 날 보러 오지 않으니, 아부지가 항상 감시하며 내가 거짓말을 씨불인다고 생각해요. 혹시라도 아부지가 날 이용해서 아가씨한테 돈을 뜯어낼까 봐 겁나요. 돈을 집에다 쓰는 게 아니라 펠트램 선술집에 갖다 바치거든요. 집에다가는 땡전 한 푼도 안 써요. 허구한 날 그런 식이라니까요. 맨날 날 후려쌔리고 욕하고 그래요. 하지만 신경 쓰지 마세요, 모드 아가씨. 저도 혹시 언젠가는 아가씨에게 보답할 날이 있었으면 좋겠어요.”

메그와 이런 대화를 나누고 며칠 뒤, 밀리와 내가 예쁜 양떼 목장 언덕길을 따라 기운차게 걷고 있을 때—맑고 쌀쌀한 날씨였기 때문에— 더들리 루틴이 우리를 따라잡았다. 기분 좋은 만남이 아니었다. 그러나 기분을 누그러뜨리는 일이 있었다.

우리는 걷고 있었고, 그는 총을 들고 사냥개와 함께 헤더 황무지를 따라 이륜마차를 달리고 있었다. 그는 잠시 말들을 걷게 만들더니 태평한 태도로 내게 고개를 까닥하고는 입에 문 파이프를 빼내며 말했다.

“대장님이 너 찾아, 밀리. 너 찾아서 제깍 집으로 불러들이란다. 그 양반 너한테 쩐을 좀 주려는 것 같은데? 어쨌든 그 양반 기분이 좋을 때 가보는 게 좋을 거다. 아니면 국물도 없을 걸?”

그는 이 말과 함께 놀 일에 열중한 듯 다시 고개를 끄덕이고 파이프를 입에 문 채 언덕 위로 빠르게 달리기 시작했다. 그리하여 나는 밀리가 집에 다녀오는 동안 기다렸다가 이곳에서 다시 만나기로 했다. 밀리는 신나서 달려갔다. 나는 좀 피곤했기 때문에 앉아 쉴 만한 곳을 찾아 천천히 어슬렁거렸다.

밀리가 떠난 지 5분도 안 돼 나는 발자국 소리를 들었다. 돌아보니 이륜마차가 가까이 있었다. 말은 풀을 뜯고 있었다. 더들리 루틴이 몇 발짝 이내로 다가왔다.

"그거 있지, 모드. 난 네가 왜 그렇게 나한테 화가 났는지 생각해봤어. 도저히 모르겠더라. 그래서 내가 뭘 어째서 널 화나게 만들었는지 물어보려고 돌아왔어. 내가 잘못한 거 아니지, 맞지?"

"화 안 났어요. 화났다고 말한 적 없고요. 그거면 됐죠?"

나는 놀라서 대답했다. 그러나 말은 그렇게 했어도 매우 화가 났다. 밀리를 집으로 보낸 것이 그저 술책이고, 나는 그 얄팍한 계략의 함정에 빠졌다는 걸 본능적으로 느꼈기 때문이었다.

"화가 안 났다니 좋네, 모드. 나는 그냥 네가 왜 나를 무서워하는지 알고 싶을 뿐인데. 나는 한 번도 이유 없이 사람을 후려패지 않았어. 여자는 더더욱 건드리지 않았고. 게다가 모드, 난 널 겁나게 좋아해서 절대 다치게 하지 않아. 염병, 넌 내 사촌이고, 사촌은 언제나 함께하는 거잖아? 다들 그러듯 서로 좋아하고."

"저는 설명할 게 아무것도 없어요. 아무것도 설명할 말이 없어요. 난 꽤 친절하게 대했다고 생각해요."

"친절했다고! 웬 거짓부렁이야! 그걸 어떻게 친절하다고 하지, 모드? 나랑 악수도 안 하려고 했으면서? 그 정도면 다른

놈들은 욕지거리를 내뱉거나, 어떤 놈은 또 질질 짤 수도 있을
정도라고. 왜 그렇게 불쌍한 놈을 화나게 만들려고 해? 너 그
렇게 못된 계집애 아니잖아, 모드? 난 널 이렇게 좋아하는데?
넌 더비셔에게 제일 이쁜 여자야. 널 위해 내가 못 할 거 하나
도 없어."

그러고는 자신의 맹세에 욕을 덧붙여 확신을 더했다.

"그럼, 마차에 다시 올라 어서 가세요."

나는 매우 화가 나 대꾸했다.

"자자, 또 그런다! 나한테는 왜 친절하게 말 못 해? 다른 놈
이었다면 달려들어서 복수로 키스했을 거야. 하지만 난 그런
종자가 아니야. 난 친절을 베풀고 싶은 놈이라고. 그런데 네가
못 하게 하잖아? 무슨 말이 하고 싶은 거야?"

"명확하게 말한 거 같은데요? 혼자 있고 싶다고요. 당신은
그저 엉터리 같은 말만 하지 다른 건 없잖아요. 저도 들을 만
큼 들었어요. 다시 한 번 말하지만, 제발 절 내버려두시고 가
세요."

"자, 이거 봐봐, 모드. 네가 좋아하는 거면 뭐든 다 할게. 안
그러면 날 죽여도 좋아. 그냥 네가 다른 사촌들처럼 나한테 친
절하게만 대해주면 말이야. 도대체 내가 뭘 어쨌다고 이래?
만약에 내가 너보다 다른 여자애를 더 좋아하는 거라고 생각
한다면, 엘버스턴에 있는 어떤 작자가 그렇게 얘기하는 것 같
다만, 그건 다 헛소리야. 그냥 여자들이 날 좋아해서 그런 거
라고. 나는 꾸밈없는 남자고 내 마음을 모조리 다 보인단 말이

지.”

"지금 말하는 것처럼 당신이 그렇게 솔직한 줄 모르겠는데요? 지금도 이렇게 말도 안 되는 불쾌한 이야기를 나누려고 얄팍한 술수를 썼잖아요?"

"내가 너하고 이야기 좀 나누려고 멍청한 밀리를 잠시 보냈다고 치더라도, 그게 뭐 나쁠 게 있나? 염병, 너무 까다롭게 굴지 않으면 좋겠네. 네가 원하는 건 뭐든지 하겠다고 내가 그랬잖아?"

"그러고는 안 하고 있잖아요?"

"여기서 어서 꺼지라고? 알았어, 갈 거야. 자! 가기 전에 사촌들끼리 그러는 것처럼 키스하고 친구로 지내자고 부탁해도 소용없겠지? 저기, 열 받지 마. 부탁 안 해. 그냥 내가 널 엄청나게 좋아한다는 것만 알아줘. 나중에 네 기분이 풀릴 때 보면 되겠지. 안녕, 모드. 결국 네가 날 좋아하게 만들 거야."

다행히도 그 말과 함께 그는 말과 파이프로 돌아갔다. 그는 이내 히스 황무지 길에 올랐다.

제46장
경쟁자

더들리가 그 혐오스러운 말로 날 괴롭히고 나서 나는 집을 향해 기운차게 나아갔다. 집에 거의 도착했을 때, 손에 내게 온 편지를 들고 있는 밀리를 만났다.

"밀리, 또 연애편지구나? 누군지 몰라도 참 끈기 있네?"

나는 봉투를 뜯었다. 그러나 이번엔 시가 아니라 산문이었다. 그리고 첫 번째 단어가 '캡틴 오클리'였다!

나는 이 놀라운 단어가 내 눈에 들어왔을 때의 이상한 감정을 고백하는 바이다. 그건 아마도 프러포즈일 수도 있었다. 그러나 나는 추측하느라 시간 낭비하지 않고 이전에 두 번 받았던 시구와 똑같은 필체의 문장을 읽기 시작했다.

캡틴 오클리가 미스 루틴에게 안부를 전합니다. 펠트램에 머무는 짧은 기간 동안 바트램-호프에 안부를 묻기 위해 방문해도 될지 허락을 구합니다. 저는 숙모를 뵈러 잠깐 방문 중입니다. 이렇게 가까이 머물고 있는데, 언제나 기억 속에 소중히 간직하고 있는 우리의 친분을 새로이 다지기를 청하지 않을 수 없습니다. 이렇게 예의를 표하며 여쭤보는 질문에 미스 루틴이 친절하게 짧은 답변이라도 해주신다면, 그 답변은 펠트램의 홀 호텔로 보내주시면 됩니다.

"하! 완곡하기도 해라. 그냥 직접 와서 보면 안 되나? 시 쓰는 사람들은 긴 연애시 쓰는 걸 참 좋아한다니까, 안 그래?"

그런 평과 함께 밀리는 편지를 가져가더니 다시 한 번 읽었다.

"엄청 예의도 바르구먼. 안 그래, 모드?"

편지를 자세히 읽어본 밀리는 그걸 모범 작문으로 받아들였다. 나는 분명 다소 영리한 여자로 태어난 것 같다. 내가 세상 경험을 거의 해보지 못한 걸 감안하면—사실 전무하다고 할 수 있다— 종종 내가 내린 현명한 결론에 지금 와서 놀라기도 한다.

내가 만약 이 잘생기고 교활하고 어리석은 자의 어리석은 행동에 맞춰 답장을 한다면 나는 어떤 입장에 서게 될까? 분명 내가 답장하면 또 답장이 올 테고, 그러면 나로서는 또다시 답변을 해야 할 것이다. 그러면 그런 일이 계속 이어질 것이다. 만약 열정이 솟아오른다면 그것은 분명 누그러지지 않을 것이다. 이건 존중과 의례를 다 갖추고 나를 비밀스럽게 자신과 편지를 주고받는 사이로 이끌려는 뻔뻔한 계략 아닐까? 내가 아무리 경험 없는 여자라 할지라도, 나는 그의 장단에 놀아난다는 생각에 화가 났다. 그리고 그저 그의 편지에 단순히 답하더라도 실제 의미보다 더 큰 함의가 내포될 것이라는 생각이 들었다.

"이런 것은 모자 제조업자들하고나 주고받을 것이지, 숙녀들은 좋아하지 않아. 내가 네 아빠의 허락도 없이 그와 편지를 주고받는다면 그분이 뭐라고 생각하시겠어? 날 보고 싶으면 삼촌께 편지했어야지. (나는 정말 그가 어떻게 하는 게 옳은 건지 정확히 알 수 없었다.) 그이는 레이디 놀리스를 방문할 시간을 달리 잡았을 수도 있어. 어쨌든 그이는 나를 이런 당황스러운 상황에 몰아넣을 권리가 없어. 커즌 놀리스도 분명히 그렇게 생각할 거야. 이런 편지를 쓰는 건 궁상맞고 뻔뻔한 짓이야."

나는 지적인 과정을 걸쳐 결정을 내리는 스타일이 아니었다. 또한 침착할 때는 결정을 잘 내리지 못하는 매우 우유부단한 인간이다. 그러나 일단 감정을 자극받으면 신속하고 대담했다.

"이 편지를 사일러스 삼촌에게 보여드릴 거야."

나는 서둘러 집으로 향하며 말했다.

"그분이 어떻게 할지 아실 거야."

그러나 젊은 장교가 제의한 작은 로맨스에 반대할 이유를 알지 못했던 밀리는 내게 아버지를 만나지 못할 거라고 말했다. 아파서 아무도 만나지 않는다는 말이었다.

"너 별것도 아닌 일에 난리 치는 거 아냐? 네가 만약 일베리 경을 만나지 않았다면, 그 사람한테 오라고 했을 거라는 데

금화를 걸겠어. 환영해 마지않았을걸?"

"바보 같은 소리 하지 마, 밀리. 내가 그렇게 기만적인 행동 하는 거 본 적 있어? 너도 잘 알다시피 일베리 경은 달에 있는 토끼만큼이나 이 문제와 아무 상관없어."

나는 전반적으로 매우 화가 나 있었다. 밀리와도 더 이상 말 한마디 하지 않았다. 저택이 너무 커서 현관문에서 사일러스 삼촌의 방까지 가는 거리는 보기보다 훨씬 멀었다. 나는 가는 내내 냉정을 찾지 못했다. 로비에 이르러 늙은 와이엇의 불쾌하고 질투 어린 얼굴과 봉긋한 레이스 캡을 쓴 모습을 보고 나서야 걸음을 멈추고 다시 생각했다. 나는 캡틴 오클리의 그 모든 경의를 표하는 문장 너머에 냉정한 계산이 숨어 있다고 생각했다. 그 점이 나를 화나게 만들었다. 아니다, 의심의 여지가 없다. 나는 조용히 문을 두드렸다.

"무슨 일인가요, 아가씨?"

불만에 찬 늙은 여인이 문손잡이에 쭈글쭈글한 손가락을 대고 으르렁거렸다.

"잠깐 삼촌을 뵐 수 있을까요?"

"피곤하십니다. 하루 종일 한마디도 없으셨어요."

"그래도 편찮으신 건 아니죠?"

"밤에 엄청 안 좋으셨어요."

노파는 마치 내가 그런 일을 초래하기라도 한 것처럼 갑자기 사납게 눈빛을 이글거리며 말했다.

"오, 유감이군요. 그런 소식은 전혀 못 들었어요."

"저 말고 누가 신경이나 쓰겠어요? 저기 밀리도 절대 묻지 않아요. 그분의 자식인데!"

"기력이 떨어지신 건가요?"

"맨날 도지는 그 발작이죠, 뭐. 그분은 슬며시 그런 상태에 빠진다니까요. 저 말고는 아무도 몰라요. 물어보지도 않고요. 그런 식이랍니다."

"혹시 상태가 좋아지셨다면, 이 편지를 건네주시겠어요? 난 문 앞에 있겠다고 전해주세요."

노파는 못마땅한 태도로 혀를 끌끌거리면서 편지를 받아들고는 내 면전에서 문을 닫았다. 그리고 몇 분 후 다시 나타났다.

"들어오세요."

나는 마담 와이엇의 말에 방으로 들어갔다.

사일러스 삼촌은 밤의 공포인지, 환영인지를 겪고 난 후 소파에 길게 누워 있었다. 낡은 노란 실내복 차림에 긴 흰머리가 아래로 늘어져 있었다. 얼굴에는 희번덕거리는 희미한 미소가 보였다. 그런 표정이 보기에도 두려웠다. 옆구리에 놓인 가늘고 긴 팔은 이따금 옆에 놓인 오드콜로뉴로 관자놀이와 이마를 적실 때 빼고는 전혀 움직이지 않았다.

"훌륭한 아이! 충실한 피후견인이자 나의 조카!"

현인이 웅얼거렸다.

"하늘이 네게 보상할 것이다. 너의 진솔한 행동이 네 자신의 안전과 나의 평화를 지켜주는구나. 앉거라. 그리고 이 캡틴 오클리가 누구인지 말해보아라. 언제 알게 되었는지, 나이는 몇 살이며, 재산은 어떤지, 유산 관계는 어떻게 되는지, 또 그가 말하는 숙모가 누군지 다 말해보아라."

그 모든 질문에 나는 충실하게 대답했다.

"와이엇, 흰 점적기點滴器 병*을 갖다 줘."

그는 가늘지만 엄중한 말투로 말했다.

"바로 편지를 쓸 거야. 난 손님을 맞을 수 없단다. 그리고 물론 넌 성인이 되어 사교계에 진출하기 전에는 젊은 캡틴을 받아들일 수 없고. 안녕! 신의 가호가 있기를."

와이엇은 흰 강장제를 와인잔에 따랐다. 방에는 에테르 냄새가 진동했다. 나는 방을 빠져나와서 기뻤다. 그 안의 인물들과 모든 풍경이 이 세상 같지 않았다.

"있지, 밀리. 너희 아빠가 캡틴에게 편지를 쓸 거래."

홀에서 밀리를 만났을 때 내가 말했다.

그 이후 나는 간혹 밀리 말이 옳았는지, 몇 달 전에 내가 어떻게 행동했어야 옳았는지 생각하곤 한다.

다음날 우리는 윈드밀 우드에서 다름 아닌 캡틴 오클리를 만났다. 이 흥미로운 조우가 일어난 장소는 내가 그토록 많은 칭찬을 들었던 나의 스케치 속 그 허물어가는 다리 근처였다. 전혀 예기치 못한 상황에서 그를 만나는 바람에 나는 그에게 화가 나 있다는 사실도 잊고서 매우 상냥하게 대했다. 그러다

* 아편 팅크제를 일컫는다.

보니 짧게 인사를 나누는 동안 다시 도도한 태도를 보이는 게 불가능했다. 간단한 인사와 찬사의 말을 마무리한 후 그가 말했다.

"사일러스 루틴 씨로부터 아주 기묘한 편지를 받았습니다. 그분은 분명 저를 매우 뻔뻔한 사람으로 생각하시는 것 같습니다. 기분 좋은 글이 아니었거든요. 사실 매우 무례한 편지였습니다. 저는 이해할 수가 없네요. 그분은 제가 자신의 침실에 침범하길 바라지 않는다고 하셨는데, 저는 그런 건 꿈도 꾸지 않았던 일입니다. 그러면서 아가씨를 찾아오면 안 된다는 거예요. 아가씨와는 이미 제가 친분을 나눈 영광을 누렸는데 말이죠. 게다가 아가씨의 안위에 가장 관심이 큰 분들의 허락을 받고 만났던 것 아닙니까? 그분들 또한 아가씨와 친분을 맺을 자격이 되는지 판단할 자격이 있는 분들인데 말이죠."

"제 삼촌 사일러스 루틴 씨는 아시다시피 저의 후견인이시고, 이 아가씨는 그분의 딸이자 제 사촌입니다."

이제 다소 고상한 태도를 보일 기회다 싶어 나는 정중하게 말했다. 그는 모자를 벗고 밀리에게 인사했다.

"제가 대단히 무례를 범했군요. 매우 어리석었습니다. 물론 루틴 씨는 사실 그럴…… 그럴 권리가 있으시죠. 저는 이렇게 가까운 친지를 알게 될 영광을 누릴지 전혀 생각도 하지 못했군요. 그러니까 저, 저…… 우와, 여기 풍경이 정말 기가 막히게 아름답군요! 저는 펠트램을 둘러싼 이 지역이 각별히 아름답다고 생각합니다. 그리고 여기 바트램-호프는 이 아름다운 지역에서도 가장 아름다운 장소라고 봅니다. 정말 펠트램과 홀 호텔을 적어도 일주일간 제 본부로 삼고 싶은 생각이 간절합니다. 저는 그저 무성한 나뭇잎이 아쉬울 뿐입니다. 하지만 여기 아가씨의 나무들은 겨울인데도 정말 멋지군요. 담쟁이덩굴이 아주 많은 나무들을 감싸고 있어요. 사람들은 덩굴이 나무를 망친다고 하지만, 분명히 아름답긴 하군요. 저는 이제 막 열흘의 휴가를 얻었습니다. 그 시간을 어떻게 써야 하는지 아가씨께서 조언을 좀 해주시면 감사하겠어요. 무얼 하는 게 좋을까요, 미스 루틴?"

"계획을 짜는 일에 관하자면, 제가 이 세상에서 제일 못하는 사람일걸요? 심지어 제 자신의 계획을 짜는 것도 힘들거든요. 웨일즈나 스코틀랜드에 가서서 겨울에 참으로 웅장해 보이는 그 아름다운 산에 오르는 건 어떠세요?"

"저는 펠트램이 훨씬 더 좋습니다. 아가씨가 그렇게 권해주시길 바랍니다. 그런데 이 예쁜 식물은 뭐죠?"

"우린 그걸 모드의 도금양이라고 불러요. 모드가 심었어요. 꽃이 만개하면 정말 예뻐요."

밀리가 대신 대답했다. 엘버스턴을 방문한 일이 우리 둘 모두에게 아주 큰 도움이 되었다.

"오! 아가씨가 심으셨다고요?"

그는 눈빛을 빛내며 매우 다정하게 말했다.

"제가 조금이라도…… 잎 하나라도…… 괜찮을까요?"

그러더니 그는 승낙을 기다리지 않고 자기 조끼 옆 잔가지

하나를 손으로 쥐었다.

"그래요. 그 단추하고 매우 예쁘게 잘 어울리네요. 그런데 그 단추 정말 예쁘네요. 안 그래, 밀리? 선물인가요? 기념품인가요?"

이것은 그 단추 제조업자를 겨냥한 일격이었다. 나는 그가 조금 의아하게 나를 쳐다보았다고 생각했다. 그러나 내 표정은 그토록 '매혹적으로 단순'해서 의심을 누그러뜨렸다고 생각한다.

바로 전날 저녁 매우 신랄하게 흥을 본 신사로부터 그 모든 애정 어린 말들을 듣고서 이런 식으로 말했으니, 나도 참 요상하게 행동했다고 인정한다. 그러나 바트램은 지독하게 외로웠다. 그 그림같이 예쁘면서도 야생이 살아 있는 지역에 문명화된 사람이 나타나는 건 흔치 않은 일이었다. 그리고 특별히 여성 독자에게 묻는다. 왜냐하면 여성이 날 더욱 엄격하게 판단할 것이기 때문이다. 바로 이런 질문이다. 당신은 당신의 과거 삶에서 한 번도 그런 어리석은 짓을 하지 않았는가? 6분 정도 시간이 주어진다면, 과거에 저질렀던 비슷한 모순된 행동을 여섯 가지 정도 떠올릴 수 없겠는가? 우리가 항상 남성처럼 강해야 한다면, 더 약한 성의 인간으로서 가지는 이점이 무엇인지 나는 정말 알 수가 없다.

사실 한때 내가 경험했던 그 감정은 되살아나지 않았다. 나는 이런 것들이 일단 소멸되면 죽은 애완견이나 기니피그나 앵무새처럼 다시 살아나기 어렵다고 믿는다. 내가 완벽하게 냉정했기 때문에 그 세련된 캡틴과 그토록 상냥하게 이야기를 나눌 수 있었던 것이다. 바로 이 사람, 이 사람은 분명 거칠지만 아름다운 이 영지를 함께 산책할 때, 분명 나를 자신의 포로라고 생각하며, 아마도 가끔 이 바트램을 이용하려면 무엇을 해야 하는지, 혹은 무언가 다른 것을 꾸미려면 어떻게 해야 하는지, 자신이 언제 바트램의 주인이 되는 게 어울릴지 생각하고 있었을 것이다.

바로 그때 밀리가 나를 쿡 찌르며 속삭였다.

"저기 봐봐!"

나는 밀리의 시선을 좇아가다가 혐오스러운 나의 사촌 더들리를 보았다. 그는 보기 싫은 가로줄무늬 페그톱* 차림이었다. 그렇게 그는 개선되기 전 밀리가 슬롭스라고 부르던 흉물스러운 바지를 입고 터벅터벅 세련된 우리 일행을 향해 다가오고 있었다. 나는 밀리가 그를 매우 창피해했다고 생각한다. 나 또한 분명 그랬다. 어쨌든 그때 나는 곧 닥칠 사건을 짐작조차 하지 못했다.

매력적인 캡틴은 아마도 그를 이 지역의 시골 하인쯤으로 여겼던 것 같았다. 더들리가 화가 나 창백해진 얼굴로 가까이 다가올 때까지 즐거운 듯 대화를 계속하고 있었기 때문이었다. 더들리는 씩씩거리며 재빠르게 다가와 밀리와 내게 인사할 생각도 하지 않은 채 우리의 우아한 손님에게 다짜고짜 시

---

* 위는 넓고 밑은 좁은 팽이 모양의 바지.

비를 걸었다.

"실례지만, 장소를 잘못 알고 여기 온 거 아니쇼? 안 그렇소?"

그는 캡틴 바로 앞에 버티고 섰다. 누가 보아도 위협적인 태도였다.

"저이와 이야기를 해도 될까요? 잠시 실례하겠습니다."

캡틴은 우리를 향해 침착하게 말했다.

"하이고, 아가씨들이 충분히 실례하라고 할 거요. 나와 상대하시오. 길을 잘못 든 거 아니냐고요?"

"잘못 들었다는 생각은 하지 않는데요?"

캡틴은 경멸에 찬 표정으로 말을 이었다.

"당신 소동을 피울 작정 같아 보이는군요. 그게 당신의 목적이라면, 숙녀분들과 좀 떨어진 곳으로 옮깁시다."

"난 당신이 온 곳으로 당신을 돌려보내려는 거요. 소동을 피울 생각이라면, 쪼다라는 게 발각될 텐데? 왜냐! 내가 후려쳐서 당신을 쓰러트릴 거니까."

"저분에게 싸우지 말라고 해. 저이는 더들리한테 상대가 안 돼."

밀리가 속삭였다. 그때 난 딕컨 혹스가 울타리에 기대 씩 웃는 모습을 보았다.

"혹스 씨."

나는 밀리를 데리고 그 가망 없는 중재자에게로 향했다.

"제발 불행한 일이 벌어지지 않게 둘을 막아줘요."

"그러고 둘 다에게 줘 터지라고요? 아니올시다, 아가씨, 감사합니다요."

딕컨이 태평하게 웃음 지었다.

"그런데, 누구시죠?"

우리의 낭만적인 지인이 군인다운 엄중한 태도로 물었다.

"내가 말하리다, 당신이 누군지. 당신 오클리지? 홀 호텔에 묵고 있는 사람? 대장님이 어제 편지를 보냈을 텐데? 감히 우리 영지 안으로 기어들어오지 말라고. 휴가 중인 캡틴인지 뭔지가 마누라감 찾으러 여기 온 모양인데……"

그 순간 더들리가 말을 다 마치기도 전에, 얼굴이 시뻘게진 캡틴 오클리가 들고 있던 나뭇가지로 더들리의 그 잘난 얼굴을 후려쳤다.

나는 일이 어떻게 벌어졌는지 모른다. 마녀의 주문에 의해 벌어진 건지 어떤 건지 모른다. 철썩 소리가 났고 캡틴이 바닥에 대자로 쓰러져 있었다. 입은 피범벅이었다.

"맛이 어떠신가?"

딕컨이 선 자리에서 으르렁거렸다. 캡틴 오클리는 즉각 자리에서 벌떡 일어났다. 모자가 벗겨졌고 미친 듯 사나워 보였다. 더들리를 향해 주먹을 날렸으나, 더들리는 날렵하게 몸을 피했다. 그러더니 다시 똑같이 끔찍한 소리가 들렸다. 단지 이번에는 우편 집배인의 문 두드리는 소리처럼 퍽, 퍽 이중의 소리였다. 캡틴 오클리는 다시 대자로 풀밭에 뻗었다.

"코를 후려쌔렸네, 하하하!"

딕컨이 껄껄거리며 소리 질렀다.

"가자, 밀리. 나 토할 거 같아."

내가 말했다.

"그만해, 더들리. 그러다 저 사람 죽이겠어."

밀리가 소리 질렀다. 그러나 캡틴은 코고 입이고 옷 앞섶이고 모두 하나의 거대한 핏덩어리로 물들었는데, 눈 밑까지 피를 흘리면서도 그에게 다시 달려들었다.

나는 돌아섰다. 기절할 것 같았다. 순전한 공포로 울음을 터뜨릴 찰나였다.

"코를 개박살 내!"

딕컨이 미친 듯 신이 나서 소리 질렀다.

"부러뜨리려고 하고 있어. 벌써 부러진 건 아닌지 몰라?"

밀리가 소리 질렀다. 나중에 깨달은 바, 캡틴의 콧대 높은 그리스 코를 가리키며 한 말이었다.

"작은 놈 브라보!"

캡틴은 둘 중 상당히 더 컸다. 또 다시 한 방. 캡틴 오클리가 다시 쓰러진 것 같았다.

"잘한다, 잘한다! 주둥이를 공격해!"

딕컨이 고함 쳤다.

"밀어붙여. 같은 데를 공략해! 그라지, 그라지, 잇몸 공격! 아직 맛을 덜 봤어!"

완전히 역겹고 전율에 빠진 나는 최대한 빨리 그 자리를 벗어났다. 뒤에서 캡틴 오클리의 거친 고함 소리가 들렸다.

"넌 젠장할 돈내기 격투 선수로군! 난 너와 주먹으로 겨룰 수 없어."

"내가 뭐랬냐? 너 후려쌔려서 기절시킨다고 했잖아!"

더들리가 야유를 보냈다.

"하지만 네놈은 신사의 아들이야. 그러니 나와 신사답게 싸워야 해."

그 말에 더들리와 딕컨의 야유의 웃음소리가 크게 들려왔다.

"연대장님한테 안부 전해라. 그리고 거울 볼 때마다 내 생각하고, 잉? 그리고 돌아가려거든 코 남은 거 찾아가. 옥수수 몇 알도 털린 거 같은데, 풀밭 잘 살펴봐라, 잉?"

이런저런 야유와 조롱이 만신창이가 되어 퇴각하는 캡틴을 뒤따랐다.

제47장
닥터 브라이얼리가 다시 나타나다

그런 일을 경험해보지 않은 사람이라면, 어쩔 수 없이 목격하게 된 그런 광경이 나처럼 특이한 기질을 가진 젊은이에게 남긴 혐오와 공포를 상상할 수 없을 것이다.

나는 어쩔 수 없이 그 일에 연루된 사람들을 평가할 수밖에 없었다. 그렇게 철저하게 열등함이 드러나는 일은 우아한 여성적 감각에 큰 충격을 주었다. 그런 일은 그 어떤 여성도 잊지 못할 것이다. 캡틴 오클리는 자기보다 작은 남자에게 심각한 폭행을 당했다. 참 딱한 일이긴 하지만, 위엄을 깎아내리는 일이다. 또 밀리가 그의 치아와 코에 대해 걱정을 늘어놓은 것은 어떤 면에서 끔찍한 일이기도 하지만, 고통스러우면서도 우스꽝스러운 느낌이 없지 않았다.

한편 사람들은 그러한 야만적인 대결에서조차 우월한 무용은 여성에게 경탄과 비슷한 감정을 불어넣는다고 한다. 나의 경우에는 단언컨대 완전히 반대다. 더들리 루틴에 대한 나의 평가는 그 어느 때보다 더 낮아졌다. 나는 그를 더욱 무서

위하게 되었다. 그것은 순전히 그 야만적이고 냉혈한적인 이미지 때문이었다.

이 일 이후로 나는 삼촌의 방으로 불려가 캡틴 오클리를 만나게 된 일을 추궁당할까 봐 끊임없이 불안한 상태에 빠졌다. 나는 완벽하게 결백했다. 하지만 그 일이 의심스럽게 보이는 건 사실이니 그럴 수밖에 없었다. 다행히 그런 일은 벌어지지 않았다. 아마도 삼촌이 나를 의심하지 않았을지도 모른다. 혹은 어쩌면 그는 모든 여자들이 다 거짓말쟁이이며, 내가 무슨 말을 하건 상관없다고 생각했는지 모른다. 나는 후자가 더 가능성이 높다고 생각한다.

어떤 방법으로 그랬는지 모르겠지만 금고가 다시 채워진 것 같았다. 다음날 아침 더들리가 그 번드르르한 나들이를 떠났기 때문이었다. 가여운 밀리는 그가 울버햄튼에 간 것 같다고 했다. 같은 날 닥터 브라이얼리가 도착했다.

밀리와 나는 내 방 창에서 그가 안뜰로 들어와 마차에서 내리는 모습을 보았다. 모래빛 머리와 구레나룻을 한 마른 남자 한 명이 그와 함께 마차에 타고 있었다. 닥터 브라이얼리는 언제나 새 옷처럼 보이지만 절대 몸에 맞지 않는, 항상 똑같은 검은 정장 차림이었다.

닥터는 근심에 찌든 모습이었다. 지난번 보았을 때보다 몇 년은 더 늙어 보였다. 그는 삼촌의 방으로 안내되지 못했다. 나보다 더 호기심이 강한 밀리는 우리의 달달 떠는 집사가 그에게 삼촌이 면담을 하지 못할 정도로 건강 상태가 좋지 않다고 알렸음을 확인했다. 그래서 닥터 브라이얼리가 쪽지를 써 보냈고, 사일러스 삼촌은 그에 대한 답으로 5분 후에 만날 수 있다고 했다. 아직 그 5분이 채 다 되지 않은 상황에서 밀리와 나는 무슨 일인지 추측만 하고 있었다. 그때 메리 퀸스가 들어왔다.

"와이엇이 전해준 말인데요, 아가씨 삼촌께서 지금 당장 오라고 하시네요."

방에 들어갔을 때 사일러스 삼촌은 책상 앞에 앉아 있었다. 그는 고개를 들었다. 그보다 더 위엄 있고 덕망 있고 고통스런 모습이 있을까?

"얘야, 내가 널 부른 이유는……"

그는 가늘고 흰 손을 뻗어 애정 어린 몸짓으로 내 손을 잡고 매우 다정하게 말했다.

"나는 비밀을 원하지 않고, 또 네가 나의 보호하에 있는 동안 네 이익에 부합할 모든 일을 다 알기 바라기 때문이란다. 나는 사랑하는 조카가 솔직한 나에게 보답할 거라고 생각한단다. 오, 여기 신사분이 오셨구나. 얘야, 여기 앉아라."

닥터 브라이얼리가 사일러스 삼촌에게 다가와 악수를 청하려고 했다. 삼촌은 전혀 감정을 드러내지 않고 진지하고 도도한 태도로 자리에서 일어났다. 그렇게 그는 닥터에게 격식을 갖춘 목례를 하도록 유도했다. 나는 수수한 닥터가 어떻게 저렇게 놀랍도록 고고한 인물을 그토록 평온하게 대적할 수 있는지 의아했다.

지쳐 보이는 희미한 미소, 경멸보다 오히려 슬픔이 담긴 듯한 그 미소가 닥터가 품은 혐오감을 나타내는 유일한 표시였다.

"안녕하십니까, 아가씨?"

그가 손을 내밀며 말했다. 신사들이 여성에게 보이는 격식 차린 인사가 아닌 편한 인사였다.

"제가 자리에 좀 앉는 게 좋을 것 같습니다, 선생님."

닥터 브라이얼리가 테이블 가까이 평온한 태도로 자리를 잡고 볼품없는 다리를 꼬았다. 삼촌이 목례했다.

"이 일의 성격을 잘 아실 테지요, 선생님? 미스 루틴이 이 자리에 함께하길 바라십니까?"

"내가 불렀소."

삼촌이 매우 점잖으면서도 비꼬는 투로 말했다. 얇은 입술에 미소를 머금고 눈썹이 한순간 경멸하듯 기이하게 비틀리며 위로 올라갔다.

"얘, 모드야. 이 신사분이 내가 네게 강도짓을 한다고 넌지시 비추는 것 같구나. 난 그게 놀라워. 분명 너도 그럴 것이야. 난 감출 게 아무것도 없어. 이분이 자세하게 자신의 견해를 펼칠 때 네가 함께하길 바란다. 강도짓으로 표현한 내 말이 맞지요, 선생?"

닥터 브라이얼리는 생각에 잠긴 채 말을 시작했다. 그는 그 문제를 감정의 문제가 아니라 권리의 문제로 다루고 있었기 때문이었다.

"선생님께 속하지 않은 것을 취해서 선생님의 이익을 위해 전용하면 그렇겠지요? 그러나 최악의 경우라도 그건 강도짓이라기보다 도둑질에 더 가깝습니다."

나는 닥터 브라이얼리가 너무나 무덤덤하게 모욕적인 대답을 할 때, 사일러스 삼촌의 입술과 눈꺼풀과 얇은 뺨이 마치 안면경련 발작을 하는 듯 떨리며 오그라드는 모습을 보았다. 그러나 삼촌은 도박장에서 익힌 자기 통제력을 발휘하고 있었다. 그는 싸늘하고 빈정대는 웃음을 지으면서 어깨를 으쓱하더니 흘긋 나를 돌아보았다.

"쪽지에 토지 훼손을 언급한 것 맞지요, 선생?"

"네, 훼손입니다. 윈드밀 우드의 목재를 벌목하고 판매한 것이요. 오크나무 껍질을 판매하고 숯을 만들었다고 들었습니다."

브라이얼리가 신문 기사에 난 정보를 전달하는 것처럼 슬프고 조용하게 답했다.

"경관에게서요? 아니면 개인적으로 고용한 스파이라도 있는 겁니까? 혹은 가여운 나의 형님 돈으로 나의 하인들이라도 매수한 겁니까? 참 고결한 처사로군요?"

"전혀 그런 게 아닙니다, 선생님."

삼촌이 그의 말에 비웃었다.

"증거 수집을 위한 부당한 조사는 없었습니다. 이 문제는 단순히 권리의 문제입니다. 그리고 이 경험 없는 젊은 숙녀가 사취당하지 않도록 돌보는 것이 우리의 의무입니다."

"제 삼촌에게서요?"

"그 누구라도요."

닥터 브라이얼리는 전혀 감정에 휘둘리지 않는 태도를 보였다. 그 모습에 나는 경탄하지 않을 수 없었다.

"물론 당신은 전문가의 견해를 듣고 오신 거겠지요?"

여전히 미소 짓고 있는 삼촌이 교묘하게 물었다.

"사건은 그라인더스 경사에게 맡겨졌습니다. 그런 고위 관리들은 우리가 바라는 것처럼 그렇게 빨리 사건을 결론짓지 않습니다."

"그렇다면 공식 서류가 없다는 거군요?"

"제 변호사는 이 문제에 있어 매우 분명합니다. 제가 보기에는 선생님 측에서 이의를 제기할 게 없습니다. 형식상으로는 말이죠."

"그래요, 형식상으로는 갖추었겠지요? 그럼 그 잘난 법적 문제로 보면, 한 아둔한 변호사의 추측과 교묘한 약제사, 아, 죄송합니다, 그러니까 의사의 추측이, 내 면전에서 내가 나의 조카이자 피후견인에게 사기를 치고 있다고 말할 만한 충분한 근거라는 말이군요!"

삼촌은 의자에 물러나 앉아 경멸이 담긴 인내의 미소를 보이면서 닥터 브라이얼리를 바라보았다.

"제가 그런 표현을 썼는지는 모르겠습니다만, 저는 그저 단순히 사실을 말하고 있을 뿐입니다. 실수로 그랬건 아니건, 선생께서 법적으로 소유하고 있지 않은 권한을 행사하고 있다는 말씀입니다. 그리고 그런 행위의 결과는 영지를 빈한하게 만들고, 그게 선생님께 이익이 되는 만큼 이 젊은 숙녀분께 손해가 된다는 뜻입니다."

"나는 실질적으로 사취인이다? 아, 알겠군요. 당신의 태도를 보면 다 알겠어요. 나는 하늘에 감사하는 바, 과거의 내가 아닌 매우 다른 사람입니다."

사일러스 삼촌은 낮은 목소리로 매우 숙고하며 말했다.

"나는 이렇게까지 모욕을 당하기 전에 진작 당신에게 한 방 날릴걸 하는 생각이 드는군요?"

"하지만 선생님, 솔직하게 말씀해보시지요? 무슨 말씀을 하고 싶으신 겁니까?"

닥터 브라이얼리가 다소 얼굴을 붉히며 엄중하게 말했다. 속으로 자극받은 것 같았다. 목소리를 높이지는 않았지만 흥분한 태도가 묻어났기 때문이었다.

"나는 나의 권리를 지키겠다는 말입니다."

사일러스 삼촌이 매우 음산한 태도로 웅얼거렸다.

"나는 전문가의 의견이 없지 않아요. 당신은 없지만 말입니다."

"제가 선생님을 괴롭히는 걸 즐거워하는 것처럼 생각하시는 것 같습니다. 그러나 그건 틀린 생각입니다. 저는 누구건 괴롭히는 걸 싫어합니다. 기질적으로 그래요. 정말 싫습니다. 그러나 제가 처한 상황을 모르시겠어요? 저는 모든 사람들을 만족시키면서 제 임무를 다하고 싶습니다."

사일러스 삼촌은 목례를 하고 미소 지었다.

"제가 아가씨의 영지인 톨킹덴에서 스코틀랜드 집사를 데리고 왔습니다. 허락하신다면, 우리가 그 장소를 방문해 직접 확인하고 보고서를 쓰겠습니다. 즉 훼손이라고 인정하시면, 법을 따져봐야겠지요."

"바라건대, 당신과 당신의 그 스코틀랜드인은 그런 거 하지 마세요. 그리고 나는 그 어떤 것도 부인도 인정도 하지 않을 것이오. 그러니 그 점을 염두에 두고 내 살아생전 더 이상 그 어떤 핑계를 대더라도 이 집에, 또 바트램-호프의 영지에 다시는 나타나지 마시기 바랍니다."

사일러스 삼촌은 똑같이 멀건 미소와 찌푸린 표정을 지은 채 면담이 끝났다는 표시로 자리에서 일어났다.

"안녕히 계십시오."

닥터 브라이얼리는 생각에 잠긴 듯한 슬픈 표정으로 인사했다. 그는 잠시 머뭇거리다가 내게 말했다.

"아가씨, 홀에서 잠깐 저와 얘기 좀 나눌 수 있을까요?"

"한마디도 안 됩니다."

사일러스 삼촌이 눈을 부라리며 사납게 말했다. 잠시 침묵이 흘렀다.

"모드야, 거기 그대로 앉아 있거라."

다시 침묵.

"나의 피후견인에게 할 말이 있으면, 여기서 하시지요."

닥터 브라이얼리는 나를 보며 검고 소박한 얼굴에 말할 수 없는 연민의 표정을 지었다.

"저는 그저 아가씨가 어떤 식으로든 도움이 필요하면, 그 어떤 것이든 도와드릴 준비가 되어 있다는 말씀을 전하려고 했던 것뿐입니다. 그뿐입니다. 꼭 기억해주세요."

그는 머뭇거리며 무언가 더 할 말이 있는 것처럼 똑같은 표정으로 나를 바라보았으나, 그저 이렇게만 말했다.

"그게 답니다, 아가씨."

"닥터 브라이얼리, 가시기 전에 악수하지 않으실래요?"

내가 간절한 마음으로 그에게 다가갔다. 웃음기 없는 그의 얼굴에는 여전히 슬픈 불안이 묻어났다. 마음속에는 무언가 다른 것이 들어차 있어 보였다. 말을 할까 말까 작심을 하지 못한 채 매우 차가운 손으로 내 손을 잡고 한동안 가만히 있다가 천천히 흔들기 시작했다. 그러면서도 심각하고 괴로운 눈빛은 무의식적으로 사일러스 삼촌의 얼굴에 닿아 있었다. 그는 슬픈 말투, 넋이 나간 표정으로 말했다.

"안녕히 계세요, 아가씨."

삼촌은 닥터의 그 슬픈 시선을 피하고는 이상한 눈빛으로 창을 바라보았다. 잠시 후 닥터 브라이얼리는 한숨을 쉬면서 내 손을 놓았다. 그러고는 불쑥 내게 고개를 살짝 끄덕이고 방을 떠났다. 나는 진정한 친구가 내게서 멀어지는 그 우울한 발소리를 들었다.

"우리를 유혹에 들게 하지 마옵소서. 그렇게 기도하자. 우리 스스로의 의지로 유혹에 빠짐으로써 천상의 영원한 왕을 조롱하면 안 된다."

닥터 브라이얼리가 떠나고 적어도 5분이 지나서야 삼촌이 이 계시 같은 말을 했다.

"모드, 내가 저이에게 나의 집에 못 오게 금지시킨 것은, 첫째는 저이의 완벽하게 무의식적인 오만 무례한 행동이 나의 인내심을 넘어섰기 때문이야. 그리고 또 내가 저자에 관해 좋지 않은 평판을 들었기 때문이란다. 나는 저 사람이 말하는 권리의 문제를 완벽하게 잘 알고 있단다. 나의 소중한 조카, 나는 너의 차가인借家人이다. 내가 떠나고 나면 넌 내가 얼마나 양심적이었는지 잘 알게 될 거야. 젊은 시절을 잘못 보낸 탓에 혹독한 대가를 치르면서 금전적으로 매우 큰 어려움에 빠져 지내는 내가, 내게 주어진 법적 권리의 엄격한 선을 추호도 어기지 않기 위해 얼마나 주의를 기울였는지 알게 될 것이다. 너의 차지인借地人이자 마찬가지로 너의 후견인으로서 말이다. 또한 무거운 마음의 짐을 진 내가 기적적인 힘과 은혜 덕분에, 나 스스로를 얼마나 순수하게 지켜냈는지 알게 될 것이야."

그는 잠시 말을 멈춘 후 다시 입을 열었다.

"세상은 전향한 사람에게 믿음을 주지 않아. 과거의 행실을 절대 잊지 않고, 나은 사람이 된다는 걸 믿지 않아. 세상은 냉혹하고 어리석은 재판관이란다. 나는 나를 비방하는 사람들이 그러는 것보다 나 자신의 과거에 대해 더 혹독하고 더 혐오스럽게 묘사한단다. 분별없는 방탕아이자 신을 모르는 난봉꾼이었지. 내가 바로 그런 사람이었다. 지금은 네가 보는 대로 이런 사람이야. 이 세상 너머에서 희망을 보지 못했다면, 모든 인간 중에 가장 비참한 사람이었을 것이다. 그러나 그런 희망으로 죄인이 구원을 받았단다."

그때 그는 점점 더 웅변적이고 신비스럽게 변했다. 나는 스베덴보리 교리 공부가 그의 종교관에 이상한 빛을 뿌렸다고 생각한다. 그가 그런 식으로 상징의 세계로 빠지면 나는 이해하기가 무척 힘들었다. 나는 그저 그가 대홍수와 마라의 바다에 대해 이야기했다고 기억할 뿐이다. 그는 그때 이렇게 말했다.

"난 씻겼어. 나는 세례를 받았어."

그런 다음 잠시 멈춘 후 오드콜로뉴로 관자놀이와 이마를 적셨다. 아마도 그런 행동은 세례의 이미지에 영감을 받은 행동 같았다. 그는 그렇게 다시 정신을 가다듬더니 한숨을 쉬고는 미소 지으며 다시 닥터 브라이얼리 이야기로 돌아갔다.

"닥터 브라이얼리 그자 말이야. 나는 그자가 교활하고, 돈을 좋아하고, 가난하게 태어났으며, 제 직업으로 아무것도 하지 않는다는 사실을 알아. 하지만 그자는 가여운 내 형님의 유언으로 네 돈 중에 수천 파운드를 소유하게 되었어. 그는 물론 '놀로 에피스코파리(중요 직무의 취임 사퇴)'의 제스처를 취하면서도 결국 피신탁인 대행의 자리를 받았지. 그런 지위엔 막대한 네 재산에 대한 무수한 기회가 내포되어 있단다. 몽상가적 스베덴보리 교도로서는 그렇게 나쁜 비즈니스가 아니야. 그런 사람들이 번영하는 법이란다. 그러나 그자가 날 이용해 돈을 벌 생각이었다면, 그자는 실망할 수밖에 없어. 너도 알게 되겠지만, 그자는 자신의 피신탁인 지위로 돈을 벌 수 있어. 그렇게 작심한다면 그건 위험한 일이지. 하지만 그자가 부자의 삶을 추구한다면, 나는 그자가 나사로처럼 죽게 되길 바란다. 하지만 그자가 나사로처럼 천사들에 의해 아브라함의 품속에 옮겨지건 말건, 또는 부자로 죽어서 땅에 묻힌 뒤 고통 속에 빠지건 말건, 나는 그자를 볼 생각이 전혀 없다."

사일러스 삼촌에게 갑자기 피로가 몰려오는 것 같았다. 그는 오싹한 표정으로 뒤로 기댔다. 마른 얼굴이 기력을 잃고 땀에 젖어 번들거렸다. 나는 비명을 지르며 와이엇을 불렀다. 그러나 그는 이내 그 기이한 미소를 지을 정도로 회복했다. 그러더니 미소 띤 얼굴을 찌푸리며 고개를 끄덕이고는 내게 나가보라고 손짓했다.

제48장
질문과 대답

그 기이한 병이 무언지 몰라도 삼촌은 그날 앓아눕지 않았다. 늙은 와이엇은 부루퉁한 태도로 삼촌에게 이상한 점은 아무것도 없다고 짧게 반복할 뿐이었다. 그러나 나에게는 고통과 두려움의 감각이 느껴졌다. 닥터 브라이얼리는 삼촌의 빈정거리는 평가에도 불구하고 나의 마음속에는 현명하고 진실한 친구로 남아 있다. 나는 평생 남에게 의지하는 게 익숙했다. 그리고 지금 의욕적이고 유능한 친구가 알 수 없고 분명치 않은 많은 의심과 경고에 시달린 채 사라지자, 나는 가슴이 철렁 내려앉았다.

그래도 소중한 커즌 모니카와 유쾌하고 믿음직한 친구 일베리 경이 남아 있었다. 일주일 조금 못 되어 레이디 메리가 나와 밀리를 그랜지로 초대했다. 그곳에서 레이디 놀리스와 재회하자는 것이었다. 그녀는 일베리 경이 삼촌에게 자신의 요청을 거드는 편지를 보냈다고 했다. 그리고 오후에 나는 삼촌 방에 오라는 이야기를 들었다.

"레이디 메리 캐리스브록이 너와 밀리를 초청해, 그곳에서 모니카 놀리스를 만나자고 한 초청장 받았지?"

삼촌은 내가 자리에 앉자마자 물었다. 그렇다고 대답하자 그가 말을 이었다.

"자, 모드 루틴. 난 네가 진실을 말할 것을 기대한다. 나는 네게 솔직했다. 그러니 너도 나에게 그러기 바란다. 레이디 놀리스가 나에 대해 험담하는 얘기를 들은 적이 있니?"

나는 뜻밖의 질문을 받고 당황했다. 뺨이 붉어지는 걸 느꼈다. 나는 멍한 눈으로 그의 사납고 싸늘한 눈빛을 바라보며 말을 잇지 못했다.

"그래, 모드. 그런 적이 있구나?"

나는 침묵을 지키며 고개를 숙였다.

"내가 안다. 그러나 네가 대답해야 옳은 거야. 그런 적 있니, 없니?"

나는 두세 번 목을 가다듬었다. 목이 떨려왔다.

"기억하려고 하고 있습니다."

마침내 내가 말했다.

"기억해보거라."

그가 고압적으로 말했다. 잠깐 동안 침묵이 흘렀다. 나는 그 어떤 대가를 치르더라도 이 곳이 아닌 다른 장소에 있고 싶었다.

"모드. 넌 분명히 네 보호자를 속이고 싶지는 않겠지? 자, 질문은 간단하다. 난 이미 진실을 알고 있어. 다시 물으마. 레이디 놀리스가 나에 대해 나쁘게 말하는 걸 들은 적이 있니?"

"레이디 놀리스는……"

나는 불분명하게 말이 나왔다.

"매우 자유롭게 말씀을 하십니다. 그리고 자주 농담을 하세요. 하지만……"

삼촌의 얼굴은 위협적이었다.

"삼촌이 하신 일들 중 일부에 대해 반대 의견을 내는 걸 들은 적이 있어요."

"자, 모드."

그가 여전히 낮은 목소리로 엄중하게 물었다.

"놀리스가 그 혐의를 넌지시 비추지 않았니? 그러니까, 얼마 전 여기서 그 교활한 약제사가 이빨을 드러내고 발톱을 세우면서 전면적으로 공격했던 그 진술 말이다. 내가 영지의 나무를 벌목해서 너의 재산을 사취한다는 이야기 말이야?"

"그분은 분명 그 정황을 언급하시긴 했어요. 그렇지만 그분은 또 삼촌이 자신의 권리 범위에 대해 모르시기 때문에 그런 것일 수도 있다고 말하셨어요."

"자자, 모드. 얼버무리려고 하면 안 돼. 놀리스가 네 앞에서 습관적으로 나에 대해 깔보는 말을 네게 하지 않더냐? 대답해라."

나는 고개를 숙였다.

"맞니, 틀리니?"

"저, 그게……아마도 그런 거 같아요."

나는 더듬다가 급기야 울음을 터뜨렸다.

"자, 울지 말거라. 넌 놀랄 만도 하지. 놀리스가 내 딸 밀리센트 앞에서도 같은 말을 하지 않았니? 내가 다 알고 있다. 다시 묻는다. 머뭇거려봤자 소용없다. 어서 대답해보아라."

나는 흐느끼면서 진실을 말했다.

"자, 앉아 있거라. 내가 답장을 쓸 것이니."

그는 보기에도 괴로운 그 특유의 찌푸린 얼굴, 이상한 미소를 짓는 표정으로 종이를 내려다보며 편지를 썼다. 그런 후 그는 내게 편지를 내밀었다.

"읽어라, 얘야."

편지는 다음과 같았다.

친애하는 레이디 놀리스에게.

당신은 내게 일베리 경이 요청한 일을 확인하는 편지를 보냈지요. 내가 나의 피후견인과 딸을 레이디 메리의 초청에 보내달라는 요청 말이오. 내가 당신이 나에 대해 항상 무책임하게 악감정을 품고 있다는 사실을 완벽하게 인지하고, 또한 나의 딸과 피후견인 앞에서 나에 대해 이야기할 때 당신이 보여야 하는 민감함과 도의심의 조건을 잘 인지하고 있는 마당에, 나는 그저 어떻게 당신이 그런 요청을 할 수 있는지 놀라울 뿐입니다. 그러니 그 요청을 단호하게 거절합니다. 그리고 앞으로 다시는 직접적인 비방이건 암시적 비방이건 간에 나의 피후견인과 자식에 미치는 나의 영향력과 나의 권위를 훼손하려드는 기회를 차단하기 위해서 심혈을 기울여 효과적인 조치를 취할 것이오.

― 비방당하고 상처받은 친지
사일러스 루틴

나는 아찔했다. 그러나 나를 고립시킬 이런 타격에 대해 내가 무엇으로 애원할 수 있을까? 나는 노인의 대리석같이 차가운 얼굴을 보며 두 손을 맞잡고 소리 내어 울었다. 그는 듣지 않는 태도로 편지를 접어 봉하고 일베리 경에게 답장을 썼다.

그는 편지를 다 쓰고 마찬가지로 나에게 그것을 보여주었다. 나는 또 끝까지 읽었다. 그 편지엔 그저 자신이 조카와 딸이 그토록 행복해할 초청을 거절할 수밖에 없는 불행한 정황에 대한 설명을 레이디 놀리스에게 물어보라고 쓰여 있었다.

"봤지, 모드야? 내가 너에게 얼마나 솔직한지?"

그는 접기 전에 펼쳐진 편지를 내 앞에 흔들면서 말했다.

"너도 나처럼 솔직함으로 보답하기 바란다."

그 방에서 나온 후 밀리에게 달려갔다. 밀리는 크게 실망해 눈물을 터뜨렸다. 그리하여 우리는 함께 울었다. 그러나 내 슬픔에는 그 이상의 이유가 있었던 것 같다.

나는 친애하는 레이디 놀리스에게 편지를 쓰는 우울한 임무에 착수했다. 나는 그녀에게 삼촌과 화해해달라고 간청했다. 나는 그가 내게 얼마나 솔직하게 대했는지 말했고, 또 그가 어떻게 그의 슬픈 답장을 내게 보여주었는지 말했다. 나는 닥터 브라이얼리와 면담할 때 그가 직접 나를 불러들인 이야기도 했다. 그 비난에 그가 얼마나 동요하지 않았는지, 죄책감은 전혀 보이지 않았고, 오히려 그 반대로 완벽한 자신감을 보였다고 말했다. 나는 그녀에게 최선의 방법으로 생각해줄 것을, 나의 고립을 생각해 사일러스 삼촌과 제발 화해할 것을 간청했다.

"그저 이것만 생각해주세요. 저는 아직 열아홉밖에 되지 않았고 앞으로도 2년을 외롭게 버텨야 해요. 아, 이런 고립은 정말 괴로워요!"

이 편지에 서명할 때 내 마음은 망한 상인이 자신의 파산 선고 서류에 서명할 때보다 더욱더 무거웠다.

젊은이의 슬픔은 신들의 상처와 같다. 피가 흐르는 상처를 치유하는 영액靈液이 있다. 그렇게 밀리와 나는 스스로를 위로했고, 다음날 우리는 어쩔 수 없는 것을 기꺼이 체념하고 산책과 대화와 독서를 즐겼다.

밀리와 나는 듀벌리 경과 닥터 팬글로스* 사이 같았다. 나는 밀리의 '깔깔-학'을 고쳐야 하는 임무를 맡았고, 그 일로 우리는 굉장히 즐거웠다. 우리가 운명에 그렇게 순종한 밑바탕에는 그 무정한 사일러스 삼촌이 언젠가는 누그러질 거라는, 혹은 사이렌과 같은 커즌 모니카가 결국 삼촌을 살살 녹여 넘

---

* 조지 콜맨 더 영거의 희극 『법적 상속인』(1797)에 등장하는 인물로, 닥터 팬글로스는 상인이었다가 먼 친지의 죽음으로 귀족 작위를 물려받아 듀벌리 경이 된 남자를 가르치는 젠체하는 선생이다.

어오게 할 거라는 희망이 숨어 있었다.

그러나 더들리의 부재로 생긴 위안은 오래가지 않았다. 어느 날 아침 여러 가지 생각에 잠겨 나 혼자 뜨개질을 하고 있을 때, 나쁘지 않은 기억에 빠진 그 순간 사촌 더들리가 방으로 들어왔다.

"끈덕지게 또 돌아왔지. 그동안 어찌 지내셨나? 이쁜 건 여전하네? 만나서 겁나게 반가워. 너만 한 여자는 없더라고, 모드."

"일을 할 수 없으니, 내 손을 놓아줘요."

나는 그의 열정을 식힐 요량으로 매우 뻣뻣하게 굴었다.

"네가 좋아하는 일이라면 뭐든 하지, 모드. 네가 원하는 거면 뭐든 다 들어주고 싶어. 나 울버햄튼에 갔다 왔어. 거기 겁나 떠들썩했지. 그러고 레밍턴에도 다녀왔고. 빌린 말로 사냥개들 쫓아가다가 모가지가 부러질 뻔했다니까. 내 모가지가 부러져도 넌 상관 안 하지, 그렇지? 음, 조금 신경 쓰려나?"

내가 아무 대꾸하지 않자 그가 혼잣말을 했다.

"진짜 집 떠난 지 일주일 조금밖에 안 됐는데, 이건 뭐, 반 년은 지난 거 같네? 너 그 이유 알아, 모드?"

"돌아와서 동생 밀리나 아버지 보셨어요?"

내가 차갑게 물었다.

"볼 거야, 모드. 신경 쓸 거 없어. 내가 보고 싶은 건 너니까. 맨날 생각한 건 너니까. 그래, 맞아. 난 항상 네 생각만 했다니까."

"가서 아버지 만나보세요. 말한 대로 한동안 집 떠나 있었
잖아요. 예의를 갖추세요."

나는 날카로운 말투로 말했다.

"네가 가라면 가야지. 하지만 그렇게 못 하겠는걸? 이 세상
에 널 위해 못 할 건 아무것도 없어. 단 너한테서 꺼지라는 거
빼고."

"바로 그게 이 세상에서 내가 당신에게 요구하는 유일한
일이에요."

짜증을 내니 얼굴이 붉어졌다.

"에고, 저 얼굴 빨개지는 거 봐라, 모드."

그는 혐오스럽고 능글맞은 웃음을 보였다. 멍청함이 모든
걸 다 제멋대로 해석하게 만드는 격이었다.

"정말 못됐군요!"

나는 화가 나 발을 구르는 시늉을 했다.

"너희 여자들은 진짜 이상해. 넌 내가 못된 짓 할까 봐 화가
났잖아. 그렇지, 모드? 이 이쁜 바보야. 내가 울버햄튼에 가서
그랬을까 봐? 그런데 오자마자 날 또 보내려고 하네? 그건 좀
너무한데."

"무슨 말을 하는지 모르겠네요. 제발 나가주세요."

"자, 내가 얘기했잖아? 그건 내가 널 위해 할 수 없는 유일
한 일이라고. 난 네 손에 그냥 아이일 뿐이야. 그렇지, 그렇고
말고. 난 덩치 큰 놈들도 한방에 날려서 헤롱거리게 할 수 있
어! 염병!(그가 내뱉은 실제 욕설은 이렇게 온건한 게 아니었다) 너

도 요전날에 봤잖아? 그게, 짜증 내지 마, 모드. 다 널 위해서 그런 거야. 내가 좀 질투가 났었나 봐. 하지만 어쨌든 날 봐봐. 난 그냥 네 손에 놓인 아이일 뿐이야."

"나가줬으면 좋겠어요. 할 일이 그렇게 없어요? 만날 사람도 없어요? 제발 절 혼자 놔두세요, 네?"

"안 된다니까, 모드. 그게 이유야. 그리고 모드, 너 왜 그렇게 나한테 못되게 굴지? 이런 나를 보고도. 어떻게 그래?"

"밀리가 왔으면 좋겠네요."

나는 문을 바라보며 짜증스럽게 말했다.

"그게, 내가 말해줄게, 모드. 솔직히 까놓을게. 난 너 겁나 좋아해. 내가 본 그 어떤 여자애들보다 훨씬 더 좋아한다고. 딴 애들보다 네가 백배는 나아. 너 같은 여자는 없어. 암, 없고 말고. 난 네가 날 좋아했으면 좋겠어. 난 쩐이 별로 없어. 아부지가 엄청 써버렸거든. 아부지는 완전 코너에 몰린 쥐새끼 신세야. 하지만 내가 부자는 아니더라도 난 더 훌륭한 남자란 말이지. 넌 널 엄청 좋아해주는 멋진 남자를 찾잖아? 널 위해 죽을 수도 있는 그런 놈 말이야? 그게 바로 나란 말이지."

"그게 무슨 말이에요?"

나는 화가 나고 당혹스러웠다.

"내 말은, 나랑 결혼하면 넌 부족할 게 없단 말이지. 내가 절대 너 부족한 거 없게 해줄게. 너한테 지랄 같은 말도 안 하고."

"세상에, 이런 식의 청혼이라니!"

나는 꿈속인 듯 소리를 질렀다. 그러고는 의자 등받이에 손을 얹고 자리에서 일어나 더들리를 똑바로 쳐다보았다. 나는 아연실색했다.

"착한 아가씨, 날 거부하지 않겠지?"

그 추잡한 인간이 내가 서 있는 의자에 한쪽 무릎을 대고는 팔을 뻗어 날 안으려 했다. 그런 수작에 나는 더욱 분노가 치밀었다. 나는 뒤로 물러서며 격노한 발길질로 바닥을 내리쳤다.

"도대체 나의 행동이나 말이나 표정 어디를 보고 이렇게 비할 데 없이 뻔뻔한 행동을 해도 된다고 생각한 거죠? 당신이 아무리 뻔뻔하고 멍청하고 야만적이고 추잡스럽다 하더라도, 벌써 오래전에 내가 당신을 얼마나 싫어하는지 알아차렸어야 하는 거 아닌가요? 어떻게 감히 나한테? 감히 날 막아설 생각은 하지 마요. 삼촌에게 고할 겁니다."

나는 그 어떤 사람에게도 그렇게 사납게 말한 적은 단 한 번도 없었다. 그는 다소 당황한 것 같았다. 나는 화를 내며 앞으로 뻗은 채 움직임이 없는 그의 팔을 지나쳐 재빨리 나아갔다.

그는 무시무시하게 화난 얼굴로 내가 문에 도착하기 전에 한두 발짝 날 따라왔다. 그러나 발길을 멈추고는 그저 내 등 뒤에 대고 내가 한 번도 들어보지 못한 '지랄 같은 말들'로 욕지거리를 내뱉을 뿐이었다. 나는 너무 화가 났고 너무 빨리 걷느라 그 욕의 취지를 알아차리지 못했다. 나는 정신을 차리기도 전에 삼촌의 방문을 두드리고 있었다.

"들어와."

삼촌의 목소리는 맑고 가늘고 예민했다. 나는 방으로 들어가 그를 마주했다.

"삼촌의 아들이 저를 모욕했습니다."

내가 그의 앞에서 새빨개진 뺨으로 씩씩거리며 서 있는 동안 그는 몇 초 동안 차가운 호기심으로 나를 바라보았다.

"널 모욕했다고? 환장할……! 날 놀라게 하는구나!"

그의 감탄사에 노인 티가 묻어났다. 전에 삼촌에게서 들은 그 어떤 말보다 성서의 구절을 빌린 듯한 느낌이었다.

"어떻게? 도대체 더들리가 널 어떻게 모욕했다는 말이지, 얘야? 자, 너 흥분했구나? 앉아라. 시간을 좀 갖고 찬찬히 모두 말해보아라. 나는 더들리가 집에 온 줄도 몰랐구나."

"제가…… 그…… 그건 모욕입니다. 그 사람도 잘 알고 있어요. 그 사람도 제가 자기를 싫어하는 줄 잘 알고 있어요. 그런데 주제넘게도 저에게 청혼을 했답니다."

"오, 오, 오!"

삼촌이 어조를 끌면서 감탄사를 쏟아냈다. 함의는 명백했다. 그건 바로 '그게 그렇게 대단한 일인가' 하는 뜻이었다. 그는 호기심 어린 태도로 뒤로 물러나 앉으며 나를 쳐다보았다. 이번에는 미소를 보였는데 그 모습이 나를 겁먹게 만들었다. 그의 얼굴은 마치 마녀의 얼굴처럼 사악해 보였다. 이해할 수 없는 인상이었지만, 나는 그런 마음이 든 것에 죄책감이 들었다.

"그럼 그게 네가 불평하러 온 내용이란 말이지? 그 애가 너에게 공식적으로 청혼을 했다고?"

"네, 저에게 청혼을 했어요."

나는 냉정을 되찾으며 아주 당혹스러움을 느끼기 시작했다. 그리고 이해관계가 없는 사람이 보면 더 이상 불평을 제기할 내용이 없으니, 내 언어가 어쩌면 다소 과장되었고, 내 행동이 조금은 맹렬하게 충동적이라고 생각할 수 있겠다는 생각이 들어 당혹스러웠다. 삼촌은 나의 표정에서 이런 우려의 기미를 읽었으리라. 그는 여전히 웃으며 말했다.

"사랑하는 모드야. 네가 얼마나 올곧은지는 몰라도, 내가 볼 때 넌 좀 잔인한 것 같구나? 넌 자신의 탓이 얼마나 큰지 기억하지 못하는 것 같아. 네게 한 명의 충직한 친구가 있단다. 그 친구에게 물어보거라. 내가 말하는 건 너의 거울을 말하는 거야. 그 어리석은 녀석은 아직 어리고 이 세상 돌아가는 방식에 대해 꽤 무지해. 그 애는 사랑에 빠진 거야. 지독하게 매혹된 거지. '에메 세 크랭드르, 에 크랭드리 세 수프리르(사랑한다는 것은 겁먹는 것이고, 겁먹는 것은 고통받는 것이다)' 그리고 고통을 받으면 필사적으로 치료약을 구하게 되지. 우리는 거칠지만 로맨틱한 젊은 녀석이 저만의 어리석은 고통에 빠져 하는 이야기에 너무 가혹하게 대해서는 안 된단다."

제49장
유령

그가 갑자기 새로운 생각이 떠오른 듯 다시 말을 이었다.

"하지만 결국 그게 그렇게 어리석은 짓일까? 모드야, 그 문제는 다시 한 번 생각해볼만 할 것 같은데? 아니, 아니, 그러지 말고 내 말을 들어봐."

그는 내가 말을 가로막으려 하자 그렇게 내 말을 막았다.

"난 물론 네게 다른 사람이 없다고 생각하고, 또 더들리에 대해서 조금도 좋아하지 않는다는 것도 알아. 심지어 네가 그 애를 싫어한다고 생각한다는 것도 안다. 그 재미있는 연극에서, 가여운 셰리던이―참 유쾌한 사람이야! 우리의 훌륭한 정신이 모두 죽었어― 그자가 말라프롭 부인*의 입을 통해 이렇게 말하지 않더냐? 처음에는 반감이 조금 있는 상태에서 시작하는 것만큼 좋은 게 없다고 말이야. 물론 결혼 문제에 있어서 그건 농담일 뿐이지만, 사랑에 있어서는 그런 게 아니란

* 리처드 브린슬리 셰리던의 희곡 『경쟁자들』(1775) 속 등장인물.

다. 그 사람 자신이 미스 오글*과 결혼한 것이 바로 그런 경우라고 생각해. 그 여자는 처음 만났을 때 그 남자를 절대적으로 혐오한다고 표현했지. 그런데 결국 그 여자는 몇 달 후에 그와 결혼을 못 하면 차라리 죽겠다고 하지 않았니?"

나는 다시 말을 하려고 했으나 그가 미소를 지으며 손짓으로 입을 다물게 했다.

"네가 염두에 두어야 할 게 두세 가지 있단다. 네가 가진 큰 부의 특혜 중 가장 큰 것은, 네가 다른 걱정 없이 그저 사랑을 위한 결혼을 할 수 있다는 거야. 네가 이미 가진 재산과 맞먹는 재산을 가지고 네게 청혼할 만한 남자가 영국에는 그리 많지 않아. 사실 그 찬란한 재산을 상당히 늘려줄 만한 사람도 많지 않아. 그러므로 나는 그 애가 다른 모든 면에서 자격이 된다면, 가난하다는 게 절대 반대할 이유가 되지 않는다고 생각한단다. 그 애는 가공하지 않은 원석과 같아. 그 앤 가장 높은 지위의 많은 젊은이들처럼 스포츠에 대단히 조예가 높단다. 권투나 경마 같은 것을 즐기는 귀족들 사회 말이다. 너도 알다시피, 나는 우선 가장 최악의 점들을 먼저 말해주는 거야. 그러나 나는 젊은 시절 너무나 많은 젊은 남자들이 몇 년간의 세월을 내기 격투 선수들이나 레슬링 선수들, 기수들 사이에서 혈기왕성하고 무분별하게 지내다가—그들의 거친 말투를 익히고 행동거지를 따라하면서— 결국에 품위를 찾고 점잖은

---

* 리처드 브린슬리 셰리던의 두 번째 아내인 에스더 오글.

길로 나아가는 경우를 많이 보았단다. 그런 부류보다 한참 아래인 그 딱한 뉴게이트*도 있었단다. 그 사람도 그런 생활에 진력이 나서 인생 진로를 바꿨어. 그리하여 상원에서 가장 품위 있고 성공한 사람 중 하나가 되었지. 뉴게이트도 그랬다니까! 나는 젊은 시절 친구들 중 더들리처럼 시작했다가 결국 뉴게이트처럼 된 사람을 50명쯤은 들 수 있단다."

바로 그때 방문을 노크하는 소리가 들렸다. 더들리가 자신의 장래의 품위와 성공의 비전에는 가장 안 좋은 타이밍에 고개를 들이밀었다.

"나의 착한 친구."

아버지가 신랄한 장난기를 담아 그를 향해 말했다.

"난 마침 내 아들에 대해 이야기하고 있던 참이다. 엿듣지 않았겠지? 그러므로 다른 때 오거라."

더들리가 투덜거리며 문간에서 머뭇거렸다. 그러나 아버지가 또 한 번 눈길을 보내자 자리를 떴다.

"얘야, 넌 더들리가 훌륭한 자질을 가지고 있다는 사실을 기억하거라. 거칠지만 저만의 방식으로 아주 다정하게 구는 아들이란다. 저런 아들이라면 그 어떤 아버지도 자랑스러워할 게다. 매우 경탄할 만한 자질들, 불굴의 용기와 드높은 명예의식을 가지고 있지. 또 가장 중요한 건, 그 애는 루틴 가문의 피가 흐르지 않니? 영국에서 가장 순수한 혈통 말이다."

*　뉴게이트 교도소에 빗댄 별명.

삼촌은 이 말을 하면서 자기도 모르게 가슴을 살짝 폈다. 가는 손을 머리 위에 대고 가볍게 쓸어 넘기는 동작을 취했다. 얼굴은 기이하게 위엄 어리고 우울한 표정이었다. 나는 그 모습에 빠져 뒤이은 몇 마디를 놓치고 말았다.

"애야, 그러므로 내 아들이 이 집에서 나가야 할까 봐 당연히 불안한—네가 그 애의 청혼을 고집스럽게 거절한다면 그래야 하겠지— 나로서는 네가 이 문제에 관해 2주간의 시간을 두고 결정하기 바란다. 그러면 그때 네 말을 기쁘게 듣고 싶구나. 그전에 한마디도 하지 마라."

그날 저녁 그와 더들리는 오랜 시간 단둘이 방에 틀어박혀 있었다. 나는 그가 여자들의 심리에 관해 아들에게 코치했다고 생각한다. 이후 매일 아침식사 때면 내 자리에 항상 꽃다발이 놓여 있었기 때문이었다. 바트램의 온실은 사막이나 마찬가지였기 때문에 꽃을 구하기가 어려웠다. 며칠 후에는 금박 새장에 든 이름 모를 녹색 앵무새가 도착했다. 점원의 글씨체로 '바트램-호프의 (놀의) 미스 루틴'이라고 쓰인 작은 쪽지가 함께 있었다. 쪽지에는 그저 '녹색 앵무새 돌보는 방법'이 쓰여 있었고, 그 끝에 밑줄 친 문장이 있었다. '새 이름은 모드입니다.'

나는 꽃다발은 언제나 처음 본 바로 그곳 식탁보 위에 그대로 놓았고, 새는 밀리에게 가지라고 고집했다. 이전에는 가끔 점심식사에 모습을 보이던 더들리가 그 2주 동안 한 번도 모습을 드러내지 않았다. 또한 아침식사 때 창밖에서 우리를 들여다보지도 않았다. 그저 어느 날 내가 홀을 지나갈 때 사냥

차림으로 나타나 모자를 손에 들고 서툴게 발을 끌며 예를 표하는 동작을 하며 말을 한 번 거는 것으로 만족했다.

"아가씨, 내가 요전번에 아주 예의 없이 말한 것 같군요? 너무 화가 나서 얼라처럼 뭔 말을 하는지 알지도 못했답니다. 그 점에 대해 미안하다고 말하고 싶었네요. 미안합니다. 진짜 미안해요."

나는 무슨 말을 해야 할지 몰랐다. 따라서 아무 말도 하지 않았다. 그저 진지하게 고개를 한 번 숙이고 지나가버렸다.

밀리와 나는 산책길에 두세 번 조금 떨어진 거리에서 그를 보았다. 그는 한 번도 우리에게 합류할 생각을 하지 않았다. 딱 한 번 그가 너무 가까이 지나가는 바람에 알은체를 하지 않을 수 없었다. 그는 걸음을 멈추고 모자를 들어 올려 어색하게 예를 표했다. 그는 대개 우리에게 다가오지는 않았지만 멀리서도 나 보란 듯 공손한 태도를 한껏 드러냈다. 그는 게이트를 열고 사냥개들에게 휘파람을 불어 따라오게 만들고 가축을 쫓은 다음 물러났다. 나는 그가 그런 행동을 보여주기 위해 우리를 관찰하고 있었다고 생각한다. 청혼하기 전보다 확실히 더 자주 그 정도 거리에서 마주쳤기 때문이었다.

밀리와 나는 그런 일에 대해 끊임없이 논의했고, 그럴 때마다 온갖 기분이 다 들었다. 밀리는 아무리 사회에 대한 경험이 부족했어도 희망을 품은 오빠의 그런 행동이 남 앞에 내놓을 만한 교양 있는 수준과는 한참 동떨어졌다는 걸 한눈에 간파했다.

무언가 생각만 해도 싫고 움츠러드는 일이 그 끝에 기다리고 있을 때, 2주라는 시간은 금세 지나가기 마련이다. 나는 그 시기 동안 사일러스 삼촌을 한 번도 보지 못했다. 우리의 그때 면담에 대해 그저 읽어서 알고 있는 사람에게는, 당시 그의 태도가 그 어느 때보다 장난스러웠고 대화는 가볍기 짝이 없었는데, 그것 때문에 내가 그 어느 때보다 더 심오한 공포와 불안의 감정에 압도당했다는 사실이 이상하게 보일지 모른다. 드디어 매우 어두운 어느 날, 나는 밀리의 방에서 시간 엄수가 철저한 나의 후견인으로부터 기별을 기다리고 있었다. 그때 든 심정은 불길한 예감과 오싹한 우울함이었다. 사선으로 내리는 비와 납빛 하늘을 창밖으로 내다보며 생각만 해도 싫은 면담을 생각하고 있을 때, 나는 손을 가슴에 얹고 중얼거렸다.

"오, 비둘기처럼 날개가 있으면 좋으련만! 그럼 나는 날아서 도망갈 것이고 휴식을 얻을 수 있을 텐데."

바로 그때 앵무새 소리가 내 귓전을 때렸다. 나는 철사로 된 새장을 보며 그 말을 떠올렸다. '새 이름은 모드입니다.'

"가여운 새! 밀리야, 저 새 나가고 싶은 거 같아. 이 새 서식지가 이 고장이라면, 창문을 열고 잔인한 새장의 문을 열어 저 가여운 새를 날려 보내지 않을래?"

"주인님이 모드 아가씨를 찾습니다."

그때 반쯤 열린 문으로 와이엇의 불쾌한 말소리가 들렸다. 나는 가슴속에서 압박감을 느끼며 마치 수술실에 들어가는 환자처럼 침묵 속에서 뒤따랐다.

방으로 들어갔을 때 가슴이 하도 빨리 뛰어서 말을 할 수가 없었다. 키 큰 사일러스 삼촌이 내 앞에서 일어섰다. 나는 비틀거리며 인사했다. 그는 늙은 와이엇에게 사납고 거친 눈빛을 쏘았다. 그렇게 고압적 태도를 보이고는 앙상한 손가락으로 문을 가리켰다. 문이 닫혔고 우리는 둘만 남았다.

"의자?"

그는 자리를 가리켰다.

"감사합니다, 삼촌. 저는 그냥 서 있겠습니다."

나는 말을 더듬었다. 그 또한 서 있었다. 그의 흰머리가 앞으로 숙여졌다. 형광빛 같은 기이한 눈빛이 눈썹 아래에서 나를 향해 빛을 발했다. 손은 테이블 위에 놓여 있었다.

"홀에서 끈으로 묶이고 주소가 적힌 짐을 보았겠지?"

그가 물었다. 그랬다. 밀리와 나는 트렁크 핸들과 엽총 케이스에 매달린 카드를 읽어보았다. 주소는 '미스터 더들리 R. 루틴. 도버 경유 파리'로 되어 있었다.

"늙은이는 초조하구나. 많은 것이 달린 결정의 날이구나. 나의 긴장감을 어서 풀어주거라, 얘야. 내 아들이 오늘 슬픔에 빠져 바트램을 떠나야 하는 거니? 아니면 기쁨 속에 머물러야 하는 거니? 빨리 말해주거라."

나는 자신이 무슨 말을 하는지 모르게 더듬거렸다. 두서가 없었다. 어쩌면 거칠었을 수도 있었을 것이다. 그러나 나는 나의 의향을 표현했다. 바뀌지 않는 나의 결심. 내가 말을 하는 동안 그의 입술은 더 하얘졌고, 눈은 더 밝게 빛나고 있었다.

말을 마쳤을 때 그는 크게 한숨을 쉬었다. 그러더니 마치 얼이 빠진 사람처럼 눈을 오른쪽에서 왼쪽으로 서서히 돌리며 속삭였다.

"신의 뜻이 이루어지이다."

나는 그가 기절할 거라고 생각했다. 그의 흰 얼굴이 흙빛으로 변했다. 그러더니 나의 존재를 잊은 듯 자리에 앉아 절망에 빠진 찌푸린 인상으로 테이블 위에 놓인 자신의 잿빛 늙은 손을 바라보았다.

나는 그를 바라보며 서 있었다. 마치 내가 그 노인을 살해라도 한 것 같은 느낌이 들었다. 그는 여전히 백치같이 찌푸린 인상으로 비스듬히 자신의 손을 내려다보고 있었다.

"저 가도 될까요?"

마침내 내가 용기를 내서 속삭였다.

"간다고?"

갑자기 그가 나를 올려다보았다. 마치 차가운 막전幕電 번개 한 줄기가 한순간 나를 둘러싸는 듯한 느낌이었다.

"간다고? 오! 그래, 그래, 모드. 가. 나는 떠나기 전에 가여운 더들리를 좀 보아야겠다."

그는 마치 독백처럼 덧붙였다. 나가도 좋다는 허락을 번복할까 무서워 나는 조용히 재빠르게 방에서 빠져나왔다.

늙은 와이엇이 밖에서 어슬렁거리고 있었다. 조각 장식이 된 문틀의 먼지를 터는 시늉을 하며 손에 걸레를 들고 있었다. 노파는 내가 지나칠 때 호기심에 찬 눈빛으로 얼굴을 찌푸리고 있었다. 기다리고 있던 밀리는 덥석 달려와 나를 맞았다. 방문을 닫을 때 삼촌이 더들리를 부르는 소리가 들렸다. 그는 아마도 옆방에서 기다리고 있었을 것이다. 나는 서둘러 밀리와 함께 내 방으로 들어갔다. 그곳에서 나는 불안을 눈물로 쏟아냈다. 소녀 시절의 불안은 그렇게 탈출구를 찾지 않는가.

잠시 후 우리는 창밖으로 더들리가, 내가 보기에 매우 창백한 더들리가 천장에 짐을 얹은 마차에 올라 바트램을 떠나는 모습을 보았다.

나는 위안을 얻기 시작했다. 그가 떠나서 표현할 수 없을 정도로 큰 안도감이 들었다. 마침내 그가 떠나다니! 먼 곳으로의 여행!

우리는 그날 밤 밀리의 방에서 차를 마셨다. 장작불과 촛불이 영감을 주었다. 나는 항상 그 붉은빛이 낮의 빛보다 더 안락할 뿐만 아니라 안전하다고 느꼈다. 지금 역시 그렇다. 그건 참으로 비이성적이다. 왜냐하면 우리는 밤이 빛보다 어둠을 더 좋아하는 때이고, 그로 인해 악이 돌아다니는 때라는 걸 알고 있기 때문이다. 그러나 어쨌든 그렇다. 아마도 지붕 위에서 포효하며 몰아치는 폭풍처럼 외부의 위험에 대한 인식 그 자체가 빛이 잘 켜진 실내의 즐거움을 증폭시키기 때문인지도 모른다.

밀리와 내가 매우 아늑하게 이야기를 나누고 있을 때 방문을 두드리는 소리가 났다. 우리의 기별을 기다리지 않고 늙은 와이엇이 안으로 들어와 그녀의 갈색 발톱 같은 손으로 문손잡이를 쥐고는 우리를 노려보며 밀리에게 말했다.

"고만 나와서 아버지 방에 갈 차례입니다, 밀리 아가씨."

"편찮으신 건가요?"

내가 물었다. 노파는 내가 아니라 밀리를 보며 대답했다.

"더들리 도련님이 떠나고 두 시간 동안 상태가 안 좋으셨어요. 세상 뜨는 게 아닌가 생각했다니까요, 가여운 영감님. 오늘 더들리 도련님이 눈물을 흘리며 떠나는 모습을 보니 내가 다 가슴이 찢어지더군요. 가엾기도 하지. 그 일 아니더라도 집안에 문제가 많은데. 가족이 뿔뿔이 흩어지게 생겼네, 그냥! 문제, 문제, 허구한 날 문제! 최근의 변화가 있은 후로 맨날 문제네요."

이 말을 하면서 심술궂은 눈길로 나를 보는 점으로 미루어 보아, 집안의 그 모든 슬픔의 원인이 되는 '최근의 변화'라는 게 나를 의미하는 것 같았다.

나는 이 혐오스러운 늙은 여인의 악감정 때문에 또한 불행을 느꼈다. 나는 그토록 불행한 기질을 타고났다. 이성적으로 생각하면 무관심해야 할 때에도 그러지 못했고, 심지어 가치 없는 인간에게도 친절함을 갈구하는 성정이었다.

"나 가야 해. 모드, 너도 나랑 같이 갔으면 좋겠다. 나 혼자 가는 게 너무 무서워."

밀리가 애원하듯 말했다.

"물론이지, 밀리."

나는 정말 그러고 싶지 않았지만 그렇게 대답했다.

"너 혼자 거기 앉아 있게 할 순 없지."

그리하여 우리는 함께 갔다. 늙은 와이엇은 소리를 내지 말라고 엄포를 놓았다. 우리는 나와의 짧지만 중대한 면담이 이루어지고, 그러고 나서 유일한 아들과의 작별이 이루어진 노인의 응접실을 지나쳐 더 안쪽에 있는 침실로 들어갔다.

불이 낮게 타오르고 있었다. 방은 땅거미가 내려앉은 듯 어둑어둑했다. 저쪽 구석 침대 발치 근처에 있는 희미한 램프가 유일한 빛이었다. 늙은 와이엇은 숨소리 이상으로 소리를 내지 말고, 노인이 부르거나 피곤하다는 표시를 하지 않는 이상 벽난로 근처를 벗어나지 말라고 속삭이며 지시했다. 그것은 그곳에 왔었던 의사의 지시였다.

그리하여 밀리와 나는 벽난로 근처에 앉았고, 늙은 와이엇은 우리를 두고 방을 나갔다. 우리는 환자가 숨 쉬는 소리를 들을 수 있었다. 그러나 그는 꽤 고요했다. 우리는 속삭임으로 대화했다. 그러나 대화가 늘어졌다. 나는 습관대로 내가 초래한 고통에 대해 스스로를 비난하고 있었다. 30분가량의 두서없는 속삭임과 사이사이 더 길어지는 침묵 후에, 밀리가 점점 잠에 빠져드는 게 명백했다.

밀리는 잠들지 않기 위해 애썼다. 나 또한 밀리가 계속 이야기하도록 유도했다. 그러나 소용없었다. 잠이 밀리를 압도했다. 나는 그 오싹한 방에서 완벽히 의식이 깨어 있는 상태로 있는 유일한 사람이었다.

지난번 그 방에서 밤을 지새우다 겪은 무서운 경험 때문에 나는 매우 예민하고 불쾌했다. 만약 내 마음을 사로잡은 그곳에서 겪은 실제적인 일들—더들리의 뻔뻔한 구애와 그에 대한 삼촌의 의심스러운 관대함, 매우 불쾌했던 그 기간 동안의 나의 행동—이 없었다면, 지금의 이 상황이 오히려 더욱 오싹했을 것이다.

그러한 상황이었기에 나는 실제적인 나의 문제들과 커즌 놀리스에 관한 일들로 머릿속을 채웠다. 사실을 고백하자면, 일베리 경에 대해 더 많이 생각하고 있었다. 그러다가 문 쪽으로 시선을 향했을 때, 나는 인간의 얼굴을 보았다고 생각했다. 나의 공상이 소환할 수 있는 가장 무시무시한 얼굴이 방 안을 들여다보고 있었다. 그것은 그저 4분의 3 정도만 보였을 뿐, 전체 모습이 아니었다. 문이 그만큼 가리고 있었다. 나는 손가락 일부도 보았다고 생각했다. 시선은 침대로 향하고 있었다. 희미한 불빛 아래 그것은 허연 눈을 가진 납빛 가면 같아 보였다.

나는 불빛과 그림자가 우연히 뒤섞여 흔한 물건들을 왜곡시키는 환영에 매우 자주 놀라곤 했기 때문에, 떨리긴 했지만 앞으로 몸을 숙여 확인해보려고 했다. 이 흔들리는 이미지가 결국 무해한 사물로 모습을 드러내길 기대하면서 바라보았다. 그리고 나는 형언할 수 없이 무시무시한 공포를 맛보았다. 그리고 완벽하게 확신했다. 그건 마담 드 라 루지에르의 얼굴이었다!

나는 아악! 비명을 내지르며 뒤로 물러났다. 그러면서 잠에 빠진 밀리를 정신없이 흔들어댔다.

"저기 봐! 저기!"

나는 소리를 질렀다. 그러나 유령인지 환영인지 그것은 사라지고 없었다. 나는 밀리의 뒤에서 움츠린 자세로 밀리의 팔을 꽉 붙잡고 있었다. 너무 세게 붙잡고 매달렸기 때문에 밀리는 자리에서 일어설 수조차 없었다.

"밀리! 밀리! 밀리! 밀리!"

나는 얼이 빠진 사람처럼 비명을 질렀을 뿐 다른 어떤 말도 할 수 없었다. 아무것도 보지 못했기에 내가 그렇게 공포에 휩싸인 이유를 추측할 수 없었던 밀리도 공황 상태에 빠져 벌떡 일어났다. 우리는 서로에게 매달려 방구석으로 물러났다. 나는 여전히 미친 듯이 외쳤다.

"밀리! 밀리! 밀리!"

"뭐야? 뭐 때문에 그래? 뭘 본 거야?"

밀리도 나처럼 매달리며 물었다.

"다시 나타날 거야. 나타날 거야. 오, 세상에!"

"뭐야, 뭐야, 모드?"

"얼굴! 얼굴이! 오, 밀리! 밀리! 밀리!"

우리는 열린 문으로 다가오는 조용한 발소리를 들었다. 우리는 서둘러 비틀거리며 사일러스 삼촌의 침대 불빛을 향해 도망갔다. 다행히도 늙은 와이엇의 목소리와 모습이 우리를 안심시켰다. 나는 내 방에 다다르자마자 기력이 다 빠지고 창백한 모습으로 말했다.

"밀리, 이 세상 그 어떤 이도 어둠이 내린 후 날 다시 그 방에 들어가게 만들 순 없어."

"왜 그래, 모드? 도대체 뭘 본 거야?"

나와 마찬가지로 겁먹은 밀리가 말했다.

"오! 난 못 해. 난 못 해. 난 못 해, 밀리. 물어보지 마. 그 방 귀신에 씌었어. 그 방 완전히 귀신에 씌었다고."

"차크였어?"

소스라치게 놀란 밀리가 어깨너머로 뒤돌아보았다.

"아니, 아니야. 물어보지 마. 그보다 더 끔찍한 악마의 모습이야."

나는 오래 울음을 토해내다가 마침내 안정을 되찾았다. 착한 메리 퀸스가 밤새 내 곁을 지켰다. 밀리는 내 옆에서 잤다. 나는 화들짝 놀랐다가 비명을 지르기도 했고, 그러다가 안정제를 먹었다. 그렇게 나는 그 초자연적인 공포의 밤을 겪은 뒤 다시 천상의 축복받은 빛을 보았다.

아침에 삼촌을 진찰하러 온 닥터 족스가 나 또한 진찰했다. 그는 내가 매우 심한 히스테리에 빠졌다고 말했다. 그러고는 나의 하루 일정과 식단, 어제 저녁에 무엇을 먹었는지에 관해 상세하게 질문했다. 유령 이야기에 대해서는 냉정하고 확신에 차 콧방귀를 끼었는데, 오히려 그게 다소 위안이 되었다. 진단 결과 나는 차를 제외한 식단을 처방받았고, 초콜릿과 흑맥주를 들 것, 일찍 잠자리에 들 것 등을 지시받았다. 나머지는 다 잊었다. 그는 자신의 지시에 따르기만 하면 절대 유령을 보지 않을 것이라고 다짐했다.

제50장
밀리와의 작별

며칠이 지나자 나는 많이 회복했다. 닥터 족스가 내 목격담에 대해 경멸적일 정도로 확고하고 단호한 태도를 보이자 나는 유령에 대해 의구심을 품을 수 있게 되었다. 그래도 여전히 내가 본 환영에 대해 형언할 수 없는 공포를 느꼈기 때문에 나는 그 방뿐만 아니라 그 방과 관련된 모든 것에 대해 입도 뻥긋하지 않았다. 최대한 생각도 하지 않으려고 했다.

아름다운 바트램-호프가 그만큼 우울하기도 하고, 그곳에 끔찍한 일도 연루되어 있고, 또 그곳을 지배하는 적막감이 거의 오싹할 정도이긴 했지만, 일찍 일어나는 생활습관과 상쾌한 운동, 그 지역을 감싸는 좋은 공기 덕에 나는 이내 건강을 되찾았다.

그러나 바트램-호프는 내게 눈물의 계곡이 될 운명인 것 같았다. 아니 죽음의 계곡이라고 할까. 가여운 기독교도가 홀로 어둠 속을 걸어 나아가야 하는 슬픈 순례길.

어느 날 밀리가 울면서 응접실로 들어왔다. 안색이 창백했고 뺨은 젖어 있었다. 밀리는 한마디 말도 없이 내 목에 팔을 두르고 쓴 눈물을 토해냈다.

"왜 그래, 밀리? 무슨 일이야? 응, 왜 그래?"

나는 소스라치게 놀라면서도 밀리의 포옹을 따뜻하게 맞아주었다.

"오! 모드. 모드! 날 멀리 보낼 거래."

"멀리? 어디로? 이 무서운 적막한 곳에 날 혼자 내버려두고? 너 없으면 내가 분명 공포와 슬픔으로 죽어갈 걸 뻔히 아실 텐데? 오! 안 돼, 안 돼! 뭔가 착오가 있을 거야."

"나 프랑스로 가야 한대, 모드. 난 떠나야 한대. 족스 부인이 모레 런던으로 가는데, 나더러 같이 가야 한대. 그리고 거기서 학교에서 온 늙은 프랑스 숙녀가 날 데리고 프랑스로 갈 거래."

"오오오오오!"

가여운 밀리가 고통에 빠져 내 품에 머리를 묻고 날 꼭 끌어안은 채 레슬링 선수처럼 나를 흔들며 울었다.

"난 한 번도 집에서 떠나본 적이 없어. 그때 너랑 엘버스턴 간 거 빼고는. 그래도 그땐 너와 같이 갔잖아, 모드. 난 바트램보다 네가 더 좋은데. 그 누구보다 네가 더 좋은데. 모드, 날 떠나게 만든다면 난 죽고 말 거야."

나는 가여운 밀리만큼이나 미칠 듯한 고통에 빠졌다. 우리는 한 시간 내내 울었다. 한동안은 서서, 또 한동안은 방 안을 이리저리 서성거리며, 또 서로 번갈아가며 앉았다 일어났다 서로를 끌어안으며 슬픔을 토해냈다. 그러다가 밀리가 주머니에서 손수건을 꺼내다가 동시에 쪽지 하나가 바닥으로 떨어졌다. 그것은 사일러스 삼촌이 내게 보낸 쪽지였다. 내용은 이랬다.

사랑하는 나의 조카이자 피후견인에게 나의 계획을 알리고자 한다. 밀리는 훌륭한 프랑스 학교에서 기숙하게 되어 돌아오는 목요일에 떠나게 되었다. 3개월을 지내보고 어떤 식으로든 이의가 있으면 우리에게 돌아올 거란다. 반대로 내가 소개받은 대로 그 학교가 모든 면에서 매력적인 곳이라면, 그 3개월이 끝나는 시점에 너도 거기로 합류할 것이다. 그리하여 복잡한 내 사정이 해결되어 널 다시 바트램으로 맞을 때까지 그곳에서 생활하게 될 거란다. 더 행복한 날들을 기원하며, 또 3개월이란 시간이 가여운 나의 밀리와 네가 떨어져 있어야 할 가혹한 시간의 최대치라는 걸 보증하며, 나는 아아! 당장은 널 볼 수 없을 것 같아 이 편지를 쓴다.

— 바트램, 화요일

추신: 나는 네가 이 결정을 모니카 놀리스에게 알리는 걸 반대하지 않는다. 물론 이 편지 그대로 보내지 말고 결정을 알리면 될 것이다.

마치 변호사들이 새로운 의회 법안을 숙독하듯, 우리는 이 문서를 보고 또 보고 나서 위안을 얻었다. 그나마 한시적인 것이었다. 이별은 3개월을 넘지 않을 것이다. 어쩌면 더 짧아질 수도 있다. 또 사일러스 삼촌의 편지가 독단적이긴 했지만 전체적으로는 친절하다고 나는 스스로 만족했다.

우리의 발작은 슬픔으로 누그러졌다. 자주 편지하기로 했다. 변화를 위한 준비 때문에 법석이 뒤이었다. 그곳이 진실로 '매력적인 곳'이라고 판명된다면, 외국의 풍경과 풍습, 외국인들을 경험할 기회를 누리게 될 것이다. 프랑스에서 밀리와 만나면 얼마나 기쁘겠는가!

그렇게 목요일이 왔다. 새롭게 슬픔이 몰려왔다. 또 새로이 밝은 기대를 품기도 했다. 회한과 기대 속에 우리는 윈드밀 우드의 바깥쪽 출입구에서 헤어졌다. 물론 거기서 또다시 작별의 인사와 끝도 없이 이어지는 포옹과 눈물로 얼룩진 미소가 이어졌다. 거기서 우리를 만난 족스 부인은 엄청나게 법석을 떨었다. 나는 그녀가 대도시에 가보는 게 이번이 처음이라 믿는다. 그녀는 흥분한 상태로 권위적으로 굴었다. 또 기차에 겁을 먹었다. 그리하여 우리는 마지막 인사를 오래 하지 못했다.

나는 가여운 밀리가 창밖으로 머리를 내밀고 손을 흔드는 모습을 바라보았다. 길이 구부러지는 지점에 있는 담쟁이덩굴이 휘감고 있는 물푸레나무 숲이 밀리와 마차의 모습을 가릴 때까지 그렇게 바라보았다. 나는 다시 눈물이 차올랐다. 나는 바트램으로 향했다. 내 옆에는 정직한 메리 퀸스만이 남았다.

"아가씨, 그렇게 슬퍼하지 마세요. 시간은 금방 흘러갈 거예요. 석 달은 아무것도 아니에요."

그녀가 친절한 미소로 위로했다. 나는 눈물 속에서도 미소를 지으며 착한 메리에게 키스했다. 그렇게 우리는 나란히 출입구로 다시 들어갔다.

우리가 그 젊은 아마존 여장부를 처음 만난 날 아침, 뷰티와 이야기를 나누고 있었던 면직물 옷차림의 나긋나긋한 젊은 남자가 출입구에서 손에 열쇠를 쥐고 우리가 들어오기를 기다리고 있었다. 그는 열린 문 안에 비스듬히 서 있었다. 지나가면서 나는 마른 갈색 뺨 한쪽, 수줍은 한쪽 눈, 날카로운 들창코를 보았다. 그는 나를 몰래 훔쳐보며 내 눈길을 피하는 것 같았다. 문을 빨리 닫고 서둘러 잠갔다. 그런 다음 내내 우리에게 등을 지고 두꺼운 신발 끝으로 문 옆 엉겅퀴를 짓이기고 있었다. 나는 그를 어디서 본 적이 있다는 생각이 들어서 메리 퀸스에게 물었다.

"퀸스, 저 젊은 남자 본 적 있어?"

"아가씨 삼촌께 가끔 사냥감을 가져오고 정원 일도 돕잖아요?"

"이름 알아?"

"톰이라고 부르던데요. 그 이상은 저도 몰라요."

"톰."

내가 그를 불렀다.

"톰, 이리 잠깐 와봐요."

톰이 몸을 돌리고 천천히 다가왔다. 그는 다른 바트램 사람들보다 더 예의 바른 듯했다. 존경심을 보이며 토끼가죽 모자를 어릿광대처럼 벗는 모습을 보였기 때문이었다.

"톰, 성이 뭐예요, 톰 뭐죠?"

"톰 브라이스입니다, 아가씨."

"전에 나 본 적 없어요, 톰 브라이스?"

나는 호기심이 들었다. 그와 함께 더 심각한 느낌이 들었다. 놀의 야생동물 사냥터에서 그 조용한 곳을 발칵 뒤집어놓았던 난폭한 사건이 벌어졌던 저녁, 내가 마차를 지나칠 때 날 뚫어져라 쳐다보던 기수의 모습과 분명히 닮아 보였기 때문이었다.

"아마도 그런 거 같은뎁쇼, 아가씨."

그가 자신의 각반 단추를 내려다보며 꽤 평온하게 대답했다.

"당신 마부로서 솜씨 좋죠? 말 잘 몰죠?"

"이 동네 사내들처럼 그렇죠, 뭐."

"놀에 온 적 있죠, 톰?"

톰은 매우 순진하게 입을 크게 벌렸다.

"글씨, 그게……."

"자, 톰. 여기 반半 크라운이에요."

그는 돈을 쾌히 받았다.

"겁나 좋네요."

톰이 날카로운 시선으로 동전을 훑어본 후 고개를 끄덕이며 말했다. 나는 그 말이 동전을 일컫는 건지, 자신의 운을 말하는 건지, 아니면 나의 관대함을 뜻하는 건지 알 수 없었다.

"자, 톰. 이제 말해봐요. 놀에 온 적 있죠?"

"뭐, 그럴 수도 있으려나요, 아가씨. 하지만 생각이 안 나는 뎁쇼. 안 나는 거 같구먼요."

톰은 이 말을 대단히 조심스럽게 했다. 마치 진실을 귀하게 여겨 기억을 집중하는 것 같았다. 그러면서 그는 은화를 두세 번 공중에 던졌다 잡곤 했다. 그러는 내내 시선은 동전에서 떨어지지 않았다.

"자, 톰. 잘 생각해보고 내게 진실을 말해줘요. 내가 당신의 친구가 되어줄게요. 마차에 숙녀 한 명을 태우고 간 적 없어요? 신사 몇 명과 같이 놀의 영지로 들어와 풀밭에서 점심을 들다가 사냥터지기와 싸움이 벌어졌잖아요? 자, 톰, 기억해봐요. 내가 장담하건대, 말한다고 당신에게 아무 문제는 없을 거예요. 내가 당신 편에 설게요."

톰은 침묵을 지켰다. 입을 벌리고 공중에서 도는 은화를 쳐다보다가 탁 잡는 동작을 두 번 하고는 주머니에 넣었다. 그는 여전히 같은 방향을 보고 있었다.

"저는 기수로 마차 몬 적 없는뎁쇼, 아가씨. 저는 그런 곳은 모르것네요. 어쩌면 아가씨가 말하는 놀이라는 곳에 우연히 간 적이 있는지 몰라도요. 저는 더비셔를 벗어난 적이 없는디요. 딱 워릭 축제에 세 번 간 적 있는데, 말 타고 기차 타고 갔었습죠. 그리고 요크에 두 번 간 거 빼고 없습니다요."

"확실해요, 톰?"

"그럼요, 확실해요, 아가씨."

그러더니 톰은 다시 촌뜨기같이 인사한 후 길로 나아가 초지를 넘어오는 가축 떼를 우우 하고 몰기 시작했다. 나는 더들리를 알아본 것과는 달리 이 남자에 대해서는 확신이 들지 않았다. 심지어 더들리가 처치 스카즈데일에서 본 남자라는 확신은 매일 줄어가고 있었다. 만일 그게 내기의 문제로 걸렸다면, 스포츠를 즐기는 신사들의 용어를 빌리자면, 나의 원래 의견에 '베팅'하지 못했을 것이다. 그러나 마음이 불편해질 정도로 의심은 충분했다. 그리고 그 모호하게 불쾌한 감정을 부추기는 또 다른 의심이 있었다.

집으로 돌아오는 길에 우리는 몇 줄로 늘어선 껍질 벗긴 하얀 오크나무 목재를 지나쳤다. 일부는 도끼로 반듯하게 잘려 붉은색 백묵으로 커다란 글씨가 쓰여 있었다. 숫자가 적힌 걸 보니 이미 판매가 된 것 같았다. 나는 그것을 지나치며 한숨을 쉬었다. 그게 불법적으로 이루어진 일이라고 생각해서 그런 것은 아니었다. 왜냐하면 사일러스 삼촌이 법적인 문제는 이미 자문을 받았을 것이라는 믿음에 기울어져 있었기 때문이었다. 그러나 아아! 여기 바트램-호프의 위대한 오래된 가문의 장식이 쓰러져 있다. 그것은 앞으로 수백 년 동안 복원되지 못할 것이다. 300년 전 루틴 가문 또한 그 드넓은 나무 그늘 아래에서 매를 부리고 사냥을 하지 않았던가!

나는 그 나무 더미 중 하나에 앉아 쉬었다. 메리 퀸스는 시답지 않은 탐험들에 대해 이야기를 늘어놓았다. 그렇게 열의 없이 앉아 있을 때 메그 혹스가 바구니를 들고 지나갔다.

"쉿!"

메그는 지나치면서 걸음걸이를 늦추지도 않고 시선을 옮기지도 않으며 재빨리 속삭였다.

"말도 하지 말고 보지고 마세요. 아부지가 우리를 감시하고 있어요. 다음번에 말씀드릴게요."

'다음번'이라니, 언제를 말하는 거지? 뭐, 돌아오겠지. 지나치며 멈추지 못하고 더 이상 말을 할 수 없었으니, 나는 조금 더 기다려보기로 했다.

잠시 후 주위를 돌아보았는데, 딕컨 혹스가 보였다. 가여운 밀리의 호칭대로 페그톱이었다. 그는 손에 도끼를 들고 나무 사이를 무섭게 배회하고 있었다. 내가 자기를 본 걸 의식하고 뚱하게 자기 모자에 손을 댔고, 잠시 후 내 곁을 지나치며 혼잣말을 중얼거렸다. 분명 내가 무슨 일로 윈드밀 우드의 그 구역에 왔는지 이해하지 못하겠다는 태도였다. 나더러 보란 듯 그런 기색을 얼굴에 고스란히 드러냈다.

그의 딸이 나를 다시 지나쳐 갔다. 그러나 이번에는 아버지가 가까이 있었기에 침묵을 지켰다. 그가 조금 떨어진 위치에서 메리 퀸스에게 질문을 하고 있을 때, 메그가 다시 지나쳐 갔다. 아까와 똑같은 태도로 지나가면서 속삭였다.

"더들리 도련님과 어떤 일이 있어도, 그 어디에서도 단둘이 있으면 안 돼요."

너무나 놀라운 말이라 나는 뷰티에게 곧바로 질문을 던질 뻔했다. 그러나 나는 정신을 차렸고, 다음번 지나칠 때 좀 더 명확하게 설명하기를 바라며 다시 기다렸다. 그러나 메그는 더 이상 한마디도 더 하지 못했다. 늙은 페그톱의 예리한 눈길이 호시탐탐 우리를 향하고 있어서 나까지 움츠러들었다.

나는 너무나 모호하고 암시하는 바가 많은 메그의 그 계시 같은 말 때문에 많은 시간을 불안한 추측으로 보냈다. 많은 밤을 오싹한 경계에 싸여 지내야 했다. 나는 바트램-호프에서 절대 평화를 맛볼 수 없는 운명인 건가?

가여운 밀리가 떠나고 나 혼자 외로이 지낸 지 열흘이 훌쩍 지났을 때, 삼촌이 나를 불렀다. 늙은 와이엇이 문간에 서서 메시지를 전할 때, 나는 가슴이 철렁 내려앉았다. 늦은 시각이었다. 실의에 빠진 사람들이 가장 큰 불안을 느끼는 시간이었다. 차가운 회색의 땅거미가 더욱 어두운 색으로 깊어지는 때, 따뜻한 촛불이 켜지고 밤의 안전한 고요가 내리기 직전의 시간이었다.

삼촌의 응접실엔 창문 셔터가 열려 있었다. 마지막 남은 힘 없는 햇빛이 어두운 서쪽 하늘의 구름 틈으로 좁은 호수처럼 빛나고 있었다. 방 안에 양초 두 개가 타고 있었다. 하나는 그의 책상 옆 테이블 위에 있었고, 나머지 하나는 벽난로 선반 위에 있었다. 난로 앞에 마르고 키 큰 삼촌이 구부정하게 서 있었다. 그는 벽난로에 손을 기대고 있었다. 양촛불은 숙인 머리 바로 위에서 그의 은빛 머리를 비추었다. 그는 꺼져가고 있는 깜부기불을 들여다보고 있는 것 같았다. 마치 버림받은 자의 실의와 퇴락을 표현한 조각상 같았다.

"삼촌!"

나는 테이블 가까이에 한동안 서 있다가 용기를 내서 그를 불렀다.

"아, 그래, 모드. 사랑하는 나의 아이. 사랑하는 내 조카."

그는 몸을 돌렸다. 손에 양초를 쥐고 은빛 미소를 지어 보였다. 걷는 모습이 그 이전 어느 때보다 더 허약하고 뻣뻣해 보였다.

"앉아, 모드. 거기 앉아."

나는 그가 가리킨 의자에 앉았다.

"모드야, 비참하고 고독한 내가 널 마치 혼령처럼 소환했더니, 네가 나타났구나."

그는 두 손으로 테이블에 기댄 채 고개 숙인 자세로 나를 건너다보았다. 그는 자리에 앉지 않았다. 나는 그가 다시 말을 걸 때까지 침묵을 지켰다. 마침내 그는 고개를 들고 위를 보면서 입을 열었다. 손을 들고 흥분한 숭배의 태도를 보였다.

"아니다. 신께 감사하는 바, 나는 버려지지 않았다."

또다시 침묵. 그러는 내내 그는 나를 빤히 쳐다보며, 마치 소리 내어 생각하듯 웅얼거렸다.

"나의 수호천사, 나의 수호천사! 모드, 넌 따뜻한 심장을 지녔지? 잠깐 들어보아라. 늙고 상심한 남자의 호소를, 네 후견인의 말을, 네 삼촌의 말을, 네게 탄원하는 자의 말을 들어보아라. 난 다시는 네게 이 문제에 대해 말하지 않으려고 했단다. 그러나 내가 잘못 생각한 거야. 그건 그저 내 자존심 때문이었다. 한낱 자존심 말이다."

뒤이은 침묵에 나는 나 자신이 창백해졌다가 빨개졌다가 반복하고 있다는 걸 느꼈다.

"난 매우 비참하구나. 아주 거의 절망적이야. 내게 남은 게…… 무엇이 남았지? 운명의 여신은 최악이었다. 내게 흙을 뿌리고, 그 바퀴로 날 짓밟았어. 그리고 폭도처럼 그녀의 마차를 따르는 굴종하는 세상은 난도질당한 비참한 자를 짓밟았어. 그 모든 게 날 밟고 지나갔지. 그리고 나는 이 적막함 속에 상처 입고 창백하게 홀로 남겨졌지. 그건 나의 잘못이 아니었다, 모드. 그건 내 잘못이 아니야. 내게는 셀 수 없이 수많은 회한이 있고, 그 모두가 활활 불타고 있어. 하지만 후회는 없다. 사람들은 바트램의 방치된 영지와 연기 나지 않는 굴뚝을 보며 나의 곤궁한 처지를 생각하겠지. 자긍심이 센 남자가 맛볼 수 있는 최악의 영락이라고 여길 것이야. 그들은 그 비참함의 반도 상상할 수 없을 것이다. 그러나 이 소모열 환자, 이 간질병 환자, 이 부정과 비운과 어리석음의 늙은 유령은 아직 한 가지 희망을 품고 있단다. 바로 교육을 받지 못했지만 남자다운 나의 아들, 루틴 가문의 마지막 남자 자손 말이다. 모드야, 내가 그 아이를 잃은 것이니? 그 애의 운명, 나의 운명, 또 밀리의 운명도 함께 언급해야겠지? 우리 모두는 너의 말을 기다리고 있단다. 그 애는 널 사랑한단다. 아주 젊은 애가 품는 그런 사랑, 인생에 단 한 번 오는 그런 사랑 말이다. 그 애는 널 아주 필사적으로 사랑해. 그건 가장 애정 어린 사랑이야. 영국에서 가장 훌륭한 혈통인 루틴 가문의 남자다. 내가…… 난 그 애를 잃으면 모든 걸 다 잃는 것이야. 그리고 너는 몇 달 안 가서 관에 누워 있는 내 모습을 보게 되겠지, 모드. 나는 탄원하는 자의 태도로 네 앞에 선다. 내가 무릎이라도 꿇을까?"

그의 시선이 절망의 빛을 띤 채 내게 붙박였다. 마디가 울퉁불퉁한 두 손을 맞잡고 몸 전체가 나를 향해 숙여졌다. 나는 표현할 수 없을 정도로 큰 충격을 받아 고통스러웠다.

"오, 삼촌! 삼촌!"

나는 소리 질렀다. 흥분하여 눈물을 쏟았다. 삼촌이 음울한 시선으로 나를 훑는 게 느껴졌다. 나의 동요된 감정이 어떤 것인지 가늠해보았으리라. 그는 그럼에도 무력한 나의 불안감이 계속되는 동안 나를 더욱더 세게 밀어붙이기로 작심했다.

"넌 나의 불안감을 알지? 넌 나의 비참함과 무서운 불안감을 잘 알 거야? 넌 친절해, 모드. 넌 네 아버지의 기억을 소중히 아끼고 있어. 넌 네 아버지의 형제를 연민해. 넌 아니라는 말로 삼촌의 머리에 권총을 겨누지 않을 거지?"

"오! 전 분명히, 전 분명히, 분명히 안 된다고 말해야 해요! 오, 절 살려주세요, 삼촌. 제발이요. 절 심문하지 마세요. 절 압박하지 마세요. 저는…… 전 삼촌이 요구하시는 걸 할 수 없어요."

"내가 양보하마, 모드. 내가 양보할게. 난 널 압박하지 않겠다. 시간을 더 가지고 생각해봐. 지금 당장은 대답을 받아들이지 않을 거야. 어떤 대답도 말이야, 모드."

그는 마른 손을 들어 올려 내게 입을 다물 것을 지시하며 그렇게 말했다.

"자, 모드, 됐다. 나는…… 내가 항상 네게 그러듯 솔직히 말했다. 어쩌면 너무 솔직하게 말한 것 같구나. 고통과 절망이 말문을 열게 만들었구나. 가장 고집스럽고 잔인한 사람에게 애원하도록 만들었구나."

그러더니 사일러스 삼촌은 자신의 침실로 들어가 문을 닫았다. 쾅하고 세차게 닫진 않았지만 결연한 몸짓이었다. 나는 울음소리를 들었다고 생각했다.

나는 서둘러 내 방으로 돌아왔다. 그러고는 무릎을 꿇고 굳건하게 나 스스로를 지킨 것에 대해 하늘에 감사했다. 그게 나 자신의 단호한 의지였다는 게 믿기지 않았다. 나는 너무나도 혐오스러운 사촌을 대신한 삼촌의 새로운 구애 때문에 생각보다 훨씬 더 비참했다. 삼촌은 끈덕지게 졸라댔다. 그것은 참으로 저항하기 어려운 고뇌였다. 나는 그가 스스로 목숨을 끊었다는 소식을 들을 수도 있겠다는 생각을 품을 정도였다. 매일 아침 그가 평소와 같다는 이야기를 듣고는 안도했다. 나는 이후 그렇게 굳건한 태도를 보인 일을 자주 생각해보았다. 삼촌과의 그 무서운 면담에서, 마음속을 휘감는 소용돌이와 공포에 사로잡혀, 겁 많고 예민한 사람들이 절벽 앞에 서면 떨어질 것이라는 순전한 두려움 때문에 스스로를 내던진다고 하는 것처럼, 나 역시 굴복할 뻔했다.

제51장
사라 마틸다가 모습을 드러내다

이 면담이 있은 후 어느 날 나는 방에서 무기력하게 앉아 창밖을 내다보고 있었다. 집에서건 우울한 산책에서건 항상 같이하는 착한 메리 퀸스와 함께였다. 갑자기 여자의 날카로운 비명 소리가 크게 들렸다. 히스테리에 빠진 듯 재빨리 말을 쏟아내면서 격노에 찬 듯 비명을 내지르고 있었다. 나는 방문을 바라보며 벌떡 일어섰다.

"어머, 이런!"

메리 퀸스가 눈을 동그랗게 뜨고 입을 벌린 채 같은 방향을 노려보았다.

"메리, 메리, 무슨 일이지?"

"저기서 누굴 때리는 거 아닐까요? 어딘지 알 수가 없어요."

"내가…… 내가…… 내가 만나볼 거라니까요. 내가 원하는 건 그 여자라니까요. 오-흐-흐-흑-오, 놀의 모드 루틴 아가씨. 놀의 미스 루틴. 흐-흐-흐-흑-오!"

"도대체 저게 뭐지?"

나는 당혹스럽고 무서웠다. 점점 소리가 가까워졌다. 몸을 떠는 우리의 온순한 집사가 비탄에 빠진 여자에게 항의하는 소리가 들렸다.

"만나볼 거예요!"

여자가 내게 지독한 욕을 쏟아놓으며 소리를 질렀다. 그 소리를 들으니 나는 갑자기 화가 솟구쳤다. 내가 뭘 했기에 두려워하나? 누가 감히 내 삼촌의 집에서—나의 집에서— 저토록 혐오스럽기 짝이 없는 상소리로 내 이름을 더럽힐 수 있단 말인가?

"제발, 아가씨. 나가지 마세요. 술 취한 사람일 거예요."

가여운 퀸스가 소리치며 만류했다. 그러나 나는 매우 화가 났다. 바보같이 문을 활짝 열고 크고 도도한 목소리로 말했다.

"여기 놀의 미스 루틴이 있어요. 누가 찾아온 겁니까?"

검은 머리의 뽀얀 숙녀가 격렬하게 울면서 날카로운 목소리로 주절거리며 마지막 계단을 오르고 있었다. 밀리가 부르는 대로 가여운 늙은 지블릿이 항의도 하고 간청도 하면서 여자를 쫓고 있었지만, 여자는 들은 척도 하지 않았다.

이 여자를 본 순간 놀의 야생동물 사냥터의 마차에서 본 바로 그 여자라는 걸 알아차렸다. 다음 순간 그 확신에 의심이 들었다. 그다음 순간은 더욱 그랬다. 여자는 확실히 더 말랐고 전혀 그때 같은 숙녀 취향의 차림이 아니었다. 어쩌면 그 여자가 아닌지도 몰랐다. 나는 그 모든 닮은 점을 불신하기 시작했다. 어쩌면 그 모든 이미지들이 그저 잘못된 내 머리에서 나온 것일지도 모른다는 치 떨리는 생각이 들었다.

나를 보자 이 젊은 여자—내게는 딱 술집 종업원이나 숙녀의 하녀처럼 보였다—는 사납게 눈물을 닦고는 불이 난 듯 벌건 얼굴로 거만하게 나더러 자신의 "합법적인 남편"을 내놓으라고 소리쳤다. 여자의 뻔뻔하고 터무니없는 공격에 나는 매우 화가 나 대꾸했다. 나는 내가 한 말은 잊었지만, 여자의 태도가 이내 매우 점잖게 변한 것은 잘 기억한다. 여자는 분명 내가 자신의 남편을 훔치려고 하거나, 혹은 적어도 그 남편이라는 사람이 나와 결혼하고 싶어 한다고 여기는 것 같았다. 하도 흥분한 상태로 알아들을 수 없게 두서없이 장광설을 늘어놓아서, 처음에는 여자가 제정신이 아니라고 생각했다. 그러나 자세히 보니 정신은 멀쩡한 것 같았다. 여자는 내게 생각할 시간을 조금도 주지 않았다. 진의를 파악하기가 어려웠다. 그렇게 당혹스럽기 짝이 없는 상황이 이어지다가 여자가 주머니에서 구겨진 신문을 꺼내어 붉은색 잉크로 밑줄을 그어놓은 한 구절을 가리켰다. 그것은 대략 6주 전 랭커셔 신문으로, 매우 닳고 더럽혀져 있었다. 나는 각별히 커피나 흑맥주 잔 밑바닥 자국처럼 둥근 얼룩이 보인 것을 잘 기억한다. 기사는 기사가 나기 1년여 전에 벌어진 일을 알리는 내용이었다.

결혼: 18○○년 8월 7일 화요일 레더위그 교회에서 아서 휴즈 목사에 의해 바트램-호프의 사일러스 루틴 향사鄕士의 독

자獨子이자 상속자 더들리 R. 루틴 향사와 이 지역 위건의 존 맹글스 향사의 차녀 사라 마틸다의 결혼식이 열렸다.

나는 처음에는 그 기사를 보고 그저 놀랐을 뿐이었다. 그러나 바로 다음 순간 완전히 안도했다. 내 얼굴에 확연히 만족한 표정이 드러났을 것이다. 젊은 여자가 놀랍고 호기심 어린 눈빛으로 날 보았기 때문이었다.

"이건 아주 중요한 일이군요. 지금 당장 사일러스 루틴 씨를 만나보셔야 합니다. 그분이 이 사실을 전혀 모르시는 게 분명해요. 내가 그분께 안내할게요."

"그분이 모르시는 건 나도 잘 알아요."

여자가 자신의 권리를 주장하듯 위풍당당하게 나를 따르며 말했다. 여자의 값싼 실크옷이 크게 펄럭거렸다.

우리가 들어가자 사일러스 삼촌이 소파에서 고개를 들고 《흐뷔 데 두 몽드(두 세계 잡지)》를 접었다.

"이게 다 무슨 일이냐?"

"이 숙녀분이 우리 가문에 지대한 영향을 끼칠 신문을 가지고 왔습니다."

내가 답했다. 사일러스 삼촌은 자리에서 일어나 알지 못하는 젊은 숙녀를 근엄하고 인색한 눈빛으로 살펴보았다.

"명예 훼손에 관한 기사인가?"

그가 손을 뻗으며 물었다.

"아니에요, 삼촌. 아닙니다. 그저 결혼 기사입니다."

"모니카 소식은 아니겠지?"

그가 신문을 받으며 물었다.

"이런, 쳇! 담배와 맥주 냄새에 절었군."

삼촌은 오드콜로뉴를 신문에 뿌렸다. 그는 호기심과 혐오의 태도로 기사를 들어 올리며 다시 "쳇" 소리를 냈다. 그가 기사를 읽기 시작했다. 그러자 안색이 흰색에서 온통 납빛으로 변하기 시작했다. 그는 시선을 들고 몇 초 동안 젊은 여자를 빤히 바라보았다. 여자는 그의 기이한 존재감 때문에 다소 겁을 먹은 것 같았다.

"그럼 당신이 이 기사에 나온 젊은 숙녀, 그러니까 맹글스 가문의 사라 마틸다라는 것이오?"

그의 말투는 떨리지만 않았다면 냉소라 여길 만했다. 사라 마틸다가 그렇다고 답했다.

"나의 아들이 가까이 있을 거요. 내가 마침 며칠 전에…… 며칠 전에…… 며칠 전에 여행 중인 그 애에게 편지를 써서 이곳으로 부른 참이오."

그는 마치 마음이 이야기하고 있는 내용에서 한참 떨어진 곳을 헤매는 사람처럼 천천히 반복했다. 그는 벨을 울렸다. 항상 그의 거처에 맴도는 늙은 와이엇이 들어왔다.

"즉시 내 아들을 불러와. 집 안에 없으면 마구간으로 해리를 보내. 거기도 없으면 사람을 보내서 즉시 그 애를 찾아오게. 브라이스는 활동적인 애라서 그 애가 어디 있는지 알 수 있을 거야. 그 애가 펠트램에 있거나 더 멀리 있으면 브라이스더러 말을 타고 가게 해. 그러면 더들리 도련님이 그 말을 타고 오면 될 거야. 한시도 지체 없이 이곳으로 당장 와야 하네."

15분이 흐르는 동안 사일러스 삼촌은 여자의 존재를 의식할 때마다 온갖 격식을 갖춰 매우 세련되고 정중하게 대했다. 그러자 여자는 불안해하는 것 같았다. 심지어 다소 수줍어하는 듯 보였다. 그렇게 여자는 삼촌이 계단참에서 희미하게 들은 하소연과 욕설을 다시 내뱉지 못했다.

그러나 사일러스 삼촌은 그 시간 대부분 동안 우리의 존재와 자신의 책과 그 모든 자신을 둘러싼 것들을 잊은 것 같았다. 그는 소파 구석에 기대앉아 턱이 가슴에 닿을 정도로 고개를 숙이고 있었다. 너무나 무서운 표정을 짓고 있어서 나는 그의 얼굴을 볼 엄두가 나지 않았다.

마침내 우리는 오크나무 바닥에 닿는 더들리의 두꺼운 부츠 소리를 들었다. 그리고 방에 들어오기 전 그가 늙은 와이엇을 추궁하는 목소리가 희미하게 들려왔다.

나는 그가 전혀 다른 손님을 예상했을 거라고 생각한다. 그 젊은 여인이 올 거라고는 분명 생각하지 못했을 것이다. 그가 들어오자 여자는 자리에서 일어나 딱 맞게 눈물을 쏟아냈다.

"오, 더들리, 더들리! 오, 더들리, 어떻게 당신이? 오, 더들리, 당신의 가여운 사라가! 당신은 그럴 수 없을…… 그러지 않을…… 당신의 아내를 어떻게!"

사라 마틸다는 그의 팔에 매달려 폭우가 치는 날 창유리처럼 뺨에 주룩주룩 눈물을 흘리며 온갖 하소연을 늘어놓았다.

그러는 내내 펌프 손잡이처럼 그의 팔을 잡고 올렸다 내렸다 반복했다. 더들리는 혼란에 빠져 아연실색했다. 그는 오랫동안 입을 헤 벌리고 아버지를 넋을 잃고 바라보다가 그저 딱 한 번 겁먹은 눈길을 내게 돌렸다. 그러고는 이마까지 빨개진 얼굴을 숙이고 부츠를 내려다보다가 다시 아버지를 보았다. 그의 아버지는 내가 묘사한 태도 그대로 꼼짝하지 않았다. 기이한 얼굴에는 여전히 가까이 하기 어려운 음산한 표정이 어려 있었다.

더들리는 마치 자다가 시끄러운 소리에 깬 싸우기 좋아하는 사람처럼 갑자기 화들짝 정신이 드는 것 같았다. 격분을 억누르는 듯 불쑥 욕지거리를 웅얼거리며 여자를 홱 낚아챘다. 그러자 여자가 털썩 의자에 주저앉았다. 분명 기분 나쁠 정도로 폭력적인 행동이었다.

"당신의 표정과 행동으로 보아하니, 대답을 기대할 수 있을 것 같군요?"

삼촌이 갑자기 더들리에게 물었다.

"마담, 잠시 감정을 통제하고 가만히 계시겠습니까? (이 말은 손님에게 한 말이었다) 이 젊은 분이 맹글스 씨의 따님, 그러니까 이름이 사라 마틸다 맞습니까?"

"아마도요."

더들리가 얼버무리듯 답했다.

"이분이 당신의 아내인가요?"

"내 아내냐고요?"

더들리는 거북해하면서 반문했다.

"네, 선생. 간단한 질문입니다."

그러는 내내 사라 마틸다는 계속 입을 벌리고 말을 쏟아내려 했지만 삼촌에 의해 번번이 제지당했다.

"그게, 아마도 저 여자가 그렇다고 한 것 같은데…… 그렇지요?"

더들리가 물었다.

"당신 아내입니까, 선생?"

"저 여자가 어쩌면 어느 정도 그렇게 여기는 것 같습니다."

그는 그런 식으로 말하며 뻔뻔스럽게도 으스대는 동작으로 자리에 앉았다.

"당신의 의견은 어떤가요, 선생?"

사일러스 삼촌이 집요하게 추궁했다.

"전 아무 생각 없는데요."

더들리가 무뚝뚝하게 대답했다. 삼촌이 신문을 건넸다.

"이 기사가 참입니까?"

"우리더러 믿으라고 하는 것 같은데요?"

"똑바로 대답하세요, 선생. 우리는 그 문제에 대해 생각이 있습니다. 그게 사실이면 증거가 되겠지요. 질문을 하면 신속하게 대답하시오. 얼버무려 넘기려고 해도 소용없습니다."

"누가 부정한대요? 맞아요, 맞아!"

"그렇지! 그럴 줄 알았어."

젊은 여자가 기이한 기쁨의 웃음을 내뱉으며 히스테릭하

게 소리 질렀다.

"주둥이 닥쳐라?"

더들리가 사납게 호통쳤다.

"오, 더들리, 더들리. 자기야! 내가 뭘 어쨌다고 그래?"

"젠장! 내 인생을 조져놓고 있잖아!"

"오! 아니야, 아니야, 아니야. 더들리. 자기도 알잖아, 내가 그런 짓 하겠어? 난 자기한테 상처 줄 수 없어, 그럴 수 없다고, 더들리. 아니야, 아니야, 아니야!"

그는 여자에게 쓴웃음을 보이면서 삐딱하게 고개를 까닥했다.

"좀 기다려라."

"오, 더들리, 화내지 마, 자기야. 자기 화나게 하려고 한 거 아닌데. 난 자기 상처 주는 짓 절대 못 해. 절대로!"

"에잇, 됐다. 너하고 니들 가족이 잘도 날 속여먹었구나. 이제 네가 날 가졌으니. 다 끝이네, 쌍!"

삼촌이 매우 기이한 웃음을 지었다.

"그럴 줄 알았다. 내 맹세코 당신과 저 애는 매우 예쁜 부부가 될 것이오, 마담."

사일러스 삼촌이 냉소를 보였다. 더들리는 아무런 대꾸 없이 매우 사나운 표정을 지었다.

그렇다. 이 저급한 악당이 저 가여운 젊은 여인과 결혼을 해놓고 나에게 청혼을 한 것이었다! 나는 삼촌이 나만큼이나 더들리의 혼인 관계에 대해 완전히 모르고 있었음을 확신한다. 그리하여 이 무섭고 사악한 일에 관여한 바가 없다고 확신한다.

"그리고 이보게, 나의 착한 친구, 속된 젊은 여인의 애정을 얻은 것에 대해 축하를 해야겠구먼? 잘 어울리는 한 쌍 같구려."

"이 집안에서 그런 일을 한 사람이 내가 처음은 아닐 텐데?"

더들리가 응수했다. 아들의 조롱에 노인은 한순간 화를 억누르지 못했다. 그는 즉시 자리에서 벌떡 일어나 머리부터 발끝까지 발발 떨었다. 나는 그런 얼굴은 한 번도 본 적이 없었다. 고딕식 회랑과 교차궁륭 장식에서 볼 수 있는 악마같이 기괴한 모습이었다. 오싹하게 찌푸린 얼굴, 원숭이같이 광기 어린 모습. 그는 앙상한 손으로 흑단 지팡이를 들어 올리고는 허공에 마구잡이로 흔들어댔다.

"그걸로 날 건드려만 보쇼? 내가 당신을 아주 묵사발을 만들어버릴 테니까! 이런……!"

더들리는 캡틴 오클리와 싸울 때처럼 두 손을 들어 올리고 어깨에 힘을 주었다.

순간 그 장면이 내 눈앞에서 일시 정지했다. 나는 공포에 사로잡혀 나도 모르게 비명을 질렀다. 그러나 흥분한 일을 많이 겪어 사나움을 평온한 말투로 감추고 분노를 미소로 가릴 줄 아는 백전노장은 자기 통제력을 잃지 않았다. 그는 나를 향해 물었다.

"저 애는 자기가 무슨 말을 하는지 알까?"

그러더니 얼음처럼 차가운 경멸의 미소를 지었다. 앙상한 높은 이마가 여전히 시뻘건 상태로 그는 몸을 떨며 자리에 앉았다.

"뭔 말을 하든 내가 다 들어주리다. 뭐든지 맘대로 씨불여보쇼? 내가 다 참아줄 테니."

"오, 말을 해도 돼? 감사하구먼."

사일러스 삼촌은 천천히 나를 향해 눈길을 돌리며 싸늘한 웃음을 흘렸다.

"아, 난 뻔뻔한 말 상관 안 해요. 그렇고말고. 하지만 허튼 수작은 하지 마쇼. 날 쳤다가는 안 참을 거거든? 누구든 상관없어."

"선생, 내가 말을 해도 좋다고 했으니, 젊은 숙녀분께 실례가 안 되게 한마디하리다. 영국의 유서 깊은 가문 중에서 맹글스라는 이름은 들어본 적이 없구려. 그러니 내 생각으로는 선생이 이 여성의 미덕과 품위만 보고 선택한 것 같군요?"

사라 마틸다 부인은 사일러스 삼촌의 칭찬의 진의를 알아차리지 못했다. 불안함에도 불구하고 그저 고개를 숙여 예의를 표했다. 그녀는 눈물을 닦으며 미소를 짓고는 웅얼거렸다.

"매우 친절하시네요. 그럼요."

"난 당신들 둘 모두를 위해, 이 여성분이 돈이 좀 있기를 바랍니다. 안 그러면 어찌 살지 모르겠군요? 당신은 사냥터지기를 하기에는 너무 게으르고, 선술집을 하기에도 음주와 싸움질에 너무 중독이 되어 힘들겠지요? 한 가지 확실한 것은 당신과 당신의 아내가 여기가 아니라 다른 집을 구해야 한다는 사실이오. 오늘 저녁 떠나시오. 자, 더들리 루틴 부부, 이제 나가도 좋습니다."

사일러스 삼촌은 자리에서 일어나 송장 같은 미소를 지으며 그들에게 품위 있게 고개 숙여 인사했다. 그러고는 떨리는 손가락으로 문을 가리켰다.

"가자, 어서?"

더들리가 이를 갈며 말했다.

"너 참말로 잘했다, 잉?"

상황을 이해하지 못해 당황한 고통스러운 여자는 문간에 서서 작별의 목례를 했다.

"작작 해라?"

더들리가 놀랍도록 사납게 소리를 높이자 여자가 화들짝 놀랐다. 그는 여자 뒤에서 성큼성큼 방을 나갔다.

"모드, 내가 이걸 어떻게 이겨내지? 저 상스러운 악당 놈 같으니라고! 멍청한 놈 같으니라고! 우리가 도대체 어떤 궁지로 빠지고 있는지! 나로서는 마지막 희망이 사라졌어. 나로서는 완전히…… 완전한…… 돌이킬 수 없는 파멸이야"

그는 마치 무언가를 찾는 사람처럼 떨리는 손가락으로 벽난로 위를 앞뒤로 더듬고 있었다. 그곳에는 아무것도 없었다. 하지만 힘없고 멍한 눈빛으로 바라보면서 계속 더듬었다.

"삼촌, 전 정말…… 제가 얼마나 간절한지 모르실 거예요.

뭐라도 도움을 드리고 싶어요. 그럴 수 있을까요?"

그는 내게 시선을 돌려 날카로운 눈빛으로 쳐다보았다.

"그럴 수도 있겠지."

그는 아주 천천히 말했다.

"그래, 그럴 수도 있을 거야."

그가 더 기운차게 반복했다.

"한번 보자…… 그래, 어디 보자…… 생각해보자…… 저……
저 녀석! 아, 내 머리!"

"어디 아프세요, 삼촌?"

"오! 그래, 괜찮아. 저녁에 이야기하자. 내가 나중에 부르
마."

나는 옆방에서 와이엇에게 삼촌이 아픈 것 같으니 서두르
라고 말했다. 나는 그게 매우 이기적인 처사가 아니었기를 빈
다. 그러나 나는 삼촌의 그 이상한 발작이 시작되는 걸 보는
게 너무나 두려워서 달음질치듯 그 방에서 서둘러 나왔다. 거
기 남아달라는 부탁을 받을까 봐 두려웠기 때문이었다.

바트램 저택의 벽은 두꺼웠으며 문간의 넓이도 넓었다. 삼
촌의 방문을 닫자 계단에서 더들리의 목소리가 들렸다. 나는
그와 그의 아내라는 여자에게 내 모습을 보이기 싫었다. 그 여
자는 더들리와 열띤 대화를 나누고 있었다. 나는 다시 삼촌의
방으로 들어가는 것도 싫어서 두꺼운 문간에 조용히 몸을 숨
겼다. 그러자 더들리가 사납게 떠들어대는 소리가 들렸다.

"너 왔던 곳으로 다시 가라. 너 나랑 같이 가려는 심산인 것

같은데, 나 너랑 안 간다. 이런, 씨팔!"

"오! 더들리, 자기야. 내가 뭘 어쨌다고 그래? 내가 어쨌다고? 자기, 날 왜 그렇게 미워해?"

"뭘 어쨌냐고? 이 개 같은 년이! 네년의 개 같은 허튼수작으로 내 상속 재산을 다 날려버렸잖아! 그걸로 모자라, 엉?"

나는 그들이 계단을 내려가고 있었기 때문에 그저 여자가 흐느끼는 소리, 날카로운 욕설만 들을 수 있었다. 메리 퀸스가 겁을 잔뜩 먹고 전해준 이야기로 알 수 있었던 바, 더들리는 문간에서 마치 건초 보관소에 건초 더미를 던져 넣듯 여자를 마차에 처넣었다고 한다. 그러고 나서 마차 창문으로 고개를 들이밀고 떠날 때까지 여자를 다그쳤다.

"여자를 막 몰아붙이더라고요. 가여워라! 그 남자가 자기 머리를 막 흔들어대더군요. 그리고 주먹을 안으로 밀어 넣고 여자 얼굴을 막 흔들어댔어요. 표정이 완전 악마 같았어요. 여자가 막 아이처럼 울더라고요. 그리고 뒤돌아보며 남자를 향해 젖은 손수건을 흔들었어요. 가여워라! 그렇게 젊은 여자가! 참 안됐어요. 세상에! 저는 말이죠, 아가씨. 진짜 결혼 안 하기 잘했다는 생각이 자주 들어요. 저런 모습에도 우리 모두 얼마나 남편을 가지고 싶어 안달하는지! 결혼해서 진짜 행복한 사람은 거의 없잖아요? 진짜 이상한 세상이에요. 결국 혼자 사는 게 제일 나은 거 같아요."

제52장
늑대 그림

나는 그날 저녁 밀리와 내가 함께 쓰던 응접실에 책 한 권을 찾으러 내려갔다. 나의 착한 메리 퀸스가 동행했다. 문이 조금 열려 있었다. 안에는 벽난로 부근에서 촛불이 비추고 담배와 브랜디 냄새가 진하게 나서 깜짝 놀랐다.

더들리가 벽난로 옆으로 끌고 온 나의 작은 재봉대 위에 파이프와 브랜디 병과 텅 빈 컵을 올려놓고 있었다. 그는 팔꿈치를 무릎에 대고 손으로 머리를 괸 채 난로 울타리에 한 발을 얹고 앉아 울고 있었다. 그는 문을 등지고 있어서 우리를 보지 못했다. 우리는 그가 손등으로 눈을 비비며 이기적인 한탄의 소리를 내는 모습을 보았다. 메리와 나는 그 방에서 살그머니 빠져나왔다. 그에게 내려진 지시에 따라 언제 집을 떠날지 궁금했다.

나는 늙은 지블릿이 홀에서 조용히 그의 짐을 묶고 있는 모습을 보았다. 더들리가 그날 저녁 기차로 떠날 거라고 속삭이는 말을 들었다. 어디로 가는지는 몰랐다. 30분 후쯤 메리 퀸스가 알아보려고 나갔다. 그러고는 로비에서 늙은 와이엇으로부터 그가 방금 기차를 타기 위해 떠났다는 말을 들었다.

그렇게 해방되니, 축복받을 일이었다! 사악한 영혼이 내쳐졌다. 집은 더 밝고 행복해졌다. 조용한 내 방에 자리를 잡고 앉고 나서야 그 불안했던 날의 풍경과 이미지가 기억 속에서 차례로 떠오르기 시작했다. 나는 처음으로 그 압도적인 공포를 되돌아보며 완벽한 감사의 기쁨에 휩싸였다. 나를 위협하던 심각한 위험으로부터 도망친 것이 말할 수 없는 안도감을 들게 했다. 그것은 비참하고 나약한 태도일 수도 있었다. 나는 그렇다고 인정한다. 그러나 나는 어렸고 예민했으며, 때때로 미칠 것 같이 커지는 고뇌로 괴로웠다. 그런 고뇌는 지금 와서 이성적으로 생각해보면 말도 안 되는 크고 작은 희생을 나 자신에게 강요하도록 만들었다. 나는 더들리에게 완벽한 두려움을 품고 있었다. 늙고 병든 삼촌이 희망, 또는 절망의 자리에 힘없는 소녀를 앉혀놓고 그토록 집요하게 간청했으니, 나의 연민의 마음에 그토록 무섭고 직접적인 호소가 오래 지속되었으니, 저항하는 내 마음이 허물어질 수도 있었던 것이다. 누가 알겠는가? 나 자신을 희생시킬 뻔했다! 독일에서 그랬듯, 범죄자들을 수년간 끊임없이 괴롭히고 관찰하고 반대 신문함으로써 일종의 광기로 몰아넣으면, 그리하여 지속적 불안감과 반복과 자기구속과 참을 수 없는 피로에 지친 그들은 마침내 모든 것을 포기하고 스스로에게 죄를 씌우고는 지극히 안도하는 마음으로 교수대로 향한다. 그러니 당신은 예민하고 겁 많고 외로이 홀로 지내는 내가 더들리가 실제로 결혼한 사실이 드러나 끈질기게 괴롭히며 조르는 일이 드디어 끝났다는 사실을 알고 얼마나 큰 위안을 얻었는지 추측할 수 있을 것이다.

그날 밤 나는 삼촌을 다시 보았다. 그가 두렵긴 했어도 그를 동정했다. 나는 내가 얼마나 간절히 그를 도와주고 싶은지 말하고 싶었다. 단지 그 방법만 가르쳐주길 바랐다. 내가 말한 것은 진심이었고, 동기는 충분했다. 그의 화색이 밝아졌다. 그는 의자에서 자세를 곧추세우고 똑바로 앉았다. 얼빠지거나 허약하지 않아 보이는 안색에 단호한 태도로 탐색하는 듯했다. 내가 이야기하는 동안 어두운 생각, 또는 계산에 빠진 것 같았다.

나는 매우 혼란스럽게 이야기한 듯했다. 삼촌 앞에서는 항상 긴장되었다. 그에게는 일종의 최면술 같은 기이한 영향력이 있어 그것이 어렵지 않게 내 상상력을 장악했다고, 나는 생각한다.

나는 그로 인해 때로 음울한 공황상태에 빠지곤 했다. 그러면 설명할 수 없지만 세련되고 온화한 사일러스 삼촌이 두려운 존재로 보였다. 그때 그것은 단순히 우연히 일어난 최면술이 아니었다. 그보다 더한 무언가가 있었다. 그의 본성은 나로서는 이해 불가능했다. 그는 내가 나 자신 안에서, 또는 다른 사람에게서 파악한 보편적 인간의 특성인 고귀함이나 신선함, 부드러움, 가벼움이 없었다. 나는 그에게 연민이나 감정에 호소하는 일이 대리석 조각에 하는 것만큼이나 아무런 효과가 없다는 것을 본능적으로 느꼈다. 그는 마치 유령이 인간의 몸을 빌려 나타나듯, 타인의 도덕 체계에 자신의 대화를 억지로 끼워 맞추는 것 같았다. 내가 보기에 그의 육신에는 미식가의 관능성이 있었고, 그것이 그가 가진 인간적 성질의 전부인 것 같았다. 그 반투명한 것 같은 육신을 통해 나는 이따금 그의 내면적 삶의 빛, 혹은 섬광을 볼 수 있을 것 같다고 생각했다. 그러나 나는 그것을 이해하지 못했다.

그는 선한 것, 또는 고귀한 것을 절대 비웃지 않았다. 아무리 그를 나쁘게 비판했던 사람이라도 그런 취지로 그를 비난할 수는 없을 것이다. 그러나 그러면서도 어쨌든 숨어 있는 그의 본성이 그 모든 것에 대한 체계적인 모독이었다고 생각했다. 그가 만일 악마였다면, 그는 수다스럽지만 동시에 미약한 괴테의 악마보다는 더 숭고한 존재였을 것이다. 그 존재가 우리 인간의 사지와 이목구비를 띠었다. 그 존재는 제 실체를 잘 가리고 있었다. 아주 심오하고 말수가 없는 메피스토펠레스였다. 그는 내게 점잖게 대했다. 거의 언제나 친절하게 말했다. 그러나 그것은 마치 아시아의 미신 속 사막 도깨비가 부드럽게 말을 건네는 것과 같았다. 사막을 건너는 대상隊商의 낙오자들에게 친절한 모습으로 나타나는 존재. 멀리서 이름을 부르며 그들에게 유혹의 손짓을 하고는, 어딘지 모를 곳으로 인도하는 도깨비. 그렇다면 그의 그 모든 친절은 그저 무덤보다 더 차갑고 더 무시무시한 무언가를 은폐하는 인광성 광휘였던가?

"매우 고귀하구나, 모드. 정말 천사 같아. 파멸하여 절망하는 노인에 대한 너의 연민 말이다. 그러나 난 네가 움츠러들 거 같아 염려가 되는구나. 나는 내가 빠진 파멸의 수렁에서 날 빼내줄 수 있는 것은 2만 파운드면 될 거 같다고 솔직하게 말하겠다."

"움츠러든다고요! 절대 안 그래요. 제가 할게요. 방법이 있을 거예요."

"됐다, 나의 아름다운 젊은 보호자여. 천상의 존재여, 됐다. 너는 움츠러들지 않지만, 내가 움츠러드는구나. 나는 그런 희생을 받아들일 수 없단다. 날 구출하는 게, 심지어 나 자신에게도 무슨 의미가 있을까? 나는 나의 화관에 50가지 치명적 부상을 입어 만신창이가 된 비참한 인간이다. 치료가 불가능한 그토록 많은 상처가 있는 마당에 한 가지 상처를 치유하는 게 무슨 소용이겠니? 내가 쓰러진 곳에서 죽게 내버려두는 게 나을 것이다. 그리고 너의 돈은 앞으로 더 가치 있는 일에 쓰이도록 놔두는 게 좋을 거야."

"하지만 제가 할게요. 전 해야 해요. 전 삼촌을 도와드릴 힘이 있는데도 그 힘을 쓰지 않아 삼촌이 고통받는 모습을 볼 수 없어요."

"됐다, 사랑하는 모드. 의지가 있으니, 됐다. 너의 연민과 선의에는 위안의 힘이 있구나. 구원의 천사여, 됐다. 지금으로서는 난 그렇게 할 수 없단다. 네가 고집한다면 나중에 다시 이야기해보자. 잘 자거라."

우리는 그렇게 헤어졌다. 나는 나중에 그날 밤 펠트램에서 온 변호사가 거의 밤새 그와 함께 있었다고 들었다. 그들은 서로의 재간을 합쳐 내가 나 스스로를 옭아맬 수단을 고안해내려고 머리를 굴렸으나 소용없었다. 나에겐 나 자신을 옭아맬 방법이 없었다.

나는 나대로 삼촌을 도와줄 희망으로 부풀어 올랐다. 그게 아무리 큰 액수라 하더라도 나에게 무슨 의미가 있나? 진정으로 아무 의미가 없었다. 나는 그 정도 돈을 나누어주고도 전혀 손실을 못 느낄 수 있었다.

나는 소중한 나의 놀에서 가져온 컬러 인쇄된 큰 4절판 책을 한 권 집어 들었다. 너무 흥분한 상태라 쉽사리 잠이 오지 않을 것 같아 그 책을 펼치고 책장을 넘겼다. 나의 마음은 사일러스 삼촌과 그에게 제공하려고 마음먹은 액수로 가득 차 있었다.

까닭을 알 수 없었지만 컬러 판화 그림 한 점이 내 눈길을 잡아끌었다. 그것은 고결한 숲의 장엄한 적막감을 표현한 그림이었다. 스위스 의상을 입은 소녀 하나가 잔뜩 겁에 질려 도망치고 있었다. 소녀는 도망치면서 팔에 들고 있던 자그마한 시장바구니에서 고기 한 덩이를 꺼내 던졌다. 숲속에서 한 무리의 늑대들이 소녀를 쫓고 있었다.

이야기는 이랬다. 장을 보고 집으로 돌아오는 길에 소녀는 늑대 무리에 쫓겨 사력을 다해 가까스로 도망쳤는데, 이따금 속도가 늦어질 때는 바구니에 든 고기를 한 조각씩 던져주어

굶주린 포식자들이 서로 차지하려고 싸우게 만드는 것이었다.

이 그림이 나의 상상력을 사로잡았다. 나는 호기심에 차서 그림을 바라보았다. 나무들의 배치와 그 드높은 크기, 서로 얽혀 있는 거칠고 튼튼한 가지들과 그 밑의 오싹한 그늘이 무언가 밀리와 내가 자주 산책하곤 했던 윈드밀 우드의 한 지역을 떠오르게 했다. 그때 나는 목숨을 부지하기 위해 도망치는 가여운 소녀의 모습을 보았다. 완전히 겁에 질려 어깨너머를 흘긋거리는 모습이었다. 나는 입을 벌리고 있는 피에 굶주린 무리와, 그 무리를 이끌고 있는 선두에 선 회백색 짐승의 모습을 눈여겨보았다. 그런 다음 나는 의자에 푹 기대앉아 한 가지 생각—어쩌면 어떤 잠재적인 연상 작용이 일어나 그렇게 상관없어 보이는 것을 연결 짓게 했는지도 모른다—을 했다. 그것은 바로 반다이크가 그린 벨리사리우스 장군의 그림 아래 쓰인 작은 활자 부분에 대한 생각이었다. 나는 뒤로 물러나 앉으며 테이블 위에 있던 봉투에 이 작은 글씨를 연필로 써보았다. 나는 그저 한가로이 끼적인 것뿐이었다. 얼토당토않게 보일지 모르지만, 다른 의도는 아무것도 없었다. '20,000l. 데이트 오보럼 벨리사리오(2만 파운드. 벨리사리우스에게 1파딩(화폐 단위)을 주어라)!' 그 라틴어 제명題銘은 사랑하는 나의 아버지가 내게 해석해주었던 것이다. 나는 그것을 일종의 기억 학습법으로서, 또한 삼촌의 몰락과 비참한 운명이 언제나 내게 고취시키는 연민을 표현하듯, 써보았다. 그렇게 나는 이 이상한 작은 메모를 펼쳐진 책에 던져놓았다. 그러고 나서 다시 도망과 추적과 미끼가 내 눈을 사로잡았다. 그때 나는 난롯가 근처에서 근엄한 속삭임을 들었다고 생각했다.

"벨리사리우스의 독니를 피하라!"

"뭐라고 했어?"

나는 메리 킨스에게 날카로운 시선을 보내며 물었다. 메리는 난롯가에서 바느질을 하다가 일어나 두려움과 호기심이 담긴 찌푸린 인상으로 나를 응시했다.

"뭐라고 한 거야? 자기가 말했어?"

나는 겁이 나 메리의 팔을 붙잡았다.

"아니에요, 아가씨. 아무 말 안했어요!"

그녀는 분명 내 머리가 좀 이상하다고 생각하는 것 같았다. 분명히 상상력의 장난이었음이 틀림없었다. 그러나 나는 지금도 만약 그 소리가 다시 들린다면, 수천 가지 목소리 중에 그 엄중한 목소리를 판별해낼 수 있다.

불안한 마음에 자다 깨다를 반복한 밤을 보내고 매우 피곤해진 다음날 아침, 나는 삼촌의 방으로 소환되었다. 나는 그가 나를 매우 이상하게 맞았다고 생각했다. 그의 태도가 변해 있었다. 나는 그의 표정이 불편했다. 그는 평소대로 점잖고 친절하게 미소 지으며 유순한 태도를 보였으나, 내가 언제나 그에게서 느끼고 있었던 반쯤은 미신적인 혐오감을 알아차린 것 같았다. 꿈일까, 목소리일까, 아니면 환영일까? 무엇이 그렇게 만든 걸까? 나에 대한 무의식적인 반감과 두려움이 있는 것 같았다. 내가 자신을 보고 있지 않다고 생각할 때, 그는 순간적으로 음침한 시선으로 나를 훔쳐보았다. 내가 그를 바라볼 때면, 자신 앞에 있는 책으로 시선을 돌렸다. 그리고 말을 할 때는 그가 내뱉는 말에 주의를 기울이지 않고 들었다면, 마치 큰 소리로 책을 읽는다고 생각했을 것이다.

이처럼 눈길이 마주치는 것을 피하는 것을 빼고는 감지할 만한 다른 것은 아무것도 없었다. 나는 그가 평소처럼 친절했다고 말하겠다. 심지어 평소보다 더 친절했다. 그러나 서로에 대해 조용히 반감을 느끼는 새로운 낌새가 있었다. 싫어하는 마음일 수는 없었다. 그는 내가 자신에게 도움을 주려고 하는 마음을 알고 있었다. 수치심이었을까? 그 시선에 공포의 그림자는 없었나?

"내가 잠을 잘 못 잤구나. 밤새 생각했단다. 그리고 그 결과는 이것이다. 모드야, 난 네 고귀한 제안을 받아들일 수가 없구나."

"정말 유감이네요."

나는 진심을 다해 말했다.

"그래, 알아. 소중한 나의 조카딸. 그리고 네 선의에 감사하구나. 하지만 많은 이유가 있단다. 그중 어떤 것도 비열한 것은 없다. 그리고 그 모든 이유가 합쳐져 불가능하게 만든단다. 그래, 맞아. 오해받을 수도 있어. 나의 명예가 비난받아서는 안 돼."

"하지만, 선생님. 그럴 수는 없어요. 삼촌은 한 번도 제안하지 않았어요. 처음부터 끝까지 저의 자발적인 의사예요."

"그래, 모드야. 하지만 아아! 너는 경험이 부족해서 모르겠다만, 나는 이 세상이 아주 사악하고 비방을 일삼는다는 것을 잘 알고 있단다. 우리의 증언을 누가 믿어주겠니? 아무도 없어, 아무도. 어려움—극복할 수 없는 도덕적 어려움—은 바로 내가 나의 목적을 이루기 위해 부당하게 너를 구워삶았다고 사람들이 비방하고 비난할 거란 말이지. 나는 그런 일에 나 자신을 노출시킬 수 없단다. 게다가 나 스스로도 그런 비난에 자유롭지 못할 것이야. 모드, 그건 너의 자발적인 선의지. 그러나 너는 아직 젊고 경험이 없어. 네가 아직 너무 이른 나이이기에, 나는 너와 네 재산 처분의 일에 관여하는 게 나의 의무라고 생각한단다. 어떤 사람들은 이런 걸 돈키호테식의 공상가적 행동이라고 여기겠지? 그러나 나의 마음속에서는 그건 절박한 양심의 명령이란다. 그리고 나는 그 명령에 불복종하는 것을 단호하게 거부한다. 3주 안에 이 집에 압류라는 강제집행이 이루어지지만 말이다!"

나는 그 당시 강제집행이 무슨 말인지 정확히 알 수 없었다. 그러나 두 권의 마음 아픈 소설을 읽고 그 애처로운 상황만은 잘 알고 있었다. 나는 그게 일종의 무시무시한 법적 고문과 강탈의 과정이라는 사실을 알고 있었다.

"오, 삼촌, 제가…… 오, 선생님! 그런 일이 벌어지게 해서는 안 돼요. 사람들이 저에 대해 뭐라고 하겠어요? 그리고…… 가여운 밀리도 있고…… 그렇잖아요? 다시 생각해보세요."

"어쩔 수가 없구나. 너도 어쩔 수 없다, 모드. 내 말을 들어봐라. 여기서 강제집행이 이루어질 것이야. 나도 정확히 얼마나 빨리 될지 알 수 없으나, 2주 정도 후일 것 같구나. 나는 너의 안락한 생활을 보장해야 해. 넌 떠나야 한다. 당장은 네가 프랑스에서 밀리와 합류하도록 준비를 해놓았단다. 내 사정을 추스를 때까지 말이다. 넌 네 커즌 레이디 놀리스에게 편지를 쓰거라. 놀리스는 그 모든 괴짜 같은 성격에도 불구하고 마음은 따뜻하니까. 모드야, 내가 네게 친절하게 대했다고 말할 거지?"

"삼촌은 오직 친절하기만 하셨어요."

"그리고 네가 관대한 제안을 했지만 내가 거절했다는 것도 알릴 거지? 그리고 내가 지금 네게 고통을 덜게 해주려고 하는 것도 물론이고? 내가 전하는 말처럼 쓰지 말고 그저 사실이니, 사실대로만 쓰는 게 좋겠구나. 내가 후견인 권리를 내놓는 일을 심각하게 고려하고 있다고 말이야. 그리고 내가 그이에게 부당하게 대했다고 느끼고 있으며, 그러므로 내가 다소 마음의 여유를 찾는 대로 그이와 화해를 도모할 거라고 말이야. 그리고 궁극적으로 널 보호하는 문제, 널 교육하는 문제를 그이에게 넘기겠다고 말이야. 내가 더 이상 명예를 회복하는 일에도 관심을 두지 않고 있다고 해도 돼. 나의 아들은 결혼으로 자신의 인생을 망쳤단다. 내가 그 애가 펠트램에 들렀다고 말하는 걸 잊었구나. 그리고 오늘 아침 작별의 면담을 갖자고 편지를 보내왔더구나. 보기로 한다면 이번이 마지막일 거야. 난 더 이상 그 애를 보지 않을 것이며, 편지도 하지 않을 것이야."

노인은 자기감정에 압도당한 것 같았다. 그는 손수건으로 눈가를 닦았다.

"그 애와 그 애 아내는 이민 가려고 하는 것 같아. 빠를수록 더 좋아."

그는 쓰디쓴 감정을 억누르며 말했다.

"모드야. 난 정말로 그 애가 네게 청혼했던 일을 봐준 걸 후회하고 있단다. 어젯밤처럼 내가 그렇게 철저하게 숙고했더라면, 나는 절대 그런 일을 허락하지 않았을 것이야. 그러나 나는 수도원의 수도승처럼 너무 오래 그렇게 살아와서 나의 욕구와 관찰력이 이 좁은 방 안에 한정되어 있을뿐더러, 나의 세상 지식도 내 젊음과 희망과 함께 사라져버렸어. 그리고 나는 그래야 하는데도 불구하고, 많은 반대 입장을 고려하지 못했단다. 그러므로 사랑하는 모드, 이 한 가지 문제만큼은 입을 다물어달라고 부탁하마. 그걸 다시 화제로 삼는 것은 아무런 도움이 안 돼. 내가 옳지 못했다. 나는 솔직하게 내 실수를 잊어달라고 부탁하마."

나는 이 혐오스러운 문제에 대해 레이디 놀리스에게 편지를 쓰려던 참이었다. 그런데 다행히 어제의 폭로로 그 문제가 일단락되었다. 그러므로 삼촌의 부탁을 받아들이는 데 아무런 어려움이 없었다. 그가 그토록 많은 것을 양보하는 마당에, 내가 그 보답으로 그렇게 사소한 양보도 하지 못할 이유가 없었다.

"내가 떠나고 난 후에도, 모니카가 가여운 밀리에게 친절하게 대해주었으면 좋겠구나."

그런 후 몇 초 동안 묵상의 시간이 흘렀다.

"모드, 넌 내가 방금 말한 내용을 레이디 놀리스에게 편지 써서 보내는 일을 거절하지 않겠지? 그리고 다 쓰고 나서 내가 봐도 되겠니? 내가 방금 말한 것에 혹시라도 오해의 소지가 있어서는 안 되니까 하는 말이야. 그리고 모드, 내가 친절하게 대했다는 말도 잊지 말기 바란다. 내가 절대 나의 피후견인을 못살게 굴거나 괴롭히지 않았다고 쓰도록 해. 모니카가 안심하는 걸 보는 게 나로서는 좋은 일이니까."

그런 말과 함께 그는 나를 내보냈다. 그리고 나는 곧 그가 말한 내용 그대로 편지를 썼다. 나는 사일러스 삼촌과 매우 뜻이 잘 맞아 열렬한 감정으로 삼촌의 점잖음과 그의 선의를 높이 평가한다는 말을 썼다. 그리고 그 편지를 보여주었을 때 그는 자신이 바라던 바를 그토록 정확하게 전달하는 나의 영리함에 만족한다며 칭찬했고, 늙은 보호자에 대해 그렇게 훌륭한 평판을 해주어 감사하다고도 했다.

제53장
기이한 제안

나는 그날 메리 킨스와 함께 산책에서 돌아와 홀에 들어갔다가 더들리가 큰 계단 아래 현관 객실에서 나오는 것을 보고 깜짝 놀랐고, 또한 불쾌했다. 그는 여행 복장을 하고 있었다. 다소 더럽혀진 흰색 외투에 다채로운 색상의 목도리와 실크해트 차림이었다. 털모자가 주머니에서 삐죽 삐져나와 있었다. 막 삼촌의 방에서 내려오는 길 같았다. 그는 나를 보자 한 발 뒤로 물러나며 박물관의 미라처럼 어깨를 벽에 기대고 섰다. 나는 그도 나를 피하고 싶어 하는 것 같기에 현장을 빨리 빠져나갈 기회를 주기 위해서 메리에게 몇 마디 말을 거는 시늉을 했다.

그러나 그는 그사이 마음을 바꾼 것 같았다. 그는 내가 그쪽 방향을 흘긋 쳐다보자 우리를 향해 다가왔다. 그러고는 손에 모자를 들고 멈춰 섰다. 그는 끔찍하게 우울하고 겁먹고 뚱한 표정이었다.

"아가씨, 나한테 한마디만 하게 해주쇼. 나 그냥 한마디만 할 거요. 다 아가씨를 위해서 그런 거요. 그러니까…… 다 아가씨를 위해서요."

더들리는 다소 떨어진 곳에 서서 두 손으로 모자를 쥐고 어두운 표정으로 나를 보았다. 나는 그의 이야기를 듣는 것도 그에게 말을 거는 것도 싫었지만, 거절할 결단력이 없었기 때문에 그저 이렇게 말했다.

"내게 어떤 말을 하고 싶은지 상상할 수 없네요. 난간에서 기다려, 퀸스."

나는 그에게 다가갔다. 이 불쾌한 사촌의 불콰해진 얼굴과 번드르르한 목도리에서 술 냄새가 났다. 음산한 표정에 정점을 찍는 면모였다. 게다가 다소 쉰 목소리로 말을 했다. 그는 풀죽은 태도로 당혹스러워하며 내게 애써 존중심을 표했다.

"난 궁지에 몰린 것 같소, 아가씨."

그는 오크나무 바닥에 발을 끌었다.

"나는 지랄맞게 행동했지만, 양아치는 아니라오. 아버지하고 싸워서 졌지만, 당당하게 맞섰다고요. 모르겠어요? 나는 양아치가 아니라고요. 염병! 아니라니까!"

더들리는 그 알 수 없는 장광설을 격렬한 열정을 담아 낮은 목소리로 쏟아냈다. 그는 이상하게 불안한 태도를 보였다. 또한 불쾌하게 나의 시선을 피하며 구석구석 바닥을 살폈다. 그에게서 매우 비굴한 인상이 풍겼다. 그는 손가락으로 모랫빛 구레나룻을 꼬면서 뺨이 당겨질 정도로 거칠게 잡아당겼다. 다른 손으로는 모자를 무릎에 대고 구기고 있었다.

"저 위층에 있는 영감탱이는 반쯤 미친 것 같소. 자기가 말을 하면서 뭔 말인지도 모르는 것 같다니까. 하지만 나는 어쨌든 진창에 빠졌소. 뭐, 맨날 이 모양이긴 하지만…… 영감님한테 한 푼도 못 얻어냈다니까. 그래서 보다시피 난 완전 엉망진창이 되었소, 아가씨. 영감님은 그냥 냅두면 완전 쪼다같이 망가질 거요. 저 양반은 나한테는 무슨 변호사처럼 날카롭다니까, 염병! 나만 보면 얼마 빚이 있네, 어쨌네, 하고 씨불여대고. 브라이얼리는 내 유산을 못 주겠다고 편지를 썼더라고요. '아처 & 슬레이' 사무실에서 통지를 받았다나 어쨌다나? 나한테 한 푼도 주지 말라는 경고장이라고 하면서. 그게, 내가 대장님한테 위임한다는 서명을 했다나 어쨌다나 그러더라고. 완전 시뻘건 구라 아니겠소? 뭐, 내가 뭔 종이에 서명했을 수도 있긴 하지만 말이오. 어쩌면 어느 날 밤 술에 취했을 때 그랬던 거 같기도 하고. 하지만 그런 식으로 신사를 후려치면 안 되지. 그런 건 못 참아. 잘못된 건 바로잡아야 해. 난 못 참아. 난 그런 식으로 영감탱이한테 놀아날 놈이 아냐. 뭐, 내가 좀 꼼짝 못 할 상황에 처하긴 했지만. 그건 내가 부정하지 않소. 그래도 내가 통째로 당하고만 있지는 않겠다, 이 말씀이야. 나는 그런 호구가 아니니까. 영감님도 알게 될 거요."

그때 메리 퀸스가 계단 발치에서 새침하게 기침을 해서 나에게 대화가 길어지고 있다고 상기시켰다.

"저는 이해를 못 하겠네요."

나는 진지하게 말했다.

"전 그만 위층으로 올라가겠습니다."

"잠깐만요, 아가씨. 한마디만 하면 돼요. 우리 호주로 갈 거요. 사라 맹글스랑 나 말이오. 5일 날 시뮤호를 타고 떠나요. 나는 오늘 밤 리버풀로 가고 거기서 그 여자를 만나기로 했소. 그러니 이제 하늘에 맹세코 아가씨는 더는 날 못 볼거요. 그래서 모드, 내가 가기 전에 한 가지 해주고 싶은 일이 있는데, 잘 들어봐요. 대장님한테 주기로 했다는 그 2만 파운드 나한테 주겠다고 종이에다 써서 약속하면 내가 아가씨를 바트램에서 감쪽같이 빼내 당신의 커즌 놀리스한테 데려다줄게요. 꼭 거기가 아니라도 어디든 원하면 데려다줄게요."

"날 바트램에서 빼내주겠다고요? 2만 파운드에? 날 후견인으로부터 빼내겠다니! 잊으신 모양인데……"

나는 말을 하면서 점점 분노가 커졌다.

"나는 내가 원하면 아무 때나 나의 커즌 레이디 놀리스를 방문할 수 있다고요."

"그게…… 그럴지도 모르겠지만."

그는 부루퉁하게 숙고하는 태도로 부츠 발로 바닥에 있던 종잇조각을 찢고 있었다.

"그럴지도 모르겠는 게 아니라, 그런 거예요. 내가 말한 대로라고요! 그리고 당신이 날 어떻게 대했는지 생각하면, 당신의 그 비열하고 불온하고 파렴치한 청혼이며, 당신의 가여운 아내에게 저지른 그 잔인한 배반을 생각하면, 나는 그저 당신의 뻔뻔함에 치가 떨릴 뿐이에요."

나는 진정으로 열불이 나서 그 자리를 뜨려고 등을 돌렸다.

"그렇게 열 받지 마쇼."

그가 거칠게 내 팔목을 붙잡으며 강하게 말했다.

"나 당신 짜증 나게 하려고 이러는 게 아니오. 참, 대단한 입을 가지셨구먼? 앞날이 안 보이나 봐! 그냥 여자답게 상식적으로 말 못 해? 염병! 한 번만이라도 그래 보시지? 선머슴처럼 크게 떠들지 말고. 내가 하는 말 뭔 말인지 모르것소? 이 모든 일에서 빼내 주겠다니까? 그래서 당신 커즌에게 데려다준다고? 거기가 싫으면, 원하는 어디라도 데려다주겠다고? 내가 말한 것만 나한테 주면, 그러겠다고!"

그가 처음으로 내 얼굴을 빤히 들여다보았다. 그러나 시선은 좁아졌고 매우 동요한 안색이었다.

"돈?"

내가 경멸을 담아 말했다.

"그렇지, 돈. 2만 파운드. 좋아, 싫어?"

그가 불쾌한 태도로 물었다.

"2만 파운드를 약속해달라고 했지요? 자, 안 된다고 대답합니다."

나는 뺨이 불같이 달아올라 말을 하며 발로 바닥을 쿵 찼다. 그가 나의 감정에 호소하는 방법을 잘 알았다면, 나는 분명 그 액수 전부는 아니더라도 적어도 일부는 그를 돕기 위해 주었을 것이다. 그러나 이러한 부탁은 너무 추잡하고 뻔뻔한 짓이었다! 날 뭘로 보는 건가? 자기가 그저 나를 커즌 모니카에게 데려다만 주면, 그녀가 내 후견인이 되는 걸로 내가 생각하는 줄 아나? 나를 아주 어린아이 취급하는 게 틀림없었다. 그의 이런 제안은 멍청하고 교활했다. 그것이 나의 선의를 혐오감으로 물들였고 자존심을 능욕했다.

"그럼 그 돈 안 주겠다는 거지?"

그가 다시 바닥으로 고개를 떨어뜨리며 인상을 찌푸렸다. 그는 담배를 마는 듯한 동작으로 입과 뺨을 움직이며 말했다.

"분명히 말하는데, 줄 수 없어요."

"그럼, 어쩔 수 없지."

그는 여전히 고개를 숙인 채 매우 음울하고 불만스러워 보였다. 나는 매우 화가 난 상태로 메리 킨스에게 돌아갔다. 잠시 후, 나는 현관의 조각된 오크나무 패널 아치 아래를 지나가면서 깊어지는 어스름에 묻힌 그의 모습을 보았다. 어둑한 후광을 받은 그 모습이 기억 속에 각인되었다. 홀의 중앙 그 자리에 그대로 서서 나를 보지 않고 그저 아래로 고개를 숙인 그는 노름에서 진 사람의 얼굴, 거대한 판돈을 날린 사람의 얼굴이었다. 그렇게 암담하고 절망적으로 보였다. 나는 올라오는 길에 한마디도 내뱉지 않았다.

방으로 돌아왔을 때 나는 좀 더 여유롭게 그 대화를 되짚어보았다. 나는 상상했다. 내가 그의 말도 안 되는 제안을 즉시 받아들이면, 그는 내 등 뒤에서 자신의 무리에게 능글맞은 웃음을 날리고는 그의 마차로 펠트램을 관통해 엘버스턴으로 간다. 그럼 삼촌이 분개할 때 나는 레이디 놀리스의 피후견인으로서 그곳에 인도되고, 그러고 나서 나는 마차에서 내리며 나를 운반해준 그에게 후한 마차 삯으로 2만 파운드를 건넨다. 그런 거창한 장난을 생각해내는 것은 토니 럼프킨의 뻔뻔함이 필요한 일이지만, 그러면서도 럼프킨식의 재미와 명민함은 없는 것이다.

"아가씨, 차 좀 드릴까요?"

메리 퀸스가 말했다.

"참, 뻔뻔하기도 하지!"

나는 화가 나 발로 바닥을 구르며 소리 질렀다.

"아니, 착한 퀸스, 자기 말고. 지금 차 안 줘도 돼."

그러고 나서 나는 생각을 이어나갔다. '더들리의 제안이 멍청하고 모욕적이긴 했지만, 그것은 삼촌에 대한 대단한 배신이 수반된 일이다. 내가 나약하게 침묵을 지키고 있으면, 그자가 나를 선수 쳐서 벌어진 일에 대해 왜곡하여 전달하지나 않을까? 그러면 비난은 온통 나를 향하게 되지 않을까?' 그 생각이 들자마자 나는 견딜 수 없었다.

나는 순간적 충동으로 삼촌의 방에 방문해 벌어진 일에 대해 이실직고했다. 눈길 한 번 들어 올리지 않고 내 이야기를 듣던 그는 이야기가 끝나자 마침내 목청을 한두 번 가다듬고 말을 하려고 했다. 그는 미소를 짓고 있었다. 나는 그가 그러려고 눈썹을 치켜 올리며 애쓰고 있다고 생각했다. 세련되지 못한 사람이라면 놀람이나 경멸을 담은 휘파람으로 냈을 법한 소리를 부드럽게 내면서 말을 꺼내려 했다. 그러나 계속 침묵했다. 그는 실제로 매우 당혹스러운 것 같았다. 그는 자리에서 일어나 슬리퍼 바람으로 방 안을 서성거렸다. 나는 그가 서랍을 두세 개 열었다 닫았다 하고 책과 서류를 넘기며 무언가를 찾는 시늉을 했다고 믿는다. 그러다가 마침내 느슨하게 묶은 원고를 집더니 자신이 찾던 것을 찾은 것 같았다. 그러고는 내게 등을 지고 여유 있게 읽기 시작했다. 그러고 나서 목청을 다듬더니 드디어 말을 꺼냈다.

"그 멍청이가 무슨 뜻을 가지고 그런 말을 한 거니?"

"전 그분이 저를 바보로 여긴 거라고 생각해요, 선생님."

"그럴 수도 있지. 그 애는 마구간에서 말과 말구종들과 함께 살아왔단다. 나는 그 애가 항상 켄타우로스 같았어. 그게, 인간과 말로 이루어진 켄타우로스 말고, 원숭이와 나귀로 이루어진 거 말이다."

그는 자신의 조롱에 웃음을 보였다. 자신의 습관대로 싸늘하고 빈정거리는 웃음이 아니라, 당혹스러운 웃음 같았다. 그러더니 여전히 내게 등을 지고 문서를 계속 보며 말했다.

"그리고 그 애가 자신이 한 말이 어떤 의미인지 네게 설명하지 않았고, 그저 네가 언급한 그 수수한 액수를 자기 몫으로 정한 걸 보면, 그 말이 너무 수수께끼 같아서 해석할 수 없다가도 그저 '날 바보로 여기나'라는 생각밖에 들지 않았겠구나?"

그는 다시 웃었다. 점점 더 원래 자신다워지고 있었다.

"네가 커즌 레이디 놀리스에게 간다는 문제를 따지자면,

그 멍청한 깡패 녀석이 내가 그러기를 바란다고 한 말을 단 5분 전에 들었거든. 나는 네가 그래야 한다고 결심을 굳혔다. 모드야, 네가 반대하지 않는다면 말이다. 물론 우리는 모니카의 초대장을 받아야겠지? 내 생각에 초대장이 오는 데 그리 오래 걸리지 않을 거야. 사실 네가 보낸 편지로 당연히 그 일이 이루어질 테니. 그러면 넌 그곳에서 살 수 있는 길이 열릴 거야. 생각할수록 더 확신이 서는구나. 나의 소중한 조카, 아마도 상황은 그렇게 되겠지. 나의 집은 네게 바람직한 보금자리가 되지 못할 것 같구나. 그리고 그 어떤 상황에서라도 모니카의 집이라면 그런 보금자리가 될 거야. 그게 바로 네 편지로 우리 사이에 화해의 문을 열려고 하는 나의 의도란다."

나는 내가 가장 바라는 미래를 정확히 짚은 그의 손에 키스해야 한다고 느꼈다. 그러면서도 내 마음속에는 의심과 비슷한 모호한 느낌, 영혼을 싸늘하게 만들며 구름을 드리우는 당혹감과 비슷한 느낌이 스며들었다.

"하지만 모드야. 그 멍청하고 건방진 놈이 감히 너한테 그런 제안을 했다는 걸 생각하면 마음이 불안하구나! 진정 믿을 수 있는 상황인가? 한밤에 후견인인 내게서 도망쳐 그 거친 젊은이의 독단적 호위 아래 엘버스턴에 도착하는 게? 모드, 난 정말 이 질문을 하면서 몸이 떨리는구나. 그 애가 진정 널 엘버스턴에 데려다주기나 했을까? 네가 나만큼 이 세상 삶을 살았다면, 너는 그 사악함을 더 잘 이해하게 될 거야."

그는 이때 잠시 입을 다물었다.

"나는 그 애가 그 젊은 여자와의 결혼에 대한 법적 문제를 파악했다면 말이야……"

그는 겁먹은 내 모습을 보고 말을 이었다.

"물론, 그런 생각은 하지도 않았을 거다. 하지만 그 애는 그런 건 무시할 만한 녀석이지. 사실이니 논리 따위와는 별개로 그 애는 자기의 혼인 문제는 제 손에 달렸다고 생각한단다. 분명 그 애는 널 엘버스턴으로 데려다준다고 하면서, 기회를 틈타 네게 자기 생각을 설득하려고 했을 거야. 그러거나 말거나 네가 이제 다시는 그 자제력 없는 녀석에게서 한마디도 더 들을 일 없게 되었으니 참으로 다행이다. 나는 오늘 저녁 그 애에게 작별을 고했다. 그 애는 우리 둘이 살아 있는 동안에 다시는 바트램-호프의 담장 안으로 발을 들이지 못할 것이야."

사일러스 삼촌은 관심을 기울이는 척하던 그 문서를 제자리에 갖다 놓았다. 관자놀이 근처에 핏줄이 하나 눈에 띄었다. 그 핏줄 하나가 창백한 얼굴에 불안하게 푸른색으로 도드라져 보였다. 그가 비스듬한 자세로 돌아서며 웃을 때, 그 핏줄이 내면에서 이는 격정의 표시처럼 느껴졌다.

"그러나 모드야, 우리는 지금까지 그랬던 것처럼 서로에 대해 완벽하게 신뢰하며 행동해야만 세상의 어리석음과 속임수를 멸시할 수 있단다. 사랑하는 모드, 하늘의 축복이 함께하기를! 네가 전한 말이 필요 이상으로 날 괴롭게 만들었구나. 날 아주 괴롭게 했어. 하지만 숙고해보면, 그건 아무것도 아니라는 생각이 드는구나. 그 애는 가버렸어. 며칠이면 그 애는 바다를 항해하고 있을 것이야. 나는 내일 아침 명령을 내려 그 애가 영국에 머무는 짧은 기간 동안이라도 바트램-호프에 들어오지 못하게 할 것이다. 잘 자거라, 나의 착한 조카딸. 고맙구나."

그렇게 나는 아까보다 행복해져서 메리 퀸스에게 돌아왔다. 그러나 이해할 수 없이 혼란스럽고 거슬리는 환영이 여전히 내 눈앞에 어른거렸다. 그리고 때때로 알 수 없는 불안이 나를 엄습했다. 오직 현명하고 강한 신께 호소해야만 누그러뜨릴 수 있었다.

다음날 사랑하는 밀리로부터 기분 좋게 수다를 늘어놓는 편지를 받았다. 편지를 프랑스어로 써야만 해서 군데군데 해석하기가 어려웠다. 밀리는 그곳을 유쾌하게 설명했다. 동료 여자들에 대한 의견을 늘어놓았으며, 일부 수녀들을 대단히 칭찬했다. 프랑스어는 분명 가여운 밀리의 재능을 옥죄고 있었다. 영어로 썼다면 분명 훨씬 더 재미있었을 테지만, 밀리가 그곳을 좋아한다는 사실은 명백해 보였다. 그리고 나를 그리워하는 마음을 아주 애정 어린 말로 표현했다.

이 편지는 수녀원의 권위에 따라 삼촌의 편지에 동봉되어 왔다. 그리하여 주소도 소인도 없었기 때문에 가여운 밀리의 행방을 여전히 알 수 없었다. 편지의 봉투를 가로질러 삼촌의 글씨가 쓰여 있었다.

답장을 쓰고 봉해서 내게 주거라. 그러면 내가 보내겠다.

— S. R.

나는 며칠 후 삼촌의 손에 밀리에게 보내는 편지를 건넸다. 그는 밀리의 주소에 대해 함구하는 이유를 말해주었다.

"모드야, 나는 네게 비밀을 안겨 널 애태우지 않는 게 최선이라고 생각했다. 밀리의 현재 주소가 그렇단다. 몇 주 후면 너도 그곳에서 그 애를 보게 될 거야. 우리는 모두 그곳에서 다시 만날 것이야. 나도 너희들과 합류할 것이다. 폭풍이 지날 때까지 나의 변호사 빼고 그 누구도 내가 어디에 있는지 알아서는 안 된다. 그리고 나는 그렇게 많은 문제가 걸린 비밀을 네가 떠안지 않는 것이 최선이라고 생각한단다."

그렇다면 합리적인 조치이고, 심지어 나를 배려하는 것이기에 나는 조용히 그의 뜻에 따랐다.

그리고 얼마 후 나는 매우 매력적이고 즐겁고 애정 어린 편지를 받았다. 보낸 이는 10여 킬로미터밖에 떨어지지 않은 곳에 있지만 매우 긴 편지였다. 즐거운 이야기, 공중에 떠 있는 장밋빛과 황금빛 성과 같은 이야기, 가여운 밀리에 친절한 관심을 보이는 이야기, 그리고 나에 대한 아주 따뜻한 애정이 담긴 편지였다.

또 다른 소식도 접했다. 그것 또한 즐거운 소식이었다. 리버풀의 신문에 시뮤호가 멜버른을 향해 출항했다는 소식이었다. 승객 중에 '바트램-호프의 향사 더들리 루틴과 D. 루틴 부인'도 포함되어 있었다.

이제 나는 자유롭게 숨 쉬기 시작했다. 피후견인 기간의 끝이 보이기 시작했다. 프랑스로의 짧은 여행, 밀리와의 행복한 만남, 그러고 나서 남은 미성년 기간을 커즌 모니카와 즐겁게 보낼 것이다.

당신은 아마 내가 다시 기운을 회복하고 평온함을 되찾았을 것이라고 여길 것이다. 그러나 그러지 않았다. 우리의 불안은 얇은 막 같은 것으로 얼마나 놀랍도록 층층이 싸여 있는지! 우리의 영혼과 천상의 빛 사이에 존재하는 유일한 것으로 여겼던, 오랫동안 싸여 있던 가장 바깥쪽 층을 벗겨내면 또 새로운 층이 하나 더 보인다. 물리학으로 알 수 있듯, 그 어떤 유동체도 표피로 싸이지 않은 게 없듯이, 영혼의 미세한 매개물도 그런 것 같다. 이 층층의 근심의 막은 위쪽 공기와 빛에 그저 접촉하는 표면을 이룰 뿐이다.

나의 새로운 근심이 무엇이었나? 매우 환상적인 것이었다. 자신을 스스로 괴롭히는 환영. 나를 괴롭힌 건 사일러스 삼촌의 얼굴이었다. 늙고 창백한 미소에는 보는 이를 움츠러들게 하는 소름 끼치는 무언가와 항상 피하는 눈빛이 있었다.

나는 가끔 그가 정신이 혼란스러운 게 아닌가 생각했다. 그의 얼굴에서 보이는 그 기이한 빛과 그림자를 설명할 길이 없었다. 그저 그게 보인다고 할 수 있을 뿐이었다. 수치심의 표정, 나를 두려워하는 표정이 있었다. 수척한 미소의 광채에 그런 표정이 있었다.

나는 생각했다. '어쩌면 그가 더들리의 청혼을 묵과한 것에 대해 자책하는 것일 수 있어. 자신의 개인적 고통을 근거로 그 청혼을 고집한 일에 대해. 그 쓰라린 유혹에 자기 자신과 자신의 책무를 굴복시킨 일에 대해. 그는 스스로 나의 존경심을 잃었다고 생각하는 거야.'

나는 그런 식으로 분석했다. 그러나 그 흰 얼굴을 한번 보는 것만으로도 충분했다. 그 얼굴의 빛은 어둠속에서는 나를 압도했고, 낮에는 희미하게 낮의 백일몽을 사로잡았다. 가히 음험하고 오싹하고 불가해한 빛이었다.

제54장
차크 씨의 유골을 찾아

그러나 나는 전체적으로 말할 수 없을 정도로 크게 안도하고 있었다. 더들리 루틴 향사와 D. 루틴 부인은 이제 시뮤호를 타고 푸른 물결을 가르고 있다. 하루하루 지날수록 우리 사이의 거리는 점점 멀어질 것이다. 그러다가 지구 정반대 지점에가 닿을 것이다. 이 소중한 소식을 담은 리버풀 신문은 내 방에 잘 보관되어 있다. 그리고 잔소리가 심한 상속녀와 결혼한 신사가 아내에게 괴롭힘을 당할 때마다 남몰래 자신의 옷방으로 물러나 부부 재산 계약서를 읽어보듯, 나는 우울한 생각이 들 때마다 신문을 펼쳐 시뮤호에 관한 기사를 읽곤 했다.

내가 지금 말하는 날은 진눈깨비가 날리던 음울한 날이었다. 착한 메리 퀸스가 적막한 거실을 불편해했기 때문에 내 방으로 들어갔다. 내 방이 훨씬 편하고 좋았다.

따뜻한 불, 친절하고 믿을 만한 얼굴, 내가 좋아하는 기사를 실컷 읽는 일, 또 사랑하는 커즌 모니카를 곧 만나게 되리라는 생각과, 그 후 소중한 밀리도 보게 되리라는 생각에 기운이 솟았다.

"그러니까 늙은 와이엇이 류머티즘 때문에 누워 있다니, 날 혼낼 수 없겠지? 나 위층으로 올라가서 탐험을 할까 봐? 벽장 어딘가에 있을 가여운 차크 씨의 유골을 찾아보게."

"오, 이런, 모드 아가씨. 어떻게 그런 말을 할 수 있어요!"

뜨개질을 하던 착한 퀸스가 회색 머리를 들어 올리고 눈을 동그랗게 떴다. 나는 전해져 내려오는 차크 씨와 그의 자살 사건에 대해 너무나 익숙해서 이제 착한 퀸스를 놀래줄 여유까지 생겼다.

"나 진짜 진지하게 말하는 건데? 위층으로 올라가서 거위처럼 돌아다니며 뒤져볼 거야. 정말 그 사람의 방을 찾으면 얼마나 재미있을까? 난 정말 지난밤에 자기한테 읽어주던『숲속의 로맨스』의 아들레이드* 같은 느낌이 들어. 그 여주인공도 숲속 폐허가 된 수도원에서 끝도 없는 방들을 마구 헤매 다니잖아?"

"저도 같이 가자고요, 아가씨?"

"아니, 퀸스. 자긴 여기 있어. 불 잘 지피고 차 좀 끓여줘. 아마도 난 겁먹고 금방 돌아오겠지, 뭐."

그러고 나서 나는 숄을 걸치고 머리에 고깔 망토를 두르고 살그머니 위층으로 올라갔다. 앤 래드클리프의 양심적인 여주

---

* 앤 래드클리프의 소설『숲속의 로맨스』주인공으로 정확한 이름은 아들린이다.

인공의 특징을 상세히 설명하지는 않겠다. 내가 돌아다닌 그 모든 스위트룸들과 회랑과 로비들도 넘어가겠다. 저택의 전면과 나란히 배치된 긴 회랑의 끝에서 방문 하나를 발견했다는 이야기로 충분할 것이다. 그 방이 관심을 끈 이유는 매우 오랫동안 아무도 드나든 흔적이 없기 때문이었다. 두 개의 녹이 슨 빗장이 있었는데, 원래의 것이 아닌 게 명백해 보였고, 매우 오래되었지만 서툴게 덧붙인 흔적이 보였다. 먼지가 잔뜩 낀 채 녹이 슬었지만 당기는 건 어렵지 않았다. 녹이 슨 열쇠가 보였다. 자물쇠에 갈고리 핸들도 함께 있었다. 열쇠를 돌려보았는데 열리지 않았다. 내 호기심을 자극했다. 돌아가서 메리 퀸스에게 도움을 요청할까 생각하고 있었다. 그러나 갑자기 문이 잠기지 않았을지도 모른다는 생각이 들었다. 그리하여 나는 문을 당겨보았더니 쉽사리 열렸다. 열어보니 기이하게도 가구가 배치된 스위트룸이 아니라 회랑의 입구였다. 오른쪽은 내가 방금 지나온 분기점이었다. 불빛이 거의 들지 않아 완전한 어둠에 사로잡혔다.

나는 내가 얼마나 멀리 왔는지 생각해보았다. 또 공포에 사로잡힐 경우 되돌아가는 길을 찾을 수 있을지도 생각했다. 나는 돌아가야 하나 심각하게 고민했다.

차크 씨에 대한 생각이 불쾌하게 날카롭고 위협적으로 커졌다. 나는 내 앞에 펼쳐진 긴 공간이 불길한 고요에 침잠해 그 심연이 어둠속에 사라지는 것을 보았다. 마치 덫처럼 내가 들어오길 유혹하는 듯 느껴졌다. 그만 겁쟁이의 충동에 굴복할 뻔했다.

그러나 나는 용기를 내어 좀 더 살펴보기로 작심했다. 나는
옆문을 열고 큰 방으로 들어갔다. 그 방구석에 녹이 슬고 거미
줄이 쳐진 새장이 몇 개 보였다. 다른 것은 아무것도 보이지
않았다. 웨인스코트 장식이 된 방이었으나 패널에 흰 곰팡이
가 슬어 있었다. 나는 창밖을 내다보았다. 창밖은 내가 이전에
다른 방에서 한 번 본 적이 있던 음울하게 잡풀이 뒤엉킨 사각
형 안뜰이었다. 방 안쪽 끝에 있는 문을 열었더니, 또 다른 방
이 나왔다. 이 방만큼 크지는 않았지만 음침하기는 마찬가지
였다. 똑같이 감옥 같은 전망이었다. 때 묻은 창유리와 두껍게
내리는 진눈깨비로 잘 분간되지 않았다. 내가 들어왔던 문이
바람 때문인지 끼익거리는 소리를 냈다. 나는 기겁을 하며 그
문을 바라보았다. 내가 그토록 가볍게 떠들어댔던 차크 씨의
유골이 반쯤 열린 틈으로 성큼성큼 걸어 들어올 것만 같았다.
그러나 나는 언제나 겁쟁이 같은 신경에 반하는 이상한 용기
를 가지고 있었다. 그리하여 나는 문으로 다가가 우울한 복도
를 위아래로 훑고는 마음을 놓았다.

자, 한 방만 더 보자. 나의 정면으로 그 방 맞은편 끝에 깊
게 움푹 팬 방문이 멜랑콜리하게 인상을 찌푸리고 있었다. 나
는 그곳으로 가서 문을 밀어보았다. 한 발 나아가니, 마담 드
라 루지에르의 앙상하고 커다란 모습이 내 앞에 나타났다. 나
는 다른 것은 아무것도 보지 못했다.

졸음에 겨운 여행객이 잠자리에 들기 위해 침대 시트를 들

추었더니 그 안에 꿈틀거리는 전갈이 있었다면, 내가 그때 받은 충격과 똑같은 충격을 받았을까? 그 정도는 내가 받은 충격과 비교조차 되지 않을 것이다.

그 여자는 어깨에 낡은 숄을 두르고 낡은 안락의자에 앉아 있었다. 맨발을 델프트* 도자기 욕조에 담그고 있었다. 그 여자는 더 시들어보였다. 가발을 벗고 있어 주름진 대머리 이마가 드러났다. 과장된 이목구비와 움푹 꺼진 수척한 얼굴의 추악한 면모가 도드라져 보였다. 나는 믿을 수 없는 공포에 사로잡혀 이 사악한 유령을 꼼짝도 하지 못하고 바라보았다. 그 여자는 찌푸린 얼굴로 몇 초 동안 나의 시선을 마주했다. 사악한 영혼이 발각된 것처럼 음험하고 소름 끼치는 모습이었다.

나만큼이나 그 여자도 완전히 놀란 모습이었다. 적어도 그 자리에서는 그랬다. 그 여자는 내가 어떻게 받아들일지 알 수 없었을 것이다. 그러나 황급히 정신을 차리고 비명같이 날카로운 웃음을 터뜨렸다. 늙은 발푸르기스 마녀같이 법석을 떨고는 젖은 맨발로 똑똑 바닥을 적시며 몇 발짝 다가왔다. 엄지와 검지로 우아한 척 추잡한 낡은 치마를 살짝 들어 올리고 혐오스럽기 짝이 없는 환희를 담아 사투리로 콧소리 노래를 부르며 다가왔다.

숨을 딱 멈춘 나도 유령을 보고 놀란 모습에서 회복하고 있었다. 그래도 몇 초 동안 말문을 열 수 없었다. 마담이 먼저

---

* 네덜란드산 도기.

입을 열었다.

"아, 친애하는 모드. 아이고, 놀래라! 우리 정말 너무 기뻐서 말을 못 하는 거지? 아이고, 난 완전히 기쁨으로 가득 찼네. 널 다시 보다니, 아이고 기뻐라! 너도 나 보니 그렇지? 네 얼굴에 다 쓰여 있네? 아! 그래, 이 작은 원숭이 같은 것! 자, 여기 가여운 마담이 또 나타났네? 누가 상상이라도 했을까나?"

"나는 마담이 프랑스에 있는 줄 알았는데요?"

나는 어렵사리 말을 꺼냈다.

"그랬지, 친애하는 모드야. 난 막 도착했단다. 너의 사일러스 삼촌이 수녀원장한테 편지를 써서 젊은 숙녀를 데려갈 가정교사를 구한다지 뭐니? 그게 바로 너, 모드란다. 수녀원장이 나를 보냈고. 음, 그래, 마 쉐르(가까운 사람을 부르는 애칭). 여기 가여운 마담이 그 일을 맡으러 왔다네?"

"우리 언제 프랑스로 떠나는데요, 마담?"

"난 모르지. 하지만 그 늙은 여자, 그 여자 이름이 뭐였더라?"

"와이엇이요."

"오! 위!(그래) 와이이어트! 그래. 그 여자가, 2~3주라고 하더라? 그런데 누가 널 가여운 마담의 방으로 안내했지, 친애하는 모드야?"

그 여자가 간사스럽게 물었다.

"아무도요. 우연히 여기 온 거예요. 난 이해를 못 하겠어요, 왜 당신이 여기 숨어 있죠?"

나는 내게 행해지는 그 교활한 계략에 의아한 마음과 함께 분노의 감정이 솟구쳤다.

"나는 안 숨었는데, 아가씨?"

가정교사가 응수했다.

"나는 정확히 지시받은 대로 따랐을 뿐인데? 너의 삼촌 사일러스 루틴 씨가 걱정한다더라. 와이이어트 말로는 채권자들에게 시달릴까 봐 그런다던데? 그래서 모든 걸 매우 조용히 처리해야 한다더라. 난 있지, 남한테 페르 부와(보이는 것을) 조심하라고 지시받았어. 그리고 나는 내 고용인 말을 들어야 해. 브왈라 투(그게 다야)!"

"그럼 여기 머문 지 얼마나 됐는데요?"

나는 분개한 마음으로 물고 늘어졌다.

"한 일주일 됐나? 여긴 증말 스을픈 곳이구나! 모드야, 너보니 정말 반가워! 난 정말 이졸레(고립되었어). 이 귀여운 바보야!"

"아뇨, 당신은 안 반가워요, 마담. 마담은 날 사랑하지 않아요. 한 번도 사랑한 적 없어요."

나는 갑자기 맹렬한 태도로 말했다.

"아니야, 난 너 보아서 기뻐. 넌 몰라, 쉐르 프티트 니에즈(친애하는 작은 멍청아), 내가 얼마나 널 좀 더 교육시키고 싶어 했는지 말이야. 서로 이해하도록 하자. 마드무아젤, 내가 널 사랑하지 않는다고 생각하는 이유가, 네가 네 가여운 아빠에게 서재에서 있었던 그 작은 데헤글르멍(타락한 행위)을 고해

바쳐서 그러는 것 같구나? 나는 내 인생에서 그렇게 크게 무분별한 행동을 저지른 걸 자주 회개했단다. 나는 닥터 브라이얼리의 편지를 찾겠다고 생각했어. 그게, 사랑하는 모드야, 그 남자가 네 재산을 빼앗으려고 한다고 생각했거든. 그리고 내가 뭔가를 찾아내면 너에게 다 이야기하려고 했어. 하지만 그게 매우 큰 소티즈(어리석은 행동)였고, 네가 무슈에게 날 고발한 건 잘한 거야. 주 네 푸앙 드 항퀸 콩트르 부(난 너에 대해 아무 원한 없다). 아무렴, 그렇고말고. 전혀 없어. 오히려 반대로 나는 너의 가르디엔 튀틀레르(보호 후견인)가 될 거야, 아이고, 그거 뭐더라? 수호천사? 그래, 그거 말이야. 넌 내가 파르 데리지옹(조롱하려고) 하는 거라고 생각하지? 전혀 아니야. 전혀 아니란다, 친애하는 나의 아이야. 나는 파르 모크리(조롱으로) 말하는 게 아니야. 이 세상에서 아주아주 사소한 거라면 몰라도 나는 조롱은 안 해."

마담은 그 말과 함께 불쾌한 웃음을 짓기 시작했다. 그러자 입안의 검은 동굴이 보였다. 시선에는 싸늘한 악의가 고스란히 드러났다.

"예, 알아요. 마담이 무슨 말을 하고 싶은지. 당신이 날 싫어한다는 말, 잘 알아요."

"오! 무슨 그런 추악한 말을 하니! 난 충격이다, 얘. 부 므페트 옹트(네가 날 모욕하는구나). 가여운 마담은 그 누구도 싫어하지 않아. 마담은 모든 친구들을 사랑해. 그리고 마담의 적들은 그냥 천국에 남겨놓는단다. 네가 보다시피 내가 더 즐겁고 더 기쁠 때, 그들은 행복하지 못했어. 아니지, 그들은 행운이 따르지 않았어. 내가 돌아오면, 항상 나의 적들 있잖아? 그 사람들 죽었더라? 일부는 죽고, 일부는 당황스러운 처지에 빠져 있더라고. 아니면 불행이 찾아왔던가."

그러더니 마담은 어깨를 으쓱하고 경멸조로 웃었다. 일종의 공포가 커지는 나의 분노를 싸늘하게 식혔다. 나는 입을 다물었다.

"있지? 나의 소중한 모드야. 내가 널 싫어한다고 생각하는 건 당연해. 내가 놀에서 오스틴 루틴 씨와 함께 있었을 때, 넌 날 좋아하지 않았잖아? 절대 좋아하지 않았잖아? 하지만 우리의 친밀감 때문에 나는 너에게 한 가지 털어놓을게. 그건 바로 내가 이 세상에서 가장 소중하게 여기는 것이 바로 나의 평판이란 사실이란다. 항상 그랬어. 학생은 들키지 않고 가정교사를 비방할 수 있어. 모드야, 난 네게 항상 친절하지 않니? 내가 너한테 폭력을 더 많이 썼니? 아니면 친절함을 더 썼니? 나는 다른 사람들처럼, 잘루즈 드 마 레퓌타시옹(나 자신의 평판을 소중히 여긴단다). 너 때문에 당한 추방을 참을성 있게 견디는 건 어려웠어. 왜냐하면 그건 다 널 위해서 했던 일이었거든. 그리고 무분별한 행동이었지만, 가장 순수하고 칭찬할 만한 동기를 가지고 한 일이었으니까. 그렇게 영악하게 몰래 첩자질을 한 것은 너였어. 그렇지! 그러고서 나를 무슈 루틴에게 고발했잖아? 엘라스(아아)! 세상은 참으로 나쁜 곳이구나!"

"나는 그 일에 대해 말하고 싶은 생각이 전혀 없어요, 마담.

그 문제는 언급하지 않을 겁니다. 그래요, 어쩌면 당신이 이곳에 온 이유가 사실이라고 할 수도 있겠지요. 그리고 당신이 말하는 것처럼 우리가 함께 여행을 해야 할지도 모르고요. 하지만 이 집에 있는 동안, 서로를 보는 일이 적을수록 더 낫다는 건 아실 거예요."

"그건 확신이 안 서는구나, 나의 착한 베트(얼간이)야. 네 교육은 방치되었어. 아니, 완전히 포기한 거지. 네가 이곳으로 온 이후에 말이다. 나는 그렇게 들었다. 넌 베스티올(바보)이 되어서는 안 되지. 우리는, 그러니까 너와 나는 명령받은 대로 해야만 해. 사일러스 루틴 씨가 우리에게 얘기해줄 거야."

그런 말을 하는 내내 마담은 스타킹을 신고 부츠를 신으며 볼품없는 차림을 갖추었다. 나는 내가 왜 거기 서서 그 여자와 이야기를 나누고 있는지 몰랐다. 우리는 숙고해보았다면 하지 않았을 일을 하게 되는 경우가 잦다. 나는 현명한 장군들이 전진 기지의 문제를 다루려고 했다가 큰 교전에 휘말리는 것처럼, 꼼짝없이 대화에 말려들고 말았다. 나는 조금 화가 났고 대단히 무섭긴 했지만, 두려운 내색은 조금도 내비치지 않았다.

"사랑하는 나의 아버지는 당신이 나의 가정교사로 너무나 어울리지 않는다고 생각하셔서 곧바로 당신을 해고하신 거예요. 분명히 삼촌도 그렇게 하실 거예요. 당신은 나에게 맞는 동반자가 아니에요. 삼촌도 그 일을 아시게 되면 당신을 절대 이 집에 들이지 않으셨을 거예요. 절대로!"

"엘라스(아아)! 켈 디스그라스(안타까워라)! 너 정말로 그렇게 생각하는구나? 친애하는 모드야."

마담은 거울 앞에서 가발을 가다듬으며 말했다. 교활하고 기분 나쁜 웃음을 흘리며 윙크하는 얼굴이 거울에 반쯤 엿보였다.

"그래요. 그리고 마담, 당신도 그렇게 생각하잖아요?"

나는 겁을 먹으면서도 그렇게 말했다.

"그럴지도 모르지. 두고 보자. 하지만 모두가 너처럼 잔인하지는 않단다, 마 쉐르 프티트 칼롬니아트리스(나의 소중한 중상모략하는 악당아)."

"날 그런 말로 부르지 말아요."

나는 화가 나 부들부들 떨었다.

"무슨 말을 뜻하는 거니, 얘?"

"칼롬니아트리스요. 절 모욕하는 말이잖아요."

"아이고, 아주아주 멍청하고 귀여운 모드야. 우리는 장난칠 때 악당이니 뭐니, 그런 말들 수도 없이 쓴단다."

"장난 아니잖아요? 당신은 절대 장난치지 않아요. 당신은 화가 났고 나를 미워해요."

나는 맹렬하게 소리 질렀다.

"흥! 창피한 줄 알아야지! 얘야, 넌 아직도 얼마나 많은 교육이 필요한지 모르겠니? 넌 자존심이 강한 아가씨야. 반대로 겸손할 줄 알아야 하고. 주 프레 베제 르 바부앵 아 부(난 널 원숭이하고 뽀뽀하게 만들 거야), 하, 하, 하! 원숭이하고 키스하게 하겠단 말이야. 넌 자존심이 너무 세, 얘야."

"난 놀에 살 때처럼 바보가 아니에요. 여기서는 당신한테 겁먹지 않을 겁니다. 삼촌에게 모든 진실을 다 고할 거예요."

"글쎄, 그게 최선일지도 모르겠네?"

마담은 태연하게 도전적으로 말했다.

"제가 그렇게 못 할 거 같아요?"

"넌 물론 할 수 있지."

"삼촌이 어떻게 생각하실지 두고 보면 알겠죠."

"두고 보자, 애야."

그 여자는 회개하는 시늉을 했다.

"그럼, 안녕히!"

"무슈 루틴에게 가는 거야? 아주 좋아!"

나는 아무런 대꾸하지 않았다. 그러나 더 불안해진 모습을 보이기 싫어 방을 빠져나왔다. 어둑한 복도를 서둘러 빠져나와 오른쪽으로 나 있는 긴 회랑으로 접어들었다. 나는 대여섯 발자국 뗀 상태에서 무거운 발소리, 옷자락 끌리는 소리를 들었다.

"애, 나 준비됐다. 나랑 같이 가자."

능글맞게 웃는 유령이 서둘러 나를 뒤쫓아 왔다.

"좋아요."

우리는 길을 찾으며 몇 번 주저하고 실수했지만 결국 계단에 이르렀다. 잠시 후 삼촌의 방문 앞에 섰다. 삼촌은 우리가 들어가자 이상하다는 듯 우리를 빤히 쳐다보았다. 그는 실로 갑자기 부아가 치민 듯한 표정이었다. 그러면서 이글이글 타는 눈빛으로 우리를 보며 몇 초 동안 혼잣말을 웅얼거렸다. 그는 마담에게 혐오의 눈빛을 보내면서 짜증스럽게 물었다.

"무슨 일로 나를 방해하는 거요?"

"미스 모드 루틴, 이 아가씨가 설명할 겁니다."

마담은 큰 파도에 가라앉는 배처럼 크게 목례를 했다.

"애야, 설명해보겠니?"

그는 싸늘하고 매우 빈정거리는 말투로 물었다. 나는 불안했다. 나는 나의 말이 혼란스러웠다고 확신한다. 그러나 어쨌든 내가 원하는 말을 전달하는 데 성공했다.

"마담, 이건 중대한 혐의군요! 그 일을 인정합니까?"

마담은 태연하게도 뻔뻔함의 극치를 보이며 그 모든 걸 다 부인했다. 두 손을 맞잡고 눈물을 주룩주룩 흘리며 아주 진지하고 단호하게 부인했다. 멜로드라마처럼 나에게 그 참을 수 없는 이야기를 철회하고 자기를 공정하게 대해 달라고 애원했다. 나는 한동안 아연실색해서 그 여자를 바라보았다. 그러다 갑자기 삼촌을 바라보며 내가 전한 말 한마디 한마디가 다 진실이라고 맹렬하게 주장했다.

"소중한 조카딸아. 들었지? 모든 걸 부인하는 말 들었지? 내가 어떻게 생각해야 하니? 넌 내가 나이가 들어 머리가 혼란스럽다는 걸 이해해줘야 한다. 마담 드 라…… 그러니까 저 숙녀분은 밀리가 널 기다리고 있는 그 수녀원의 원장님이 대단히 칭찬하면서 추천해준 분이란다. 그런 사람들은 까다롭지 않니? 사랑하는 조카딸, 내가 볼 때는 네가 착각을 한 것 같구나.”

나는 항의했다. 그러나 삼촌은 내 말을 귀담아 듣지 않고 말을 이었다.

“소중한 모드야. 나는 네가 고의로 누군가를 속일 사람이 아니라는 사실을 잘 안다. 그러나 넌 다른 젊은 사람들처럼 자칫 속임을 당할 여지가 크단다. 넌 분명 매우 예민했을 것이고, 네가 말한 그런 일이 벌어졌을 때 완전히 잠에서 깬 상태가 아니었잖니? 그리고 마담 드…… 드……”

“드 라 루지에르입니다.”

내가 말했다.

“그래, 고맙구나. 훌륭한 추천장을 소지하고 온 마담 드 라 루지에르는 그 모든 일을 단호하게 부인하지 않니? 서로 갈등이 있구나. 내가 보기에는 착각이 있었던 것 같아. 나는 결정적으로 단호하게 죄를 씌우는 것보다 그렇게 보고 싶구나.”

나는 믿을 수 없을 정도로 놀랐다. 내 앞에서 그저 꿈같은 상황이 벌어지는 것 같았다. 내 두 눈으로 똑바로 목격했고, 내가 아주 상세하고 일관성 있게 묘사한 매우 심각한 의미를 지닌 사건이, 천치같이 태연한 태도로 그 기이하고 의심스러운 노인에 의해 의심을 받는 게 아닌가? 아무리 열렬하고 단호하게 나의 주장을 다시 펼쳐도 아무런 소용이 없었다. 벽을 보고 말을 하는 것처럼 부질없었다. 나의 말은 그의 마음속에 닿지 않는 것 같았다. 모든 게 그저 혼미한 정신으로 믿지 않으려 하는 그의 멍청한 헛웃음에 묻혀버렸다.

그는 나의 머리를 쓰다듬으며 부드럽게 웃기만 했다. 내가 말을 하면 그저 고개를 가로저었다. 마담은 이제 조용히 순진한 눈물을 줄줄 쏟아내고 있었다. 그러면서 내가 교화하고 교정되기만을 바란다며 우울하게 기도의 말을 웅얼거렸다. 나는 이성을 잃을 것 같은 기분이 들었다.

"자, 사랑하는 모드야. 우리는 들을 만큼 들었단다. 내가 보기엔 그건 그저 망상이야. 마담 드 라 루지에르는 기껏해야 3~4주 동안의 동반자일 뿐이야. 자제심과 분별력을 발휘하도록 애써보아라. 내가 얼마나 고통에 빠졌는지 잘 알잖아? 당혹스러운 내 상황에 더 큰 어려움을 보태지 말아달라고 부탁하마. 네가 마음을 고쳐먹으면 마담과 매우 잘 지낼 수 있을 거야."

그러자 마담이 선선하게 눈물을 닦으며 말했다.

"저는 마드무아젤에게 저의 방문 동안 교육에 힘쓰라고 제안했습니다. 그러나 아가씨는 제가 그렇게 유용하게 생각한 일을 바라지 않는 것 같아요."

"마담은 끔찍하고 야비한 프랑스어로 저를 협박했어요. 저에게 원숭이에게 키스하게 만들 거라고 하면서요. 도대체 그게 무슨 말인지는 모르겠지만, 저는 마담이 절 미워한다는 사실을 잘 알아요."

나는 맹렬하게 읍소했다.

"두스멍, 두스멍(자자, 진정해)!"

삼촌이 재미있다는 듯, 동시에 온정적인 미소를 보였다.

"두스멍! 마 쉐르."

마담은 큰 손과 교활한 시선을 위로 향하며 눈물에 젖어— 그 여자는 필요할 때 언제나 즉시 눈물을 흘릴 준비가 되어 있었다— 또다시 절대적으로 결백하다고 항변했다. 살면서 그렇게 사악한 말은 들어본 적도 없다고 주장했다.

"애야, 네가 잘못 들은 거야. 젊은 사람들은 주의를 기울일 줄 몰라. 넌 마담이 머무는 짧은 기간 동안 프랑스어를 조금 더 발전시킬 수 있는 기회로 삼거라. 마담과 더 오래 함께할수록 너에겐 더 좋은 일이야."

"미스터 루틴, 그럼 제가 교육을 다시 시작하기를 바라시는 거죠?"

마담이 삼촌을 향해 물었다.

"물론이오. 그리고 마드무아젤 모드와 항상 프랑스어로 대화를 나누세요. 애야, 내가 이렇게 정했으니 너도 기쁠 거야."

그가 나를 돌아보며 말했다.

"프랑스에 가면 거기선 온통 프랑스어만 쓰잖니? 자, 모드야. 이제 더 이상 그만하자. 자, 가보거라. 마담도 안녕히!"

그는 우리에게 조급하게 손을 내저었다. 나는 너무나 놀랍고 화가 나 마담 드 라 루지에르에게 눈길 한 번 주지 않고 내 방으로 돌아와 문을 잠갔다.

제55장
헤라클레스의 발

　나는 창가에 섰다. 여전히 납빛 하늘과 깃털같이 날리는 진눈깨비가 내 앞에 있었다. 나는 내가 방금 목격한 사안의 중대성을 가늠해보고 있었다. 점차 일종의 절망감이 나를 사로잡았다. 나는 격정에 차 소리 내어 울며 침대에 몸을 던졌다. 착한 메리 퀸스가 창백하고 걱정스러운 얼굴로 내 옆에 나타났다.

　"오, 메리, 메리. 자기 왔구나. 그 무시무시한 여자, 마담 드라 루지에르가 다시 나의 가정교사로 나타났어. 그리고 사일러스 삼촌은 그 여자에 관한 내 이야기를 하나도 들으려고도 믿으려고도 하지 않아. 무슨 말을 해도 소용없어. 편견에 사로잡혀 있어. 나처럼 불행한 사람이 또 있을까? 이런 일을 누가 상상이나 했겠어? 오, 메리, 메리. 나 어떻게 해야 해? 난 도대체 어떻게 될까? 난 도대체 그 앙심에 가득 찬 끔찍한 여자를 떨쳐낼 수 없는 운명인 건가?"

　메리는 위안이 될 만한 모든 말을 했다. 내가 그 여자에 대해 너무 과하게 생각하고 있다, 결국 그 여자는 가정교사일 뿐 무엇이 대단한가, 그 여자는 나에게 상처를 줄 수 없다, 나는 더 이상 어린애가 아니다, 이제 그 여자는 날 괴롭힐 수 없다, 그리고 삼촌은 한동안 속을 수도 있지만 그 여자의 실체를 알아내는 데 그리 오래 걸리지 않을 것이다, 등등의 말을 쏟아냈다.

착한 메리 퀸스는 그렇게 한동안 나를 달랬다. 마침내 나는 다소 안정을 되찾았다. 아마도 내가 마담이 다시 온 일에 대해 너무 과민하게 받아들이는 것이라고 생각하기 시작했다. 그러나 여전히 예언의 도구이자 거울인 상상력이 그 여자의 막강한 이미지를 표면에 드러내고 있었다. 그 배경으로는 무시무시한 그림자가 일렁이고 있었다.

몇 분 후 누가 내 방문을 노크했다. 바로 마담이었다. 그 여자는 산책 복장을 하고 있었다. 날씨가 잠깐 맑아졌으니 함께 산책을 하자고 제안했다. 그 여자는 메리 퀸스를 보더니 호들갑을 떨며 칭찬의 말과 인사말을 늘어놓았다. 그러면서 메리의 손을 잡고 놀랍도록 다정하게 그 손을 매만졌다. 미스터 리처드슨*이 그 모습을 묘사했다면, 가히 메리의 '수동적인 손'이라 부를 만했다. 정직한 메리는 그 모든 일을 마지못해 받아들이면서 절대 미소를 보이지 않았고, 오히려 슬픈 눈으로 발밑을 내려다보았다.

* 『파멜라』의 작가 사무엘 리처드슨을 일컫는다.

"차 좀 타주시겠어요? 친애하는 메리 퀸스, 산책에서 돌아오면 다 얘기해줄게요. 그동안 벌어졌던 나의 모험에 대해 당신과 친애하는 미스 모드에게 해줄 말이 너무 많아요. 그 이야기 들으면 자기 정말 많이 웃을걸? 내가 말이야, 맞춰봐? 내가 진짜진짜 결혼할 뻔했다니까!"

그러더니 그 여자는 날카로운 소리로 웃음을 터뜨리며 메리 퀸스의 어깨를 잡고 흔들어댔다. 나는 뚱한 표정으로 외출하는 것도 일어서는 것도 거부했다. 그리고 그 여자가 나갔을 때 메리에게 마담이 머무는 동안에는 내 방에서 꼼짝도 하지 않겠다고 했다.

그러나 젊은이의 경우 스스로 부담한 극기의 칙령은 항상 오래 지켜지지 않는 법이다. 마담 드 라 루지에르는 나의 비위를 맞추기 시작했다. 끝도 없이 이야기를 늘어놓았는데, 분명 그중 반도 넘는 이야기가 순전히 지어낸 것 같았다. 그러나 그 슬픈 곳에서 그 이야기들은 모두 재미있는 것들이었다. 메리 퀸스가 그 여자에 대해 좋게 말하기 시작했다. 실제 마담의 잠자리를 돕기 시작했고, 모든 면에서 도움을 주려고 행동하는 등 꽤 다른 국면에 접어들었다. 그리하여 메리는 점차 나를 설득하며 마담의 말에 귀를 기울이도록 만들었다. 그러다 결국 나도 대화에 참여하게 되었다.

전체적으로 그런 상태는 항상 작은 충돌로 점철된 상황보다는 다소 나았다. 그러나 그 모든 담소와 친절한 행동에도 불구하고 나는 그 여자에 대해 마음속 깊은 불신과 두려움을 버리지 않았다.

마담은 바트램-호프의 가족에 대해 모든 면에서 궁금해했다. 내가 말을 할 때면 음흉하게 귀를 기울였다. 나는 조금씩 이야기를 털어놓다가 마침내 더들리에 관한 이야기를 하고 말았다. 그 여자는 시뮤호에 대한 소식이 들릴 때마다 나를 위해 기사를 읽어주곤 했다. 그러면서 너덜너덜해진 밀리의 지도를 가지고 날짜별로 그 배의 항로를 한 지점 한 지점 연필로 그어가며 설명했다. 그 여자는 배의 항로를 상세히 설명할 때 내가 아주 좋아하는 모습을 보며 재미있어 하는 것 같았다. 그러면서 거리를 계산하곤 했다. 어떤 날에는 400킬로미터 떨어진 곳을 지나가고 있으며, 또 어떤 날에는 800킬로미터 지점이며, 마지막에는 1,300킬로미터도 더 떨어진 곳이라고 했다. 좋고, 더 좋고, 가장 좋아. 가장 좋은 것은 "그 멋진 20,000킬로미터 떨어진 지구 정반대 지점에 도달해 그 사람이 머리를 땅에 대고 산책하게" 될 때라는 것이었다. 그렇게 기발한 비유를 한 것에 대해 스스로 날카로운 소리를 내며 웃었다.

그 여자가 웃건 말건, 나와 그 악당 같은 사촌 사이에 그 끝없는 푸른 물결이 펼쳐져 있다고 생각하면 크나큰 위안이 되었다. 나는 이제 마담과 매우 이상한 관계에 접어들었다. 그 여자는 버릇 같던 수수께끼 같은 빈정거림과 위협을 일삼지 않았다. 반대로 사람 좋고 온정 어린 태도를 꾸며냈다. 그러나 나는 그런 작당에 속아 넘어가지 않으려 했다. 나는 그 유쾌하지 못한 사람 좋은 행세와 즐거워하는 태도로도 깰 수 없는 깊이 뿌리박힌 두려움이 항상 마음속에 자리하고 있었다. 그러므로 나는 시시각각 다가오고 있는 우리의 여행에 필요한 물품을 사기 위해 그 여자가 기차를 타고 태드캐스터로 떠났을 때 매우 기뻤다. 나는 즐거운 기분으로 착한 메리 퀸스와 산책을 나갔다.

나는 펠트램에서 물건을 좀 사고 싶었기 때문에 메리 퀸스와 함께 그곳으로 향했다. 큰 정문에 다다랐을 때 문이 잠겨 있었다. 다행히 열쇠가 꽂혀 있었다. 그것을 돌리는 것은 큰 힘이 필요하지 않았기 때문에 메리가 시도했다. 동시에 늙은 크로울이 그 옆 음울한 오두막에서 입에 음식을 넣은 채로 모습을 드러냈다. 면도는 고사하고 잘 씻지도 않는 데다, 커다란 주름이 직각으로 난 때 묻은 얼굴의 그 의심스럽고 뚱한 노인을 그 누구도 좋아하지 않았다. 그는 서둘러 손등으로 입가를 닦으며 나는 본 체도 않고 사나운 곁눈질로 메리를 보면서 투덜거렸다.

"그만두쇼."

"열어주세요, 크로울 씨."

메리가 스스로 문 열기를 포기하고는 말했다. 크로울은 또 한 번 입을 닦으며 불길한 표정을 지었다. 혼잣말을 웅얼거리면서 발을 질질 끌고 문으로 다가와 우선 문이 잠긴 걸 확인하고는 만족한 표정을 지었다. 그런 다음 열쇠를 코트주머니에 넣고 여전히 웅얼거리며 뒤돌아서서 자리를 뜨기 시작했다.

"문 열어주세요."

메리가 다시 말했다. 그러나 아무런 대답이 없었다.

"모드 아가씨가 시내로 나가시려고 합니다."

"하고 싶다고 다 할 수는 없는 거요."

그가 자신의 집으로 발을 들이며 호통을 쳤다.

"문 열어주세요."

내가 한 발 앞으로 나아가며 말했다. 그는 문턱을 반쯤 넘어가다가 쓰지도 않은 모자에 손을 대는 시늉을 했다.

"그럴 수 없소, 아가씨. 주인님 명령 없이는 아무도 여기서 나갈 수 없수다."

"나와 나의 하녀를 못 지나가게 하겠다는 건가요?"

"내가 그러는 게 아닙니다요, 아가씨. 나는 명령을 어길 수 없소. 누구도 주인님 허락 없이 나갈 수 없수다."

그는 그러더니 더 이상 답변도 기다리지 않고 안으로 들어가 문을 잠갔다. 그리하여 메리와 나는 멍하니 서로를 바라보고 서 있었다. 이것은 밀리와 내가 윈드밀의 울타리를 통해 나가려고 했다가 거부당한 이래 처음 겪는 일이었다. 그러나 나는 크로울이 말하는 규칙이 나에게 적용될 리 없다고 확신했다. 사일러스 삼촌에게 한마디만 하면 모든 게 다 바로잡히리라. 그러기 전에 나는 메리에게 내가 좋아하는 윈드밀 우드로 산책을 가자고 제안했다.

나는 딕컨의 농장을 지나가며 그곳을 바라보았다. 혹시 뷰티가 보이지 않을까 생각했다. 마침 그 애가 보였다. 그 애는 우리를 빤히 쳐다보고 있었다. 오두막 문간 안쪽 어둑한 곳에서 있었는데, 그런 자신의 모습이 발각될까 봐 겁먹은 것 같았다. 우리가 그곳을 살짝 지나쳤을 때 나는 그런 믿음을 더욱 확신하게 되었다. 그 애가 우리가 가고 있는 방향과 반대쪽인 농장 뒤뜰로 뛰어가는 모습을 보았기 때문이었다.

나는 생각했다. '가여운 페그가 저렇게 나를 저버리는구나!' 메리 퀸스와 나는 숲속을 거닐다가 제분소 풍차에 도착했다. 낮은 아치문이 열린 것을 보고 그 둥글고 어두컴컴한 지하층으로 들어갔다. 그러고는 바람 소리와 바닥판이 끽끽거리는 소리가 들려 위를 올려다보았다. 발 하나—딱 그것만 보이고 나머지는 보이지 않았다—가 트랩도어 위에서 사라지는 모습이 보였다.

강렬하게 사랑하거나 두려워하는 존재를 파악하는 경우, 마음은 무의식적으로 일종의 비교 해부학의 기술을 부리지 않던가? 팔꿈치 한번 비트는 것, 구레나룻 곡선의 모양, 손의 일부분만으로도, 살아 있는 그 존재를 다 구성해내는 것. 그 본능이란 얼마나 즉각적이고 틀림없는가!

"오, 메리, 내가 뭘 본 거야!"

나는 사다리 꼭대기에 시선을 붙들었다. 무언가, 아니, 누군가 고미다락의 열린 문 위 어둠속으로 사라져버렸다.

"어서 가, 메리, 어서."

그와 동시에 그 틈새로 딕컨 혹스의 가무잡잡하고 뚱한 얼굴이 나타났다. 그는 한쪽 다리만 있기 때문에 천천히 어렵사리 사다리를 내려왔다. 머리가 고미다락 바닥 위치까지 내려왔을 때 그는 걸음을 멈추고 머리에 손을 대며 내게 예를 표하더니, 트랩도어를 걸어 잠갔다. 그는 그러고 나서 다시 한 번 모자에 손을 대고는 1~2초가량 나를 빤히 탐색하듯 쳐다보며 열쇠를 주머니에 넣었다.

"이 작자들이 자기네 밀가루를 여기 갖다놓고 너무 오래되었구먼요, 아가씨. 그거 관리하는 데 등골이 다 빠지겠네. 사일러스 씨하고 이야기를 해서 결판을 지어야겠소."

이제 그는 닳은 타일 바닥까지 내려와 있었다. 그는 다시 모자에 손을 대며 말했다.

"문을 잠글 겁니다, 아가씨!"

나는 화들짝 놀라며 다시 속삭였다.

"어서 가, 메리. 어서."

우리는 팔짱을 끼고 서둘러 그곳을 빠져나왔다.

"나 너무 어지러워, 메리. 빨리 가자. 우리 쫓아오는 사람 아무도 없지?"

"없어요, 아가씨. 나무 의족 찬 저 남자는 문에 자물쇠를 걸고 있어요."

"서둘러 가자고."

그러고 나서 조금 멀어졌을 때 내가 다시 말했다.

"다시 한 번 봐봐. 누가 따라오는지 말이야."

"아무도 없어요, 아가씨."

메리가 확연히 놀란 표정으로 대답했다.

"저 사람 주머니에 열쇠를 넣으며 우리를 바라보고 서 있어요.”

“오, 메리, 자기는 못 봤어?”

“뭘요, 아가씨?”

메리가 걸음을 멈추다시피 하며 물었다.

“자, 메리. 걸음은 멈추지 마. 저자들이 우릴 보고 있을 거야.”

내가 그녀를 재촉하며 속삭였다.

“뭘 봤는데요, 아가씨?”

“더들리 씨를 봤어.”

나는 공포에 사로잡혀 속삭였다. 고개를 틀 엄두도 내지 못했다.

“아이고, 아가씨!”

정직한 퀸스는 놀랍고 못 믿겠다는 투로 억양을 늘어뜨렸다. 내가 꿈을 꾸고 있다고 의심하는 게 분명했다.

“맞아, 메리. 그 오싹한 곳으로 들어갔을 때…… 저 어둡고 둥근 곳 말이야, 난 사다리에서 그 사람 발을 봤어. 그 사람 발 말이야. 메리, 착각이 아니야. 의심의 여지가 없어. 자기도 내 말이 맞다는 걸 알게 될 거야. 그 사람 여기 있어. 그 사람 그 배에 탄 적이 없다고! 나에게 사기를 치고 있는 거야. 어떻게 그런 파렴치한 짓을…… 너무 무서워. 나 정말 너무 겁이 나. 제발, 다시 돌아보고 뭐가 보이는지 말해줘.”

“아무것도 안 보여요, 아가씨.”

메리는 이제 나와 똑같이 속삭이며 대답했다.

"그냥 저 나무다리 남자만 문간에 빤히 서 있을 뿐이에요."

"그 사람이랑 같이 있는 사람은 없어?"

"아무도 없어요, 아가씨."

우리는 울타리 게이트까지 아무런 추적 없이 나아갔다. 밤나무가 서 있는 분지 가까이 덤불숲에 도착하자마자 숨을 돌리고 그 발의 주인이 누구인지 되짚어보았다. 나는 여전히 본능적으로 그게 다름 아닌 더들리라고 확신했다. 분명 숨어 있는 게 그의 목적이리라. 그렇다면 그자가 날 쫓아올까 봐 불안해할 필요가 전혀 없는 것이다.

우리가 풀이 무성한 오솔길을 천천히, 조용히 걸어가고 있을 때 뒤에서 내 이름을 부르는 소리가 들렸다. 메리 퀸스는 그 소리를 전혀 듣지 못했지만 나는 꽤 확신이 섰다. 그 소리는 두세 번 반복되었다. 늘어진 나뭇가지 아래에서 의심과 전율을 품은 채 살피다가 뷰티를 보았다. 그 애는 10미터도 떨어지지 않은 덤불 속에 서 있었다.

그 가무잡잡한 여자애의 눈과 이가 얼마나 흰지 또렷이 기억난다. 그 애는 더 먼 곳의 소리를 들어보려는 듯 한 손을 귀에 대고는 우리를 바라보고 있었다. 뷰티는 겁을 잔뜩 집어먹고 불안에 찬 모습으로 두세 발짝 우리를 향해 다가오며 맹렬히 내게 손짓을 보냈다.

"저 사람은 오면 안 돼요."

뷰티는 내가 다가가자마자 숨을 헐떡이며 손을 올리지도 않고 메리 퀸스를 가리켰다.

"저기 물푸레나무 그루터기에 앉아 있으라고 하세요. 그리고 누가 이쪽으로 오는 걸 보면 큰 소리로 아가씨를 부르라고 하세요. 그리고 아가씨는 저한테로 오세요."

그 애는 조급하게 나를 부르는 손짓을 했다. 나는 메리에게 그런 지시를 내리고 나서 돌아왔다. 뷰티의 얼굴은 사색이 되어 있었다.

"메그, 어디 아픈 거야?"

"그런 건 신경 쓰지 마세요. 전 괜찮아요. 잘 들으세요, 아가씨. 후다닥 다 말할게요. 저 여자가 부르면 즉각 달려가세요. 저는 제가 알아서 할게요. 아부지나 다른 사람이 여기서 날 붙잡으면 날 죽일 거예요. 쉿!"

그 애는 한순간 말을 멈추고 메리 퀸스가 있다고 생각하는 방향으로 곁눈질을 했다. 그런 다음 속삭이기 시작했다.

"자, 아가씨. 잘 들어요. 제가 하는 얘기 아가씨 혼자만 알아야 해요. 제가 지금 하는 얘기 절대 저 여자나 그 누구에게도 불면 안 돼요. 영원히요!"

"한마디도 안 할게. 말해봐."

"더들리 봤어요?"

"사다리 타고 올라가는 걸 본 것 같아."

"제분소에서요? 하! 맞아요. 그 사람 태드캐스터 너머로 간 적 없어요. 이후에 펠트램에 머물고 있어요."

이제 내가 창백해질 차례였다. 나의 최악의 추측이 사실로 확인된 것이었다.

제56장
내가 음모를 꾸미다

"아주 나쁜 놈이에요. 그 사람 말이에…… 오, 아가씨, 모드 아가씨! 그 사람을 숨기고 있는 건 나쁜 짓이에요. 아가씨, 꼭 기억하세요. 아무한테도 말하지 않겠다고 한 약속 잊지 마세요. 아부지랑 둘이서 제분소에서 담배 피우고, 이야기하고 하는 걸 봤어요. 아부지는 내가 그 사실을 알고 있다는 거 몰라요. 사람들이 절 시내로 못 가게 하거든요. 하지만 브라이스가 저한테 말해줬어요. 그게 더들리라고요. 진짜 겁나 나쁜 짓이에요. 그리고 아가씨 저는 그게 다 아가씨에 관한 개수작 같아요. 겁먹었어요, 모드 아가씨?"

나는 혼절할 것 같았지만 가까스로 버텼다.

"그렇게 겁먹지 않았어, 메그. 제발 다 말해봐. 사일러스 삼촌이 그 사람이 여기 있다는 걸 알아?"

"그게, 아가씨. 그분하고 같이 있었다고 브라이스가 저한테 말해줬어요. 화요일 밤 11시부터 거의 1시까지요. 도둑놈들처럼 몰래 들락날락했어요. 아가씨가 볼까 봐요."

"그럼 브라이스는 그렇게 안 좋은 일이 벌어진다는 걸 어떻게 알았어?"

나는 머리부터 발끝까지 오싹한 기분이 다시 훑고 지나는 걸 느꼈다. 나는 완전히 사색이 되었지만 매우 침착하게 물었다.

"브라이스가 봤다고 했어요. 더들리가 겁나 사납고 무서운 얼굴로 울면서 지 아부지한테 말하는 걸 봤다고요. '그딴 건 내 성미에 안 맞다고요. 난 절대 그렇게 못한다고!'라고 했다네요. 그러니까 그 아부지가 더들리한테 이러더래요. '누가 그런 일을 좋아하겠니? 하지만 어쩔 도리 없잖아? 내가 갈퀴를 들고 네 뒤에 서 있을 것이다. 넌 절대 멈추면 안 된다'라고요. 그러더니 그 영감님이 브라이스가 생각났는지 걔한테 이랬대요. '거기서 뭐해? 말 타고 대장장이에게 가봐.' 그때 더들리가 모자를 눈썹 위로 들어 올리며 말했대요. '차라리 시뮤호를 타고 가버릴걸. 난 이런 일에 휘말리면 꼼짝을 못 한다니까.' 그게 브라이스가 들은 전부래요. 그리고 걔는 영감님하고 더들리를 엄청 무서워해요. 만약에 더들리한테 잘못 보였다가는 완전 곤죽이 되도록 얻어터질 거라고요. 그 사람하고 영감님이 밀렵으로 브라이스 잡아 처넣는 건 식은 죽 먹기라고 하면서요."

"하지만 그 사람은 그게 왜 나에 관한 문제라고 생각한 거야?"

"쉿!"

메그는 무슨 소리를 들었다고 생각했으나 다행히 사방은 조용했다.

"모르겠어요. 우리 위험해요, 아가씨. 저도 왜 그런지 몰라요. 하지만 걔가 그렇게 생각해요. 저도 같은 생각이고요. 아가씨도 그럴 걸요?"

"메그, 난 바트램을 떠날 거야."

"아뇨. 그렇게 안 돼요."

"안 된다고? 그게 무슨 말이야?"

"그 사람들이 아가씨 안 놔줄 거예요. 게이트는 모두 잠겼어요. 개들도 풀어놓았고요. 브라이스가 블러드하운드라고 하던데요. 아가씨는 못 나가요. 그 생각은 접어두세요. 어떻게 할지 제가 알려드릴게요. 거기 엘버스턴에 사는 숙녀분한테 쪽지를 쓰세요. 브라이스 걔가 지멋대로 굴고 가끔 못된 짓도 하는 것 같지만, 날 좋아해요. 그래서 내가 시키면 해줄 거예요. 아부지가 내일 제분소에서 곡물을 갈 거예요. 1시쯤 여기로 오세요. 그러니까, 제분소 풍차가 돌아가는 걸 확인하고 오시면 돼요. 브라이스가 아가씨를 기다릴 거예요. 저 나이 든 하녀도 함께 오세요. 그 늙은 프랑스 여자는 더들리하고 내통하더라고요. 그 여자한테는 암것도 모르게 하세요. 브라이스는 다른 사람한테는 어쩌나 몰라도 나한테는 겁나 잘해줘요. 그래서 걔가 불지는 않을 거예요. 자, 전 이제 가야 해요. 신의 축복이 있기를 바랍니다. 그 어떤 일이 벌어져도 사람들 앞에서 딴생각하는 내색하면 안 돼요!"

내가 뭐라고 대꾸도 하기 전에 그 애는 비밀을 지킬 것을 몸짓으로 강조하고는 고개를 가로저으며 내게서 멀어졌다.

나는 그때의 상태를 설명할 길이 없다. 인간의 본성에는 우리가 생각지도 못한 에너지와 인내의 힘이 있다. 절대적인 필요성의 목소리가 들리면 자동으로 그런 힘이 샘솟는다. 나는 완전히 새로운 공포에 돌처럼 굳어버렸지만, 그와 동시에 일종의 냉담함과 무감각도 함께 찾아왔다. 나는 그런 상태에서 말하고 행동했다. 극심하게 두려우면서도 기이할 정도로 침착한 상태였다.

나는 돌아와 아무 일도 없던 것처럼 마담과 만났다. 나는 마치 꿈인 듯 그 여자의 추잡한 이야기를 들었으며, 쇼핑에서 사온 물건들을 구경했다. 보고 말하고 웃는 게 다 꿈속 같았다.

그러나 밤은 두렵기 짝이 없었다. 메리 퀸스와 단둘이 남게 되었을 때, 나는 문을 잠갔다. 나는 일종의 애원조의 절망에 빠져 두 손을 맞잡은 채 방 안을 끊임없이 서성거리며 방바닥이며 벽과 천장을 쳐다보았다. 말하는 것조차 두려워 나의 착한 메리에게도 말하지 못했다. 무심코 아주 조금이라도 말을 흘렸다가는 실패를 불러올 것이다. 실패는 곧 파멸을 불러올 것이다.

나는 어리둥절해하며 걱정하는 메리에게 그저 몸이 좀 좋지 않아 불편한 것뿐이라고 했다. 어쨌든 메리에게 그 어떤 사람에게라도 내가 더들리를 본 것 같다고 한 말과 메그 혹스를 만난 일에 대해 일절 입을 다물라는 다짐을 받아냈다.

나는 늦은 시각까지 불안에 떨던 그날 밤 상황을 생생하게 기억한다. 나는 공포에 사로잡혀 덜덜 떨며 침대에 앉아 있었다. 정직한 메리가 조용히 숨을 쉬고 있는 모습을 보니 얼마나 깊이 잠든지 알 수 있었다. 나는 자리에서 일어나 늑대 같은 개들이 뜰에서 어슬렁거릴 거라고 예상하며 창밖을 내다보았다. 때로 나는 기도를 하며 평온해지는 걸 느꼈다. 그래서 잠을 잘 수도 있겠다고 생각했다. 그러나 평온함은 착각이었다. 내내 신경이 곤두선 상태였다. 때로 정신이 나갈 것 같았고, 비명을 지를 뻔했다. 마침내 그 무시무시한 밤이 지나갔다. 아침이 왔고 끔찍한 마음은 줄어들지 않았지만, 병적인 상태는 다소 줄어들었다. 마담이 일찍 찾아왔다. 한 가지 생각이 떠올랐다. 나는 그 여자가 쇼핑을 좋아한다는 사실을 알고 있었다. 나는 무심한 태도로 말했다.

"마담이 어제 쇼핑한 걸 보니 저도 하고 싶어요. 프랑스로 떠나기 전에 몇 가지 살 게 있는데. 오늘 펠트램으로 가서 물건 좀 살까요? 마담하고 제가 같이요?"

그 여자는 대답하지 않고 교활한 눈으로 내 얼굴을 살펴보았다. 나는 움츠러들지 않았다.

"아주 좋지. 아주 좋아."

마담은 다시 나를 이상한 눈빛으로 바라보았다.

"몇 시에 갈까? 사랑하는 모드? 1시에 갈까? 그때면 좋을 거 같은데, 응?"

나는 좋다고 말했다. 마담은 입을 다물었다.

나는 표정 변화 없이 잘 해냈는지 궁금했다. 모르겠다. 이 끔찍했던 시기 내내 나는 현실에서 벗어난 듯 살았던 것 같다. 그리고 나는 지금도 나의 기이한 자제심에 대해 의아한 마음으로 회상해본다.

마담은 내가 영지를 벗어나지 못하도록 내린 명령에 대해서 아무것도 들은 바가 없는 것 같았다. 그 여자가 직접 나를 펠트램으로 데려갈 것이다. 그리하여 자유를 향한 탈출에 조력할 것이다.

펠트램에 가기만 하면 나는 자유를 되찾을 것이다. 그리고 어떻게든 사랑하는 커즌 놀리스를 찾아갈 것이다. 그 누구도 나를 다시 바트램으로 끌고 올 수 없을 것이다. 나는 가슴이 부풀어 올랐고, 그 순간의 무시무시한 긴장감에 심장이 두근거렸다.

오, 바트램-호프! 너는 어떻게 저 드높은 벽을 두르게 된 것인가? 나의 조상 누가 지나갈 수 없는 방벽이 쳐진 이 끔찍한 궁지로 날 몰아넣은 것인가?

나는 갑자기 레이디 놀리스에게 편지를 쓸 생각이 떠올랐다. 펠트램을 통해 도망치는 데 실패할 경우 모든 게 그 편지에 달렸다. 나는 문을 잠그고 편지를 썼다.

오, 사랑하는 나의 커즌. 공포의 시간에 위안을 바라잖아요? 그러니 날 도와줘요. 더들리가 돌아와 영지 어딘가에 숨어 있어요. 이건 사기예요. 저들은 모두 그 사람이 시뮤호를 타고 떠났다고 날 속이고 있어요. 그 사람이 직접 했는지 그들이 했는지 모르겠지만, 승객 명단에 그 사람 이름이 올랐고 신문에 실렸어요. 게다가 마담 드 라 루지에르가 나타났어요! 그 여자가 여기 있고, 삼촌은 그 여자를 나의 동반자로 삼으려는 마음을 꺾지 않아요. 전 정말 어찌할 바를 모르겠어요. 저는 탈출할 수가 없어요. 여긴 저에게 벽으로 둘러쳐진 감옥이나 다름없어요. 그리고 간수들이 저를 항상 감시하고 있어요. 사냥개들도 풀어놓았어요. 그래요, 사냥개를요! 게이트는 내가 도망가지 못하도록 잠겨 있고요. 신이시여, 저를 구해주소서! 전 어디를 보아야 할지 누굴 믿어야 할지 알 수가 없어요. 무엇보다도 삼촌이 가장 무서워요. 저들의 계획이 무엇인지 안다면 현재를 더 잘 견딜 수 있을 거 같아요. 심지어 최악의 계획이라 하더라도 말이에요. 사랑하는 커즌, 절 사랑하시거나, 혹은 동정하신다면, 이 난국에서 저를 빼내주시기를 간청해요. 절 구해주세요. 오, 커즌, 제발이지 저를 구해주세요!'

— 당신의 괴롭고 겁먹은 커즌으로부터

모드, 바트램-호프

나는 마치 이 무생물의 서신이 제 수의를 뚫고 나와 고요한 바트램의 모든 방들과 통로들에 나의 필사적인 호소를 공표라도 할 것처럼, 방심하지 않고 주의를 기울여 편지를 봉했다.

커즌 모니카가 매우 재미있어 한 일이 있었는데, 그건 바로 늙은 퀸스가 나에게 예전 세대에 유행했던 너른 주머니들이 잔뜩 달린 옷을 내게 주며 입으라고 고집했던 일이었다. 나는 지금 이 이상한 구식 복장이 고맙기만 했다. 나는 겉으로는 태연한 태도로 모르는 척 위선을 부리는 와중에, 겁에 질려 솔직하게 호소하는 그 비밀스러운 편지를 이 옷 주머니 깊은 곳에 찔러넣었다. 그리고 나의 공모자인 펜과 잉크를 잘 숨긴 후, 문을 열고 다시 태연한 태도를 가장하면서 마담이 나타나기를 기다렸다.

"나는 루틴 씨에게 펠트램으로 가도 되나 허락을 구하려고 해. 그분이 허락하시겠지? 그분이 너와 이야기하고 싶어 하신단다."

나는 마담과 함께 삼촌 방으로 들어갔다. 그는 우리를 등진 자세로 소파에 앉아 있었다. 실유리처럼 가늘고 긴 흰머리가 소파 등에 걸쳐져 있었다.

"소중한 모드야. 나는 네가 펠트램으로 가서 두세 가지 작은 일을 해달라고 부탁하고 싶구나."

나의 무시무시한 편지가 주머니에서 더욱 가볍게 느껴졌다. 심장은 격렬하게 요동치고 있었다.

"하지만 오늘이 장이 서는 날이라는 사실이 떠올랐단다. 펠트램은 분명 수상한 사람들하며 술에 취한 사람들로 가득할 것이야. 그러니 내일까지 기다리자꾸나. 마담 또한 친절하게도 내일까지 기다리지 못할 일은 없다면서 그렇게 하겠다고 했단다."

마담은 사일러스 삼촌에게 목례를 보이며 동의를 표했고,

나에게는 억지로 미소를 지어 보였다. 이때쯤 사일러스 삼촌은 뒤로 젖힌 자세에서 몸을 세운 자세로 앉아 있었다. 창백하고 수척한 모습이었다.

"오늘 나의 방탕아에 대한 소식이 있었단다."

그는 신문을 들며 성마른 미소를 보였다.

"그 배가 다시 신호를 보내왔단다. 몇 킬로미터나 떨어져 있는지 맞춰볼래?"

그는 주린 눈빛과 오싹하게 웃는 표정으로 나를 바라보며 애처로운 말투로 말했다.

"오늘 더들리가 얼마나 멀리 떨어져 있겠니?"

그는 말을 하면서 그 기사 부분에 손바닥을 갖다 댔다.

"맞춰봐!"

나는 그 순간 더들리의 실제 행방을 폭로하기 전에 그 효과를 극대화하기 위해서 연극을 하는 건가 싶은 생각이 들었다.

"아주 먼 거리란다. 맞춰보거라!"

그가 되풀이했다. 그리하여 나는 창백해진 얼굴로 말을 조금 더듬으며 요구받은 위선의 행동을 수행했다. 그런 후 삼촌은 나를 위해 기사를 한두 줄 읽어주었다. 당시 선박의 위도와 경도가 언급되었는데, 마담은 가여운 밀리의 지도에 항로를 표시하기 위한 목적으로 그걸 기억에 담고 있었다.

나는 진실이 무엇인지 알 수 없으나, 그때 사일러스 삼촌이 내내 음흉한 시선으로 면밀하게 날 탐색하고 있었다고 생각한다. 그러나 그런 탐색에서 아무것도 드러나지 않았고, 우리는 무사히 자리에서 물러났다.

마담은 쇼핑 그 자체를 좋아했다. 그러나 횡령한 돈으로 쇼핑하는 것은 더욱 좋아했다. 그 여자는 점심식사를 마치고 외출 복장을 갖춘 후 내가 가장 바라던 제안을 했다. 즉, 나의 돈과 나의 임무를 맡아주겠다는 제안이었다. 그리하여 나는 밤나무 분지의 밀회를 가질 기회를 잡았다.

나는 마담이 어지간히 멀리 간 걸 확인하자마자 메리 퀸스를 재촉해 내 물건을 싸게 했다. 우리는 삼촌의 창에서 보이지 않는 옆문으로 집을 빠져나왔다. 풍차가 돌아갈 정도로 살짝 바람이 불어서 기뻤다. 우리는 더 멀리 나아가면서 그림 같은 오래된 풍차를 원경으로 보았다. 그것이 실제 돌아가고 있는 것을 확인하니, 말할 수 없이 큰 안도감이 들었다.

우리는 이제 밤나무 분지에 도착했다. 나는 메리 퀸스를 윈드밀 우드 방향의 길이 내다보이는, 어제 망을 본 위치로 가도록 했다. 누군가 다가오는 게 보이면 어제처럼 '찾았어요'라고 소리 지르라고 했다.

나는 어제 만났던 곳에서 기다렸다. 나뭇가지 아래에서 기웃거렸다. 메그 혹스가 날 기다리는 모습을 보자마자 심장이 벌렁벌렁 뛰기 시작했다.

제57장
편지

"아가씨, 따라와요."

뷰티가 매우 창백한 얼굴로 속삭였다.

"여기 있어요. 톰 브라이스 말이에요."

그러더니 메그는 잎이 다 떨어진 덤불을 제치며 길을 이끌어 톰이 있는 곳으로 갔다. 말구종인지 밀렵꾼인지—둘 다 맞을지 모른다— 싶은 날씬한 젊은이가 짧은 코트와 다리에 각반을 찬 차림으로 어깨를 나무줄기에 기댄 채 수평으로 낮게 뻗은 나뭇가지 위에 걸터앉아 있었다.

"신경 쓰지 말고 그대로 앉아 있어."

그가 일어서려는 걸 보고는 메그가 말했다.

"가만히 앉아서 아가씨 하는 말을 잘 들어봐. 저 친구가 가져다줄 거예요, 모드 아가씨. 그럴 거예요. 안 그래, 톰?"

"주세요."

그가 손을 뻗었다.

"톰 브라이스, 당신 날 속이지 않을 거죠?"

"물론이죠."

톰과 메그가 거의 동시에 답했다.

"당신은 정직한 영국 남자예요. 날 배신하지 않을 거죠?"

나는 애원하듯 물었다.

"물론입니다요."

톰이 다시 말했다. 다소 날카롭게 위로 향한 들창코를 가진 이 금발 젊은이의 표정에는 다소 미덥지 못한 면이 있었다. 우리가 대화하는 내내 그는 거의 아무 말 하지 않고 느긋한 미소만 보였다. 마치 터무니없는 말을 진지하게 쏟아내는 어린아이를 보며 빈정대는 태도로 재미있다는 듯 계속해보라는 식이었다. 이 젊은 시골뜨기는 조금도 무례를 범할 의도를 지니지 않았지만, 느긋한 조롱의 태도로 나의 말을 듣고 있는 것 같았다.

그러나 나는 선택의 여지가 없었다. 아무리 그런 태도를 보인다 하더라도 그를 이용하든가 아니면 포기하든가 할 수밖에 없었다.

"자, 톰 브라이스. 이것에 정말이지 많은 게 달려 있어요."

"저 말 진짜야, 톰 브라이스."

메그가 나의 단호한 주장에 이따금 확신을 보탰다.

"자, 지금 1파운드 줄게요, 톰."

나는 그의 손에 동전과 편지를 함께 놓았다.

"이 편지를 엘버스턴의 레이디 놀리스께 전해드려야 해요. 엘버스턴 알죠, 그렇죠?"

"알아요, 아가씨. 안 그래, 톰?"

"예."

"자, 내 말대로 해줘, 톰. 그럼 내가 살아 있는 한 당신한테 잘할게요."

"들었어, 톰?"

"예, 좋습니다요."

"편지 맡아줄 거죠, 톰?"

나는 겉으로 보이는 것보다 속으로 훨씬 더 많이 떨고 있었다.

"예."

그는 자리에서 일어나며 마치 진귀한 물건처럼 편지를 눈가에 가까이 대며 돌려보았다.

"톰 브라이스. 당신이 나에게 진심으로 대하지 못하겠으면, 그렇다고 말해요. 하지만 이 편지를 엘버스턴의 레이디 놀리스가 아니면 그 누구에게도 주어서는 안 돼요. 약속하지 못하겠다면 다시 내게 돌려줘요. 돈은 가져도 좋아. 하지만 내가 엘버스턴에 편지 가져다주랬다고 아무에게도 말하면 안 돼요."

톰은 처음으로 완전히 진지한 모습을 보였다. 그는 엄지와 검지로 편지 한쪽 끄트머리를 붙잡고 빙글빙글 돌리며 이제 막 붙잡힌 밀렵꾼 같은 표정을 지었다.

"아가씨 속이고 싶지 않습니다요. 그렇지만 난 조심해야 한다고요. 모든 편지는 다 사일러스의 손을 거쳐서 우체국으로 갑니다요. 그래서 발각되면 이 편지가 몰래 전달된 거라는 사실을 알고도 남아요. 그 영감님 겁나게 빠삭해요. 사람들 말로는 그 영감님이 편지를 다 뜯어서 읽어본 후에 보낸답니다. 재미로 그러는 건지 어떤지는 나는 모르것어요. 하지만 그게 진짤걸요? 그래서 이 편지가 발각되면, 우편으로 보내지 않고 사람을 써서 갔다는 게 드러날 거고, 나도 그냥 바로 발각이 될 겁니다요."

"하지만 당신은 내가 누군지 알죠, 톰? 그리고 내가 당신을 구해줄 거라는 것도?"

"일이 틀어지면, 아가씨는 자기 구하기도 바쁠걸요?"

톰이 비꼬았다.

"그렇다고 이 편지 안 받겠다는 말은 아닙니다요. 그냥, 맨 땅에 헤딩하고 싶지 않다는 말입니다요."

"톰."

나는 갑작스럽게 태도를 바꾸며 말했다.

"편지 돌려줘요. 그리고 날 바트램에서 빼내줘요. 날 엘버스턴에 데려다 달라고요. 그게 최선의 방법이에요. 당신에게 최선이라는 말입니다. 정말이에요. 당신에게 벌어질 일 중에 최선이라고요."

나는 이 시골뜨기에게 내 목숨을 구해달라고 애원했다. 나는 그의 팔목을 붙잡았다. 그러고는 애원하는 눈빛으로 그의 얼굴을 바라보았다.

그러나 소용없었다. 톰 브라이스는 다시 재미있다는 표정을 지으며 고개를 한쪽으로 기울였다. 그러고는 어깨너머 옆에 있는 나무들 뿌리를 바라보며 겁먹은 미소를 지었다. 마치 무례하게 웃음이 터져 나오는 걸 자제하는 표정 같았다.

"나는 현명한 젊은이답게 행동할 겁니다요. 그렇지만 아가씨는 그 사람들을 몰라요. 그 사람들 그렇게 호락호락한 상대가 아니란 말씀입죠. 나는 결국 아가씨나 나한테 아무 도움도 안 되면서 대가리 터지는 일도 하기 싫고, 감방 가는 것도 싫다고요. 저기 메그도 내가 아가씨를 빼내는 일을 하지 못할 거라는 걸 잘 알걸요? 나는 안 할 겁니다, 아가씨. 절대로요. 무례하게 굴고 싶지 않아요, 아가씨. 하지만 난 못 합니다요. 그냥 이걸 어떻게 할까 생각해보고, 할 수 있는 일을 시도해볼 겁니다. 그게 아가씨를 위해 제가 할 수 있는 유일한 일입니다요."

톰 브라이스는 그러고 나서 자리에서 일어나 불안한 눈빛으로 윈드밀 우드 방향을 바라보았다.

"아가씨, 뭔 일이 벌어져도 저에 대해서는 불지 않을 거죠?"

"톰, 너 지금 어디 갈 건데?"

메그가 불안한 표정으로 물었다.

"신경 쓰지 마."

그는 덤불을 헤치며 나아가더니 금세 시야에서 사라졌다.

"쟤, 저러고 가네? 쟤 언덕 너머 목장으로 갈 거예요. 그 사람들 다 저 너머에 있거든요. 집으로 돌아가세요, 아가씨. 옆문으로 들어가고요. 코너를 돌아가면 안 돼요. 저는 관목 숲에 한참 죽치다가 출발할게요. 잘 가세요, 아가씨. 평상시처럼 행동해야 해요. 고민하는 얼굴을 보이면 안 돼요. 쉿!"

멀리서 부르는 소리가 났다.

"아부지예요!"

메그가 놀란 표정으로 속삭였다. 그러고는 햇볕에 그을린 손을 귀에 갖다 대고 귀를 기울였다.

"절 부르는 소리가 아니네요. 데이비를 부르고 있어요."

메그는 안도의 한숨의 내쉬며 억지웃음을 보였다.

"자, 얼릉 돌아가세요."

그리하여 나는 두꺼운 덤불숲 사이에 숨어 오솔길을 따라 발길을 재촉했다. 나는 메리 킨스와 합류해 서둘러 집으로 향했다. 지시받은 대로 윈드밀 우드에서 보이지 않는 옆문을 통해 안으로 들어갔다. 우리는 마치 두 명의 범죄자처럼 뒷계단을 살금살금 올라 옆 회랑을 통해 내 방으로 들어갔다. 방에 들어와 자리에 앉고 나서 정신을 차려보았다. 그러고는 방금 일어난 일의 결과가 어찌될지 가늠해보았다.

마담은 아직 돌아오지 않았다. 그건 좋은 일이었다. 그 여자는 언제나 내 방에 먼저 방문하곤 했다. 모든 게 내가 나갈 때와 똑같은 상태인 걸 보니, 그 여자의 염탐하는 눈과 분주한 손이 내가 나갔을 동안 작동하지 않았다는 확실한 증거가 되었다.

이상하게 들리겠지만 마담이 나타났을 때 나는 예기치 못한 위안을 느꼈다. 마담은 손에 나의 소중한 레이디 놀리스에게서 온 편지를 들고 있었다. 편지와 함께 자유롭고 행복한 바깥세상으로부터 한 줄기 햇빛이 들어왔다. 마담이 방에서 나가자마자 나는 편지를 뜯어 읽었다.

사랑하는 나의 모드. 난 널 곧 볼 수 있다는 생각에 아주 행복하구나. 나는 가여운 사일러스에게서 정말 매우 친절한 편지를 받았단다. 가엾다고 말하는 이유는 정말로 그의 처지에 동정이 가기 때문이야. 그이는 꽤 솔직하게 처지를 밝혔더구나. 적어도 일베리는 솔직한 것 같다고 했어. 여하튼 그 사람도 아는 내용 같더구나. 나는 꽤 감동적이고 변화된 편지를 받았어. 직접 만나면 다 얘기해줄게. 그이는 내게 아주 순전한 행복을 가져다줄 임무를 맡아달라고 하더구나. 즉 널 보살피는 일 말이야, 사랑하는 모드. 난 그저 내가 너무 그 일을 열정적으로 받아들임으로써 대부분의 인간에게 있는 삐딱선 타는 성향을 자극할까 봐 걱정이구나. 달리 말해 그이가 자신의 제안을 부정적으로 다시 생각할까 봐 걱정이란다. 그이가 나더러 바트램으로 와서 하룻밤 묵으라고 하더라. 내게 안락한 방을 약속하면서 말이야. 그 점에 있어서 나는 조금도 개의치 않는다고 솔직하게 말하는 바야. 하룻밤 너와 아늑하게 이야기를 나눌 기회가 눈앞에 있으니까 그런 거지. 사일러스는 자신의 슬픈 상황을 설명하며, 신변의 자유를 잃을 위험을 피하려면 즉각 떠날 수 있게 준비를 갖추고 있어야 한다고 했어. 그이가 그렇게 돌이킬 수 없을 정도로 자신을 파멸에 몰아넣은 건 슬픈 일이야. 가여운 오스틴의 관대함이 단연 그의 곤궁을 촉발한 것 같아. 그이는 네가 잠깐 머물기 위해 프랑스로 떠나기 전에 내가 널 만나야 한다며 매우 걱정하더라. 네가 2주 안에 떠나야 할 거라고 하던데? 나는 널 이곳으로 보내라고 부탁할까 생각 중이야. 나는 네가 엘버스턴에 있어도 프랑스에 있는 것만큼이나 괜찮을 거라고 생각해. 하지만 아마도 그이가 우리 모두가 바라는 것을 해주려는 마음인 것 같으니, 그저 그이가 생각하는 방식대로 하게 놔두는 게 더 안전할지도 몰라. 솔직히 털어놓자면, 내가 이 일에 너무 사로잡혀 있어서 혹시 사소한 것이라도 그의 의견에 토를 달았다가 일이 어그러질까 봐 겁이 난단다. 그이는 내가 다음 주 초로 날짜를 잡아야 한다고 했어. 그리고 나에게 자기가 정한 방문 기간보다 더 길게 머물라고 청할 것처럼 말하더라. 나는 그러면 너무 기쁠 뿐이란다. 사랑하는 모드야, 나는 상황을 통제하려고 애를 써봤자 소용없다는 생각이 들기 시작했어. 그저 그대로 놔둬야 결국 최선의 상황으로 흘러갈 것이며, 우리의 소망대로 될 거라고 생각해. 기다림의 능력을 그토록 찬양한 게 탈레랑이었지? 기분이 너무 좋단다. 내 머리는 너에 대한 계획들로 가득 차 있어. 나의 소중한 모드에게 애정 어린 커즌이 보낸다.

— 모니카

알 수 없는 수수께끼였다! 그러나 단 몇 분 전 완전한 일식으로 캄캄했던 풍경에 한 줄기 희미한 희망의 빛이 퍼지기 시작했다. 그러나 어떤 추측을 해보건 모든 게 앞뒤가 맞지 않았다. 잘 만들어진 무서운 모순들, 그 난파선의 잔해물이 내가 바라보는 심연의 바다에 흩뿌려져 있었다.

도대체 마담은 여기 왜 왔을까? 더들리는 왜 이곳에 숨어 있는 것일까? 나는 왜 벽으로 둘러쳐진 곳에 포로가 된 것일까? 메그 혹스가 나를 구하기 위해 제 애인의 안위를 걸 정도로 심대하고 급박한 위험은 무엇일까? 이 모든 위협적인 사실들을 미루어보니, 그 어떤 살해 음모자도 사일러스 삼촌과 더들리보다, 한 인간을 없애기 위한 음모에 그렇게까지 치밀하게 몰두할 수는 없을 것 같았다. 바로 나를 제거하기 위한 어두운 음모.

나는 때로 이 소름 끼치는 증거들에 내 영혼을 놓아버렸다. 또 다른 때에는 커즌 모니카의 밝은 편지를 읽다 보면 하늘이 맑아지는 것 같았고, 아침에 악몽에서 깨어난 것처럼 공포가 씻기는 것 같았다. 그러나 나는 톰 브라이스에게 편지를 보낸 것을 절대 후회하지 않았다. 나는 시시각각 바트램-호프에서 탈출을 꿈꾸었다.

그날 저녁 마담은 차를 마시러 내게 왔다. 나는 거절하지 않았다. 그 상황에서는 모두와 친절하게 지내는 것이 나았다. 친절을 위한 친절이라 해도 좋았다. 그 여자는 이따금 보이는 떠들썩하게 기분 좋은 상태였다. 브랜디 냄새가 진동했다.

그 여자는 그날 아침 펠트램에서 만났던 그 "사아람 좋은"

실크 포목상 라이드웨이스 부인이 건넨 칭찬의 말을 늘어놓았다. 그리고 "기막히게 잘생긴 남자"가 자신의 새로운 '감독님'이 되었다(그 여자는 실제로 자기를 "꼬집어"보라고 했다). 그 남자가 자신이 어디를 가든 시선으로 자신을 쫓았다는 것이다. 내 생각에 아마도 그 남자는 이 여자가 자신의 레이스나 장갑을 훔칠까 봐 그런 것 같았다. 말을 하는 내내 마담의 사악한 눈이 번뜩였다. 앙상한 얼굴은 독주로 달아올라 무시무시한 웃음을 보였다. 또 프랑스 노래를 흥얼거리기도 했다. 그렇게 신난 기분일 때 버릇처럼 허풍 떠는 태도가 나오기도 했다. 그리하여 내가 머지않아 마차와 말들을 가지게 될 거라고 큰소리쳤다.

"내가…… 내가 너어어의 사일러스 삼촌한테 이야기를 해보겠어. 우리는 아주아주 좋은 오랜 친구우다, 루틴 씨와 나, 나 말이지."

그 여자는 무섭게 나를 흘긋거렸다. 그 모습이 이해가 가지 않으면서도 오싹했다. 나는 이런 이세벨*들이 왜 자신에게 해가 될지도 모를 무서운 진실을 넌지시 비추기를 즐기는지 이해할 수 없었다. 그러나 그들은 정말 그렇다. 그게 여성의 수치심을 극복한 여성적 승리감일까? 그리하여 옛 시절의 매력과 현재의 힘의 증거로 자신의 타락을 뽐내는 것일까? 우리는 경탄해야 하는 것일까? 여자들은 무관심보다 증오를 선호하

---

* 이스라엘의 제7대 왕 아합의 아내, 타락하고 잔인한 여인을 상징한다.

지 않는가? 절대적 무의미함보다 그 모든 형벌을 내포한 주술의 명성을 선호하지 않는가? 그렇게 그들이 악의 아버지와 상상의 거래를 함으로써 순진한 이웃들에게 공포를 심어주는 것을 즐기듯이, 마담은 자신의 악마적인 우월성을 냉소적인 허세의 태도로 즐기는 것일까?

다음날 아침 사일러스 삼촌이 나를 불렀다. 그는 테이블에 앉아 평소처럼 웃으며 프랑스어로 인사하고는 나에게 맞은편 의자를 가리켰다. 그는 태연한 태도로 테이블에 신문을 내려놓으며 물었다.

"어제 네가 더들리가 얼마나 멀리 떨어져 있다고 추측했는지 내가 잊었네?"

"1,800킬로미터라고 했어요."

"오, 그래, 그랬지."

그러더니 멍하게 입을 다물었다.

"네 피신탁인 일베리 경에게 편지를 쓰고 있었단다."

그가 다시 입을 열었다.

"사랑하는 모드야, 내가 혼자 판단하고 이렇게 썼단다. 나의 비탄스러운 상황 때문에 너에게 더 적합한 대안적 조치를 마련하는 문제를 생각하고 있긴 하지만, 네가 아직 나의 보호하에 있는 동안 내가 너에게 어떻게 대해주었는지 너의 평가를 들어보고 나서 나의 임무를 놓는 게 좋을 것 같구나. 나는 네가 날 친절하고 배려심 있고 관대하게 여긴다고 썼단다. 내가 그렇게 말해도 되니?"

나는 그렇다고 했다. 달리 무슨 말을 할 수 있겠는가?

"난 네가 여기서 우리의 가난한 삶의 방식을 즐겼다고 했어. 우리의 거친 방식과 자유 말이다. 내 말이 맞니?"

나는 다시 그렇다고 대답했다.

"그리고 사실 넌 네 가여운 늙은 삼촌에 대해 반대할 게 아무것도 없지 않니? 단지 삼촌의 빈곤함을 빼고 말이다. 그건 네가 용서했지. 난 내가 진실을 말했다고 생각한단다. 모드야, 맞니?"

나는 다시 묵묵히 따랐다. 그러는 내내 그는 코트 주머니에서 서류를 더듬고 있었다.

"만족스럽구나. 나는 네가 그렇게 말할 거라고 기대했단다. 그럴 거라고 기대했어."

갑작스럽게 그의 얼굴이 무섭게 변하기 시작했다. 하얀 얼굴을 찌푸리며 유령처럼 자리에서 일어났다.

"그럼 이건 어떻게 설명할 거니?"

그는 천둥처럼 소리를 내질렀다. 그러면서 레이디 놀리스에게 보낸 나의 편지를 펼친 채로 테이블 위에 내동댕이쳤다. 나는 말문이 턱 막혔다. 시야가 흐려져 그가 안 보일 때까지 삼촌을 바라보았다. 그러나 그의 목소리는 종소리처럼 여전히 내 귓전에 포효하고 있었다.

"그렇지! 젊은 위선자, 거짓말쟁이! 네가 내 하인을 매수해 나의 친척, 레이디 놀리스의 손에 보내려 했던 그 중상모략의 허튼수작을 설명해보거라!"

그렇게, 또 그렇게 계속 이어졌다. 나는 어둠속을 응시했다. 목소리 자체가 불분명해졌고, 마침내 윙윙거리는 소리로 변했고, 그러다가 침묵으로 빠졌다.

나는 당시 발작을 일으킨 것 같다. 정신을 차렸을 때 나는 물에 흠뻑 젖어 있었다. 머리와 얼굴, 목, 옷이 온통 젖어 있었다. 나는 내가 어디에 있는지 조금도 분간하지 못했다. 나는 아버지가 아프다고 생각했고, 아버지에게 말을 했다고 생각했다. 사일러스 삼촌은 창가에 서 있었다. 형언할 수 없을 정도로 무서운 표정이었다. 마담은 내 옆에 앉아 있었고, 사일러스 삼촌의 강장제 중 하나인 에테르 병이 열린 채 내 앞 테이블 위에 놓여 있었다.

"누구예요…… 누가 아픈 거예요…… 누가 죽었나요?"

내가 소리 질렀다. 나는 발작하듯 오래 울고 난 끝에 정신이 들었다. 충분히 회복하고 나서야 나는 내 방으로 옮겨졌다.

제58장
레이디 놀리스의 마차

일요일인 다음날 나는 실내복 차림으로 침대에 누워 있었다. 둔감하게 무기력했고 팔다리가 아팠다. 나는 류머티즘 증상이 아닌가 생각했다. 너무나 아파서 말을 하기도 어려웠고 머리를 들기도 힘들었다. 사일러스 삼촌의 방에서 벌어진 일에 대한 기억은 온통 혼란스러웠다. 어떻게 된 일인지 몰라도 가여운 나의 아버지가 거기서 한몫 거들었던 것 같은 느낌이 들었다.

나는 너무 기력이 쇠하고 멍한 상태에 빠져 이 끔찍한 혼란을 어떻게 거두어낼지 알 수 없었다. 그저 벽을 바라보는 자세로 조용히 누워 꼼짝도 하지 못했으며, 이따금 땅이 꺼져라 한숨만 나올 뿐이었다.

착한 메리 퀸스가 방에 함께 있었다. 그 점이 다소 위안이 되었다. 그러나 나는 너무 지치고 피로해 그녀가 내게 아무 말도 하지 않기를 바랐다. 나는 살건 죽건 절대적으로 무관심하게 느껴졌다.

이날 아침, 나의 슬픈 상황에 대해 조금도 알 수 없이 기분 좋게 엘버스턴에 머물고 있던 커즌 모니카는 자신의 집에 손님으로 머물고 있던 레이디 메리 캐리스브록과 일베리 경에게 펠트램의 교회를 거쳐 바트램-호프에 방문하자고 제안했다. 그들은 기꺼이 받아들였다.

그에 맞춰 2시경 이 유쾌한 세 명의 일행이 바트램에 도착했다. 그들은 말들에게 먹이를 먹이게 하고는 마차에서 내려 걸어왔다. 삼촌 방에 있던 마담 드 라 루지에르는 지블릿이 일행이 응접실에 도착했다는 소식을 전하자 삼촌에게 몇 마디 속삭였다. 그러자 삼촌이 말했다.

"미스 모드 루틴은 마차를 타고 외출을 했으나, 나는 여기서 기꺼이 레이디 놀리스를 만나보겠네. 친절하게도 위층으로 올라와 몇 분 동안 나와 만나볼 의향이 있다면 말이지. 그리고 내가 상태가 매우 안 좋다고 말해도 돼."

마담은 지블릿을 따라 로비로 나온 후 그의 목덜미를 붙잡고 귀에 대고 속삭였다.

"숙녀분을 뒷계단으로 올라오게 하세요. 반드시 뒷계단을 통해 오게 해야 해요."

그리고 다음 순간 마담은 까치발로 내 방으로 들어왔는데, 메리 퀸스의 말에 의하면 처형당하러 가는 사람의 인상이었다고 했다.

마담은 안으로 들어온 후 날카로운 시선으로 방을 휘 둘러보았다. 그런 후 메리 퀸스가 있다는 점에 만족하는 모습을 보이고는 방문 열쇠를 돌렸다. 그러고는 나에 관해 애정 넘치는 안부를 몇 마디 속삭이더니 살며시 창가로 다가가 좀 떨어진 위치에서 슬그머니 밖을 내다보았다. 그리고 다시 내 침대로 와서 친절하게 몇 마디 웅얼거렸다. 그러더니 커튼을 조금 닫고 안절부절못하며 방 안 이것저것에 손을 댔다. 그러는 와중에 자물쇠에 걸린 열쇠를 꺼내 조용히 제 주머니에 집어넣었다.

그게 너무 이상한 짓이어서 정직한 메리 퀸스는 단호하게 자리에서 일어났다. 그러고는 푸른 눈으로 마담을 똑바로 쳐다보며 자물쇠를 가리켰다.

"자물쇠에 열쇠 꽂아 놓아줄래요?"

"오, 그럼요, 메리 퀸스. 하지만 잠가놓는 게 더 나을 거예요. 왜냐하면 삼촌분이 보러 올 거 같거든요. 그럼 모드가 굉장히 겁을 먹겠죠? 그분 엄청 불쾌한 상태거든요, 모르겠어요? 만약 그분이 오면 모드가 몸이 안 좋다, 또는 자고 있다고 말하면 돼요. 그럼 소동 없이 가버릴 거 아니에요?"

나는 그 여자가 낮은 소리로 속닥거려서 무슨 말인지 하나도 알아들을 수 없었다. 메리는 내가 겁을 먹건 말건 마담이 신경 쓰지 않는 것을 알기 때문에 그 말을 신뢰하지 않았다. 더욱이 마담이 벌이는 모든 일이 의심스럽긴 했으나, 혹시라도 그게 사실일 가능성이 있을 수도 있어 못마땅하지만 어쩔 수 없이 받아들였다.

그렇게 마담은 안절부절못하며 방 안을 서성거렸다. 그 와중에 어떤 일이 벌어졌는지 레이디 놀리스는 나중에 내게 설명했다.

✲ ✲ ✲

"우린 아주 많이 실망했어. 그래도 나는 사일러스를 봐서 반가웠어. 너의 그 작은 도깨비 집사가 다른 길을 통해 날 위층 그의 방으로 안내했단다. 난 이전에 그 통로로 내려온 적이 있는 것 같아. 하지만 난 바트램 저택을 잘 알지 못해서 확실하게 단언은 못 하겠어. 나는 그저 이전에 왔을 때 그 길이 아니라 다른 길을 꽤 둘러서 그이의 방으로 안내받았다는 사실만 알아. 응접실에 그이가 보이더라. 그이는 날 보며 굉장히 반가워하는 것 같았어. 웃으면서 다가왔거든. 나는 항상 그 사람의 미소가 싫었어. 그 이전 어느 때보다도 반갑게 두 손으로 내 손을 덥석 잡더니 인사를 하더라.

'친애하고 친애하는 모니카. 이 얼마나 반가운지, 내가 그토록 보고 싶었던 당신! 난 비참하게 아픈 상태랍니다. 더 비참한 불안의 슬픈 결과이지. 잠시 앉아요.'

그러더니 그가 멋진 프랑스 시로 내게 찬사의 말을 하더라.

'그런데 모드는 어디 있어요?'

내가 묻자 '모드는 이 시간쯤이면 엘버스턴 가는 길 중간쯤 되겠는데? 내가 그 애더러 마차를 타고 그곳에 가보라고 권했다오. 그 애가 좋아할 거 같아서'라고 하지 뭐니."

"어떻게 그럴 수가!"

그때 내가 소리 질렀다. 레이디 놀리스는 설명을 계속했다.

"'가여운 나의 모드가 실망하겠네? 하지만 당신이 방문해서 위로해줘. 여기로 오기로 약속했잖아? 내가 당신 편안하게 지내게 해드리리다. 모니카, 나는 정말 우리가 완벽하게 화해한 증거로 이리 하는 것이니, 정말 행복하다오. 당신도 나의 청을 거절하지 않겠죠?'

'물론이죠. 저는 너무 기쁠 따름이에요. 사일러스, 정말 감사해요.'

'뭐에 대해서?'

그가 물었어.

'모드를 내가 보살피게 해줘서요. 정말 아주 많이 감사해요.'

'모니카, 난 당신에게 베풀 마음으로 그렇게 결정한 게 아니란 점은 밝혀야 할 것 같아.'

난 그이가 또 그 불쾌한 상태로 변하나 생각했어.

'하지만 어쨌든 난 당신에게 은혜를 입었어요. 매우 감사해요, 사일러스. 나의 감사를 거절하진 마세요.'

'모니카, 아무튼 난 당신의 선의를 얻게 되어 행복하오. 우리는 마침내 애정 속에서만 행복할 수 있는 능력이 생긴다는 사실을 배운 거요. 그리고 성 바울이 사랑을 선호하는 게 얼마나 진실한 것이지 배운 거지요. 그 영원히 남을 원칙이란! 친애하는 모니카, 애정은 영원한 것이오. 그러니 거룩하고 신성

하고 따라서 행복한 것이지요. 행복을 얻고 행복을 주는 것이지요!'

난 항상 그 사람이건 다른 사람이건 형이상학적 표현을 하는 건 못 참거든. 하지만 그때는 자제했단다. 그저 평소 말투만 습관적으로 나왔을 뿐이야.

'친애하는 사일러스, 내가 언제 오길 바라죠?'

'빠를수록 좋아요.'

'레이디 메리와 일베리가 화요일 아침에 떠나기로 되어 있어요. 그럼 난 그날 오후에 올 수 있어요. 당신이 화요일에 오는 걸 허락한다면 말이죠.'

'친애하는 모니카, 고마워요. 그날이면 나의 적들의 계획을 알게 될 것 같소. 모니카, 이건 정말 굴욕적인 고백이지만, 나는 그런 감정은 이제 그저 그러려니 하고 넘긴다오. 아마도 내일 이 집에 강제집행이 이루어질 것 같아. 그러면 나의 모든 계획도 다 끝이지. 그러나 내 변호사 말로는 3주 전에는 그러지 않을 것 같다고, 거의 불가능하다고 했소. 내일 아침 그 사람에게서 소식을 전해 들을 것이고, 그럼 내가 당신에게 최대한 빠른 날을 알려주겠소. 우리가 아무 탈 없이 2주를 버틴다면 당신은 내게서 소식을 듣게 될 것이고, 그럼 당신이 날짜를 정하면 돼요.'

그러더니 그이는 내가 누구와 함께 왔는지 물었어. 그러고는 자기가 직접 내려가서 그들을 맞지 못하는 것을 한탄하더

라. 그이는 일종의 레이븐스우드* 같은 미소를 보이고 어깨를 으쓱하는 동작을 보이며 점심을 들고 가라고 권했는데, 나는 우리가 몇 분밖에 여유가 없고 나의 일행이 저택 근처 영지에서 산책하고 있다면서 거절했어. 난 모드가 언제 돌아올 건지 물었어.

'분명 5시 전에는 안 돌아올 거요.'

그이는 아마 우리가 엘버스턴으로 돌아가는 길에 모드를 만날 것 같긴 하지만 확실치는 않다고 했어. 모드가 계획을 바꿀 수도 있지 않느냐며 말이야. 그래서 더 이상 할 말이 남아 있지 않아 매우 애정 어린 작별의 인사가 오갔지. 나는 그이의 법적 위기가 정말 사실이었다고 생각해. 그 끔찍한 여자가 그이를 속인 게 아닌데, 어떻게 그이가 그렇게 멀쩡한 얼굴로 모드에 관해 그 모든 추악한 거짓말을 늘어놓을 수 있는지, 그저 놀랍기만 해."

✲ ✲ ✲

내가 누워 있는 동안 마담은 여기저기 왔다 갔다 하며 때로는 무언가를 속닥거렸고, 또 때로는 귀를 기울였다. 나는 갑자기 둘 모두를 깜짝 놀라게 만들었다.

---

* 에드거 레이븐스우드는 월터 스콧의 소설 『래머무어의 신부』(1819)의 주인공으로, 자존심이 세고 사납고 거만하며 경외심을 불러일으키는 인물이다.

"누구의 마차예요?"

"무슨 마차요, 아가씨?"

청력이 나처럼 밝지 않은 퀸스가 물었다. 마담은 창밖을 흘긋거렸다.

"의사야. 닥터 족스. 그 사람이 네 삼촌을 보러 왔네?"

마담이 말했다.

"하지만 여자 목소리가 나는데요?"

나는 침대에서 일어나 앉으며 말했다.

"아니야. 의사만 있어. 그 사람이 삼촌 보러 온 거야. 그 사람이 마차에서 내리고 있는데?"

그 여자는 의사가 마차에서 내리고 있는 모습을 보는 척했다.

"마차가 떠나고 있어!"

내가 소리 질렀다.

"그래, 마차가 떠나고 있어."

마담이 똑같이 말했다. 그러나 나는 침대에서 벌떡 빠져나와 마담이 알아차리기 전에 마담의 어깨너머로 바라보았다.

"레이디 놀리스야!"

나는 창틀을 붙잡아 올리려고 했다. 그러나 창을 올리지 못하고 그저 소리만 질렀다.

"저 여기 있어요, 커즌 놀리스. 제발이지, 커즌 모니카! 커즌 모니카!"

"너 미쳤구나? 침대로 돌아가."

마담이 나를 억지로 떠밀며 소리 질렀다. 그러나 나는 구조와 탈출의 기회가 손안에서 미끄러져 나가는 모습을 보며 필사적으로 알 수 없는 힘을 발휘했다. 마담을 밀치고 나아가 미친 듯이 창문을 두드리며 고함을 질렀다.

"살려줘요, 날 구해줘요! 여기요, 여기! 모니카, 여기요! 커즌, 커즌, 오! 날 구해줘요!"

마담은 내 손목을 붙잡았다. 거친 몸싸움이 벌어졌다. 창유리가 깨졌다. 나는 마차를 세우기 위해 비명을 질러댔다. 그 프랑스 여자는 날 잡아 죽일 듯, 퀭한 얼굴이 분노로 사악하게 일그러졌다.

아무것도 나의 기세를 꺾을 수 없었다. 나는 재빠르게 달려가는 마차를 보며 미친 듯이 절망에 빠져 비명을 질렀다. 보닛을 쓴 커즌 모니카가 마주 앉은 사람과 이야기를 나누고 있는 모습이 보였다.

"오, 오, 오!"

나는 하릴없이 비명을 지르며 고통스러워했다. 마담은 나의 절망만큼이나 격노하며 힘으로 몰아붙였다. 미친 듯 버티는 나를 억지로 끌고 와 침대로 밀어붙였다. 침대 위에서 꼼짝 못하게 나를 끌어안고 이글이글 타는 눈으로 나를 바라보며 껄껄거리기도 하고 숨을 할딱거리기도 했다.

나는 길 잃은 영혼의 절망을 느꼈던 것 같다. 가여운 메리 퀸스의 얼굴도 기억난다. 그 얼굴에 쓰여 있는 공포, 그 놀람. 메리는 마담의 어깨너머에서 입을 딱 벌리고 나를 바라보며 소리 질렀다.

"왜 그래요, 미스 모드? 무슨 일이에요, 아가씨?"

그러더니 사나운 눈길로 마담을 바라보고는 내 팔목을 잡고 있는 마담의 손을 빼내려 씨름했다.

"아가씨를 해치려는 건가요? 이거 놔요, 이거 놔!"

"놓을 거야. 메리 퀸스, 이 늙은 멍청이 같으니라고! 이 애 미쳤다고! 머리가 돌았다고!"

"오, 메리, 창가에서 소리쳐봐. 마차를 멈추게 해봐!"

내가 소리쳤다. 메리는 창밖을 내다보았다. 그러나 그때는 시야에 아무것도 보이지 않았다.

"왜, 마차를 멈추게 해보시지?"

마담이 비웃었다.

"마부와 기수를 불러보시지. 종복은 어디 있나? 흥! 엘 라 르 세르보 말 탱브레(머리가 완전 돌았어)."

"오, 메리, 메리. 갔어? 마차 갔어? 아무것도 없어?"

나는 창가로 뛰어가며 소리 질렀다. 그러고는 창유리에 얼굴을 대고 집중해 쳐다보다가 마침내 마담을 돌아보았다.

"오, 잔인해, 잔인해, 사악한 여자! 도대체 왜 이러는 거야? 당신하고 어떻게 연관된 거야? 왜 날 박해하는 거야? 내가 파멸해서 당신이 얻는 게 뭐야?"

"파아멸? 파르블루(아무렴)! 마 쉐르. 너 말이 너무 빨라. 메리 퀸스, 못 봤어요? 그거 의사의 마차였잖아? 그리고 족스 부인하고 그 건방진 애, 족스 2세가 창을 올려다봤잖아? 그러니까 마드무아젤이 저렇게 미친 듯이 놀라서 달려와 창을 두드린 거잖아? 메리 퀸스, 그렇지 않아요?"

나는 이제 침대에 걸터앉아 그저 절망에 빠져 울음을 터뜨렸다. 더 이상 입씨름도 저항도 할 기운이 없었다. 오! 구원이 그토록 가까이 다가왔다가 왜 나에게 닿지 못하였을까? 나는 그렇게 두 손을 맞잡고 하늘을 바라보며 두서없이 기도하며 울 뿐이었다. 나는 마담도 메리 퀸스도 그 누구도 생각하고 있지 않았다. 그저 하늘을 향해 나의 불안과 절망을 웅얼거릴 뿐이었다.

"난 저런 바보 같은 일은 생각도 못 했네. 웬 엉평 가테(응석받이 어린애)야! 모드야, 그런 이상한 말과 행동을 왜 하는 건데? 의사의 마차에 탄 사람들에게 그렇게 끔찍한 차림으로 창을 내다보면 어떻게 되겠어?"

"커즌 놀리스의 마차였다고! 커즌 놀리스. 오, 커즌 놀리스! 가버렸군요? 당신이 그냥 가버렸어. 가버렸어!"

"그게 만약 레이디 놀리스의 마차였다 하더라도, 그럼 분명 마부도 종복도 있었을 테고, 그 누구의 마차라도 젊은 남자가 타고 있었을 텐데 말이야. 레이디 놀리스의 마차였다면 분명 의사의 마차보다 더 안 좋은 상황이었겠네?"

"아무 상관없어. 다 끝났어. 오, 커즌 모니카. 당신의 가여운 모드는 이제 어디에 의지해야 할까요? 정녕 도움을 받을 곳이 없나요?"

그날 저녁 마담이 다시 나를 찾아왔다. 침착하게 훈계를 늘어놓는 태도였다. 나는 절망에 빠져 무기력한 상태였다.

"모드, 소식이 있어. 하지만 확실하지는 않아."

나는 고개를 들고 생각에 잠긴 태도로 마담을 바라보았다.

"런던의 변호사로부터 나쁜 소식을 알리는 편지가 온 것 같아."

"오!"

나는 실의에 빠져 완전히 무관심한 태도를 보인 게 확실했으리라.

"하지만, 친애하는 모드야. 그렇다면 우리, 그러니깐 너와 난 즉시 프랑스에 있는 미스 밀리센트에게 가서 합류하게 될 거야. 라 벨 프랑스(아름다운 프랑스)! 너 엄청 좋아할걸! 아주 재미있을 거야. 넌 그렇게 멋진 여자들이 있을지 상상도 못 할 거야. 그 사람들은 다 나를 너무 좋아해. 너도 기쁠 거야."

"언제 가는데요?"

"나도 몰라. 하지만 난 오늘 저녁 도착한 오드콜로뉴 병을 가지고 그분 방에 들어갔는데, 그분이 편지를 내려놓더니 말하더라, '드디어 일격이 왔어요, 마담! 내 조카는 준비를 하고 있어야 해요.' 그래서 내가 말했어. '무슨 준비요, 무슈?' 두 번이나 물었는데 대답을 안 했어. 나는 그게 압류 집행 건이라고 확신해. 그들이 그분을 망쳤어. 에 비앙, 모드. 난 우리가 이 슬픈 곳에서 즉시 떠나게 될 거라고 생각해. 난 너무 기뻐. 여긴 정말 심티에르(묘지) 같아!"

"그래요, 나도 떠나고 싶어요."

나는 푹 꺼진 눈으로 일어나 앉으며 한숨을 크게 쉬었다. 마담에 대한 그 모든 앙심도 다 부질없는 것처럼 느껴졌다. 쇠약함이 뒤이었다. 피로와 격정으로 인한 신경쇠약이었으리라.

"내가 핑계를 만들어 그분 방에 다시 들어가 볼 거야."

마담이 말했다.

"그리고 뭔가 다른 게 있나 더 알아봐야지. 그럼 30분 후에 다시 돌아올게."

마담이 자리를 떴다. 그러나 30분 후에 돌아오지 않았다. 나는 바트램-호프를 그저 떠나고 싶은 둔감한 갈망에 빠졌다. 바트램은 가여운 밀리가 떠난 이래 나에게는 사악한 영혼들의 출몰지가 되어버렸다. 어떻게 해서라도 이곳에서 탈출할 수만 있으면 말할 수 없이 큰 축복이리라.

다시 30분이 지났고, 거기서 또다시 30분이 지났다. 나는 견딜 수 없이 열에 들떴다. 나는 메리 퀸스를 로비로 내보내 마담을 찾아보라고 했다. 마담은 아마도 사일러스 삼촌의 방을 드나들고 있었을 것이다.

메리는 돌아와서 늙은 와이엇을 보았는데, 그 노파가 마담이 30분 전에 잠자리에 든 것으로 안다는 말을 전해주었다.

제59장
갑작스런 출발

"메리, 난 마담이 무슨 말을 전할지 정말 불안하고 비참해. 마담은 내 상태가 어떤지 알고 있어. 그런데 내 방으로 와서 한마디 전하는 수고도 하지 않았어. 혹시 다른 얘기 못 들었어?"

"아뇨, 미스 모드."

그녀는 일어나 가까이 다가오며 답했다.

"그 여자는 우리가 즉시 프랑스로 떠날 거라고 생각해. 아마 이곳을 영원히 떠나게 될 거라고."

"그러면 감사할 일이죠. 그렇기만 한다면야, 아가씨!"

메리는 평소보다 열띤 모습으로 말했다.

"이곳엔 아무런 행복이 없어요. 그리고 저는 아가씨가 이곳에서 잘 지낼 일도, 행복할 일도 없을 거 같아요."

"메리, 초를 들고 윗층 마담 방으로 가볼래? 어느 날 저녁 내가 우연히 가본 적이 있거든?"

"하지만 와이엇이 우릴 위층으로 올라가게 하지 않을걸

요?"

"그 사람은 신경 쓰지 마, 메리. 다녀와. 그래야 해. 소식을 듣기 전에는 잠을 못 잘 거 같아."

"마담 방이 어느 쪽인가요, 아가씨?"

"저쪽이야, 메리."

나는 손으로 가리키며 말했다.

"어디서 도는지는 잘 설명할 수가 없어. 하지만 계단을 올라 왼쪽으로 난 큰 회랑을 따라가다 보면 회랑이 교차하는 지점이 나오는데, 거기서 왼쪽으로 돌면 나올 거야. 네다섯 문을 지나치면 그쯤에 있어. 거기서 부르면 마담이 들을 수 있을 거야."

"하지만 저에게 말을 해줄까요? 그 여자 정말 기괴한 여자 잖아요, 아가씨?"

"내가 말한 그대로 그 여자에게 말해봐. 메리, 자기도 나만큼 알고 있다는 걸 알면 말해줄 거야. 날 고통에 빠트리고 싶은 게 아니라면 말이지. 말 안 하려고 하면, 그 여자 설득해서 내 방에 잠깐 오라고 하면 되잖아? 사랑하는 메리, 그리 해줘. 밑져야 본전이잖아."

"제가 가 있는 동안 아가씨 혼자 괜찮겠어요?"

메리가 촛불을 켜며 불안하게 물었다.

"어쩔 수 없지. 메리, 가봐. 우리가 떠날 거라는 소식만 들으면 나는 일어나 춤이라도 출 거 같아. 나는 이 끔찍하고 불안한 상태를 더 이상 못 견디겠어."

"늙은 와이엇이 밖에 있으면, 제가 다시 돌아와 그 사람이 자기 방으로 들 때까지 여기서 조금 더 기다릴게요. 어쨌든 할 수 있는 한 서둘러볼게요. 물약과 각성제 여기 있어요, 아가씨."

메리는 불안한 눈길로 나를 한 번 바라보고 나서 조용히 방을 나갔다. 그러고는 즉시 돌아오지 않자, 나는 그녀가 길을 잘 찾았고 방해 없이 위층에 올라갔다고 생각했다.

그러자 나는 가라앉은 마음에 뒤이어 외로움이 찾아들었다. 그와 함께 막연하게 안전에 대한 불안감이 들었는데, 그런 느낌이 마침내 아주 날카롭게 치달았다. 나는 내 동반자를 내 의지로 내보낸 일을 두고 내가 진짜 미쳤나 싶은 생각이 들었다. 공포가 너무나 커져 나는 어깨를 벽에 바짝 대고 이불을 끌어안고 침대 귀퉁이로 몸을 움츠렸다. 앞을 볼 수 있게 눈만 빠끔히 내놓았다. 마침내 살그머니 문이 열렸다.

"누구세요?"

나는 극단의 공포에 질려 문을 향해 소리를 질렀다.

"저예요, 아가씨."

메리 퀸스의 목소리를 확인하자 나는 말할 수 없이 안도감이 들었다. 손에 든 촛불로 메리 퀸스의 창백하고 겁에 질린 모습이 일렁거렸다. 그녀는 방 안으로 들어오자마자 문을 걸어 잠갔다. 나는 나도 모르게 어느 결에 두 손으로 메리를 꽉 붙잡고 방바닥에 나란히 서 있었다.

"메리, 자기 겁에 질렸구나? 세상에! 무슨 일이야?"

"아니에요, 아가씨."

메리는 희미하게 말했다.

"그렇게 많이는 아니에요."

"얼굴에 다 쓰여 있는데. 무슨 일이야?"

"일단 좀 앉을게요, 아가씨. 제가 본 걸 얘기해드릴게요. 전 그냥 기분이 좀 이상할 뿐이에요."

메리는 내 침대 옆에 앉았다.

"침대로 들어가세요, 아가씨. 감기 걸리겠어요. 어서요. 말씀드릴게요. 대단한 건 아니에요."

나는 침대로 올라 메리의 겁먹은 얼굴을 보면서 나도 똑같이 공포를 느꼈다.

"제발, 메리, 무슨 일이지 말해봐."

메리는 다시 "대단한 건 아니에요"라고 날 안심시키고는 다소 산만하고 뒤죽박죽한 이야기를 시작했다.

내 방을 나가자마자 그녀는 머리 위로 양초를 들어 올리고 로비를 살폈다. 그곳에 아무도 보이지 않자 재빨리 계단을 올랐다. 그녀는 왼쪽 큰 회랑을 따라가다가 잠시 교차 회랑 지점에서 멈추고 나의 지시를 떠올리며 오른쪽으로 방향을 틀었다.

양쪽으로 문이 있었는데, 그녀는 마담의 방이 어느 쪽인지 나에게 묻지 못했기에 몇 군데 방문을 열어보았다. 그중 한 방에서 박쥐를 마주쳐 소스라치게 놀랐다. 촛불이 꺼질 뻔했다. 조금 더 나아가 멈춰 섰다. 음침한 적막감에 용기를 잃어갈 때쯤, 갑자기 몇 개 방 너머 마담의 목소리가 들린 것 같았다. 방문을 노크했는데 대답을 듣지 못했다. 안에서 여전히 마담이 말하는 소리가 들리자 살그머니 문을 열었다.

벽난로 위에 양초가 하나 타고 있었다. 창가에는 또 하나의 랜턴이 보였다. 마담은 벽난로 앞에서 창밖을 내다보며 수다스럽게 말을 하고 있었다. 창문은 전체 틀이 벗겨진 상태였다. 딕컨 혹스, 나무 의족의 재미얼이 창문 벽감에서 떼어낸 그 창문을 한 손으로 떠받치고 있었다. 제삼의 인물이 보였는데, 프록코트를 목까지 단추로 잠근 차림에 유리 장인처럼 연장 꾸러미를 들고 있었다. 그녀는 조용히 전율하며 더들리 루틴의 모습을 알아차렸다.

"그 사람이었어요, 아가씨. 제가 여기 앉아 있는 것처럼 확실했어요! 그렇게 그 사람들은 쥐새끼처럼 조용히 움직였어요. 그 사람들 눈이 절 향했어요. 저는 어떻게 그렇게 시치미를 떼고 연기를 했는지 모르겠지만, 나도 모르게 마담밖에 알아보지 못한 것처럼 행동해야만 할 것 같다는 생각이 들어서 목례를 하고 아무렇지 않은 척 이야기했어요. '저랑 얘기 좀 할 수 있을까요? 로비에서요.'"

"더들리 씨는 그때 내게 등을 지고 창을 보는 시늉을 했고, 저는 마담만 바라보고 말했어요. 마담이 대답하더군요. '창이 깨져서 사람들을 불렀어요, 메리.' 그 여자가 나와 그들 사이로 들어와 시야를 차단하고는 재빨리 더 가까이 다가왔어요. 그렇게 그 여자는 내내 말을 하면서 저를 다시 문밖으로 나가게 했어요.

로비로 나왔을 때 그 여자는 내게서 양초를 빼앗더니 문을 닫았어요. 그러고는 자기 귀 뒤로 촛불을 들어 올려 내 얼굴에 온통 빛을 비추었어요. 불빛을 받은 그 여자 얼굴이 사나워 보였어요. 잠시 뒤 다시 그 이상한 말투로 말을 했어요. 자기 방에 창유리 두 개가 깨져 남자들을 불렀다고요.

저는 더들리 씨를 보았을 때 엄청 겁을 먹었어요. 믿을 수 없는 일이었으니까요. 그래도 저는 그 여자 얼굴을 바라보면서 그런 감정을 티내지 않으려고 애를 썼어요. 저는 태연하고 평온하게 서 있었고, 그 여자는 무섭게 사악한 눈으로 저를 관찰하며 서 있었어요. 하지만 저는 움츠러들지 않았어요. 그러니까 그 여자가 아무리 교활하다 할지라도 혼란스러운 표정을 짓더라고요. 자기가 말하는 것을 내가 다 믿는지, 아니면 다 거짓말이라는 걸 간파한지 어떤지 모르겠다는 표정으로요. 그래서 제가 아가씨의 메시지를 전달했죠. 그 여자는 그 뒤로 아무 얘기를 듣지 못했다고 했어요. 하지만 그 여자는 여기 있을 날이 많이 남지 않았다고 믿는다며, 내일 자기가 아가씨 삼촌에게 스프를 갖다 주고 나서 30분 후에 들러 얘기해주겠다고 했어요."

나는 메리에게 코트를 입은 남자가 더들리가 완벽하게 확실한지 물었다.

"성경책에 손을 얹고 맹세할 수 있어요, 아가씨."

그리하여 나는 더 이상 그날 밤 마담이 돌아오길 바라기는 커녕 그럴까 봐 두려움에 빠졌다. 그 여자에게 문을 열어주었을 때 누군가 함께 들어올지 누가 알겠는가?

메리가 들어가고 더들리가 정신을 차리자마자 뒤돌아섰다는 건 분명 들길까 봐 불안해했다는 증거이리라. 딕 컨 혹스는 그녀를 노려보며 서 있었다. 둘은 모두 불완전한 빛 때문에 알아보지 못할 거라는 희망을 품었을 것이다. 벽난로 위의 양초는 바람에 너울거렸을 테고, 랜턴 불빛은 희미하고 혼란스러웠으리라.

그 불한당 혹스가 집 안에서 무슨 짓을 하고 있던 것일까? 더들리는 왜 거기 있었던 것일까? 그보다 더 불길한 조합이 있을 수 있을까? 나는 메리 퀸스가 전해준 이야기에 온통 혼란스러웠으나, 도무지 이유를 간파할 수가 없었다. 나는 불길한 문제에 대한 이런 종류의 끊임없는 수수께끼처럼 무서운 일은 그 어느 것도 알지 못한다.

당신은 그 긴 밤이 어떻게 지났는지 상상할 수 있으리라. 그리고 문밖에서 난다고 생각이 드는 모든 소리에 내 가슴이 얼마나 두근거렸을지도.

마침내 아침이 찾아왔다. 그 빛과 함께 얼마간의 안도감이 들었다. 마담 드 라 루지에르는 일찍 모습을 드러냈다. 그 여자는 나의 눈을 음험하고 교활한 시선으로 훑었다. 메리 퀸스가 방문한 일에 대해 한마디도 내비치지 않았다. 어쩌면 내가 몇 가지 질문을 할 것이라고 생각했을 텐데, 내가 한마디도 묻지 않자 그 문제에 대해 침묵하는 게 낫다고 생각했을 것이다.

마담은 그저 그 이후 삼촌에게서 아무런 소식을 듣지 못했다고 알렸다. 그렇지만 이제 삼촌의 초콜릿을 만들러 갈 것이니, 삼촌과의 면담이 끝나는 대로 나를 찾아와 주워들은 소식이 있으면 알려주겠다고 했다.

잠시 후 누군가 방문을 두드렸다. 늙은 와이엇이 삼촌이 메리를 호출했음을 알렸다. 메리는 삼촌을 만나고 돌아와서는 얼굴이 빨개진 채로 법석을 떨며, 나더러 30분 만에 떠날 준비를 해야 한다고 알렸다. 그러고 나서 옷을 차려입고 다 준비되면 곧장 삼촌의 방으로 가보라고 전했다.

그것은 좋은 소식이었다. 동시에 충격이기도 했다. 나는 기뻤다. 또 놀랐다. 나는 황급히 침대에서 빠져나와 이제껏 나도 모르던 에너지를 쏟아 옷차림을 갖추었다. 착한 메리 퀸스는 서둘러 나의 짐을 챙기며 무엇을 가져가고 무엇을 빼놓을지 물었다.

메리 퀸스도 나와 동행하는 것일까? 그는 그 점에 대해서는 한마디도 하지 않았다고 했다. 그 침묵이 메리는 이곳에 남는 것을 의미할까 봐 두려웠다. 그러나 이별이 오래가지 않을 거라는 점에 위안을 삼았다. 나는 그 점은 확신했다. 그리고 곧 밀리를 만나게 될 것이다. 우리가 헤어지기 전에는 생각도 하지 못할 만큼 훨씬 더 사랑하게 된 밀리. 그러나 조건이 어떻든 간에 바트램-호프를 떠난다는 사실, 그리하여 둘러쳐진 불길한 벽이며 음침한 방들, 그 벽 안에 나타난 무시무시한 유령들을 뒤로하고 떠난다는 사실은 말할 수 없을 만큼 큰 안도감을 주었다.

나는 정확히 30분을 지키지 못해 삼촌 앞에 잔뜩 겁을 먹고 섰다. 늙은 와이엇의 불쾌한 봉긋한 레이스 캡 그림자 아래 그의 응접실로 들어갔다. 노파는 내 뒤에서 문을 닫았고, 면담이 시작되었다.

마담 드 라 루지에르가 거기 앉아 있었다. 두꺼운 검은 베일을 쓰고 여행을 떠날 차림이었다. 수척하고 덕망 있어 보이는 삼촌은 사납고 근엄한 표정으로 자리에서 일어났다. 그는 손을 내밀지 않았다. 나는 그에게 목례를 했다. 그는 내게 존경심보다는 혐오감을 불러일으켰다. 그는 손으로 문서함을 잡고 굽은 몸을 지탱한 채 선 자세를 유지했다. 검은 눈썹 아래 형언할 수 없이 근엄한 주름이 잡힌 이글이글 불타는 인광성의 사나운 눈으로 나를 빤히 쳐다보았다.

"넌 프랑스에 있는 기숙사에서 내 딸과 합류하게 될 것이다. 마담 드 라 루지에르가 너와 동행할 것이야."

삼촌은 비서에게 중요한 명령을 내리는 사람처럼 근엄하고 정확히 잰 듯한 어조로 지시를 내렸다.

"퀸스 부인은 일주일 후 나와 함께 동행하거나, 혼자 가게 될 것이야. 넌 오늘밤 먼저 런던으로 넘어갈 것이다. 그리고 내일 밤 거기서 도버로 가서 우편 선박으로 해협을 가로질러 갈 거다. 자, 이제 앉아서 너의 커즌 모니카 놀리스에게 편지를 쓰거라. 다 쓰면 내가 먼저 읽고 보낼 것이야. 내일 너는 런던에서 레이디 놀리스에게 편지를 써서 네가 얼마나 여행을 진행했는지 알리고, 도버에서는 편지를 쓸 수 없다고 말해라. 그곳에 닿자마자 배를 타고 즉시 떠나야 하기 때문이란다. 그리고 내 일이 다소 해결될 때까지 프랑스에서는 놀리스에게 편지를 쓸 수 없단다. 나의 안전이 달린 문제이기에 우리의 행방에 대해 그 어떤 단서도 흘려서는 안 되기 때문이야. 그러나 그런 정보는 나의 변호사들, '아처 & 슬레이'를 통해 그분에게 전달될 것이다. 그리고 우리는 조만간 돌아올 수 있을 것이다. 넌 그 편지를 마담 드 라 루지에르에게 건네거라. 마담은 그 편지에 나를 비방하는 내용이 들어 있지 않다는 것을 확인할 것이야. 자, 이제 앉아라."

그렇게 그 불쾌한 말들이 내 귓전을 울렸다. 나는 그의 말에 복종했다. 그의 지시에 따라 자리에 앉자 그가 다시 말했다.

"넌 내가 말한 내용을 너의 문체로 전달하거라. 오늘 아침 급박한 강제집행의 위험이, 이 단어를 잊지 말거라."

그는 내게 철자까지 불러주었다.

"오늘 오후나 내일 중에 이 집에 닥칠 것이다. 그래서 나는 계획을 실행에 옮기지 않을 수 없고, 널 오늘 프랑스로 보내야 한다. 그리고 넌 수행원과 함께 떠나는 거지."

이때 마담이 불편한 몸짓을 보였다. 아마도 자신의 위엄이 서지 않는다고 생각한 모양이었다.

"수행원과 말이다."

그가 아랑곳하지 않고 반복해서 강조했다.

"너는 바라건대—하지만 그 당연한 일을 간청하지는 않겠다— 나의 불행한 상황이 허락하는 한에서 이곳에서 친절하게 대우를 받았다고 쓰거라. 그게 다다. 쓸 시간은 딱 15분뿐이다. 시작하거라."

나는 그저 지시받은 대로 썼다. 나는 불안과 히스테리에 빠진 상태였기 때문에 몇 달 전보다 훨씬 반항심이 약했다. 그의 태도가 모욕적일 뿐만 아니라 압도적으로 무서웠기 때문이기도 했다. 나는 그가 정한 시간에 그가 만족할 만한 편지를 완성했다. 그리고 그는 편지와 봉투를 테이블 위에 놓았다.

"이 숙녀는 단지 너의 수행원일 뿐만 아니라는 사실을 기억하거라. 마담은 너의 여행에 관한 모든 것을 지시할 권한이 있고, 도중에 모든 필요한 경비를 다 치를 것이야. 그러므로 마담의 지시에 무조건 따르도록 해라."

그는 그렇게 말하고 나서 또다시 음험한 목례를 보인 후 "안전하고 즐거운 여행이 되기를 바라마"라고 말하고는 한두 발짝 물러섰다. 나는 안도하긴 했지만 알 수 없는 우울한 심정으로 그 자리를 물러났다.

나중에 알게 된 바, 나의 편지는 사일러스 삼촌의 편지와 함께 레이디 놀리스에게 전달되었다. 삼촌의 편지는 이랬다.

친애하는 모드가 당신에게 우리의 행방에 대해 편지를 썼다고 알려주더군요. 나의 비참한 상황에 급작스런 위기가 찾아와 여기서 갑작스럽게 헤어질 수밖에 없게 되었소. 모드는 프랑스의 기숙학교에서 내 딸과 합류하게 될 것이오. 나는 이 폭풍이 지나갈 때까지 그 근처에 머물 작정이라 주소는 일부러 밝히지 않겠소. 그리고 나의 불행한 일의 결과가 심지어 그곳까지 여파를 끼칠지 모르니, 나는 그저 당분간 당신에게 비밀을 지키는 고통과 곤란함에서 벗어나게 해주는 것이오. 나는 당신이 당분간 모드의 침묵을 이해해줄 거라고 확신하오. 그러는 동안 당신은 이 아이의 소식을 아마도 나를 통해 우회적으로 듣게 될 것이오. 사랑하는 우리의 모드는 오늘 아침 목적지를 향해 출발했소. 나와 마찬가지로, 우선 엘버스턴에 방문하지 못하고 떠나는 것에 대해 매우 유감을 표명했소. 그러나 그래도 자신 앞에 펼쳐진 새로운 삶과 새로운 경험을 기대하며 기분 좋게 떠났소.

방문 앞에서 사랑하는 나의 오랜 친구 메리 퀸스가 나를 기다리고 있었다.

"저도 같이 가는 건가요, 미스 모드?"

나는 눈물을 쏟아내며 그녀를 끌어안았다.

"오, 아니군요?"

메리는 매우 슬퍼했다.

"저는 아가씨가 내 팔만 할 때 이후로 한 번도 아가씨와 떨어진 적이 없었는데……"

친절한 늙은 메리는 나와 함께 울음을 터뜨렸다.

"하지만 당신은 며칠 후에 오게 될 거야, 메리 퀸스."

옆에 있던 마담이 끼어들었다.

"아이고, 뭐 그리 바보처럼 구나? 기껏해야, 뭐야, 이틀, 사흘일 텐데? 흥! 호들갑을 떨고 그래."

가여운 메리 퀸스와의 작별, 나는 급작스럽게 그녀를 잃게 되어 너무 당혹스러웠다. 우리의 작은 늙은 집사는 달달 떨며 진중한 태도로 현관에서 우리에게 인사했다. 마담은 열린 창으로 마부에게 우리가 역에 도달할 시간이 19분밖에 남지 않았다며 속도를 올리라고 고함쳤다. 우리는 멀어져 갔다. 늙은 크로울의 쇠창살 문이 우리 앞에서 열렸다. 나는 물러나는 풍경을 바라보았다. 거대한 나무들, 세월의 때가 묻은 궁궐 같은 저택. 달콤하고 쓰디쓴 이상하게 부딪히는 감정들이 백일몽 속으로 밀려왔다. 내가 내 가문의 오랜 저택의 거주민들에게 너무 가혹한 의심을 품었나? 삼촌이 화를 내는 게 정당한 건가? 지금 떠나면 내가 사랑하는 밀리센트와 함께 즐겼던 그 거칠고 아름다운 숲속 산책을 다시 할 수 있을까? 그리고 저기, 바트램-호프의 전면을 마지막으로 돌아보니, 나의 소중한 늙은 메리 퀸스가 우리를 바라보고 있는 모습이 보였다. 나는 다시 눈물을 흘리기 시작했다. 나는 마차 창밖으로 손수건을 흔들었다. 이제 공원 담장이 모든 시야를 가렸다. 마차는 협곡답게 바위투성이 절벽이 가파른 숲속 골짜기를 따라 빠른 속도로 내달렸다. 다음 도로가 나타났을 때 바트램-호프는 숲과 굴뚝과 경사지와 분지로 이루어진 희미한 덩어리로 보였다. 그리고 우리는 몇 분 후 역에 도착했다.

제60장
여행

우리는 기차를 기다리면서 플랫폼에 서 있었다. 나는 숲이 우거진 바트램의 언덕을 뒤돌아보았다. 그리고 저 멀리 부드러운 하늘과 어우러진 아름다운 산맥을 바라보았다. 그 너머에 사랑하는 놀과 돌아가신 아버지와 어머니, 나의 어린 시절이 펼쳐진 곳, 내 옆에 앉아 있는 마녀만 빼면 다른 어떤 쓴 감정으로도 얼룩지지 않는 곳이 있으리라.

행복한 상태였다면 나는 이른 나이에 처음으로 런던에 가는 길이니, 분명 기쁘고 설레는 마음이었으리라. 그러나 사악한 마녀가 그 창백한 손으로 내 손을 붙잡은 채 내 옆에 앉아 있었다. 그 말을 알아들을 수 없는 공포와 경고의 목소리가 항상 내 귓전에 울리고 있었다. 우리는 가로등 불빛이 어른거리는 런던을 관통해 웨스트엔드로 나아갔다. 잠시 새롭고 진귀한 풍경이 절망에 빠진 나의 마음을 사로잡았다. 나는 열띤 마음으로 창밖을 내다보았다. 마담은 오랜 기차 여행으로 인한 피로에도 불구하고 기분 좋은 상태였다. 지형에 관한 정보들을 이것저것 새된 목소리로 내게 늘어놓곤 했다. 런던은 그 여자가 잘 알고 있는 그림책 같았다.

"저기가 유스턴 광장이야, 애. 여긴 러셀 광장이고. 저기는 옥스퍼드 거리와 헤이마켓이란다. 봐봐, 저기 저건 오페라하우스야. 여왕의 극장이란다. 저기 대기하고 있는 마차들 보이지?"

그녀는 우리가 마침내 비좁은 피커딜리 안쪽 골목길에 이를 때까지 설명을 늘어놓았다. 우리는 그곳의 한 건물 앞에서 멈추었는데, 가족용 할인 호텔처럼 보였다. 나는 밤을 지낼 곳에 도착해 쉬게 되어서 조금이나마 기분이 나아졌다.

기차 여행으로 인한 피로가 몰려왔다. 쌀쌀한 날씨에 먼지를 뒤집어썼다. 눈은 따갑고 온몸이 지친 상태였다. 나는 조용히 계단을 올랐다. 수다스럽게 법석을 떠는 집주인이 방으로 안내하며 저택에 관해 늘 하는 이야기를 늘어놓았다. 예전에 귀족이 살던 집이었으며, 아름다운 응접실들은 매년 로셰-온-코플리의 주교 회의가 있을 때마다 회의 참석자들이 이용한다고 했다. 우리는 마침내 더블 베드룸에 다다랐다. 나는 혼자 있고 싶었지만 너무 피곤하고 낙담한 상태라 아무것도 따지지 않았다.

다과를 든 후 마담은 기운을 차린 거인처럼 신나서 떠들어대며 노래를 불렀다. 그러다 마침내 내가 꾸벅꾸벅 조는 모습을 보더니 나에게 잠자리에 들라고 하며 자신은 "분명히 아직 안 자고 있어서 내가 잠깐이나마 들러 얼굴을 보지 않으면 기분 상할” 거라며, 길 건너 자신의 “사랑하는 오랜 친구 마드무아젤 생 엘루아를 보러 가겠다”고 했다.

나는 그러거나 말거나 신경 쓰지 않았다. 그저 잠시나마 그 여자가 없을 거란 사실이 기뻤다. 그러고는 금세 잠이 들었다. 얼마나 오래 지났는지 모르겠지만, 마치 꿈결처럼 마담이 방 안을 돌아다니며 옷이며 이것저것 물건을 풀어놓는 모습이 보였다.

다음날 아침 마담은 침실에서 아침식사를 했다. 나는 다행히도 응접실에서 홀로 아침식사를 할 수 있었다. 나는 아직까지 마담과 함께 하는 여행길에서 그다지 불편함을 맛보지 않았다는 사실에 의아해하며, 남은 여행 기간도 그럭저럭 참을 만한 시간이 될 수 있을 거라고 추측했다.

집주인은 자신의 귀중한 시간 5분을 내게 주었다. 그녀의 이야기는 주로 수녀들과 수녀원, 그리고 자신의 오랜 지인인 마담과의 인연에 관한 것이었다. 그녀는 한때 수익이 꽤 좋은 일을 했다고 말해주었다. 그것은 바로 젊은 숙녀들을 유럽 대륙의 무슨 기관인지 시설인지에 인도하는 일이었다. 당시 나는 집주인의 말의 요지를 잘 이해하지 못했는데, 그 후 종종 마담이 나를 수녀가 될 젊은 여성이라고 소개한 것이 아닌가 하는 생각이 들었다.

집주인이 나갔을 때 나는 무기력하게 창밖을 보며 앉아 있었다. 이런저런 마차들이 지나갔고, 이따금 멋들어진 보행자도 지나갔다. 그러나 이 조용한 길이 정말 떠들썩한 수도의 심장부에 아주 가까운 도로가 맞나 의아했다.

나는 그때 매우 심하게 활력을 잃었던 것이 아닌가 싶다. 왜냐하면 바깥세상의 그 모든 새롭고 진기한 모습에 완벽하게 무관심했기 때문이었다. 밖으로 나가 화려한 길이며 궁궐들을 구경하고 싶지도 않았다. 차라리 방 안에 남아 무기력하게 창밖을 내다보는 게 낫다고 생각했다.

마담은 1시가 되기 전에 돌아왔다. 내가 무기력한 상태라는 것을 확인하고는 함께 밖에 나가자고 강요하지 않았다. 분명 나를 떼어놓을 수 있어 아주 좋아하는 것 같았다.

그날 저녁 차를 마시고 방에 앉아 있을 때 마담은 매우 이상한 이야기를 했다. 시간은 알 수 없었다. 그 이야기는 뒤이어 벌어진 일로 웬만큼 의미를 파악할 수 있었다. 그날 마담은 냉혹하고 사악한 눈빛으로 나를 훑으며 두세 번 매우 중차대한 의미를 지닌 말을 하려고 하는 것 같았다.

보통 사람들은 진정으로 자신을 괴롭히는 불안감에 시달릴 때 슬프거나 간절한 표정을 지을 것이다. 그러나 마담은 그럴 때마다 얼굴에 오직 사악한 표정만 드러나는 특징이 있었다. 크고 수척한 입을 다물며 입술을 양쪽 밑으로 쭉 끌어내렸다. 눈은 음흉하게 이글이글 타올랐다. 마침내 그런 표정으로 그 여자가 불쑥 입을 열었다.

"너 고마워하긴 하는 거니, 모드?"

"그렇다고 할게요, 마담."

"그럼 감사함을 어떻게 보여줄 거니? 예를 들어, 너의 안전을 위해 위험을 무릅쓰는 사람을 위해 뭐 대단한 거 해줄 수 있니?"

그 말을 듣자 갑자기 가여운 메그 혹스의 일에 대해 그 여자가 내 속을 넌지시 떠보는 게 아닌가 하는 생각이 들었다. 메그의 애인 톰 브라이스의 비겁한 배신에도 불구하고, 나는 메그의 충심만은 결코 의심하지 않았다. 나는 즉각 경계를 하며 말을 삼갔다.

"나는 정말이지, 그런 도움을 받을 일이 뭔지 모르겠네요, 마담? 어떻게 지금 이 시점에 누가 스스로 위험을 초래하면서 날 도울 수 있죠? 그게 무슨 말인가요?"

"이를테면, 너 프랑스 기숙학교에 가는 거 좋아? 무언가 다른 계획이 낫지 않겠니?"

"물론 제가 더 좋아할 만한 다른 계획들이 있겠죠. 하지만 그런 걸 이야기해봤자 아무 소용없을 것 같은데요? 그래서도 안 되고요."

"다른 계획이란 게 어떤 걸 말하는 거니, 친애하는 모드야? 혹시 레이디 놀리스에게 가는 거 말이니?"

"삼촌이 지금은 그런 선택을 하지 않으셨어요. 그분의 동의 없이는 어떤 일도 할 수 없는 거잖아요!"

"그분은 절대 찬성 안 하지, 얘야."

"하지만 삼촌은 찬성하셨어요. 지금 당장은 아니지만, 조만간 그분 일이 해결되면 그런다고 하셨어요."

"렁테른(가당치도 않지)!* 절대 해결될 일 없다."

"아무튼 지금으로서는 프랑스로 가야 해요. 밀리도 거기 만족하는 것 같고, 나도 거기 좋아하게 될 거 같아요. 어쨌든 바트럼-호프를 떠나게 되어 매우 기뻐요."

"하지만 네 삼촌은 널 다시 그곳으로 불러들일 거야."

마담이 은근슬쩍 말했다.

"그분 자신이 바트램에 다시 돌아갈 수 있을지 그게 의심되는데도요?"

"아하!"

마담은 콧소리를 길게 내뺐다.

"넌 내가 널 싫어하는 줄 알지? 그건 틀렸다, 사랑하는 모드야. 나는 반대로 너에게 관심이 아주 많아. 그렇고말고, 친애하는 아이야."

그러더니 마담은 동상으로 마디가 일그러진 큰 손으로 내 손을 덮었다. 나는 고개를 들어 그 여자를 쳐다보았다. 마담은 웃지 않고 있었다. 반대로 이전처럼 큰 입이 애처롭게 양쪽으로 비죽 내려가 있었다. 그 여자는 인상을 찌푸린 채 심연 같은 눈으로 내 얼굴을 들여다보았다.

---

* 렁테른Lanterne은 프랑스어로 '랜턴'이나 '가로등'을 뜻한다. 이 단어는 À la lanterne, 즉 "가로등으로!"라는 문장을 함축한 말로 프랑스 혁명 당시 폭도들이 길거리에서 관료나 귀족들을 가로등에 매달아 즉결로 사형시키거나 폭력을 가할 때 쓰던 말이었다. 그렇게 렁테른은 '길거리 정의'의 상징이 되었다. 여기서 마담은 모드의 순진한 믿음이 가당치 않다는 의미로 이 말을 썼다.

나는 허구한 날 그 얼굴에 떠오르는 섬뜩한 빈정거리는 표정이 그 여자의 그 어떤 다른 표정보다 한없이 더 최악이라고 생각하곤 했다. 그러나 지금 보이는 이 활기 없는 눈빛과 이목구비가 음침하게 내려앉은 모습은 더욱 사악해 보였다.

　"예를 들어 내가 널 레이디 놀리스에게 데리고 가서 그분의 보호하에 널 두게 한다면, 그럼 가여운 마담에게 넌 무엇을 해줄 수 있니?"

　이 사악한 유령이 말했다. 나는 그 말에 마음속 깊이 놀랐다. 불가해한 그 얼굴을 들여다보았으나, 나는 그저 공포만 느꼈을 뿐이었다. 그런 제안을 이틀 전에만 했더라도 나는 내 재산의 절반이라도 떼어줄 수 있었을 것이다. 그러나 상황이 변했다. 나는 더 이상 절망의 나락에 빠져 있지 않았다. 톰 브라이스에게서 얻은 교훈이 아직 생생했다. 이 여자에 대한 깊은 불신은 한이 없었다. 나는 내 앞에 있는 여자가 그저 유혹하는 악마, 배신자로 보였다.

　"마담, 당신의 말은 내가 후견인을 믿어서는 안 되고, 그분에게서 도망쳐야 한다는 말인가요? 그리고 마담이 정말 나를 돕기 위해 그런 일을 해줄 거라는 말인가요?"

　그 질문은 그 여자에게 공을 넘기는 제스처였다. 나는 말을 하며 그 얼굴을 빤히 들여다보았다. 그 여자는 기이한 눈빛과 벌린 입으로 나의 시선을 되받았다. 그런 모습이 그 후로도 오랫동안 나를 괴롭혔다. 우리는 마치 서로의 눈빛에 옴짝달싹 붙들린 것처럼 완전한 침묵 속에 빠졌다.

마침내 마담은 엄중한 태도로 입을 다물더니 더욱 단호하고 의미심장한 찌푸린 인상으로 나를 바라보았다. 그러더니 낮게 말을 꺼냈다.

"모드야, 난 네가 교활하고 사악하다고 생각한단다."

"지혜는 교활한 게 아니에요, 마담. 또 명료한 말로 당신 말의 의미를 설명하도록 요구하는 건 사악한 게 아닙니다."

"그래, 이 영악한 아이야. 우리 둘은 여기 앉아 이 작은 테이블 위에서 체스 게임을 하고 있는 거야. 누가 누구를 파괴할지 결정하기 위해서 말이지, 안 그래?"

"난 당신이 날 파괴하게 놔두지 않을 거예요."

나는 돌연 발끈했다. 마담은 자리에서 일어나 펼친 손으로 입을 문질렀다. 그 모습이 악몽 속 사악한 존재처럼 보였다. 나는 겁을 먹었다.

"당신은 나를 해칠 거잖아요!"

나는 무슨 말을 하는지 알지 못한 채 소리 질렀다.

"그렇다 하더라도 네가 자초한 일이야. 넌 아주 못돼 처먹었어, 마 쉐르. 아니, 그게 아니면 그냥 아주 멍청하거나."

누군가 방문을 두드렸다.

"들어오세요."

나는 갑자기 안도하며 말했다. 하녀가 들어왔다.

"편지가 왔어요, 아가씨."

하녀가 내게 편지를 내밀었다.

"나한테 온 거겠지."

마담이 편지를 낚아챘다. 나는 삼촌의 필체를 알아보았다. 편지에는 펠트램 소인이 찍혀 있었다. 마담은 봉투를 뜯고 편지를 읽었다. 그건 그저 한마디 같았다. 마담이 한번 흘긋 보더니 봉투 안을 다시 확인하고는 이미 읽은 부분을 다시 보았기 때문이었다.

마담은 다시 편지를 접은 후 그 접힌 부분을 손톱으로 날카롭게 다시 눌렀다. 그러면서 망설이는 휑한 눈으로 나를 쳐다보았다.

"이 멍청하고 배은망덕한 것아. 나는 무슈 루틴에게 고용되었고, 물론 내 고용인에게 충실하단다. 나는 너랑 얘기하고 싶지 않아. 자, 읽어보던가 말던가."

그 여자는 내 앞으로 테이블 위에 편지를 휙 던졌다. 그저 이런 내용이었다.

바트램-호프:

1845년 1월 30일.

친애하는 마담,

오늘밤 8시 30분 도버행 기차를 타시기 바랍니다.

침대는 마련되었습니다.

— 사일러스 루틴

나는 도대체 이 짧은 통보가 뭐라고 날 공포에 몰아넣었는지 알 수가 없었다. '도버'라는 단어 밑에 쓸데없이 쳐진 두꺼운 밑줄 때문일까? 그것이 무언가 미리 계획된 일에 대한 희미하지만 오싹하고 불길한 느낌을 준 것인가? 나는 마담에게 물었다.

"왜 도버에 밑줄이 쳐져 있죠?"

"멍청아, 나도 몰라. 네 삼촌이 그렇게 밑줄 칠 때 머릿속에서 뭔 일이 벌어졌는지 내가 어떻게 알아?"

"아무 의미가 없다는 건가요, 마담?"

"어떻게 그런 걸 물을 수 있지?"

마담은 예전 같은 태도로 답했다.

"넌 나를 놀리고 있거나, 그게 아니면 진짜 멍청이가 되고 있나 보네!"

마담은 벨을 누르고 숙박비 청구서를 요청했다. 그리고 집주인을 만나러 갔다. 그러는 동안 나는 서둘러 떠날 채비를 했다.

"너 그 트렁크들 신경 쓸 거 없어. 그거 우리 뒤따라 올 거야. 가자, 애야. 기차 시간까지 30분밖에 안 남았다."

무슨 일이 있을 때마다 마담처럼 법석을 떠는 사람도 없을 것이다. 문 앞에는 이미 마차가 와 있었다. 마담은 안으로 나를 몰아넣었다. 나는 그 여자가 지시 사항들을 알려줄 것이라고 생각했다. 매우 이른 시간인데도 벌써 매우 지치고 잠이 몰려왔다. 마차 계단에서 작별의 인사를 하는 마담의 목소리가 들렸다. 마치 먹잇감을 공격하는 갈까마귀의 날갯짓처럼, 그 검은 망토가 이리저리 나부끼는 모습이 보였다.

마담이 마차에 올랐다. 우리는 가로등과 아직 열려 있는 상점들의 불빛이 빛나는 거리를 달렸다. 모든 곳에 가스등이 켜져 있었다. 택시와 버스와 마차들이 왁자지껄 거리를 메우고 있었다. 나는 너무 피곤하고 우울해서 그런 풍경을 보는 것조차 힘겨웠다. 마담은 나와는 반대로 역에 도착할 때까지 계속 창밖으로 고개를 내밀고 있었다.

"나머지 짐들은 어디 있어요?"

마담이 터미널 사무실에 자신의 짐과 나의 짐을 맡겼을 때 내가 물었다.

"그것들은 하인들이 다른 택시를 타고 가져올 거야. 이 기차로 안전하게 올 거니까 이 두 개나 신경 써. 우리 객차에 가지고 탈 거야."

그렇게 우리는 객차에 올랐다. 마담의 짐과 나의 가방이 들어왔다. 마담은 문에 서서 큰 몸집과 날카로운 목소리로 안으로 들려는 승객들을 을러 내쫓았던 것 같다.

마침내 벨이 울렸다. 그 여자가 자리로 돌아와 문을 쾅 닫았다. 호각 소리와 함께 기차가 출발했다.

제61장
우리의 침실

　나는 비참한 밤을 보냈다. 사실 며칠 동안 밤잠을 제대로 자지 못했다. 그렇지만 나는 가끔 그때 내가 마시던 차에 무언가 잠을 이기지 못하게 하는 약을 탄 게 아닌가 하는 생각을 한다. 그날은 매우 어두운 밤이었다. 달도 뜨지 않았고 별들도 몰려드는 구름에 가려 보이지 않았다. 마담은 무릎 담요를 두르고 상념에 잠겨 가만히 앉아 있었다. 나도 내 자리에서 비슷하게 이불을 덮고 잠을 이기려고 애쓰고 있었다. 마담은 내가 벌써 잠들었다고 생각하는 게 틀림없었다. 슬그머니 주머니에서 가죽 술병을 꺼내더니 마셨다. 브랜디 냄새가 났다.

　쏟아지는 잠을 이기려 애써도 소용없었다. 나는 이내 꿈도 없는 깊은 잠에 빠졌다. 마담은 법석을 떨며 나를 깨웠다. 우리 짐을 모두 챙겨 대기하고 있던 마차에 타기 위해 서둘렀다. 여전히 어둡고 별도 없는 밤이었다. 우리는 벽에 있는 가스등에 의지해 플랫폼을 따라 나아갔다. 나는 반쯤 잠에 빠진 상태였다. 짐꾼이 우리 담요를 날랐다. 우리는 끝에 있는 작은 문을 통해 밖으로 나왔다.

나는 마담이 평소의 태도와는 달리 남자에게 팁을 준 것을 기억한다. 마차 램프의 밝은 불빛에 사로잡힌 채 우리는 마차 안으로 들어가 자리를 잡았다.

"출발해요."

마담이 고함치고 나서 탁 소리를 내며 창문을 닫았다. 우리는 어둠과 고요에 휩싸였다. 생각에 빠지기 딱 좋은 조건이었다. 잠을 자도 개운치 않았다. 열에 들떴고 피곤했으며 쉽게 잠에 빠지지 못했지만, 여전히 노곤하게 졸렸다.

나는 꾸벅꾸벅 졸다가 화들짝 깨기를 반복했다. 도버가 어떤 곳인지 생각하는 게 아니라 일종의 상상에 빠지곤 했다. 나는 너무 피곤하고 무기력해 마담에게 질문조차 할 수 없었다. 그저 램프 불빛에 회색으로 보이는 산울타리를 보다가 뒤로 기대앉으며 다시 어둠에 빠지곤 했다. 우리는 주도로에서 오른쪽으로 돌아 멈춰 섰다.

"내려서 밀어요. 열려 있어요."

마담이 창밖을 보며 소리 질렀다. 문을 지나간 것 같았다. 우리가 다시 출발했을 때 마담이 고함쳤다.

"호텔 뜰에 들어왔어."

그리고 다시 어둠과 고요가 이어졌다. 나는 다시 졸다가 깨어 우리가 완전히 멈춰 선 것을 알아차렸다. 마담은 열린 문에 달린 낮은 계단에 서서 마부에게 돈을 지불하고 있었다. 그 여자가 직접 짐과 가방을 챙겼다. 나는 너무나 피곤해 나머지 짐이 어떻게 되었는지 신경 쓸 여력이 없었다. 마차에서 내리며 좌우를 훑어보았다. 그러나 포장된 바닥과 벽에 있는 램프 불빛만 보일 뿐 아무것도 보이지 않았다.

우리는 홀인지 현관 객실인지 안으로 들었다. 마담은 문을 닫고 열쇠를 돌리는 것 같았다. 우리는 완벽한 어둠에 쌓였다.

"불은 어디 있어요, 마담? 사람들은 어디 있어요?"

내가 다소 정신을 차리며 물었다.

"3시가 넘었다, 얘야. 하지만 불빛은 여기에 항상 있어."

마담은 옆을 더듬었다. 그러고는 황린 성냥으로 양초에 불을 붙였다.

우리는 깃발로 장식된 로비에 있었다. 오른쪽으로는 아치 길이 있었고, 왼쪽으로는 깃발로 장식된 어두운 통로가 길게 이어졌다. 오른쪽 구석 출입구 아래쪽에 마담 한 명만 겨우 오를 수 있는 좁고 구부러진 계단이 위층으로 이어졌다. 마담은 짐을 끌며 계단을 올랐다.

"자, 어서와, 얘야. 네 가방을 날라. 무릎 담요는 신경 쓰지 마. 그냥 놔둬도 돼."

"하지만 우리 어디로 가는 거예요? 아무도 없잖아요!"

내가 놀란 눈으로 사방을 둘러보며 말했다. 호텔에서 이런 식으로 손님을 맞는 것은 참으로 이상한 일이었다.

"신경 쓰지 마라, 친애하는 아이야. 여기 사람들이 날 알아. 난 항상 같은 방을 쓰거든. 미리 편지를 보내놨단다. 그냥 조용히 따라와."

그렇게 그 여자는 양초를 들고 계단을 올랐다. 계단은 가팔랐고 가는 길은 멀었다. 우리는 두 번째 층계참에서 멈춰 황량하고 더러운 통로로 들어갔다. 가는 내내 우리는 생명의 소리를 한마디도 듣지 못했다. 한 사람도 보지 못했으며 가스등 불빛도 보지 못했다.

"브왈라(자, 그래)! 나의 옛 방이네. 들어와, 친애하는 모드야."

나는 지시에 따랐다. 방은 크고 드높았으나 초라하고 음침했다. 먼지가 낀 것 같은 플러시천이나 벨벳으로 보이는 짙은 녹색 커튼이 쳐진 창문 옆에 높은 사주식 침대가 있었다. 다른 가구는 별로 없었는데, 그나마 있는 것도 매우 낡았다. 낡아서 해진 카펫이 침대 옆 바닥 한 부분을 덮고 있었다. 방은 커다랗고 음침했다. 오랫동안 비어 있었던 것처럼 싸늘한 지하실 분위기가 났다. 난로 안에는 재가 남아 있었다. 희미한 굳기름 양초 불빛에 이 모든 게 더욱 을씨년스럽게 보였다. 마담은 벽난로 위에 양초를 얹고 문을 잠근 후 열쇠를 주머니에 넣었다.

"난 항상 호텔에서 이렇게 한단다."

그 여자는 내게 윙크하며 그렇게 말했다. 그러고 나서 피로와 안도감이 묻어나는 태도로 길게 "하아아!" 소리를 내면서 의자에 털썩 주저앉았다.

"마침내 우리가 여기 왔네! 기쁘구나. 모드, 저기 네 침대가 있다. 내 침대는 드레스룸에 있어."

마담이 양초를 들자 나는 뒤따랐다. 초라한 접이식 침대 하나, 의자 하나 그리고 테이블 하나가 전부였다. 드레스룸이라 기보다 그냥 옷장 같았다. 우리가 들어온 문 이외에 다른 문은 없었다. 그리하여 우리는 다시 방으로 돌아왔다. 나는 매우 피곤해서 침대 한쪽에 앉아 하품을 했다.

"우편선 시간에 맞춰 우리를 깨워줬으면 좋겠네요."

"오, 그래. 저 사람들 절대 놓치지 않아."

마담은 부지런히 자기 짐을 풀며 말했다. 침대가 마음에 내키지 않았지만 나는 어서 눕고 싶었다. 여행으로 더러워진 몸을 씻고 나서 마침내 자리에 누웠다. 우선 봉랍으로 베개 안에 나의 부적 핀을 경건하게 끼워 넣는 일을 잊지 않았다. 언제나 곤두선 마담의 눈은 어떤 것도 그냥 지나치지 못했다.

"그게 뭐니, 친애하는 모드야?"

마담이 가까이 다가와 집시 부적을 살펴보며 물었다. 그것은 침대 시트 위에서 반짝이는 작은 무당벌레처럼 보였다.

"아무것도 아니에요. 그냥 부적이에요. 그냥, 별거 아니에요. 마담, 저 자게 놔두세요."

마담은 엄지와 검지로 만지작거리며 살펴보더니 좋아하는 것 같았다. 내게는 불행히도 그 여자는 전혀 졸린 것 같지 않았다. 런던에서 사온 물건들을 펼쳐 보이며 호들갑을 떨었다. 실크드레스, 숄, 당시 유행하던 레이스 머리 장식 등등 여러 가지 물건이 있었다.

허영심이 강하고 아주 단정치 못한 여자, 집에서는 그저 행실 나쁜 계집이고, 밖에서는 여성모자 제조인의 인체 모형. 그 여자는 벽난로 위 작은 거울을 쳐다보았다. 그 불길하고 진저리나는 얼굴에 그로테스크한 억지웃음을 지어가며 이것저것 둘러보았다.

나는 이 골칫거리를 질질 끄는 가장 확실한 방법이 불편한 내색을 보이는 거라는 사실을 잘 알기에, 그저 조용히 참아냈다. 그러다가 마침내 마담이 엄지와 검지로 선홍색 줄무늬가 쳐진 회색 실크 리본 장식을 들어 올리며 어깨너머 웃는 그 섬뜩한 모습을 거울을 통해 보다가 잠에 골아떨어졌다.

나는 아침에 갑자기 잠에서 깼다. 그러고는 침대에서 일어나 앉았다. 순간 여행 중이라는 사실을 모두 잊고 있었다. 그러나 잠시 후 모든 기억이 되살아났다.

"아직 늦은 거 아니죠, 마담?"

"우편선 시간?"

마담은 장난스럽게 바닥에서 껑충거리며 미소를 보였다.

"물론이지. 저 사람들이 잊을 거라고 생각하지 마. 아직 두 시간이나 남았단다."

"창밖으로 바다를 볼 수 있나요?"

"아니, 애야. 바다는 이따 충분히 볼 수 있단다."

"일어나고 싶어요."

"시간은 충분하단다, 친애하는 모드야. 너 피곤하잖아? 컨디션은 괜찮니?"

"일어날 만큼 기운 차렸어요. 이제 일어나는 게 좋겠어요."

"서두를 거 없다. 이번 우편선으로 가지 않아도 돼. 너희 삼촌이 나한테 내 재량껏 하라고 했단다."

"물 좀 있어요?"

"가져다줄 거야."

"마담, 벨 좀 울려주세요."

그 여자는 곧바로 줄을 당겼다. 나는 나중에 그게 울리지 않았다는 사실을 알게 되었다.

"내 집시 부적 핀은 어떻게 됐어요?"

나는 까닭 모르게 가슴이 철렁 내려앉았다.

"오! 끝이 빨간 그 작은 핀 말이야? 아마 바닥 어디 떨어졌겠지? 이따 네가 일어나면 찾아보자."

나는 그 여자가 나를 괴롭히기 위해서 그걸 가져갔다고 의심했다. 딱 그 여자가 좋아할 만한 짓이었다. 이 작은 부적을 잃어버린 일이 얼마나 우울하고 심란했는지 설명할 길이 없었다. 침대를 뒤졌다. 이불도 다 헤집어 보았다. 침대 안팎으로 다 둘러보았다. 마침내 나는 포기하고 말았다.

"정말 밉살스럽군요! 누가 날 짜증 나게 만들려고 훔쳐간 거예요."

그러고는 정말 바보스럽게도 침대에 얼굴을 묻고 울기 시작했다. 화가 나기도 했고 당혹스럽기도 해서 흘린 눈물이었다. 잠시 후 그런 감정이 사그라졌다. 찾을 수 있는 희망이 남아 있을 것이다. 마담이 훔쳤다면 언젠가 찾을 수 있을 것이다. 그러나 그동안 그게 사라져 없다는 것이 내게 마치 불길한 징조처럼 느껴져 마음이 괴로웠다.

"친애하는 아이야, 너 상태가 좋지 않은 것 같구나? 그깟 핀 하나에 그렇게 난리를 치는 건 정말 이상하구나! 누가 믿겠니! 침대에서 아침식사 하는 게 나을 거 같지 않니?"

마담은 한동안 그 문제를 고집했다. 마침내 나는 자제력을 회복했다. 남은 여행길에 날 비참하게 만들 힘도 있고, 목적지에 도착해서 다른 이에게 나에 대해 나쁜 인상을 심어줄 수 있는 마담과 겉으로라도 좋은 관계를 유지하기로 결심했다. 나는 조용히 대답했다.

"그래요, 마담. 나도 아주 바보 같다는 거 알아요. 하지만 그 바보 같은 작은 핀을 너무 오랫동안 조심스럽게 간직해왔기에 꽤 소중하게 여겼어요. 하지만 잃어버린 건 잃어버린 거고, 마담처럼 웃을 수는 없지만 포기해야겠지요. 그러니 이제 일어나서 옷을 입을게요."

"쉴 수 있을 만큼 쉬는 게 좋을 거 같은데? 어쨌든 너 좋을 대로 해라."

그 여자는 내가 자리에서 일어나는 것을 보며 말했다.

"창밖 풍경이 예쁜가요?"

나는 옷을 입고 나서 물었다.

"아니야."

나는 창밖을 내다보았다. 돌로 된 황량한 사각 안뜰이 보였다. 내 방 창은 그 한 면에 있었다. 나는 그 광경을 바라보며 꿈이 떠올랐다.

"이 호텔이……"

나는 혼란스러웠다.

"이게 호텔 맞아요? 이게 왜 꼭…… 왜 바트램-호프의 안뜰 같지요?"

마담은 커다란 두 손을 맞부딪치며 기이한 스텝을 밟았다. 그러면서 앵무새의 비명 같은 코웃음을 터트렸다.

"친애하는 모드야, 정말 영리한 트릭 아니니?"

나는 완전히 혼란에 빠져 그저 침묵 속에 멍하니 바라볼 수밖에 없었다. 그랬더니 마담이 다시 커다란 웃음을 터뜨렸다.

"우리 바트램-호프에 왔어!"

나는 너무나도 섬뜩하고 놀라서 같은 말을 되풀이했다.

"어떻게, 어떻게, 어떻게 된 일이에요?"

나는 아무런 대답을 듣지 못했다. 그저 비명 같은 웃음소리만 들었다. 그리고 그 발푸르기스 마녀의 춤만 볼 수 있었다.

"실수예요, 뭐예요? 이게 뭐예요?"

"물론 다 실수지. 철학자라면 모두 다 알듯이, 바트램-호프는 도버 같단다."

나는 완전히 침묵에 싸인 채 자리에 앉아 깊고 어두운 벽을 바라보았다. 그러면서 이 모든 일의 진실을 이해하려고 애썼다.

"마담, 나는 당신이 삼촌에게 충직하고 또 비밀도 잘 지킬거라는 사실을 알아요. 하지만 이건 그분의 돈을 잘못 썼고 그분의 명령을 저버린 것으로 보이는데요?"

"아, 하! 걱정 마. 그분은 날 용서할 거야."

마담이 태연한 말투로 웃으며 대답했다. 그 말투에 나는 겁을 집어먹었다. 모호하지만 압도적인 위험을 감지하기 시작했다. 바로 이 여자가 자신의 상관이 내린 마키아벨리식 권모술수의 명령에 따라 행동하고 있다는 사실.

"그럼, 삼촌의 명령에 따라 날 다시 이곳으로 데리고 왔다는 건가요?"

"내가 그렇게 얘기했나?"

"아뇨. 하지만 믿을 수는 없어도, 당신이 한 말에서는 다른 의미가 있을 수 없잖아요? 그럼 왜 나를 여기로 데리고 온 건데요? 이 사기극의 목적이 뭐예요? 나는 알아야겠어요. 나의 삼촌이…… 신사이자 친척인 그분이 이토록 추악한 사기극에 관여한다는 건 불가능한 일이에요."

"일단 아침식사부터 해라, 모드야. 그다음에 네 얘기는 너의 삼촌인 무슈 루틴에게 직접 하거라. 그럼 넌 참으로 나쁜 내 행동에 대한 그분의 생각을 들을 수 있을 거야. 나 참, 별소리 다 듣네! 넌 네 삼촌이 계획을 바꿀 만한 일들이 얼마나 많은지 생각 못 하겠니? 그분은 체포될 위험에 있지 않니? 쳇! 넌 여전히 어린아이에 불과해. 넌 어린아이에 지나지 않아서 이것저것 알 수가 없어. 빨리 옷이나 입어. 내가 아침식사 들이라고 얘기해놓겠다."

나는 내가 당한 이 계략을 이해할 수 없었다. 왜 내가 그토록 뻔뻔한 속임수를 당해야 하는가? 내가 이곳에 머물러야 한다면, 도대체 왜, 어떤 이유로 프랑스처럼 먼 곳으로 보내져야만 하는가? 왜 이토록 수수께끼처럼 다시 이곳으로 옮겨졌는가? 나는 왜 차크가 죽음을 맞이한 똑같은 층의 이 불편하고 황량한 방, 저택의 전면으로 향한 창이 하나도 없는 이 방, 그저 버려진 교회 뜰처럼 잡풀이 웃자란 안뜰만 보이는 이 방에 옮겨져야 했는가?

"내 방으로 가도 돼요?"

"오늘은 안 돼, 나의 친애하는 모드야. 우리가 떠났을 때 완전 엉망이 되었거든. 한 2~3일 후에나 준비가 될 거다."

"메리 퀸스는 어디 있어요?"

"메리 퀸스! 그 여잔 우리를 따라 프랑스로 갔지!"

마담은 모순된 말을 했다.

"그들은 가야 할지 어떻게 해야 할지 하루 이틀 정도 알 수 없을 거야. 가서 아침식사 가져오마. 잠깐 안녕."

마담은 문밖으로 나갔다. 나는 자물쇠를 잠그는 소리를 들었다고 생각했다.

제62장
잘 아는 얼굴이 들여다보다

문을 열어보았다. 방에 감금당한 불길한 모욕을 직접 당해보면 얼마나 화가 나고 겁먹게 되는지 경험해보지 못하면 전혀 모를 것이다.

열쇠 구멍을 통해 보니 열쇠는 자물쇠에 꽂혀 있었다. 나는 마담을 불렀다. 튼튼한 오크나무 문을 흔들어보았다. 두 손으로 쾅쾅 때리기도 하고 발로 차기도 했다. 그러나 아무 소용없었다.

나는 옆방으로 달려갔다. 그러나 그 방에는 회랑으로 통하는 문이 없다는 사실을 잊고 있었다. 화가 치밀고 당혹스러운 마음으로 뒤돌아서 로맨스 소설 속 포로처럼 창문을 살펴보았다. 나는 소설 속 그들처럼 실제로 그것을 보고 충격을 받았다. 창문을 가로질러 쇠창살이 설치되어 있었다! 오크나무 창문틀에 단단히 고정되어 있었다. 게다가 창문은 너무나 단단하게 죄여 있어 열 수조차 없었다. 이 방은 개조된 감방이었다! 순간적으로 그게 아닐 수도 있다는 생각이 들었다. 어쩌면 모든 방이 똑같이 잠겨 있으리라! 그러나 그건 헛된 생각이었다. 이 감방 같은 예방책은 내가 있는 창문에만 설치되어 있었다.

나는 몇 분 동안 정신을 차릴 수 없었다. 그러나 점차 공포심을 통제하고 남아 있는 능력을 발휘해야 한다는 생각이 들었다. 우선 의자 위에 올라서서 오크나무 패널을 점검해보았다. 여기저기 새로 공사한 흔적이 보이는 것 같았다. 나사도 새 것으로 보였다. 위장을 위해 나사들과 나무 패널에 페인트칠이 되어 있었다.

그렇게 방 안을 살피고 있을 때 슬그머니 열쇠가 돌아가는 소리가 났다. 나는 마담이 나를 놀라게 하려는 짓이라고 생각했다. 실제로 다가오는 발소리가 거의 들리지 않았다. 고양이처럼 조용한 발걸음이었다. 마담이 들어왔을 때, 나는 방 중앙에 서서 그 여자를 마주보았다.

"왜 방을 잠갔죠, 마담?"

그 여자는 불쑥 음험하고 능글맞은 웃음을 보이며 서둘러 문을 잠갔다.

"쉿!"

마담이 커다란 손바닥을 들어 올리며 속삭였다. 그런 다음 뺨을 홀쭉하게 빨아들이고는 어깨너머의 통로 방향으로 곁눈질을 했다.

"쉿! 조용히 해, 애야. 내가 금방 다 말해줄게."

그 여자는 귀를 문에 갖다 대고 말을 멈추었다.

"이제 말해도 되겠다, 마 쉐르. 집 안에 집행관이 왔어. 그런 뻔뻔한 작자들이 두 명, 아니, 세 명, 아니, 네 명 왔더구나! 그 작자들이 집 안의 가구 목록을 만든다고 난리 치고 있어. 우리는 그 작자들이 여기로 오게 하면 안 돼, 모드."

"열쇠를 문밖에 놔뒀잖아요? 그러면 그 사람들이 못 들어올까요? 나나 못 나가지?"

"내가 열쇠를 문에 두고 갔다고?"

내 말에 마담이 두 손을 들어 올리며 반문했다. 정말이지 진솔하게 당황한 표정을 지어서, 나는 한순간 의심이 흔들렸다. 이 여자의 속임수는 항상 이런 식이었다. 종종 혼란스러웠지만 나는 넘어가지 않았다.

"모드야, 흥분할 일이나 변화가 진짜 너무 자주 생겨서, 가여운 내 머리가 정말 돌아버릴 것 같구나."

"그리고 창문에는 쇠창살이 쳐져 있더군요. 도대체 왜 그런 거죠?"

나는 손가락으로 창을 가리키며 엄중하게 물었다.

"그건 필립 에일머 경이 이곳에 살던 시절에 그런 건데? 40년도 넘은 일이야. 이 방은 그분 아이들 놀이방이었지. 애들이 떨어질까 봐 겁나서 그런 게 아닐까?"

"저 창살 살펴보면 최근에 설치한 게 티 나거든요? 나사와 자국도 새 거고요."

"그으래?"

마담은 똑같이 당황스럽다는 태도로 말을 질질 끌었다.

"내가 아래층에서 물어보니까, 그렇게 말해주었는데? 어디

보자.”

그러더니 마담은 의자에 올라서서 호기심 어린 눈으로 살펴보았다. 그러나 공사를 최근에 했다는 나의 주장에 동의하지 않았다. 뻔히 드러나 보이는 것을 두고 그렇게 거짓말을 하는 것만큼 분통 터지는 일은 없을 것이다.

“마담, 정말로 저 공사 흔적과 나사들이 40년 된 거라고 생각하는 건가요?”

“얘, 내가 어떻게 아니? 40년이 되었건 14년이 되었건 그게 무슨 상관이니? 흥! 그거 아니어도 신경 쓸 거 많단다. 저 악당 같은 작자들 말이야! 나는 우리 방에 빗장이니 쇠창살이니 자물쇠, 열쇠 이런 게 있어서 좋기만 하구먼? 저런 작자들을 못 들어오게 막는 거잖아!”

그 순간 누군가 방문을 두드렸다. 마담이 즉각 콧소리로 “잠시만요”라고 말했다. 마담은 문을 열더니 문틈으로 슬그머니 머리를 내밀었다.

“오, 좋아. 가도 좋아. 더 이상 필요한 거 없으니 가요.”

“누구세요?”

내가 소리 질렀다.

“입 다물어.”

그러더니 마담이 그 사람에게 오만하게 명령을 내렸다. 문밖에서 희미한 목소리가 들렸다. 나는 그 목소리가 아는 사람 같았다.

“가요.”

마담은 다시 밖으로 나가 문을 잠갔다. 이번에는 식사 쟁반을 들고 즉시 돌아왔다. 내가 그새 방문을 밀어붙여 탈출할 것이라고 생각한 모양이었다. 그러나 당시 나는 그런 생각이 들지 않았다. 그 여자는 서둘러 방문 앞 바닥에 쟁반을 내려놓고는 다시 문을 잠갔다.

내 몫의 식사는 소박한 다과였다. 마담은 연민의 마음으로도 입맛이 전혀 줄어들지 않는지 게걸스럽게 먹어댔다. 그러는 동안 침묵이 이어졌다. 그 여자와 함께 있을 때 흔치 않은 일이었다. 식사가 끝나자 삼촌이 체포되었는지 아닌지 도통 모르겠다며 정찰을 간다고 했다.

"가여운 늙은 신사가 너희들 말로 '큰집'에 처넣어지면 나의 소중한 모드는 어디로 가지? 놀로 가나? 엘버스턴으로 가나? 네가 정해야겠지?"

그러고 나서 마담은 이전처럼 나가서 방문을 잠갔다. 그 여자는 방 안에서 문을 잠그고 열쇠를 자물쇠에 꽂아두는 이상한 버릇이 있었는데, 이 버릇이 그대로 나와 다시 열쇠를 자물쇠에 꽂고 나갔다.

나는 무거운 가슴으로 마담의 이야기 중 무엇이 거짓이며, 또 있다면 진실은 무엇인지 생각해보았다. 그리고 창 아래 음침한 안뜰의 깊고 습한 어둠을 내려다보며 생각했다. '암살자가 어떻게 이렇게 높은 곳에 안전하게 기어 올라와 자고 있는 노름꾼을 아무 소리 내지 않고 죽였을까?' 그런데 창문을 가로지르는 저 쇠창살이 있었다. 이런 창살을 두고 이런 바보 같은 생각을 하다니!

나는 기운을 차리려고 애쓰며 그 모든 소름 끼치는 의심을 떨쳐내려고 했다. 나는 내 방이 그나마 덜 무서운 전망을 지닌 저택 전면에 있었으면 얼마나 좋았을까 생각했다. 창가에 서서 이런저런 두려운 생각에 빠져 있다가 복도에서 들리는 발자국 소리에 화들짝 놀랐다. 방문의 열쇠가 돌아가는 소리가 났다.

나는 공황 상태에 빠져 구석으로 달아나 시선을 문에 고정했다. 문이 조금 열리자 메그 혹스의 검은 머리가 나타났다.

"오, 메그! 오, 맙소사!"

"아가씨일 거 같았어요, 미스 모드. 그럴 거 같아 겁났는데……"

방앗간 주인 딸의 안색은 창백했고, 눈은 붉게 부풀어 있었다.

"오, 메그! 세상에! 이게 다 무슨 일이야?"

"저 들어갈 수 없어요. 늙은 여자가 아래층으로 내려가 문을 잠그고는 저더러 지키라고 시켰어요. 사람들은 자기네만큼이나 내가 아가씨에 대해서 상관 안 한다고 생각해요. 저는 다는 모르지만 쯤 알고 있어요. 그 여자는 술을 퍼마시러 간 거 같아요. 그 여자한테는 사람들이 아무 말 안 한 거 같아요. 사람들이 그 여잔 위험하고 겁나게 쌈닭이라더군요. 나는 아부지와 더들리 도련님이 방앗간에서 하는 얘기를 많이 엿들었어요. 그 사람들이 계속 들락거렸는데, 나는 신경 안 쓰는 체했어요. 하지만 이것저것 얘기들을 합쳐서 생각해봤어요. 여기서 주는 건 먹지도 말고 마시지도 말아요, 아가씨. 이거 잘 짱박아 놓으세요. 거무스름하지만 못 먹을 건 아니에요!"

그러더니 메그는 앞치마 속에서 거친 빵 한 덩어리를 꺼냈다.

"잘 꿍쳐 놓으세요. 저기 항아리에 있는 물만 마시고 다른 건 마시면 안 돼요. 저건 깨끗한 물이에요."

"오, 메그. 오, 메그! 무슨 말인지 알겠어."

나는 힘없이 말했다.

"아가씨, 저 사람들이 그 짓거리를 할까 봐 겁나요. 저 사람들이 아가씨를 없애려고 할 거예요. 저는 어두워지면 아가씨 친구분들한테 가볼게요. 그 전엔 갈 수 없어요. 제가 직접 엘버스턴에 가서 아가씨의 레이디 커즌을 찾아갈게요. 후다닥 가서 그분들을 모셔 올게요. 마음 단단히 먹으세요, 아가씨. 메그 혹스는 아가씨 편에 설 거예요. 아가씨는 저에게 아부지나 어머니보다 더 잘 대해주셨어요. 그리고 아……"

메그는 두 손으로 나의 허리를 두르고 내 품에 얼굴을 묻었다.

"아가씨를 위해서라면 전 목숨도 아깝지 않아요. 저 인간들이 아가씨를 해치면 전 죽어버릴 거예요."

메그는 곧 단호한 태도를 회복하고 평소의 말투로 말했다.

"찍소리도 하지 마세요. 튈 생각도 하지 마시고요. 그러면 저자들이 곧바로 아가씨를 죽일 거예요. 그런 시도는 절대 하지 마세요. 저한테 맡기세요. 무슨 일이 있어도 오래 걸리지 않을 거예요. 새벽 2~3시 정도? 더 충그리지 않고 그분들을 모시고 올게요. 그러니 마음 단단히 먹으세요. 제가 꼭 지켜드릴게요."

메그는 다가오는 발소리를 들었거나, 들었다고 생각한 것 같았다.

"쉿!"

메그의 창백하고 불안한 얼굴이 사라졌다. 문은 조용하지만 황급히 닫혔다. 열쇠가 다시 돌아갔다.

메그는 거칠지만 부드럽게 이야기를 했다. 그러나 그 애의 말을 들은 나는 거의 숨을 할딱거렸다. 파이토네스*가 내지른 그 어떤 예언도 듣는 이의 귓전에 그토록 미칠 듯이 쩌렁거리지는 않았을 것이다. 메그는 그런 무시무시한 말에 내가 놀랍도록 아무 감흥이 없는 태도였다고 생각했으리라. 나는 시선이 붙박였고, 몸이며 뼈가 말 그대로 얼어버린 것 같은 상태였다. 메그는 자신이 내뱉는 한마디 한마디가 내 머릿속에 불꽃처럼 터지고 있던 것을 몰랐을 것이다. 그 애는 그 무시무시한 경고를 거칠고 노골적인 말로 전달했다. 그것은 실제 분명하고 간결한 의미로 와닿았다. 수술할 때 수술용 칼로 빠르고 대담하게 절개를 하듯 전달한 말이, 천천히 이어지는 불완

* 그리스 델피의 아폴로 신전의 무녀.

전한 난도질보다 더 참기가 쉬웠다고 할 수 있다. 더듬거리고 머뭇거리고 모호한 말로 얼버무렸다면, 고문이나 마찬가지였으리라.

마담은 오랫동안 나타나지 않았다. 나는 창가에 앉아 소름 끼치는 상황을 정리해보려고 했다. 머리가 멍했다. 상상 속 이미지는 모두 끔찍했다. 그런 이미지가 가끔 꿈속에서 머리가 잘리고 집이 불타는 공포의 장면을 보는 것처럼 떠올랐다. 그러나 그에 상응하는 감정이 없었다. 실감이 나지 않았다. 마치 그 모든 일들이 실제로 내게 일어나지 않은 것 같은 느낌이었다. 나는 창가에 앉아 볼 수 없지만 또렷이 보려고 애쓰는 사람처럼, 맞은편 벽을 바라보고 앉아 있었던 기억이 난다. 나는 계속해서 손을 한쪽 머리에 대고 중얼거렸다.

"오, 그럴 수 없어. 그럴 수 없어. 오, 안 돼! 그럴 수 없어!"

이렇게 정신없는 상태에서 마담이 돌아왔다. 그러나 죽음의 골짜기는 다양한 공포를 품고 있다. '막대한 어둠의 공포'는 목소리들이 울리고 이미지들이 빛난다. 무력감과 쇠약의 시기가 있고, 뒤이어 생생한 테러의 발작이 뒤따른다. 그렇게 나의 인생 여정 중 가장 긴 그 시간 동안 나는 그런 사실을 깨달았다. 고통은 무기력으로 침잠한다. 그것은 다시 광기로 빠진다. 나는 때로 그 역경 속에서 어떻게 나의 이성을 안전하게 유지했는지 스스로 의아해한다.

마담은 문을 잠그고는 나를 전혀 개의치 않고 제 자신의 일을 즐기기 시작했다. 그 특유의 콧소리로 프랑스 노래를 웅얼거리며 구입해온 옷가지들을 펼쳐놓고 능글맞게 웃곤 했다. 나는 불현듯 이른 시간임에도 매우 어둡다는 사실을 깨달았다. 시계를 보았다. 시간을 읽는 것조차 매우 큰 집중이 필요했다. 4시였다. 4시라니! 5시면 어두워질 것이다. 한 시간만 있으면 밤이다!

"마담, 지금 몇 시예요? 저녁인가요?"

나는 어리둥절한 사람처럼 이마에 손을 대며 물었다.

"4시에서 2~3분 지났을걸. 내가 올라왔을 때가 4시 5분 전이었거든."

그 여자는 창가에서 꿰맨 레이스 하나를 눈가에 가까이 들이대고 살펴보며 말했다.

"오, 마담! 마담! 나 무서워요."

나는 마치 난파선에 있는 사람들이 하늘을 바라보며 마지막 희망을 품듯, 시선을 들어 올려 그 여자의 냉혹한 눈을 올려다보았다. 그러고는 그 여자의 팔을 붙잡고 거칠고 애처로운 목소리로 말했다. 마담도 겁을 먹은 것 같았다. 나의 얼굴을 빤히 쳐다보았다. 그러더니 마침내 화난 표정으로 내 팔을 뿌리치며 말했다.

"애야, 무슨 말이니?"

"오, 저를 구해주세요, 마담! 오, 절 살려주세요! 오, 저를 살려주세요, 마담!"

나는 완벽하게 공포에 사로잡혀 미친 듯이 애원했다. 마담의 옷자락을 붙잡고 매달리며 고뇌에 찬 표정으로 그 어둑한 아트로포스*의 눈을 들여다보았다.

"구해달라고? 살려달라고? 뭔 니에즈리(어리석은 말)야!"

"오, 마담! 오, 마담! 제발이지, 도망치게 해주세요. 여기서 빼내주세요. 그러면 마담이 시키는 게 뭐든 평생토록 할게요. 그럴 거예요. 진짜에요, 마담. 정말이에요! 오, 절 살려주세요. 살려줘요! 살려줘요!"

나는 고통에 빠져 나의 수호천사라도 되는 듯 마담에게 매달렸다.

"누가 너한테 위험에 빠졌다고 말해줬니, 애야?"

마담이 사악한 마녀 같은 눈빛으로 나를 내려다보았다.

"전 위험에 빠졌어요. 마담…… 전, 진짜…… 정말 큰 위험에 빠졌어요! 오, 마담, 절 생각해주세요. 절 불쌍하게 여겨주세요! 절 도와줄 사람은 아무도 없어요. 신과 마담밖에 아무도 없어요!"

그러는 내내 마담은 마치 내 얼굴에서 미래를 읽는 마녀처럼 음침한 시선으로 나를 훑어보았다.

"뭐, 그럴지도 모르지? 그런데 내가 어떻게 알아? 아마 네 삼촌이 미쳤을지, 또는 네가 미쳤을지도 모르지. 넌 항상 내 적이었잖아? 그런데 내가 왜 신경 써야 하는데?"

나는 다시 미친 듯 울면서 애원했다. 그 여자를 꼭 붙잡고

---

* 그리스 신화의 운명의 여신 모이라이 세 자매 중 막내다. 클로토는 운명의 실을 뽑아내고, 라케시스는 운명을 배당하고, 아트로포스는 운명의 실을 가위로 끊는 역할을 한다.

죽음의 두려움을 품은 채 애원을 쏟아냈다.

"모드야, 난 널 믿지 않아. 넌 작은 악당이잖아. 프티트 트레트레스(어린 배신자)! 잘 생각해봐. 네가 항상 마담을 어떻게 대했나? 넌 날 망치려고 했어. 넌 놀의 나쁜 하인들하고 짜고 날 파괴하려고 음모를 꾸몄어. 그러고선 여기서 네 편을 들길 바라다니! 넌 내 말 절대 안 들었어. 넌 나한테 자비심이라곤 눈곱만큼도 없었어. 너는 사람들하고 합세해서 날 늑대처럼 네 집에서 몰아내려고 했어. 그러더니 나한테서 뭘 바라는 거야? 흥!"

경멸을 담아 콧소리로 길게 내뱉은 이 끔찍한 "흥!" 소리가 천둥처럼 내 귓전을 때렸다.

"너 완전 돈 거 같구나? 프티트 앵솔렁트(거만한 꼬맹이)! 불쌍한 토끼가 사냥개를 걱정할 거라고 생각하다니? 새장에서 도망친 새가 오와즐뢰르(새 사냥꾼)를 사랑할 거라고 생각하다니? 난 신경 안 써. 쓸 필요 없어. 이제 네가 고통받을 차례란다. 저기 네 침대에 누워서 조용히 고통받거라."

제63장
향신료를 가미한 클라레 와인

나는 눕지 않았다. 그저 절망했다. 나는 완전히 정신이 나가 두 손을 쥐어짜며 방 안을 돌고 돌았다. 침대 옆에 무릎을 꿇었다. 기도도 할 수 없었다. 그저 두 손을 맞잡고 몸을 떨고 신음을 내뱉었다. 공포에 질린 눈은 하늘을 향했다. 마담은 악의에 찬 태도였지만 당혹스러운 듯했다. 무언가 불길한 일이 내게 예정되어 있다는 사실을 납득했으리라. 메그 혹스가 마담은 그 사람들의 비밀스러운 계약에 대해 완전히 다 알고 있지 않다고 했던 말은 사실인 것 같았다.

첫 절망의 발작이 또 다른 상태로 빠져들고 있었다. 나의 마음은 급작스럽게 메그 혹스에 대한 생각으로 가득 찼다. 메그가 자발적으로 떠맡은 임무와, 나의 탈출 가능성에 대한 생각이었다.

엘버스턴으로 가는 길 도중에는 짧은 오르막길이 하나 있다. 급커브 길이 하나 있고, 길가 울타리 문 사이에 커다란 물푸레나무 두 그루가 있다. 오른쪽 나무는 담쟁이덩굴로 덮여 있다. 나는 그곳을 오가며 각별히 도로의 그 지점을 눈여겨본 적이 없었다. 그러나 지금 그것이 내 눈앞에 보였다. 가장 가는 달의 가장 가는 빛 아래 메그 혹스의 모습이 보였다. 내게 등을 지고 엘버스턴을 향해 오르고 있었다. 그것은 항상 같은 그림 같았다. 전진이 없는 똑같은 움직임, 무시무시한 서스펜스와 초조함.

나는 이제 침대 한편에 앉아 생각에 잠긴 채 방 안을 바라보고 있었다. 메그 혹스가 보이지 않을 때, 나는 마담이 음침한 모습으로 방 안 한 곳을 쳐다보다가 다른 부분으로 시선을 돌리는 모습을 바라보았다. 분명 무슨 문제를 곰곰이 따져보는 것 같았다. 아주 사나운 표정으로 때로는 혼잣말을 웅얼거렸고, 때로는 입을 삐죽 내밀었다가 다시 그 큰 입을 일그러뜨리기도 했다.

그 여자는 자신의 방으로 들어가 거의 10분 가까이 머물렀다. 그러고는 다시 돌아왔을 때 눈빛이 빛났고 얼굴이 발그레했다. 특유의 냄새가 묻어났다. 술을 마셨다는 표시였다. 나는 마담이 내 방을 뜬 이후 꼼짝도 하지 않았다. 그 여자는 방 중간에서 걸음을 멈추고 나를 쳐다보았는데, 나는 그저 그게 야생의 짐승의 눈빛이었다고 설명할 수 있을 뿐이다.

"너희는 아주 비밀스러운 가문이야, 너희 루틴가 말이야. 너희는 아주 교활해. 나는 교활한 사람이 싫어. 사일러스 루틴 씨를 만나서 물어봐야겠다. 그 양반이 늙은 와이엇에게 더들리 씨가 오늘밤 떠났다고 얘기하는 걸 들었단다. 그 양반 나한테 다 털어놓을 거야. 안 그러면 내가 에쉐크 에 마트 오시 브 레크 주 비(꼼짝 못하게 결정적 공격을 날릴 거야).”

마담의 말이 끝나기도 전에 나는 다시 가파른 도로에 서 있는 메그 혹스의 모습을 보고 있었다. 움직이고는 있으나 아직 엘버스턴으로 향하는 언덕 꼭대기에 이르지 못하고 있었다. 나는 마음속으로 메그가 안전하게 그곳에 도달하기를 기도하고 또 기도했다. 고통받는 자의 부질없는 기도! 메그의 여행은 이미 좌절되었다! 그 애는 결코 제 시간에 엘버스턴에 닿지 못할 것이다.

마담은 다시 제 방에 들어갔다가 돌아왔다. 흥분한 상태는 그대로였다. 방 안을 서성거리며 여기저기 널린 얼마 안 되는 가구에 닿으면 거칠게 밀어붙였다. 그러다가 프랑스어로 욕을 내뱉으며 자신의 길을 가로막는 빈 상자를 발로 걷어차버렸다. 쾅 소리가 났다. 거들먹거리는 걸음으로 방 안을 휘저었고, 내내 웅얼거렸다. 코너를 돌 때마다 휙휙 거칠게 나아갔다. 그러다 마침내 문밖으로 나갔다. 나에 대한 계획에서 자신은 신뢰를 받지 못하고 소외되었다고 생각했던 게 아닌가 싶다.

시간이 늦어지고 있었다. 아직 구원의 손길은 오지 않았다! 나는 오싹하고 싸늘한 전율에 사로잡혔던 게 기억난다. 나는 구조의 신호에 귀를 기울이고 있었다. 먼 곳에서 들리는 소리마다 가슴이 두근거려 숨이 막힐 것만 같았다. 그 소리들이 오싹하고 과장된 또렷함으로 내 귀를 찢을 것 같았다. ‘오, 메그! 오, 커즌 모니카! 오, 제발! 오, 하늘이시여, 자비를 베풀어

주소서! 주님, 자비를 내려주소서!' 나는 포효하는 소리, 언쟁하는 목소리를 들었다고 생각했다. 아마도 사일러스 삼촌의 방에서 나는 것 같았다. 어쩌면 마담이 술에 취해 폭력적으로 변한 것일 수도 있다. 그것은…… 오, 자비로우신 신이여! 어쩌면 친구들이 도착한 것일 수도 있다. 나는 화들짝 자리에서 일어났다. 나는 덜덜 떨면서 귀를 기울였다. 그저 내 머릿속에서 들린 소리일까? 진짜 소리였나? 나는 문으로 다가갔다. 열렸다! 마담이 문을 잠그는 것을 잊은 모양이었다. 그 여자는 이때쯤 제정신을 잃어가고 있었다. 열쇠는 저쪽 회랑 문에 걸려 있었다. 그 문도 열렸다. 나는 미친 듯 도망쳤다. 삼촌의 방에서 낮게 목소리가 들려왔다. 나는 어떻게 갔는지도 모르겠지만 삼촌의 거처 밖 큰 계단 정상부에 있는 로비에 있었다. 손으로 난간을 붙잡고 계단에 첫발을 내디뎠을 때, 층계참 위에 있던 커다란 창문에서 들어오는 희미한 불빛으로 저 아래쪽에서 계단을 올라오고 있는 덩치 큰 사람의 형상이 보였다. 그리고 "쉿!" 하는 소리가 났다. 나는 주춤주춤 뒤로 물러났다. 그 순간 나는 사일러스 삼촌의 방에서 나는 레이디 놀리스의 목소리를 듣고 전율을 느꼈다.

나는 어떻게 그 방으로 들어갔는지 모른다. 그저 그곳에 유령처럼 서 있었다. 나는 내 자신의 상태에 깜짝 놀랐다. 레이디 놀리스는 거기 없었다. 그저 마담과 나의 후견인만 있을 뿐이었다.

나는 사일러스 삼촌의 표정을 절대 잊을 수 없을 것이다.

분명 나만큼이나 섬뜩함을 느꼈는지 움찔한 모습이었다. 나는 분명 무덤에서 기어 나온 유령처럼 보였으리라.

"뭐야? 너 어디서 오는 길이야?"

놀란 그가 물었다.

"죽음! 죽음!"

나는 공포로 얼어붙으면서 그렇게 속삭였다.

"저 애 뭐라는 거야? 이 모든 게 다 뭐야?"

사일러스 삼촌이 놀랍도록 멀쩡하게 정신을 차리며 마담을 돌아보고는 압도적으로 기죽게 만드는 냉소를 흘렸다.

"당신 나의 분명한 명령을 어기고 저 애가 이 시간에 집 안을 마음껏 돌아다니게 만드는 게 옳다고 생각하나?"

"죽음! 죽음! 오, 당신과 나를 위해 신께 기도해요!"

나는 똑같이 무서운 말투로 속삭였다. 삼촌은 나를 다시 기이하게 쳐다보았다. 몇 초간의 오싹한 시간이 흐른 후, 그는 다시 정신을 차리고 엄중하고 싸늘하게 말했다.

"조카야, 넌 상상력을 너무 많이 부풀렸구나. 네 상태가 이상하게 변했어. 진단을 받아봐야겠구나."

"오, 삼촌, 저를 불쌍히 여기세요! 오, 삼촌, 삼촌은 좋은 분이잖아요! 삼촌은 친절하잖아요? 삼촌은 그럴 수 없어요…… 그럴 수 없어…… 그럴 수 없어! 오, 삼촌에게 늘 잘 대해주었던 형님을 생각하세요! 그분이 여기 있는 저를 보고 계세요. 그분이 우리 둘 다 보고 계세요. 오, 절 살려주세요, 삼촌. 절 구해주세요! 제가 모든 걸 다 드릴게요. 신께 삼촌에게 축복을 내려달라고 기도할게요. 저는 절대 삼촌의 선의와 자비를 잊지 않을 거예요. 절 의심에 들게 하지 마세요. 제가 죽어야 한다면, 오, 제발이지, 지금 당장 저를 쏘세요!"

"넌 언제나 이상했어, 조카야. 네가 미쳐가고 있다는 생각이 들기 시작하는구나?"

그가 여전히 싸늘하고 엄중한 목소리로 답했다.

"오, 삼촌, 오! 그런가요? 제가 미쳤나요?"

"그러지 않기 바란다. 하지만 정신이 똑바로 박힌 사람 대우를 받고 싶으면 똑바로 행동하거라."

그러더니 그는 손가락으로 나를 가리키며 마담을 향해 고개를 돌리고 포악함을 억누르는 듯한 목소리로 말했다.

"이게 뭐야? 왜 저 애가 여기 있지?"

마담은 주절주절 말을 늘어놓았다. 그러나 그건 단지 날카로운 소음으로 들렸다. 나의 영혼은 온통 내 목숨을 쥐락펴락하는 자, 삼촌에게 집중되어 있었다. 나는 그 앞에서 미친 듯 고통스럽게 애원하며 서 있었다.

그날 밤은 무시무시했다. 어쩔어찔한 상태에서 내가 본 사람들은 연기로, 혹은 밝게 빛나는 증기로 만들어진 사람들이었다. 그들은 웃거나 인상을 찌푸리고 있었다. 손으로 허우적거려도 내 손은 그들을 관통하는 것 같았다. 그것들은 사악한 영혼이었다.

"네게 사악한 일이 예정된 건 없단다. 맹세코, 그런 건 없어."

삼촌이 처음으로 격렬하게 동요된 태도로 말했다.

"마담이 네 방을 바꿨다고 말했을 텐데? 당신 저 애에게 집행관들에 대해 말했지요, 안 그래요?"

그가 분노한 표정을 노골적으로 드러내며 마담에게 물었다. 마담의 콧소리 같은 대답이 내내 반주처럼 이어졌다. 그여자가 단 몇 시간 전에 전해준 그 얘기가 한 달 전, 혹은 그 이상의 과거에 들은 이야기처럼 느껴졌다.

"넌 집 안을 돌아다녀서는 안 된다, 젠장! 집행관들이 돌아다니고 있어. 지금 그런 일들이 벌어지고 있단 말이다. 네 방으로 가거라, 모드. 날 짜증 나게 하지 말거라. 자, 착하지? 어서!"

그는 그 마지막 말을 하면서 미소를 띤 채 떨리는 부드러운 목소리로 나를 진정시키려 했다. 그러나 찌푸린 표정은 그대로였다. 미소는 송장처럼 뒤틀려 있었으며, 부드러운 목소리는 다른 이의 잔인함보다 훨씬 더 오싹했다.

"자, 마담. 저 애 조용히 갈 것이오. 도움이 필요하면 부르시오. 다시는 이런 일이 또 일어나지 않도록 하시오."

"가자, 모드."

마담이 팔로 나를 잡았으나 아프지는 않았다.

"가자, 친구."

나는 그 말에 따랐다. 당신은 의아해할 것이다. 충분히 그럴 수 있다. 당신은 강인한 남자들이 교수대로 향하면서, 형무소 관리들이 작별을 고하고 밧줄을 고정하고 얼굴에 두르는 두건을 준비할 때, 그들에게 친절하게 대해주어 감사함을 표하는 유순함에 의아할 것이다. 당신은 왜 그들이 공포에 질려 마구잡이로 목숨을 위한 마지막 사투를 벌이지 않고, 그저 조용하고 냉담하게 절망에 굴복하는지 궁금해한 적이 없는가?

나는 몽유병 환자처럼 마담과 함께 위층으로 올라갔다. 나는 방이 가까워지자 오히려 발걸음을 서둘렀다. 나는 안으로 들어가 유령처럼 창가에 서서 어두운 사각형 안뜰을 내다보았다. 가늘게 빛나는 초승달이 언 하늘에 걸려 있었다. 온 하늘엔 별들이 흩뿌려져 있었다. 맞은편 가파른 지붕 위 어두운 담청색 밤하늘에 깊이를 헤아릴 수 없는 창조주의 이 영광스러운 장관이 펼쳐져 있었다. 나에게는 이 무시무시한 양피지 도화지—냉혹한 눈—에 구름같이 몰려든 이 잔인한 증인들이 살을 에는 밝은 빛으로 나의 기도와 고뇌를 굽어보고 있는 것 같았다.

나는 자리에 앉아 팔에 머리를 기댔다. 그때 나는 갑자기 자세를 고쳐 세우고 앉았다. 사일러스 삼촌의 어질러진 방의 이미지가 처음으로 내 머릿속을 비집고 들어와 생각을 불러일으켰기 때문이었다. 여행가방과 검은 상자들이 테이블 옆 바닥에 쌓여 있었다. 책상 위에는 여행을 위한 준비가 다 된 듯 모자 상자와 우산, 코트, 담요, 머플러 등이 있었다. 그 장면은 나의 망막 속에 세세하게 그대로 남아 있었다. 나는 궁금했다. '어디로 가려는 걸까? 언제 가는 걸까? 날 데리고 가서 정신병원에 넣으려는 것일까?'

'내가……내가 미친 걸까?' 나는 생각하기 시작했다. '이 모두가 다 꿈일까, 아니면 실제 일어나는 일일까?'

나는 여행 중에 검은 벨벳 조끼 차림의 반백의 마르고 정중한 신사 한 명이 우리 객차에 올라 내게 몇 마디 건넨 일이 기억났다. 마담은 그에게 무언가를 속삭였다. 그는 눈썹을 들어 올리며 매우 점잖게 "오!" 하고 내뱉은 후 흘긋 나를 돌아보았다. 그 후 더 이상 내게 한마디도 하지 않고 오직 마담에게만 말을 걸었다. 그는 다음 역에서 모자와 다른 소지품을 챙겨서 다른 객차로 옮겼다. 마담이 그에게 내가 미쳤다고 말한 것일까?

이 끔찍한 쇠창살! 마담은 언제나 나와 함께한다! 삼촌이 내비친 무서운 암시! 나 자신의 오싹한 감각! 이 모든 증거들이 내 머릿속을 맴돌며 마치 불타는 바퀴에 쓰인 글처럼 차례로 모습을 드러냈다.

그때 방문을 두드리는 소리가 났다. 오, 메그! 메그일까? 아니었다. 늙은 와이엇이 마담에게 방에 관해 무언가 속삭였다. 그러고 나서 마담이 다시 들어왔다. 손에 작은 은쟁반과 술병과 잔이 들려 있었다. 사일러스 삼촌은 절대 비신사적인 방식으로 행하는 게 없었다.

"마셔라, 모드야."

마담이 뚜껑을 열며 말했다. 겉으론 분명 향긋한 향기를 즐기는 모습을 보였다. 나는 그럴 수 없었다. 뭔가를 삼킬 수 있었다면 마셨을 수도 있었을 것이다. 그 순간은 너무 정신이 나간 상태라 메그의 경고를 떠올리지 못했기 때문이었다.

마담은 그날 저녁 자신의 실수를 깨닫고 갑자기 문을 확인했다. 그러나 그것은 잘 잠겨 있었다. 그 여자는 주머니에서 열쇠를 꺼내 가슴에 넣었다.

"너 이 방들 혼자 써라, 마 쉐르. 난 오늘밤 아래층에서 잘 거야."

마담은 멍한 태도로 뜨거운 클라레를 잔에 따라 단숨에 들이켰다.

"아주 맛있네. 아무 생각 없이 마셨지만 말이야. 아주 맛있어. 너도 좀 들지 그러니?"

"전 못 마시겠어요."

마담은 뻔뻔스럽게 클라레를 다시 마셨다.

"차암, 친절도 하지! 마담에게는 아무것도 안 보내네? '마아담'에게는 아무것도 없다니(그 여자는 그렇게 발음했다). 하지만 아무렴, 마찬가지야."

그러더니 술에 취해 주절거렸다. 시끄럽게 빈정거리며 이따금 사나운 웃음을 터뜨렸다. 나는 나중에 사람들이 마담을 두려워했다는 말을 들었다. 마담은 동문서답하는 버릇이 있었고, 술에 취하면 폭력적으로 변한다는 것이었다. 그 여자는 아래층에서 시끄럽게 굴었으며 싸움을 일삼았다. 마담은 내가 그날 밤 어떤 비밀스러운 외진 곳으로 옮겨질 것이고, 그러면 자신은 자신의 봉사에 대한 대가와 입막음용으로 두둑하게 보상을 받게 될 것이라는 미망에 빠져 있었다. 그러나 그 여자는 진실을 공유할 사람으로 취급받지 못했다. 이 세상에서 그건 오직 세 사람만 알고 있어야 하는 일이었다.

나는 절대 알 길이 없지만, 지금 와 생각해보면 마담이 마신 향신료가 가미된 클라레 와인에 약을 탔다고 믿는다. 사람들 말로는 마담은 술을 많이 마셔도 그저 얼굴이 붉어지고 성질이 사나워지는 점 빼고는 다른 변화가 없는 사람이었다. 나는 그저 내가 본 것을 그대로 진술할 뿐이다. 그것은 바로 그 여자가 클라레를 다 마시자마자 내 침대에 누워 잠들었다는 사실이다. 나는 그때 그 여자가 그저 자는 체하며 실제로는 나를 감시하고 있다고 생각했다.

대략 한 시간 후쯤 갑자기 아래 뜰에서 작게 쨍그랑 소리가 들렸다. 창밖을 내다보았지만 아무것도 보이지 않았다. 그러나 그 소리가 반복되었다. 때로는 좀 더 자주 났고, 또 때로는 긴 간격을 두고 났다. 나는 마침내 맨 끝에 보이는 벽 옆 어둠속에서 어떤 사람이 보인다고 생각했다. 어떤 사람이 때로는 일어선 자세로, 때로는 땅을 향해 몸을 구부린 자세를 하고 있었다. 나는 그 인물을 그저 어둠속에 섞인 아주 어렴풋한 윤곽으로만 볼 수 있었다.

벼락처럼 한 가지 생각이 내 머릿속을 때렸다. '내 무덤을 파고 있는 거야!' 그 소름 끼치는 첫 번째 충격 후에, 나는 그야말로 정신이 나가 손을 쥐어짜고 미친 듯 기도문을 중얼거리며 방 안을 서성거렸다. 그때 평온함이 내게 찾아왔다. 삶과 희망과 고뇌를 모두 뒷전으로 한 채 배를 타고 반역자의 문*

그늘 아래를 통과하는 사람에게나 찾아올 법한, 그런 무시무시한 평온함이었다.

　잠시 후 매우 조용히 방문을 두드리는 소리가 났다. 다시 또 났다. 우편물이 왔다는 걸 알리는 아주 작은 소리 같았다. 나는 내가 왜 응답을 안 했는지 이해할 수 없었다. 만약 응답을 하고 내가 깨어 있다는 사실을 드러냈다면, 나는 나의 운명의 문을 봉했을 것이다. 나는 문이 열리면 어떤 유령들이 들어올지 모르는 채로, 그저 문을 응시하며 방 한가운데 서 있었다.

---

*　튜더 왕조 시기 웨스트민스터에서 형을 선고받은 죄수들이 사형 집행을 위해 배를 타고 템스강을 지나가던 런던탑의 문을 일컫는다.

제64장
죽음의 시간

매우 고요하고 쌀쌀한 밤이었다. 양초는 다 탄 지 오래였다. 희미한 달빛은 창가 바닥에 노랗게 빛을 뿌렸다. 나머지 방 안은 나처럼 어둠에 익숙해진 눈이 아니라면 완벽한 어둠으로 보였을 것이다. 이제 나는 방문 밖에 아주 낮게 속삭이는 소리를 들었다고 확신했다. 나는 포위 상태라는 것을 잘 알게 되었다! 위기가 찾아왔다. 이상하게 들리겠지만 나는 갑자기 결심이 선 것처럼 침착해졌다. 무서운 흥분에 침잠하는 것이 아니라, 한 번도 경험해보지 못했던, 한순간에 신경이 바짝 곤두선 긴장 상태로 돌변했다.

밖에 있는 사람들은 매우 조심스럽게 움직였던 것 같다. 삐걱거리는 부분이 전혀 없는 완벽한 바닥 상태가 그들의 조용한 움직임에 도움이 되었다. 저들이 딱 세 사람만 빼고 다른 집안 사람들에게 나의 운명에 관한 비밀을 지켰던 게 나에게는 행운이었다. 그런 이유로 그들은 극도로 조심을 기울였다. 그들은 내가 문에 가구를 갖다놓았다고 생각하는지 억지로 문을 열려고 하지 않았다. 그랬다가는 덜컹거리는 소리나 비명 소리, 그리고 아마도 날선 드잡이가 벌어질 것이라고 생각했던 것 같다.

나는 한동안 꼼짝도 할 수 없었다. 문에 고정한 시선을 돌리기가 두려웠다. 내 머리 위로 매우 독특한 문지르는 소리가 났다. 뭔가 톱질하는 소리, 우지끈 부수는 소리 같았다. 희미하게 덜컹거리는 소리가 함께 묻어 있었다. 완전히 불가해한 일이었다. 소리는 방문에서 가장 먼 쪽 지붕 위에서 났다. 나는 이제 문 쪽으로 달아났다. 문 옆으로 불룩 튀어나온 오래된 서랍장이 가려주는 곳에 몸을 숨겼다. 방 안이 더 어두워지며, 나는 한 남자가 창 벽감 위에서 내려오는 모습을 보았다. 그는 허리에 두른 밧줄을 놓고 창문 옆 무언가에 힘겹게 두 손을 쓰는 모습이 보였다. 잠시 후 쇠창살이 한 덩어리로 조용히 분리되었다. 그러자 싸늘한 밤공기가 안으로 들이쳤다. 나는 이제 그 남자가 더들리 루틴이라는 사실을 분명히 알 수 있었다. 그는 창턱에 무릎을 꿇고 한순간 귀를 기울이더니 방 안으로 들어왔다. 그의 걸음걸이는 바닥에 아무 소리를 내지 않았다. 모자는 쓰지 않았고 항상 입고 다니는 짧은 사냥 재킷을 입고 있었다.

나는 숨은 곳에서 바닥으로 몸을 더욱 움츠렸다. 그는 한순간 주저하는 듯 서 있었다. 그러다가 주머니에서 어떤 도구를 꺼냈다. 나는 희미한 달빛에 그게 무언지 확실하게 알 수 있었다. 한쪽 끝이 길고 뾰족하게 다듬어진 망치였다. 손잡이는 보통의 망치보다 더 길었다. 그는 살그머니 창가로 다가가서 그 망치를 서둘러 확인하고는 손으로 두세 번 비틀어서 강도를 시험해보았다. 그런 후 손아귀로 망치를 잘 조절해 잡고 공중에서 두세 번 휘두르는 시늉을 했다. 나는 은폐 장소에 웅크린 채 겁에 질려 꼼짝도 하지 않았다. 나는 이를 악물었다. 발각되면 목숨을 건지기 위해 암호랑이처럼 싸울 준비를 갖추었다. 나는 그의 다음 동작이 성냥에 불을 켜는 것이라고 생각했다. 창턱에는 랜턴이 놓여 있었다. 그러나 그는 랜턴에 불을 붙이지 않았다. 그는 그대로 앞을 더듬으며 살그머니 다가왔다. 눈이 어둠에 적응해 물체를 구별할 수 있었던 나로서는 그 모습이 이상하게 보였다. 그는 내 침대 옆으로 다가갔다. 침대 위치를 정확히 알고 있는 것 같았다. 그가 몸을 수그렸다. 마담은 깊은 잠에 빠져 고른 숨을 쉬고 있었다. 갑자기, 그러나 부드러운 동작으로 그는 왼손을 그 여자의 얼굴에 댔다. 그와 동시에 우지끈 타격이 이어졌다. 부자연스러운 비명이 작게 시작해 점점 커지다가, 2~3초 후 커다란 비명으로 돌변했다. 유령의 집에서 나올 법한 비명에 뒤이어, 뛰는 동작과 비슷할 정도로 격렬한 경련을 일으키는 소리가 났다. 그러고는 두 팔이 침대에서 파닥거렸다. 그런 후 또 한 번의 타격. 그는 소름 끼치게 할딱거리며 두세 발짝 뒤로 물러난 후, 완벽하게 꼼짝 안 한 채 서 있었다. 커튼과 침대 프레임의 이음매 부분이 끔찍하게 달가닥거리며 떨리는 소리가 들렸다. 살해당한 여자의 발작이었다. 나무가 떨리며 나뭇잎들이 바스락거리는 것처럼 무시무시한 소리였다. 그때 그는 다시 한 번 더 침대 옆으로 다가갔다. 나는 그 끔찍한 가격의 소리를 한 번 더 들었다. 그런 다음 침묵, 그런 다음 다시 한 번 타격, 그런 다음 더욱더 깊은 침묵. 그렇게 악마의 수술은 끝이 났다.

나는 몇 초 동안 기절할 위기를 맞았다고 생각한다. 그러나 문밖에서 나는 조그마한 소리가 내 귓가에 닿아 화들짝 놀라고 말았다. 문 밖에 감시자가 있다는 증거였다. 조그맣게 문을 두드리는 소리가 들렸다.

"누구야?"

더들리가 쉰 목소리로 속삭였다.

"친구."

달콤한 목소리가 들렸다. 그러고는 열쇠를 돌리는 소리. 황급히 문이 열렸다. 사일러스 삼촌이었다. 나는 명예로운 존 웨슬리*와 닮은 경의를 불러일으키는 은빛 머리에 노쇠하고 키큰 하얀 인물을 보았다. 얇고 흰 손등이 내 얼굴과 너무나 가까이 있어서 나는 숨쉬기조차 두려웠다. 그는 긴장한 듯 손가락이 씰룩거렸다. 향수와 에테르 냄새가 방 안으로 몰려들었다. 더들리는 이제 학질에 걸린 사람처럼 달달 떨고 있었다.

"당신이 나한테 무슨 짓을 시켰는지 보시오!"

그는 광기 어린 태도로 말했다.

---

* 존 웨슬리(1703-1791)는 영국의 종교개혁을 이끈 인물로 감리교 교회의 창시자다.

"진정하시게나!"

노인이 내 옆 가까이에서 말했다.

"그래, 이 저주받을 늙은 살인자야! 당신도 해치우고 싶어."

"자자, 더들리. 착한 아들처럼 굴어야지? 무너지면 안 돼. 다 끝났단다. 옳건 그르건 우린 어쩔 수 없어. 입을 다물어라."

노인은 엄중하고 점잖게 말했다. 더들리는 신음 소리를 냈다.

"누가 시켰건 네가 승자다, 더들리."

사일러스 삼촌이 말했다.

그런 다음 다시 침묵.

"소리가 안 났기를 바란다."

더들리는 창가로 가서 그곳에 멈춰 섰다.

"자, 더들리. 너와 혹스는 여행을 떠나야 해. 저거 치워야 하는 거 알지?"

"난 할 만큼 했어. 난 더 이상 아무 짓도 안 할 거야. 내 손으로 건드릴 수 없어. 애초에 손모가지가 잘렸더라면 좋았을 텐데! 군인이나 되었으면 좋았을걸! 당신 마음대로 하쇼. 당신하고 혹스, 둘이 알아서 해. 난 저거 근처에도 안 갈 거야. 저주받을 두 영감탱이! 그리고 이것도!"

그는 온힘을 다해 망치를 바닥에 내동댕이쳤다.

"자, 자. 정신 차려, 더들리. 내 아들. 겁낼 거 하나 없다. 네 자신의 어리석은 행동만 조심하면 돼. 소리 내지 않을 거지?"

"오, 오, 오, 맙소사!"

더들리는 거칠게 말하며 손바닥으로 이마를 닦았다.

"자, 자. 금방 진정될 거야."

"당신은 저 애 아프지 않을 거라고 했잖아? 저렇게 비명 지를 줄 알았다면 절대 안 했을 거야. 씨팔! 다 거짓말이었어! 당신은 이 세상에서 가장 사악한 악당이야!"

"자, 더들리!"

노인은 숨이 찼으나 매우 근엄하게 말했다.

"결심을 해라. 네가 계획대로 하지 않으면 어쩔 수 없다. 시작한 게 안타까울 뿐이야. 너에게는 큰 이익이 되는 일이란다. 나는 별 상관없어."

"하! 다 당신을 위한 일이겠지! 허구한 날 저 개소리!"

더들리는 이를 악물었다.

"자자!"

노인이 여전히 낮은 목소리로 호통쳤다.

"진작 다 생각해놨어야지. 그저 1~2년 세상을 떠나 있으면 돼. 하지만 1~2년은 대단하다면 대단한 거다. 네가 하고 싶은 대로 뭐든 다 해도 좋다."

"그만해, 제발. 여기서 멈춰. 이제 다 끝이야. 천벌 받을 짓을 했는데, 자식놈 말도 좀 들어보시지? 난 총 맞아 죽어도 상관 안 해."

"그래, 그래. 그거야. 다시 도망가지는 마라. 여기 가방이랑 짐이 있어. 우선 이것들부터 치워야겠군. 상자에 보석이 좀 있을 거야. 보이니? 랜턴이 있으면 좋겠구먼."

"아니, 불 켜지 마! 지금도 볼 수 있다고. 이 방에서 빨리 나갔으면 좋겠어. 상자는 여기 있어."

"창가로 끌고 와봐."

노인은 마침내 몇 발자국 앞으로 나아갔다. 나는 말할 수 없이 안도했다. 그 무시무시한 순간에 나는 침착함을 되찾았다. 나는 모든 게 신속하고 결단력을 발휘하는 나의 행동에 달렸다는 사실을 잘 알았다. 나는 즉각 살그머니 자리에서 일어났다. 그날 밤 캐시미어가 아니라 실크로 된 옷을 입고 있었다면, 옷자락 끌리는 소리 때문에 발각되었을 것이라고 자주 떠올리곤 한다.

나는 카드에 새겨진 그림처럼, 나와 창가의 희미한 빛 사이에 구부리고 서 있는 키 큰 삼촌의 모습, 경의를 불러일으키는 그 머리를 또렷이 보았다.

그는 달빛을 받은 바닥 한 부분을 긴 팔로 가리키며 "바로 여기로"라고 말했다. 방문은 4분의 1 정도 열려 있었다. 더들리가 나의 보석상자가 담긴 마담의 무거운 상자를 그 여자 방에서 끌고 오기 시작했을 때, 나는 숨을 크게 들이쉬고 마음속으로 도움을 청하는 간절한 기도를 올리며 까치발로 방 안에서 살며시 빠져나왔다. 한순간 회랑에 섰다.

나는 오른쪽으로 돌았다. 순전히 우연이었다. 그러고는 어둠속에서 긴 회랑을 따라 나아갔다. 너무나 무서워 조그마한 소리도 낼 수 없었기에 뛰지 않고 까치발로 걸었다. 회랑이 끝나는 지점에 교차 회랑이 있었다. 거기 왼쪽 끝에 커다란 창문이 있었다. 그 창으로 어둑한 밤 풍경이 보였다. 본능적인 공포 때문에 나는 더 어두운 쪽을 골랐다. 다시 오른쪽으로 몸을 틀었다. 이 길고 어두운 통로를 나아가다가 내 앞으로 대략 10미터 지점에 천장에서 빛이 나오는 게 보였다. 깜짝 놀랐다. 그 랜턴 빛은 문을 통해 군데군데 어둠을 밝히고 있었다. 그리고 사다리가 보였다. 열려 있는 천창에서 차가운 밤공기가 내 얼굴에 닿았다. 사다리를 내려오고 있는 딕컨 혹스가 보였다. 그는 장애에도 불구하고 아주 민첩하게 움직이고 있었다. 나는 단 한순간도 생각할 시간이 없었다.

그는 사다리 마지막 칸에 앉아 나무 의족의 끈을 조였다. 나의 왼쪽으로 뚫린 문틀이 있었다. 문은 없었다. 나는 그곳으로 들어갔다. 그곳은 2미터가량의 짧은 통로로, 아마도 뒷계단으로 이어지는 것 같았다. 그러나 안쪽 문이 잠겨 있었다.

나는 은신처가 되지 못하는 이 짧은 통로에 그저 숨을 수밖에 없었다. 페그톱이 손에 랜턴을 들고 뚜벅뚜벅 걸어오고 있었다. 그는 자신의 주인을 몰래 엿보려고 했던 것 같다. 나의 은신처 가까이 멈춰 서서 뿔 같은 엄지와 검지로 심지를 눌러 촛불을 껐기 때문이었다.

그는 몇 초 동안 귀를 기울이더니, 내가 방금 가로지른 회랑을 따라 살며시 나아갔다. 방금 전 범죄가 벌어졌고, 곧 발각될 방을 향해 코너를 돌았다. 나는 낮이면 이 긴 통로를 환하게 밝혔을 큰 창을 지나는 그의 모습을 볼 수 있었다. 그가 코너를 돌자마자 나는 다시 탈출에 나섰다.

나는 그 뒷계단과 나란한 계단을 내려갔다. 마담이 바로 전날 밤 나를 데리고 갔던 길이 바로 그 뒷계단이었다는 사실을 나중에 알게 되었다. 나는 밖으로 통하는 문을 열어보았다. 놀랍게도 문이 열렸다. 나는 즉각 자유로운 공기를 맛보았다. 바로 그 순간 그 자리에서 어떤 남자의 손아귀가 내 팔을 붙잡았다.

톰 브라이스였다. 이미 날 배신한 남자. 이제 그는 프록코트에 모자 차림으로 죄 많은 부자父子의 마차를 몰고 그들과 함께 혐오스러운 죄의 현장을 떠나기를 기다리고 있었다.

제65장
오크나무 거실

그렇게 나는 또 실패했다. 나는 덫에 갇혔다. 모든 게 다 끝났다.

나는 그의 옆에 섰다. 흰 달이 내 얼굴을 비추었다. 너무 덜덜 떨고 있어서 어떻게 서 있었는지조차 모르겠다. 두 손을 그에게로 향해 들어 올리며 그의 얼굴을 쳐다보았다. 길게 떨리는 신음.

"오, 오, 오!"

나는 그저 그렇게 내뱉을 뿐이었다. 남자는 여전히 내 팔을 붙들고서 놀란 눈으로 나의 멍한 흰 얼굴을 바라보았다. 그가 불쑥 거칠고 맹렬하게 속삭였다.

"한마디도 하지 말아요."

나는 한마디도 하지 않았다.

"저들이 아가씨를 해치지 못할 겁니다요. 어서 타세요. 젠장, 이제 난 신경 안 써!"

난폭한 말이었지만, 내게는 천사의 목소리였다. 나는 감사의 말을 쏟아냈다. 내 귀에는 천상의 웃음소리처럼 들렸다. 나는 그자의 축복의 말에 신께 거듭 감사드렸다.

그는 곧바로 나를 마차에 태웠다. 우리는 즉각 출발했다. 안뜰을 지날 때는 매우 조심스럽게 나아가다가 풀밭에 바퀴가 닿자 속도를 내기 시작했다. 거리가 멀어질수록 속도를 높였다. 그는 집 뒤편 길을 따라 풀밭으로 마차를 달렸다. 그리하여 파도에 흔들리는 배처럼 흔들리며 나아갔다. 소리는 거의 나지 않았다.

게이트는 잠겨 있지 않았다. 그는 문을 홱 젖혀 열고는 다시 마부석에 올랐다. 그리고 우리는 이제 바트램-호프의 주문呪文을 넘어 천둥처럼 나아갔다. 하늘에 영광을! 퀸스 도로를 따라 엘버스턴으로 향했다. 말 그대로 질주했다. 나는 마차 창문으로 톰이 서서 마차를 모는 모습을 보았다. 그는 이따금 겁먹은 듯 어깨너머를 흘긋거렸다. 추적당하는 것일까? 나는 두 손을 맞잡고 고통스럽게 기도하며 불안한 시선으로 창밖의 도로며 나무며 관목이며 박공 오두막들이 그토록 어지러운 속도로 뒤로 씩씩 물러나는 모습을 보았다.

우리는 이제 그 언덕길을 오르고 있었다. 오른쪽으로 거대한 물푸레나무와 울타리 출입구가 마주 보고 있었다. 그날 밤 내내 메그 혹스의 모습이 머릿속에 보였던 그곳이었다. 흥분한 나는 산울타리 덤불 속에서 뛰고 있는 사람을 보았다. 나는 누군가의 머리가 울타리 출입구를 가로질러 쫓아오고 있는 것을 보았다. 나는 브라이스의 이름을 부르며 소리쳤다.

"빨리 달려요, 빨리, 더 빨리!"

나는 고함쳤다. 그러나 브라이스는 마차를 세웠다. 나는 두 손을 맞잡고 마차 바닥에 무릎을 꿇었다. 오, 여기서 잡히다니. 그때 문이 열리고 송장처럼 창백한 메그 혹스가 망토를 검은 머리 타래까지 끌어올린 차림으로 모습을 드러냈다.

"오! 호! 호! 다행이야!"

메그가 소리쳤다.

"아가씨, 인사 드려요. 톰, 너 정말 잘했어! 저 친구 정말 착한 청년이에요. 톰 말이에요."

"어서 들어와, 메그. 내 옆에 앉아."

나는 즉시 정신을 차리고 말했다. 메그는 내 말에 따랐다.

"내 손 잡아."

나는 손을 내밀었다.

"난 손 못 잡아요, 아가씨. 팔이 부러졌어요."

정말 그랬다. 가엾기도 하지! 그 애는 나를 살리기 위해 가다가 붙잡혔다고 했다. 불한당 아버지가 몽둥이로 후려 팬 다음 집에 가뒀다. 그러나 메그는 그곳에서 다시 탈출해 이제야 엘버스턴으로 향하던 길이었다. 펠트램에서 소식을 알리려고 했으나, 이미 그곳 사람들이 깊은 잠에 빠진 시각이라 헛수고였다.

메그가 들어와 다시 마차 문을 닫았고, 김을 뿜는 말들이 즉각 전속력으로 달리기 시작했다. 톰은 여전히 불안한 눈길로 따라오고 있는 추적대가 있는지 확인하기 위해 뒤를 돌아보곤 했다. 그는 다시 말을 멈추고 창문으로 다가왔다.

"오, 무슨 일이야?"

"그 편지요, 아가씨. 저도 어쩔 수 없었습니다요. 딕컨이 그런 겁니다. 그 사람이 내 주머니에서 그걸 찾아내서 빼앗았어요."

"오, 그래! 상관없어. 고마워. 아, 하늘에 감사해! 우리 엘버스턴 가까이 온 거야?"

"1.6킬로미터 정도 남았어요, 아가씨. 제가 그 일에 관여한 게 아니란 사실을 꼭 알아주세요."

"고마워, 고마워. 톰은 아주 좋은 사람이야. 앞으로 항상 고마워할 거야, 톰. 내가 살아 있는 한 언제까지나!"

우리는 마침내 엘버스턴에 도착했다. 나는 반쯤 미쳐 있었으리라. 나는 어떻게 홀에 들어갔는지 모른다. 커즌 모니카를 만난 건 오크나무 거실이었다. 나는 서서 두 팔을 벌렸다. 나는 말을 할 수 없었다. 그저 길고 크게 소리를 지르며 그녀 품으로 돌진했다. 그 뒤로 벌어진 일은 대부분 잊어버렸다.

결말

오, 사랑하는 나의 커즌 모니카! 천만다행으로 그 모든 일이 다 지나고 많은 세월이 흐른 지금도 당신은 아직 살아 있고, 내 눈에는 더 젊어 보인다.

그리고 사랑하는 나의 동반자 밀리는 이제 그 착한 목사 스프리그 비들펜의 행복한 아내로 살아간다. 나는 그들을 도울 수 있는 힘이 있다. 그는 돌링에서 다음번 성직 추천을 받을 것이다.

자존심이 세고 고집도 세지만 이 세상에서 가장 애정 깊은 메그 혹스는 그 사건이 지나고 몇 개월 후 톰 브라이스와 결혼했다. 그리고 둘 다 이민을 가고 싶어 해서 내가 그들에게 자금을 대주었다. 그들이 부자가 될 것이라는 소식을 들었다. 나는 친절한 나의 메그로부터 자주 소식을 듣고 있다. 매우 행복하게 사는 것 같다.

소중한 나의 오랜 친구들 메리 퀸스와 러스크 부인은 아아! 이제 늙어가고 있지만, 나와 함께 살고 있다. 매우 행복하게 지낸다. 긴 간청 끝에 나는 나의 가장 소중한 친구의 동의 하에, 가장 진실한 최고의 사제인 닥터 브라이얼리에게 더비셔 영지를 관리해줄 것을 부탁했다. 그 점에 있어 나는 아주 복이 많다. 그는 그런 임무를 맡을 제격의 인물이다. 그토록 정확하고 부지런하고, 그토록 친절하고 명민하다.

의료진의 조언에 따라 커즌 모니카는 나를 대륙으로 데리고 갔다. 그곳에서 그녀는 내 머릿속에 그토록 끔찍하게 각인되어 있던 그 무시무시한 사건에 대해 한마디도 운을 떼지 못하게 했다. 그것은 강제가 필요한 일이 아니었다. 심지어 지금도 나는 그 일을 생각하는 게 고통스럽다.

계획은 솜씨 좋게 실행되었다. 늙은 와이엇이나 집사 자일스는 내가 바트램에 돌아온 사실을 꿈도 꾸지 못했다. 만일 내가 살해당했다면, 나의 운명에 대한 비밀은 오직 네 사람만이 알고 있었을 것이다. 루틴 가의 부자, 혹스, 그리고 결국에 마담. 사랑하는 나의 커즌 모니카는 내가 프랑스로 떠났다는 교묘한 말을 믿었다. 또 나의 소식이 들리지 않는 점에 대해서도 그들은 미리 준비를 다 해놓았다. 내가 죽었어도 1년간은 의혹이 제기되지 않다가, 그 시점이 넘으면 아마도 바트램이 범죄의 현장으로 지목되었을 것이다. 내 위로 잡초가 무성하게 자라났을 것이다. 그리고 내 자리는 아마도 바트램-호프의 어두운 사각형 안뜰, 라 루지에르의 시신이 발굴된 그 깊은 무덤이었을 것이다.

내가 탈출한 후 바트램에 어떤 일이 벌어졌는지 소식을 들게 된 건 2년도 더 지난 시점이었다. 늙은 와이엇은 사일러스 삼촌의 방에 일찍 들어갔다가 놀라고 말았다. 왜냐하면 그가 아들과 동행해 그날 아침 5시 우편열차를 타겠다고 말했는데, 그가 멀쩡히 평소대로 소파에 누워 있는 모습을 보았기 때문이었다.

"그분한테서 그렇게 이상한 점은 없었다우."

늙은 와이엇이 말했다.

"하지만 그 양반의 향수병이 테이블 위에 엎어져 있었고, 그분은 숨졌더라고요."

노파가 발견했을 때 삼촌은 그렇게 차갑게 식지 않은 상태였다. 노파는 늙은 집사를 닥터 족스에게 보냈다. 의사는 그가 아편 팅크제를 과다 복용해 사망했다고 했다.

비참한 삼촌의 종교에 대해 내가 무슨 말을 할 수 있을까? 그건 그저 완전한 위선이었을까? 혹은 일말의 진정성이라도 있던 때가 있었을까? 나는 모르겠다. 나는 그가 종교에 심취할 마음이 조금이라도 남아 있었다고 믿지 못한다. 그것은 가장 고양된 사랑이기 때문이다. 어쩌면 그는 미래에 대한 걱정을 품었지만, 그 안에 믿을 만한 것은 그 어떤 것도 발견하는 데 실패한 회의론자였을지도 모른다. 악마는 수많은 굽은 길과 평행선을 품고 몰래 그의 가슴속 요새에 다가왔다. 온당한 수단으로 나를 자신의 아들과 결혼시키려 했다가, 그런 다음 부정한 방법으로 결혼시키려 들었고, 그 사악한 기회마저 날아가자 살인을 통해 모든 것을 가지려 했던 계략이 뒤따른 것이다. 나는 사일러스 삼촌이 한동안 자신이 정직한 사람이라고 여겼을 것이라고 생각한다. 그는 그런 곳이 있다면 천국을 향하고 지옥을 피하고 싶었을 것이다. 존재에 대해 추측할 수 없는 것들이 있다. 그는 그중 일부는 탐했고, 나머지는 두려워했다. 그리고 유혹이 밀려왔다. '만일 누구든지 금이나 은이나 보석이나 나무나 풀이나 짚으로 이 터 위에 세우면 각각 공력이 나타날 터인데 그날이 공력을 밝히리니 이는 불로 나타내고 그 불이 각 사람의 공력이 어떠한 것을 시험할 것임이니라.'* 나이를 먹다 보면 언젠가 가슴이 더 이상 녹일 수도 없고 펴 늘일 수도 없어, 그저 냉각된 형태 그대로 유지되는 때가 온다. '불의를 행하는 자는 그대로 불의를 행하고 더러운 자는 그대로 더럽게 하라.'**

더들리는 사라졌다. 그러나 메그가 오스트레일리아의 농장에서 보낸 편지 중에 이런 내용이 있었다. '시내에 콜브록이라는 사람이 있는데, 나무로 지은 집의 길이가 5미터쯤 되고, 천장은 바트램 거실처럼 되어 있더래요. 그런데 쥐가 엄청 들끓는다고 하더라고요. 금도 사고팔고 땅 파는 갈퀴나 그런 물건들을 사고팔고 한대요. 그 사람 뺨하고 입이 불에 덴 건지, 황산에 덴 건지 흉터로 일그러져 있고 구레나룻은 없었대요. 하지만 톰이 그 사람을 보고 더들리 주인님 아니냐고 물었대

---

*　고린도전서 3장 12~13절
** 요한계시록 22장 11절

요. 저는 그 사람 못 봤어요. 하지만 그 남자가 막 화를 내며 톰한테 욕을 바가지로 하더니 아니라고 하더래요. 톰은 확실치는 않다네요. 제가 보면 딱 알 수 있을 텐데. 하지만 그냥 뭐 상관 않는 게 낫겠죠.' 그게 다였다.

늙은 혹스는 깊은 교활함에 의지해 자기 자리를 지켰다. 집 안의 두 동거인의 의심에도 불구하고 그 사람 때문에 사건이 잘 은폐된 것이었다. 하지만 그 사람에게 우호적으로 작용한 것은 바로 바트램-호프를 언제나 에워싸며 바깥세상의 그 모든 시선을 차단해주는 미스터리였다.

이유는 알 수 없지만, 그는 내 방이 침입당하기 오래전에 내가 도망쳤다고 믿었다. 설령 자신이 체포되더라도 살인과 자신을 연결할 증거가 없다는 걸 확신했기에, 그는 모든 혐의를 확고하게 부인했다.

삼촌의 시신에 대한 검시가 이루어졌다. 닥터 족스가 주된 증인이었다. 검시관들은 그의 죽음이 그가 스스로 투약한 아편 팅크제 과다 복용 때문이라고 결론지었다.

바트램에서 그 무서운 일이 벌어지고 나서 1년이 지나고 난 후, 딕컨 혹스는 매우 중대한 혐의로 체포되어 감옥에 갔다. 랭커셔에서 저지른 옛 범죄 때문이었다. 판결이 내려진 후 그는 마지막 기회라 생각하고 의심받지 않았던 그 프랑스 여자의 죽음에 대한 모든 정황을 폭로했다. 그가 지목한 곳, 바트램-호프의 안뜰에서 그 여자의 시신이 묻혀 있음이 확인되었다. 그 시신은 이후 합당한 법적 절차에 따라 펠트램의 교회 마당에 매장되었다.

그렇게 나는 증인석에 설 무서운 일을 피하게 되었다. 아니, 그보다 더 끔찍한 무서운 비밀의 고문에서 벗어나게 되었다.

레이디 놀리스는 닥터 브라이얼리에게 더들리가 내 방에 침입한 상황에 대해 자세하게 설명했다. 그러자 얼마 후 그가 바트램-호프의 저택으로 와서 차크 씨가 살해된 날 묵었던 방 창문을 면밀하게 조사했다. 그 창문들 중 하나에서 목재 창틀 안에 매우 교묘하게 푹 끼워져 보이지 않던 단단한 강철 경첩을 발견했다. 창틀은 외부에서 철 핀으로 고정했는데, 그걸 제거하면 잠긴 창이 열리게 되어 있었다. 바로 그 방이 내가 들어갔던 방이었다. 바로 그런 식으로 외부에서 내 방으로 들어올 수 있었던 것이다. 차크 씨 살인 사건은 그렇게 해결되었다.

나는 이제 모두 적었다. 숨이 찬다. 가만히 앉아 숨을 고른다. 손이 차갑고 습하다. 나는 크게 한숨을 쉬며 자리에서 일어나 창밖의 풍경을 내다본다. 달콤한 초록의 풍경과 목가적 언덕, 그리고 꽃들과 새들, 영광스러운 나무들이 흔드는 나뭇가지들. 그 모두가 자유와 안전의 이미지들이다. 이제 젊은 시절의 그 크나큰 악몽이 공기 중으로 녹아내린다. 나는 시선을 올려 모든 위안을 주신 신께 끝없는 감사를 드린다. 그의 위대한 손과 팔이 나를 구했다. 눈을 아래로 향하고 맞잡은 손을 풀었다. 뺨이 눈물에 젖는다. 작은 목소리가 나를 부른다.

"엄마!"

그리고 사랑스럽게 웃는 얼굴, 제 아버지의 보드라운 갈색 머리를 닮은 머리가 보인다.

"그래, 아가. 산책 가자. 어서 가자!"

나는 사랑스럽고 고귀한 마음을 지닌 남편의 애정을 담뿍 받아 행복한 레이디 일베리다. 당신이 알던 수줍음 많고 쓸모없는 여자애는 이제 어머니가 되었다. 좋은 어머니가 되려고 노력한다. 그리고 이 마지막 서약은 잘 지켜왔다.

나는 슬픔에 대해 말하지 않을 것이다. 처음 어머니가 되고 자랑스러워하던 시기가 얼마나 짧았는지, 혹은 신이 주시고는 다시 데려간 아이들이 얼마나 사랑스러웠는지는 말하지 않을 것이다. 그러나 어린 아들에게 미소 지으며 눈에 눈물이 고일 때면, 아들은 왜 눈물을 흘리는지 의아해하는 모습을 보인다. 나는 미소 짓고 떨면서 사랑이 얼마나 강한지, 삶이 얼마나 덧없는지 생각한다. 나는 떨면서 기뻐한다. 애도하는 자들의 죽지 않는 사랑 속에서, 생명의 주님은 결코 헛된 고통을 주지 않는다. 영원한 재회의 달콤하고 고귀한 보상을 약속한다. 나는 그렇게 슬픔을 통하여 천상에서 오는 목소리를 들었다.

"적어라, 이제부터 주님 안에서 죽는 자들은 축복받을지니!"

이 세상은 상징이 사는 곳, 즉 우화다. 불멸의 영적 존재들의 혼이 물리적 형태를 띤 곳이다. 나의 통찰력이 축복받기를! 이 아름다운 지상의 형태들 속에서 천사들을 알아보기를! 나는 우리가 그들과 함께 걷기도 하고, 그들이 말하는 소리를 들을 수 있다고 확신한다!

– 끝

옮긴이의 말

셰리던 르 파누는 영국계 신교도 아일랜드인으로, 1838년 아일랜드에서 자신의 문예지 《더블린 유니버시티 매거진》에 「어느 아일랜드 백작 부인의 비밀스러운 역사」라는 제목의 단편을 실었다. 이후 1864년 그 이야기를 토대로 배경을 바꾸고 장편으로 각색해 영국에서 『엉클 사일러스』를 출간했다. 더 큰 시장에서 성공하기 원했던 르 파누는 계약을 맺은 영국 출판사의 요구로 영국 독자에게 어필하기 위해 더비셔 지방을 배경으로 삼았다. 작가 서문에서 직접 밝히듯 르 파누는 월터 스콧의 웨이벌리 시리즈처럼 비극적 로맨스를 의도했다. 그러면서 이 소설이 고딕과 로맨스, 리얼리즘이 결합된 자극적인 소재의 이야기로 사회의 불안을 다루는 '센세이션 소설'로 읽힐까 봐 두려워했다. 그만큼 이 소설에는 음모와 범죄, 음험하고 으스스한 배경, 성희롱과 유혈의 사건 등 자극적인 요소가 존재한다. 그러나 작가의 의도와는 다르게 문단은 결국 이 소설을 센세이션 소설이자 고딕 소설로 평가하게 된다.

이 작품에는 고딕 소설의 한 유파를 세운 앤 래드클리프의 스타일이 명백히 묻어 있다. 18세기 숲속 고성은 영국 시골 지방의 대저택으로 바뀌었지만, 젊고 아름다운 주인공은 귀족 악당의 박해를 받는다. 거기에 가문의 비밀, 주체하지 못하는 욕망으로 인한 음모, 감금과 탈출의 이야기 등 완성도 높은 고딕 소설의 전형적인 이야기 구조와 플롯이 끝까지 팽팽한 서스펜스를 보장한다. 그리하여 작가는 빅토리아 후기에 가장 눈에 띄고 인상 깊은 고딕 공포 소설을 집필한 것으로 평가받았다. 20세기에 들어와서 이 소설은 '현대적 심리 스릴러'라는 평을 받았다. 초기 고딕 소설이 공포의 근원을 현실과는 동떨어진 초자연성과 마법에서 찾았다면, 이 작품은 그런 판타지에서 벗어나 인간 내면으로 초점을 옮겼다. 욕망이 부딪히는 갈등에서 비롯된 인간 내면의 사악함이 표정과 말투, 몸짓 등 외양으로 드러난다. 그리고 그 갈등과 욕망이 앞으로 펼쳐질 음모의 전조가 된다. 그러한 인간의 어두운 내면이 '미로와 비밀'로 축약될 수 있는 고딕적 공간을 배경으로 외부로 표출되면서 심리적 공포를 유발한다. 또한 르 파누는 대저택의 비밀의 방에서 벌어지는 살인 사건을 인상 깊은 방식으로 그려냄으로써, 에드거 앨런 포와 함께 [닫힌 방] 미스터리의 선구자로 평가받았다.

더 나아가 20세기 이후 비평가들은 작품에서 다른 알레고리를 읽었다. 엘리자베스 보웬은 작품에 숨겨진 아일랜드적 요소를 찾아냈다. 즉 보웬은 이 작품을 "영국 배경에 아일랜드의 이야기를 옮겨놓은” 것으로 보고 그 근거로 “고립된 벽지, 시골 대저택의 독재, 가문 신화의 악마적 힘, 봉건주의, 어센던시(17세기부터 20세기 초까지 아일랜드의 소수층, 즉 영국계 신교도 아일랜드인이 아일랜드의 정치·경제·사회를 지배함을 뜻하는 말로, 가톨릭 아일랜드 원주민에 대한 법적·제도적 차별을 내포한다)적 견해” 등을 예로 들었다.* 영국의 시골 대저택은 아일랜드의 대저택의 치환이며, 작품에서 영국계 신교도 아일랜드인 지주 계층과 농민 간의 사회적 긴장관계가 엿보인다는 것이다. 이후 많은 비평가들이 이 작품에서 19세기 중반 아일랜드의 상황, 즉 영국계 신교도와 아일랜드 가톨릭교도 사이의 갈등, 또는 영국계 아일랜드인의 특권이 점차 위축되고 있던 상황에 대한 작가의 불안감이 녹아 있다고 분석했다. 예를 들어 애나 베드솔은 르 파누가 “반半 아일랜드인으로의 불안감”, 즉 정체성의 불안감을 “어머니의 부재, 따라서 모계 계보의 부재라는 고딕적 비유”로 드러낸다고 분석했다.** 영국을 ‘아버지’, 아일랜드를 ‘어머니’로 환유하는 영국계 아일랜드인의 문학적 관습에서 유래한 은유라고 볼 수 있다. 실제 주인공을 비롯한 작품 속 젊은 세대 인물들은 모두 어머니가 부재한다.

이처럼 다채로운 시각으로 볼 수 있는 이 소설을 더욱 풍

---

* Bowen, Elizabeth. "Introduction to *Uncle Silas*." The Cresset Press, 1947, pp. 8.

** Bedsole, Anna. *Uncertain Inheritance: The Motherless Heiress in Big House Novels*. University of Kentucky. 2019. pp. 19.

성하게 만드는 면모가 또 있다. 많은 비평가들이 지적하듯 고딕 소설의 플롯에 전래 동화적 요소가 가미되었다. 『빨간 모자』에서 소녀를 잡아먹는 늑대, 『헨젤과 그레텔』의 사악한 어머니/마녀, 『미녀와 야수』에서 야수에게 포로로 갇힌 미녀, 그리고 『푸른 수염』에서 비밀의 열쇠로 금기시되는 문을 여는 이야기 등이 다채로운 변주를 이루며 작품 속에 자연스레 녹아 있다. 작가는 다양한 전래 동화의 요소를 작품에 녹여 인물을 구현하면서도 전래 동화의 전형성을 탈피하고, 독자에게 유일무이한 인물로 각인될 만큼 잊을 수 없는 인물을 구현해 낸다.

가장 인상적인 인물로는 '푸른 수염'처럼 모드를 가두고 살해하려는 사일러스와 가정교사로서 어머니처럼 돌봄을 주어야 하지만 실제로는 늑대나 맹금처럼 호시탐탐 모드를 노리는 사악한 계모 모티프의 마담 드 라 루지에르를 들 수 있다. 두 인물 모두 인간과 악마, 인간과 야수 사이의 경계의 존재로 묘사된다. 사일러스는 잘생기고 품위 있는 외모에 귀족답게 고전과 종교에 대한 박식함이 묻어나는 뛰어난 언변을 자랑한다. 동시에 인간의 윤리 체계에 속하지 않는 듯한 인격 장애의 모습을 보이기도 한다. "이글이글 불타는 인광성의 사나운 눈"(735쪽), "고딕식 회랑과 교차궁륭 장식에서 볼 수 있는 악마같이 기괴한 모습"(632쪽), "오싹하게 찌푸린 얼굴, 원숭이같이 광기 어린 모습"(632쪽) 등 사일러스는 일견 모드 루틴의 후견인으로서 더없이 품위 있고 부드러운 태도를 보이다가도 내면의 욕망과 사악함이 결국 모드의 눈에 기괴한 모습으로 드러나고 만다. 마담 드 라 루지에르는 전래 동화 속 계모나 마녀처럼 사악하거나 과장된 우스꽝스러운 모습을 보인다. 그러면서 인간과 야수의 경계, 또는 삶과 죽음의 경계에 속하는 존재처럼 절대 잊히지 않는 독특한 캐릭터다. 소설에서 마담은 레이디 놀리스와 모드에게 늑대, 맹금, 뱀 등 포식자 짐승으로 묘사되는 한편, 본인 스스로 "마담 라 모르그(영안실), 마담 시체 안치소"(72쪽)처럼 무덤, 해골 등 죽음의 이미지로 우스꽝스러운 악당 이미지를 구축한다.

그런 인물들에 둘러싸인 모드 루틴은 악당과 젊은 세대의 고딕적 대결의 주인공이자, 동시에 앞서 언급한 모든 전래 동화풍의 희생양이 된다. 모드는 어린 시절 어머니를 여의고 과묵한 은둔자 아버지 오스틴 루틴과 영지 놀에서 적막한 삶을 살아간다. 아버지와 친절한 하인들에 둘러싸여 외롭지만 안전한 삶을 사는 주인공은 수상하기 짝이 없는 가정교사 마담 드 라 루지에르 때문에 공포스럽고 위험한 일에 처하기도 한다. 그러다가 아버지가 갑작스럽게 죽자 모드는 아버지의 유언에 따라 삼촌 사일러스가 살고 있는 더비셔의 바트램-호프로 가게 된다. 그곳에서 모드는 또래 사촌 밀리센트와 방임된 삶을 살지만 수상하고 무례한 하인들, 미심쩍은 과거를 지닌 은둔자 사일러스 삼촌, 삼촌의 아들인 무뢰한 더들리에 의해 고난을 당한다. 더들리의 청혼, 사일러스의 압박을 어렵사리 이겨냈지만, 이후 추방된 더들리가 영지에 숨어 사는 사실을 알게 되고, 더욱이 비밀의 방에서 마담 드 라 루지에르를 다시 만나게 된다. 사일러스 삼촌은 아들과의 결혼이 무산되자 모드의 재산을 노리며 음모를 꾸미고, 모드는 죽음의 위험에 처하게 된다. 바트램-호프는 모드를 가둔 성인 셈이다.

주인공 모드를 압박하는 박해의 씨앗은 바트램-호프가 아니라 놀에서 시작되었다. 그것도 다름 아닌 아버지 오스틴 루틴으로부터 기인한 것이다. 그는 병에 걸려 시한부 선고를 받지만 열일곱이 넘은 딸에게 그 사실을 감춘다. 그저 알 수 없는 손님과의 '여행'이라는 비밀스럽고 모호한 알레고리로 치환해 전달할 뿐이다. 그러면서 딸에게 자신의 사후 실행해야 할 임무를 남긴다. 그러나 오스틴은 자신의 딸을 믿지 못하는 혼잣말, 3인칭 화법으로 대화 아닌 대화를 한다. "여자아이인 게 안타까워. 게다가 너무 어리고. 아, 여자애여서……. 그리고 너무 어리고…… 판단력도 아직…… 생각이 모자라니……아…… 잊지 않을 거라고 했지?"(21쪽)

오스틴이 딸에게 자신의 죽음을 비밀에 부치고 사후 실행해야 할 임무 또한 자세히 설명하지 않는 이유는 무엇일까. 답은 성인이 된 모드 자신이 제공한다. 모드가 결말에서 과거를 회상하며 말하듯, [가부장제의 막중한 권위를 이어나가기에는] "수줍음 많고 쓸모없는 여자애"이기 때문이다.(805쪽) 그러나 가부장제 이외에 또 다른 이유가 있다. 그것은 바로 오스틴의 종교다.

오스틴 루틴의 종교 또한 가부장제의 권위를 강화시키는

데 일조한다. 영국 국교를 저버리고 스베덴보리 교파에 심취한 오스틴은 눈에 보이는 세계가 아니라 영적 세계에 대한 믿음을 신봉한다. "전체 자연 세계는 영적 세계와 상응하는데, 그것은 단지 자연 세계 전체로서가 아니라 그 속의 모든 특정의 사물도 마찬가지다. 따라서 영적 세계에서 유래하는 자연 세계의 모든 것이 상응물이라고 불린다. 우리는 자연 세계가 영적 세계에서 유래하고 영적 세계로부터 영원한 존재를 얻게된다는 점을 이해해야만 한다. 그것은 바로 결과를 불러오는 원인, 즉 인과관계와 같다."* 여기서 중요한 것은 물리적 세계와 영적 세계는 서로 상응하고 영적 세계가 진정한 세계이며, 우리의 몸을 포함한 물리적 세계는 그 영적 세계의 상징적 반영일 뿐이라는 점이다. 따라서 오스틴 루틴의 언어는 상징과 기호로 점철되어 딸 모드에게는 암호와 다름없다. 스베덴보리 종파는 재산과 가문의 이름을 유지하고 상속자를 통해 대대로 그 권위를 이어나가는 가부장제의 기틀을 떠받치는 데 더없이 어울리는 언어를 제공하는 셈이다.

오스틴은 딸에 대한 걱정보다는 가문의 명예 회복이라는 임무를 더욱 신경 쓴다. 어머니도 없이 편부 슬하인 모드의 시점에서 보자면 하루에 한마디도 딸에게 건네지 않고 침묵으로 대화하고 지시하는 은둔자 아버지가 한없이 어렵고 경외

---

* Swedenborg, Emmanuel. *Heaven and Its Wonders and Hell: From Things Heard and Seen*. Translated by John C. Ager. Swedenborg Foundation, 2009. pp. 73

심이 드는 건 당연하다. 최소한의 언어는 침묵의 힘을 상징한다. 그 침묵의 힘은 간결하고 함축적인 언어에 거부할 수 없는 권위를 부여한다. 자신의 삶의 안위에 있어 절대적인 권위를 지닌 아버지가 침묵과 비밀의 언어로 미성년자 자식을 대하면, 자식은 자신을 불신하며 자신의 견해를 제대로 세우지 못하게 된다. 그런 이유로 모드는 처음부터 스스로를 예민하고 소심한 소녀로 평가한다. 애나 베드솔은 "모드의 두려움은 근거가 있는 것이며 그녀의 예민함과 자기 의심은 모드의 태생적 여성성의 특징이 아니라 가부장제의 가스라이팅의 직접적인 결과"라고 진단한다.* 20세기 중반 영화에서 비롯한 '가스라이팅'이란 용어는 다른 이에게 잘못된 이야기를 반복함으로써 그 사람의 인식 능력에 악영향을 끼치다가 결국 현실 감각을 잃게 만드는 일을 일컫는다. 그것은 보통 자신의 이익을 위해 악의적 의도를 지니고 한 사람을 조종하는 행위이지만, 오스틴은 가문의 명예를 위해 딸에게 자신의 직관과 본능을 누르고 가부장제의 명령에 절대 복종하도록 길들인 것이나 마찬가지다.

그러나 소설에서 누구보다도 가장 큰 가해자는 사일러스이며, 마담 드 라 루지에르와 더들리는 그를 돕는 공범의 역할을 한다. 모드가 아버지의 동생인 사일러스 삼촌을 숭배의 감

---

*   Bedsole, Anna. *Uncertain Inheritance: The Motherless Heiress in Big House Novels*. University of Kentucky. 2019. pp. 35.

정으로 대하는 것은 낭만적 소녀의 기질 외에도 아버지 오스틴의 권위에 길들여졌기 때문이기도 하다. 모드는 초상화로 접한 사일러스 삼촌을 우상시한다. 모드는 잘생기고 신비로운 인물을 구현한 전신 초상화 앞에서 비밀을 해독하듯 그의 인상을 해석한다. "나는 얇지만 매혹적인 입술에서 루틴 가문의 명예를 되찾기 위해 홀로 그 지역의 거물들과 맞서 싸우며 혹독한 전투의 시련을 겪는 전사의 용기를 읽었다. 저 섬세하면서도 신랄한 분위기를 풍기는 콧대에서는 지적인 반항심을 읽었다."(120쪽) "루틴 가문의 명예를 되찾기 위해……전사의 용기"라는 사일러스를 그린 초상화에 대한 모드의 이 해석은 모드 자신의 언어가 아닌 아버지의 언어, 즉 가부장제의 언어를 그대로 답습한 것이다. 따라서 아버지의 명령에 기꺼이 자신을 희생할 각오를 다지는 모드에게 멘토 역할을 하는 커즌 모니카 놀리스와 닥터 브라이얼리의 만류는 아무 소용이 없다.

아버지의 절대적인 권위가 담긴 임무와 사일러스 삼촌의 초상화는 모드에게 최면을 걸고 모드는 겁을 먹고 히스테리에 빠져 절대적 권위에 굴복하고 만다. 아버지의 죽음 이후 이주한 바트램-호프는 모드의 고향 놀과 대칭을 이루는 더비셔의 영지다. 오스틴의 놀, 사일러스의 바트램-호프, 둘 다 은둔자 노인 남성이 주인이며, 두 사람은 스베덴보리 교도이다. 그리고 편부 슬하에서 고립된 생활을 하는 자식들이 있는 것도 대칭을 이룬다.

고귀한 귀족의 풍모와 매너를 갖춘 사일러스는 사실 일종의 반사회적 인격 장애, 즉 사이코패스다. 사일러스는 조카의 재산을 노리고 모드를 아들 더들리와 결혼시키기 위해 감언이설을 이용하고 거짓말을 일삼는다. 모드는 의심과 경외심 사이를 반복하며 삼촌에 대한 믿음을 완전히 버리지 못하다가 결국 최악의 상황까지 치닫게 된다. 모드는 결국 더들리의 비밀스러운 결혼 사실을 알고 나서야 삼촌의 압박으로부터 벗어나지만 그를 도와주고자 하는 마음을 버리지 못한다. 그러나 작품이 클라이맥스를 향해 치닫는 시점에서 사일러스는 결국 모드를 살해할 결심을 하고, 모드는 삼촌에 대한 의심과 믿음의 균형이 서서히 깨지게 된다.

모드는 삼촌에 대한 연민으로 그에게 돈을 주기 위해 만난 자리에서 이렇게 깨닫는다. "나는 그에게 연민이나 감정에 호소하는 일이 대리석 조각에 하는 것만큼이나 아무런 효과가 없다는 것을 본능적으로 느꼈다. 그는 마치 유령이 인간의 몸을 빌려 나타나듯, 타인의 도덕 체계에 자신의 대화를 억지로 끼워 맞추는 것 같았다. 내가 보기에 그의 육신에는 미식가의 관능이 있었고, 그것이 그가 가진 인간적 성질의 전부인 것 같았다."(639~40쪽) 타인의 감정에 공감 능력이 전무하고 본인의 욕망만 살아남은 그는 자신의 욕망 충족을 위해 그 어떤 일도 마다하지 않는다. 빅터 세이지는 르 파누가 "고딕 민간 설화 푸른 수염 플롯"을 가지고 "귀족, 가부장제, 토지 소유 계층의 모순"을 보여준다고 평한다. 즉 그들이 "권력과 부를 조금 더 연장하고자 기꺼이 제 자식들, 자신들의 미래 세대를 잡아먹으려고" 한다는 것이다. 그런 의미에서 "더들리와 모드, 밀리 모두가 은둔자 노인 남자들의 희생양"이라고 볼 수 있다.*

　모드는 소심하고 겁이 많아 아버지와 삼촌의 가부장적 명령을 끝까지 의심하지 못하고 망설이며 사일러스를 믿는 마음을 저버리지 못한다. 결국 마지막에 이르러서야 차츰 자신의 본래의 모습을 찾아간다. 모드의 본래 모습은 여성적 직관으로 옳은 판단을 할 수 있는 여성성의 표상이다. 마담을 처음 보고 그 사악함을 간파한 직관, 재산과 작위를 탐하는 캡틴 오클리의 본모습을 간파하고 그를 멀리하는 신중함, 삼촌을 존경하면서도 더들리와 삼촌의 압박에 끝까지 굴하지 않는 의지에서 그 사실을 엿볼 수 있다. 본래의 모습을 찾는 데는 레이디 놀리스와 닥터 브라이얼리의 조언이 큰 역할을 했다. 또한 모드는 바트램-호프에서 밀리센트와 애정 깊은 관계를 발전시키면서 사랑으로 그녀를 가르치고, 아픈 메그를 보살피며 자신의 가치를 더욱 드높인다. 그런 자기희생은 메그의 진심 어린 변화를 불러일으키고, 메그에게 또한 자기희생을 감수한 도움을 받아 죽음에서 탈출하게 된다.

　브라이얼리가 상징하는 스베덴보리 교리는 처음에 아버지와 사일러스 삼촌과 연관되어 부정적으로 묘사된다. 그러나 모드는 점차 그가 보이는 진심에 그의 교리에도 마음을 연다. 그것은 아버지의 종교가 아니라 스스로 깨달은 영적 가치

＊　Sage, Victor. Introduction to *Uncle Silas*. Penguin Books, 2000. pp. 18.

다. 결말에서 모드가 보인 영혼과 천사에 대한 이야기에서 그 점을 엿볼 수 있다. "아름다운 지상의 형태들 속에서 천사들을 알아보"는 눈은 가부장제가 선사한 것이 아닌 스스로 기른 것이다. 그렇게 모드는 스베덴보리가 영적 세계를 향해 나아가듯 바트램-호프를 벗어나 자유를 찾는다. 앨리슨 밀뱅크는 "세속적인 것이건 영적인 것이건 권력과 지식이 남자들만의 손에 달린 가부장제의 세계에서 여성들은 더 높은 권위를 향해 손을 뻗어야만" 하고, 그렇게 "『엉클 사일러스』의 여성들이 가부장제적 육신의 집에서 탈출해 '드높은 집'에 들어갈 수 있다"고 말한다.[*] 즉 '임시 가옥'일 뿐인 인간의 육신을 벗고 '하늘에 있는 집'에 들어가듯 자유를 옥죄는 바트램-호프를 벗어나 진정한 자유를 찾을 수 있다는 것이다. 모드가 자신의 본모습을 되찾고 사일러스의 실체를 똑바로 보게 되며 결국 자신을 가둔 성에서 탈출할 수 있었던 것은 여성들의 협력과 그들의 도움을 통해서 가능했다.

특이한 점은 유일한 여성 악당인 마담 드 라 루지에르가 모드 대신 벌을 받고 결국 모드가 사일러스의 손아귀에서 탈출할 수 있게 간접적으로 도왔다는 점이다. 모드가 성장하고 탈출할 수 있었던 데에는 레이디 놀리스와 밀리센트, 메그의 여성 공동체가 큰 역할을 한 데다, 마담까지 한몫 거들었던 것

---

[*]　Milbank, Alison. *Daughters of the House: Modes of the Gothic in Victorian Fiction*. St.Martin's Press, 1992. pp. 195.

이다. 닥터 브라이얼리가 유일한 남성 조력자가 될 수 있었던 것은 그가 '임시 가옥'일 뿐인 육신과, 더 나아가 현실의 가부장제를 상징하는 '대저택'에 가치를 두지 않는 둔 종교인이었기 때문이었다. 거기에 더해 『엉클 사일러스』의 독특한 점은 래드클리프풍의 고딕 양식을 따르면서도 여타 고딕 로맨스와는 달리 주인공의 구원에 주인공의 연인 일베리 경의 역할이 전혀 없다는 점이다. 이로써 르 파누는 그것이 영국계 아일랜드인의 불안한 정체성을 상징하건 억압적 사회제도를 상징하건, 흔들리는 가부장제하에서 여성들이 여성들만의 힘으로 살아남는 이야기를 한 편의 멋진 고딕 소설로 구현해냈다.

   – 장용준

옮긴이 장용준

고딕, 공포, 판타지, 스릴러, 추리 등 장르 소설 위주로 번역과
출판 일을 하고 있다. 옮긴 책으로는 『신들의 전쟁』(상), 『신들의
전쟁』(하), 『비트 더 리퍼』, 『리포맨』, 『공포, 집, 여성: 여성 고딕 작가
작품선』, 『숲속의 로맨스』, 『이동과 자유』 등이 있다.

엉클 사일러스

초판1쇄 발행 2022년 7월 11일

지은이 조셉 셰리던 르 파누
옮긴이 장용준
펴낸이 장용준
편집 허승
디자인 박연미

펴낸곳 고딕서가
출판등록 2020년 5월 14일 제2020-000054호
주소 서울시 종로구 새문안로 42 피어선빌딩 1116호
이메일 27rui05@hanmail.net
팩스 0504-202-9263

값 22,000원
ISBN 979-11-976141-3-2 03840